U0469168

中国现当代小说理论编年史

1949—2019

ZHONGGUO XIANDANGDAI
XIAOSHUO LILUN BIANNIANSHI

总主编／周新民

第五卷（1989—1994）

本卷主编／余子栖

武汉出版社
WUHAN PUBLISHING HOUSE

(鄂)新登字08号

图书在版编目（CIP）数据

中国现当代小说理论编年史 . 1949—2019. 第五卷，1989—1994 / 周新民总主编 . -- 武汉：武汉出版社，2024. 12. -- ISBN 978-7-5582-7214-1

Ⅰ. I207.409

中国国家版本馆CIP数据核字第2024LY0068号

中国现当代小说理论编年史（1949—2019）第五卷（1989—1994）

总 主 编：	周新民
本卷主编：	余子栖
责任编辑：	朱梦珍
封面设计：	黄子修
出　　版：	武汉出版社
社　　址：	武汉市江岸区兴业路136号　　邮　编：430014
电　　话：	（027）85606403　　85600625
	http://www.whcbs.com　　E-mail: whcbszbs@163.com
印　　刷：	湖北新华印务有限公司　　经　销：新华书店
开　　本：	787 mm×1092 mm　　1/16
印　　张：	27.5　　字　数：450千字
版　　次：	2024年12月第1版
印　　次：	2025年2月第1次印刷
定　　价：	1280.00元（全8卷）

版权所有·翻印必究
如有质量问题，由本社负责调换。

第五卷（1989—1994）

目 录

1989 年 ……………………………………………………………	1
1990 年 ……………………………………………………………	112
1991 年 ……………………………………………………………	170
1992 年 ……………………………………………………………	239
1993 年 ……………………………………………………………	312
1994 年 ……………………………………………………………	372

1989年

一月

1日 雷达、胡平的《回到短篇——新时期短篇小说流向》发表于《作家》第1期。雷达与胡平认为："短篇小说是小说家族中一种高度精巧、集中和自由的文体，这是短篇小说的根本特点。长篇小说的特点在于它的容量和气魄，但容量和气魄同时也是对长篇创作的一种桎梏，它要求长篇小说将众多繁杂的事物容纳在统一的构思中，事实上必将以牺牲个别事物的丰富性为代价。相对而言，短篇小说则可以随意选择任一角度和任一过程，在最少被牵制的条件下采用最丰富的方式施展其表现手段，从而在对同类材料的运用上实现更完美的效果。短篇小说的主要特点自然形成短篇文体在如下几方面的优越之处：

"（一）短篇小说长于产生统一的印象和单纯的效果。在描写人物经历的复杂性和广阔性方面，最佳的短篇小说也无法同最优秀的长篇小说相比美，但是'复杂性和广阔性不总是我们生活中最中心或最能引起兴趣的特征'，难道通过某种叙述使读者产生比较统一和单纯的印象不是一大需要吗？……读者期待一个短篇的，决不是要求了解一个人物的全部情况，而只是要求迅速和强烈地感受某一方面或几方面的特征，从而通过一个短篇体验生活的某一侧面和某些事实。

"（二）短篇小说极适于在某一点上随心所欲调动各种艺术手法加强它的效果，而在长篇小说中，局部题材的表现方式必须受到整体风格的制约。……

"（三）短篇小说长于情节。长篇小说和短篇小说都可以有情节，但长篇小说时间跨度大、人物关系复杂，不容易设计统一的清晰的情节，并且经常出现人物与情节的矛盾。在实际生活中，真正贯通的情节原始因素只是局部的简单的线索，它被利用在小说中，必然带有明显的主观选择性，……短篇不一定只写'片断经验之片断'，它反映的时间间隔可能拉开到几十年，而优越之处正在于它能够将长期埋伏的情节线索的两头轻快地连接起来，舍去大量非情节因素，使情节本身凸现出来。如果说许多作家认为小说就是讲故事，那么短篇小说就尤其善于讲故事。

"（四）短篇小说长于结构。巨大的容量往往使长篇小说的内容压倒形式，灵活的选择则常使短篇小说的形式感获得突出。这种形式感集中体现在结构。……结构的美感在短篇小说中常表现为：a，循环美。一类作品内容从起点开始。逐步向前发展，到达终点时又回到原来的起点，形成一种循环的或链形的结构。b，复调美。一类作品在过程中存在明暗两种色调。故事合乎逻辑地向前发展，然而明显的线索仅仅是一般的逻辑线索，作品以后一种逻辑线索的暴露结束。c，对称美。一类作品在结构中前后呼应，于变化中见出均衡。d，反差美。一类作品包含两种彼此相悖的因素，两种不同的发展方向，却能够将二律背反的双方巧妙地调合起来，形成一种反差强烈又谐和统一的美感。e，折回美。等等。这些结构方式也见于其它体裁，但尤以短篇小说为主，显然是因为短篇创作更善于剪裁内容以适应形式的要求，……"

3日 王愚的《不平静的潜流——读长篇小说〈平凡的世界〉》发表于《人民日报》。王愚认为，"作者务求逼肖、本色的叙述，构成了作品朴实深厚的基调"。

同日，汪曾祺的《小说陈言》发表于《小说选刊》第1期。汪曾祺认为，"写景、状物，都应该抓住特点。写人尤当如此。……小说就是虚构。……虚构要有生活根据，要合乎情理"。

汪曾祺还说道："因为参加'飞马奖'的评选，我读了一些长篇小说，一些作品给我一个印象，是：芜杂。

"芜杂的原因之一，是材料太多，什么都往里搁，以为这样才'丰富'，结果是拥挤不堪，人物、事件、情景，不能从容展开。

"第二是作者竭力要表现哲学意蕴。这大概是受了西方现代主义的影响和青年评论家的怂恿（以为这样才'深刻'）。作者对自己要表现的哲学似懂非懂，弄得读者也云苦雾罩。我不相信，中国一下子出了这么多的哲学家。我深感目前的文艺理论家不是在谈文艺，而是在谈他们自己也不太懂的哲学，大家心里都明白，这种'哲学'是抄来的。我不反对文学作品中的哲学，但是文学作品主要是写生活。只能由生活到哲学，不能由哲学到生活。

"第三，语言不讲究，啰嗦，拖沓。

"重读《丧钟为谁而鸣》，觉得海明威的叙述是非常干净的，他没有想表现什么'思想'，他只是写生活。

"我希望更多地看到这样的小说：明明白白，清清楚楚，干干净净。"

5日 谭学纯、唐跃的《语言情绪的空间宽度》发表于《当代文坛》第1期。谭学纯、唐跃认为："语言情绪的空间宽度指的是：两个以上不同的情绪旋律附着于叙述链，共时地并置于同一文本的情绪空间。平行流贯的语言情绪，各以自身的情绪旋律和相邻情绪旋律互为对比、映衬。相对于语言情绪的空间长度，空间宽度的语言情绪横向信息流强，情绪域呈横向拓宽。根据文本空间宽度上并置的情绪通道，可以把本文的命题切分为二值宽度和多值宽度两大下位类型。"

"二值宽度"是指"两个情绪旋律共时地延伸于叙述过程，以各自独立又互相对立的情绪效果在矛盾冲突中强化作品的美学意味。二值宽度的语言情绪在文本中的常见呈现方式是投射为对比性人物情绪或对比性画面情绪"。

"多值宽度"是指"两个以上的情绪旋律统一于文本，其中一股语言情绪为主旋律，其它为次旋律。作为文本的情绪基调，主旋律并不试图也不可能淹没次旋律，后者作为前者的衬托而存在。换言之，多值宽度的语言情绪不分裂文本的情绪氛围，而统一为文本的总体意味"。

张君恬的《短中之长：组合式小说文体》发表于同期《当代文坛》。张君恬认为："它（指组合小说——编者注）还的确具备与一个独立文体构造相称的多种艺术特性和意义功能：一、以往，即使有卓识的文学家也认为短篇小说必须有完整的情节、严谨的章法和相当的意蕴，组合小说的作者并不拘泥于这些现成理论，他们一开始便以'随便'的观念锲入文体，不仅讲'随便的故事'，而且篇章可长可短，甚至以'片断''零碎'结构为文，……二、结构自由度大，能满足短篇小说求变求巧的发展需要。组合小说集文数则以成整体，篇目之间仅需某种内在联系即可，组合数目及联系的松紧度也甚为随意，二则三则、七篇八篇集聚均可，仅着重精神贯通，从'法无定法'中凸出了短篇小说'便捷、易成、取巧'的特点。三、一般短章，……组合小说不强求其大，但顺乎其小，干脆以零为整，'攻其多点，以见全面'，往往收到意外的成效。四、因为不惧怕单篇的薄弱，组合小说多有仅取一人一事，一点情绪淡描为图的，那味道似乎有点清寡。但多篇组合后，则又别有滋味矣。五、因为体式上少限制，所以制作不难，而且非传统手段、技巧的接纳也相应阻力较小，……六、组合小说结构又可以被理解为赋予一系列相关的形象片断以总体意义。由此可知，作为小说总构架中的一个分部，组合构造最重要的文体贡献，正在于能够用它'聚薄以厚'的特性去解决有限的篇幅与繁浩的表达对象之间的矛盾。"

同日，刘火的《小说的描述语言分析》发表于《山花》第1期。刘火认为："任何特定的描述语言的样式都是某特定作家的特定心态的延伸；也可以这样以为，特定的描述语言样式从很大程度决定了特定的心态。小说的故事过程便在这特定的自在与非自在中向前挪动，从而显示出不同的风格。"

刘火还指出："简洁与繁缛的描述语言，代表了两种不同心态，这一结论的推衍有些发生学的意味。在笔者看来，创作的原初发生一般最具本质性，在这种原初发生的事实存在表现出特定的精神——文化的前背景的作用。我们已经看到，阿城和发轫期的何立伟的小说描述语言样式呈现出一种宁静致远的出世意蕴。……他们这样做是因为他们对社会现状，历史以至前途，一方面感到无能为力，另一方面又想在无能为力下解脱。这显示出一种忧患与出世的杂糅，一种庄禅人生观与孔孟人生观的杂糅。于是，便将一种简洁的描述语言展示了出来，……与此相反，张承志，在其《金牧场》中，用黑体字和普通新五号字混合排列以及洒洒洋洋的冗句长句，显示了这位追求自由长旅理想长旅而老是追求不得的烦躁心境。那位害怕'种的退化'而日夜焦虑的莫言，也通过陌生化的描述语言，将其一瞬间产生的无数个感觉凑合起来形成的长句长段，把自己对自己民族的忧患和不安的心境凸现出来。"

7日 滕云的《老孙犁与新孙犁》发表于《天津文学》第1期。滕云认为："孙犁新了。你读芸斋小说，再也难见那个写《白洋淀纪事》《风云初记》《铁木前传》的老孙犁的面影。新孙犁的小说里没有了早年作品中的映日荷花，淀上白苇,似水柔情,如歌青春;只有对故人的思悼,对浩劫中和劫后人心播迁的描画。作者历经离乱,忆旧之文也凝铸着现实情怀,变早年的田园歌赋为抒愤懑,而沉着,刻深,易早年的明丽为沉郁,可谓'尘海苍茫沉百感',而清明,澄澈。小说文体也变化了,老孙犁的小说如诗,新孙犁的小说似笔记,似杂文。"

同日,杨乐云的《他开始为世界所瞩目——米兰·昆德拉小说初析》发表于《文艺报》。关于米兰·昆德拉的小说特点,杨乐云认为:"基本思想特点:对现实生活的失望和怀疑……小说的重要主题:展示人类生活的悲惨性和荒谬性……忘却——小说的另一个主题……有价值的长篇小说已经诗歌化……他(指米兰·昆德拉——编者注)认为长篇小说诗歌化,就是指写小说象写诗一样:推敲每一个字眼,注意文字的音乐性,重视在每一个细节中表现独创性。"

10日 汪曾祺的《认识到的和没有认识的自己》发表于《北京文学》第1期。汪曾祺认为:"最最无法摆脱的是语言。一个民族文化的最基本的东西是语言。汉字和汉语不是一回事。中国的识字的人,与其说是用汉语思维,不如说用汉字思维。汉字是象形字。形声字的形还是起很大作用。从木的和从水的字会产生不同的图像。汉字又有平上去入,这是西方文字所没有的。中国作家便是用这种古怪的文字写作的,中国作家对于文字的感觉和西方作家很不相同。中国文字有一些十分独特的东西,比如对仗、声调。对仗,是随时会遇到的。有人说某人用这个字,不用另一个意义相同的字,是'为声俊耳'。声'俊'不'俊',外国人很难体会,但是作为一个中国作家是不能不注意的。"

汪曾祺还认为:"'文体家'原本不是一个褒词。伟大的作家都不是文体家。这个概念近些年有些变化。现代小说多半很注重文体。过去把文体和内容是分开的,现在很多人认为是一回事。我是较早地意识到二者的一致性的。文体的基础是语言。一个作家应该对语言充满兴趣,对语言很敏感,喜欢听人说话。"

吴方的《说"淡化"——汪曾祺小说的"别致"及其意义》发表于同期《北京文学》。吴方指出:"简单说,小说对人生的看取和表达,有外倾和内倾两种方式。外倾计事功,内倾计性情。汪曾祺的小说大致体现为内倾的往复过程。人间偶然而居常的风景,进入感受和叙述,便由外在的人生转为内在人生,承受体味含茹而不是拷问支离。……小说讲的是故事,但如果故事被处理得虚一些,如孙犁的《荷花淀》、如汪曾祺的《故乡人》，情境突出了，便不再外在于'我'。钱穆先生说：'中国人于情味贵淡贵知、贵单纯、少变化，此间有内外之别。物在外，凡所接触则成内。人与天地万物相接触，即成为我生之一部分。非以我之生来接触万物，乃因接触万物而成我之生。故凡所接触，必感其与我相和相合，共成一生，乃有情味可欣赏。'（《中国文学论丛》216页。）汪曾祺作小说的旨趣近于这种传统的中国艺术精神。其中心在于体味不在于刺激。"

同日，李晶的《从非虚构文学看现实主义的当代品格》发表于《批评家》第1期。李晶认为："在非虚构文学领域里，情况为别一种。由于那种追求生活的原态本相的真实观的主导，作家的视界普遍下移，变得更加具体和更加切近。生活原状大面积地进入作品，造成大量的普通人形象的空前集合。作家的平民意识突出表现在对凡人百姓生存基质的关注和他们在变化时代中心理特征的考察上。……刘心武与张辛欣在典型观上面的变化是颇富代表性的。作品以群体人物为收拢目标，群体中的个人都为非中心人物，但又绝不单打一，必定是与其众多同伴并列地组合着。值得注意的是，他们表面上毫无情节联系内质上却充满了一致性。于是，我们可以概括非虚构文学作家群体的典型观首先是一种整体综合式典型观。显然，这种整体综合式典型观对于现实主义传统的典型观是一种积极的修正。后者一般是着眼于微观，以人物的突出个体的完成为最高目的；前者则一般着眼于宏观，不拘泥于个体的加工完善，着重的是众多个体集合后的复杂的典型效果。从意义上说，后者是单质的，面貌是封闭状，前者则是多质的，面貌呈开放状。说前者对后者的修正是积极的，就在于前者具备了宝贵的现代眼光。"

14日 陈墨的《俗极而雅 奇至而真——读金庸、梁羽生、古龙漫笔》发表于《文艺报》。陈墨认为："梁羽生正如他自己所说，是有些名士风度，因而其作品写得古雅、有诗词的妙境；古龙则是'洋化'和'现代化'了，从其思想意识到其叙事形式都很'新潮'。而金庸则更是融汇中西而返璞归真了，取古今中外之长熔于一炉且炉火纯青。"

15日 赵玫的《先锋小说的自足与浮泛——对近年来先锋实验小说的再认识》发表于《文学评论》第1期。赵玫认为，先锋小说"所显示出的丰富性已经决不再属于我们过去所常见的小说艺术范畴。……它使小说真正开始回归到文学本体,它至少是显示了一种企图摆脱一切传统表达模式的勇敢尝试。……形式是必要的。形式即内容。形式的表现,既取决于意识的方式,又作用于意识的机制。任何一个新鲜的形式,只要是通过它表现了世界的表象真实和本质真实,那么它的内在价值便出现了。我们应当看到,这种形式的构置不仅赋予作品存在的外在样式,而且也标志着一种认识和感知世界万物的本质性方式。……外在形式的改变,在某种程度上,无疑是改变了我们对世界的看法。我们只有在形式的构置中看到这个层面上的意义,我们的先锋小说才不至于只停留在表面那件时髦的外衣上。"

同日,南帆的《寓言的构成——读〈天下的小事〉》发表于《钟山》第1期。南帆认为:"小说通篇保持了温和的幽默与俏皮,无论是写实之处还是拟想之处,无论是大有深意之处还是涉笔成趣之处。这种叙述语言消解了理念的棱角,从而使小说有了个光滑统一的语言外表。因此,同小说寓意相应的一面与其说是形象,不如说是语象。作为寓言,《天下的小事》的核心构成乃是由于语象与寓意之间的张力。"

20日 唐跃、谭学纯的《"错"在何处?——关于〈错觉〉乃至马原小说中的叙述问题》发表于《清明》第1期。唐跃、谭学纯认为:"从叙述的角度说,《错觉》中的'错觉'可在下述诸端得到解释。其一,叙述者的分离。……马原小说的'我'更是变幻多端:时而是作者,时而又是小说中的人物;时而是这个人物,时而又是那个人物,因而就不仅是叙述者和作者的分离,还是叙述者自身的分离。……其二,叙述进程的中断。……马原小说就尝试着不让叙述以完整的连贯的形态呈现于文本中,不予续接地留下许多叙述空白。……其三,叙述单位的并列。……其四,叙述状态的参与。……二度叙述的始作俑者当推马原,他时而在小说开始处虚称:打猎的故事本来是不能强要人相信的;时而在小说结束处声明:这不是我所讲的故事,进而把对叙述的叙述整段整段地插入叙述。……其五,叙述内容的重复。……就叙述动机而论,现代小说的叙述和叙述对象而论,现代小说的叙述重复和叙述对象无关,亦即和强调主题无关,而完全是从叙述自身考虑的,或者可以说,它就是要制造叙述上的'错觉'。

相同的抑或相似的叙述内容的相互援引,在马原可谓屡见不鲜。"

同日,程德培的《小说语言界线再论》发表于《小说评论》第1期。程德培认为:"对小说语言的思考,最终的目的并不仅仅地取决于我们要寻找一条划分小说语言与非小说语言的界线,……'诗化倾向''散文化倾向'的概括也有着其合理的一面。……晦涩作为一种小说语言的批评术语的功能也在发生着相应的变化。……小说语言,特别是当代小说语言尤其依赖特殊的语境来达到其意义的实现的。而言者的意图和听者的解释则是使语境化为意义的关键地域。"

韩鲁华的《艺术创造上的超越——贾平凹近期小说艺术初探》发表于同期《小说评论》。韩鲁华认为,贾平凹的小说"溶进了多种艺术素质,已不再是传统意义上的现实主义,而成为一种新的意义上的、开放性的现实主义。……贾平凹小说创作的审美意识,是以写实意识为基础,又溶进了表现意识和象征意识"。

胡宗健的《论当今小说形式的探索》发表于同期《小说评论》。胡宗健认为,"首先,由于情节的淡化,使之留下了许多发人深省的艺术空间,留下了一种似物质又非物质、似自然又非自然的不是以疏浅的实体性具象寓意,让人一眼洞穿,而是让人进入深层的领悟之中。其次,由于情节的淡化,必然使读者由单一主题的被动接受,而变成对混沌空间的一种积极创造"。此外,胡宗健认为王蒙小说的"客观性的获得主要来自两个方面。一方面,是从时空的永久性和世界的统一性表现为物质世界的因果性上获得客观性。客观性获得的另一方面,是对生活的各个方面不作规定性的提纯和筛选"。

李作祥的《文体的觉醒和人的觉醒——评谢友鄞的小说》发表于同期《小说评论》。李作祥认为:"他(指谢友鄞——编者注)开始把小说不再当作一种表达某种意识到的,比较来说是浅层次的观念的容器,而是他向人性深处掘进的导引和凭借,或者说,这时,他写小说侧重点不是对自己喜爱的某种观念的表达,而是他对自己体察到的理解到的人性变化的描述,……《窑谷》(《上海文学》86年10月号)是个文体上的重要突破。在这里,谢友鄞在文体上也发生了'窑变'。……这里已没有情节相续的故事框架,而只是对偏远农村中一家普通农民艰难生活情景的描述,……将文体的觉醒与人的觉醒溶为一体,则是《秋诉》。《秋诉》不仅是谢友鄞最好的小说,也是近年来的短篇中出现的杰作之一。它的精采就在于作者写出了人的情感深处那不为理智所能规范的那种既模糊又清晰存在的感情'变数',即人的情感中最隐秘的部分。"

刘勇、蒋谈的《悖谬:在困顿心境中消融——谈谌容中篇小说〈懒得离婚〉》发表于同期《小说评论》。刘勇、蒋谈认为:"对谌容的创作而言《懒》无疑是一次新的突破。……作家为了强化现实精神,扩大小说的辐射面,融进更多的信息量,在结构上显然受到了时下颇为流行的社会问题报告文学的影响。大面积覆盖,大幅度跳跃,大量地穿插和对照,这虽然不失为对写实小说传统手法的更新,但笔者认为,这种摹仿多少冲淡了本应更多具有的审美意味。"

孙绍振的《关于情节强化和淡化》发表于同期《小说评论》。孙绍振认为,二十世纪的小说史至少有两点值得深思,"①情节并没有普遍消亡,它只是普遍地被淡化了;②完全无情节的小说在风行了三十年左右以后又被有情节的魔幻现实主义所代替,这是因为感觉情感结构虽然具有情节模式的深化作用,但是它缺乏情节模式的统一功能"。同时,孙绍振还认为,"①完全照搬情节规范,搞古典的一环扣一环,已经被证明是没出息的;②完全抛弃情节结构模式,搞意识流,连西方人都疲倦了。目前所能做的只是淡化情节,强化感觉情感流程,这不过是从十九世纪末至今的淡化情节的倾向的一种延续"。

24日 江曾培的《回眸一笑百媚生——致小说〈危楼记事〉作者李国文》发表于《人民日报》。江曾培认为:"《危楼记事》在笔调上虽较《花园街五号》幽默、轻松,内涵上却是更为深沉。……正由于您对'危楼'中居民爱得深切,又对'危楼'之'危'看得分明,致使您饱满的激情、激愤,不能从容地按着一般小说作法倾泻,而是将寓言体、科幻体、志异体熔为一炉,写实、讽刺、荒诞、议论并用,时而时空交叉,时而今昔交织,虚虚实实,真真假假,似真似幻,是梦非梦……这里,您并没有精心于典型环境中典型人物的塑造,而是专注于精神现象,用'砭痼弊常取类型'的办法,让某些人物成为某种文化心态的载体。这里,您也没有充分展示小说的描绘手段,而是叙述重于描绘,往往在直抒胸臆中,横出辛辣的一刺。这里,您以笑为武器,'将无价值的撕破给人看',用调侃的态度表露荒唐、痛苦的事情,与您过去惯于写'正剧'的风格也有所不同。有人觉得这难于名正言顺地说是小说。我以为，这仍是小说的一种，是杂文化的小说，或者说，小说杂文化了。……您将杂文的手法引入'危楼'的营造，便于您的感情喷吐，便于您纵横驰骋，我以为它丰富了小说文体，是一种创造。"

同日，王安忆的《故事不是什么》发表于《文学角》第1期。王安忆认为："扣子，表面上看起来是推动事情发展下去的原因。它只要求是事件中的任何一个细微的小节发展下去的原因，成为一个承上启下的环节，而上下的事件的整体却并不因此就有了因果关系。……可是，从小说的构成形式上，人物与人物之间，事件与事件之间，除了因时间和地点形成的契机联系外，并没有更为强有力的因果联系。这是一大组并列的故事，许多故事并没有造成一个递进的形势，而只是在一条水平线上并排着。由此可见，'扣子'是使故事讲下去，也使听众听下去的推动原因，而不是故事本身发展下去的推动原因。章回小说就是这样一环扣一环地连成洋洋数十万言，充分展示了说书艺人叙事的才华，这大约就是中国小说传统的所在。"

辛晓征、郭银星的《小说内外》发表于同期《文学角》。郭银星在谈话中表示："我也觉得余华的小说很奇特。他和残雪、孙甘露这类作家不一样。这类作家对小说的破坏直接表现在语言形态上面，既表现在对内容的语言组织上，也表现在内容结构上。但余华的小说具有传统的小说语体，就象《河边的错误》那样，故事是按照完整的因果律和语言的逻辑化形态来发展的，然而对小说的破坏却更严厉。"

郭银星提出："小说当然有一个'怎样被叙述'的问题，但并不是怎样被叙述都合理。小说的价值取决于它的叙述价值，如果叙述的价值是有限的，那么小说的价值也就是有限的。所以叙述的问题不是一个单纯的小说学上的问题，它是作者在特定的心理环境中与自我与外部世界的联系方式，它在心理学和社会学方面都表现着某种必然性。所以我觉得《褐色鸟群》的叙述方式表现出一个文人的心理与外部世界的比较狭隘的联系。这种联系把故事的生动的感性内容破坏了，留下的是空洞的意念，和承担不了多少意义的心理感受。"

25日 陈伯君的《生存的困倦——魏志远小说语态指向的人生情绪》发表

于《当代作家评论》第1期。陈伯君认为:"魏志远写小说从不使用标志人物之间对话的引号。魏志远有意识地抹去对话与叙述的界线。这是魏志远小说一个明显的特征。抹去了对话与叙述的界线昭示出作品人物直接与读者对话的风格。只有当一个人向另一个人讲述往事时才不会把故事中人物对话注上引号以示听者。"

郜元宝的《向生存边界的冲击——评残雪的〈突围表演〉》发表于同期《当代作家评论》。郜元宝认为:"我们认定《突围表演》的主体是隐含作者与她的理想读者,主要是基于对残雪在这部长篇小说中娴熟运用的反讽性叙述方法的理解。……和先前发表的作品一样,残雪没有在我们看得见的表层叙述中为她的隐含作者即作品中的'第二自我'配备一个可靠叙述者以传达主体的观点态度。……作者从来不亲自出面调停评骘,为我们读者解疑释惑。面对这场似乎没有统一的主体在控制的话语的泛滥,我们在阅读中的确时常生厌生畏。……寻找隐含作者这种寓于刺激性的诱惑与忍受表层叙述那种容易令人厌畏的麻痹相统一,就是残雪的反讽性叙述方法的主要特点。"

南帆的《变革:叙述与符号——〈中国新时期文学理论大系·小说艺术分卷导言〉》发表于同期《当代作家评论》。南帆认为:"回忆起这场小说艺术变革的起始。……开场锣鼓却是由王蒙的一批小说敲响的。……反叛传统小说规范却是它们之间醒目的共同之处。……王蒙已无心组织一个个完整的事件,性格在这批小说中亦退居次要地位。……人们因此终于意识到一个结论:尽管小说的故事情节自然可能产生高度的艺术价值,但高度的艺术价值未必总是来源于故事情节——小说还有远为广阔的艺术天地。小说变革的另一个方向是向中国古代文学传统回归。一些作家对古代散文和笔记深感兴趣,他们在小说中自觉地吸收了古代散文、笔记的意趣和形态。相比于意识流、怪诞等等的艰涩,作家们对于古代散文与笔记的妙处更易于领悟,运用起来也更为得心应手。这种回归传统的艺术变革当然也就显得不那么激烈。"

周桦、曹磊的《幻影:一切文化与非文化的努力——〈访问梦境〉与现代主义小说的终极出路》发表于同期《当代作家评论》。周桦、曹磊认为:"所谓'新时期中国文学'虽几经外来文化的冲击,……至少在小说语言上,尚未突出原有的传统定式,即写实主义的再现客观物象或是状态及其变化的语言定式。在孙甘露之前的以往所有小说中,大凡词性都是确定的,单一指向的,……孙甘露终未重蹈前辙。非摹仿性的内容决定了他非摹仿性的语言使用。在前面我们援引的《访问梦境》的文字中,所有词性都因其意象的含混抽象而遭到了强化从而形成一种能力,一种多重的复意指向。……这就是孙甘露在小说语言学上的全部成就。也许,也正是他的全部缺陷所在。"

28日 朱向前的《1985年—1987年:新潮小说的"二度剥离"》发表于《文艺报》。朱向前认为:"我把1985年那场小说革命称之为'一度剥离'。就是说它既将小说内容从滞重而浅厌的政治、社会、道德等等非文学因素的包裹中剥离出来,注入一些或悠远空灵或古拙厚实的文化新质,如韩少功、阿城、贾平凹等'寻根派'的'文化小说';它又将西方现代小说技巧剥离下来为我所用,改造自己的小说叙述、结构、语言等要素,如马原、刘索拉等的'现代派'小说,遂形成了'双雄并峙'的小说格局。……我们不难看出其间的连续性和相似性,但我们更要找出它的发展性和相异性——这就是我说的所谓'二度剥离'。'二度剥离'一方面表现为新锐作家把'故事'从马原式的执著于'怎么讲'的叙述方法中剥离出来,或者说该故事从某一种潜隐深藏的哲学观念、文化意识中浮现出来,让故事更加独立,更加故事化,也更具可读性。既注重'怎么讲',也不忽视'讲什么';既留心深层寓意,也讲求浅层趣味。……'二度剥离'的又一方面也许是更为重要的甚至带有某种趋向性的方面,即把作家的心理要素、心态特征、情绪因子或情感色彩从客观世界中剥离出来,或者说从人生经验、从现实生活中抽象出来,借此创造一种与社会现实乃至文化背景脱节的、完全虚拟的幻象的艺术世界。"

二月

3日 丁帆、王菊延的《悲剧:矛盾的文化人格——评〈一个跌跌爬爬的人〉》发表于《光明日报》。丁帆、王菊延认为:"以小说的形式来塑造小说家的形象,这在我国文学史上恐怕是鲜见的。……姜滇曾表示过他喜欢写'随笔体小说',这部中篇的文体韵味,正是对其'夫子自道'的引证。……较之一般的纪实性小说,

'随笔体'显然在不受事实或细节的局囿方面更占优势,在设置特定的人文背景以观照人物方面格外方便。"

5日 汪政、晓华的《叙事行为漫论》发表于《上海文学》第2期。汪政、晓华认为:"在艺术叙事中,我们面对的是书面文本('阅读文本')或口语文本('有声文本'),我们一般不和作家或其他行当的人(故事艺人……)发生真实的关系,……日常叙事几乎只有一种叙事格局,叙事人就是话语的制作者,他不可能超越自我走向更多的角色,这不等于说日常叙事制作者不可能选择说话的立场,但这里的立场的更替只不过是自己丰富自我的多侧面的表现,而无法从根本上再造出一个完整的叙事人。……所以,日常叙事不可能造成话语的多样化。"

徐剑艺的《小说文体形态及其构成》发表于同期《上海文学》。徐剑艺认为:"它(指小说语体——编者注)是由小说语言能指系统的组织方式和能指对所指的实现方式所构成。……文学创作活动中的语言运用在这一意义上是一种言语活动。小说中这种言语活动又是由具体的叙述者发出的,所以称之为话语。由于这种话语所表达的对象是小说这一文类所规定的独特性对象——故事形态的现实题材(而非情绪形态的诗歌题材),这使小说叙述的话语相应具有了种种形式特征。"

10日 吴方、黄子平的《关于小说主题学》发表于《北京文学》第2期。黄子平认为:"我想你的一个基本策略是恢复'主题'的弹性和活力,指出它是'生成'的,它在'网络'中'运动',它依赖于读者的'接受'和'创造性阅读',它与'叙述方式''形象构成方式'等等都有密切关系。我从你的几篇文章里已看出了这个策略是卓有成效的。'主题'不再是生拉硬拽出来的几根筋,而是充满了矛盾运动的一个'过程'。多重的矛盾:主观意图与客观呈现,意识与潜意识,确定性与可能性,自足与开放,目的与过程,虚与实,表层与深层,等等。'主题分析'变得饶有兴味而不是令人生厌的千篇一律了。"

11日 李复威的《"通俗史诗"的新探索——评蒙古族作家孙书林的长篇小说〈穹庐惊梦〉》发表于《文艺报》。李复威认为:"以通俗文学的笔法、追求小说内容上、容量上的史诗性的规模,是这部作品在艺术上的一种新探索。……以有限的篇幅反映如此恢宏的历史画面，作家格外注重当代人的'通俗意识'和'阅读节奏'。追求历史线索的轮廓性和历史场面的粗犷性，构成了这部小说的显著特色。……作家摆脱了我国传统通俗小说所惯用的笔法，并不精心于细节的反复交待和细腻刻画，而是自始至终地从快速、紧凑的叙述节奏和大开大阖的故事起伏去把握史诗性的历史进程的描绘。"

18日 吴秉杰的《把故事还给小说》发表于《文艺报》。吴秉杰认为："取消了原有的故事模式，并不等于取消了故事本身。原有的习惯的故事模式不断被打破、被更新、被重建，可小说作为讲述对象并借以吸引读者的仍然是富于感染力的故事。虽然当前小说创作中也形成了一股向抒情性与散文化靠拢的潮流，它们对于丰富小说形态、发展小说创作有着不可低估的意义，但在小说的范围内毕竟不能兴之所兴、随意挥洒或是借助于漂浮的意象而打开抒情的闸门，仍要与特定的事件和变化着的相对完整的过程相联系。它们中间的极端可以称为小说的'变异'，'变异'不能代替小说基本、稳定的形态特征。……故事是小说艺术的基本载体。不仅如此，而且，更进一步与诗歌、散文等相区别，它也是小说中塑人物形象、输入作家情感的载体，是小说语言建构的对象。因此，故事中便有作家全身心的投入。故事的曲折对于一些小说来说不过是既定套路的重复，模式化的翻版；而对于另一些富有创造性的小说，每一曲折则都是一种新的发现，意义的深化。"

19日 罗强烈的《叙事方式与主题——我读〈重返家园〉》发表于《青年文学》第2期。罗强烈认为："洪峰一方面津津有味地叙述他那些大大小小的故事，一方面又毫不可惜地有意破坏或说'消解'这些故事。这正是洪峰小说艺术的最大特点。在他的艺术操作中，叙事方式和主题达到了同一和转换的层次。……洪峰的'追问'是用小说的方式，他对生活的理解产生出他的叙事方式，他的叙事方式传达出他对生活的理解。"

罗强烈强调："洪峰表面上对他那些故事很有兴趣，有时还故意卖卖关子，比如说小燕的故事就是他不许讲完。实际上，洪峰并不否定这些故事本身，他否定的是他在大大小小的故事之间自由出入时的体验。阅读者也应该持这样一种态度。那些并不完整的故事共同组成了他的《重返家园》。那些故事不可能有结局的——只要人生在延伸，它们就不可能有最终结局。串起这些故事来的，只有一根宝贵的生命红线。所以，这些不完整的故事组合，既是洪峰的叙事方式，又是他的小说主题。这里，我们也不能仅仅相信生活本来就如此，别忘了作家有虚构的能力和权力。洪峰之所以要有意破坏或'消解'这些故事，既是他的叙事方式使然，也是他的主题使然。——这就是叙事方式与主题的同一和转换。"

20日 冯亦代的《牢狱里写成的小说》发表于《人民日报》。冯亦代指出："彭荆风在谈到他改写这部小说时说，按照当前的流行'高论'，写人物、故事、情节淡化的小说……才是'上乘之作'，但他认为'如果没有人物、故事、情节，那还成为什么小说呢？'即以欧美小说流派无奇不有而论，举凡站得住脚的小说，还是脱离不了生活的支撑点。现代主义的大师乔埃斯写的《尤利西斯》，就是把生活浓缩成一天的故事来作观察的。他曾使用了长文不加标点的技巧，读者以为奇文，事实上这种写法是他那位文化水平不高的妻子诺拉写信时惯用的手法，他亦是有所本的。至于无人物、无故事、无情节的小说写者固有其人，那只是某种流派的尝试而已，并不等于说小说都'应该'这样写才是上品。依我个人的看法，写了作品原是要读者看到你所要传达的思想和意念，否则你又何必去写？读者更无理由非念你的梦呓不可。当然在此提倡写作自由的时日里，我只是想说别忘了读者这个重要的对象。"

23日 王干的《超现实与纪实：小说流到哪里去？》发表于《人民日报》。王干认为："近年来的小说便出现了两股新的流向，一股便是渗进了一些纪实性的因素，使小说更加现实化、世俗化，是向'纪实热'认同的；一股便是加重文学的虚构性，超现实地营构心灵的幻象世界，这是对'纪实热'的反拨。前一股流向主要源于一些纪实型的作家，……他们只是企求一种纪实性的阅读效果，以消除或缩短审美的距离感。……以貌似纪实的方式来强化小说的可读性、可捉摸性以扩展小说的阅读面。……事实上也出现了这样一股与'纪实热'大相异趣的小说热流，这便是一批具有超现实主义特征的小说和小说家的出现。这些小说家在从事小说操作之前差不多都染指过诗歌，孙甘露、苏童、格非、沈宏菲、北村等人都曾经做过大诗人的梦。在理论上他们显然直接或间接受到过超现实主义流派的影响，在实践上他们对阿根廷的著名作家博尔赫斯推崇至极,甚至在偷偷地模仿或暗暗地移植。因此他们的小说笼罩着一层梦幻色彩,时间和空间也往往失去了自然的确切的界限与流向,完全是作家'精神自动性'的一种'下意识书写'。……这些小说家虽然强调梦幻的作用,但并没有想把梦幻世界与现实世界对立起来,而是企图通过强调梦幻世界的真实性使这两者一致起来,以获得一种'超现实'效果,以嘲笑纪实文学的平乏与媚俗。"

25日 晓华、汪政的《"故事"新变》发表于《文论报》。晓华、汪政认为:"首先,我们发现回归的故事失落了它原来形影相伴的背景。传统小说的金科玉律之一是典型环境里的典型人物,这典型环境一般诠释为社会环境(共性)与作品具体环境(个性)的统一,而故事正因为有了这样的环境和背景,才获得了发展的外在动因和得以认读的意义,尤其是后一点,往往是使故事获得社会价值的必要途径。而回归的故事恰恰遗失了这样的环境和背景,这种遗失的程度轻重不一。一类是几乎看不出它的背景,我们称之为'无背景叙述',如杨争光的《泡泡》,苏童的《水神的诞生》《祭奠红马》等等,故事似乎摆在哪个朝代都可以。一类是背景模糊不清,难以辨识。我们称之为'弱背景叙述',如余华和叶兆言的一些作品,前者的《四月三日事件》《现实一种》和后者的《八根芦柴花》《儿歌》《绿了芭蕉》等作品的背景是什么?不清楚,但好象是发生在现在或距现在不远的故事,除此,我们就不会知道得更多了。失掉了背景,作品的美学功能也将随之变化。它一方面变成了无意义的叙述,因为失掉了背景的参照,我们无法寻找它的意义。……其次,回归的故事忘却了人物行动的动因。……最后,想约略谈谈回归故事在叙事方式上的努力。在抱怨故事失落时,我们曾提到,叙事方式和小说意味并不能独立于故事而存在,而只能通过对故事的讲叙而建构。回归的小说似乎正是通过对故事的妥协来实施自己的叙事美学理想的,当然,它不可避免地使得后者显得更为隐蔽了。"

同日,林为进的《在平静中酝酿跃动——谈1988年的长篇小说》发表于《文艺报》。林为进认为,1988年长篇小说在突破与超越层面得到了多层次的体现,"打破了题材抽象意义的界限,体现于:首先是打破了勾勒事件轮廓的构思,而开始了真正从对人物把握入手去进行创作。……作家认知人生视域的扩展开拓,正是创作突破了题材具体规定性制约的重要原因。……小说是一种叙事艺术,……不过,用这样的定义来衡量1988年的长篇小说,则难免见出了胳膊与衣袖尺寸不符的尴尬。……其中有《平凡的世界》《流水十三章》这种叙述平凡的人生、平凡的事件,带着较浓的传统写实的小说;有《都市风流》《商界》《复活的幽灵》这种五六十年代兴起的、所谓抓住某些生活本质规律,加以概括及适当虚构的创作;有《只有一个太阳》《天堂蒜薹之歌》那种'问题小说'"。

28日 何镇邦的《长篇小说创作主体的三个矛盾》发表于《光明日报》。何镇邦认为:"长篇小说创作要进一步突破和提高,要出现更多的力作,正面临着种种矛盾和问题,我以为,以下三个方面存在于创作主体的矛盾是应该首先受到注意的。一、作家史诗意识的增强与生活积累、艺术功力的不足。现代或当代的史诗,是这样的作品:能够再现某一阶段的社会历史面貌,能够表现比较强烈的时代精神,具有纵深的历史感和时代感,具有比较宏伟的结构和全景式地反映社会生活的特点,注意创造具有典型意义的艺术形象,等等。……二、生活的急剧变化、纷纭复杂与作家思维的定型化。……作家以'真正艺术家的勇气',以穿透生活迷雾的慧眼,去认识逝去的历史真面目和正在发生急剧变化的现实生活,对生活有其独到的认识和独特的评价,……三、长篇小说文体范式的建立与作家创作中主观随意性的泛滥。"

同日,陈骏涛的《"转型期"创作琐谈》发表于《人民日报》。陈骏涛认为,文学需求有两个转移,"这两个转移是:从文学性向新闻性的转移;从教化性向消费性的转移"。进一步,陈骏涛指出,"三类作家的基本创作走向是值得特别予以关注的",其小说"特点概略地说有:其一,重视表现普通人的生存境况,不避讳现实的矛盾和缺陷,对现存秩序不满足,表现出一种求真的意识,一种直面惨淡的人生、正视淋漓的鲜血的精神,一种深邃的人道主义精神;其二,从写英雄到写普通人,从创造典型到典型的淡化,从写外世界到写内世界;其三,艺术观念和表现手法的开放性和相容性,这就是说对写实主义之外其他各种表现方法并不采取封闭的和排斥的态度,而是勇于借鉴、勇于吸收的"。

三月

7日 李敬泽的《小说与"价值"》发表于《人民日报》。李敬泽认为:"像《访问梦境》（孙甘露）那样的作品，语言本身的结构、色调和质地令人目眩神迷。这确是一次大胆的尝试，但也是一种无望的实验。剥夺了语言的指意功能实际上把它当成物理现象来把玩，这其中最高明的只能是悦耳动听的梦呓，等而下之的就不用说了。当什克洛夫斯基等俄国形式主义者强调语言的陌生化时，他们是要通过奇异而'困难'的语言形式唤起和凝聚读者对日常生活真正意义的认识，而不是想把作家改造成文字匠。……我认为，小说不应该放弃对民族灵魂的更新和提升的那一份责任，一切伟大的文学都是由此获得了不朽的生命与光荣。……小说能通过它的重构民族价值世界过程中所起的建设性作用保证它在今日文化体系中的价值和地位，而这是不能用市场占有率来衡量的。"

　　10日　蒋原伦的《名流的叹咏》发表于《读书》第3期。关于《一嚏千娇》，蒋原伦认为："应该说作家的这种语言状态，在《一嚏千娇》中达到了巅峰，由于这部小说用一种解构写法，作家可以随时切入，跨进跨出，再加之这种咏叹文本与作家近期所热衷表现的主题、与他已经经营了八载的所谓'东方意识流'小说的技法相契合，因此，便进入了一种从心所欲不逾矩的境地。你似乎难以廓清讥嘲与解嘲、咏叹与自炫的界限，只觉得在语言的杂耍中，负载着的许多思想内容都成为次要的了，而语言运用本身的机智、谐趣、层次的丰富和气势的贯通，成为阅读注视的焦点。"

　　同日，李国涛的《当代小说同艺术世界的联系——汪曾祺的小说观念》发表于《批评家》第2期。李国涛认为："写小说同画画可以通，同剧本可以通。这两方面他（指汪曾祺——编者注）都讲过很多。关于画，他自小承教于他的父亲，学的是国画花卉。他从画而悟到小说应当'先有一团情致，一种意向'，总之，要有'画意'，要讲究'留白'，不把话说完。他说写小说要含蓄，其道理是有来自绘画的。关于戏曲，他讲得多，他是这方面的专家。他从小就爱唱京戏，读大学时又从当时的昆曲名流学昆曲，虽然后来干上戏曲这一行有一定偶然性，但素养是有深远渊源的。实际上戏曲和小说才是他艺术生涯中交织最紧的两个方面。……戏剧的世界和文学的世界，对他来说一直是通着的。虽然从具体的写法、形式上他一直指出两者间的相异，如戏剧要故事，而小说最好少写或不写，只写生活；小说对话要简短逼真，而戏剧里的对白和唱词都可以用一些警句、哲理或议论；等等。但是他的着眼点往往在于'打通'。……汪曾祺指出，'董解元《西厢记》与其说是戏曲，不如说是小说。''它的许多方法，到现在对我们还有用，看起来还很"新"。'……为什么有汪曾祺认为属于小说的东西？就是生活化，毕肖人物的神态。汪曾祺认为，小说应是谈生活，谈人物，而不是编故事；小说要淡淡而出，从容道来。这是他的小说观念，他由这种小说观念就从戏曲里认同了这些因素。"

李国涛说："我觉得《晚翠文谈》更值得注意的地方，还是在于它在文学的内部，在诗文与小说之间的'打通'，在中外小说之间的'打通'，以及在古代文论和当前小说创作之间的'打通'。首先，汪曾祺十分重视'文体'的概念。他提到'风俗画小说的文体''文体的庄重'；在具体的作家方面，他提到'阿城的文体'，其实在谈他自己，谈何立伟、林斤澜，谈他的老师沈从文等人的作品时，他谈的也是文体。"

李国涛表示："汪曾祺特别指出：'现代小说家所留心的，不止于'用字'，他们更注意的是语言的神气。'这'语言的神气'也就是'文体'的另一个说法。……汪曾祺提出小说里'诉诸直觉'的单词句式，提出'对仗'，提出语言的哲理性、方言、四字句、典故、成语在小说语言中的位置，这从小说文体说来，都是十分重要的问题。而这些问题有些属古今相通，有些却系中外相通。汪曾祺力图'打通'，以发展现代的中国小说文体。在《谈风格》一文中说，他曾经发誓要将鲁迅的小说和散文'逐句逐段加以批注'，象金圣叹批《水浒》那样。"

李国涛指出："汪曾祺不但认为桐城派可以继承，而且把它引入小说理论，确有眼光。非但如此，他还提出'希望评论家能把"文气论"引进小说批评中来，并且用它来评论外国小说'！评论外国小说，就是说，外国小说也有一个'文气'的问题。《晚翠文谈》论及'文气'的地方最多，十余处，每论都较细。至于'文气'是什么？他说：'我的解释就是内在的节奏。桐城派提出，所谓文气就是文章应该怎么起，怎么落，怎么断，怎么连，怎么顿等等这样一些东西。'当然这样的东西在哪国的文章里都有。由此，汪曾祺提出一个'节奏'的概念，来代替'结构'的概念。他以戏剧同小说对比说，'戏剧的结构象建筑，小说的结构象树'。前者是比较外在的，由开场到矛盾冲突，到高潮，到结尾。而后者则灵活的多，变成内在的节奏。这就是'文无定法'里的结构。曾国藩说，'为文全在气盛，欲气盛全在段落清'。这就是把结构当作节奏来看，并且纳入'文气论'里边去。汪曾祺要求小说写得'随便'。'随便'又是怎样？信笔而写吗？不是，以节奏来制约。以'文气'来统辖。试读汪曾祺的小说，读王蒙、莫言、高晓声的小说，外部结构是'随便'的，但内在节奏很强。近来看到王玮写的《小说的非轰动时代》引高晓声的话说：'语言用得熟，就会自然建立起一种感觉。我的文章，写到这地方要用哪些句子，要用几个字，我都是有数的。同样的四字句，你只能用四句，不能再多，多到五句就不行了。为什么这样，很难说，只是一种感觉。'这种感觉就是关于节奏的感觉，用几句、用几字，长句短句的先后安排，高晓声还讲了很多。这是'文气论'在当代小说中的应用。汪曾祺也论及四字句，认为它简洁传神，有中国味儿；而且由于省掉连词介词，'造成明快流畅的节奏'。"

李国涛表示："汪曾祺有几次谈到'气氛'，我觉得他的'气氛'也即'意境'，不过前者是洋名词的归化，后者是传统概念的继承。在谈'气氛'时，问题说得似乎更清楚。他两次强调同一句话：'气氛即人物'。这里说得明确。你是写的小说，你又重视人物，包括人物的心理情绪；从何处写起？就从气氛上。"

15日 高万云的《也谈小说语言之"超常"》发表于《文学评论》第2期。高万云强调："为了适应急剧变化的时代的需要，为了适应文学消费者审美的需要，当代小说的言语形态自然发生了相应的变化，如语词的语义附加，语句的超常组合，语音的节奏调谐，标点符号的越轨使用，修辞手法的高频交叠出现等等。然而在这扑朔迷离的变化面前，批评界似乎出现了一种误会——一种认为语言符号系统正在变革的误会，一种认为文学作品的言语形态可以超越语言规范的误会，一种语言和修辞混为一体的误会。"

何龙的《小说的语言语调与情感情态》发表于同期《文学评论》。何龙表示："如果说过去的小说更注重其肌质，那么现代小说则同时注重其肌理。无疑，除小说叙述观点外，叙述语言是构成小说肌理又一重要因素。……语言对位是指小说叙述语言与人物、观点、情调、文体等的契合关系。……语言错位情况实际上是常常发生的，我们要看这种错位是技巧性的还是失误性的。"

何龙指出:"语言的成功运用可以形成一种语势和语调,酿造一种语境,使小说表现出某种基调或同时表现出情调的和声。……现代小说则不必助于自然现象,它可以通过对语性的了解而恰当地使用,通过文体的模仿或语法的灵活应用而达到语氛情调的酿制。……每个词一旦与上下文或者特定的语境联系起来,它的背后都连接着某个意象和某种情绪。……成功地安排语言语法结构,同样能造成小说的特定情调。"何龙认为可以"通过文体的模仿经营小说情调"。

同日,郜元宝的《〈来劲〉与关于〈来劲〉的非议》发表于《文艺争鸣》第2期。郜元宝认为:"《来劲》的叙述者及其话语行为的确是小说全部叙述信息的归趋和最后凝定显现于外的形式,叙述者及其话语行为在小说中的位置,一如人物在传统现实主义小说中的位置,带有本体性的意味。……句法和词义二者的极端分离、正常与乖悖的两极对立,使《来劲》的叙述话语达到了相当高的'谐谑摹仿'的修辞境界。"

胡平的《以情节取胜论》发表于同期《文艺争鸣》。胡平认为:"固有的情节结构以冲突为基础,动作为主导,强调情节的起承转合,层次分明,有头有尾,人物的命运在结局时有所交代,事实上形成一种线型的、封闭式的结构。……传统的情节格式不足局限文学的发展,需要开拓新的路数,打破习以为常的惯用公式,以追求更多的非确定性内涵,形成小说和其它创作的多元化格局。但是它的结果将是造成心理结构样式与情节结构样式并存的两大结构形态。后者不再作为叙事创作的正宗,但也将由于体现叙事作品一类代表性风格而继续存在和发展。"

胡平提出:"需要谨慎对待'以情节取胜'的意义。当情节仅仅以自身为目的时,作品不免堕入末流;当情节成为表现人物和人物心理最为关键的手段时,以情节取胜的作品可以视为上乘。"

纪众的《小说的审美生命形式问题》发表于同期《文艺争鸣》。纪众认为:"艺术世界与客观实存的区别既然是在于前者是具有生命体特征的审美形式,那么,作家在建构自己的小说模式时,无疑就应从呆板的反映论中解脱出来,确立生命自我的主体地位,并遵循生命体的本性——有机性、运动性、整体性及自由意志,建立起对象系统内部的与之相适应的生命—人性结构。……小说创作中，主体对对象的艺术感觉，不能简单地归于对象的个别属性的传导结果，也不能认为只是概括对象的外观。"此外，纪众还认为："小说作为艺术既然是生命的外化，既然是具有生命体特性的审美形式，那么，它的主体当然就既不是作为社会分工的作家，也不是他的从属于社会分工的思想和理性意识。……它应该是也只能是作家的生命—生存经验及他的作为人性表现形式的情感。"

同日，丁帆的《现实主义和先锋派小说的融化与消解——"新小说"现象断想》发表于《钟山》第2期。丁帆认为："这批'新小说'的叙述形态又恰恰保留了旧现实主义的基本描写特征，如情节与细节描写的生活化、原生化、人物描写的细腻性（当然，作为现实主义的原则不仅仅是创作方法问题，还包括某种哲学观念的内涵）等，……倘使你换一个视角来看这批'新小说'，也很容易发现它们所带有的现代派小说（即'先锋派'）的印痕，尤其那种心理的、情绪的、直感的介入，那种隐喻的、象征的、意象的'反典型'描写，那种对人的生存状态以及生命过程的体验，又切切实实地表明了它们与现代派小说的血缘关系。它们根本不可能超越时代的熏陶而重蹈旧写实主义的复辙。因此，有的青年批评家提出了'后现实主义'的概念来说明这种创作倾向，这也不无道理。"

18日 李国文的《功到自然成——谈池莉的小说》发表于《文艺报》。李国文认为，"池莉讲的又是些小故事，小情节，小的雅趣戏谑，还可以说尽是些普通人（自然也是些小人物了）的绝不大的快乐与苦痛。……池莉在营构这两部作品（指《烦恼人生》和《不谈爱情》——编者注）时，大概一是精心策划，二是力求自然。如果说前者是作品之形，后者则是作品之魂。因为所有对小说的选材，剪切，结构，人物的设置，细节、情节的萃取，语言的运用，若不放在一个天然自成的坚实的生活基础上，必会产生矫揉造作之感。池莉的《烦恼人生》和姐妹篇《不谈爱情》（说到底也是相当烦恼的人生一页）似乎是未加雕琢的原生态式的生活一幕，也许这正是作品成功处"。

尧山壁的《〈玫瑰门〉的门》发表于同期《文艺报》。尧山壁认为："在这部长篇小说里，铁凝对现实主义有了更深切的理解和实践。……在铁凝的小说中，现实，不再是简单的向外的寻找，而首先是一种向内的探究和发现，是从'我'出发去揭示生存，……铁凝的语体风格发生了某种跃迁。她不再冲动，不再着意于所谓'美文',而是直接、赤裸、粗粝,一直摸到人与生存真正临界点上——语言的根。……铁凝的这部小说,不是什么'叙事圈套'之类的东西,她实实在在,就是要通过语言去表达一种观念。"

20日 陈晓明的《无边的存在:叙述语言的临界状态》发表于《人民文学》第3期。陈晓明认为:"'后新潮'的叙述实验在那里找到自由的空间,那是当代最不安分的魂灵暂时栖息的次大陆。……我设想的是发生在能指与所指断裂带引申出来的叙述内部的分裂状态。叙述不仅不再考虑'再现'现实世界,而且与它的意指对象脱节,中间插入一段无形的空白。叙述变成追踪与拒绝、期待与逃避的奇怪的双向运动。这是叙述的'无状态',它表明叙述无比困难又彻底自由,预示叙述充满无限可能性又毫无结果。"

王朔的《我的小说》发表于同期《人民文学》。王朔认为:"有人不喜欢我的小说,说我的小说不是小说。其实,只不过觉得不是新潮小说罢了。我认为是我们面对的东西不一样,关心的东西不一样。……我写东西都从我个人实例出发。而我接触的生活,使我觉得只要把它们描述出来就足够了。所以写的时候我总极力抹煞自己。我不想把自己的东西加到生活上去。而且要把生活写出来,笔力就已经承担不住。……我的小说中的所有通俗因素,不是因为我要吸引读者故意加进去的,而是因为生活已经改变到了这种程度。已经有了这些因素,所以或许应当说是流行因素。或许还可以说,我最感兴趣的,我所关注的这个层次,就是流行生活方式。在这种生活方式里,就有暴力,有色情,有这种调侃和这种无耻,我就把它们给弄出来了。"

余华的《我的真实》发表于同期《人民文学》。余华认为:"我觉得我所有的创作,都是在努力更加接近真实。我的这个真实,不是生活里的那种真实。我觉得生活实际上是不真实的。生活是一种真假掺半的、鱼目混珠的事物。我觉得真实是对个人而言的。……所以在我的创作中,也许更接近个人精神上的一种真实。我觉得对个人精神来说,存在的都是真实的,只存在真实。"

张颐武的《语言和语言》发表于同期《人民文学》。张颐武认为:"近年以来,语言变成了中国小说理论探索的一个热点。……这是一向关注现实与文学的关系以及现实对叙述的影响的中国小说理论一次引人注目的'转型'。……

更何况我们还有一个极为悠久的本土叙事文学的传统。这就无可回避地向小说研究者们提出了一个新的课题：如何使小说语言的探索更加适应于汉语和汉字的独特性，更加有利于发掘和描述汉语小说语言模式的潜能和弹性。……中国现代小说的语言有两个基本的要素，一是作为基本载体和符号系统的汉字；一是以口语为基础，由文言和其它成份中蜕变而来的书面'话语'——'白话'。……林斤澜的小说创作就典型地发挥了汉语和汉字的表现力及其限度。在林斤澜的作品中，方言和文言的成份广泛地进入了现代'白话'的构造之中。叙事和写景往往显示出某种'滞涩'性。主语经常被忽略掉，留下众多的'空白'。同时修辞压迫语法，修辞的强化极大地增强了语言的张力。……林斤澜尤擅营造特殊的文字，以构成'物象'式的效果。他几乎完全抛弃了具体的描述，全力用文字构造气氛和飘忽不定、难以捉摸的情绪。"

同日，杜黎均的《刻画人物的性格化思维》发表于《小说评论》第2期。杜黎均认为："小说这种审美样式，主要是以深入思维境界，创造人物形象来取得审美效益的。因此，小说创作更需要重视思维。……小说家在创造艺术美的过程中，对人物的性格化思维进行深刻观察，精切提炼，真实描写，就会使形象丰富生动，心态清晰爽朗，神情浮现而有感染力。这样，作品也就增强了审美效益和美育作用。什么是性格化思维？据我从小说美学的角度来理解，性格化思维是显示人物独特的看法、意愿、爱憎感情、个性色彩的内心活动。这里的思维，不能单纯认定为理性认识，性格也不应仅仅视作自然脾性。……小说所描写的人，也是社会的人，他们的思维也不可免地被各种社会关系所制约和影响。"

杜黎均强调："小说家对人的审美，需要重在多空间的立体性观察和刻画。……作品不能只写外在形象，把人物写成'善良''勇敢'等孤立概念的抽象品，而应当抓住多方面和多层次，进行深入描绘。既写外在形象，也要写内在形象；或者通过外在形象，显现内在形象；这都是为了创造出'通体贯注生气'的人物美。刻画性格化思维，需要细致表现人物的'内心世界的丰富多采性'。"

胡尹强的《小说是什么？》发表于同期《小说评论》。胡尹强认为："小说是小说家虚构的人和人的生活的描述。……人和人的生活。人有外在世界和内在世界，人的生活也有外在生活（行为流动）和内在生活（意识流动）。两者互相联系、互相区别、互为因果。……小说优于诗和戏剧的是，它的表现是内在生活和外在生活的全方面的表现。小说能够全面地满足人类认识自己和鉴赏自己的需求愿望。……历史不允许任何虚构。小说对人和人的生活的描述则是虚构的。小说描述的是小说家认为人和人的生活中可能发生的事情。虚构不是凭空杜撰，而是以人和人的生活的可能性为前提和基础。……虚构使小说的描述有可能展示现实中人的自我实现的无限可能性。……小说是凭借语言的造型功能的一种描述艺术。……小说家必须找到并且把握人和人的生活中相对稳定而又具有本质意味的东西，作为核心和支架，才可能把人的生活描述出来。在民间故事中，描述人和人的生活的核心和支架就是故事——人的生活中发生的按时序排列的一连串事件。小说艺术描述人和人的生活的核心和支架是性格。我们必须把对性格的理解从传统的简单化的解释——人的行为的类型化特征——中解脱出来。性格的内容比这种简单化的理解要丰富得多、复杂得多。"

沈金耀的《试析近年来小说中的后现代主义》发表于同期《小说评论》。沈金耀指出，中国艺术家在后现代主义艺术方面水平颇高应该"归因于中国传统的审美意识"。他认为："近年来小说中的后现代主义有以下几个方面的表现。……第一个方面是作品核心意义、人物性格的取消，或说深层模式的拆除，与之相适应的是作家从作品中退出的'纯'客观叙述。……第二方面的表现是纪实文学的兴起，最典型的是口述实录小说。这种艺术上的无为表现为对艺术（小说）技巧和原则的断裂式的脱离或拒绝。……这类艺术——物品艺术、口述实录小说，后崛起诗潮，力图使艺术平民化、生活化，不仅在使用的材料、形式上的粗俗化和漫不经心，而且在内容上也排除了原有艺术对崇高、深刻、优雅、永恒的厚爱，似乎把崇高与庸俗、深刻与浅薄彻底抹平了。小说的生活化倾向表明着生活的存在形式直接成艺术而拒绝艺术加工。这与后现代主义美术思潮是相一致的。"

盛子潮、朱水涌的《小说空间与空间小说》发表于同期《小说评论》。盛子潮、朱水涌认为："小说空间的结构方式，不外乎有两种，一种是有次序的展开空间移动过程，小说空间按线性的逻辑的关系而组合，时间维度起着维系空间结构的作用；另一种是非线性的排列小说的空间，各种空间成分横向摊开，或并列、复合，或对比、映衬，或犬齿交错，空间成分为各自的功能互为依存互为作用，小说空间靠功能关系而结构成一个整体。……一部小说给人是过程感还是氛围感，是属于时间的小说还是空间的小说，就看在最高层次上的情节段组合是时间性构成还是空间性构成，这是因为只有最高层次上的情节段组合，小说才产生整体的意义，在这之下的任何层次，情节段之间的组合都构不成一篇小说。"

吴方的《悲喜剧形态小说的审美经验》发表于同期《小说评论》。吴方认为："当代中国悲喜剧小说的精神和旨趣，仍然集中在比较迫切的历史文化批判和精神反省上。但嘲讽和自嘲的加入，毕竟又给批判和反省投入了理解的新酵母，至少给了历史和自我，给了种种现成的东西以有效的质疑。或许当不仅社会生活开放，而且对历史和自我都开放时，社会将得到一种具有'形而上'意义的悲喜剧小说。只要我们不害怕真实，并敢于拿真实'开刀'。……悲喜剧小说经验的潜能及表现的现实性既在审美对象中也在审美意识这一方面蕴藏。"

21日 李陀、张陵、王斌的《"语言"的反叛——近两年小说现象》发表于《文艺研究》第2期。李陀认为："现代小说实际上又回到我们古典文论中所说的那种'得鱼忘筌''得意忘言'的境界中来了。88年的这些小说基本上可以说是'得意忘言'。"

王斌表示："实际上是通过对语言本身的操作过程去探寻语言背后的那么一种莫名可状的情绪和意境，带有一种禅宗境界中所讲的'悟'的成分。……'现代小说'作家追求'得意忘言'是首先建立在对于语言的深刻怀疑的基础上的。这同古代文人是有区别的，但这并不是说他们不重视语言本身的操作。"此外，王斌还认为："85年的小说作家他们背后确实有着一种明白直露的非常深沉的忧患意识，但在87年和88年的这些小说里，这里主要是指那些多少带有点实验性或先锋意识的小说，则不能说有这种忧患意识。作家似乎只是想告诉我们这个世界贴上了一层很薄的纸，而现在'我'作为作家不过是要把这层纸捅破，让你自己去看。"

张陵说道："85年的小说技巧的操作方式很容易谈，因为它明显受到'概念'

的影响,而这些阴影到了87年、88年的'纯'故事里就已经消失了。"张陵认为1985年的小说"似乎没有什么个性。这种操作行为总是要受到一种因素的影响,比如从《红高粱》中就体现出这样一种矛盾:一方面这是一个抗日战争的故事,而另一方面作者又通过自己的很多感觉处理'肢解'了那种传统的有关抗日战争的说教故事,并且作家是通过许多方式来完成这一过程的。这可能是一种矛盾的状态,作家想摆脱这种东西,但又不能完全摆脱掉。这多半也是因为'抗日战争'这个概念本来就影响着我们,至少里面有一种先入为主的主题的阴影在影响着我们的阅读,一想到'抗日',就立即使我们联想到中国人与日本人之间的那场殊死的战争"。所以,"'抗日'这样的概念所给予我们的那种制约是无法限定的,一旦使用就要受影响。而在今天的小说里面则可以限定它的作用。叙述的操作过程本身就已经限定它了"。

24日 王安忆的《什么是故事》发表于《文学角》第2期。王安忆认为:"刘庆邦的能力在于,他能够以严密的逻辑关系推进一个事件发展。在其发展过程中,由于每一个环节都要求有合理的动机,他就必须在人物与事件中一步比一步深入地寻找理由,这寻找理由的过程,其实也就形成了我们通常所习惯说的,探掘深度的过程。"

王安忆强调:"不管怎么说,刘庆邦的小说使我感觉到了逻辑的力量,并使我意识到了什么是小说构成意义上的'故事',这是绝对区别于经验性传说性意义上的故事的。"

王安忆指出:"现代的艺术已放弃了秩序,可是放弃的是旧有的秩序,新的秩序实际上是建立在更严格的逻辑制度之上。那些时空颠倒,荒诞不经的小说与戏剧,他们放弃的只是事物表面的秩序,而要表达内部的或者主观的秩序;失去了事物表面的时间与地点的联络,如没有更严密、合格、高级的逻辑强有力的联络,便无法集合起那些风马牛不相及的片断,以此互动和推进。而我们在有一些当代的中国荒诞小说或荒诞戏剧里,却扫兴地发现其间无论放弃的还是建设的,都是漫无边际,随心所欲,不知要使其到达什么目的,如请求解释,得到的回答便是'感觉'。这就象是一个没有作好准备就匆匆开幕的舞台,演出着一些编者不懂观众更不懂的杂乱的篇章,为了摆脱'浅薄'的嫌疑,于是,大家齐声叫好,人人充当革命派。"

25日 李洪洋的《探求小说至境——乔良的空灵观》发表于《当代作家评论》第2期。李洪洋认为:"从乔良的小说中(尤其是《灵旗》),我们可以看到,他总是在努力强调形式、手法、语言和人存在的某种情欲的直觉对文学内容的制约作用,他努力将他呈给读者的世界艺术化,甚至不惜抽象和夸张。……乔良在自觉或不自觉地探求小说的至境,……也就是空灵。"

李洪洋还认为:"乔良看好了电影艺术中的优秀特点,并织入他的小说肌质,使他的小说呈现出跳跃性很强的特色。……从他的《灵旗》中,还可以看到现代戏剧中的灯光、音乐对内容的作用,以及中国民间的说书的结构组织特色。……还有《大冰河》的第二人称到第三人称的变换场景的剪辑,这些都说明了乔良在变换之中所探求的独特的艺术效果和对小说语言的有限性的批判。"

月斧的《悖反的效应——王蒙的小说魔术》发表于同期《当代作家评论》。月斧认为:"在王蒙1988年的小说中已经找到一个完整的主题构架,信息大量膨胀的结果反而使意义丧失了。这是一个令人啼笑皆非而饶有趣味的悖反。小说层面上浮现着大量的信息,而隐藏在小说深层的却是对意义的反动。不过,我倒以为这种主题的消解与丧失倒是小说的一个进步。……是王蒙小说的整体观照方式。"

月斧注意到王蒙小说中故事的间离与结构的丧失。他认为:"现代小说的多种多样的叙述技术、结构技术表面上看来是在处处排挤故事、拒斥故事,实际上仍是在寻求新的故事方式,使故事讲述得更圆满,更充分,更真实(当然这必须建立在他们各自的哲学和美学的基础上)。因此,现代小说作家对故事的消解实际是故事的一种新生。……王蒙似乎更擅长于把故事进行一种隔离化处理,通过一种复调结构来创造审美阅读的陌生化效果。……1988年的创作表明,王蒙已经熟练掌握了这种隔离的方式,并开始创造出新的隔离方式,使之更加陌生化、复调化。令人诧异的是王蒙几乎每篇小说的隔离方式能不重复,都能自成一格。《十字架上》则是用现在的客观的真实的'我'的活动和情绪来隔离那个被钉上十字架的抽象的精神的受苦受难的'我',既造成一种陌生化,又有一种真切感。《夏之波》是用故事隔离故事,……王蒙把发生在两个不同空间情绪的事实交替排现在同一个小说框架中,既互相隔离又互相补充,既互相充实又互相包含,滋生出许许多多富有情趣也富有深寓的阅读空间。"

月斧发现了王蒙小说语言的扩张与叙述的死亡。他说道:"1988年的小说充分暴露了他的肆无忌惮的语言扩张欲,他恨不能在一句话将故事的所有可能性和所有不可能性全部都穷尽,这便构成了他叙述语言的非语法、非逻辑、非修辞乃至反语法、反逻辑、反修辞的思维特征。矛盾性的毫无节制的修饰使他们定语状语变得像旋转的魔方一样呈现出多种情调,多种结构和多种色彩。"

同日,龚平的《小说表现性论略》发表于《文论报》。龚平认为:"讨论小说的表现性,首先涉及表现对象。小说表现对象来自作者的内在世界。这有二层意思,首先,客观生活必须经过向主体经验的转换才有可能产生小说表现对象;其次,小说表现对象作为作者对某种'生活事例'的反应,其中包含的作家思想感情的介入是创作主体作为文化动物的一种内在文明积淀的发挥。指出小说表现对象来源的内部性思想说明它作为思想成果、感情结晶的形而上性质。……小说的表现对象是一种由生活实例触发的主体感受。它也可分为两部分,在客观(其实也是主观化了的)方面可以是事例包蕴的某种思想、感情、哲理甚至某种人的性格等等;在主观方面可以是作者的一种共鸣、评价、感受。就在作者为某个生活事例激动而萌发创作冲动的刹那间,实现两者的交融,作者强烈的创作冲动便来源于对这种表现对象获得的意识。"

同日,孟繁树的《京味小说的又一招——评〈玲珑三娘〉》发表于《文艺报》。孟繁树认为:"为了与朴实风格协调一致,《玲珑三娘》在写法上走通俗一路。作品中大量运用白描手法,基本上都采用顺叙结构,语言既俚俗又生动,有些作品还运用了传统小说开篇的'入话'方法。"

周晓的《儿童小说的艺术新形式——评张之路近作》发表于同期《文艺报》。周晓认为:"张之路在他的近作中所做的,是儿童小说艺术新形式——'幻想—荒诞'形式的勇敢创造。他不仅以他的作品证明,幻想并非童话所专有,儿童小说也同样有其用武之地;他还在作品里大胆引进荒诞形式——我指的不是一般童话中常见的夸张怪诞形式,而是对现代派艺术有所借鉴的荒诞形式,尝试糅合构建他的儿童小说审美新形式。"

同日，何龙的《冲破传统叙述模式之后——探索中的小说叙述艺术》发表于《文艺理论研究》第2期。何龙认为："传统作家们的变革主要是指向对现实生活的审美把握之上的，而在艺术技巧上的革新基本上都相当节制。就小说而言，由短变长，由简单变复杂，由章回变非章回，由文言变白话，等等。这表明在小说的主要艺术要素上，如叙述结构、形象模式、语言系统等方面没有动大的手术。因此可以这么说，传统小说无论怎样变换列车车厢，变换装载之物，但基本上是沿着原有铁轨行驶的。而现代先锋小说则大都是先拆轨道再让列车掉向。他们首先把革命指向一切成规，几乎在所有小说艺术的必经路口设擂迎战传统艺术模式。先锋小说迎战的是传统的艺术秩序，随着'意识流'四处流动冲刷原有的艺术通道，变换无常的时空转换，随兴而起的曲里拐弯，横空出世的人物事件，不告而别的在台演员，让读者在种种的艺术迷津上茫然失措了。除非愿意与作者捉迷藏，一般读者都将在这种阅读跋涉中半途而废，其次，先锋作家冒险向语言规范挑战，以不完全句，以不加注释的外语或杜撰词掺杂小说之间（如乔伊斯），这就难免让语言功力不深的读者栽跟斗，使欣赏的道路充满坎坷和荆棘。第三，象新小说派那样，为了否定'文学是人学'的传统命题，漠然地用物的指挥棒调遣毫无生气的人，这必然使读者感到作为活生生的人却看不见自己的相对映象而沮丧。总之，极端的先锋小说让读者面临一个完全陌生的世界，更确切地说，读者在到达这个世界之前，他们就已经迷失了，他们就已经失去与作家合作的可能。"

吴秉杰的《关于当前小说发展态势的一种描述》发表于同期《文艺理论研究》。吴秉杰认为："陆文夫、李国文、刘心武等等一系列表现'小人物'生活与命运的作品，……虽然提供给读者的看似仍然是传统叙事性的故事，却又扩大了故事后面象征的功能，小说的隐喻与讽喻性质日益突出。……从这点看，说他们的创作贴近生活、乃至反映了改革的时代，便完全可以理解了。这些作品其实也并不缺乏'现代色彩'与技巧，如夸张、讽喻、荒诞、变形等等常常被组织到故事中来，并成为意义传达的途径。"

吴秉杰强调："第三种新潮的小说似乎可以从马原、洪峰说起。初初一看，它们似乎回归到了传统，以一种平实无华的态度讲述一个又一个的故事，但这只是一种错觉。他们的故事零散、琐屑、甚至于无始无终,你随时可以拿起来从中间阅读,又随时可以放下,还不妨碍再次拿起继续阅读。它不需要你全身心地投入,设身处地的体验,故事就是故事。这是与第一种传统探索根本不同的地方。他们提供的故事就象一张张简单构成的草图,在这张草图中最模糊的便是'人物',这就是为什么马原的小说尽管有着这么多的吸引人的故事因素,却又始终让读者感到真假难辨。"

27日 蒋原伦的《一个书香门第的衰落》发表于《文学自由谈》第2期。蒋原伦认为:"叶兆言的这部中篇(指《追月楼》——编者注)对于前不久在《收获》杂志上发表的《枣树的故事》来说,文体上是一大变。这种变化不是陌生化,而是传统化。一种为人所熟稔的笔触,也许可称为史笔,极洗炼又极概括。只三四万字的篇幅,小说中十数个人物,三教九流都斡旋到了。主角,儒雅而迂执的丁老先生象模象样;配角等,如满身痞子气的小文他爸也有声有色。这种笔触的纯熟运用,使我在阅读过程中平添了一种怀旧的情绪。不知是因为在新潮小说迭起的今日,这种笔触这种文体是久违了呢,还是因为在书页与书页之间弥散着一个逝去的时代的气息?"

金梅、路远的《小说的氛围描写》(创作通信)发表于同期《文学自由谈》。金梅在给路远的信中写道:"我更感兴趣和感受最为突出的,是在氛围描写上的成功。……您的小说,很善于从特定的景物、气象、场景,人物的言语、思绪心态的表达方式,以及人物间感情的交接反应中,使某种特殊的气氛、情调具体而逼真地呈现出来。其间,尤其善于通过对景物、气象、场景的渲染、描绘,烘托出种种色调不同的氛围。……对静止的景物、气象加以描绘,比较容易一些;而您赖以创造氛围的,大都是不易把握和难以形诸文字的变动不居的自然之物;即是旨在创造某种宁静的氛围,您也往往以变化着的景物出之(如在《褐色的黄昏》中),这就难度更大了。……从场面中创造氛围,则是您艺术描写上的一大胜场。……只要写出了人们在特定场合中的形色神态、行为方式,以及相互间思绪的交接周流,再辅之以相应的环境、气象等描写,这诸多因素综合融汇起来,氛围也就不再是抽象的东西,而是能从作品的字里行间可触可摸了。……我以为,更可贵的是,您还能从宏观上(即从小说的构思立意、结构布局的整体性和氛围本身的整体性上）去把握和展开氛围的描绘。这主要表现在以下两个方面。一是，流贯始终，弥漫全篇。……您小说中的氛围描写……不仅随处可见，而且所有这类描写，于内在的有机的联系中，都在显示着它包容全篇、笼罩全篇的特性，和为全篇确立、稳固某种特定旋律的效应。……二是，既有核心层次，又逐层变化而整体相关。这是说，您的小说，一篇之中的氛围是有其主调的，而这种主调虽在贯串着全篇始终，但又是随着情节的推进和人物心态的转换而有所变化的。"

路远在回信中写道："您的艺术感觉很敏锐，的确抓住了我小说的主要特色。……起初，我刚写小说时，并不懂'氛围'之说，也不注重用浓墨重彩去烘托气氛、渲染情调，写出的东西寡而淡。那时我只注重讲故事，……而当我真正深入到草原腹地、再一次去感受草原上的一切的时候，……我便决定把这种真实而独特的感受融汇到作品里去。……近来我发表的几个短篇里，有意加重氛围的含量，尝试着采用一点新手法；并且认识到氛围的两种功能。首先，好的氛围描绘能够紧紧抓住读者，给阅读者在心理上制造一个'场'，使其整个欣赏过程都摆脱不了这个'场'的引力，从而完全沉浸到你的作品中去，用身心再次体验你小说里的那个神奇虚幻的世界。这大概是小说氛围的主要功能。……其次，小说氛围的功能还在于：某种精心设置的氛围既可表现情节所规定的现实情景，亦可表现（或暗示）超越于现实之外的某种抽象的东西，如哲理、象征、寓意等等。我在短篇小说《红马鞍》和《黑森林》中，有意识在这方面进行了尝试。"

李庆西、钟本康的《关于新笔记小说的对谈》发表于同期《文学自由谈》。李庆西认为："笔记小说在没有故事的情况下，通过普通人的日常起居、现代心理、语言趣味，使一方面有探索性，一方面有可读性。……新笔记小说中多保留中国美学精神，主要是诗的情绪，也就是说，主要是诗的精神。……笔记小说反映当代生活，题材内容是一个方面，这就是写什么，而更重要的方面是怎样写。它的短处是不能波澜壮阔地反映社会生活，不能象一般小说那样涉及事件的整个过程，但能通过美学情韵沟通现代人的心理。我力求在笔记小说中渗透着对人的理解和宽容，这本身就是现代的命题。要从哲学思想上寻找与现代生活沟通之处，如理解、宽容，还有个体的存在价值等。……群众既有对故事情节的爱好，也有对笑话、闲言碎语的爱好，而日常生活中后一种更普遍。从发展眼光看，笔记小说有可能争取更多的读者。许多小说讲了半天往往就是一个真理或哲理，而笔记小说有它的优势，既有生活情趣，又有思考余地。……我的笔记小说不直接写心理、写内心活动，而是在人的日常活动中去寻觅心理依据，使之作用于读者的心理。这既不同于一般小说的直接展示心理活动，也不同于古代笔记小说的不大诉诸心理容量。……在语言上，我采用文言、现代书面语、市井俚语的融合。每个作家的路子、习惯不一样，我相对地喜欢冲淡，于平易中找见情趣。"

朱珩青的《红色、亮色、对比色及其弥漫和爆炸——谈莫言小说的色彩》发表于同期《文学自由谈》。朱珩青认为："掺着恐惧的仇恨、强烈自卑感上的不满、城乡文化素养上的距离和消弭这距离的压抑、胆怯，文学天地驰骋的自由与现实的冲突，西方文化对作家所属的传统文化的冲击及其反抗于一心。在这样一种情况下，莫言小说的色彩在大量红色之上又加进了与之相近的黄色、紫色、金色等亮色，有时还使用强烈的对比色，以形成一种寓意。莫言对于色彩的敏感是与他对生活独特的感受相联系的。生活嘲弄过他，撕扯过他的心。这样，他写出来的生活就渐渐失去初期的纯情的笔墨和单纯美的色彩。那些能引起人不舒服的心理反应的句子越来越多地在他的小说中出现了。这些热烈的、杂糅着各种色彩的文字恶作剧一样嘲弄着人生、撕扯着读者的感情，……在莫言笔下，强烈色彩的食物常常还被放大、弥漫开来，引出爆炸性的效果。还记得《红高粱》中爷爷从地主手里抢来装殓奶奶尸骨的棺材吧。它遍体鲜亮，在大火熊熊燃烧之中几乎照亮一方土地！你也不会忘记《红蝗》中那一下子从地平线上冒出来的成千上万、成团成团的红蝗跳蛹，象原子弹爆炸后的蘑菇云一样使人咋舌瞠目！……莫言小说的情绪状况成了小说色彩的内在血液，小说色彩亦成了小说家心态的标志。"

本月

陈骏涛、陈墨的《小说化：艰难的历程——略论新时期长篇小说之局限》

发表于《当代文坛报》第 2、3 期合刊。陈骏涛、陈墨提出："长篇小说的'中篇拉长'现象可能比'短篇连缀'现象更为普遍，……甚至王蒙的力作《活动变人形》……第五章明显地是一种不和谐的'流水帐'，与前面章节从叙事风格到叙事结构都缺乏一种必要的有机联系，达到一种和谐的统一，从而缺乏足够的艺术张力。"

他们还认为："是的，我们虽然极其希望，但终于缺少这样伟大的小说家，缺乏这样的具有典范意义的'世界性'的长篇小说作品。新时期以来，我们的长篇小说创作虽然有了长足的进步，但我们的作品仍然缺乏真正的'私人世界'及'私人声调的表述'，所谓'私人世界'，即是一种独特的自由的心灵、独特的充分的个性精神以及独特的艺术感悟方式所体验并把握的世界。所谓'私人声调的表述'则是与个性相关的充满艺术想象力的个性化叙述。说穿了，我们之所以没有完整的长篇小说杰作，是因为我们缺乏完整的充分的个性，完整的独特的艺术心灵，完整的独特的艺术语言符号系统，完整的独特的结构观念和结构技巧……以及由这一切所造成的巨大的艺术想象力和表达力！

"'小说化'——艰难的历程。

"'小说化'并不是一个艰涩的字眼。它意味着人化、个性化、形式化。对长篇小说而言，就更需要一个与人化、个性化相吻合的独特而完整、深广而丰满的艺术形式。"

本季

陈墨的《论新时期长篇小说的艺术局限》发表于《百花洲》第 1 期。陈墨认为："我们看到在新时期长篇小说创作中存在着两个大的问题，一是'长篇小说化'的问题，一是'文学现代化'的问题。"

"长篇小说创作的'长篇小说化'的问题决非故弄玄虚、耸人听闻。而是我们的长篇小说创作实践中所面临的一个大的、首要的问题。"

"首先，'长篇小说化'与'史诗化'的区别，这个问题非但几乎从来没有得到过关注，反倒有一种以'史诗'来取代'长篇小说'的倾向，以'史诗化'要求来取代'长篇小说化'的要求。这是一种极大的误会。"

"这样说并不是要求'长篇小说'完全排斥'史诗'的气魄与宏大的对历史时空的概括性结构,而是要求它成为'长篇小说化的史诗',即首先是'诗',根本是'诗',而不是'史'——尤其在其形式上,不能重复或演绎一种简单的历史线索。在中国,这种'历史线索结构'基本上被理解成或表现成了一种政治的—道德的线索,一种固有的关于'朝代沿革'或'政治运动发展'的观念结构。因此,如若要求长篇小说的'史诗化',必须分两步走:一是(首先是)它的'长篇小说化';二是在长篇小说的'诗'的结构中渗透着独到的、个性化的历史的深层结构。在某种意义上说,这种'个性化的历史的深层结构'也只有通过'长篇小说化'——虚构和'诗化'来实现。恰恰不能通过'演义—演绎'来完成,因为'演义—演绎'从根本上来说是属于历史的表层的东西,属于一种陈旧的'历史观念'与'道德观念',所以在其深层意义上,它甚至是'反历史''背着历史''背离现实'的。"

"其次,'长篇小说化'相对于'史诗'而言是强调其'小说'的特性;而相对于中篇小说与短篇小说而言则应强调其'长篇'的特性。"

"'长篇小说化'一方面要求长篇小说的创作超越'历史—政治运动'的外在的线性时间的'讲史'结构和'演绎'方法,从而使之成为小说,成为'诗',成为'虚构的形式本文';另一方面则要求它在摆脱'演义—演绎'模式的基础之上——某种程度上,一旦摆脱了'演义—演绎'模式,即一旦摆脱了'讲史'与'童话'的结构模式与观念说教方法,我们的长篇小说家就不知怎样做长篇小说了,即不知怎样来结构长篇和叙述长篇小说了——寻找到小说的长篇结构与长篇叙述方式,从而完成真正的'长篇小说化'的长篇小说的创造。"

"长篇小说创作的另一个重要问题是'文学现代化'的问题。这一问题的核心在于文学观念的现代化。对于长篇小说而言,在于文学的'史诗观念的现代化'与'长篇形式本文观念的现代化'。"

"所谓'史诗观念的现代化'主要体现在以下几方面。一是把'史诗'同'历史年谱'的外在形式区分开来——'史诗'不应该成为某种'历史年谱'及'政治运动史'的图解和演义式的教科书,而应该有其自身的结构与叙述方式。——这是我们的'反思文学'作品所没有做到的,以至于我们看到绝大部分的'反思文学'都是一种认知模式的'复写',即'47—57—67—77"或"49—59—69—79'这种'政治运动变迁'的外在形式（表面形式）的图解。二是把对历史的道德化的单纯观念的演绎还原为'道德—价值—历史'的相互矛盾冲突着又统一着的'历史的结构',从而避免长篇小说成为一种'童话式的教科书',变成'忠臣与奸臣''好人与坏人''神圣与魔鬼'之类的简单观念模式的复写。"

"第三,'史诗的观念的现代化'的最关键的一点乃在于把人从'政治—道德'的观念体系中解放出来。还原成为'历史的个人',还原为社会—文化—生命的三维空间的个性—感性的生命实体。这实际上首先要求我们把'人'从'概念化'与'公式化'的桎梏中解救出来,否则,《将军吟》就只能是《岳飞传》式的'忠臣吟',《新星》就只能是《包公案》式的'青天颂'。"

"关于'长篇小说本文形式观念的现代化'问题,实际上就是'长篇小说化'的问题。或者说,'长篇小说化'的问题是被包含在'长篇小说本文形式的观念的现代化'这一大问题之中。关于'长篇小说化'我们在上文已着重分析了,这里不拟重复。这里需要着重讨论的是所谓现实主义创作方法与现代主义的创作方法的关系问题。之所以说是'所谓',就是说这一问题对于长篇小说本文形式的观念的现代化来说,不成为一个问题。"

"真正的长篇小说的本文形式的标志不在于它是什么'主义',也不在于它是什么'创作方法'。而在于它的'本文'成为'开放的、多层次的、有多种对话的可能性'的本文形式——'种种努力,都落实到对语言功能的开拓和发现上面,因此,这首先要求作家在思维方式上要抛弃目的论的思想和逻辑,选择过程论的思想作为艺术哲学的基础。而过程论的具体化,就是强调一种新的语言的构造活动。这样,在现代小说文本里,语言便不仅仅作为一种工具,而是作为实体而存在。不同的组合方式,会使文本在阅读中引发不同的意义。在一个小说文本结构里,可以存在着不同的意义倾向。于是现代小说文本的叙事并不是按照理性—因果逻辑线性地发展,而更象一滴清水落到玻璃上向四处化开去一般,出现各种各样的机会,反现出现实的非理性结构。……我们今天认识的全部的现代小说的技巧,都是来源于现代小说文本多元开放的特点。没有多元开放的特点,这些技巧就丧失了生命感'。"

1989年

彭子良的《疲惫的主体、尴尬的文本》发表于《文学评论家》第2期。彭子良指出："当文本承担了多种功能而最终丧失了作为功能结构体的统一性时，文本的尴尬似乎已是难以避免。当我在翻阅完整本刊物时，我直觉地意识到了这一点。在'能指'的世界中，作家们的创造力应该得到难以阻遏的引发，这种引发表现在他们彼此构筑的世界是不雷同的、自我的、统一和自足的。但是，在这几篇小说中，文本却不得不承担着几种功能，这几种功能相互糅杂从而严重影响了彼此功能的发挥，如《罂粟之家》的文本至少承担三种功能：揭示寓意层的功能、揭示寓体层的功能、揭示寓意——体基础的功能。寓意层功能便是作者在作品中的'点拨'，寓体层功能便是故事的进展，而寓意——体基础便是'庐方'。而在皮皮的《异邦》中，即使在百无聊赖的图面陈示中显示了世界的荒谬后，作者也还是难以遏制地说了句'多乱套的世界'呀，使文本又挟裹了'寓意层'功能。缺乏创作的自觉，在进行着也许是崇高的'探索'的同时，也企图获得某些世俗的利益无疑是难以成功的。"

王同坤的《探索小说的"非探索"化倾向》发表于同期《文学评论家》。王同坤写道："首先，我们来看《请女人猜谜》。它代表了探索小说'非探索'化的一种主要倾向：即一些小说家已陷入了失去'探索'意义的恶性循环的'文体怪圈'。无疑，探索小说'文体意识'的觉醒标志着小说实现了本体意义上的自觉，但是，'文体意识'只有成为现代意识投射的审美方式的内在要求，它才有可能是真正意义上的艺术探索。……探索小说的另一种'非探索'化倾向，表现为一些探索小说已显示出一种艺术思维定势。这种艺术思维定势主要有两种情况：一是思维向度的惊人一致性；一是一些作者在自己既定的模式内打转，把旋转得眩晕时的错觉当成艺术新天地。前一种情况，我们从《罂粟之家》与《传奇：永不熄灭》中可见一斑；后一种情况，我们从《死亡的诗意》回溯马原的创作历程，也极易证实。"

陈剑晖的《符号化了的小说语言》发表于《文艺评论》第2期。陈剑晖认为："以符号学的经验与呈现的观点来透视新时期的文学作品，我们看到整合性的情绪呈现越来越受到作家们的注意，而传统的炼字炼句越来越遭到大家的冷落。……隐喻和转喻互为渗透，就成为新时期小说符号化的一个引人注目的特征。……

从文学本体的角度来看，象征符号还有这样一个功能——通过象征性的组合方式把语义还原为形象，把抽象的语言形式简化为具体的语符，从而使语言达到本体的回归。……通过象征性的组合方式使文字符号获得新的能指意义，并因此使艺术形式得以抽象简化，变成克莱夫·贝尔说的'有意味的形式'。这反映了当今作家的一种新的创作意向——回到事物本身，回到虚构的真实。"

徐斐的《"送你一束玫瑰花"——集束小说的审美特征》发表于同期《文艺评论》。徐斐认为："所谓'集束小说'，是一种以篇目组合方式出现的小说，它一般由二篇以上篇幅较小的短篇或微型小说组成，其标题的典型制作方式是《小说×题》。之所以称它'集束小说'而不是'组合小说'或其他，是因为这种小说创作主体的审美价值，是通过信息集束发射的方式实现的。集束小说是信息小说；信息的集束性，正是这种小说主要的审美特征之一。……集束小说的另一个审美特征：写作的随意性。"

四月

1日　王愚的《融雅入俗的尝试——长篇小说〈32盒黑磁带〉评议》发表于《文艺报》。王愚认为："作者采取了通过主人公自述的叙述方式，观照周围世界、倾吐心声，既渲染人生世相，也披露心灵隐曲。避免了客观叙事的单调，获得了动人心弦的效果。"

4日　吴秉杰的《"先锋小说"的意义》发表于《人民日报》。吴秉杰认为："从语言叙述的角度，我们还可以看到它们在小说发展中的另一层变化的意义。……这些'技巧'实际上也是不能与作品意味简单分离的：叙述的无中心、零散化对应着生活的随机性、无秩序；人物的'真假难辨'、生活与幻象不分对应着现实感的丧失及目标的茫然。……从某种意义上说，'先锋小说'倒更近于诗。但除了某些片段之外，以零散意念支撑起来的叙事过程毕竟不能像诗那样获得不断新鲜的感觉刺激。……'先锋小说'留给人印象颇深的还有，它们经常把自己的写作过程写到小说中去，以造成生活与虚构不分。把自己（作者或叙事人）的生活与感受直接渗入人物的活动与心理之中，造成作者与人物不分。当'先锋小说'以作者的意念随时支配笔下人物的命运时，人物的独立性、真实性与内在统一的逻辑性便越来越削弱。叙述的任意转换使故事松散与不断分解，这是它们的'故事'与'真实的虚构'的传统小说故事根本不同的地方。……当前，'先锋小说'是对于现有小说艺术规范最大的破坏。它们有故事，却有意破坏故事蕴蓄的意义或意思。它们注重语言变化，但又忽略最广大的语境。……文体的弱点反映着主体的弱点。'先锋小说'是在另一个方向上把新时期小说价值观薄弱的一面推向了极致。"

5日 胡宗健的《谭谈小说的艺术特色》发表于《湖南文学》第4期。胡宗健认为："谭谈所使用的是传统的现实主义的精雕细刻的手法和技法。这种精雕细刻比周立波、赵树理、康濯等作家还有过之。即人物行为的因果和各种场景均满幅而来，画面塞得满满的。……反映在小说结构上就形成了背景繁复、铺张过甚的特点，而阻塞了读者的条条思路。诚然，这种结构方式也自有它的长处，即能给人一种丰满实在的美感效应，很能满足较多读者的阅读心理。但对较高文化层次的读者来说，就觉得它过于铺张，过于繁琐，不免要指责作者不懂得以虚当实、计白当黑之类的规律。谭谈小说的画面繁复，但又不一味着色。因此，他的小说基本上采用白描手法。他的洋洋大观之文，千针万缕，同出一线，又千曲万折，不露一线。尤其是他的背景描写，常常呈现出一种纯用线勾画的简明利落。"

同日，吴方的《不定式表达：小说写实新变》发表于《上海文学》第4期。吴方认为："'新写实'，大抵有'重写'或'另写'现实的意思：或者有某种现实过去不大写或不曾想到要写，或者过去写过现在变一变方式重新写写。……写实小说……追求真实，力求'按生活的本来面目来描写生活'，……'重写'大抵有个前提，往往隐藏或体现于小说的叙事立场、态度，然后及于叙事内容、叙事方式。前提不是说'应该怎样'，倒是在于'不说应该怎样'，即将'定见'（若干年来被灌塞到脑子里的观念、意识）'悬搁'起来，……寻求主体和客体在每一个经验层次（认知和想象等）的交互关系，寻触事物的本质。有了这种态度，'重写'才不致落到'似放不放'或'旧体新用'那类老套中去。"

郑义、施叔青的《太行山的牧歌》发表于同期《上海文学》。郑义称："我写东西，恐怕主要是从人物、事件出发的。小说不是诗，以意象为原动力不多见，不过近年来我也在琢磨意象,这大概是国粹。《老井》是偶然所得,……这个人物,这些村史、传说,可以说是同时撞击了我,使我产生了创作冲动,……我常发现生活中一些原型态的东西棒极了,任何虚构都比不上,它本身就是对生活高度抽象的结果,本身就是一个人类命运的寓言乃至预言,《老井》的素材就是。但寓言得用寓言的调子来讲,和读者才能达成默契,才能获得高层次的阅读认同。这一点,写实主义很难达到。如果《老井》在形式上大胆地使用象征的寓言的手法,要比现在这样子强,我动笔时就意识到了,但苦于一时找不到一种植根于传统小说美学,并且能与现代人类意识沟通的独创性的形式,又不愿跟在洋人屁股后面搞'拿来主义'式的'引进',只好干脆老实点。"

7日 曾镇南的《别一种现代志异小说——读姜天民的〈白门楼印象〉》发表于《天津文学》第4期。曾镇南认为:"从艺术上看,《枯树》和《呕吐》的志异色彩最浓,志异情节最为精彩。晚年对漫长一生的重新的审视和估量,对生命的隐秘的剖露,是一个沉闷而且冗长的心理过程。但借助于超现实情节的运用,却变成惊心动魄、意趣横生的浪漫故事。这在小说艺术上可以说是出奇制胜了。……他(指姜天民——编者注)的小说语言,有色有形而略输韵味,显得过于刻意求工,密集而欠疏朗,读起来有累赘和沉闷之感。有的地方,由于对汉语词义的微殊之处和换位变义的弹性缺乏了解,就有生硬甚至扞格不通的弊病了。……我觉得,小说的炼字炼句,与诗人不同。这是一件十分需要掌握关节度的危险的游戏。稍一逾度,即失自然洒脱之美,反而有小家子气了。因为小说是叙事的艺术。而叙事是讲究利索、自然的。过份炼字炼句,是会妨碍叙事的功能的。又因为小说是造象的艺术,而造象是讲究曲达、贴切的。过份炼字炼句,也是会妨碍造象的明晰度的。文学语言的美,以素白精洁之境最难营求。用平常的字和词,那么奇妙地调遣一下,重置一下,就产生不平常的新鲜的效果,这是小说语言大师的'绝活',也是他们有个性的文体中的常态。融'绝活'于常态之中,这不容易。不仅姜天民君尚需修炼,就是誉在人口的莫言、残雪诸位'造句'能手,也是需要继续修炼的。"

11日 李洁非的《反思八五新潮》发表于《光明日报》。李洁非认为:"与新潮文学的传统气味息息相关的另一个问题,是相当多的年轻作家信奉的'玩文学'意识。……很多这类作家在谈及'玩文学'、文字游戏时,往往用西方现代小说的形式主义叙述理论为自己作辩护。但批评界有人做了研究,指出,西方某些注重语言形式的小说如法国新小说派作品,乃是意在从时空、叙述者以及因果关系等等方面改变人们对事物的思维方式,而大多数中国新潮小说的形式追求则远未达到这种能力,仅仅停留在琢磨字词用法、音韵的修辞学或曰'美文'层次上,实际上恰恰是对中国旧诗学语言形式的皈依。"

彭程的《常态与荒谬——读〈单位〉》发表于同期《光明日报》。彭程认为:"相信这篇小说的尊重多数读者阅读习惯的叙事方式能够赢来多数的读者。以传统的叙述语言传达现代的审美意识,也许是它的主要艺术特色。它并没有采用夸张变形象征等表现手法,却依然产生了相同的或者说更好的效果。"

15日 安尚育的《谈安文新的〈神树·树神〉和〈食客〉》发表于《民族文学》第4期。安尚育认为:"作家是运用一种谈神说怪的方式,打破主客观之间的界限,同时又否定二者之间存在的一种偶然巧合,以寻求艺术形式上得到创新的契合。彝族独有的物质生活结构和文化生活结构,形成彝族独特的生活习俗、信仰、道德风貌,给小说艺术形式的创新提供了条件。作家可以借此以追求表现手段的多元化、多样化,努力熔多种艺术因素于一炉。"

安尚育强调:"全篇小说(指《神树·神树》——编者注)采用对话式的结构,虚虚实实,有虚有实,这样就更能容纳较为丰富的思想内涵。而这种结构形式更能突破时空限制,不拘泥于短篇小说传统的'截取生活横断面'的手法,人物、情节、叙述方式也就发生相应变化,灵活自如。"

20日 张新颖的《恐惧和恐惧价值的消解》发表于《人民文学》第4期。张新颖认为:"残雪的语言就兼有双重表达的功能:描述与表现恐惧的同时取消了恐惧本该具备的存在因由和意义。恶心与厌恶即因价值的消解而产生。"

22日 赵玫的《小说的先锋性》发表于《长城》第2期。赵玫认为:"什么才是先锋的?先锋即是超越了习惯性和规范化的。这个超越不仅仅是超越了文学界本身的浪潮,而且是超越了整个大众的阅读和欣赏习惯的。……创造者首先要具有这种挑战的意识,同时,亦要做好无人理解、无人认同的心理准备(否则何为先锋?何为前卫?)。要有勇气和能力交给你的读者与一切既有的小说全然不同的小说；要敢于提供给你的读者那些对于他们来说是前所未有的崭新的经验；要努力交给他们一种与新的小说结构方式相对应的新的阅读方式。而开明的文学界也应对此宽容。要鼓励和支持真正意义上的先锋小说被创造出来，并谅解它们在一段时间内（很可能是相当长的一段时间内），可能会失去读者，可能会不被理解，可能会被文学界本身甚至会被批评界所冷落。而先锋小说家自身对此也应有所意识。先锋的，就必然是孤单的。"

25日 刘润为的《庭院深深深几许？——评长篇小说〈玫瑰门〉》发表于《光明日报》。刘润为认为，《玫瑰门》"打破了传统小说的线性结构方式，经纬交织地设置了近二十条长短不一的情节线。……在叙述方式上，作家既不株守自然时空的原有形态，也不同于法国新小说'巴罗克'结构的细碎和杂乱，而是将情节切割成具有相当长度的单元，而后依据一定的美学规则予以拼接组合。而在拼接组合的关节处，作家又以其独创的手法予以过渡。还有必要指出的是，中国传统小说某些有生命力的手法也被作家派了用场"。

五月

5日 李庆信的《小说之所以为小说——对小说性质的一点思考》发表于《当代文坛》第3期。李庆信写道："作为叙事文学的一种特殊形式，小说（严格意义上的小说）比史诗和戏剧更年青，'是史诗和戏剧这两种伟大文学形式的共同后裔'。小说与史诗、戏剧，虽然叙述方式、叙述手段有所不同，但叙事的基本要素却有一致之处，都离不开故事、人物和环境。……故事，既是小说'不可或缺'的'最高要素'，又非小说'值得称赞'的'最高要素'。一切优秀小说（不管是什么类型风格的小说）都离不开故事，但又总要超越故事——只是超越的性质、层面有所不同。一篇小说，如果最高旨趣仅在于讲故事，没有一点既包容于故事之中，又超越于故事之上的意蕴、意趣、意境、诗情或哲理，即使故事讲得娓婉动听、引人入胜，那也充其量不过是二、三流的故事小说。因此，我们只能从小说构成的意义上肯定故事是小说的'最高要素'，而不能从小说价值的意义上推崇故事是小说的'最高要素'。……在小说与故事的关系上，我们只可以说一切小说都离不开故事（广义的'故事'），却不应要求把一切小说写成故事小说。"

李庆信指出:"写小说固然无定法,你怎么写都可以,但有一点:你写的东西,必须大体上是小说——即便是最现代意义上的小说;如果把根本不成其为小说的东西硬称之为'小说',那不是自欺欺人,就是存心嘲弄小说的恶作剧。这一点,对国内某些鼓吹所谓'三无'(即无故事、无人物、无主题)小说者,以及企图写出'三无'小说者(尽管真正的'三无'小说,国内迄今似乎一篇未见),或许还是有可资参照的价值的。"

薛毅的《刘索拉小说的语言及其精神世界》发表于同期《当代文坛》。薛毅认为:"刘索拉小说语言的第一个特点产生于她理想与现实的一种张力,一方面是富有创造精神的自我扩张的梦幻,一方面是平庸而又烦躁的渺小人生,她没有使这两者形成悲剧性的冲突,而是表现这双重控制下的人的精神世界。第二个特点产生于她对现实环境既强烈否定又无可奈何地认可,对理想梦幻既渴望又无法得到的两难境况。这两个特点结合在一起,使小说语言的所指意义有着多种变化:想遮掩什么,却欲盖弥彰;想突出什么,却漫不经心;想哭,却笑;想喜,却悲。因而刘索拉语词虽不繁富,但句式的表达力很强。语言在刘索拉小说中有着双重功能:既是生存状态的揭示者,又是生存状态本身赖以存在的防护机制。"

同日,王蒙、王干的《文学的逆向性:反文化、反崇高、反文明》发表于《上海文学》第5期。王蒙认为,"反文化也是文化的一种形式,正象反小说也是小说的一种形式,这是没有问题的,反小说也只不过反对公认的、传统的写法,反对有头有尾,时间、地点、人物、情节和脉络大致清楚的写法。不过我不想讨论反文化的功过得失,我的兴趣这是文学作品中一个客观的存在"。

王玮的《反规范的小说实验》发表于同期《上海文学》。王玮认为:"有必要论述一下这类反规范的小说实验的'形式'层面。尽管'体验'与'形式'严格说来并不可分,但描述的视角和侧重点显然可以有所不同。中国近若干年的文学变革的一个突出特点是形式感的生成和强化。这种形式感不是装潢意识,而是形式的本体意识。就小说而言,'叙述'(语言、结构、态度、视点等等)业已得到了实质性强调。小说的本质已被视为叙述中的体验。总之,小说就是叙述本身。"

9日 南帆的《简谈刘震云的〈单位〉》发表于《人民日报》。南帆认为："与抽象的、但又是活的'单位'相反，单位里的每个人正在趋于木偶化与符号化。……《单位》的叙述语言单调，乏味，啰嗦。这种语感吻合了单位沉闷的日子。这篇小说不在语言上卖弄聪明，这恰恰显示了作者的聪明。"

15日 杨继国的《民族性与历史性的统一——评张承志回族题材的作品》发表于《民族文学》第5期。杨继国认为："张承志回族题材的小说，……不满足于一般的呆板叙述方法，主观心理的时空形式往往取代了客观自然的时空形式，甚至不惜打破故事情节的完整框架和模糊人物的外部特征，而浓缩笔墨，通过人物的内心自省和意识流动，来最大限度，最大容量地展示回族人民的情感世界，心灵历程。"

同日，李其纲的《苏童放飞的姐妹鸟》发表于《文学评论》第3期。李其纲认为："苏童制造了一所迷宫。……就时间的外化形态而言，苏童不再遵循时间的线性推进；就时间的内化形态而言，苏童所恪守的也不是人们常道的心理时间，因为在苏童看来，即使这种心理时间造成了某种时空的交错、倒置，但就其本质而言，它仍然可以通过对本身的整合，回到常态的时间线性轨迹中去。这样，回忆在苏童那儿就消失了常态的时间逻辑。"

李其纲注意到，"苏童总是省略人物的心理过程和事件的衍化过程。但人们似乎没有注意到，这也是苏童以简单与复杂抗衡的一种艺术努力。……可以说，在苏童的大多小说中，事件的突变、逆转几乎都与梦兆、物兆相关联。……与此同时，苏童不再舍弃一种历史过程的动态感和震荡感。他似乎不再牺牲过程，……苏童在以过程的复杂性来占有历史时空的复杂性"。

王蒙、王干的《文学这个魔方（对话录）》发表于同期《文学评论》。王蒙、王干指出："对用非常含蓄的形象的写作方式来说，议论常常起消极的破坏的作用。……议论可能对形象性有破坏，但议论也不妨碍情感性。因为这种议论不是一种冷静的逻辑的推论，也不是一个考证古物，它所议论的恰恰是人物内心最深处的那些东西，而这些往往是一般人没有表露出来，他生出的爱和恨用一种喷发的议论形式表达出来。所以我认为这种议论，也完全是文学，有极强的情感性，如果议论有文彩，也不乏形象。"

同日，张颐武的《恐龙时代的终结》发表于《文艺争鸣》第3期。张颐武认为，"实验文学已形成了劲的势头，冲击着既有的文学话语体制"，其具体表现为，"首先，实验文学对传统的文学中语言与实在、能指与所指之间的统一性和确定性进行了质疑。……其次，实验文学对文学的确定的意义和准则发动了攻击。……第三，实验文学还表达了对'人'这个五四以来一直贯穿于中国文学整个发展的核心概念的质疑和反思。……这改变了文学对社会历史的作用。……文学的危机是旧的文学体制的危机，是新旧文学话语转型的必然结果"。

同日，费振钟的《非寓意小说》发表于《钟山》第3期。费振钟认为："'现代寓言'小说肯定是小说探索实验下的产物。汉语小说寓意功能和形式的变化，意味着小说叙述能力的扩张和叙述行为的自觉，叙述与'意义'之间的关系已不再是形象与思想、情节与主题的单纯'教谕'关系，主题寓意模式真正开始显得古老而单调。所谓'现代寓言'概念即表明小说在'意'的选择和表达上具有鲜明的艺术实验和创新精神，亦就是'现代寓言'小说从根本上重建了此世界与彼世界的整体对应关系，从而使小说的叙述完全寓意化。"

费振钟强调："非寓意小说的叙述特征实际上具有互为因果的关系：①非寓意小说，在叙事目标上表现出对'寓意使命'的冷漠。……②来自于'故事'的引诱，非寓意小说对小说本体的回归显得更加真诚。……③现代寓言小说对叙述的尊重其实是以扼制叙述的自由为前提的。……④当'现代寓言'小说把它叙述的一切统统都指向人的精神结构时，它理所当然地违背了小说的现实性原则；小说成为主观的超验精神的表现，于是在人们的阅读中也就失去了它的艺术规范性。非寓意小说从寓意的缠绕中摆脱，它要确立的目标必然是现实性的目标。"

《钟山》编辑部的《"新写实小说大联展"卷首语》发表于同期《钟山》。全文内容如下：

"文学在发展、在嬗变。

"文学面临着新的选择。

"我们慎重地向《钟山》的作者和读者宣告：在多元化的文学格局中，1989年《钟山》将着重倡导一下新写实小说。

"所谓新写实小说，简单地说，就是不同于历史上已有的现实主义，也不同于现代主义'先锋派'文学，而是近几年小说创作低谷中出现的一种新的文学倾向。这些新写实小说的创作方法仍是以写实为主要特征，但特别注重现实生活原生形态的还原，真诚直面现实、直面人生。虽然从总体的文学精神来看新写实小说仍可划归为现实主义的大范畴，但无疑具有了一种新的开放性和包容性，善于吸收、借鉴现代主义各种流派在艺术上的长处。新写实小说在观察生活把握世界的另一个特点就是不仅具有鲜明的当代意识，还分明渗透着强烈的历史意识和哲学意识。但它减退了过去伪现实主义那种直露、急功近利的政治性色彩，而追求一种更为丰厚更为博大的文学境界。

"自然，今天还不是完全准确概括新写实小说的时候，新写实小说的理论特征和艺术特征还有待于新写实小说的进一步发展，在不断发展中逐步形成和完善自己的个性特征和理论体系，相信会有更多的作家和理论家用他们的实践来丰富新写实小说。我们在这里只是一种倡导和号召，并衷心期望在中国文坛能够出现和形成一个'新写实运动'，《钟山》将为此尽自己最大的努力。

"在构想这一计划时，我们征求了许多作家和评论家的意见，方方、王安忆、王兆军、王蒙、从维熙、邓友梅、冯骥才、刘心武、刘恒、刘震云、史铁生、叶兆言、李国文、李锐、李晓、朱苏进、陆文夫、陈建功、何士光、郑义、赵本夫、周梅森、林斤澜、张洁、张炜、张弦、张一弓、高晓声、铁凝、谌容、贾平凹、韩少功等中青年作家都表示很大的兴趣，愿意参加这一活动；首都文艺界、新闻界的许多报刊对此项活动亦表示十分关心。我们除了以突出篇幅刊登新写实小说（以中篇为主）和理论探讨文章外，还将积极创造条件争取1990年举办'新写实小说'评奖活动，筹备出版新写实小说集。

"我们希望通过大展，推动新现实主义创作的发展，并能够团结和聚集更多的作家。因此，我们欢迎更多的老中青作家惠赐力作来参加这次大联展。"

16日 蒋原伦的《先锋：形式乎？情感乎？》发表于《人民日报》。蒋原伦认为："先锋派与其说是一小批深怀反传统情绪的艺术家，不如说是具有形式感受力和形式驾驭能力的人物，他们比起一般艺术家——走传统路子的艺术家来，优长之处不在于情感的独特性、个人性和排大众性，而在于艺术表现形式的开创性、独异性、排他性和反传统性。先锋大师们的天赋在于生活感悟中的形式表现力，随手可得的材料一经他们点拨，便有了充溢生气和活力的模样儿。"此外，蒋原伦还认为："所谓先锋小说，一般是从形式特征、叙事语言表现手法的独特性、开创性和反传统性上来加以确认的。"

20日 王蒙、王干的《且说长篇小说——文学对谈录之一》发表于《花城》第3期。王干认为："如果从审美形态来看也不一致，短篇小说更接近现代诗，而长篇小说则必须有一种史诗性。张炜写过短篇、中篇、长篇，但基本思维是短篇的结构方式，《秋天的愤怒》基本就是一个拉长了的短篇，而长篇小说《古船》虽然有丰富的生活信息量和人生经验，但结构仍是一种短篇的结构，即是被人称赞的'一步三回头'的结构，而一步三回头是短篇小说最基本最常用的手法。时空简单的机械的线性的交错和颠倒成为长篇小说的结构方式会削弱长篇小说所特有的结构力量。长篇小说有它的文体形态、思维形态和结构形态。去年有不少报刊讨论长篇小说，很少从这方面去研究。还有就是必须从作家主体去考察，从气质上说，有的人适宜写长篇小说，有的人适宜写短篇小说，有些作家的生活经历、文化修养、艺术个性、审美趣味甚至语感并不适宜写长篇小说。……我总感到你（指王蒙——编者注）短篇小说有一种膨胀的感觉，那种信息量，情感因素和文体实验的因素都处于极度饱和的状态，当然这种膨胀使短篇小说内容丰富起来，从这个意义上说，是增加短篇小说的厚度。"

王蒙认为："因为我毕竟写短篇、中篇、长篇，我觉得短篇靠的是三样东西，一是机智，短篇本身是机智的产物，没有机智，从那么丰富的生活和经验里不可能撷取一个点。第二靠的是诗情，上次我和你说过，就是把短篇小说和诗放在一起。第三靠的是技巧，剪裁的技巧。在短篇里，技巧的作用特别大，而且短篇特别适合艺术的探索。长篇最主要靠的是经验，也就是说生活。《红岩》《林海雪原》的作者都写了成功的长篇，但他们未必就能写好短篇，与其说他们是文学的匠人，不如说他们是独特生活的记录者。《红岩》的作者就坐过国民党的监狱，一般人是不可能有这种经验的。能够从那样的监狱里出来，再加上相当的文字功力，写出来当然能吸引人。"

王蒙还说道："我有一个想法，就是搞长篇小说，不管用什么形式，但它最基本的还是现实主义的。搞长篇小说避开或不用对社会生活比较重大比较全面的概括，是非常不容易的，不管你写的形式是什么，你哪怕是用神话的形式、魔幻的形式、意识流日记、心理独白的形式。长篇小说所反映的社会生活要求的量是比较大的，我不知道这个看法能不能成立。我发现一个很有趣的现象，这十年的文学，我们在短篇、中篇以至诗歌、报告文学中都可以找到佳作或相当好的作品。但长篇呢？有的也有特色，但要寻找解放以后第一个十年所出现的《保卫延安》《青春之歌》这样一批有影响的作品却比较困难，尽管我们可以讲这些作品的一些缺点。我想这里面有一个原因，就是那个时候人们概括生活的时候比较自信。"

同日，李子云的《在寂寞中实验——论西西的小说创作》发表于《上海文论》第3期。李子云认为："她（指西西——编者注）所创造的人物也极少具有现代主义作品中人物的那种冷漠、愤世、乖张的心理，大都保持朴素、平和、与世少争的性格。……西西的写实则加入了大量的幻想成份。将现实与幻想交织写来，就超出了传统写实，而属于现代的写法了。……作品在技巧方面虽与中国新文学缺少纵的联系，在思想方面，却与中国古典传统具有一脉相承的血缘关系。最能说明她写作上的这种特点的例子是短篇小说《浮生不断记》。这题目明显地来自《浮生六记》，而其内容与写法则让人立即想到卡尔维诺的《阿根廷蚂蚁》。……她根据量体裁衣的原则，不断为新的内容寻找新的表现形式，几乎每篇作品都另辟蹊径，从取材、选取叙述角度、结构方式到叙述方法，几乎篇篇有所变化，极少重复。"

徐循华的《对中国现当代长篇小说的一个形式考察——关于〈子夜〉模式》发表于同期《上海文论》。徐循华认为："主题先行化的创作原则与创作手法，正是'《子夜》模式'的首要的特征！其次，《子夜》这部小说还有一个突出的特点，那就是处处表现出作者艺术思维机制中的那一种生硬的'二元对立'的模式。所谓生硬的'二元对立'，说得简明些，就是简单化、机械化了的辩证法观念，将整个混沌无序、奇奥复杂的现象世界，简单地纳入两两相对最基本的有序的'二元'程序中，新与旧、正与反、唯物与唯心，非此即彼；先进与落后、革命与反革命，'不是西风压倒东风，就是东风压倒西风'，非'我'即'敌'。"

同日，韩梅村的《图谱：历史小说的危谷》发表于《小说评论》第3期。韩梅村认为："当代历史小说却普遍采取了一种传统再现手法，追求故事情节的完整和反映生活的全景观念，其创作心态明显表现出一种'政治本位'向度，而其主人公则多表现出一种英雄主义基调，给人以思维表现手法单一、视界狭窄的深刻印象。"究其原因，韩梅村认为："由于许多当代历史小说作家认为，历史小说就是'历史科学'和'小说艺术'两种异质物之间的一种有机结合（具体描述略有不同），是既体现'历史科学'严格性特点又表现'小说艺术'创造性功能的一种新机制，其结果就只能使历史小说成为一种表现'历史科学'的准'小说艺术'。"

林焱的《论反小说——小说体式论之九》发表于同期《小说评论》。林焱指出："反小说以否定的形式构筑作品——否定叙事文学传统的因素，否定传统小说的准则，最主要的是否定小说中人物形象的作用。……更纯粹意义的反小说应该具有后现代主义的特点，不仅对现实主义小说技巧的否定，也对现代主义的小说技巧进行否定。……反小说创作的动机，首先是源于对文字艺术——文学的价值的怀疑。……第二个动因，可以说是理性认识水平提高的间接结果。……作者不受制于表现对象。游戏的任意心理冲垮了对象本来应有的发展逻辑范围。创作主体的自由至高无上。……创作者与接受者间的阻碍是对作品解释态度的不一致。克服了这一阻碍，反小说的游戏功能就会发挥得更充分。"

林焱还说："反小说从现代主义的心理描写又回到行为描写上。这次行为是混沌无序的，是找不到现实行为作依据的。作家生活在自我意识中的局面又被打破，自我将生活在不可理解的虚幻世界中。作品的社会内容、理性意义进一步被取消。小说，几乎也成了抽象画。形式就是它的一切，几乎是不可解释的，批评的光线，无法透过艺术宇宙中的黑洞。"

王斌、赵小鸣的《现代小说：时间的悖论》发表于同期《小说评论》。王斌、赵小鸣指出："在我国当代作家张承志的作品中，则始终如一地回荡着一种强悍的不可征服的旋律。在他那里，时间并非是无谓的流逝，并非简单残忍得构成对人的生命意志的压迫和束缚，在那个历史（时间）的长河中所形成的古老民歌里清晰地传达出世代常新永不衰竭的生命内容，它使我们在与悠久历史的相互比较中获得一种高昂的精神力量（《黑骏马》）；……在张承志的一系列作品中，过去的变成了现在，别处的变成了意识中的这里，历史纷纷卸去了它虚伪的面纱，敞开了它深不可测的生命内涵。时间不再只是令人恐惧难以捉摸的怪物，它的魔性在于慷慨地向我们奉献出每一个弥足珍贵的'美丽的瞬间'，使我们更充实、多采，更有能力支配自己的命运以及人类的命运。"

王蒙、王干的《王蒙小说的悖反现象（附：聊以备考）》发表于同期《小说评论》。王蒙指出："小时候我受中国古典文学熏染最深的还是古代的诗词，我可以背诵非常之多。在与我这个年龄或比我更年轻的作家当中，我对音韵，对平仄，对旧诗格律诗的写法可能比他们知道多一些。"

王淑秧的《也谈新时期的哲理小说》发表于同期《小说评论》。王淑秧认为："与以往的哲理小说相比，新时期的哲理小说主要有以下三点特征。1. 形象的走向象征。……作品不仅能使形象具有喻意的特征，而且创造了象征性的形象，并使哲理与形象处于高度的和谐统一中。……2. 主题的多样探索。……3. 艺术手段上的现代化、民族化。"

余昌谷的《她"从容地端详现实"——论谌容小说的幽默》发表于同期《小说评论》。余昌谷指出："她就象善于运用夸张一样，把幽默运用于讽刺，又将生活中的讽刺材料给以幽默处理，因而在她的小说中，讽刺手法的鲜明性便为幽默手法的含蓄性所替代，讽刺的目的即意念被深藏于字里行间，而幽默则成为作家达到讽刺目的所采取的基本的喜剧手法。……如果说，谌容以往的小说，较多地从人物性格的发展和心理变化中正面地传达了新的生活信息，较直接地从政治上表现了新旧历史因素交替的需要，那么，在她的近作中，则侧重在展示阻挡生活变革的社会心理和伦理意识，用喜剧的方式揭露它们的丑恶。……带有荒谬性的生活题材和作家对生活矛盾的喜剧性处理，为谌容小说的幽默定下了基调。"

张德林的《非常态情境与人物心态设计》发表于同期《小说评论》。张德林认为:"促使人物思想、情绪、内心活动的激化,非常态情境比起常态情境来,更为有力。原因是:非常态情境中出现的态势,对人物的个性命运具有强大的'进攻性'和'威慑力'。……揭开人物灵魂奥秘的那把钥匙,在于正确掌握环境、情境态势与人物性格、心理双向同构的内在联系。……一旦非常态情境设计与性格开掘,背离了艺术真实性的原则,就有可能导致胡编乱造,从而失去其应有的艺术魅力。"

21日 彭加瑾的《电视小说》发表于《文艺研究》第3期。彭加瑾认为:"'电视小说'的提出首先在于对电视'媒介'意识的自觉认识。……小说'可见'的形象性,便是它走向电视屏幕的通途。……小说不仅能为电视提供宝贵的审美、认识价值;也能为电视提供可资借鉴的种种创作方法及风格、样式、类型。现实主义的小说创作能转化成电视的可能性大于诗。诗是以意象为手段,以抒情为主要功能的,这种'瞬间印象'凝结、联接着'意'与'象'的两极,是二者的'化合',其形象往往缺乏'物质性',难以还原为'物质世界'。而电视摄象机的镜头,如同电影一样,必须面对可见的物质世界。散文则因其'散漫',叙事的完整性与戏剧性的不足,也使电视摄象机感到困难。这样,电视把自己的兴趣集中到了小说上,便证明了自己的双重自觉:既是'媒介'的自觉,也是'价值'的自觉;既是'需要'的自觉,又是'可能'的自觉。"

彭加瑾表示:"'电视小说'仍是电视片的一种。……'电视小说'的本体应该是电视,小说可以被看作是它的母体;从明确本体这一角度出发,不妨把'电视小说'称之为'小说电视片',这是一种旨在较充分、全面地传达小说文学美与价值的电视片。'电视小说'既取材于小说,并以全面、完整、准确传达小说价值为目的;那么,它应该自觉地接受小说的严格限制。"

23日 周政保的《中国小说的出路》发表于《光明日报》。周政保认为,"一、告别或开始……实际上,无论是'新潮小说'还是'先锋派小说',……其共同点只在于探索或寻找小说审美的新方式。这样也就给小说创造的告别与开始造就了各式各样的可能性。……二、重新审视西方小说……由于中国小说缺乏深厚的传统,于是我们的创造机制与异域世界的小说传统的密切关系,也就十分自然地构成了一种无可奈何的传统。……80年代的中国小说所受的西方小说

（甚至是西方文化）的冲击是严重的。……我们往往满足于一知半解的理解，……反而堵塞了小说表现的传达途径。我们不知道这些技巧的产生背景，更不明白西方小说家为什么要创造与实验这些技巧，技巧在我们的某些小说中成了一种附加的累赘。不言而喻，我们应该从这种困境中摆脱出来，应该重新审视西方小说（包括现代主义小说）的历史过程与艺术成就，以便使我们真正了解"。

24日 郭银星、辛晓征的《小说内外（二）》发表于《文学角》第3期。辛晓征提出："我对孙甘露的兴趣是我总想弄明白他的写作动机，在每篇小说动笔之前，他是怎么想起我要写一篇小说，然后他又怎么竟能写得下去，而且都写完了呢？我不能想象他在写作中是愉快的、是安静的、是幽恨的，还是恶毒的。反正他看起来好象是一位智者，比如他好象懂得他不用什么也能写成小说。他几乎不使用真正的细节，不用对话，不用人物的关系。他只用描述。不是描写，不是叙述，是描述。是一种用文字制造出来的个人心态关系。我们每个人都有纯属于自己的几种心态，有的人心态的层次多一些，或者说种类多一些。一种心态的突出或几种心态的交叉都是人无法用心去规定的。那么，也许是个人心态在自我联结时的偶然性和模糊莫辨性促使孙甘露有了一种整理和钳制的欲望。我初步推断他并不是想去破坏小说，破坏小说的人爱的是小说，孙甘露爱的是他自己。他利用小说的写作，欺凌了小说，保全了自己。小说在他的手下，象一个鬓散云乱的娼妓，优美的语言，就算作他丢给那个婊子的几文银钱吧。"

李庆西的《实验小说的麻烦》发表于同期《文学角》。李庆西提出："我们的实验小说家们能够获得这种成功吗？从理论上讲，成功的途径是存在的。不过，我们需要正视个人象征可能造成的麻烦和危险。因为事情还涉及到个人象征的一系列美学问题。首先，一种个人象征能否与人类共有的隐喻思维活动相吻合，这是最主要的。卡夫卡的人物常有的那种绝望窘境，作为一种寓言完全具有卡夫卡个人的独创性，但是它与人们不由自主的宿命感具有相同的隐喻关系。在这里，感觉提供了沟通的基础。而我们的许多实验小说家并不是这样。他们往往根据某种观念去构思相应的'意象'，他们总喜欢将自己的作品搞成一种'启示录'式的东西。这样落实的意象很不可靠，它们所隐含的感觉的经验可能完全是另一码事。"

李庆西还认为："个人象征与传统叙事方法的关系，是实验小说家们容易忽视的一个问题。艺术创新不可能完全脱离既有的艺术土壤和传统范畴。具体地说来，任何一种传统手法都可以被新手法所取代，但事实并不证明小说家可以完全抛弃传统手法。在成功的实验小说中，传统叙事方法的运用，往往是对个人象征所造成的阅读障碍的有效补偿。一篇小说可以有若干疑点，而倘若通篇都是作家个人随心编排的密码，则很难认为它是一篇小说。这里显然有一个'度'的问题。我知道，分寸感的提法会使实验小说家们感到不快，也许他们会认为这是一种庸人哲学。可是他们是否想过，写作本身就是与世俗的某种妥协。"

25 日 蔡源煌的《瞎扯淡的艺术》发表于《当代作家评论》第 3 期。蔡源煌认为张大春最新的短篇小说集《四喜忧国》颇具特点，"它拆穿了文字魔术之谜：小说的叙述是说故事能力的展现。……作者的叙述经由文学的堆砌而构成，字里行间再穿插作者特设的语言逻辑，使读者读起来觉得很真实。实际上，这是文字游戏的一部分，……所谓'魔幻写实'的意义之一，便是指这种'欲结还解'的辩证——用文字去营造某种真实，而同时也告诉读者：这一切都是魔术"。

陈晓明的《现代主义意识的实验性催化——"后新潮"文学的"意识"变迁》发表于同期《当代作家评论》。陈晓明认为："'后新潮'文学发生的意识转变当然不是由文学共同体的思想范式转换直接确定的，也不是由文学作品本文的内在意义统一构成来表达的，它主要是叙事方法变革的产品。这种变革的标志应该追溯到马原的'叙事圈套'。……马原的经验迅速演变为经验模式、叙事模式，乃至思想范式。……马原愈是专注于他的叙述方式，他叙述的'生存状态'也更加细致，'更加细致'的生存状态却使叙事态度更加冷漠，回到叙述方式的'叙事'变成对人类生存的残酷玩味，这就是——创作主体的苦难意识的'残酷化'。"

程麻、陈晓明、李洁非、靳大成、陈燕谷的《文学对话：危机与困惑》发表于同期《当代作家评论》。陈晓明认为："小说面临叙述时间的选择，这是叙事变革必须解决的一个难题。因为对汉语来说，它没有这种时态，一旦它要引发多种的转折，特别要解决大跨度的时间，进行时间自由变化，可能有两种选择：一种是用莫言那种方式——我爷爷、我奶奶。叙事人把现在的时空带进去，他使现在时空永远是一个抹不去的阴影；另一种干脆把过去时间、现在时间、未来时间本身的程序完全打碎，把故事的时间完全消解到叙事的时间里面去。当代新潮小说时间的演变是受马尔克斯的影响，新潮小说采用了马尔克斯的母体语式。"

费振钟的《一个观念小说作家的想象——评周梅森"战争与人"系列小说》发表于同期《当代作家评论》。费振钟认为："按照叙述的要求，生命观念的表达在小说中起到了转换的传递作用，叙述必须向具象化发展，因此作品在故事的层面上，生命观念和'死亡'观念重合，人的非人性与战争的非战争性重合，彼此的具体内容和情节、场景、气氛融为统一的叙事实体——小说供读者阅读的语言事实。在另外的一个方向上，生命观念又以自己具有的描写特点，直接靠拢作品的意义层面，它自动地升华到世界本体的意义领域，充实了小说的审美发现和审美内涵。……我们不难看到，小说的故事层面与意义层面之间，由于存在着观念的链式结构，存在着一个强大的观念'场'，它们互相之间传递着叙述的力量和审美的力量，发挥了整体性的张力；周梅森的小说因此才具备了理性对世界完整的表现形式，我们才能在阅读中清晰感受到那理性的震颤和愉悦。"

孟悦的《评张大春〈四喜忧国〉》发表于同期《当代作家评论》。孟悦认为："张大春旨在呈现的还不仅仅是新的经验。他精心选择甚至刻意制造这种流动不居的碎片化形式，毋宁是为破坏任何意识形态性的清晰、逻辑与完满，这也许有助于理解他那写实与魔幻相间蒙太奇式的文体特点。换言之，他善于为读者设置多种世界异质共存的阅读经验，借此使已然天衣无缝天经地义的意识形态观念自行拆毁重建。"

钟本康的《评论家的小说　小说家的评论——说说李庆西》发表于同期《当代作家评论》。钟本康认为，李庆西的小说"虽然吸收了西方现代派和我国有文化氛围的小说的某些审美因素，但就其整个美学精神说，既不走洋路子，也不步'寻根'派的后尘，而是独辟蹊径，自开天地，熔民族性和当代性、可读性和可赏性于一炉，在文学新潮中独树一帜。……追求空白是李庆西小说的显著特点之一。……它们没有情节的铺陈编排，性格的刻划雕琢，也没有意识流、内心独白、浮想联翩，甚至很少直接插足内心世界，无论写实还是荒诞，总是抓住一连串富于情趣的细节，表现出某种世相、心相的神韵"。

同日，施蛰存的《且说说我自己》发表于《收获》第3期。施蛰存认为："在我写小说的时期，古典文学对我实在没有影响。甚至可以说，我当时还竭力拒绝古典文学的影响。不过，在语文的层次上，我不能不受古文的影响，因为当时流行的文体，还是所谓'语体文'，而不是'白话文'。不过，在解放以前，语体文和白话文，这两个名词是同一个概念。……我以为，解放以前的文体是语体文，解放以后的文体，却是白话文。这两个名词的概念，已不同了。近十年来，青年作家写的文章，几乎已和口语没有分别。'怎么说，就怎么写'虽然是胡适早已提出来的新文体口号，但三四十年来，作家们笔下所写的，和嘴里所说的，还不是完全一致。他们要调整语法，选择语词，把口语中的别音别字，改用正音正字，有时还不妨借用一些传统成语。他们写下来的，尽管是'语体'或'白话'，但都是'文'，而不全同于'话'。"

同日，苏平的《谈当代小说语言意象的视觉美》发表于《文艺理论研究》第3期。苏平认为："当代小说语言意象的线条美，首先表现在直线的力度上。张承志笔下那广袤无垠的大草原，气势雄浑的北方河；梁晓声所描绘的一片神奇苍穹的北大荒，残酷无情的暴风雪；史铁生所现的凄凉深沉遥远的清平湾；草原、沙漠、奇地、深山、孤村、荒滩，一幅幅遒劲萧瑟的风景画。……此种直线的力度感是作家赋予大自然、人物的符号所指。"

在谈到"语言意象的色彩美"时，苏平认为："色彩感是一种'最普及的感觉'，它具有温度感、距离感、重量感和性格感，它能把抽象的情意化为具体可感的实体，给人以丰富的联想和强烈的象征作用。……《白色鸟》（何立伟）的基底是白色鸟与两个少年，他们都是纯情、真挚的象征体，围绕着他们的图形是一片皎洁、清丽、浑然天成的安谧境界。当远处传来口号声、锣鼓声，破坏了宁静和谐的生态平衡时，这白色图形立刻显得暗淡无光、混浊不堪。'不著一字，尽得风流。'作者之意不言自明。"

在谈到"语言意象的空间美"时，苏平认为："当代小说家们横移了绘画这种空间艺术的美学效应，使小说语言意象显现出开阔感、丰富感和纵深感，同时也给读者留下了审美享受和思考回旋的空间。……语言意象的空间美还表现在语言意象的蒙太奇手法上。小说家们把生活中连贯的故事剪成一幅幅画面，然后再把它们不露破绽地组合在一起，看上去有空白、有省略、有压缩、有跳宕，好似互不连贯、漫不经心，实则意脉贯通，匠心独运。《无主题变奏》（徐星）是由一个个语言意象组接起来的画面。"

27日 舒文治的《伪造形式的迷宫——读残雪的〈突围表演〉》发表于《文学自由谈》第3期。舒文治认为，《突围表演》"文体的盘根错节、雄辩诡论、转弯抹角、改头换面似乎造就了狂放不羁、痉挛异常的印象，但被捉弄了的读者会带着嫌恶的心情说，这是一种刻意追求与众不同的灵魂的恶的爆炸，它毁灭了艺术中存在的道德事实，爆炸之后升腾起来的奇诡的硝烟笼罩着一个又平凡又贫瘠的尘土世界。我很难相信作者把握了题材的核心，能够信心十足地引导故事的发展，她始终惶惑不安，内心充满了对暂时稳定性的恐怖。她处理的办法是设计一个个悖论，夸大人事的变动性，让人物的全部处于无休止的辩论状态，于是整个故事露出了笨拙的不协调：悖论否定了自身，变形成了浮动的神话，辩论是幻想之影的碰撞，最后是草草收场。而那位叙述者手忙脚乱，到处插手，搅乱一切，视点结构化成一团越滚越大的黄麻，形式的迷宫塑造了朦胧暧昧而难以理解的景观，一种开创叙述语调新局面的追求意念在瞬息万变的迷宫里顽强运动，本来会产生新鲜的、真正探究的意味的，但实验走火入魔了，残雪成了一曲纷杂乐章的总指挥"。

解志熙的《〈褐色鸟群〉的讯号——一部现代主义文本的解读》发表于同期《文学自由谈》。解志熙认为："《褐色鸟群》真正的现代性在于它从整体上对一切固定的结构、专横的权威和既定的模式的拒绝、否定和消解上，表现在对现实、真理、意义、目的这些根本观念的怀疑、厌恶和嘲讽上。它的自我消解的叙事方式消解掉的不仅是其自身故事情节的可靠性和逻辑性，而是针对着传统文学赖以存在的根本基础。它的矛盾语言所构造起来的绝不仅仅是一个纯歧义性的虚构世界，而是表现着对现实、真理、意义、目的等传统概念的理所当然性的怀疑。我还说过，《褐色鸟群》是一部可写作的文本，而所谓'可写作的文本'

不仅仅是一个纯文学的问题，它也体现着特定的文化观念和人生态度，借用伊格尔顿的话来说，所谓'可写作的文本通常是一部现代主义的文本，它没有明确的意义，没有固定的所指词，而是多元的和蔓延扩张的，是大堆大堆的无穷尽的能指词，是由各种代号或代号的碎片严密地罗织起来的……这里既没有开始，也没有终结，没有不可颠倒的结果，没有等级森严的文本"层次"可以告诉你什么更有意义或不甚有意义'（参阅《文学理论引论》第四章）。而现代主义文学之所以走非确定性和无目的性这个极端，即是为了对抗传统的思想体系、意识形态及与之相联系的一整套政治结构和社会制度赖以存在的逻辑，即在于消除决定论、结构观念和目的论所带来的僵死、确定性的弊端。一言以蔽之，所谓'无意义、无目的、非理性'的'目的'和'意义'即在于对抗和消解一切定在、定向、定义、定理、定命和终极。它虽然因此付出了极大的代价，但却使自己永远处于未定状态，从而永远对未来开放。"

同日，张韧的《生存本相的勘探与失落——新写实小说得失论》发表于《文艺报》。张韧认为，新写实小说"在反拨现实主义传统时，却吮吸了当今纪实文学的思潮。虽然它依然用了文学常用的虚构，但它迫近生活，写得很真实，将生活的原型与原汁端出来，逼真得就象对生活的纪实或纪录，……也正因为它不仅与现代派与寻根小说，而且与传统现实主义有了带根本意义的区别性，所以，与其说它是现实主义'回归'或'后现代主义'，不如按其自身特点称它为'新写实小说'。……目前新写实小说在这一主题（指认识人之生存状态——编者注）方向上，还未能挣脱传统的问题小说的模式。……新写实小说家在表现各种生存状态中的人的感觉和情绪方面，都是才华横溢的强手，但在津津有味地逼真描写一个个细节或感觉情绪时，却失落了雄大的人生哲学感，尤其是缺少那种不是从西方哲学课本中端来的，而是唯属自己的独特的哲学认识。……不但没有理想的英雄的形象……而且小说里的人物大多是生存困境中的被动存在体"。

30日 王干的《王朔的新京味小说——评〈玩的就是心跳〉及其他》发表于《人民日报》。王干表示："这部长篇（指《玩的就是心跳》——编者注）在艺术形式上所作的追求却超过他以往的任何一部作品，改变了王朔叙述故事平面化的格局,那种时空的错置与倒流充分强化了方言形象的荒诞性与心理化。在一些具体技巧上,他除了借鉴国外的一些优秀推理小说的手段外,还把那大段大段不带标点的意识流也纳入其中,法国'新小说派'所用的'穿插''复现''设谜''镶嵌''环合''跳跃'等手段也被他化入小说,我们已经很难把它打入到俗文学的范畴。这表明一种新的小说诞生了,既传统又现代,既好读也不好读,既大众化也沙龙化,既现实主义又非现实主义。总之,它的缺点与它的优点共生,它是怪物也是新闻。这是时代产生的。"

吴方的《〈南渡记〉的情怀》发表于同期《人民日报》。吴方认为:"虽然《南渡记》并没有表现史诗般的、戏剧性的事件史、局势史生活,它的格局不够大,却能于'小'中见其'大',得蕴藉于对一叶心史的耐心琢磨,得灵气于淡然的叙述中。即或是一抹淡淡的血痕,该不是能轻易擦却的。读它,能觉到它在舍去浓墨重彩的魅力时,悄悄酝酿了一份情怀,一种发自自身体验的况味。比起就事论事的小说来,《南渡记》走的是'指事类情'的路子。"

本月

新权的《纪实文学的写作特点》发表于《花溪文谈》第1、2期合刊。新权认为,纪实文学有以下几个方面的特征:"'小人物'成了主人公……新时期纪实文学,为扭转这种局面作出了巨大努力,它非常明确地将这些被排斥多年的'小人物''中间人物'纳入自己的作品中,使之成为正宗的主人公,……"

"'非典型'的'单一细胞'……大多是以为'小人物''立传'为己任,其人物又绝非靠虚构而产生,那么,它的人物就不会成为某一种模式或'典型',而是呈现出众多绝不雷同的'单一细胞',或是'这一个',或是'那一个',绝不会产生某一谱系的模式典型。"

"情节,无疑是文学作品的一大要素。……纪实文学的出现,使这种传统意义上的小说情节产生了变异。它不再注重这种靠情节连缀人物和事件,以及人物之间的关系的表现手段,而是注重强化它的纪实性,注重表现人物的心态,因此而相对淡化了情节。它不靠那种离奇情节去展开矛盾、发展矛盾,突出矛盾的高潮,最后解决矛盾的方法来构置全文,而是依据人物自身一系列的活动来结构事件，达到复述人物、再现事件的目的。……这样看来，它的故事性相对减弱，文学性似乎也有所减退。"

张建建的《叙事与意义》发表于同期《花溪文谈》。张建建认为："小说语言是普通语言与叙事语言的双重结构，小说语言的意义结构也必定是双重的结构。从叙事语言材料的独立性来看，诸如事件、人物、场景、抒情、议论等等都有自身原有的意义内容，作为真实事物的反映，它们的意义可以从它们所由产生的事物联系中获得。但是，在经过组织化之后，这些事物摹仿的真实性已受到很大的削弱，……它们的原有语义已被削弱甚至完全消失，只剩下它们作为一个具体事物在小说作品当中的直观意义了，……所以，在小说语言结构中，叙事语言才是真正的语言，叙事学意义才是小说作品的真正意义，叙事的真实才是小说的真实。小说家进行美学创造进行生活改造以及重建语言的努力，正是通过叙事语言和叙事学意义来实现的。对小说艺术来讲，'写什么'并不重要，重要的是'怎么写'，这不仅仅是一个'形式'问题，它也是一个'内容'问题，即它是关于小说的全部'文学性'问题。"

张建建还说："提出小说的'文学性'，并不意味着小说是一个语言的封闭自足体，而不涉及它的含义方面。小说语言体系在形态上确是一个完整性的，系统化的自足体，它有自己的语汇、句法、修辞系统，并产生出自我组织的机制。但是，小说语言的意义解释却使这个自足体成为开放的。因为意义的获得来于事物的联系之中，那么，小说语言作为一个事物，它的意义的获得不能不与它所处的文化结构，意识形态，历史运动和社会存在这些更大的'事物'网络有密切的关系。"

周政保的《关于小说的"真实"》发表于《萌芽》第5期。周政保认为："关于'真实'的问题，似乎主要体现在小说的创造与接受的领域，……'真实'的问题，实在不是艺术判断的终极准则：它至多是一种创作态度的参考。我们看待一部作品，重要的是掂量其最终向读者表达了一些什么，以及表达得是否新颖与精彩，是否有所发现与有所创造，或者是否以独特的品格超越了前人。……我想，小说就是小说，小说之于作家是一种生活印象，或一种现实感受，或一种历史慨叹，或一种灵魂寄托，或一种思情宣泄，而小说之于读者，在很大程度上仅仅是一种'精神家园'。小说既不是实在,也不是真理——即使是真理,也难以被证明;真理也是被感知的具有相对范围的东西。"

周政保提出:"对于小说的判断来说'真实'是一种危险的概念,一种偏离了小说艺术真谛的概念:运用这一概念,不是模棱两可,就是似是而非——它把握不了小说的真正感受,更把握不了小说的创造艺术。"

六月

3日 季红真的《一无所有者的自我剖白——读徐星〈剩下的都属于你〉》发表于《小说选刊》第6期。季红真认为,徐星"显然超越了先前的叙述视角,视野不再限于现代都市的艺术文化界,故事在一个相当大的空间中线性地展开。流浪者的足迹由北京到最南端的Z市,穿越大半个中国,近于《格列佛游记》式的结构方式,只是本事没有斯威福特式怪诞的想象。作者追求的近于纪实性的手法,加上夹叙夹议的渲述方式,使作品的基本语义,几乎是直述了出来。这就是对此一时代外部社会生活整体的看法。串连成篇的多数故事,是主人公游历中的外部际遇。这些故事涉及到社会生活的各个方面,作者在尽可能自然的渲述方式中,展示了农村、城市、艺术界、司法界、旅游业、学术界,以及一般民众的整体社会状态"。

谢欣的《魅力与矛盾——对余华、格非、苏童小说的印象与思考》发表于同期《小说选刊》。谢欣认为:"余华、格非、苏童的小说基本上可分为两大系列,其一是很大一部分虚幻性和荒诞性的小说,……这种小说把现实生活的零散现象高度地凝聚、概括和抽象,表达了一种主观感觉上、哲理上的真实。小说中的形象失去了具象性和客观独立的、鲜活的现实生活意义,而转化为一种象征、一种理念或感觉的符号载体。"

谢欣表示:"另一系列小说,这就是向写实故事回归的小说。……但这些小说并不意味着向传统故事小说的回归。传统故事小说有清晰的人物背景、明确的人物行为动机、鲜明突出的主题意旨和顺理成章的情节结构。这些,在余华等人的小说中都难以找到。然而他们的这种故事小说,又有着清晰甚至雅丽的语言,诱人的悬念,可读性和趣味性极强的情节。尽管如此,当我们读完这些作品，又感到茫然和困惑，……造成这种现象的原因是作家采用了种种为我们所不习惯的艺术表现方法，有意淡化甚至隐去了人物的现实生活背景，取消了人物行为的动机描写，使人物的来龙去脉变得扑朔迷离，使情节事件发生发展的因果规律变得模糊，也使小说不再具有以往传统小说常见的社会的、道德的界定。而且余华等人采取了加缪小说《局外人》式的陌生化叙述语言，不仅作家不表露任何主体倾向性、情绪性，就是作品中的人物也不见任何感性的流动，因此，呈现在读者面前的，是一个绝对冷静、客观的世界。"

5日 李其纲、格非、方克强、邹平、吴洪森、吴俊的《小说本体与小说意识》发表于《上海文学》第6期。格非认为："我倾向于故事性。但我不能指责另外一种写法，一种没有故事性的写法。谁都没有下过定义，说小说只能这样写而不能那样写。我个人理解，小说应该有一个明显的或表层的故事形式，更深刻的东西应该是沉在底下的。所谓'形式的意味'是沉在小说的叙述结构之下的，而不是浮在表面的。如果你在小说的外部大搞形式，而使读者产生了一种心理分析的愿望，我觉得小说就失败了。我觉得小说的故事要非常的流畅。另外，形式与故事性并不是矛盾的。小说可以有各种各样的写法，有的人从形式着眼，抛弃故事，我认为也是可以的。小说形式非常复杂，这样的写法也可以叫小说。事实上也已有这样的文本出现。"

吴俊认为："我觉得小说最基本的一点是它必须有故事或事件；写故事应该是小说的一个最基本的套路。……所谓故事性的含义，就在于描写的是一种有关系的、前后有联系的连续性情节或事件。一是情节或事件前后有关联，一是情节或事件有连续，二者缺一不可，否则，所谓故事性毫无意义。不过，故事性本身并不提供价值判断的依据，它提供的仅仅是小说的文本特征。说得明确一点，我觉得现代小说的故事有一种象征意味或隐喻意味，在传统小说如契诃夫、巴尔扎克、莫泊桑等的小说中，故事的象征性可能比较少，它们着重于塑造人物（性格），对故事中的隐意或人物、性格以外的表现涉及得比较少，现代小说则恰恰注重了这一点。这是一种最基本的比较。"

同日，李星、唐栋的《关于小说创作的通信》发表于《中国西部文学》第6期。李星认为："你（指唐栋——编者注）的《兵车行》能够一鸣惊人，可能有题材的原因。你写了英雄,而且写了那样环境下那样的青年军人英雄。但主要还不是题材的原因,而是你在文学、或者说是在小说叙事方面的特殊贡献。……《冰山,爱的四重奏》继续了由《兵车行》开始的叙事基调,但却将'故事'这个传统小说的基本要素更多地结构进去,于是,它成了以故事为主线、以主要人物为核心的诗与音乐的结合。诗和音乐的意境是小说创作的高格。……《冰山,爱的四重奏》中的四个部分,是四个互相独立的中篇——可以拆开来当中篇读,但你把它们当长篇组合起来,作为长篇也是成立的。它象既能独立使用、又能连接起来的组合家具。当然这种组合不是量的相加,而是另一种规模、另一样气象的新东西。它们内在的联系也不仅仅是题材,而且是诗情的、鸣响在你心头的悲壮的英雄交响曲。"

唐栋在回复李星的信中写道:"你(指李星——编者注)信中谈到小说的故事性问题,我赞同你的观点。很难想象,一篇没有故事的小说怎么能称之为小说?……当然,有人可能会举出许多没有故事的小说来,有些还是佳作。但是,这些小说真的没有故事吗?否!细看就会觉着它们还是有故事的,只是不象传统小说中的故事那么明显而已。故事这东西,在小说中或强或弱、或大或小、或明或暗、或雅或俗、或虚或实……一概有之,没有谁能彻底、干净、全部地将故事从自己的小说中消灭掉。"

6日 肖珂的《王朔小说的精神内核及前途》发表于《光明日报》。肖珂认为:"从表层看,王朔小说外表平易、单纯,语言通俗化、生活化,情节丰富和颇具刺激性,是赢得读者的第一个原因;第二个原因,在于王朔小说具有'补充体验'的功能。他的顽主世界,那些沉浮在现代都市底层的浮浪子弟和无业游民,他们关于金钱、犯罪、赌博、性感、狂舞、游戏、恶谑、揶揄的种种想法和做法,一般人体验不到,但包含着最新的、密集的社会信息,对此人们不可能不感兴趣;从精神内核上,王朔的作品表现了我们民族心态的一种现代畸变,是现代国人企图摆脱困境的诸多'活法'之一种的艺术象征。"

10日 王干的《近期小说的后现实主义倾向》发表于《北京文学》第6期。王干认为:"现实主义和后现实主义都强调表现生活的真实性,但采取了相异的方式。后现实主义不像现实主义那样通过'再现典型环境中的典型人物'来表现生活的真实面貌，它反对这种理念概括与归纳的'典型'方式，而注重对生活原始面貌和原发生态的'还原'。"

此外，王干还认为："'还原'在其现象学意义上正好是与'典型'相对立的。因为'典型'的方式是依照一种思想观念去塑造人物，剪取生活，而'还原'则要求像胡塞尔说的那样，'终止判断'，把现实事物'加上括号'，以最大可能地呈现生活的真实状态。这实际上涉及到两种真实观的问题。前者是理念的真实，后者则是现象的真实。……这种'还原'倾向在近期上述小说创作中主要表现为两个特征。第一，从个体形象的精心刻画转为对生态群落、生态群体的描写，通过对'类'的表现，来还原生活的整体面貌。王安忆的中篇小说《小鲍庄》可称得上这种'还原'的力作。……另一个特点便是这些小说开始冷静地描写生活的丑恶乃至龌龊的一面，冷静地描写人性中那些动物性的一面。"

同日，朱水涌的《叙事迷宫的营造与困境》发表于《福建文学》第6期。朱水涌认为："故事的有意瓦解，叙述的交叉重叠和零散化，人物的不确定和分裂状态，是新潮小说构筑叙事迷宫的重要手段。"

20日 王宁、陈晓明的《后现代主义与中国当代先锋文学》发表于《人民文学》第6期。王宁认为："1985年以前的先锋文学不过是模拟了西方的观念和叙事方式，而在此以后，以马原的出现为转折标志，先锋文学尽管没有摆脱外来影响的阴影，但是它更多地表现为对文明和对当前现实情境作出的反应。"陈晓明认为："中国没有后现代主义文学，只有体现在文学作品中的后现代主义因素。我们与其套用西方现成的有时空限制的概念来描述当前中国的实验文学，倒不如用'先锋派'（Avant qarde）这个术语。……苏童、孙甘露、王朔、格非、余华等人的小说，都有不少后现代主义的因素。"王宁觉得："从整体来看，这些先锋小说家在文体中解除了前期新潮文学所寻找的那种深度模式，他们在叙事操作方式中排除了意义统一构成的可能性和终极价值存在的可能性。当然，他们在具体写作方式上则大相径庭。"

本季

吴涛的《先锋的寂寞——对先锋小说现状的思考》发表于《文学评论家》

第3期。吴涛指出:"《现实一种》《河边的错误》《一九八六》《世事如烟》《古典爱情》《访问梦境》《信使之函》《一九三五年的逃亡》《罂粟之家》《养蜂人,你好》《大年》《褐色鸟群》《枣树的故事》等作品给人的阅读经验即是如此。阅读这些作品只能得到一种短暂的'阅读快感'(兴趣随着阅读的结束而结束),很难让读者的情感、思绪在他们构建的艺术世界中久驻乃至恋恋不舍。他们的作品总体意蕴是逃避现实人生的。这说明了他们对自己感觉以外的世界把握的无力。因为,他们这些凭借知性来解释人生,依靠智慧去把握世界纯属主观虚构的'现代童话'式作品,本质上是拒绝读者与作者合作的。在貌似故事性很强的开放的叙事圈套里,营造的却是封闭的文本。拼命地放纵感觉却恰好打击了读者进入文本的热情,堵死了读者走向文本的通道(而成熟的先锋小说文本是主动的为读者进入文本设置入口的)。总之上述作品提供给读者徜徉的艺术空间太狭窄,作品本身所蕴含的底蕴在读者的心灵里所唤起的东西很淡、很少。他们只是不自觉的在构造故事圈套上浪费才力,他们只知一味地沉醉于追求叙述的完美却无力驾驭自己的理智,故而只好以做结构游戏为满足。就纯艺术形式的探索而言,从他们频频问世的作品来看,每篇之间的艺术差距也很小,没有显示出阶梯型上升的趋势,反倒流露出大同小异流水作业的痕迹。因此,已使我们丧失了对他们的作品继续跟踪下去的信心。"

应雄的《先锋、先锋小说与通俗小说》发表于同期《文学评论家》。应雄指出:"中国的先锋小说又何如呢?新时期先锋小说基本上出自青年作家之手,其社会基础是一批深切感受着时代痛苦的青年知识者。……纵观中国新时期先锋小说的这番历程,我们可以看到,先锋小说如何从具有社会意义走向了非社会化,从小说意义的革命走向了小说意义呈现方式的革命,(其作者)从先锋思想家走向了先锋文体家。并且,从今天的社会思潮看,先锋也已变成了非先锋。正因远离了坚定的现实基础,'各领风骚几个月',也就成了先锋小说的必然命运。当然,从另一种意义上,我们也应该看到,先锋小说家们又是忠实于时代的,他们以叙事的异化体现了世界的异化和他们无奈而又浮躁的反抗,因此,可以说,先锋小说的热潮又是一场社会性质的失败的反抗和流产的革命,先锋小说日益沙龙化的历程正是他们这场反抗的失败史和革命的流产史。"

蔡桂林的《长篇小说：现状与期待》发表于《文艺评论》第3期。蔡桂林认为："长篇小说领域虽有新的艺术素质生成，但远不成熟。现代探索性小说，表现更多的是小说形体上的现代意识，而很少看到现代意识背景下的小说。那些文体的变革和艺术形式的探索，是现代思想意识在文学中寻求表现的产物，是作家为了表现主观欲念所进行的形式改革，并未成为不可剥离的内容。"

钟本康的《语言对自身局限的抗争》发表于同期《文艺评论》。钟本康指出："以新时期小说为例，大致有以下三种情形：语言的粗鄙化或高雅化。……语言的变态化。……语言的混合化。……反常的语体系统，与其说是在传统的常规的语言形式之外寻求新机，不如说是抽取了传统的常规的语言形式中某个'隐蔽'之点扩而大之。……现代小说家对创造语言的癖好，他们越来越自觉地摒弃单纯以故事情节来建构小说的文体，而勇敢地对新的语言方式进行改革性的实践，变换出各种富有强烈语感的新文体。应该说，这种变革是很有意义的，它不仅给文学带来了新的本体意味，而且丰富了语言的表现力，更增强了语言的生成活力。"

孙春旻的《微型小说的兴起与发展》发表于《中州文坛》第2期。孙春旻指出："微型小说在我国'古已有之'。我们可以从先秦神话和诸子散文中找出微型小说的雏形；在魏晋的志人志怪小说、唐传奇、明清笔记小说中，更可以见到许多独立成章的短小篇制。但是，微型小说被当作一种独立的文学体裁，并且有人有意识地把握着这种体裁的基本特性进行文学创作实践，则是在当代文学史上，确切地说，是在新时期文学史上才有的事。……进入新时期，特别是1983、1984年前后，由于蒋子龙的《找帽子》、汪曾祺的《尾巴》、林斤澜的《木雏》等一批佳作的出现，微型小说使读者品味出一种任何长篇巨制都不能代替的艺术趣味。于是，从作者到读者，都对这种体裁产生了浓厚的兴趣。当代著名小说家大多尝试过微型小说的创作。读者阵营更是日益扩大。"

孙春旻认为："以上对几种不同题材的考察，是以证明新时期的微型小说已突破了'新闻性'的羁绊，大大扩展了取材领域。除此之外，微型小说在艺术上体现了如下几个特点：首先是逐步显示了从瞬间入手把握生活的独特审美机制和同局部的集中强调而产生的警策性力度，从而形成微型小说独具的审美风范。……其次，微型小说逐渐摒弃了初始时期那种直奔主题、匆匆交待、局促呆板的构思和表现手法，开始设计丰富的层次、充实的细节、运笔从容而又富于变化，不再象风干的果脯，更如带露的鲜花了。……其三，微型小说还创造了长、中、短篇小说从未使用过的体式和创作手法，出现了如'帐单条文式''整体复沓式'等不似小说又确是小说的新样式，丰富了小说的创作技巧。……整体采用复沓回环的写法，也是微型小说的新创造。如前文提到的《站牌与糖葫芦》《！！！！！！》《多瞥一眼》，还有那耘的《爱情ABCD》等等，都采用了这种写法。'帐单条文式'是小说对应用文体的引进，'整体复沓式'是小说对诗歌形式的借鉴。还有些微型小说因表现了对某种文体的亲切而被称为'寓言式''政论式'等等。艺术品种之间，相互吸取、相互借鉴、相互弥补的现象非常普遍。微型小说不易安排丰富的曲折开合，很容易造成形式的单调、呆板和生硬。聪明的作者就尝试借用其它文体的形式和表现方法，打破小说常规体式的一统天下，以谋求新鲜，活泼和多样的审美创造，从而形成了作品对其它艺术品种、甚至非艺术性文体的横向借鉴。与其它艺术或文体联姻后的混血儿，在不失小说特征的前提下兼具某种艺术或文体的独特风味，使小说的体式更加斑斓多彩，这是微型小说对小说文体的一大贡献。"

七月

1日 陈晓明的《后新潮小说的叙事变奏》发表于《上海文学》第7期。陈晓明表示："实验小说在扰乱我们的习惯视野时，却也开拓了新的视界，叙述彻底开放了：因为'叙事时间'意识的确立，叙述与故事分离而获得二元对位的协奏关系；由于感觉的敞开，真实与幻觉获得双向转换的自由；双重本文的叙述变奏无疑促使本文开放，'复数本文'的观念却又使叙述进入疑难重重的领域。显然，开放的叙述视界打破了作品孤立自足的封闭状态，小说被推到无所不能，无所不包的极限境地，叙述获得了从未有过的自由，叙述因此也变得困难重重，它是智力与勇气驱使下的冒险运动。"

4日 陆的《实验小说困入形式技巧的密林》发表于《光明日报》。陆认为："实验作家们熔铸在作品中的独特的精神感受本身便是形式、技巧，它永远也无法与小说的形式技巧剥离开来。……小说文体实验是不可能存在供人摹仿的范本的。……当代作家文体意识日渐自觉和强化固然令人欢欣,但目前小说文体实验的实际状况却不尽如人意。为评论家津津乐道的实验作品中,日常叙事的有意紊乱、作品中非认识符号系统的穿插、多层次多角度的繁复的视点转换等纯技巧方式的挪用与借鉴,确乎冲击与撼动了传统小说观念,但总的来说并未给小说带来多少新鲜的东西。他们所热衷的不是实验,而是试验怎样化用前人已经创造出来的形式技巧。"

5日 李裴的《小说"小道具"的结构—功能分析》发表于《当代文坛》第4期。李裴指出:"小说中只要有小道具,这个小道具就会生成小说的一个基本细胞,或是基本形式。……因此,小道具在小说中必定成为功能性标志,并由语言叙事思维的相邻性获得转喻意味,由相似性获取隐喻意味,构筑起可能获得的、深厚的多层的或非确定性的含蕴,从而在小道具的语言表达的'头'与'尾'之间,呈现出含有相应对抗力的形式美。"

李裴表示:"小说中小道具自然是具体可感的,并由此转换为对具体感觉的语言把握。……小道具在小说中的基本含蕴……与具体的语言把握一起,支撑着小说形式美的实现。基本含蕴包含两个意思:其一是意义性含蕴;另一是艺术性含蕴。"

李裴强调:"意义性含蕴作为有机整体总然会与一种艺术性状态相联,构成'小道具'的艺术性含蕴。这含蕴涉及心理能与心理值,同时涉及美学范畴的各方面。在这里,小道具已然是被'膨化'、被'虚化'了,是抽象了的具象,有着由创作主体与表达形式之各因素所决定的突出某一方面的假定形式的抽象性,增殖着某方面的能量,生发着可能聚合裂变的迷人魅力。这是一种'转变',由实而虚,由虚映实,在小说虚构想象的世界里对'假想读者'的一种心灵的对话。从作品的内在世界与作者、读者的'交流'看,小道具艺术性含蕴可概而言之为'心理意识的形式化'(具体化、物态化)。……小说的小道具可能是①一种感觉。……②一种情绪。……③一种直觉。……④一种意象。……⑤一种象征。"

8日 杨品、王君的《疲惫的阅读与人物淡化》发表于《文艺报》。杨品、王君认为,1984年以来,"作家们,尤其是新崛起的一代作家们,完全突破了原有的单一创作方法，对西方和拉美等地作家的意识流、荒诞派、黑色幽默、心理感觉、潜意识等手法，几乎无一例外地作了引进与尝试，使文学作品对民族性格和心理积淀的探究与开掘更深入了一层，……我们不能不看到，在这场文学变革中，有些先锋作家未能恰到好处地掌握火候，不是让读者既感到新奇，又能接受，而是从狭隘的'工具意识'和教化功能解脱出来之后，陷入无限制的'向内转'之中，对重大社会矛盾毫无兴趣，对现实生活视而不见，只潜心于创作技巧的变更，生吞活剥地套用或模仿西方和拉美现代派作家名著的结构布局，不恰当地淡化情感、淡化人物、淡化情节，使广大普通读者在新鲜以后随之是难以和自己的审美感受相共鸣，并产生一种被愚弄的感觉，从而在阅读心理与创作主体之间划出了一条沟壑"。

10日　戴锦华的《裂谷的另一侧畔——初读余华》发表于《北京文学》第7期。戴锦华认为："余华的叙事话语对经典叙事时间——被叙时间与叙事时间进行车裂，……公然拒绝完成那种对'生活真实''现实''现实主义幻觉'的注定失败的倒逆式爬行。"

戴锦华注意到，"余华的本文是关于中国历史的本文，也是关于历史死亡的本文。历史真实——或曰被权力结构所压抑的历史无意识，在余华的叙事话语中并不是一组组清晰可辨的文化、内涵或象征符码。……以丧失主体性、历史绵延、记忆、表意链以及戈多式的等待为代价，拒绝了对历史回归、寻根的虚构，拒绝了一份以托鲁齐式的个人拯救与历史拯救"。

黄子平的《语言洪水中的坝与碑——重读中篇小说〈小鲍庄〉》发表于同期《北京文学》。黄子平认为："《小鲍庄》的'正文'之前有两段文字：'引子'和'还是引子'。第一段文字的小标题宣告了叙述本身的开始和所述故事的开始，第二个小标题却延宕了这双重的开始，……'引子'和'正文'的悖论关系在这里暴露无遗，'正文'的开始被一再延缓却使我们得以滞留于作品的开始之中。'引子'通常被视为无关紧要的可以跳过不读的'闲话'（'闲话休提，言归正传'），却又因其置于篇首且具有先导作用（引者，导也）而不容忽视。……《小鲍庄》采用了使叙述充分延宕和分裂的策略来开始，实际上显示了自身的'可重读性'——在'引子''还是引子'（以及后来的'尾声''还是尾声'）

与'正文'之间,无数缝隙和空白为生产性阅读创造了可能。"

季红真的《精神流浪者的智力游戏——王朔〈玩的就是心跳〉索解》发表于同期《北京文学》。季红真认为:"王朔小说的语言一向取材于当代城市市民的鄙俗俚语,……时常亦会有极纯洁优雅的书面语言间杂其中。……这两种语言显然属于两种不同的社会阶层。……当优雅的书面语体,重叠复沓,成为主要的叙事语言,并且构成一种节奏的时候,实际上作者又借助与这种语体相关联的古典精神,完成了对市民意识形态的解构。"

季红真强调:"作者结构故事、设计情节的理性框架。……这部小说(指《玩的就是心跳》——编者注)的情节也曲折而错落,一个大故事中套着许多小故事。……所有的小故事又可以分为三类。……这三类故事虽然在文本中各具功能,但最终同样被颠覆掉。首先由于突然转换的叙事人本身是一个读者,这告诉人们这只是一个编造的故事,颠覆了真实性。其次由于叙事人并未读完全书,而结局却在意料之中,这是对文字(也就是语词运作行为本身)的颠覆。其三,明确告诉人们这本书'只看了三分之一',这与故事中尚存的许多疑点相合,这样就留下了多种可能性。……一大串连环套一样的故事,在这样一个开放性的结构中,彼此的逻辑联系与功能秩序,也被颠覆掉。"

李以建的《东方基督的困窘——〈古船〉的潜本文》发表于同期《北京文学》。李以建认为:"小说是力图借助两种手段来精心构筑这种'原罪'与'赎罪'的宗教氛围的:其一,采用叙述者的变换和意象的迭加使父亲神秘化;其二,以某种宿命的设计,赋予抱朴一种双重的身份。"

孟悦的《读林斤澜的〈十年十癔〉》发表于同期《北京文学》。孟悦认为:"固置的重复与转移的重复,或曰癔症的重复与叙事本身的重复实际上展示了两种目的不同的意指活动或两种阅读。一种以重复寻求一个意义的终点或意义的完满。……而另一种意指活动则拒绝终止和完满的解释,甚至可以说,它总是始于上一意指过程的终止处。重复并不是为了结束什么而是为了被重复。"

木弓的《〈错误〉方式——读马原的〈错误〉》发表于同期《北京文学》。木弓认为:"《错误》企图……突出小说的特性,不能不说在反抗流行的小说观念,同时也在恢复小说所失去的传统行规。……操作上的激进而又适度。肯定有人注意到《错误》的人物描写方法与我们通常谈到的写实小说的描写方法相去甚远。……不过，《错误》并没有改变传统小说所使用的叙事逻辑，没有改变句法的原定秩序，仅仅强调故事（在写实小说里，故事显然不如人物刻画重要）而已。这样，使得《错误》的操作技巧挑战显得有所收敛，适度得体。"

王斌、赵小鸣的《〈世事如烟〉释义的邪说——简评余华的〈世事如烟〉》发表于同期《北京文学》。王斌、赵小鸣认为："在《世事如烟》中，我们所说的这个叙事人实际上也是作者自己所塑造的形象。它同余华其它小说中的那个惯常的叙事人的形象是一致的。……作者抽身隐去了自我的个性形象和可能导致的主观陈述，以使读者产生一种鱼目混珠的错觉，以为浮现于表面的只是小说人物的心理活动。这种操作技巧确实有助于扮演一个公允客观的叙事人角色，甚至他的那种外在的冷眼旁观的漠然态度还有可能招致世人的非议，以为作者的品味无非在于把玩人类的痛苦和罪恶。"

王斌、赵小鸣还说："在《世事如烟》中，我们并不能够将任何一个角色确定为主角，既没有中心人物，也没有中心事件。人物之间的关系也常常带有一种偶然性、随机性，……余华在抛弃了传统小说的中心人物概念之后，而在整部作品中同样设置了这么一个人物，使'他'置于结构关系中的中心位置。……成为小说整体意蕴的替代，一种荒诞而虚无的象征。"

张颐武的《男人猜〈请女人猜谜〉——孙甘露的神话与梦呓》发表于同期《北京文学》。张颐武认为："《请女人猜谜》是一部极为松散的作品，它是由十八段插话式的、并无多少联系的章节组成。整个作品始终由叙述者'我'漫无边际、东拉西扯的议论构成。但孙甘露在第一节《怀念她们》中就由叙述者'我'发出了某种与读者沟通的愿望，……孙甘露开宗明义，宣布自己由激进地进行叙事实验的《米酒之乡》回到了一种传统的叙述方式，以便于读者猜谜。……孙甘露的另一个回返传统的尝试在于他对故事和人物的虚构。在他以往的小说中，某些苍白的、半神半人的古怪的角色像幽灵一般游动在单调却颇为诡异和丰富的语符的河流中。……但《请女人猜谜》中却出现了较为明确的人物'我''士''后'。……这部小说甚至专有一节《补白》，特意透露了叙事者'我'的隐秘的个人状况。这样，小说好像回到了五四以来经常出现的'抒情小说'的范畴之中。"

张颐武还认为："《眺望时间消逝》和在我们眼前出现的《请女人猜谜》的本文之间的关系始终含混不清。……这里有一个巧妙的能指的游戏，一本虚构的小说却又虚构了一本小说，这两篇小说之间处于一种相互消解的关系之中，两者都归于无穷的语言的运作。……这里孙甘露使用了一个'实验小说'的作者们都很常用的'双重虚构'的方式。……这种激进而巧妙的写作方式使他的华丽的、美妙的散文笔法具有了完全不同的涵义，这种虚假的、不真实的风格恰恰形成了能指间的自相缠绕。十八段零乱松散的叙述和美丽的文字之间造成了强烈的反差。散文诗一般优雅的文字几乎毫无关联地堆砌在一起，因而取消了一切深度。"

11日 艾斐的《对时代大潮的散点透视——评焦祖尧小说新作〈病房〉》发表于《光明日报》。艾斐认为："它（指《病房》——编者注）以散点透视和竖式思维的艺术方法，冲破了传统的线性因果结构。作者在以'纲'带'目'和辐射反衬的优化艺术描写中，首先形成强烈的艺术氛围和意识意象，然后步步紧逼、层层深化，递进式地聚合成一个艺术的焦点，最后以这个焦点反弓回溯、迤逦延伸，艺术地揽出了改革时代的纷繁世相和特殊心态，从而激溅出很大的艺术撼动力，令人读之不自主地要在深深的思考中陷入沉沉的自省和自审。"

15日 高尚的《论新时期小说创作的深度模式》发表于《文学评论》第4期。高尚认为新时期小说创作的深度模式包括现象—本质模式、确定性—非确定性模式、精神分析模式、显义—隐义模式4种。关于现象—本质模式，高尚认为："新时期小说创作中的'现象—本质'模式指小说作品在对人和社会生活的指涉过程中从其外在现象的描述开始，以期达到对它的某种内在本质的理解和把握为终结的小说模式，从根本上说这一模式是以辩证思维为其特征的。"

关于确定性—非确定性模式，高尚认为："关于'确定性'与'非确定性'这两个概念，我们可以直接借用存在主义学说得到解释，它们表达一种对人的自我异化、自我对立、自我分裂等状况的现代陈述，涉及人的尊严、生命的价值、人生的意义等方面。"

关于精神分析模式，高尚表示，"在小说方法上改变了以行动刻画人物性格的传统，而运用心理和精神分析的手法，潜入精神深层以理解人、把握人，开拓了新的心理空间，扩展了小说对人的叙写范围和内容"。

关于显义—隐义模式，高尚表示，"首先，这些小说大都对故事、情节、悬念这些传统小说的基本形式因素重新重视，讲究故事章法和叙事技巧，但这并不意味它们退回到传统的起点，而是相反，在这些作品中结构形式本身已成为小说内在意蕴的一部分；其次，作者以情感的零度介入方式完成小说叙述，既摒弃传统小说中的主观判断因素，又避免现代小说中那种对自我意识的极力渲染，……再次，由于叙述者情感的零度介入，使语言在小说中具有了崭新的文学形象的意义，它蕴含了小说全部的叙事信息，以自身的魔力构造着另一新的现实"。

钱中文的《〈青天在上〉与高晓声文体》发表于同期《文学评论》。钱中文认为："在《青天在上》里，则形成了一种处处都是反讽与幽默，并与清丽的抒情描写相结合的特征，当然前者更占主导地位。它们同时组成了高晓声创作的第二个艺术特征而贯穿《青天在上》。……在高晓声作品中，反讽不仅仅是修辞手段，却成了一种全面的叙述文体。可以这样说，高晓声的一个重大贡献，就是给新时期文学提供了一种反讽的叙述文体，我们可以不作夸张地把它称做是叙事艺术中的高晓声文体。……高晓声利用了对过去事物的客观描述和隐藏于其后的潜台词即当代的审美目光、评价之间的反差，达到强烈的反讽效果。……高晓声在一般通用语言的基础上，提炼着江南农民（居民）的语言，创造了一种具有江南浓郁的地方色彩的、独特的、幽默生动的、又被普遍接受的文学语言。……这是高晓声小说创作第三个艺术特征。"

殷国明的《〈桃源梦〉：一种传统文化理想终结的证明——兼通过比较分析现代寓言小说的艺术特征》发表于同期《文学评论》。殷国明强调："寓言小说的突出特征就是创造一个由小见大，由具象达到抽象的艺术'模型'。……对于作者所面对的宏观社会和历史事实来说，它是一个自给自足的完整的故事系统；而对于作品所描叙的具体对象来说，又包容着对整个宏观社会和历史的一种隐喻和象征。……认真分析一下庄子的寓言就能看出，中国的寓言在意义上可能与一般寓言（fable）有所区别，它在很多情况下是把一种抽象的、神秘的概念和经验通过具体形象、事件直接表现出来，或者作为神秘的心理体验的表达方式，把不可能直接表达出来的感受用比喻和象征进行表达。"

同日，何慧的《"一体化"社会结构之下小说的命运》发表于《文艺争鸣》第4期。何慧认为："小说的本质虽然和'一体化'的社会结构相矛盾，却不是和政治权力相矛盾的。作为平民的小说家源于现实生活的思考是带有许多生活的原生相和聪明感想的。这些都可以为政治权力提供施政的信息和政策实施过程的反馈。与'一体化'决裂以后的文学对社会和领导机构更有利。"

同日，汕苹的《诗化的衍生：死亡意象的重奏——〈人间消息〉的意义》发表于《钟山》第4期。汕苹认为："《人间消息》就是要表现人物的不自觉重叠和故事的不自觉重叠这样一种'重奏'的艾略特式的史诗效果。……《人间消息》的出现，表明小说诗化的进一步延续和拓展，从那种玲珑剔透的绝句式发展为流动的意象流，再到这种艾略特式的交响式重奏式，诗化委实是从单一的静止的逐渐走向了开放与辐射。"

邵建的《从情到欲：还原的实验——说王安忆〈岗上的世纪〉等性爱小说》发表于同期《钟山》。邵建认为："八六年发表的《荒山之恋》和《小城之恋》，……这些描写（指性描写——编者注）并非以达其他目的，而是为写性而写性，是对性本身的关注、审视与呈现。这种纯写性的路数，构成了以性为本体的模式，也正是这种模式的出现，我以为新时期文学方始有了真正的'性小说'。……作为性小说，人物情节都被欲化了，人物为欲所支配，情节也就因欲而展开。……这里的性爱则是自足自为的，时代社会只是单纯给故事的发生提供一个时空框架，……这就从根本上违背了现实主义典型环境与典型人物的基本要求。不是环境决定人物，而是环境变异成十九世纪自然主义理论所理解的：是人性内核显露的外部条件。相对于现实主义提供典型而言，王安忆提供的几乎是原型，典型显示了横向的时代概括意义，原型则具有纵向的历史乃至自然史的概括意义。"

18日 袁和平的《从事序结构到叙述结构——读〈破晓时分〉所想到的》发表于《台港文学选刊》第7期。袁和平认为："朱西宁的《破晓时分》是一部较为典型的叙述结构类型的作品，它至少是有下面三个特点值得我们研究：

一、视角选择的妥帖。……《破晓时分》实际上是选用叙述者等于人物的同视角写法。这种写法究竟有哪些好处呢？首先小衙役既是事件的目击者，又是事件的参与者，而且小衙役涉世未深，既不了解衙门的腐败，又不熟谙审案的程序，更不了解社会与罪犯，朦朦瞳瞳，纯朴而显出无知。小衙役心里只有片断的见闻和流溢的种种感受，良知尚未泯灭的同情，混沌近乎愚昧的善良，怯懦而矛盾忐忑的顺从，都构成了《破晓时分》那种颇为特殊的艺术氛围，而读者对这种氛围的体验与感受，几乎都得益于叙述者等于人物的写法，所提供的最直截了当的共鸣而直接面对情境。在这种氛围浓烈地弥漫于作品之时，事件的发生、发展与结局就显得非常次要了。……第二，由于叙述关系的改变，叙述形式因而获得了自己的生命。……现代小说与传统的另一项分野，也体现在对故事的表现和处理上。不去追求描绘和介绍故事的过程，而是斩头去尾截取一面，把创作热情投注于事件的某个片断，将时间的线性流动固定为一个凝固点，运用多种手段去扩充这一片断，使之达到一种呼应首尾的膨胀状态。……第三，……《破晓时分》依此从陈旧的历史素材入手，溶入了新的哲学观念，它超越传统文化的努力，所达到的是表现与立意方面的新收获。就此我们也就应该明白朱西宁何以舍弃当代题材而去求索于历史素材的价值取向了。"

20 日 洪清波的《当代小说结构新潮——看"卡片体"小说》发表于《小说评论》第 4 期。洪清波指出："卡片式结构最突出的特点就在于独立性和组合性的高度统一。它就像卡片箱中的分类卡片一样，单独抽出，是个完整的信息、事件、故事；组合在一起，又可从不同角度，不同层次揭示复杂的生活，具有特别广阔的涵盖面。……这种结构方式超越了传统结构那种'合并同类项'式的选择，……既具有'全景式'的气魄、视野，又保留了'单线索'的集中、严谨，这就为宏观、微观描写的有机结合，提供了最佳条件。"

汪政、晓华的《周梅森小说读白》发表于同期《小说评论》。汪政、晓华认为："周梅森小说的古典理性之美其次来自于他对古典悲剧法则的挖掘和重现。……周梅森不但在悲剧冲突的哲学原则上恪守了传统，而且在外部的戏剧动作上也再现了传统的风格，它们有循序渐进的矛盾冲突，有关键时候悲剧人物的沉痛深刻的道白和非凡的富于牺牲直面死亡的行动和选择，它们无一例外地具有了与死亡相伴的悲剧高潮，把读者推向崇高的审美境界。"

张毓书的《当代小说非逻辑叙述概观》发表于同期《小说评论》。张毓书认为："非逻辑叙述方式决不意味着'艺术钟'的紊乱，它不仅是主体生命活力自由运动的体现，也是一种合乎人类天性要求的精神自由活动。它描画的是主体连绵不断的独特感受，……超越逻辑的叙述方式是一种健全的理性精神支配下描述人的自由生命活动之无限展开过程的无可替代的方式，是艺术思维空间的拓宽。……非逻辑叙述方式是当代小说拓宽生活视野和寻求多种表现手段的一种创新。作家们以异常恢弘的气度和涵纳宇宙万有的胸怀，勇敢地突破传统观念的禁区，以他们各自的实绩创造出前所未有的生活场景、心态和历史文化，这是对宇宙本体和人类精神本体的忠实表达，也是小说走向总体观的尝试。"

钟本康的《余华的幻觉世界及其怪圈》发表于同期《小说评论》。钟本康认为："余华的小说则突出地表现奇异的幻觉。"钟本康认为余华的"幻觉世界""实际上不是客观生活的反映，只是表现了作家隐蔽世界中的生命情绪和模糊意象。其中的现实因素，也不过是激活沉睡在无意识领域中的诱因而已。……在这里，幻觉和魔幻都是虚幻的心理映象。就创作方法而言，余华的《世事如烟》《难逃劫数》更接近超现实主义。有人说余华源于马原，而我宁可说他源于莫言和残雪"。

21日　鲁枢元的《超越语言——"文学言语学"刍议》发表于《文艺研究》第4期。鲁枢元说道："我们希望诞生一门'文学言语学'。'文学言语学'中的'言语'，绝不能仅仅限制于作品的'文本'中，它是文学创作和文学鉴赏、文学交流中的一种活动。这是一个开放的系统，我们的研究将会注意到从言语在作家心灵深处的'孕育'，到言语通过写作在文本上的'定形'，到鉴赏者在历史的长河中接受性的阅读这样一个曲折漫长的过程。……在这个广阔的研究范围内，从文学艺术的审美的特性出发，我们将特别关心文学言语的'主体性''创化性''心灵性''流变性'。'主体性'。……在我们这类文学批评家的园地里，决不会有游离于人之外的'言语'，我们不追求纯粹的'要素'，我们甚至还特别偏爱那些带着个体的面容，带着个体的体温，带着个体肌肤的气息，甚至带着自己的血型，带着自己的遗传基因的言语。……'创化性'。……

文学家凭借着对于语词的感觉、体验、选择、组合创造化生出宇宙间从来没有过的声响、光线、色彩、温度，创造化生出世界上从来没有过的境界、氛围、人物、故事。……心灵性。……遗憾的是语言学家们长期对心理学抱有偏见和戒心，……'文学言语学'不但没有这方面的禁忌，反而宣布要和现代心理学结为紧密的联盟。心理学中有关言语方面经实证或内省得来的成果，将被'文学言语学'拿来作为自己理论的有机组成部分。……流变性。……言语是多变的，……由于'文学言语'的这种非稳固性和在历史进程中的流变性，因此我们对于二十世纪以来新兴的文化人类学、现象学、阐释学、接受美学就特别感兴趣。就'文学言语学'的对象和任务而言，它还必将与一些新兴的语言学科，如'语用学''社会语言学''心理语言学'建立更密切的关系。"

22日 周政保的《人·意象·寓言倾向——王树增小说创作印象》发表于《文艺报》。周政保认为，王树增"是一位富有诗人气质的小说家、而这种可以被称为'诗人气质'的人格力量体现在他对于存在世界的理解与把握方面……在树增的小说创造过程中，现实常常被幻化为某种整体的意象而获得相应的理解与把握。他的小说，无论是题旨寓意还是思想底蕴，都可以从某种整体的意象笼罩中感受到它们的明显的或隐约的存在"。

25日 汤吉夫、李大鹏的《当代小说的语言流向》发表于《长城》第3期。汤吉夫、李大鹏认为："与色彩纷呈、变化多端的形式相适应，王蒙也在寻找超越传统和打破规范的小说语言。他善用短句。颗颗粒粒，干脆得象蹦豆。他酷爱长句。排山倒海，奔涌得如江似河。他追逐跳跃。大刀阔斧地剔除了句间的连接。他注重的是心理和情绪的流动，毫不在意语言叙述链条的完整。他喜欢杂色。追求'造句奇崛、雅言和土语混杂、纯美和极俗并陈、色彩斑驳变幻却依然浑然和谐'。他的语言，主体与客体混淆，再现与表现共存，不避论辩，贪恋幽默，包容驳杂，大张大阖，表现了极大的弹性和张力。"

此外，他们还认为："语言流向固有新旧之别，而论优劣，却实难说。雅化、俗化、谑化流向，仿佛老旧，相对而言，野化、梦化、幻化、诗化诸流向则似新进，但谁能够说，余华、格非的小说，价值一定在汪曾祺、林斤澜之上？或者谁能够说孙甘露、迟子建的小说语言质地一定胜过高晓声、陆文夫？文坛原本应该是一个宽容的世界，正如大江之上，百舸都可争流。不同的语言流向都可能产生出好作品来，以排它的姿态来标榜任何一种流向都是十分不智的。"

同日，陈晓明的《现代主义意识的实验性催化——"后新潮"文学的"意识"变迁（续）》发表于《当代作家评论》第4期。陈晓明认为："现代主义对人类生存的苦难处境的追踪，在极端化的处境里彻底展开存在的荒诞性，这是现代主义'反抗'主题的另一种形式的延伸。……荒诞是一种进入生存的实实在在的情感方式，而不是观念夺取的产品，刘索拉和徐星对荒诞主题的触及虽然是初步的观念模拟，但开启了'荒诞意识'作为一个现代主义的主题进入当代文学的通道。"

王彬彬的《余华的疯言疯语》发表于同期《当代作家评论》。王彬彬认为："余华小说在叙事上还有一个特征，就是特别强调人物行动的时间。'……是在这个时候……'这种句式在余华的小说里频频出现，亦即在叙述人物采取某种行动或有某种见闻前，先叙述一些别的可作为背景的事物，再用上述句式强调人物行动和见闻的时间。……这种强调，一方面便于表现人物在特定情境中的特定感觉……然而，更主要的，在于使画面变得异常清晰，余华用上述的那种句式把人物行动或见闻的时间变成了现在进行时，……给阅读者造成一种身临其境的实感，让你更真切地看清这个世界。"

吴秉杰的《发现一片新大陆——田中禾近作片谈》发表于同期《当代作家评论》。吴秉杰认为："田中禾小说的叙述方式通常是由直接的讲述转入间接的显示。它使全知全能的外视角与特定人物出发的内视角结合，使故事的叙述与内心开掘统一，对生活的客观表现与主人公的内心独白统一，不仅赋予了故事丰富的感情色彩，提供了新的时空，新的感觉；而且，由于多种叙述角度剪切对比，明叙暗喻，它也使作品内容如多棱镜般地折射出了现实生活的一幅幅画面。"

武跃速的《转换：走出枫杨树——苏童近作印象》发表于同期《当代作家评论》。武跃速认为："《平静如水》，使枫杨树那种充满终极追寻的古典式沉重一下子变得遥远。……这个中篇最令人感到陌生与诧异的便是简单而散乱的结构：整篇以一节节相连或不相连、自足或不自足的小故事构成。叙事人是一位缺少精神支柱的城市青年,一边将其散乱目光投向各处,发现着种种又轻松又狞厉的存在现象;一边为排遣无聊消磨时光而混世,制造出些令人一笑一惊的事端来。"

  武跃速表示,"走出枫杨树后的这三篇小说(指《逃》《仪式的完成》《平静如水》——编者注),在苏童整体创作上呈辐射状。《逃》重现枫杨树主题,预示作家返乡的某种可能性;至于怎样回去,即采用什么样的叙事方式和角度则是一个不固定态。《仪式的完成》别开生面,将生存中的神秘、宿命等因素融化在某种激情中。《平静如水》则是一个陡转,它完全改变了苏童以往创作的风格,以一种颇现代的姿势开拓出一片新天地。它们对作者过去的创作模式形成突破和超越"。

  张器友的《贾平凹小说中的巫—鬼文化现象》发表于同期《当代作家评论》。张器友认为:"贾平凹对巫—鬼文化是采取真实描写态度的。……贾平凹一些小说神秘性审美效应,并不是如某些神魔、志怪小说那样通过人神共处,同形变异等方法实现的,他是在叙述生活故事过程中使巫—鬼文化现象在成为生活故事不可分割的真实内容的同时,……使其与生活故事之间构成一种对应关系,神秘性主要就是由这种对应关系中产生出来。贾平凹作品中的这类对应,有具体的局部对应和总体性对应两种。"

  竺亚的《画魂:苏童近期小说一读》发表于同期《当代作家评论》。竺亚认为:"作者是有意使其作品的故事横亘在读者和作品的原意中间,他不让我们从故事本身推导出什么实在的意义,他只是倔强地不断重复指出:这是回忆!……以故事的组合、演进以带出和凸化情绪,是一种方法,这是苏童一些小说的基本结构方式,如《乘滑轮车远去》和《伤心的舞蹈》等。这类小说一般给人一种散淡而又怀旧的情绪感受,似乎在说:过去的总是美好的。这类感受记忆表现的符号排列方式与一些传统小说相比是独特的,它一反过去推导式的意义凝聚,而呈现为一种圆型循环的散漫状态。作者似乎摆好架子在说一个故事,……但读者读完这个故事,却根本无法找出作者的叙述动机,意指作用的目的变得毫无必要。"

  27日 北村、王欣的《关于汉语言文学的对话》发表于《文学自由谈》第4期。

北村认为:"汉语言可以在小说中造象,写成一种景象小说。实际上,迄今为止,我还没有看到一篇这样的成功作品,西文的性质把小说推向一个高峰,还有如博尔赫斯把小说写进另一时空,这里当然有一种形式感的问题。西文只能作用于情节与情节之间构成新的逻辑,却无法在一个情节中造出象外之物来、而汉语言可以做到。……我在写小说时,常把本来应该作为背景的事物推到前台来,作为直接的欣赏主体,我感到这里就可以混同人和事物的关系,以求得新秩序。故事是挂一漏万的,我以为是徒劳。当人和物真正平等时,新小说格局展开了。"

29日 蔡洪声的《朱天文和她的小说》发表于《文艺报》。蔡洪声认为:"朱天文的小说一般都不大注重情节的铺陈,而是着力于舒排人物的心灵感受。……朱天文的文字功力相当好,用词遣句不但生动洗练,而且富于韵味,富于美感。"

八月

1日 陈建功的《悲喜剧小说:可能与挣扎》发表于《作家》第8期。陈建功认为:"鲁迅的功绩是不可埋没的。众所周知,《阿Q正传》成为了中国悲喜剧小说的先声。老舍的作品也为中国文场带来了强烈的悲喜剧色彩。这种把握世界的悲喜剧态度甚至在他解放后创作的剧本《茶馆》里也得到了体现。这是可以从'五四'以来中西文化的碰撞,民族性格的发展中找到答案的。……开放时代的到来。中西文化的更剧烈的撞击。由此引起的文化震惊。我们民族突然发现了国门之外的参照系。民族心理特征开始由自足态度向观照态度偏移。……文学的观念也在这样的背景下更新着——作家主体意识的觉醒;风格多元化的追求。外国文学特别是黑色幽默小说的译介……诸多因素的作用,使当代中国悲喜剧小说的产生和发展成为了可能。最早把悲喜剧态度带到小说里来的,也许是高晓声。他的《陈奂生上城》已为诸位所熟悉。……陈奂生在招待所里展开了一番充满喜剧性的表演……史铁生的中篇小说《关于詹牧师的报告文学》,……塑造了一个凝聚了无限悲酸却又无法一言以蔽之的喜剧形象。……当然,我们也不难看出,如上所列举的悲喜剧小说,仍然逃脱不了文化母体的胎记。……等到了刘索拉等一批更年轻的作家笔下,喜剧走向了荒唐,悲剧走向了别无选择的悲观主义,悲喜剧形态的两端同时被推到了更接近极致的位置。

这无疑真切地传达了当代青年的感受。然而,'别无选择'的后面仍然是对'选择'的思索与寻觅。"

3日 蔡葵的《"浪漫的追求与现实的灾难"——〈落凤坡人物〉印象》发表于《小说选刊》第8期。蔡葵认为,"《落凤坡人物》,……现实和幻想,直叙和讽喻,寓意和象征等奇异的感觉和魔幻的手法,都使这篇作品别开生面"。

4日 胡平的《情境:叙事创作柔软的下腹部》发表于《山东文学》第8期。胡平认为:"构思情境自然也有它的特点,以下五种思路是基本的类型:(一)强化矛盾性质。在同一类型的矛盾中选取设置性质更严重的冲突。……(二)强化具体困难。……(三)特殊组合。由于受到环境条件、社会秩序的制约,某些人类本性和人物关系在现实生活中处于隐蔽状态,通过情境能够利用人为组合形式将人物置于特殊的规定情景下,使其呈现出正常情况下不易察觉的本质。……(四)逻辑替代。某些生活逻辑必然和已经引出某些生活现象,它们为人们所熟知;另一些生活现象仅在想象中存在,虽然不大可能发生,却同样符合生活逻辑。用它来替代惯常现象往往收到奇特效果。……(五)角色替代。在其它成分不变的情况下,调换人物角色,可能造成比较有利的情境。"

5日 陈平原的《佛与道:三代小说家的思考》发表于《上海文学》第8期。陈平原认为:"在西方文化冲击下的二十世纪中国文坛,能否在传统文化中找到自己的感知方式与审美趣味,进而为中国小说的发展开拓一条新路。"

陈平原还说:"这六位(指清末民初的刘鹗和苏曼殊、二三十年代的冯文炳和林语堂、新时期的汪曾祺和阿城——编者注)接受佛、道思想影响的小说家,都有把小说散文化的趋向。……有意抛弃那些诱人的戏剧性,把笔墨集中在人物的内心感受。缺乏强烈冲突的结构当然显得平和朴实,反而可以突出那些作家苦心经营的更接近生活原来状态的'闲文'。创作心态之闲散自由,恬淡自适,艺术风格上之崇尚自然,反对雕饰,再加上结构技巧上之注重风土人情的作用,自然诱使这批作家不约而同地把小说当散文写。"

晓华、汪政的《仿古的意味》发表于同期《上海文学》。晓华、汪政认为,文化小说"可以说是两方面的玩,邓友梅的作品和叶兆言的《追月楼》是雅的内容雅的形式,……这类小说的操作中重温旧文人的精神,一种很优雅的风格,作品的生活距我们已很遥远，我们感兴趣的不是它的社会意义，而是对这种不可易得的古典风格的把玩。另一种玩是在一种雅的观念下对俗的内容的把玩，冯骥才的大部分作品和叶兆言的《状元镜》即属此类"。

对于新笔记小说，两人认为："若认真细考过去，新笔记小说大约也是一种'玩'。不过玩的派头没有市井小说，文化小说大，大抵属于茶余饭后、案头清供，属私人把玩的一种。新笔记小说无疑也是一种仿古，这是作家们也承认的。古人作笔记，出发点有二：一是博采广记，以补正史之或缺，有助于民风世道之观察；二是搜奇猎异，或可一寄闲情，以资谈笑。"

同日，金梅的《傅雷创作的小说》发表于《文艺报》。金梅认为："《梦中》的三个小故事，在情节上并无连续性，分别来看，好似三篇可以独立成章的生活散记。内里却自有一种相同的心理、情绪贯串始终，……而首尾两则故事，在内容上又呈现出前后呼应的状态。因此说，三个故事又有机地构成了一篇完整的短篇小说。"

李星的《试说〈游戏〉的游戏意味》发表于同期《文艺报》。李星认为："无论与以描写人物性格为主的传统小说相比，还是同以表现人物心理情绪的新派小说相比，他们的真实性、完整性、丰富性都是无可怀疑的。《游戏》单线条的故事结构、极少的人物同它所具有的历史意蕴、文化心理的容量相比，确实是够'简化'的。……整部小说结构成为一种隐喻性的生命形式，而构成这种形式的语言系统，它的目的也不是指向一种实在，而比实在要宽泛得多的可能。'游戏'是一个抽象的意象，而'游戏'大纛下的人生舞台所演出的话剧，又都是实在与可能的结合，比假真，比真假，而作品的意蕴正从中生成。"

10日 陈白尘的《历史题材与章回体——读〈陈圆圆〉》发表于《人民日报》。陈白尘认为："作者没有拘泥于章回体的旧形式，而有所创新。这种创新，并非简单地从新文学里借用什么新手法，而是在白描手法的基础上有新的创造。"

20日 汪曾祺的《中国戏曲和小说的血缘关系》发表于《人民文学》第8期。汪曾祺认为："自从传奇兴起，中国的剧作者的戏剧观点、思想方式，发生了很大的变化，同时带来结构方式的变化。传奇的作者意识到生活的连续性、流动性，不能人为地切做四块，于是由大段落改为小段落，由'出'改为'折'。……

这种滔滔不绝的结构自明代至近代一直没有改变。这样的结构更近乎是叙事诗式的，或者更直截了当地说：是小说式的。中国的演义小说改编为戏曲极其方便，因为结构方法相近。中国戏曲的时空处理极其自由，尤其是空间，空间是随着人走的，一场戏里可以同时表不同的空间……中国戏曲，不很重视冲突。有一个时期，有一种说法，戏剧就是冲突，没有冲突不成其为戏剧。……这些著名的折子（指《牡丹亭·游园》《长生殿·闻铃·哭象》《琵琶记·吃糠》《描容》——编者注），在西方的古典戏剧家看来，是很难构成一场戏的。这种不假冲突，直接地抒写人物的心理、感情、情绪的构思，是小说的，非戏剧的。……有些艺术品类，如电影、话剧，宣布要与文学离婚，是有道理的。这些艺术形式绝对不能成为文学的附庸，对话的奴仆。但是戏曲，问题不同。因为中国戏曲与文学——小说，有割不断的血缘关系。"

25日 范步淹的《浅谈小说语言的功能》发表于《文论报》。范步淹认为："小说语言首先具有媒介功能。媒介功能是小说语言的功能，也是其他非文学语言和日常语言的功能，但不同的是，小说语言作为一种文学化了的语言，其媒介功能的实现比其他语言要复杂曲折得多。……其次，小说作为讲故事的艺术，其语言还有构象功能，即讲述故事，描绘形象的功能。……小说语言是故事的存在方式，是故事的物质外壳。其构象功能有两种特性，其一是纵向动态地、宏观地看，小说语言是叙述的；其二是以横断面静态地、微观地看，小说语言是描写的。我们所谓小说语言的构象功能即是指描写与叙述的结合，是在叙述过程中的描写，在描写基础上的叙述。通过描写性的语言从细微处刻画人物、铺陈环境、并在人物与环境的交织中讲述每一个事物，以达到惟妙惟肖，生动逼真的效果；通过叙述性的语言用某种特殊的程序（如因果链或无因果关系的，顺序的或时空倒错的等）把人物的心理言行、人物之间自动互动关系、事件之间的联系和环境置换等联结成一个整体（即讲述故事），构成完整的艺术图景。……其三，小说作为语言艺术，语言是其唯一可见的物质存在，是其艺术的质料。所以，小说语言自身便应该是美的，应具有审美愉悦功能。但是长期以来在'手段论'的语言观指导下，小说语言审美愉悦功能被严重地忽略了。……八七年以来的小说文体实验家们也都不约而同地注重对语言的审美愉悦功能的开发，不仅把语言作为手段，同时也把语言当作目的自身来追求。就目前小说创作实践而言，对小说语言的审美愉悦功能的开发，在两个方面表现出了丰富的潜力：其一，在文学语言学意义上的开发，就是使语言倾其所能地去适应故事，适应作品的意蕴、适应情志的表达的需要，使作为形式的语言和语言组合与作品内容达到天衣无缝的统一，于是语言不仅表达了故事内容，而且，语言也被内容所照彻、渗透、浸染，从而获得了自身的内容、意味。于是小说语言成了有意味的形式，而这恰恰是一种最高形态的美。其二，在小说修辞写意上，小说家们非常注重语言技巧的运用，在语调的选定、语法结构安排、语词的斟酌、修辞的多向强化等方面尽力发挥汉字的优长，把小说语言写成美文。"

29日 洁泯的《执著的人生追求——1987、1988年若干中短篇小说漫评》发表于《人民日报》。洁泯认为："如果说艺术的观赏是一种沉静的审美感受，那末，倘注以生动的现实血肉，出现的将是别一种激荡心扉的审美情思了。我以为，感受到的这一审美情思是当前文学中的一个特色，它激发着人的人生要求，文学的艺术力溶于思想追求中，使得文学与人们的心灵需求凝结在一起，也使得文学真正的进入到了人们的精神领域。……诗与散文的进入小说，不完全是艺术形式的吸取，而是对诗与散文的艺术思维、想象、情感的获得和渗透。完全纳入散文抒写格局为文体的小说也是很有趣的，像《马嘶·秋诉》（谢友鄞作）这样的小说，几乎可以当作散文读。……有生命力的文学总在常新和不腐的生活中跨越着时间的流逝而阔步行进，它的生命力和内在价值端在于不息地追求人生；故事的新鲜，人物的新鲜固然很重要，但倘若不能给人们以新的良知，新的感悟，给以追求人生的力量，那仍不过是文学中的花架子。"

九月

1日 丁子人的《"溶传统于现代"——试论聂华苓的长篇小说〈桑青与桃红〉的艺术方法》发表于《中国文学研究》第3期。丁子人认为："聂华苓第二次回国访问，她在一个题为《海外文学与台湾文学现状》的报告里说：'我们在创作上……也不是简单的回归，可以说，是希望溶传统于现代，溶西方于中国，大致是这样一个方向。'这里作家说的'溶传统于现代，溶西方于中国'，似乎可以成为研究《桑青与桃红》的艺术方法的出发点。……在艺术方法上则是'溶传统于现代'——用现代主义艺术来描绘中国人的人生图画,在一部写法相当'现代化'的作品中又融入了传统艺术的种种成分。"

关于"外在世界的'真实'和人物内心世界的'真实'溶合在一起的客观'真实'"这一主题,丁子人认为:"作家声称她在'写真实':'我所追求的目标是写真实'。但这种真实又同传统小说的真实似乎有所不同。用作家在小说前言中的解释是:'《桑青与桃红》中的"真实"是外在世界的"真实"和人物内心世界的"真实"溶合在一起的客观的"真实",小说里的事件很重要,但它的重要性只限于它对于人物的影响以及人物对它的反应。小说中最重要的还是"人"。'"

同日,吴亮的《期待与回音——先锋小说的一个注解》发表于《作家》第9期。吴亮认为:"把语言和现实看成是不相同的世界,是先锋小说的最大贡献,建立起不同的语言态度和写作方式,则是每一个先锋小说家和每一篇先锋小说的贡献。这种分离活动,将粉碎'现实—语言'统一的权力系统,最大限度地确保个人在语言上享有的自由。归根到底,现实本身是无法谈论的,可以谈论的是现实的语言。现实是通过语言来达到对人的控制的,而先锋文学,则在语言上击碎了'现实—语言'统一的梦想,使人有可能靠近了自由。这恰恰是先锋小说让人恐慌的一个深刻的背景。"

吴亮还认为:"真正的小说都应当是先锋的,也就是说,它应当是一种'不及物写作'。先锋的含义就是走到现实前面,或者走到现实之外,它期待的是那些拥有相似立场的读者,他们脱离现实,至少在阅读的一刻脱离现实,只有这样,先锋小说才可能获得回音,它的期待才不至于落空。对这样的小说家和读者来说,语言的真实比现实的真实更真实——如果我们坚持要用真实一词,并认定真实是一种价值的话。"

6日　罗守让的《陌生化:形式化了的现代小说审美特性》发表于《河北文学》第9期。罗守让认为:"在当代小说创作中,把审美符号化作为人物形象创造的一种自觉的艺术追求,日渐变得普遍起来。除前面已经提到的外,刘索拉的《你别无选择》,莫言的《透明的红萝卜》《红高粱》,张承志的《大坂》

《黄泥小屋》，王安忆的《小鲍庄》，扎西达娃的《西藏，系在皮绳扣上的魂》，都是这方面较有影响作品。这些作品中的审美符号化了的人物形象显然和写实的性格人物形象有很大的差异，它们是非现实生活中的人，是陌生化的模式人或人的模式。作为性格人物形象的一个参照系，一种补充，它们给小说创作带来了新鲜的气息，也给读者带来了新鲜的审美享受。但是，笔者也强烈地感觉到，某些符号化的艺术人物，现实生活气息太淡薄，生活的原生美太稀薄，不是气韵生动的血肉之躯，而是某种思想、观念的僵直载体。这是需要认真对待努力予以克服的一个弱点。"

罗守让提出："小说即叙述，叙述借助语言的组织而赋予艺术思维与审美经验以内在的规范与秩序。……语言陌生化的一种突出表现形态是超感觉叙述语言。所谓超感觉即超乎常态的异乎寻常的感觉。文学语言描写这种感觉，将充满生命意识的跃动的新鲜感触、新奇感知、新颖感悟，用违逆常情、背弃常理，超越现实表象世界，只是诉诸直觉的诡奇笔墨加以描绘，和程式化的、顺从事理逻辑的稳态的平实叙述适成对照，充分显示出了陌生化的色泽和情调。……语言陌生化的又一突出表现形态是怪诞型叙述语言。……它以一种极度膨胀和扩张的主观情绪，使语言扭曲、缩短、拉长、颠倒、变形，促成了语言句式，语言手段对理性、逻辑性、有机性、连贯性的语言规范的突破，它有意制造语言在形式结构上的不协调、不和谐，它甚至有意破坏标点符号的规则，一大段连续性的语句中，少用或不用标点符号，用一种块板状的语言形式以表现某种语势。怪诞型的叙述语言在反理性的表相下仍然蛰伏着理性，在反逻辑的外表下仍然深藏着逻辑，它出之以一种无法让人索解的怪诞不经的形式却又使人有所领悟。……如果说怪诞型的叙述语言在形态的外现上大大地突破了叙述语言常规的话，那么奇诡型的叙述语言对叙述语言常规的突破是更为内在的。表面上，语言不见得怪异，但骨子里却使人感到神秘朦胧和难以捉摸。以实出虚，化实为虚，虚虚实实，虚实相生；既写实，又写意，是其特点。象征，寓意，幻化，是其喜用的手法。……语言陌生化的表现形态还有多种风范型式。以上三种，择其要者略述而已。语言陌生化的表现形态虽然多种多样，但其总的趋势却是以一种强烈个性化的主观情性渗入的抒情语言形态去取代客观、冷静、规范的平实叙述语言形态。它给当代小说语言带来了变化，带来了盎然生机的新意。"

9日　刘华的《放弃对社会的承诺：先锋派文学的误区》发表于《文艺报》。刘华认为："作家背离现实，读者却无时无刻不在社会现实中生活，这种反差会使作家失去属于自己的读者，而失去读者的作家是可悲的。由此反省何以出现先锋派文学之后'失去轰动效应'的原因大致有如下两个方面：首先是代表先锋派的作家们已经厌倦了原有的信念，而新的文化构成及价值体系在他们看来还没有建立起来，所以个人的超越愿望就取代了整体和普遍的庄严，苍白和猥琐挑起形式主义的旗帜似乎压倒了曾是普遍认同的崇高感，一下子使社会改造的圣战在文坛几近偃旗息鼓。……先锋派作家之所以与读者大众格格不入的另一个原因是在淡化了时代气息之后用超越现实的表现衍化出众多西方现代哲学的观念。从尼采、柏格森到胡塞尔、海德格尔、萨特以至石里克、维特根斯坦等人的思想无不在先锋文学中出头露面，一派艰涩的哲学思想被形象包裹起来使作品味同嚼蜡。卡夫卡、乔伊斯、海勒、波德莱尔、艾略特、叶芝、西蒙、马尔克斯、帕斯捷尔纳克等人改头换面地被中国先锋作家移植过来成为一种不可企及的文学象征。于是黑色幽默、魔幻现实主义、新新闻主义、新小说派、透明族、荒诞派、精神分析等等杂多的文学流派在中国被稀里糊涂地烧成了一锅夹生饭。没有理论准备的读者当然就会以天然的逆反心理拒绝接受这种不伦不类的东西。"

马昭的《历史小说也要作深层次的探索》发表于同期《文艺报》。马昭认为，"对史料作艺术'还原'绝不能等于站在历史纵横、时间和空间的高度把握了历史，这种'还原式的加工'绝不是真正意义上的艺术创造。……历史小说也不是历史学的传声筒和复制品。……在创作方法上思想上观念上结构层次上打破旧格局、旧框框、旧定义、旧模式、旧规范，……'百花齐放，推陈出新。'关键的落脚点就在于一个'新'字上，新才有生命力，才有创造"。

郑海凌的《八十年代的苏联短篇小说》发表于同期《文艺报》。郑海凌认为："散文化趋势的增强，是八十年代苏联短篇小说发展的一个重要的美学流向。……情节淡化是短篇小说散文化的一个重要标志。这种情节淡化的非故事小说大致可分为三个类型：一是带有强烈主观色彩的抒情小说，……二是以家庭琐事为内容的日常生活小说，……三是以主人公的意识、思想和感觉流动为线索的联想式小说，……哲理性的增强是短篇小说散文化的另一标志。"

周熠的《作家应有自觉的社会责任感——作家田中禾一夕谈》发表于同期《文艺报》。田中禾说道："我的写作态度，一是真诚，有情；二要坚持厚积薄发，大量占有；三是甘于寂寞。文学是耐得寂寞的事业。……我的小说就没有来写故事，注重于感受、情绪、生活，故事总是暗藏于作品里面。"

10日 李小明的《故事方式与审美效应——实验小说的阅读意义》发表于《批评家》第5期。李小明认为："简单地称实验小说的故事对以往小说故事审美方式作了螺旋上升，并不能说明'新故事'的本来意义。如果说以往小说全然表现了作者大知大悟的审美欲望，追求的实际上是一种理想的情节化故事，今天实验小说作者们则预示了要在'新故事'中寻找原发性的感知和多维性的审美内蕴。不管实验小说的作者是否在理论上接受了现代西方哲学感知世界的方式，我们阅读他们的小说时确是感到其对世界审美体验有着相似的法则。此见出实验小说的'故事'蕴涵着两个基本的意义：其一，'故事就是故事'。以往那些'理想情结'的现实主义小说因创作主体以再现人和社会的关系为至终追求，即使其描写再精细再深刻，而在此之下的情节只被人物的行为关系所左右并显之减色，故事也除了只成为人物、情节的共同构成外，再没有别的美学意义了。……实验小说作者在故事追求的艺术实验中，仿佛有一个前提：'故事就是故事'，它是小说的生命形式，小说的'意思'就包含在故事的形式内外。……其二，'故事不仅仅是故事'。这是指故事自在的主题意蕴。从阅读接受批评看，实验小说'故事'意义以被读者感知和臆想的潜形式而成为一种主观存在。这正显示现代小说具有主题意向扩张延展的天性和美学特征。……实验小说的作者，大约已领悟到世界的意义就在这构成世界的'故事'中，因而决心要从故事中寻到艺术所可能感知到的尽有蕴涵。也就是说，所写成的故事已不是停留在形式意义上，而更有故事之外的'意思'，故事本身还包含着许多意味。"

杨全刚的《残酷：新现实主义小说的审美风范——对〈烦恼人生〉〈风景〉和〈现实一种〉的探析》发表于同期《批评家》。杨全刚认为："残酷，作为一种新现实主义小说的审美风范,在作品中展示了种种对立而难以解决的价值观念,使一种道德化的审美体系在受到威胁的同时开始了动摇,但并不意味着因为要形成新的审美风范而远离道德的审美评价并放弃对美好价值的追求。恰恰相反,残酷的审美风范崛起也正是使人们在认识残酷之后,更加接近道德化的审美评价、并更有勇气追求美好的价值。"

15日 明小毛的《小说文体的变异与创新——洪峰小说形式谈》发表于《文学评论》第5期。明小毛认为:"洪峰以其独特的叙事方式把他和其他作家区别开来,形成洪峰独特的艺术特色,这主要表现在:一、叙述者的角色化……小说大都倾向于叙述者对事件、关系、氛围、情绪的介入,叙述者实实在在地在其中扮演一个角色,其中大部分是小说中的主人公,如《奔丧》《回家去》《关于几个生命创造的故事》等。整个作品的延续都由这个特殊角色来穿针引线。……洪峰小说中作者与叙述者的分离主要表现在两个方面:其一,是感觉的怪里怪气,不正常;其二,是叙述者所讲的故事虚假不可信。这样洪峰的小说可分为两大类:一类是写感觉性强的作品,……另一类主要是故事性的作品,可以说是一个故事连着一个故事,如《瀚海》《极地之侧》《重返家园》等。通过感觉的古怪、不合常情,以及讲述的故事离奇、虚假,从而使读者知道作者与叙述者是分离的。……二、叙述视角的局部化……洪峰的小说几乎都是第一人称写成的。……只有一个人'我'在看,在感受,在想象,而且是一个置身于一定的空间和时间的人,他受着感情的支配,一个和你们、我一样的人。小说只是在叙述他的有限的、确定的经验。……三、语调的情绪化……他行文的语调即叙述者的语调——轻松而沉重。……洪峰小说的叙述语态一方面体现在叙述者冷峻、淡漠、无所谓的叙述中;另一方面语言的特点也表达了叙述者的心态。……洪峰小说的句子,更新了语言形态,呈现非规范化,不合语法,缺乏标点的明显倾向。……正好反映了当代人躁动不安的心理境况,生动准确简捷地表现出一种厌烦、疲惫、理不清的情感色彩和思维情绪。"

20日 余华的《虚伪的作品》发表于《上海文论》第5期。余华认为:"所谓不确定的语言,并不是面对世界的无可奈何,也不是不知所措之后的含糊其辞,事实上它是为了寻求最为真实可信的表达。因为世界并非一目了然。面对事物的纷繁复杂，语言感到无力作出终极判断。为了表达得真实，语言只能冲破常识，寻求一种能够同时呈现多种可能，同时呈现几个层面，并且在语法上能够并置、错位、颠倒、不受语法固有序列束缚的表达方式。……我所指的不确定的叙述语言，和确定的大众语言之间最根本的区别在于：前者强调对世界的感知，而后者则是判断。……因此小说传达给我们的，不只是栩栩如生或者激动人心之类的价值。它应该是象征的存在。而象征并不是从某个人物或者某条河流那里显示。一部真正的小说应该无处不洋溢着象征，即我们寓居世界方式的象征，我们理解世界并且与世界打交道的方式的象征。"

同日，郜元宝的《论小说叙述的主体性》发表于《小说评论》第5期。郜元宝认为："小说叙述的主体性，可以从如下四个层次上见出：1. 小说所有艺术手段都可归结为叙述，叙述行为是小说中一切艺术运动的实质；2. 小说文体的确立，取决于小说内部功能性叙述结构造成的文学假定性；3. 叙述者是小说叙述结构发挥功能的动力之源，在叙述结构整体中，叙述者占据主导地位；4. 叙述者以直接或间接的方式，参与小说艺术形象的构成。"

李洁非的《写实：关于小说的作法》发表于同期《小说评论》。李洁非认为："小说作为近代文学文体地位的确立以及现实主义经典风格形成，其意义完全可以被估价为民主社会、共和制度所固有的文明进步产物。……恪守小说艺术的写实性，就是恪守小说作为叙事文体的艺术本性，具体说来，就是恪守小说的非诗化。在中国，做到这一点远比欧洲要难。因为，中国文学传统中叙事类型作品一直积累不足（没有史诗、短篇叙事诗亦极少）；……有一些作家（如马原、余华、苏童等）确实从事着丰富小说叙事功能的工作，但是，或许由于写实性手法训练与经验有限，这种扩大了的叙事功能往往给人主要是一种'框架'却缺乏血肉的感受，因为这些作品的细节刻画密度显然是不够的，作者对其题材的展开能力还相当有限，因此，这种叙事上的演进与其说是一种扎扎实实的创作成果，不如说是理论的仓促应用。"

李洁非还认为："小说作为叙说'故事'（Story）的文体，写实是其基础。不论允许采用多少变化不一的叙事方式，前提却是首先做到把'故事'讲清楚、讲透彻，否则，方式就失去了意义。"

李运抟的《中国当代先锋小说新解》发表于同期《小说评论》。李运抟指出，当时学术界"较流行亦是较权威"的理解是"先锋小说就是或大体是所谓'现代派小说'或'现代主义小说'。……先锋小说的形式要异于中国和欧美的古典小说及近代批判现实主义小说；'意味'，则拒绝表现'民众的喉舌'或'时代的呐喊'等经世致用的文以载道"。

对于中国当代先锋小说"是什么"的问题，李运抟认为："评判的尺度最好是搁在中国当代小说内部之中，即将它们视为自足的艺术产品而互相比较，在这种内部的互相比较中来识别谁是先锋谁不是先锋。……当包括艺术家们在内的国民们时时被形而下的种种麻烦困扰时，先锋文学却在'宣传'高蹈尘世的'感觉''想象'并迷恋于形式，先锋固先锋，只是让人感到这种'重精神轻物质'，多少有些打肿脸充胖子的滑稽。"

杨振昆的《科学与幻想——谈科幻小说的发展》发表于同期《小说评论》。杨振昆指出："使得科幻小说沉寂的一个理论就是科幻小说没有科学。"杨振昆认为："科幻小说既然作为文学的范畴，它必然带有文学的根本属性。它以塑造人物形象为中心，它并不一定要负载有普及科学知识的任务。……科幻小说是文学的一个新兴的疆域，应该容许有更多的创造性的天地，可以有具严格科学依据的幻想，也可以有不具严格科学依据的幻想、甚至可以有违反现时科学知识的幻想；可以有强调科学性、知识性的科幻小说，也可以有强调文学性、社会性的科幻小说。"

莹的《在盆景迷宫中散步——读孙甘露〈岛屿〉》发表于同期《小说评论》。莹指出："他的小说构建中独具的精美而细腻的装饰性不可摆脱地成为更多的接受者们称誉其为'书斋文学'的响亮理由。……出于对一切非先锋小说的反动意识，孙甘露永远把叙述的兴奋点停留在时间的此刻上，而且往往将小说中的时间、作品人物的心理时间和作者自己的写作时间尽可能巧妙地等同起来。"

赵俊贤的《当代小说人物形象体系的功能及演进》发表于同期《小说评论》。赵俊贤认为："新时期，在再现型的小说中，这种网络化的构造方式得到扬弃，有所强化。……中篇的人物形象体系结构与运动出现深化与开放的态势。……新时期所涌现的表现型的小说，在人物形象体系上发生了质的蜕变。小说家艺术构思的重心它移，人物形象体系的确立不只形态发生巨变，而且在艺术创作活动中的位置，也相对地屈居次位。……在表现型小说里，人物之间时间与空间的引力场在强化，而传统的线性关系、平面关系在淡化。"

周政保的《〈大出殡〉：复合构造中的复合表达》发表于同期《小说评论》。周政保认为："'大出殡'的意义及审美可能性，还不仅仅止于民族文化色彩，而在于对民族文化传统所哺育的过去生活与现在生活的沉思与把握。……《大出殡》的描写所显示的，是一种完整的复合构造：它结合了三个自足的形象单元——A.'大出殡'的具体过程；B.作为前辈的智广与钱金凤（死者）的浪漫史；C.作为后代的达子与小萌的爱情波折。这三个形象单元都以写实的方式牵织而凝聚为一个更高级的艺术整体，其中充满了交汇、撞击、互相补充与互为因果的叠合气息，而'大出殡'的意象价值也就从这种复合构造中逐渐滋生而趋于完成。不言而喻，这种独特的意象化了的复合构造，机智地冲破了传统意义上的'故事性'与情节模式。"

周政保指出："'大出殡'作为一个首尾完整的描写系统，它在小说构造中具有举足轻重的地位：它不仅有机地结合了另外两个自足的形象单元而富有纯粹的构造意义，而且因为另外两个形象单元的牵织性及挤压力量的存在，使它成功地产生了巨大的寓意可能。"

朱珩青的《莫言创作新趋向探源——兼评长篇小说〈十三步〉》发表于同期《小说评论》。朱珩青认为，"不管现实的也好，荒诞的、恶作剧的也好，从根本上说，莫言还是属于中华民族的。他的创作……具有强烈的民间特色。……我想把莫言小说感觉化的内在原因归结为压抑的人们感觉的转移、补偿和释放"。

23日 王逢振的《〈女性的危机〉：碎裂的故事和严密的结构》发表于《文艺报》。王逢振指出："它（指《金色笔记》——编者注）表现出莱辛在创作上从外部现实向心理现实的转变，……小说框架是《自由女性》，其中未包括的一些素材片断分别写入四个笔记本里；每一本笔记描写妇女生活的某个侧面；每一本笔记分成四个部分：开始仍是给定的短篇小说《自由女性》，然后分别是黑、红、兰和黄色笔记，这种结构模式重复四次，然后引出新的《金色笔记》，最后仍以《自由女性》作为全部小说的结尾。四种笔记分别反映安娜生活中无法互相调和的四个方面：黑色描写她在非洲殖民地的经历；红色反映她作为一个共产主义者的政治理想和失望；黄色对称作埃拉的'自我'作一种虚构的描述；兰色基本上是实际日记，记述'真实的生活'。……初读《金色笔记》，人们常常因其结构和内容的不协调而感到困惑，无法将它视为一个始终如一的完整故事。人们不得不反复阅读，然后才能认识到这种形式和内容的分裂，正好反映了安娜对她自己分裂的意识和混乱的外部世界的认识。"

25 日 曹增渝、梅蕙兰的《人生之旅与人性之梦——路遥与张炜创作比较》发表于《当代作家评论》第 5 期。曹增渝、梅蕙兰认为："路遥和张炜同为成就卓越的现实主义作家，然而他们的艺术风格和审美个性却有明显的差异。前者始终坚守着传统的现实主义这块阵地，力图按照生活的本色格调，在对世俗人生的真实描摹中再现陕北农民在黄土高原上艰难困苦的生存状态和各种顽强坚韧的抗争；后者则广泛而灵活地吸收了浪漫主义，现代主义的各种表现方式，从对农村少男少女的情感生活和精神生活的生动描绘出发，逐渐走向对人性的探求和表现，走向主体心灵广阔空间的建构。"

陈思和的《黑色的颓废——读王朔小说的札记》发表于同期《当代作家评论》。陈思和认为："反讽在当代文学，特别是在王朔小说中的意义，首先体现的是人生观的绝望，……历史的反讽是王朔小说的基本心态，但王朔所表现的一代人年纪毕竟太轻，历史对他们来说是相当遥远的一个神话。……在王朔笔下的那些人中，他们的历史反讽往往仅体现在对他们所接受的文学传统的嘲弄，把它当作一种语言的玩具来使用。"

李庆西的《野凫眠岸有闲意——汪曾祺小说的中国传统诗学精神》发表于同期《当代作家评论》。李庆西认为："从艺术渊源上看，汪曾祺的小说显然继承了中国传统诗学精神，很有古代诗歌、散文的韵致。确切说，是宋人的格调、明人的情趣。汪曾祺自称爱读宋人笔记甚于唐人传奇。显然不曾说喜爱宋诗胜于唐诗，却也表示过'诗何必盛唐'的看法。他学不来盛唐诗人雄浑、刚健之风，自己做'开元天宝以下人物'。从他追求平易恬淡而不全奇谲幻想的文风中可以看出，他的气质、胸襟更趋近宋人明人无疑。他在谈自己创作的文章里，一再说起明人归有光，喜欢得不得了。"

马风的《从文学社会学角度看汪曾祺小说》发表于同期《当代作家评论》。马风认为："汪曾祺把对风情、习俗、轶闻、掌故的铺叙和渲染，视为小说内容的支柱和骨架，所以，很自然地把艺术创造的兴奋点、着力点投注到这些方面。……对'人'的这种描绘和塑造，无疑是对风情、习俗、轶闻、掌故铺叙和渲染的'副产品'。……纵观他的小说，就会发现小说家对于人物的设计安排大致有这么三种情形：（1）没有人物；（2）有少许人物；（3）有众多人物。但是，无论那种情形，人物在小说中占据的艺术空间都是颇为局促的。……这众多的人物，大都被小说家用来作为营造一种氛围和环境的'材料'和'元素'，或者说所发挥的只是'活道具'的作用，并不是实质意义的'人物'。"

马风还认为："汪曾祺小说除了缺乏人物的主体性之外，也缺乏人物的社会性。……在汪曾祺的小说中，真善美是一种绝对的存在，被大大扩张和强调了的存在；假丑恶则是一种相对的存在，被挤压和淡化了的存在。然而，历史、社会、人生的真实面目格外生动的表明，这两者是一种以伴生、并有状态为特征的客观存在。所以，他的小说呈现出的就只能是被切割开的'半个'历史、社会和人生。"

吴方的《略话成一与他的〈游戏〉》发表于同期《当代作家评论》。吴方认为："场景型的小说叙述——外部场景与内心场景——既然多不以故事情节取胜，往往便借助对人的行为、心理、气氛及其关系的描述与表现来展开与世界的对话。……它的特点不在于一般地描写场景，而是突出了意识对象的'不在场'同'在场'的互渗关系，也就是说比较多地描写了人物的无意识心理、行为与外显现实的关联，转述了'不在场'因素对'在场'因素的影响。"

同日，林小红的《论中国当代部分新潮小说的情节淡化》发表于《文艺理论研究》第5期。林小红认为："一些新潮小说使我们感觉到这样一种变化：作家在笔下进行的叙述活动中，解释的作用在变得模糊，因果联系作用在削弱。……小说的故事性可以有强有弱，然而对读者来说，故事发生的原因却都是模糊的，大多难以阐释清楚，有的甚至根本无法阐释。作家非但不象从前那样将小说中的种种元素交待得有条有理，而且似乎还在有意打破读者脑中形成的种种理性判断或价值取向。我把这种现象称为情节淡化。……事件的发展不是没原因,只是没有或难以知道确切的因果关系。与其说作者舍弃了交代,不如说根本没法交代,但却有意在暗示着什么,使现实向人们的猜测和解释开放。如果把这种正在逐渐消融的解释因素称为'隐藏'的话,那么隐藏的方式又不尽相同。"

王方红的《小说的十字路口》发表于同期《文艺理论研究》。王方红指出:"我们认为现代小说正处在一个由巴尔扎克和乔伊斯开创的道路的交叉口。在这个十字路口,很多作家重新考察小说的历史,考察现实主义小说(包括古典主义小说)的传统,重新审视现代主义小说的合理性的局限,重新注意作品的可读性。他们力图在作品中剔除传统现实主义小说种种过时的因素(慢节奏、全知角度、流水时顺),又恪守了传统小说的故事规则。这些作家包括纪德、海明威、格林、纳博科夫和博尔赫斯等。……现代主义小说在经历了对传统现实主义小说的反叛之后,又开始了某种意义上的回归。必须指出的是,这种回归是建筑在对传统现实主义及现代主义小说全面考察的基础之上的,并非意味着对过去的简单重复。当然,现在仍有很多作家运用古老的传统现实主义手法写作,或进行更为激进的小说实验,但越来越多的作家在传统现实主义和现代主义之间选择了一条谨慎的中间道路。我认为,这条道路至少在目前是可行的。因为他们一方面使传统现实主义小说中的过时成份得以消除,同时,又避免了小说最终走向分裂。"

27日 陈墨的《"洪峰"及"洪峰"过后——洪峰小说片论》发表于《文学自由谈》第5期。陈墨认为:"先锋派小说在当代中国文学中,实际上处于一种极为尴尬的境地。一方面是不能太'先锋',因为不能离现实与文学现状及时代审美欣赏的可能性太远;而另一方面又必须跨越近一个世纪以来的西方人类先锋派的'高原'。一方面要在强大的非个性非感性非自我的传统中挣扎出一条自己的个性的感性的自我的世界天地;而另一方面则又不能完全'背对着苦难的人间'从而完全无视于社会的人、文化的人及人的社会、人的文化对自我、个性、感性等等多方面的影响。一方面要寻找'有意味的形式';而另一方面则要体验或感悟'形式的意味'。一方面需要孤独;而另一方面又害怕真正的孤独。……总之,不是太迟便是太早;不是太稀罕便是太稀松平常;在这面受指责，在那面还是受指责；……你别无选择。——谁叫你是先锋派？"

本季

吴秉杰的《小说探索的二重组合与焦点透视》发表于《文学评论家》第4期。吴秉杰认为："系列小说的涌现可以看作是当今小说创造中新追求的又一标志。不仅有上述李锐《厚土》系列，陆文夫《小巷人物志》系列；还有李国文《没意思的故事》系列，林斤澜《十年十癔》系列，蒋子龙《饥饿综合症》系列，肖亦农《金色的弯弓》系列，以及莫言继《红高粱》系列之后的《五梦集》系列等等。'系列'的创造并不简单地是一个'容量'的叠加线的扩展。它首先表现为一种自觉意识到的内在统一性，提供了一种新的观点。系列小说的形态在系列作品内部造成一种精神上互相衔接、人生意味互相补充的联系，获得一种基本主题与统一指向下绵绵不绝的韵味，因此，它更着重的便是某种境界的创造。要在当前系列小说中寻找某些共同性的东西，我觉得它们多半表现的是一些凡人小事，日常小景，传达的是一种生存的'状态'。'状态小说'使它们得以在更大的范围内选择，提炼生活现象，而共同的'状态'又成为'粘合剂'，不仅达成了系列的内部结构，进而又触发我们的生活实感，扩大到对于社会普遍生存态势的联想。"

杨守森的《中国当代文坛上的南北"二怪"——林斤澜、祖慰小说比较谈》发表于《文学评论家》第5期。杨守森认为："林斤澜虽也注意结构形式的新奇，他虽然也变着招儿用过书信体、自白体甚至径直用过'审判纪录''认罪书'（如《纪录》和《法币》）等结构方式；他虽然也费力琢磨过叙述方式问题，曾著文对时人推崇的所谓'连续性中断'表示过反感，声称他看重的是：'在叙述的繁简疏密上倍下功夫'，即'有话的地方，大家都可以说，我就少说一点；没有话的地方，别人不说，我就多说说'。"

李福亮的《热肠觅人道　冷面写世情——王阿成小说论》发表于《文艺评论》第4期。李福亮认为："阿成与汪老（指汪曾祺——编者注）另一个显著的差别在于，他的无冲突、和谐优美只是表层形式，汪老的无冲突、和谐优美却是从形式到内涵彻头彻尾彻里彻外。"

此外，李福亮认为："在刻画人物肖象与心理方面，这种'若无其事'的态度又转化成了以少总多以虚代实以无写有。他用笔极啬，不肯多说一字一句，常常是笔随人走，三言两语、甚至一句半句，就把人物形神毕现地推向读者。……阿成的语言，简约而晓畅，准确而写意，新奇又自然，高雅却朴拙。更兼节奏鲜明，余韵悠长。可以十分清楚地看出阿成语言的三个取向：一拟古，二从俗，三方言。"

垄耘的《回眸："审祖"——新潮小说家眼里的历史》发表于同期《文艺评论》。垄耘认为："在新潮小说家的审美视角里，……虽然发生在过去的故事不是他们自己经历过的，但每一个故事似乎都和他们的生命体验发生过直接间接的关系。这主要与作家运用第一人称的叙述手法有关。……新潮小说作家眼里的父辈的历史就是他们自己的历史，新潮小说作家的审祖意识就是他们自己的审己意识。审祖在于审己。"

罗田的《女作家的精神痛苦与小说的"病态美"》发表于同期《文艺评论》。罗田认为："给中国当代小说的人物画廊里，创造出一串各具情态的'病态美'的现代女性形象。首先扑面而来的，是那种将传统美德与现代意识浇铸而成的悲剧形象。……其次，'病态美'作为一种阴柔之美与女性美属于同一种美学形态，它的纤弱袅娜和脉脉含情之美使它总是与女性美特征联系在一起，其情调和意蕴上更多地具有优美特征。……第三，当代许多女作家，往往采取变形、怪诞、错位等独异方式表现被扭曲的女性心理和情绪。这部分小说所呈现的'病态美'最具现代特征。"

马少华的《近期小说的"反意识形态模式"》发表于同期《文艺评论》。马少华认为："本文所指的'反意识形态'，……是指在一种有意设定的、潜含着意识形态语义的叙事框架中，意识形态却显现出无价值；在能够表现意识形态的地方，意识形态却受到了嘲弄。这一类小说有着大致相似的叙事模式和情绪模式。作为一种文化现象，有着耐人寻味的时代特征。近期小说中的反意识形态模式，首先体现为一种反观历史的视角，选取了一种历时性的单线索的叙事框架。就我国读者的阅读经验和接受的心理定势而言，这种叙事框架本身就是属政治的、意识形态的。"

张跃生的《猜不透的人事之谜——论近年小说意蕴建构的一种取向》发表

于《文艺评论》第5期。张跃生认为："他们对现实与未来再不取救世主的姿态，有意摒弃了简单的道德判断和解决途径的指点，而得以保持审美之观照；他们竭力还原的不再是外部世界，而是主体的体验与感悟。因此，他们避开全知全能的叙述角度，而在有限视野中虚构故事。换言之，其小说的叙述范围基本限于'我'或'他'的感知域。……他们的创作是当代小说家走出'泛政治意识形态'怪圈的再次尝试。"

赵丽宏的《汪笨湖其人其文》发表于《小说界》第4期。赵丽宏认为："小说的风格是通过语言来体现的。汪笨湖的小说语言非常有个性。这种个性，首先体现在人物的对话中，那些充满了俗语、俚语和民谣的对话，使他的小说弥漫着浓郁的台南乡土气息。……汪笨湖小说对事件和动作的叙述极为简洁凝炼，往往是几行的字数极少的短句，便把故事的进展和人物的举止交代得生动而明了。……汪笨湖对一些传统的语法似乎有些不恭敬，遣词造句也时常出新出格，行文中有一些看似不规范的句式，然而读来却也不让人感到拗口别扭，……汪笨湖是想在对传统语法的革新中形成自己富有个性的小说语言。……海峡两岸中国人的交流，正成为他小说创作的一个新的命题。"

十月

5日 张奥列的《雷铎小说叙述风度》发表于《上海文学》第10期。张奥列认为："雷铎的笔记体小说，叙述简约。每篇均由几组精短的生活见闻或人物片断缀合而成。这些片断互不相干但有某种相似。片断的组合，犹如画面叠影，增加作品的层次和厚度。心理结构和笔记体叙述方式，虽然一个是内透视，一个是外观照，但都是内心或外形的'直白'叙述，属于写实手法，具有'直白'的性格。故此作品格调明快，且题旨明了。……雷铎另一类表现平民世俗生活的作品，其题旨显然较为隐含多向。它采用寓言神话式的叙述方法，以某种假定性、虚拟性去衍化故事，使其主题具有某种不确定性。倘若说，作者的心理结构小说是指向人，笔记体小说指向社会，那末，寓言神话式的作品便是指向某种精神现象。作品中的人和事，都是一种抽象。抽象，是对表现物象作背景虚化，局部夸张，以局部的意象唤起人们的许多联想，以产生不同的审美感受。"

6日 王畅的《小说的诗情与意蕴——陈新〈瞬间三题〉读后》发表于《河北文学》第10期。王畅认为："各种文学形式之间难免有一个过渡地带，我们不必把某种过渡地带的东西硬说成是某种文学形式的本体，甚至以之取代某种形式的本体。正由于此，尽管我不认为那种'无主题、无人物、无情节'的'三无'小说就不是小说，但我从不认为这种'三无'小说才是'真正的'小说或'最好的'小说，借用某位新理论家的话，从'未来学'的角度看，它最多只能算是小说形式的一种泛滥，它的'别致''新奇'，固然可以吸引一部分读者，但要赢得更多的读者也怕只是一厢情愿的事。"

王畅还认为："《瞬间三题》是小说（无论叫它'小小说'还是'短篇小说'），但这篇小说却有着诗的情味以至诗和散文的意蕴，我这里所说的诗的情味并非指的是小说中的一般抒情含蓄、朦胧或引人遐思的格调，我所要说的是小说中所兼容的文学的质的诗情与意蕴。"

7日 苏叔阳的《〈名家致习作者十二谈〉⑩：要用中国话写中国小说》发表于《花溪》第10期。苏叔阳认为："用中国话写中国小说，首先就要学会使用正确通畅的中国语言，让你的文章合于中国话的规范，这是每一个中国作者的义务。……用中国话写中国小说，就必须学会把精粹的生活语言加工锤炼成美妙的文学语言。生活语言虽然有时极为精致，却不一定够得上文学语言的标杆；然而，失去了生活语言的源泉，文学语言也就枯竭。'怎么说，便怎么写'，是使小说生活气息浓的最笨的办法，这么写出来的文字，也往往不成体统。自然，这么写可以少些学究气，却也没了文学气。非得把生活的语言加工成合于文法的精粹的语言，才谈得上文学二字。用中国话写中国小说，首先要'是驴是马'，就是说要首先会一般化的中国话，再去学着创造自己的特色，所谓'非驴非马'。但请记住，非驴非马，也可能非骡、非羊、非狗、非猪、非×。骡子，只是非驴非马的可能性之一，而且概率很小。非驴非马的最大可能性是鬼画符，其概率很大。而鬼画符是很难被称为'特色'的。"

同日，张奥列的《在新的视角中展开故事——读长篇小说〈名门淑女〉》发表于《文艺报》。张奥列认为："读这部小说（指《名门淑女》——编者注），不期然想到五六十年代曾风靡一时的《青春之歌》。……如果说，《青春之歌》

更多的是表现一种理想激情，激励着我们为崇高的事业而不断进取；那么，《名门淑女》则更多的是展示一种人生体验，让我们去体味某种人生的崇高境界，激活着我们那生命、青春、抗争、创造的热力。作者切入生活原生相，表现广大民众的生命景况和斗争状态，为我们提供了一幅富有实感的历史画图。作品展示新的视角，使读者对过去与今天有了更多的理解。"

10日 艾斐的《文学的"新潮"与"蛮荒"》发表于《人民日报》。艾斐认为："由于一部分'新潮'作家，在延揽'先锋'文学的过程中，态度浮躁，指向模糊，心理失重，审美主体发生了一定程度的倾斜，自觉不自觉地表现出对民族文学传统和革命文学传统的盲目贬抑，表现出对现实主义的逆向超越，表现出明显的非理性和非社会倾向，因此不可避免地与生活、与时代、与社会等，在不同层次和不同意义上发生了阻隔或断裂，造成了文学的片面回归自身和单纯符号化倾向，以及作品主题的迷惘和形式的荒诞，无形之中把文学的思想涵蕴和美学形态，与人们的意识期冀和美学情趣拉远了，与生活和时代所负载于文学的社会责任感拉远了。"

17日 李福亮的《阿成和他的小说》发表于《人民日报》。李福亮认为："阿成小说有魅力。魅力在人情。……阿成小说最长不足万字，娓娓婉婉，凄凄凉凉，初看眼湿，再看心烫。……阿成确实有魅力。魅力在语言。它简约而晓畅，准确而写意新奇又自然，典雅却朴拙，更兼节奏铿锵、音韵和谐。可以清楚地看出阿成语言的三个特点：一拟古，二从俗，三幽默。……在一头扎向诗词歌赋前人笔记的同时，他又面对生活支起耳朵认真撷取真人真话活人活语。他让二者采长补短，相得益彰。拟古，使他讲究炼字，词类活用，短句为主。"

24日 李文衡的《生活土壤里长出的文学结构——〈省委第一书记〉的叙述秩序》发表于《光明日报》。李文衡认为："自然合理的叙述秩序有很多种。最常见、历史最悠久的是亚里斯多德式ABCDE的线性叙述链。然而，张俊彪的《省委第一书记》却没有套上这条古老的铁链。它的叙述程序是非亚里斯多德式的，也许是由C到B，由D到A，也许是B包进了D，A融进了E。……这种结构方式，摆脱了传统的结构模式，却又非常自然合理，借鉴了运用回忆、幻觉的结构手段，又毫不晦涩迷离。其原因在于，它是现实生活中长出的文学结构。作家不从文学理论著作中去寻找文学结构模式和理论指南,也不是单纯从中外传统名著和现代派名作中去搬用文学结构样板、套式和模型,而是从生活出发,从社会生活的运动结构出发,从中国十年动乱以后的大变革现实出发,找到了也创造了这样一种有新颖感的、又是完全民族化大众化的文学结构。"

十一月

1日 章平的《小说的悲剧时代》发表于《作家》第11期。章平认为:"被认为是小说的东西,一向是以人物、情节、环境三位一体的'状述性形象'适应着人的视觉、知性、经验,从而完成表达任务的。'状述性形象'的实质,即是客体方式的'自然'成了状写目的物。而在审美表现领域,客体方式的有形因素毕竟具有最大程度的客观性,人们的视觉、知性、经验对它作出的反应也容易取得最大程度的相对一致,所以,'状述性形象'就成了小说家与读者进行审美沟通的可靠媒介。……在现代艺术中看到两种'奇怪地'并存着的现象:一方面是高度哲学化的抽象——'纯粹的推理',另方面是放弃理性的意识迷乱——直觉和下意识的冲撞。抽象化和直觉性分别从两个角度毁灭了'状述性形象':抽象使形象失去自然品格,直觉使形象失去理性品格。……'状述性形象'被粉碎之后,以心理宣泄和'变形'为主要特征的新小说却很难找到新的'自然'规定性——个人与公众、作家与读者共享的审美沟通的媒介。……就小说而言,客观性与规范性的解除意味着语言的放任自流,有价值或无价值的心理宣泄和'变形'都有可能从中表现出来,而由于这种心理宣泄和'变形'的方式具有极强的个人随意性,远不象'状述性形象'那样容易欣赏,读者越来越难以参与其间,结果它必然是远离价值评判的'自言自语'。而小说一旦成了'自言自语',那么它的'自然'规定性也就彻底丧失了。在这种情况下,小说就不再是小说,仅仅是一种文学表达而已。"

4日 思蜀的《现代小说语言制作工艺一探——从〈白门楼印象〉语言开始陈旧所想到的》发表于《文艺报》。思蜀认为:"莫言式的'制造意外'的另一办法是将传统词语的褒贬、庄谐、文野进行互易'错接',使句子显示复杂、模糊、荒诞的艺术效果。……除了互易,褒贬庄谐文野的词语还以并存互补的方式体现这种'错接'。……莫言制造的语言'意外',还包括改变物或人的形色声臭来传达主体的异常感觉,也可归入'错接'一类。……最后,莫言效法电影的慢镜头无声镜头俯拍仰拍镜头迭印镜头,用'变速变声变形'的方法改变了传统叙述的直观感觉。……我以为《白门楼》作者呕心沥血地经营'一种全新的语言机制',以带动自己的'小说艺术质的飞跃',结果是并未获得那样的成功。"

周思源的《人物语言背反与形象分裂》发表于同期《文艺报》。周思源认为:"虽然由于环境、情绪的变化,人们完全可能随时改变思维方式及其语料,但不会在同一时空条件下同一情绪类型中出现两种截然不同的思维路线、用语方式和语料区域。……作者个性的语言方式和语料的出现,原来完全隐没在 R 之后的 Z 便开始显露出自己的身影。于是便造成了形象的分裂:即 R1 是痞子型的,R2 是艺术家型的。"

5日 胡平的《情感淡化:一种审美的错觉——有关文学感染力的一次对话》发表于《北方文学》第 11 期。文中说:"过去的作家对生活持有坚实的看法,善于筛滤丛杂意蕴,突出情感主题,推向纵深极致,所以情感效果倾向于单纯而强烈。当代作家对于世界的矛盾性及人的自我矛盾性发展得极为敏感,创作的作品内部往往存在各种复杂而相互冲突的情感内容,在中和之下造成整体情感强度的低落,可是赢得了情感的真实程度和深刻程度的加强。"

同日,王浩洪的《叙述主体的"隐"与"显"》发表于《长江文艺》第 11 期。王浩洪认为:"作家的感情、意识、评判,都是通过人物和情节来体现的,在作品中,再也找不到一个叙述者的明晰的形象了。他已经完完全全地隐蔽到了幕后。叙述主体的隐退,增强了作品再现生活的艺术真实性,从而使作品的审美效应得以提高。在小说史上,这无疑是一个很大的进步。然而我们知道,这也决不就是'原始的'同实际一样的生活,只不过是'更高真实的假象',亦即艺术真实的'假象'。……把一个真实的作家、真实的作品和刊物与虚构的人物、故事联在一起,使人们对人物、故事感到真真假假,虚虚实实,真假难辨,由此增添了小说扑朔迷离的神秘气氛。古人云:文无定法;今人云:文贵创新。叙述主体'隐'也好,'显'也好,都不是绝对的,一成不变的。作家总要根据作品表达内容的需要去选择表现手法，创新表现手法。这才是最根本的。"

同日，李庆信的《小说的第二人称叙述》发表于《当代文坛》第 6 期。李庆信表示："我以为真正的第二人称叙述，'你'的指称对象应当主要是人物（读者只是仿佛觉得同人物一起被呼唤），其叙述内容应当主要是有关人物（包括角色化的叙述者在内）的故事。这个说法如果不算错，那么，小说的第二人称叙述，便可分为两种基本类型：第一种是叙述人直接露面的，这实际上是第一人称视角与第二人称叙述的结合；第二种是叙述人隐而不露的，这才是单纯的第二人称叙述。……单纯的第二人称叙述，比之与第一人称视角结合的第二人称叙述，由于叙述人隐而不露，也就不存在确定不移的'视点'，叙述起来比较自由；但，由于'你'是一种对称，又让人感到，'你'的对面，或者'你'的背后，时时都似乎有一个隐身的'我'。无'我'与有'我'，似乎矛盾，但正是这种矛盾，使小说叙述既不受特定'视点'制约，又给接受者（读者）在心理感觉上造成一种若即若离的特殊效果。"

11 日 张曰凯的《古道热肠 一往情深——阿成小说创作印象》发表于《文艺报》。张曰凯认为："我们读《年关六赋》《良娟》，明显地感受到中国笔记体小说的格调。简约文字，白描手法，不事雕琢，不动声色。然而一景一物，一言一行，皆活脱脱烘托出一方境界，刻画出几分形象。"

15 日 王诺的《意识流小说的出路何在》发表于《文学评论》第 6 期。王诺强调："我试图解决的问题是：意识流小说（包括其它小说中的意识流描写）究竟怎样才能自我更新，从而走出困境、发展和完善自身。我以为意识流小说家以及所有有意于揭示心灵世界的小说家，需要在以下四个方面作出努力。意识流小说的出路就在于此。扩大意识流小说的表现范围，纠正忽视显意识活动和情感活动的偏向。……展现时代精神，揭示共同心态。……在真实感与可读性之间求得适度的平衡，纠正过分强调真实感的偏向。……其次，应加强合逻辑、合语法的潜意识的意象化描写，适当减少非理性、非语言的潜意识活动的摹拟。……强化意识流的审美作用，赋予意识流艺术魅力。从总体上看，意识流小说的艺术性和感染力是不强的。在这方面，意识流小说家应当从莎士比亚的戏剧独白中得到一些启发。"

同日，胡德培的《"叙述代替描写"悖论》发表于《文艺争鸣》第6期。胡德培认为，"以主观抒情代替客观描写的艺术偏向"在中、长篇小说中"不可原谅和难以容忍"。胡德培认为应该避免"以抽象的评论和概述去代替形象生动的艺术刻画，以自己的分析和议论去代替具体的人物性格描写"，认为其是"非艺术化的弊病"。

胡德培表示："那种小说的散文化或者以叙述语言中的散文笔法去代替富有重要意义的细节描写，常常使叙事性的文艺作品出现难以克服以至无法挽救的艺术弊病。……散文笔法有碍于对细节的选择和描写，有碍于人物的刻画和情节的安排，有碍于主题的突现和艺术作用的更好发挥，出现了喧宾夺主，或者完全以作者的主观叙述代替了具体的艺术描写，从而产生出这样的艺术恶果。"

同日，王宁的《规范与变体——关于中国文学中的现代主义和后现代主义》发表于《钟山》第6期。王宁认为："现代主义在中国变形了，它具有了中国自己的模式：融合了后现代主义的因子，吸取保留了传统的现实主义和浪漫主义的某些成分，与西方的后现代主义文学形成了同步状态。这也许就是它被某些批评家斥之为'伪现代派'的特征所在。"

王宁还说道："中国当代先锋小说的后现代文本特征表现在哪里呢？我认为第一个特征就在于反文化和对现存语言内在规律的破坏和颠覆。……西方后现代主义文学在对现代经典发起挑战和超越之后，在某种程度上表现了对现实主义的兼容并蓄，但这实际上是对比现实主义更加真实的'真实主义'的一种追求，也就是说，要返回原始。……这种返回原始的特征在中国当代先锋小说中也常可见到……西方的后现代主义作家对现实生活的感受往往表现得冷漠和超然，《第二十二条军规》中的'黑色幽默'近乎病态或感情的零度。这对中国先锋小说家也有着一定的影响。"

20日 费振钟的《一切不再为了期待——黄蓓佳：抒情诗时代结束以后……》发表于《小说评论》第6期。费振钟认为："《方生方死》忽然显露出作者一向没有的理念倾向，……然而这篇小说在理念对于情感、情绪的'越位'中，暗示了作者趣味的转移。……重构关于生活、关于世界的艺术信念，意味着她对小说的'纯情'目标和青春期梦幻行为的动摇。……抒情诗时代的结束，浪漫的理想逐渐隐没，代之以沉重的人生价值的思索，……黄蓓佳的小说，与其说在其'信念'塑造上表现出'虚无主义'，不如说在审美目标上转入了'现实性'创作更为确切。"

谭学纯、唐跃的《对话和泛对话》发表于同期《小说评论》。谭学纯、唐跃认为："就对话向叙述覆盖而言，泛对话的两种基本形态——对话语式挣脱外部规定和对话主体合一存在着一定程度的交叉，但它们是从不同的角度揭示问题的：前者的泛对话出自不同的对话主体；后者的泛对话出自同一对话主体，它们殊途同归，以不同的方式共同扩大对话在小说文本中的职能。……它们分别从语义层次和语符层次冲击了人们司空见惯的小说对话模式。对话和泛对话是一个值得研究的小说语言学课题。作为一对互补范畴，它们共同为当代小说的文本生成提供了新的可能性。……前者直接影响了叙述对象的话语风格——当对话从单纯的性格表现和给定的时空条件中走出来以后，其表现领域便相应地具有了更加广阔的空间；泛对话直接改变了叙述话语和叙述对象话语的关系——或者造成叙述对象话语在语法位次上的升级、或者以叙述对象的话语覆盖叙述话语，从而使传统观念中主要由叙述和对话支撑的文本，出现了对话淹没叙述的倾向，即对话的内容向叙述的形式漫延。"

徐剑艺的《小说的话语体态》发表于同期《小说评论》。徐剑艺认为："小说语言在能指层次上的总体形态特征表现为一种'叙述的话语体'。这种语体在形态上最基本特征就是'一种叙述者的话'。它是一种直接形态的言语事实。它包含了两种互为联系的性质，一是'书面的话语形态'，二是'观点形态'。"徐剑艺还认为："到了八十年代，新时期小说家才开始'语体的自觉'。他们大致是从这几个方面对规范语言进行偏离的。第一是地域化，即是使小说话语体现出艺术化的方言体态。……第二个方向的偏离是把小说语体传统文化化。尽管方言体态的小说话语也呈现出一种俗文化形态，但新时期的文化小说不仅仅是方言化，而更是在此之上的整个汉民族文化形态化。……第三个方向是欧化。这是与方言化、民族化偏离方向相反的一个趋向。其目的也是为了超越现代汉语的规范语体，使小说语言体态形式化、意味化。"

徐兆淮、丁帆的《思潮·精神·技法——新写实主义小说初探》发表于同期《小说评论》。徐兆淮、丁帆指出:"这些作者似乎并有把全部精力和笔力用于精心塑造人物典型,环境与背景描写也相应有所淡化,而更注重于描写生活的原生形态,力图摄取生活的原色原汁,宁可保留生活中毛茸茸活生生的鲜活形态和作者非理性的生动感觉,也决不愿按照某种理念、教条去搞什么提纯、净化,或者人为的美化、丑化。"

25日 陈平原的《都市灵魂的悸动——舍弃"戏剧性"而来的反讽与自嘲》发表于《当代作家评论》第6期。陈平原说道:"前五篇(指黄凡的《都市生活》——编者注)还努力篇末点题,弄出饱含讽刺意味的高潮;后三篇连这点也免了,讲的是'没有故事'的故事。……再也没有三四十年代作家那种'手握真理披荆斩棘'的浮躁凌厉,更多的是伴随着反讽与自嘲的冷峻与深沉。"

崔建军的《当代实验小说向传统文化母题的回归——对原始自然主义价值取向的追问与分析》发表于同期《当代作家评论》。崔建军认为:"当代实验小说自以为用生命本能学说反叛了几千年来的传统伦理文化,却不知不觉地回到了作为传统文化内在精神的原始自然主义。1.对原始生命的崇拜。……2.对自然本体的肯定。……3.对自在之物的认同。……4.对命运之神的臣服。"

赵福生的《现代知识女性的心理踪迹——丁玲和张洁的小说比较》发表于同期《当代作家评论》。关于从五四到新时期知识女性形象心理演变的流向及趋势,赵福生认为:"这个流向和趋势的总的特征是,从觉醒走向沉思。……伴随着人物形象心理演变的趋势,在心理描写的手法上,从丁玲到张洁也呈示了一种发展的轨迹。……丁玲的心理描写主要是一种独白式的内心倾诉,而张洁则是一种反思式的内心展示。所以,从形象由觉醒到沉思的心理过程,在心理描写的审美效果上,也跟着出现了一个从热烈到冷静的演化。丁玲在小说中,总是把人物安置在一个不稳定的特殊情境上,让人物因之产生的各种感想、思绪、情感、思想,毫不隐晦地真率无伪地连续不断地倾吐出来,以引起读者心灵上的共鸣,情绪上的感染。因此,她的小说较多的采用了日记体、书信体的形式……和第一人称的视角,因为,只有这样才更便于人物来倾诉内心的情愫,作者来描写人物的心理。……而张洁认为,小说应该'写人物对自己行为的反思。……这样的叙述方法可以比作听音乐'……张洁小说中所采用的这种反思式的内心展示的手法，更能精细入微地刻划出人物的精神世界。在这里不以情感的宣泄来动人心魄，而以理性的睿智来启迪人心。"

钟本康的《"格非迷宫"与形式追求——〈迷舟〉的文体批评》发表于同期《当代作家评论》。钟本康认为："与那些故事弱化、故事破碎的现代小说不同，格非的小说有着很强的故事性，这似乎有着对传统小说的复归趋向，但谁都承认，格非的小说是很现代的，这里指的不仅是观念、意识，而且是形式、文体。格非那娓娓动听的故事，总是浸透着扑朔迷离、神秘莫测的东西，它在引人入胜的同时，也引人进入迷阵。一位评论家说：'格非迷宫'可能是目前小说界最奇特的现象之一。"

同日，邓友梅的《我在民俗小说中的方言运用》发表于《文艺报》。邓友梅说道："我在民俗小说中使用方言，是出于对这类小说艺术目标的追求。……我要以民族色彩和地方色彩来'叫座'。小说的画卷是用语言作颜料绘成的。"

同日，郜元宝的《避讳与张扬——论小说实感"世界"和叙述方法的两种关系情状》发表于《文艺理论研究》第6期。郜元宝认为："在小说整体艺术形象形式内部，小说文体是一个相对独立的背景。在文体背景前面，'世界'和叙述组成一个实体性的二维架构，其中叙述方法一维有将这个二维架构日益主观化的倾向，'世界'这一维则有将二维架构日益客观化的倾向。具体而言，在一部小说中，如果叙述方法过多隐避在实感'世界'背后，而不独立显豁地作为一种有意味的形式，这部小说就属于避讳其叙述的客观性小说；如果一部小说的叙述方法独立显豁地作为一种有意味的形式而不过多躲藏在'世界'的背后，这部小说就属于一种张扬其叙述的主观性小说。所有小说作品都可以根据其内部二维架构的不同倾斜方向——或斜倾于主观性的张扬叙述，或倾斜于客观性的避讳叙述——大致分成二类。从叙述和'世界'的这种动态关系中，我们或许能够更清楚地把握到叙述和'世界'作为小说艺术形象形式两个重要构成成份各自不同的审美功能。"

郜元宝指出："避讳叙述，即作者将其评论性语言、读者意识、叙述秩序、观点转换等等叙述主体的因素尽量不露痕迹地隐藏在实感'世界'背后，让'世界'绝对居于小说整体艺术形象形式的前景。叙述主体诸因素（集中体现为可靠叙述者或隐含作者）尽量避讳不让人知，这就为小说带来强烈的客观再现效果。"

郜元宝认为："张扬叙述的主观性小说，是叙述和'世界'二维架构的又一种倾斜：叙述主体诸因素从小说整体艺术形象形式深处跃至前景，不再避讳闪藏，而是故意彰明昭著地声张出来，与实感'世界'比肩而立，甚至绝对凌驾'世界'之上；'世界'破碎了，其原有的内容纷纷丧失，变得简约、朦胧、零碎、抽象，同时失去了逼真的幻觉效果。在张扬叙述的小说中，艺术形象不再以客体对象为其显现的形式，而显现为主体的自我表现和自我塑造，从而给小说带来强烈的主观表现色彩，同时刷新了小说自身的形象，将传统小说的反讽转化为现代反讽。"

27日 李洁非的《小说形式的冒险与出路》发表于《文学自由谈》第6期。李洁非认为："小说作者可以引进西方小说的形式类型，但却无法引进它们的语言，对于这一点，目前形式主义作家似乎浑然不觉。他们在形式上的创新并没有获得汉语自身语言力量的支持，而是凭借叙述学理论的某些抽象原则把别的语种小说的艺术处理方式生搬硬套在自己作品中。……目前探索文学语言的阻力仍然来自汉语诗学本身模糊不清。……汉语诗学必须改进的另一个方面，是它在内容上过于偏重诗歌语言。我们知道，汉语诗学的含义实际上是指整个汉语文学诗言学，并非是狭义的诗歌语言类型研究。但中国文学自古就在诗词的单一文体中浸淫过深，而削弱了散文、叙事文体的地位，故而一部中国古典文论几乎等同于诗论，同时这些诗论又因上述所说的体验性、直观性未能超越诗歌写作经验之外，纵使它有很好的观点也难以构成文学语言学的一般规律。……在这里，传统的汉语诗学的立足点必须予以抛弃。因为它实际上是用诗性同化剥夺了小说自身的原则。在深受诗歌手法和结构影响的中国古典小说中，我们不难看到这种销蚀所造成的恶果，例如，叙事功能被护墙功能压抑，布局与结构丧失了散文应有的宽度和层次感而仿佛陷于诗词规律般的程序化变化，等等。"

28日 王一十的《"新写实"小说讨论会》发表于《人民日报》。王一十表示："有人提出"新写实"小说是与传统写实小说相对而言，要从'新写'和'新实'两个层面上去理解；有人则通过具体作品的分析认为新写实是表现和再现的结合、是现代主义和现实主义相交的产物；有人则提出新写实是自然主义的复归，是生活流；还有人则认为新写实小说的出现是一批写实型的作家在新潮的冲击和刺激下，经过阵痛之后的一次成功的自我调整。有人认为新写实是作家对现实生活进行'现象学'意义上的一次探索，它使文学走向世俗、走向社会，是人们经历了种种喧嚣和骚动之后一次心平气和的选择和认同。有人认为，新写实是对个性主义的反动，重新重视文学价值，把人置于生活关系当中来表现，不再作脱离一切时空的自言自语和意识流。有人从淡化背景和故事化的角度比较传统写实小说和新写实作品一些差异，认为新写实不断改变小说的叙述方向，故事缺少固定的意义，而在于提供生活的多种可能性。"

十二月

5日　南帆的《文学：现实与超现实》发表于《上海文学》第12期。南帆认为："回想八十年代以来的超现实小说，荒诞的表现成为众多作家所热衷的主题。围绕这个主题已经出现一套相应的艺术技巧，……一些新的主题逐渐另外形成核心——特别值得提到的是魔幻与神秘。……文学之中表现魔幻的传统源远流长。从古代的志怪、传奇至《西游记》《聊斋志异》，搜奇叙异曾经是文学的一个癖好。……魔幻的主题在当代文学之中的再度露面，'魔幻现实主义'的成功无疑起了重要的作用。……在根本上，魔幻式的超现实同样是对日常理性的反叛。作家用一种超现实的想象对世界加以重新编码，从而制造出一个常规认识所不可置信的世界。或者夸大，或者缩小，或者神出鬼没，世界仿佛走入一个哈哈镜里。理性似乎暂时中止了所向披靡的解释与判定。……在艺术处理方式上，夸张与变幻是作家制作魔幻的最为得力的手段。"

同日，任孚先、王向东的《对于两种小说形态的思考》发表于《文论报》。任孚先、王向东认为："新时期以来的先锋派小说作家试图与其相一致时，很显然与我们民族的文化心态有着隔阂、特别是当'先锋派'小说一旦在'个性意识的自觉'转入纯粹个人情感的一种'纯形式化审美追求'时，我们看到这些作品在形式上大多采用了与我们传统小说并不一致的手法。他们为了表达个人所体验到的情绪，往往打破生活的常规程序，用非常规逻辑所能规范的语言，把内在灵魂感性化，因此小说的结构大多是内在的、心理化的，而不是外在的、情节性的。先锋派小说的这种审美倾向，一方面打破了我们固有的欣赏习惯，给予审美活动以活力，另一方面却也存在着脱离我们民族审美趣味的问题，由此而失去了众多的读者，陷入了一个极为狭窄的圈子。'先锋派'小说应该克服自身的模仿性弱点，从本土文化的视角出发，进入当代中国人的灵魂世界，写出中国式的现代情绪，才会在文学历史的渐进发展过程中显示出其作用。"

16日 陆志成的《坎坷的道路 坚实的足迹——评陈登科自选集〈第一次恋爱〉》发表于《文艺报》。陆志成认为："陈登科小说创作主调的艺术风格，具有民族形式，大众语言，故事性强，人物形象鲜明，是民族民间文学的优秀传统和'五四'新小说手法的融合，具有强烈的人民性和乡土情，有着自己的创作特点和个性。……陈登科也在侧重于人物的外部表现，诸如对语言、动作和形象刻画的同时，也曾作过对人物的心理之'内宇宙'开掘的探索。"

本月

胡良桂著《史诗艺术与建构模式——长篇小说艺术》由湖南文艺出版社出版。胡良桂认为："史诗是韵文形式的长篇小说，优秀的长篇小说则是散文形式的史诗。在小说这个大家族中，相对于短篇小说而言，长篇小说的史诗性在于：故事的编造性与历史的虚构性。"

胡良桂强调："相形之下，长篇小说的纯粹性不在于它的初始状态，而在于它的自身进化。也就是说，长篇小说的纯粹性不是在它的传说性上而是在它的虚构性上，从而体现为一种叙事形式的张力。史诗型长篇小说写人，表现人的个性化，它比一般长篇小说有更旺壮的民族血脉的流注，有更多的民族主体精神的传达，着意对生活作全景式的宏观把握，比一般长篇小说多了创作主体的超越。到了现代，长篇小说早已把古典史诗规范的遗蜕远远抛开，它面临的课题是探求更高的审美范型以克服平庸化的现状；人们在探求中参照史诗美学范式进行新的创造。"

本年

　　钟本康的《反小说：现代小说本性的回归》发表于《百家》第3期。钟本康认为："反小说的特点就是对正统小说、常规小说的挑战和否定。……在西方'反小说'潮流撞击下，我国至今产生过两次'反小说'大发展大繁荣时期，一次是'五四'时期，一次是当前的新时期。……这些反小说的佼佼者，都不同程度地借鉴了西方现代派小说。当然，新时期的反小说也有利用中国传统小说样式的，如汪曾祺的笔记体、何立伟的绝句体，以及某些志怪体、传奇体等，也有说不出渊源的，如祖慰的某些怪味小说。……反小说是通过反现成、反熟知的道路来回归现代小说本性的。"

　　潘小平、刘宪法的《形式：情感的过程和历史——一个关于形式发生学的认识》发表于《百家》第5、6期合刊。潘小平、刘宪法认为："形式创新的根本意义在于小说形态的进化，从这一角度说形式虽然处于小说的最表层但它同时也是本质，因为决定形态进化的不是内容而是形式。……小说从第一代进化为第二代其主要标志是性格的加入和它对情节的冲击，除了关于情节的美感经验外，一种全新的关于性格与环境的关系以及性格描写的种种原则和技巧的审美规范从此进入了小说形式的框架。……由性格转向心理使小说进入第三代，对人物心灵世界的沉浸导致对外部事件、外部世界的忽略与漠视，这与第二代小说在环境与事件中塑造人物表现性格相去甚远。第四代则不仅淡化情节与人物而且对人物进行所谓本质的抽象，没有环境没有经历没有性格，其间活动的只是一些抽象了的符号表现抽象了的人的某种本质。"

　　张钟的《小说的哗变——论实验思潮》发表于同期《百家》。张钟认为："实验小说的故事结构方式，在于使故事具有独立的审美性，不再使故事成为故事之外的意义的单纯载体，使故事本身溶解内容，在故事的进行中释放这些内容。"

　　张钟指出："实验小说把主题、情节、人物从传统小说占据全部结构的地位，变成了小说结构中的一个层次，新的叙述者和不同角度的叙述者的共时性出现，使得在一部小说中每个叙述角度都有不同的着眼点，打破了传统小说的单一坐标，拓展了时空容量，传统小说的时间的线性与空间的稳定性的单一时空秩序被打乱，这就出现了新的时空组合问题。"

赵玫的《现代小说需要现代技术》发表于同期《百家》。赵玫认为："所谓的现代小说可以是外表极为规范（传统式的，即巴尔扎克、雨果式的）而内里显现的却是一种十分现代的生存境况；所谓的现代小说也可以是外表极为形式（诸如大量使用机械的现代技术：字体变形、无标点等。这类小说通常是很难一下读懂的，是需要学习一种新的阅读破译方法的）而内在精神又是可解性极强的，等等。"

1990年

一月

1日 季红真的《超越困境的精神建构——史铁生小说的终极语义》发表于《作家》第1期。季红真认为，史铁生"早期的创作以模拟真实的故事为主，而晚近的作品则以虚拟的寓言居多。也可以说，从解构的故事到建构的寓言，正是作者自身精神发展的真实过程。唯其如此，故事与寓言，也就不仅仅是史铁生创作中小说形式的偶然选择，而是与他独特的精神生存方式相适应的，有意味的形式。"

13日 何镇邦的《当代长篇小说文体的演变及其思考》发表于《文艺报》。何镇邦认为："不少从事长篇小说创作的作家正在淡化史诗意识，而强化文化意识，这在长篇小说文体上则表现为他们不放弃对史诗型的艺术形式的追求，而加之以更加多样的艺术追求。这就打破了长篇小说文体单一化的史诗型的格局，出现了长篇小说文体多样化的发展趋向。"

15日 吴秉杰的《视角的意义——读近期若干中篇》发表于《文论月刊》第1期。吴秉杰强调："对于近期中篇创作的概括，可以借用三部作品的名字：'事变''临界''光圈'加以评述。它们分别代表了三种艺术取向的基本视角，又合起来构成了一股创作的潜流。"吴秉杰认为，周梅森"历史题材创作的主要贡献，在于引入了人与人性的因素。因此，历史便有了血肉与灵性。……他的创作又总是抓住'事变'不放，……但是这一新的因素却没来得及扩展为它艺术的主导成份，不能说是周梅森以往创作基础上的一次突破。……苗长水的另一中篇《非凡的大姨》（《小说选刊》89年8期）倒能说已越出上述一般的视角，开辟了新的艺术视界。……个体生命意味从整体活动中被区分了开来，它进入了艺术的另一境界。视角的转变促成了新的意味的诞生"。

吴秉杰表示:"中篇创作的第二个系列似可以归入'临界'视角。尚绍华的《临界》(《十月》89年3期)中,'临界'意喻着生与死的转化点。而作品更多表现的却是一种精神的临界状态,或者说一种精神病态的临界点。……许辉《焚烧的春天》(《小说选刊》89年7期,《上海文学》89年3期)……视角调控分明突出了一种诗意、一种人性的因素,作品俨然变成了抒情性品格的心理小说。……完全越过了精神的临界点,是一些实验性的、先锋派倾向的中篇作品。……羊羽《远方的人》(《收获》89年3期)、陆棨《陆棨和蜗仙及小女人的传说》(《收获》89年4期)一面建构自己的作品,一面又不断从内部进行一种破坏性的重述,把虚构与现实、神话与现实、历史与现实都杂糅在一起,时间消融,空时挪易,恍恍惚惚产生一系列神秘的角色转换,同时也创造出一个隐喻的世界。"

吴秉杰指出:"第三个视角是文化视角,以范小青《光圈》(《小说选刊》89年8期,《上海文学》89年5期)为代表。把镜头对准民族文化某一层面的还有孙骛翔的《阴阳鱼》(《中国作家》89年4期)。……《光圈》神气内敛,淡然隽永,为我们提供了吴语世界特有的市民文化氛围,……故事成为绵绵悠远的文化境界中的故事,文化成为与人的生命活动结合在一起的活的文化。……既塑造性格,把它作为一种特定有意义的存在,又不把它夸大为命运的主宰。这无疑更'贴近'了生活。在范小青的《光圈》中,还有着商品经济的潜流对人心的冲击影响,……因此,这一作品中又有了一种内在的紧张。我觉得《光圈》的视角突出反映了其容受力、可能性与现实感。"

同日,张韧的《小说新思维》发表于《文学评论》第1期。张韧提出:"我所以将思维方式问题放在文学各种变革中极为突出的位置,主要有两点理由:第一,如不改变传统思维模式,如不拓展新的思维空间,就不会有新时期狂飙天落、喷涌如潮的小说,就不会有文学整体的辉煌。……第二,文学观念的变革确乎是新时期小说创新、打破传统格局的内驱力,但是某种新观念并不意味是新的思维方式,也不意味它适应了文学发展的需要,甚至恰恰相反,某些所谓新观念不但未能对文学现象作出准确的判断,还偏误地表述了'文学规律'。"

张韧还指出："小说新思维，说到底，是以人为中心的小说思维。这种新思维不是给小说制定林林总总的戒律去束缚小说家的手脚，而是以开放的眼光与博大的胸襟解放作家创造性的生产力。这种新思维对于小说蜕变中的新型态，不是吹毛求疵，说三道四，而是以宽容的风度相信，小说及其理论观念在百花齐放、百家争鸣中，在创作竞争中优胜劣败、物竞天择的艺术规律。这种新思维并不是以预言家的架势给未来小说描绘一种美妙的图景，但它比那些'展望''大趋势'的一万句预言要实在、科学得多。新思维对小说发展更富有想象力和开拓精神，它既有面对现在的求实性，又具有超越眼光，锲而不舍地去创造繁花似锦的文学未来。"

同日，李洁非的《语言艺术的形式意味》发表于《文艺争鸣》第1期。李洁非认为："小说虽然是一种叙事，但是，事件在这里是被嵌在某个框架和结构中的，它符合并体现出该结构的形式。遵循一定的叙事结构，是小说话语与口语叙事的根本性不同——日常语言在讲述一件事情时从不需要服从相同的或稳定的模式，但小说不然，它有一套必须掌握的基本手法。……即使是一般看作'内容大于形式'的情节小说（其中包括人们十分熟悉的现实主义小说）实际上也有着显而易见的语言游戏性质。……情节形成意味着对材料（本事）进行处置，亦即引用一系列手法，建立一种结构。"

余华的《走向真实的语言》发表于同期《文艺争鸣》。余华表示："在《虚伪的作品》中，我认为真实的语言往往难以确定，所以我寻求一种不确定的语言。……语言的存在是作为世界的象征，正如我上文提到的先验世界是针对现状世界存在的。但语言能够取消经验世界和超验世界的界线，它是针对整个世界成立的。它并非自耕自作与世无争，它是世界的表达方式。我们进入语言的目的是进入世界，……那种脱离语言真正的价值，而去进行某种华丽的游戏显然是远离真实的。所谓语言的真实，是我们进入语言时能否进入世界的最基本的保障。"

臧永清的《弹弹现实主义这个老调》发表于同期《文艺争鸣》。臧永清认为："我们先前对现实主义的理解肯定是错误的。特别是那种'伪典型论'。它更多地强调典型的共性特征，到后来，甚至肯定了类型化的意义。极强的理念因素渗透到了艺术形象的创造之中。……现实主义既将为现代主义提供内容的指向，也将为它提供成熟的技巧。"

同日，陈骏涛的《写实小说：从传统到现代的转化》发表于《钟山》第1期。陈骏涛指出，新写实小说"既与传统的写实小说有着千丝万缕的联系，又有所区别，即具有传统写实小说所没有的一些新倾向和新特征，是对传统写实小说的扩大和创新，并形成了一股颇为强劲的创作潮流"。另外，陈骏涛还认为，这类写实小说的重要特点及倾向，同时也是区别于传统写实小说的特征——首先，"作家的观点越来越隐蔽了，他的任务就在于尽量客观冷静地揭示生活的本相，让读者自己透过生活的本相去窥探生活的某些本质的方面，并作出自己的价值判断，而不象传统写实小说那样先由作家将生活加以过滤，然后将过滤了的生活'本质'端到读者面前，让读者轻轻松松地接受作家的道德评判"。其次，"对人物内心世界的展现已经挺进到人性的深层"。最后，在叙述方式上"运用一种冷峻客观的叙述语调"，"由主体情绪的介入而到主体情绪的逃避"。"这反映了作为创作主体的作家在真实观、人物观和叙述观上的变化，这是一种具有现代意味的变化。"

董健、黄毓璜、陆建华、丁帆、费振钟、淮淮的《"新写实小说"笔谈》发表于同期《钟山》。董健在《提倡新现实主义》一文中指出："现在特辟《新写实小说大联展》这一专栏，等于又向作者和读者亮出了一面旗帜，发出了一种号召，——提倡新现实主义。"在董健看来，"'新写实'应有两层涵义：一是提倡以现实主义精神真实地、深刻地反映我们时代的现实生活（即使是历史题材的作品也不是为历史而历史），二是提倡以大胆创新的精神丰富和发展现实主义。也就是说，只'写实'而不'新'不行，只'新'而不'写实'也不行，两者兼备，是为'新写实'"。

黄毓璜在《虚实相生与总体意蕴》一文中指出："新写实小说不舍弃经验性材料，否则就无以言'写实'，只是不再跟经验材料抱成一团，往往与之保持有那么一点冷峻的距离，正是这一点距离，保证了作家实施总体观照和总体把握，保证了作家经由灵动的虚实相生完成从社会的坚实大地到人类精神空间的博大占领。"

陆建华在《现实主义依然风流》一文中肯定了提出新写实小说的意义。陆建华说道:"新写实小说摒弃了过去现实主义流派里某些伪造作品中的那些令人生厌的粉饰现实、歪曲现实的恶习,继承与发展了现实主义作品本来意义上的忠于现实、忠于生活、忠于人民的宝贵传统,此外,它还认真地在实质上而不是在形式上从西方现代派艺术流派中汲取诸如哲学思想、社会视角、审美意识、表现方法、艺术形式等多方面长处,这就大大地丰富了现实主义创作方法,使我们的作家有可能从单一的创作模式中走出来,从而开拓了文学境界,扩展了艺术视角,促进了文学多样化发展。"

丁帆在《时代,读者和历史将作出选择》一文中指出,新写实小说"不是旧现实主义美学原则的'回归';而是在东西方文化撞击中寻觅到的具有现代中国人审美特征的新的美学支点"。

费振钟在《写实的生命力》一文中指出:"'新写实小说'的目标恰恰在于小说写实力的再生。"他认为,刘恒、叶兆言等人的创作"无论对现实所取的态度和视角,无论直接而客观地表现现实所使用的方式,无论故事过程还是语言情态,都使人觉得与过去的'现实主义'不同"。

20 日 高万云的《当代小说的修辞学论析》发表于《小说评论》第 1 期。高万云认为:"一些作家批评家所说的所谓违反语法规则而又具表现力的句子,其实是在语言规则'许可'下的艺术修辞,是在规范基础上的艺术变形。……小说家考虑修辞的'度',大致应从以下四个方面进行考虑:(1)运载信息的多少和准确与否;(2)是否符合逻辑事理;(3)审美效果的优劣;(4)是否与读者的文化特征相合。唯其如此,小说的修辞才可能是艺术的,所呈现出的言语形态才可能是美妙的。"

秦弓的《张翼雪"氛围小说"文体分析》发表于同期《小说评论》。秦弓认为,张翼雪的小说是一种"氛围小说",小说"真正主角不是人物,而是氛围",在结构上是"行吟结构"。秦弓还指出,"这种结构原型可以上溯到中国文学的行吟诗传统",凸显氛围的方法则是"语境的营造"。

徐亮的《三层时间 一种叙述——现代小说场面研究》发表于同期《小说评论》。徐亮认为:"从小说本文的角度看,现代小说不仅提供了真实的场面感,而且提供了关于这种场面不同层次的阅读经验,我把它称之为一种叙述中的三种时间层次。也就是说,具体地看,现代小说所达到的场面真实性是通过这三种时间在叙述中的并存实现的。"而这三种时间层次分别为"现场时间""话语所指时间""叙述者时间"。

24日 王安忆的《谁来听故事(外一篇)》发表于《文学角》第1期。王安忆认为:"听众与创作者的起源和发展,似乎是一致的。起先,人们从创作者的作品里,要求得到的是他们公认的、熟悉的自然的再现,这要求的发展也有一个由表及里的过程。最初,他们要求看到他们知道的,也就是客观存在的东西,……然后,希腊人开始使用透视缩短法,表现了自己'看到'的东西,……人们渐渐接受了这创作者自己和他们自己共同看到的东西。承认了无论这东西客观上是怎么的,但在我们所站的位置上(而我们在现实中确实必须站一个位置),看起来则是这么样的。然后,马奈们的革命登场了,在他们作品表现中的色彩的混合物,被认为是连一个象样的鼻子也没有画出来,等到人们接受了马奈们在天然光线下的自然再现时,那种对艺术再现客观世界的要求便得到了最高程度的满足,而这满足的程度其实正是由外向里不断深入所决定的。也就是说:要求在艺术创作中得到的这一个客观世界,是越来越接近于人们自己,在自己位置上所视觉所认识的这个客观世界。这个客观世界越来越接近于人们自己的体察和经验,于是,人们自己,即观众或听众的本体,便逐渐被唤醒了自觉。……可以说,艺术创作者们将自己的观众们培养成了一批个人主义者。"

同日,江晓天的《也谈柳青和〈创业史〉》发表于《文艺理论与批评》第1期。对于《"柳青现象"的启示——重评长篇小说〈创业史〉》一文,江晓天认为:"柳青确实是用阶级分析的观点来考察社会。但这并不就是'狭隘''机械''简单'。……柳青不是从侧面,而是从正面,着力通过梁三老汉这个人物,来表现这一革命中社会的、思想的和心理的变化过程。柳青根据自己所熟悉的历史的生活真实,不可能按照文章作者所要求的在年轻的农民梁生宝身上,去'正视中国农民的落后性、狭隘性,挖掘出它的历史文化根源'。……文章作者,不作具体引证和分析,就下这样的结论,能说自己是唯物辩证的?而柳青反倒是从'先验'的'理论框架'出发了。出于有意也好无意也好,这显然是搞颠倒了。"

钱诚一的《茅盾中长篇小说的情节建构及其审美规范》发表于同期《文艺理论与批评》。钱诚一认为："从以情节为结构中心到以人物心理为结构中心的嬗变，也许是中国小说现代化进程中最为突出的标志。……只要小说还是写人——人的形体的或心理的活动，就有情节。"

25日　周政保的《现实主义与中国当代小说》发表于《长城》第1期。周政保认为："八十年代的现实主义小说注意到了描写的'此岸性'并不构成审美的目的，而'彼岸性'才是一种由描写转入表现的审美企图的显示，才是一种体现了小说目的性的传达向往。所谓'此岸性'，就是那种体现了现实主义基本规范（譬如接近生活原生面貌的'写实'）的现象描写。这种'此岸性'可以使小说的描写充满了可感可触的形象特点，或者说，无论是局部还是整体，小说总是具备一种画面感，即可以象一幅幅图画那样逐渐地展现在读者的面前；小说的全部描写之于生活的实在情景，既没有存心扭曲，也没有变形的嫌疑；……而'彼岸性'，就是那种体现了'结构'或'叙述'的内在意义的思情展现：它的同义语可以是作品的思情价值、作品的寓意性、作品的艺术意义、作品的深度等等。描写的'彼岸性'总是具有相应的、甚至是无限的审美思情的覆盖面。"

同日，陈思和的《旧札一则：由故事到反故事——谈李晓的两个短篇小说》发表于《当代作家评论》第1期。陈思和认为，"从形式的意义上讲，他的小说的实验性质并不很典型"，但是《小店》和《天下本无事》是"李晓作品风格的例外。在这两个短篇中，第一次出现了叙事形式上的自我突破——反故事的因素"，《天下本无事》的"情结之间隐含着另一种组合关系，与中国传统文化中的某些因子相联着"。

季进、吴义勤的《文体：实验与操作——苏童小说论之一》发表于同期《当代作家评论》。季进和吴义勤指出苏童的小说有如下特点："多能叙述者：切入与逃离"，"导演性作者日益让位于角色性作者，叙述者与作者分裂"；"破坏结构：反匀称、反连续与空白意识"，"结构操作上表现出对'原始规范结构'的破坏，而破坏和建设往往是孪生兄弟"；"语言的缠绕"，"语言的操作极有灵活性和自由度"。

27日 阿源整理的《新写实小说漫谈》发表于《文学自由谈》第1期。文中多名学者就"新写实小说"展开了讨论。

丁帆认为:"在描写技巧上,新写实小说与传统现实主义的不同大致有以下几点:①背景是淡化的。这一点与新潮小说是靠拢的,新写实小说不是没有背景,而是不故意去写,在作品中可以隐约地看出背景。②情节上,传统现实主义重视故事情节,新写实小说有情节,但情节本身是乱序的,靠读者自己重新去组合排列情节,新潮小说则是不讲求完整的情节。③在细节上,新写实采用新潮小说反小说的手法,不讲求'绝对的真实',采取夸张、变异,如刘恒的小说。④人物上不是典型化的。非典型化不是概念的抽象,而是人物进入自然状态,是一种生命的要求,读者由此看出人生社会。作家是写人的生命的冲动,对生命本真的追求。"

丁柏铨认为,新写实小说"似乎有两种情况:一种是更靠拢了自然主义,但不带贬义的,……新写实小说另一种情况是:基本上以再现为框架,保留了故事性、情节性,也有必要的人物形象,具有一定的可读性,再大量吸收许多非现实主义的表现方法"。

王玮提出:"写毛茸茸的原生态的东西是新写实小说的一大特征,还有一点就是以新的世界观对生活采用新的考察角度。刘恒的小说就是在这方面取得了一些成绩,他引进了人文科学的新成果,于生活具有独到的见解,造成了处理生活观念上的突破。"

费振钟表示:"新写实小说强调语言的故事生成能力,故事中包含的不是过去那种狭隘的因果关系,而是在故事的叙述过程中向各个方向发展,叶兆言的《早晨的故事》就是不停地改变故事叙述的方向,打破了故事的封闭状态。新写实小说更多地在叙事感知方式上的变化,不同于典型化的人物,而是重视人的生命本体,形而上的意味比过去加深了。新写实小说很难说它们最后要表现什么样的意味,是一种反规定性本质的、反规定性的意义,展现了生活本来的面貌,是对生活的一种更新认识。"

二月

1日 雷达的《现实主义艺术形态的更新》发表于《作家》第2期。雷达提出，现实主义形态的更新情状在于：一、"现实主义的艺术形态从一维到多维，从政治、经济、道德的艺术思维结构扩展为文化性、精神性、社会心理型、日常生活型的更为开阔的艺术思维结构"，其中，"'文化'化形态""精神性形态"以及"社会心理形态"很值得注意；二、"作家主体的自觉、自由和丰富，带来了艺术形态的多样化。从大同小异的单一型主体到多样型主体。主体精神在现实主义文学中的地位提高了"；三、"作为对于'理性的深刻'的反拨，出现了追求'生活的深刻'的新趋势"。

5日 吴亮的《阅读与体验》发表于《上海文学》第2期。吴亮认为："小说不是从一连串的事情中涌现出来的，正如语言不是从一系列的思想中涌现出来一样——我们是将某种特定的文字覆盖在事情或覆盖在思想之上。"

7日 刘武的《现代小说：人类的一种精神空间》发表于《天津文学》第2期。刘武认为："我们接触的是两种空间：一种是实体空间，一种是结构空间；从存在的角度来看，一种是外在空间，一种是内在空间；从本体意义上来看，一种是客体空间，一种是主体空间；而从心理学上来看，一种是行为空间，一种是精神空间。可以说，政治、历史、自然科学等都是为实体空间而建立的，而艺术、宗教、哲学则是为结构空间建立的。正因为艺术、宗教、哲学的语言意义并不在其表层，才会有人用心地去解读艺术符号的指向或宗教教义的象征意义。"

刘武指出，"实体空间塑成了传统的人类思维，使人们更多的关注实体的外在形式，……如果人们想进入任何实体的表面之内，就必须打破它才能得以进入，……在这里我们便接触到结构空间的意义，这就是说，实体不再以表面而呈现在我们面前，我们能够突破表面，通过实体的结构来感受空间的意味，意识到空间的存在"。刘武还认为："现实主义正是这种空间关系中的产物，因为它把实体（亦即现实）视为某种'客观存在'的东西，假定实体与词语之间存在着天然的纽带与一套既定的对应关系，追求对实体作透视般的'真实'

描写。它的基点是柏拉图与亚里士多德的'模仿'说,也就是说它把自然、社会、人作为写生的对象。……现实主义并不是浪漫主义的对立面,而是它的继续,它的进一步扩展;正如浪漫主义是古典主义的继续一样,现实主义是浪漫主义的成就。这种不是对立而是继续的原因很简单,那就是因为我们处在同一个空间,准确地说是艺术家用同样的空间感来描述世界。之所以有所差别,则是因为某种方法'片面的发展,某些形式,有些是用其他形式取而代之了,有些则给它赋予了新的意义或新的功能'(朗格语)。"

卢君的《小说需要好故事》发表于同期《天津文学》。卢君认为:"引人入胜的故事与小说表现生活的深刻性并无不可两全的矛盾。要求小说里有个好故事,也并不是主张为故事而故事。"

三月

1日 季红真的《新写实支脉——论"寻根后"小说》发表于《作家》第3期。季红真指出,"寻根后"小说对于我们来说有两个意义:其一,"他们的出现,多少带有异军突起的味道,意味着一个写实文学的新生代逐渐形成,与此同时,另一部分极度重视形式感的作家,正日益把小说的技巧提到本位的位置,而多少忽视着题材的意义。……于是就出现了这样的局面:小说在两个向度上重新组构自己的功能。虚者愈虚,技巧成为确立风格的直接手段;实者愈实,切近当下社会人生的取材,使之带有强烈的现实感";其二,"这批作家与前几代作家取材的范围,明显地存在着一个时间差。……这批小说家也在突破并修正着写实的传统技法,在艺术上为中国当代文学提供了许多新的东西"。

5日 李裴的《小说节奏的结构及其审美效应——小说空间论之六》发表于《山花》第3期。李裴认为:"从根本上说,任何艺术都是动态的,小说也是如此,节奏正是如此,节奏正是造就小说空间动态的一个绝好手段。有了动态感,小说的空间才可能引人注目,聚合应有的交流能力;而动态的快与慢,前后的照映和上下的弹射,又使小说的空间保持了应有的平衡。动与静之间,小说的空间获得了艺术的强力。这一切,顺理成章地体现在小说语言的(表层和内层的)内涵之中。……小说的语言通过空间有规律的切割,造成一种贯穿小说的节奏感，形成各种动态形式，将时间融汇在空间里，并由此产生出小说的审美效应。……小说的节奏是小说文本、小说世界和小说空间的律动，它与人的（创作者和接受者）的生活、心理的律动相互谐应而产生共鸣，后者是前者的蓝本，包含了一切'生发'的可能性潜在模式。就小说本体而言，小说节奏是人的生命律动的重要的情感性形式基础之一。"

同日，王安忆的《大陆台湾小说语言比较》发表于《上海文学》第3期。王安忆认为："我们与宋泽莱们的问题正好是相反相成的，比较而言，我们的问题更是小说表述方法的本质性问题，而宋泽莱们的问题则更是小说语言的本质性问题，也就是说我们的问题是由语言引发出来的，宋泽莱们则是语言自身的问题。"王安忆还指出，"在我们问题的背后，其实还是一个小说的抽象创造功能的建设问题"。

15日 黄浩的《文学失语症——新小说"语言革命"批判》发表于《文学评论》第2期。黄浩指出："新小说并不满足于现代小说对现代汉语缺少探索性的（仅仅是缺少，而不是没有）'有限运用'。它想通过自己的'实验'，寻找出现代小说在语言表现上的某种'极限'。"黄浩认为："新小说的'语言革命'不仅对现代汉语体系的进一步形成有意义，它对书面语言表现能力更具有直接的发掘意义。……另外，在语言结构上……新小说'语言革命'正好在这方面改变了小说的几十年一贯的面孔，推进了小说自身的进步。"除此之外，"还必然地改变了人们对小说的看法和小说阅读方式"。"因为新小说所过分倚重的语言。……仅仅依赖于'语言革命'上的出新是走不远的。……小说毕竟是在一个呆板的平面上用语言玩耍的假的'立体'游戏，它受这个平面本身的制约，使它在'出新'上的概率是很小的，……新小说也应该重视人物和情节，重视讲故事，换句话说，尊重以往的小说传统，这恐怕是新小说的一条出路和可能。"

同日，丁宁的《文本意义接受论（上）》发表于《文艺争鸣》第2期。丁宁认为："文学文本的特点就在于它是要求读者从中读出系列意义的表现载体，只有通过在时间上展开的连续性阅读，读者才能有可能获得对其全部意义的一种掌握。换一个角度说，文学文本的意义呈现不是一种'突现'的过程，而更是陆续'涌现'的过程。……我们与其说是把意旨（意向）作为文本意义的唯一客观的尺度，还不如把它作为文本意义接受的重要侧面。我们凭借意旨接近文本的意义，所能达到的只是一种客观、有效的程度，而绝不是一种透明的、决定一切的作者心理的本源。"

李运抟的《当代平民文学新论》发表于同期《文艺争鸣》。李运抟认为："平民文学，决非是种单一特质的文学种类。而是一个由多种互为依存的审美特征所合构的艺术现象。……平民文学主要有四种特征（亦为四个尺度），即：①取材的平民化；②审美意识的平民性；③艺术形式的相对朴素；④大众性的接受效应。"

刘毅然的《小说一种：造型与行为》发表于同期《文艺争鸣》。刘毅然表示："我有时甚至大胆地以为：在科学高度发展的21世纪，主宰小说形态的是从电影和小说——即把造型音响蒙太奇和人类优秀的叙述语言相结合的新小说。由此，我写小说很少考虑小说的叙述语言和结构方式，我更多地喜爱画面感和动作感。……我将要在这条多少有点背叛小说——小说的传统定义是语言——的鸡肠小路上继续顽强地走下去。摄影镜头是导演的笔也是我的笔，我的笔既是小说的笔也是电影的笔。这一点对我特别重要。"

同日，木弓的《中国当代小说思想中的保守态度》发表于《钟山》第2期。木弓认为："'文革'后的小说家们在社会政治观念上相当激进。……'复归现实主义'的口号的提出并被'文革'后文学的小说家们所乐意接受，可以被看作处于压抑状态下的中国知识分子文学意识的再度抬头。"

潘凯雄、贺绍俊的《写实·现实主义·新写实——由"新写实小说大联展"说起》发表于同期《钟山》。潘凯雄、贺绍俊指出，"'新写实'的理论主张，它依然没有离开现实主义这个理论基点"，即"反映现实、直面人生之上"。在某种意义上，可以说"新写实"的提出是对以往"现实主义精神的新歪曲"逆反的心理产物。而在作品方面，他们指出，"用'新写实'这一概念以及由此生发的种种理论都是很难规范"挂名在"新写实"名下的作品。潘凯雄、贺绍俊还提出："'新写实小说'这一概念的提出在目前既缺乏理论创造所应有的独立品格和意义，又无大量坚实的作品作为自己的支撑。"

20日　韩子勇的《王朔小说与社会阅读》发表于《小说评论》第2期。韩子勇认为："王朔小说是对'先锋文学'内部精神的通俗化、实证化演绎，'先锋文学'则象是王朔小说的观念集结与概括。"

黄思天的《小说的色调》发表于同期《小说评论》。黄思天认为，随着小说的发展，"小说所要表现的一切内容，有机地统一到一个特定的审美感知结构上，让纷纭复杂的生活现象在主体心灵的调色板上自然分化和融合，从而创造具有美感内在整一性的艺术形象。……这样，小说的一切描写就在有机的联系和组合中构成了某种色调"。

李建军的《近几年来文学的迷失及其出路》发表于同期《小说评论》。李建军认为："近几年来的文学（以新潮小说、先锋派小说为代表），则拉开与现实生活的审美距离，竭力逃避主体对现实生活的参介角色，淡化主体对描写对象的情感态度，试图在隐喻的形式中，或在表情木然的纪实性叙述中（如张辛欣的纪实性的'新新闻主义小说'），包蕴主体对于人生世相的体验、理解和判断，但是由于缺乏对于客体的切实的人生体验的深层容纳，由于主体对现实的冷漠态度和悬隔关系，由于作品表现形式的晦涩，近几年来的作品常常只能在小圈子里引起短暂的唱采，却很难获得广大读者群的普遍认同和共鸣，这也是近几年来文学走入困境的主要原因。"

徐岱的《小说的叙事学研究》发表于同期《小说评论》。徐岱认为，叙事也是小说"安身立命之本"，并且和电影、诗歌相比，小说是"一门名副其实的全方位的时间艺术。因为它不仅以时间符号（语言）为媒介，同样也以时间文本（故事）为内容。而小说的这一特质无疑正来自于它对人生事态的陈述，换言之，也即'叙事'"。由此，徐岱认为，"叙事"在小说中确立了"至高无上"的地位，而"小说语言学""小说心理学""小说文体学"则是"叙事学研究的辐射性应用与展开，而且它们同时也是叙事学体系赖以建构的方法论基础和配套工程"。

杨炳彦的《当代小说外在形态同内在意旨的极致融合》发表于同期《小说评论》。杨炳彦写道："在新时期以来的文学热潮中，……最有代表性的是'淡化主题'和'多主题'这两个主张。……值得注意的是，主题的淡化绝不能蜕变到'淡而无味'的地步。假如这样,那就成为溜向无主题论的滑梯了,那就为一些不成熟的作者所津津乐道的'自我表现''自我宣泄''我不告诉读者什么,我只为自己写着玩'等等这类时髦的假当代意识遗下口实了。"

杨炳彦强调:"我们应该着意讲明的是,'甚至最伟大的文学也根本上依赖作者和读者的信念一致'。多元性的小说主题自然更需要这种一致性了。不过具有本体机制的规律性的主题多层次构架,根本上还是要依赖作家的主观命意的,它和习惯戴着有色眼镜观察事物者的流长飞短不能同日而语,和'仁者见仁、智者见智'的各执一端也不是一个范畴的问题。至于多义的主题能够被读者接受到何种程度,这也要依赖于作家融合内在意旨和外在形态的本领了。"

21日 邵建的《关于"生态小说"》发表于《文艺研究》第2期。邵建提出:"生态小说注重的是状态而不是人,故人物往往具有其类型化的特点,它的存在是为了凸现某种状态,在小说中有时起的仅是个符号的作用的,……他究竟是谁并不重要,重要的则是他的生存和他所处的状态。所谓类型化大体指人物只具共性而缺乏个性,是一种数量的平均值。"因此,"生态小说追求的是生活的原生形态和人物的原型色彩,……作者们冷静地打量世界和表现世界,滤去了作者的主观色彩,也不让人物额外承担展示作者某种希望的任务,人物和生活原状如何,作品的语符转换呈示就是如何,这里似乎有意回避了人为的提炼(拔高),仿佛只是在进行实录性的文字操作。由此可见,生态小说在其创作取向上是从人走向状态;即使在写到人时,也是由以往具有主观性特点的典型走向具有类型性特点的原型"。由此,邵建认为,生态小说是从"结构到解构"的转型。

邵建还指出,生态小说"为了打破人工'编织的神话',更接近于原真的生活,……当它的视野由人走向状态,那么随着人物典型的解体,情节自然也相随解构,因为情节毕竟是人物性格发展变化的历史。……它叙述的已不是情节而是事件,它不因人物性格而展开或去呈现鲜明的性格特征,而是一连串杂乱无序、突如其来、裹挟着你使你茫然无绪应对失据的无穷琐事"。

24日 陈村的《想小说》发表于《文学角》第2期。陈村指出:"小说是一种较实在的品种,写实是它的长处。小说家的功力不在于写出实,而在于实中见虚。既可以写形态的真实，性格的真实，又有心态和意识的真实。在那些科学不能穷尽和体会的地方，出现了小说中的妙品。"陈村认为："我心目中的好小说是'有中生无'的小说。所谓的'纯文学'，就纯在能不能弄出这个'无'。"

同日，杨正润的《"孤独的驼背跋涉者"群像——凯尔曼的英国工人阶级小说》发表于《文艺报》。杨正润认为："凯尔曼对这种反人性的社会生活条件的揭示，明显地反映出存在主义的影响，他所塑造的这些身不由己、逆来顺受的弱者的形象，也使人联想起卡夫卡的小说。……不过，这种同情又裹着一层冷嘲的外衣，……甚至透露出玩世不恭的色彩。这些又表现出'垮掉的一代'作家的遗风。"

同日，胡良桂的《史诗与史诗性的长篇小说》发表于《文艺理论与批评》第2期。胡良桂认为："同史诗一样，史诗性的长篇小说主要不在于抒发创作主体的情感意识，也不重在抒发创作主体的欢悦或忧伤、惆怅或感慨，它的笔触所及总是关注于社会的公共生活、总是联系着影响历史进程的事件。创作思维的外向性、作品内容的客观性，是史诗性长篇小说的基本特征。……史诗性长篇小说要以本民族的社会生活为描写对象，写出本民族特有的地域景观、自然山川、风俗习惯，特别是以再现本民族所经历的与别的民族不同的历史道路，来表达对本民族独有的自然现象和社会现象的特殊理解。"另外，"史诗性长篇小说的艺术规范，首先在于它时间跨度长，空间幅度大。……史诗性长篇小说艺术规范之二，是它多层次多线索的主体全景式画面。……史诗性长篇小说艺术规范之三，是它以第三人称为主的叙述方式的交错运用"。

25日 韩鲁华的《审美方式：观照、表现与叙述——贾平凹长篇小说风格论之一》发表于《当代作家评论》第2期。韩鲁华认为："表现性作为其审美表现方式的核心，最主要表现在于艺术创作过程中追求抒写性灵，重主体意识表现，其主体意识于作品中不断得到强化。他笔下的世界不是纯客观的具象，而是经过作家主体意识强烈渲染过的意象显现。他审美表现方式上的这种追求与变化，使他的三部长篇小说明显地呈现出这样的发展趋向：它所描写的商州世界，逐渐地由现实中的商州变为作家心目中的商州，打上了浓重的主体表现色彩，成为作家主观理解的商州。"因此，"从总体上来看，贾平凹的小说从《商州》开始，具有明显的散文化倾向，带有结构现实主义的鲜明特征。……从具体的叙述结构形式来看，他的小说是双重结构，即具体的人和事、山与水表层结构和作家审美意识深层结构相结合。他常采用这两条叙述线索的结构方式建构作品"。

晓华、汪政的《范小青的现在时》发表于同期《当代作家评论》。晓华、汪政认为，范小青在当时近期的创作"反掉故事模式，摒弃主观介入，逃避理性思考，回归物质世界，拒绝内部进入以及在传统理性视角下显出的神秘等等似乎指向着一种'客观主义'的创作风格"。

杨匡汉的《小说陌生化向度的勘探——当代文学潮流研究之一》发表于同期《当代作家评论》。杨匡汉认为，这些年的小说实验，从"陌生化"向度看，作家们经常采取的大致有"艺术的'变形'""'怪圈'的设置""符码的寓意和象征"三种路数。

本月

殷国明所著《小说艺术的现在与未来》由上海文艺出版社出版。本书立足于历史发展的角度为现代"新潮小说"开辟道路，着重梳理了传统小说与现代小说的历史联系，致力于从历史的踪迹中探寻小说艺术的现代发展。殷国明认为："十九世纪小说大师的作品，和二十世纪新起的小说家，诸如普鲁斯特、福克纳、鲁迅等人的作品进行一番比较，就不难发现两者之间的巨大差异。这种差异不仅表现在题材、主题、形式、技巧等艺术因素方面，甚至也不仅仅表现为一种个性和风格的不同，而是表现为两个不同的小说世界，显示出一种在美学和小说观念上的根本变革。"此外，殷国明认为，传统小说和现代小说之间有一种潜在的联系，"现代小说艺术的更新往往是传统小说发展的必然结果"。二者并不存在一条明显的分界线，而是处于一种逐渐转变、演进的状态之中，它们之间是交织存在的。

本季

徐列的《情感的辐射与倾斜——吴延科小说近作片谈》发表于《文学评论

家》第 1 期。徐列指出："我们常常把主观情感视作非理性的因素，论及作家创作大多以作品的思想内涵、社会意义和审美价值等理性内容为基准，而忽视了作家情感在创作过程中的潜在作用。事实上，激起作家创作欲望的情感冲动尽管时常源于突发的灵感，但作家在观照自己的审美对象时所感知的情感体验也容纳了他（她）的生活阅历、人格理想、价值标准和审美意识等诸多理性因素。这种情感思维的辐射力量会带来作品思想内涵的分野与艺术手法的变通，也可能导致情感的偏好与倾斜，烙上创作者的个人印记。我在读吴延科小说近作时，便明显地感到了情感的潜流浸透到了作者的思维流变、价值取向与审美方式中，形成了对乡土的热恋和对城市的讽喻两种对立的情感。而最终指向了对往事的追忆与感怀。这种情感的介入使得作品具有了较强的个性色彩，而区别于他人的作品。"

蔡桂林的《前卫作家论》发表于《文学评论家》第 2 期。蔡桂林说道："读前卫作家的作品我有一个特别强烈的感受：从传统美德中汲取价值，汲取善的道义，汲取民族性格中隐含的生命魄力，寻求与当代生活的转化和整合相契。倘若借口现代意识现代道德，意欲将这群作家作品中的人伦道义的内容剔除出去，我敢说他们一些作品的美感将荡然无存。这就引发出另一个重要问题：特定地域文化给前卫作家群以最初的滋养，使他们的作品获得了深厚的文化意蕴。但几乎是同时，也使他们陷入一个共同的困境，如何打破'前结构'对自身的束缚。"

张达的《读尹世林的文化小说》发表于同期《文学评论家》。张达对尹世林的文化小说的创作特色和艺术个性进行了概括和总结，认为"见闻散记式结构"是尹世林常采用的结构，"之所以采取这种散记式的结构，据我分析，还有更重要的一层原因，这就是便于展示生活本身所蕴含的丰富复杂的文化内涵。这是因为，如果把生活提炼为故事，不管其情节多么复杂，线索如何多端，终会挤压掉许多东西。情节线索表面看来似乎可以显示叙述者的全知，实际上却大大束缚了叙述者的手脚，使你不得不沿着一条线或几条线前进。散记式则方便得多，悠游得多，尽管它也需要提炼，但由于视野较为开阔，作家的笔端就会更加灵动了"。

俞可的《论俞天白的自我迷失和自我超越》发表于《小说界》第2期。俞可认为："从俞天白的思想体系中，我们可以闻到一股浓酽的泥土气息；从俞天白的创作结构中，我们可以辨认出一种独特的农民气质。如果以这作为出发点，我们就会很快发现这位'中国传统文化的产儿'，又是曾经扭曲了文化心灵、迷失了自我的顽童，但在某种意义上，他又是中国传统文化的逆子。……这不仅是对中国传统道德负面的叛离，又是对传统道德积极面的高扬——是对己身中心主义背离之后，用主体意识来对待自我，对待人生。而这种主体精神正是积极转化传统文化的重要机制。"

四月

5日 祖康的《短篇小说的"容量"与"品格"》发表于《山花》第4期。祖康认为："'故事'作为一种构成元素，在'故事'这种体裁中几乎是全部价值，而在短篇小说中只能是一种价值。因此，写短篇小说切不可满足于交待故事。"

同日，王干、费振钟、王玮、汪政的《新写实小说的位置》发表于《上海文学》第4期。

费振钟指出："寻根小说的符号化带来了对小说语言的要求，在当时就是神话语言，不过在当时，那些神话语言、神话原型对小说是有损害的，至少有损于故事的完满，有损于叙述。但这种语言的努力却给以后的先锋小说，开了探索的先河。"另外，在费振钟看来，"写实并不是一种简单的描写现实的技巧，它应是现实有足够的自信之后对现实的一种把握和介入"。

汪政认为："新写实可以说是一种相对轻松的文学，这也使它与以前写实小说区别开来，以前的写实小说也存在紧张，一种观念上的紧张，……新写实小说到目前为止还不愿去思考，生活是什么样儿，他就写什么样儿，是无主观的介入和表现。"

王玮强调："应该积极地看待这场新写实。我以为它可以从两个方面去理解，即'新写'和'新实'。如果从'新写'的角度讲，它具有新潮小说所有的手段。但同时它又是写实的，它又是'新实'，它把我们日常经验中的一些所谓原生态、生活的实貌作为对象，把原来所有过的处理加括号悬置起来，然后自己重新来开辟一片处女地。"

7日 缪俊杰的《关于"非虚构文学"的创作问题》发表于《文艺报》。缪俊杰认为:"表现那些反映重大政治历史事件、表现重要历史人物或政治人物,或牵涉到党和国家重大决策的题材,对重大事件、重要人物进行评价,作家应该采取十分慎重的态度。……纪实文学作家在尊重客观事实、保证客观事实高度真实的基础上,在材料取舍、故事结构、人物描写、辞采运用上,可以而且应该表现出不同的匠心。"

28日 傅秀乾的《最应该记住的……——读徐光耀的〈冷暖灾星〉》发表于《文艺报》。傅秀乾认为:"就作者通篇采用白描手法成功地勾勒出的人物形象的艺术效果来说,我以为再一次显示了现实主义创作原则仍具有着强大的生命力。而且我坚信它永远不会过时,只要我们还承认生活是文学创作的源泉。它所能达到的艺术高度和获取的艺术魅力,也是独特的。现代主义强调向内转,可以做为对它的一种补充,然而绝对取代不了它,这也是我们最应该记住的。并且我以为现实主义强调典型环境中的典型性格,强调典型情节,特别是典型细节,非生活富有的作家是做不到的。近些年来,有些一味追求向内转,以作品中只剩下一个完全脱离生活的自我的那些作家来说,现实主义的要求是太高、太难了。仅以《冷暖灾星》中以人物行动与对话去塑造人物为例,大约也是近些年来被有的评者贬斥的传统手法之一吧!然而,这种传统手法在作品中所取得的艺术审美效果,有力地证明了它仍是刻划人物最有生命力的手法。"

五月

5日 晓华、汪政的《元历史小说——对周梅森现象的新的提法》发表于《当代文坛》第3期。晓华、汪政认为:"周梅森的思索既应答了历史唯物主义关于偶然和必然的观点同时又以文学的形式强化了个体命运的不确定性,一切似乎非常简单,但这简单却又永远无法把握。这就是周梅森历史小说的深度,他不去轻易地评判他笔下的人物、阶层、集团以及历史事变的功过是非。历史哲学的任务就是这样,它与它所研究的对象保持着适当的距离,同时它和狭义的历史学有着不同的价值标准,它缺少后者的功利性,它永远不满足于对个别的历史事件、人物的具体的结论。"

张毅的《"新写实"小说的形与魂》发表于同期《当代文坛》。张毅认为："'新写实'小说尽管它直面人生、贴近生活，尽管它有较为完整的故事框架和较为生动的人物形象，有一定的可读性，与新潮小说无主题无情节的小说大相径庭，容易得出它是在向现实主义回归的结论。然而，当我们从它的表层结构进入到深层结构时，会发现在现实主义表层的'形'之后，却有一个包含在深层的非现实主义之'魂'。它对世俗生活的'生活流'的展现，对人类生存状态的表现，都带有较强的现象学和存在主义的意味，确实与现实主义是貌合神离的。"

同日，张颐武的《叙事的觉醒——第三世界文化与当代小说探索》发表于《上海文学》第5期。张颐武认为："第一世界/第三世界的二元对立正应该成为我们在一个跨国的后现代性的时代中考察中国小说的基本立场，也只有在一个全球性对抗关系的各个力量作用的点上获得一种共同的第三世界的文化意识，我们才有可能在世界文化中获得自身的'形象'。……我们如何在文学本文中创造一种特殊的视点来表达我们即时性的语言/生存处境，就成了一个关键性的问题，也是中国文化对第三世界文化话语的重要的添加和补充。八十年代中后期以来，在中国小说的叙事中，一种第三世界文化的自觉，一种从全球性文化的角度和立场重新探索本土文化的新的'视点'，一种在激进的实验和探索中极大地更新和创造母语的各种可能性的方式开始形成。"

15日 刘纳的《另一样的认知与把握世界的方式——新派通俗小说给我们的启示》发表于《文艺争鸣》第3期。刘纳认为："新派通俗小说之所以被称为'新派'，是因为他们并不固守通俗小说的原有格局，而是对其有所改造，他们从'非通俗'文学中借取了自己用得上的手段。但是，他们的这些'新'姿态，都不是为了摆脱古典传统，相反，他们借用新手段也是为了坚守古典价值。在这里，'古典'价值有两层涵义：近代生产方式产生以前被古代社会普遍认可的精神价值，以及十九世纪以前近代思潮所张扬、所肯定的精神价值。进入二十世纪以后人类处境与人类思想的变化已将具有近代意义的精神成果推成了'古典'。"

吴亮的《小说阅读札记》发表于同期《文艺争鸣》。关于"距离"，吴亮认为："写作的范围一经确定，我们就不能离题太远。完全脱离小说所指定的空间从事活动，这是根本做不到的——因为，这样的活动所需要的空间正好是小说所指定的空间。保持距离的涵意并非是空间上的，它指的是：和惯常的方式与习惯保持距离，不断地采取一些出人意料的姿态和超出人的经验的方式，来表现一种对自由的特殊理想。"

同日，蒋原伦的《老派小说读意义，新派小说读句式》发表于《钟山》第3期。蒋原伦在分析以孙甘露、余华、苏童、格非等为代表的新派小说写作时指出："由注重叙'事'到注重叙述本身，这是新时期小说各种流变中的一种倾向。"

张颐武的《第三世界文化中的叙事》发表于同期《钟山》。张颐武认为："中国小说叙事的研究……必须立足于本土性的语言/生存的特征，……'第三世界文化'的叙事方式的特异性涉及了两个方面，一是作为一切叙事基础的语言；二是叙事视点和结构。……现代中国小说的主要叙事方式是对西方小说的模仿和认同的结果。这种模仿和认同无疑是创造中国新文学的必要和关键的策略之一。但现代中国小说却是一种既不同于西方小说也不同于古典小说的独特的本文，它一方面接受了西方叙事模子的无可争辩的巨大影响，这种影响已为无数的研究成果所证明；另一方面却依然与本土的叙事传统保持着深刻的联系。"在此基础上，张颐武还指出，"在中国，这种第三世界叙事的自觉应该成为九十年代文学策略的核心部分。……真正'第三世界文化'的叙事话语则必须从语言和'视点'的角度上展开"。

而在语言方面，张颐武首先谈到了汉字本身具有特殊的表意性。张颐武指出："中国的叙事文学作者应该更加自觉地发掘汉字的表达力，同时把汉字的表意性与'意象'这样的传统美学范畴加以结合，把'汉字'的特异性溶入本土性叙事之中。"接着，他又从汉语句法的方面展开了讨论，认为汉语的句法"总与修辞和语境相联系，与人文因素相联系，这就极大地强调了汉语自身的表达力"。最后，张颐武强调，"汉语有着悠久的言文分离的传统。……近年来出现的'实验文学'的潮流，其重要的方面就是对'白话'的种种可能性的探索"。

此外，张颐武还肯定了"余华、格非、苏童、洪峰、孙甘露这样一批新锐作家的作品"，认为这一批"实验小说""拓展了小说叙事的空间，以特殊的变幻的角度，突入了某种本土的语言/生存领域之中"。另外，就"新写实向度"

的作品，张颐武评价道："象刘震云、王朔、刘恒等作者力图深入到本土语言/生存的底层，探索一种新的本土视点的形成。但他们的作品还处在一种原生层次上，还处于对日常生活中的第三世界处境的展示上，其第三世界文化的自觉还不够。"

19日 林为进的《于平凡中寻找生活的意蕴——1989年长篇小说综述》发表于《文艺报》。林为进认为，"都市"和"远村"是两个基本的取材面，写实仍然是最基本的表现方法。

20日 王彬彬的《品茶者说——关于潘军的小说创作》发表于《上海文论》第3期。王彬彬认为："潘军惯写人物的内心活动，他的那些优秀的短篇小说，往往都不过写了人物的一段心绪，一种内心感受。然而，在短篇小说里，要把人物的心理活动写得恰到好处从而产生一种预期的效果，叙述方式的择取是极为重要的。……《初雪》的意味，很大程度是依赖于这种第二人称的叙事视角的。任何一种叙事方式本身都无所谓优劣。一种方式优于另一种，只能在具体运用时体现出来。第二人称叙事视角，当然不是潘军首创，但潘军似乎很偏爱这种方式。……还应该提到的一个短篇是《溪上桥》。这篇小说写一个将军独自回到阔别五十多年的故乡的故事。小说在短短的篇幅里以第三人称叙事和人物回忆及内心独白交替使用的方式，将过去与现在编织成一幅意味深长的图案。几种叙事视角的交替出现。再加上那富有韵味的叙述语言，使这篇小说成为潘军小说中的上乘之作，在整个当代短篇小说中，也可列入优秀者之列。"

王彬彬评价道："在作品里，他藏起了这种理解和阐释。他的小说的叙事者，总是一个感受的人而不是一个解释的人。他极少议论、分析、说教。他总是力求叙述出那样一种心绪，一种氛围。《初雪》《红门》《溪上桥》等短篇都有一种很耐品味的心绪和氛围。潘军写小说很善于省略。他总是略去许多东西，而留下许多空白。短篇小说的创作艺术，某种意义上，也就是省略的艺术。潘军曾有学画的经历，也许，他从中国画和中国的书法艺术里，获得过不少教益。空白意识、写意而不写义，这都是与中国的绘画和书法艺术相通的。"

同日，李运抟的《走向实证的艺术世界——也论新写实小说》发表于《小说评论》第3期。李运抟认为："新写实小说的整体结构，或说是从形式到意味的整体形态,我把它概括为一种'实证的艺术'构成。"而"实证艺术"指"以读者可以经验到的现实性厚重的艺术具象,来说明作家对特定现实景观的观察、理解与看法"。从"写什么"来看,新写实写的是"具有普遍性的生存尴尬与人生困窘,来证实了它们的立足此岸";从"怎么写"来看,"新写实小说的艺术形式,采取了一种可谓形而下的结构,即以具体、精细的实写画面来构置'材料'";从"价值判断的历史态度"来看,"新写实小说的价值判断成为实证性非常厚重的精神选择——它们以历史的存在与本在的关系的昭示和分析,来有力地证明了自己识别事物的言之有据道之有因"。因此,关于新写实小说,"抽象些说,这是以'历史'来证明'美学',以'现实'来支撑'艺术',并由此企达两者的融合"。

阎建滨的《小说还原:当代文学的又一次本体复归现象》发表于同期《小说评论》。阎建滨认为:"在作家的主体与生活的客体之间,改革写实派主张深入生活、到人民群众中去捕捉创作的源泉,强调主体对客体的真实反映、提炼和加工,同时又强调主体受客体的制约,主体对客体的反映仅停留在单向的反映上。主体与客体的本质游离和主体意识的不自觉,使他们的作品多呈生活表层现象。"然而,"寻根小说群所积极倡导的文化寻根与自然寻根活动,尽管有某些自恋与怀旧的成分,但在当代文学本体复归的进程中确实提出了'深度'问题。它对文学本体的思考是深层次的,在文化意义上加深了对现实生活的认知,从而打破了单一的时间坐标和史诗意识,增进了空间坐标和文化意识。尽管这样,寻根小说群仍在文学本体复归上存在着观念悬浮性"。阎建滨还强调,"先锋小说群对文学本体复归所做的贡献与偏颇同样重要突出。……他们终于在长期的内容与形式的二元分立中,最先实现了二元一体论。尤其他们所进行的包含内容的形式革命,对当代文学本体是一次强大的冲击。……先锋小说在形式革命的同时,的确改变了寻根小说的怀旧病和原始返祖潮流,向前看立足于当代最新潮流,排斥寻根的原始母题,从'深度'的沉重感中走向现代人的一无所有,使先锋小说更注重把人们的眼光拉向现代人生和变革时代的心态,强调揭示人(尤其是都市人)的现代生存焦灼、孤独与冷漠。……但是,遗憾的是,先锋小说在反对寻根的观念悬浮性的同时自己也陷入了另一种观念悬浮性,在先锋小说中严重的超前性与自我膨胀和虚无感，以及所刻意追求的反传统、反文明、反文化主义，仍然使文学自觉不自觉地承载着过重的现代文化启蒙"。

周德生的《文体：作家认知图式的外在构成——李国文小说文体形态论》发表于同期《小说评论》。周德生认为，"作家的认知图式始终是个流动的活体"，而"小说的文体形式则是这一活体流程合成孕育的语言物化体，即作家用语言外化定型的主体审美认知图式。一切优秀的小说，其文体都必然包含着创作主体的个性、情感和思维方式等内在结构要素"，据此思路，周德生对李国文小说的多重世界进行了"结构形态的分类"，并将其小说的内在结构大致分为"性格情节化结构形态""心理生活化结构形态"和"心态象征化结构形态"三种类型。

周迪荪的《论小说的韵味》发表于同期《小说评论》。周迪荪认为，"由小说艺术运用它的'叙说'手段完成小说形象建构而生成的一种独特的'小说的韵味'，就是小说艺术本体的总体性审美特征"。从"文体感"来看，小说"拥有'叙说'这种独特的审美表达工具和手段"，"叙述语言的灵巧运用，则不仅使它无论在叙事、状物或写人方面都能最充分地、无微不至地展现生活的一切领域、一切层面和一切细部而真正构成'全方位'的生活图景，而且在生活的纵向的时间连续和横向的空间延伸上，也能不受任何束缚而享有充分的自由"。从"形象化"来看，小说"形成了小说艺术的一种特殊的审美品格——小说形象（及其系列）的原始形态化特征"，"主要表现为它较之其他文学艺术样式在再现生活情状时最少地作'净化'处理而尽可能保持和接近生活的原生状态"。从"情绪化"来看，小说通过"形象底蕴情绪化"的手段来完成和创造"小说的韵味"，而"形象的底蕴"则是"作者熔铸在形象里的主观思想、情感和意向"。从"情趣化"来看，小说依靠"有趣味的叙说"创造"韵味"，所谓"有趣味的叙说"，就是小说叙说的"情趣化"，"这是小说艺术的一种极其独特的审美品格，是生成'小说式'的艺术魅力的一种极为重要的基因和条件"。

24日 王元骧的《文学与语言》发表于《文艺理论与批评》第3期。王元骧认为："在我们看来，语言在文学作品中的审美价值主要不是因它自身，而首先由于它生动地传达了一定的意象和意蕴而产生的。我们肯定'形式论'在纠正'再现论'和'表现论'在忽视传达环节方面的偏颇、引导读者从对语言符号的'破译'入手来对作品进行把握所作的贡献；但是由于他们片面地强调语言的自主功能，排斥语言的媒介功能，从而根本上否定了从社会学、文化学乃至心理学的视角来对文学进行研究的重要性，错误地把这些都归属到与文学研究完全无关的逻辑学研究领域。这就割断了文学与社会生活的血肉联系，使它陷入到比'再现论'和'表现论'更大的片面性之中。即使仅仅就文学语言研究而论，按照这样的指导思想，也是难以得到真正科学的结论的。"

25日 樊星的《人生之迷——叶兆言小说论（1985—1989）》发表于《当代作家评论》第3期。樊星认为，叶兆言根据其创作谈《最后的小说》确立了其"重新获得读者"的创作方向。樊星指出："以'重新获得读者'为旨归的小说似乎是对我们素所理解的思想意义的消解，同时又是在展示人生的沧桑感和人生之谜方面回归了'文学为人生'的伟大传统，看来，'重新获得读者'并不意味着必然'媚俗'。"

康序、陈颖灵的《此侠只应中华有——谈金庸武侠小说〈天龙八部〉主人公段誉》发表于同期《当代作家评论》。康序、陈颖灵认为："从段誉身上，集中凝聚了中国男性的审美资质，为中国真正的雅文学与俗文学的形象塑造开辟了坦途。"

吴秉杰的《当前长篇创作的分类与述评》发表于同期《当代作家评论》。吴秉杰将长篇小说创作分为四类：一是"我—你"艺术视角，"相当数量的长篇作品所采用的主体观点仍然是一种道德的观点"；二是"我—我们"艺术视角，"创作的兴趣从个人道德的评价转向了广泛的社会问题"；三是具有多重艺术视角的"具有个别性或探索性的作品"，"这些长篇都突出了主体的探索，而且是由于它们探索的方向不同于现实主义的创作"；四是"我—我们创造的前提"艺术视角。

吴义勤、季进的《超越：在复归中完成——一九八九年小说创作鸟瞰》发表于同期《当代作家评论》。吴义勤、季进认为，1989年的小说创作完成了几种"超越"："一是现实主义摆脱了前些年由于现实主义被异化而导致的被背弃的尴尬境地，在1989年获得全面复归，复归与深化的现实主义显然超越了传统意义上的现实主义；二是先锋派在窘境中向现实主义复归，在汲取其琼浆益以壮大自己稚嫩生命的同时，实现了质的超越。双方的超越催生了，或者说融会成一种新的文学思潮——'新写实主义'。"

晓华的《〈死水〉迟评》发表于同期《当代作家评论》。晓华认为，叶兆言的《死水》主人公徒汉新"是个新时期文学人物画廊中少见的典型"，并且"以此暗示了一种新型的青年叛逆文化的诞生"。同时他指出，"《死水》从审美形式上讲大有中国古典话语的诗意"。

六月

5日 储福金的《关于"中国形式"的问答》发表于《上海文学》第6期。储福金认为："中国文学的好的作品应该能代表'中国形式'。……我所说的'中国形式'，乃是对中国文学发展的一种断想，它从民族文化的根上发展起来，吸收着各种新生活新文化的养料，它并非是封闭的民族形式，并非重复旧的人生内容和观念。"在他看来，"想有作为的作家，不要热衷于卷入什么文学潮头，文学是个体的，当一个作家在刻意追求成为自己的时候，在他有意识接受和模仿什么的时候，乃是他不成熟的阶段"。

季红真的《形式的意义——论"寻根后"小说》发表于同期《上海文学》。季红真指出："实验小说家们对形式感的强调，实际上是对精神生存方式的强调，是对主体全部认知能力及其形式独特性的强调。由于对小说形式感的这种理解，事实上是把生存的精神本体与小说文体的形式整合到了一起，两者之间获得了最大限度的同构设计。"因此，"形式不再仅仅是与内容二分的对应范畴，而且还是与创作主体的精神形式相对应。这一点使他们不再拘泥于叙事学层面来解决形式问题，而是从精神存在的形式入手，解决小说的形式问题。因为，他们所谓的形式，是一个高于技术，首先关涉到主体思维方式的问题。也是一个世界观的问题，对世界的整体看法，理解认知世界的方式，决定着他们小说的形式建构。这一点决定了他们创作中浓厚的理性倾向"。另外，"在实验小说家熟练运用的这几种形式中，一个共同的效果，就是小说中的时空形式带有了明显的哲学意味。不仅时间的连续性与空间的广延性，在他们的作品中都体现为漫无边际的心理流程与场景的随意转换。而且，生命的物质过程与叙事的组织过程,都容纳在多维的时空结构中"。

吴方的《"写实"谈丛》发表于同期《上海文学》。吴方指出,"写实,表示小说对世界的一种陈述方式。说俗白,看这类小说的描述生活,有兴趣没兴趣,觉到好不好,无非思量着'象不象那么回事'……'象那么回事'还应含有几层意思:一、事情、事实作为被经验的对象而虚构;二、它们在一定的叙述方式中被显现出来,不仅涉及'有形生存',而且涉及其或明或暗的实在性、结构、价值、目的;三、叙述以及阅读的意义"。而在吴方看来,"写实的逃避'做作',不能不从减少'讲'的欲望和主观支配方面入手,以增益写实的可靠性程度。……不妨把'真与俗'视为写实的基本范畴。……这样,真实已不仅意味感觉、经验上的真实,而且由现象转为本质,体现为对存在、历史、人与世界、人与自我的反思,其实也就是在进入具体、内在的生活事象时,探求着'何以如此何以不如此''从何处来向何处去'的意义问题、价值关怀问题"。

15日 费振钟的《关于世俗的概念——小说写实之一种》发表于《文论月刊》第6期。费振钟指出:"从根本上说,小说艺术不是精神性的,而是世俗性的。我们之所以需要进入精神世界,是为了获得灵智的启示,然而这绝不意味着要舍弃世俗生活,相反则是要通过灵智的启示,去更好更清醒地经验世俗生活。越过世俗生活,进逼精神的极地,目的恰恰为了返身于世俗生活。……回到世俗,寻求与世俗精神的认同。在此,我将它引述为:小说写实之一种。"

马振方的《象征小说形态刍议》发表于同期《文论月刊》。马振方指出:"如果把小说形态分为拟实与表意两类,把表意小说分为写意型与寓意型,把寓意小说分为显示的与暗示的,那么,无论是象征还是隐喻,都在暗示性寓意之列。这就是说,作为两种小说形态,象征式与隐喻式具有三个层次的共性,因而存在许多相同相似之处,容易混淆。但两者毕竟是不同的艺术形态,各有自己的品格特点和历史渊源。"

马振方认为:"如下两个特点与象征形态的艺术品格还是相似或相关的,对了解象征与隐喻的区别很有价值:其一,以具体的(物)表示抽象的(意),以有形表示无形;其二,充作象征体的'物'与其代表的'意'之间没有自然的和必然的联系,只有人为约定的对应关系。……象征的艺术品格归根到底是由其表现对象即所寓之意的范畴、性质——高度抽象性与概括性所决定的。……当然，象征与隐喻的形态区别不止于此，但其它区别都与上述两点密切相关，也可以说都是由两者决定的和派生的。"

张东焱的《铁凝小说新素质论》发表于同期《文论月刊》。张东焱指出："铁凝的近期小说，不是经验的艺术，而是体验的艺术。……她的小说中的象征有着鲜明的个性。它不是属于技巧范畴，而是作家对人生和世界的一种新的独特的感应方式，也是现实对艺术的一种选择的结果。……铁凝的近作，无论是长篇、中篇还是短篇，都有一个共同的特点，即能将形象性的艺术与抽象性的思想观念相沟通相融汇，它是两种思维形式的合力创造。……铁凝小说近作的神秘感不光来自于作品中诸如'豁口''太阳'等具象的寄托物，更来自于她'在叙述整体上广阔的象征'情味上。而这种叙述整体上的象征，依我们的理解就是玛丽·罗伯格所指的'文学作品的上下文中创造的象征'。一句话，'第二项'的发现，是铁凝新作神秘感形成的重要条件。"

另外，"'阅读距离'是她的作品神秘感产生的奥秘之一"。张东焱在文中分别谈到了铁凝小说中的"时空距离"和"心理距离"，并认为："铁凝小说更深层的'心理距离'，是从作品中透发出来的独异的情感体验。……铁凝小说中流溢出来的孤独意味，常常使大众读者不太认同，感到陌生。……铁凝近作所表现出来的孤独感，不是空虚感。它是以对社会、人生的挚爱为前提的。"

张东焱总结道："铁凝前期小说是经验的艺术，近期作品则是体验的艺术。前者只在意识表层隔着一层帷幕去描绘，后者则直接穿透这层帷幕而与人的生命、生存的永恒瞬间相接通。这瞬间的把握与表现，不仅没有使心理形象增强透明度，反而使它们平添了神秘朦胧的色泽。首先，铁凝的小说略过了人的外在性格行为，把焦距对准人的心路历程，描抹瞬间闪现的情绪和意会。……其次，铁凝的'瞬间'不光是连续不断的生命流中重要的'环链'，同时还往往与思想和'背景'结合为一体。……第三，铁凝的'瞬间'，并没有摒除对人的潜意识、隐意识的表现与刻画。"张东焱进一步指出："铁凝的'瞬间'，包括幻觉、梦境、潜意识描写等等，它们在本质上是作家显意识赋予的，但并不一定全是清醒的逻辑理性意识。"

周政保的《小说的意义：作品与阅读——兼涉长篇小说〈狂欲〉》发表于同期《文论月刊》。周政保认为："小说的意义，必须在进入社会阅读之后才可能实现；反之，任何小说都不可能产生意义。……只有阅读的过程才可能实现作品的意义——倘若读者的感觉（或文学感受能力及其理解可能性）偏离了正常的审美轨道，那作品的意义也就可能被扭曲、被损害、被牵至远离作者初衷的方向。"周政保强调："当我们阅读一部被称为小说的文学作品的时候，首先应该意识到的是：你的对象是一种审美的精神产品……我读了《狂欲》之后，所留下的第一艺术印象是——这是一则结构不甚严密的长篇寓言，也可以说，这部小说具备一种隐隐约约的寓言倾向。……我觉得，这就是《狂欲》这则'长篇寓言'所隐含的意义——特别是，作品的描写之于其中贯突的'狂欲'，所融入的批判态度是可感可触的。也正是从这一意义上说，小说并没有从根本上迷失自己的描写与表现，以及这种描写与表现所寻觅的整体思情走向。……我的这篇短文是因《狂欲》而萌生的：我再一次感到了阅读的重要：阅读是第一性的、作品是第二性的，这种说法绝非毫无根据的妄论——正因为如此，我们更应该以可靠的方式阅读小说，从而避免对于小说意义的高估或低估（或偏离）。"

23日 程代熙的《不能说革命暴力是违反人性的——与〈文艺报〉"暴力是反人性的"座谈会报道的某些观点一辩》发表于《文艺报》。程代熙认为："革命暴力体现了新的社会生产力的发展要求，甚至它本身就是新的社会制度的助产士。因此，革命暴力，革命的和反抗侵略和压迫的正义战争，还是推动社会发展和加速人民群众思想觉悟的推动力。"

本季

何镇邦的《独特的艺术视角　多样的艺术探求——谈毕四海的长篇小说创作》发表于《文学评论家》第3期。何镇邦评价道："从两部长篇小说创作路数和文体的变化来看，毕四海在小说艺术上并不安分。两部作品有不同的写法，也有不同的艺术风貌。《风流少东》用的是史笔，且有不少地方近于纪实。由于作者在史的铺叙中穿插了不少传说、逸闻、风俗描写和风流韵事的点缀，使作品显得文笔清丽，可读性颇强，但缺少那种凝重的史笔和厚重的历史感。加之，作者以散文的笔法写小说，作者在叙述中感情的介入相当明显，这虽然可以增加作品的散文美质和诗意，但却缺乏史诗的气度。……《皮狐子路》的写法同《风流少东》有所不同，它除了用了些写实的笔法外，更多的是用浪漫的笔调，作者在描述故事、刻画人物形象中，溶进了更强烈的感情色彩，因此这部作品似显得更绚丽多彩，也更富于诗意，更加明显地烙上了作家艺术个性的印记。这一点当然是值得肯定的。但是，……如果作家过多地把主观感情介入客观事物的描述中，将会影响到对社会、对客观事物冷静的有深度的剖析揭示，也就影响到作品的思想深度。"

刘克宽的《新时期小说的"召唤结构"》发表于同期《文学评论家》。刘克宽指出："我们在研究新时期小说创作'召唤结构'的时候，明显地看到，从古代美学传统中吸取营养而建构小说新体式的创作思潮已成为不可忽视的文学现象。一段时期内在小说创作中曾出现的返顾文化传统的倾向，并不能单纯地视为作家们的怀旧思古之举，其实质乃是在于他们发现了传统文化中有积极意义的观照、理解、表现世界的美学因素。……随着小说审美的特点由结果转向过程，语言也开始从单纯的传输工具逐渐向审美目的转化。作为信息传达的符号，它越来越受到作家的重视，换一个角度说，新时期小说在语言意识上的强化。已成为小说形式强化的重要标志。作家们采取种种手段来挖掘语言自身的审美召唤力，以图把读者在情节故事阶段性转化中追踪结果的循因果式的审美欲望吸引到语言建构所带来的隐喻过程之中。这主要表现为如下两个方面：一、开始把语言视为召唤读者的关键因素，以其符号的多功能指向及组合形式把文学升华到了不仅是表达思想的工具，似乎也是一种目的的创作境界。二、新时期小说语言召唤力的又一趋向，是强化语言自身的信息功能。加强能指性而淡化所指意象，使之由线型和面型语言（以语义信息功能为主）向场型语言（以审美信息为主）转化，以言语符号创造假定性隐喻体系：丰富本文的潜在内涵，从而为读者的再创造留下充分余地。文学史的发展告诉我们，只有阅读活动才能赋予作品以现实的生命，正是从这种主义上我们认为本文的'召唤结构'决定着作品的生命力。"

江曾培的《文艺家要去寻找、表现他们——〈寻找奉献者〉读后》发表于《小说界》第3期。江曾培认为："按照人物自身发展规律去描写具有复杂性格的人，是现实主义深化的一种表现，应予肯定。但是，描写人物性格的复杂性，不能意味着否定毫无自私自利之心的'纯粹的人'的存在。……《寻找奉献者》正是在这里显示文艺作品的巨大教育、感染作用。那种认为描写先进人物、英雄人物的作品，总是干巴巴的，冷冰冰的，打不动读者的，不为读者欢迎的，不仅亵渎了英雄人物的人格力量，也低估了广大读者的精神境界。愿我们的文艺家，热情地塑造更多的无私奉献者的形象，以激励鼓舞人民。"

七月

1日 徐岱的《小说的艺术滋味》发表于《现代作家》第7期。徐岱表示："在我看来，小说中的'滋味'并非一个单纯的存在，事实上它包含着不同的方面，具体讲也就是趣味、风味和意味。当然，一部真正伟大的小说常常以其雄浑的气度与博大的构架而具有一种全能优势，能将这三'味'集于一体，而决非只是单项冠军。但在比较的意义上，不同作品之间于这三种味有不同侧重这也是事实。"徐岱指出："我们对小说滋味的生成机制的透视，完全以聚焦于这三种审美效应所对应的主体心理机制，说得再明确些，也就是研究人的内在需要在小说这种艺术样式中的审美投射。"

徐岱认为："小说滋味三大基本形态的生成基础，具体讲，也就是巧、奇、新，它们分别对应着小说滋味的趣味性、风味性和意味性。……'巧'是有效地激发起趣味性的一个核心机制。需要再加以补充的是，在小说中这具体又表现在语言层和故事层两个方面，分别构成叙述趣味与结构趣味。……一般说来，风味总是针对小说的题材方面。……小说中的风味来自于小说家对各种人情世故的选取与提炼。……至于对'新'的要求乃是因为小说毕竟是一门艺术，小说中的语言作为普通语言的一种审美功能变体，是一种感觉系统而非抽象代码系统。这从深度上限制了小说对意义的把握，使其无法象科学著作那样，通过符号的抽象性与概念化而抵达人类思辨王国的最深处。而只能以其感性化的形态通过对感性现象的捕捉，将人类在把握意义时所产生的那种心理体验真切地传达出来。……这是艺术思想区别于科学思想之处，因而'意味'作为小说中艺术思想的一种反映,它的价值也不在于深度而在于新鲜,因为这是小说家自己以其全部的主观性对生活作出的独特的发现。"

同日,刘纳的《关于短篇小说》发表于《作家》第7期。刘纳认为:"在中国古代,在小说的各种文体形式之间,不但形成了各自不同的固定的格式,在内容和格调方面也有相应的分野。文言小说与白话小说竟使用同一民族的差别很大的两种语言。透过语言的表层,我们能看到其审美方式上的巨大差异。与本文有关的是:文言小说的传奇体、笔记体极少长篇作品,而白话小说的主要成就则体现于长篇章回体。白话短篇小说——话本与笔记体的文言小说尤其拉开了很大的距离。后者融进了中国古典诗文特有的素质,而话本小说尽管特别喜欢引诗词作引子,那却是明显地游离于作品整体构思之外的,注意到这一点,有助于讨论今天的文学现象。"

5日 李运抟的《入乎其内与出乎其外——略论当代小说的平民意识及其他》发表于《山花》第7期。李运抟认为,平民意识表现在"新时期小说中主要集中在'为民代言'的意向上,表现了作家关注民生、体恤民情和尊重民意的审美之平民意识"。

翟大炳的《故事功能与故事圈套——对新时期小说中"故事"的思考》发表于同期《山花》。翟大炳认为:"小说所以要有一个好的故事,是因为它环环相扣,悬念迭起而使读者像磁针被磁石吸引,但这又并不是作家的最终目的。在作家看,故事仅是社会的、哲学的、美学的,或者说是文化的载体。作家总是希望,甚至祈求读者能透过这些载体看出或感悟到其后面的深刻意义。"

翟大炳还指出,王朔在《蝴蝶》中"通过打断传统故事中的线性叙述办法促使人们停下来不断地想一想,在这些故事背后是否有什么值得我们认真思索的地方"。而《白色鸟》"这类小说之能够使读者进入沉思的境地,不仅是由于它一再打断常见的故事线性发展,而在于这些小说有着符号象征意义。……尽管这类小说情节被淡化了,但却留给了人们更多的思索与批判的机会,它的优点也就在此"。另外,马原的小说《冈底斯的诱惑》中"也有曲折动人的情节构成的故事,但马原却是把它作为吸引读者并由此进入作品更深底蕴的一种'圈套'。他写的有关西藏故事不是为了迎合读者的猎奇胃口,而是希望人们从中看到由于西藏独特的自然环境和特殊的文化传统所形成的生存状态和心态以及现实中的走向"。

此外，翟大炳还指出，"新潮小说"（或曰"实验小说""先锋小说"）如史铁生和孙甘露的小说，"故事由于不具有日常生活的形态，读者实无法与之接近，虽经评论家再三阐释它的深刻意蕴和艺术上的创新，但究因这些小说无法起到故事功能的作用，它小说中的故事就形同虚设"。而王朔的小说"在情节安排方面，它走的是传统的路子，而且具有通俗文学的外壳，但作品的内涵却耐人寻味。它是可读性与文学性的结合。在他的作品中已无法明显地看出'故事功能'与'故事圈套'的截然区别，两者已融为一体了"。

7日 文美惠的《继承·追求·尝试——当代英国小说创作的一些动向》发表于《文艺报》。文美惠认为："首先，曾经在英国小说发展中起过重要作用的、以乔伊斯和伍尔芙等作家为首的现代派试验小说，到了二次大战以后，影响已大大缩小。……其次，当代社会的种种复杂矛盾，更大程度地引起了作家的关注，并以不同方式在他们的创作中得到反映。……第三，当代小说家在继承狄更斯、菲尔丁、奥斯丁的优秀传统时，不是简单地模仿和重复，而是从20世纪现代人的思想和经历出发，进行探索和创新，寻求适合现代人理解和欣赏的表现方式。……第四，不少小说家随着作品表现的社会内容加强，采取了更易于为读者接受的通俗小说形式。"

15日 方克强的《方克强的文学人类学批评（三）——我国古典小说中原型意象》发表于《文艺争鸣》第4期。方克强认为，"对小说而言，最基本的结构单位是人物，最重要的是人物行为以及人与人关系连缀的情节。小说虽也状物写景，但一般是为交代环境、塑造人物和运转情节服务的，并不具有独立的分析价值和意义。然而，小说与诗歌又有互相打通的一面。不少现代小说挪移诗歌的象征手法，创造出一系列意象"，但是，"我国古典小说中的意象与此又有所不同。它们往往不是象征手法的产物，而是神话思维的结晶。按照意象的形态特征，可以将其分成两类。一类是人物意象，如孙悟空、贾宝玉、宋江等，他们既是性格丰满的人物，又是某种自然物如石、玉、星的意象。另一类是神物意象，如《红楼梦》中的'风月宝鉴'、《水浒传》中的'天书'等，它们不是人与物的互渗，而是神与物的互渗，具有某种神性和神秘色彩"，因此，"对古典小说中那些重复出现的幻想性意象进行原型分析，将会呈示出一个广泛的神秘性的意识体系，它包括着自然崇拜、图腾崇拜、灵魂崇拜和神性崇拜在内的原始崇拜及其遗存形式"。

同日，陈思和的《自然主义与生存意识——对新写实小说的一个解释》发表于《钟山》第4期。陈思和比较了新写实小说中体现出的生存意识和自然主义文学的异同，并指出，"'新写实'应该具备两个特点，一是属于写实主义的作品，二是必须有'新'意"。总结了"新写实"的三个创作特征，"一，还原生活本相，在艺术创作中提供一个现实生活的'纯态事实'，二，不回避现实生活中凡俗场景的描写，用艺术画面展出大量污卑，肮脏，不堪入目但闪烁着血灿灿真实光焰的细节，三，用科学主义的写作态度，也即是用你老兄的话说，是'从情感的零度开始写作'"。

汪政、晓华的《"新写实"的真正意义——对一些基本事实的回溯》发表于同期《钟山》。汪政和晓华在文中肯定了"新写实"发展的重任是"把中国文学从无力写实的状态中解放出来"。

17日 东亮的《应该有这种笔记体》发表于《作品与争鸣》第7期。东亮认为："像林语堂式的当年曾刊载于《论语》的幽默小品，自新中国建立后似乎便与读者告别，不再见于文坛，因而，贾平凹的《笑口常开》的推出，应说弥补了一项'空白'！"

董晓宇的《对女性人格缺陷的深刻自省——谈〈秋之暮〉对女性文学的补充》发表于同期《作品与争鸣》。董晓宇认为："叶文玲的深刻之处也就在这里，她将女性的命运悲剧转化为女性的性格悲剧，将对社会环境的观照转入对女性性格内在缺陷的发掘。……这正是对新时期女性文学必要和有益的补充。"

黄村仁的《离奇与离谱——读〈雾锁山村〉》发表于同期《作品与争鸣》。黄村仁认为，"作品要反映生活的真实，自然不能照搬，不是照相，艺术手法也尽可以千变万化，但万变都不能脱离其宗，这个'宗'，就是事之常理，……在写什么和怎样写的问题上，应该紧紧把握住一个根本出发点：看是否有利于挖掘和表现生活中的美"。

20日 马养奇的《论小说审美体验》发表于《小说评论》第4期。马养奇认为，"艺术的本质决非是对现实事物本身的再现，其实是人在其审美体验中对现实的'再生'"，"一篇作品的成败，完全取决于作者的审美情趣，有没有自己的新鲜思想"，因此，"作家应该要求自己的作品成为当代完整的历史"。

孙先科的《典型观的拓展与艺术的多样化》发表于同期《小说评论》。孙先科认为，"性格化与典型化是人类对文学艺术一种合规律的认识，……新时期小说在性格化与典型化审美层次上的认同，标志着现实主义文学传统的真正回归"，同时，孙先科也否认"审美化的途径仅典型化一条"，并提出："八〇年以后，一场并不以否定典型化为前提的，艺术多样化的探索潮流开始涌动，并最终导致了多种审美化途径的开辟和小说模式集群的建立。"

25日 李扬的《〈习惯死亡〉叙事批评》发表于《当代作家评论》第4期。李扬认为，在《习惯死亡》中，"作者违背了既定的叙述态度却又无意中展现了当代知识分子的真正的心态；小说处处显示着先锋小说姿态却又处处流露着传统技巧留给作者的痕迹"。

谢海泉的《我看"新写实小说"——读书思考札记》发表于同期《当代作家评论》。谢海泉认为，"'新写实小说'作为一个发展中的事物，它尚处于'暂名'阶段"，时下理论界对"新写实小说"特征的判断通常是"援引某些个作品的某些个方面来作例证，而所谓总体特征也就如此这般地排组合成"，于是会有"当我们指着甲特征而要求乙类作品来作说明时，常会感到'圆凿方枘'似的难以'接榫'"的现象。因此，他根据韦勒克的《文学理论》提出，"把某个单篇当作一个种类里的一个实例来援证时，不能忘记它更应该和其它作品一起相辅相成或相反相成地释放意义，它们在本质上可以说不仅是以其本身而且是相互匹配着、调适着来'修饰'整体面貌的。所以有时不一定要把反例或同例中的异质成份看成是相互对峙来证伪的"，并表示自己"内心里是倾向于浜田正秀所倡导的'认识的三角法'"。

张德祥的《"新现实主义"的美学追求》发表于同期《当代作家评论》。张德祥认为，"中国当代文学价值观演进的历史逻辑决定了文学价值观必须纠偏整合"，而"'新现实主义'文学的价值观应当是一种整合的选择"，并指出"新现实主义"文学的价值观"是中国当代文学自身发展过程中产生的一种体现价值整合与审美综合要求的精神,即文学的'主体性'与社会历史价值取向相统一,各种新的审美意识和艺术手段与文学的现实主义精神相统一的精神"。

29日 刘白羽的《穆斯林诗魂》发表于《光明日报》。刘白羽指出:"我读《穆斯林的葬礼》,实为多年来难得的艺术享受。当然,从美学的完美之境这一高度来考察,全书也非无不足之处。我相信作者的才华与意志是能够承受这种过苛的要求的。王国维有隔与不隔之说。梁君璧之风云叱咤,韩子奇之愁肠百结,都衬托新月,净化主题,至新月之死,大有'风雨如晦,鸡鸣不已'之势,她盼望着天明,她在天明时死去,这是人世间多么大的悲痛呀!这些都丝丝入扣,不隔;但韩子奇在伦敦,楚雁潮突然而来的爱情,由于铺垫不够,过分突兀,从而不能出神入化,精韧至微,则隔矣。当然从全局之矫捷,大可不计片断之平弱,但有一点是否值得推敲?作者精心筹划,独树一帜,以今昔对比结构全书,有如两条河流相溶相会,相彰相衬,其妙无穷。但是不是创作了结构,又受到结构之局限呢?前面说到完美,完美当然是美学的很高的准则。"

八月

1日 胡宗健的《何立伟小说形式评估》发表于《作家》第8期。胡宗健指出:"何立伟也是一个矛盾的综合体。他的小说的文体可能是最不简洁的,但又有着无可比拟的简洁;他的语言是最迂腐的,但又是最新颖独创的;他是当代作家中无与类比的感伤主义者,但又是最有生气的作家之一;他崇尚形式,有相应的形式主义的主张,但在实际上,他却极少走向极端的形式主义。诚然,何立伟在对小说艺术形式的追求与思想内容的拓探扩展之间是不那么平衡的。……何立伟是一位非常重视艺术形式、刻意进行艺术劳动和勇于创新的青年作家,他的艺术感觉极好,艺术想象力极强,他在小说模式、艺术结构、语言文体、意象物象上的刻意求工,丰富了当代小说艺术的表现手段。"不过,"他必须辩证地看到他对形式的过于讲究而伴生着的形式主义之嫌。他必须反身自问:形式的纷纭,是产生了深厚的表现力还是矫情做作的副作用?形式的更替,是否体现为观念发展的必然性,是否体现为剥离内容和淡化内容的局限性?形式的精致，是否表现为精神的虚脱和疲惫？而且，小说本身的空间形式也总有疲惫的时候。随着这类大胆切割的小说形式在何立伟的名下不尽地催生繁衍，随着这种空间形式的新鲜感一旦消失，也会形成新的概念模式和新的单调划一，进而丧失原有的形式美感，出现艺术创造力的老化和钝化"。

5日　《山花》第8期刊有《卷首漫语》。编者写道："中篇纪实小说《凯蒂·优顿：我的德国朋友》……以第一人称叙事，以郁达夫式的独白表达了对爱情与友谊，战争与和平，文化传统与国民特性的感受、思索与看法。"

同日，段崇轩的《田中禾和他的"人性世界"》发表于《上海文学》第8期。段崇轩认为："'重返家园'，改良人性。这是贯穿在田中禾所有小说中的一个明显的思想情感倾向，并因此而拨动了人们的心弦。"

费振钟的《分离的价值——范小青近期小说论》发表于同期《上海文学》。费振钟指出："当代小说对人的表现，曾经通过强化这种人与现实的二元性来把握世界的精神形式，这类作品的'人本'主题也是建立在对精神的人发现上面的。然而，范小青小说却没有人的生存痛苦，也看不到人对现实的抗争，人对现实的情绪消失在一片平静里面。"

李其纲的《作为审美范畴的"尴尬"——叶兆言小说论》发表于同期《上海文学》。李其纲认为："在叶兆言的小说中也存在着这样一个支点，那就是诉诸'尴尬'之中的对于人、对于文化、对于历史的审美沉思。"

15日　龚曙光的《先锋欲何往——论近年小说语言实验的文化指向》发表于《文艺理论家》第3期。龚曙光指出："当寻根以及其它派别的实验小说家企图在小说中重建神话时，他们实际上已将自己小说的精神吸管，探入了民族传统的最深的泉眼。这吸管便是小说语言。因为，就本质而言，神话是一种转瞬即逝的一重化精神体验，只能由体验者独自享有。不论是对瞬息神还是人格神的体验，对现代作家来说都是难以用规范的白话进行模拟的。它那独特的时空感所呼唤的，是一种与之相吻合的思维符号，而这种符号恰恰是五四白话所抛弃了的。因而，对于实验小说家来说，重构现代神话最困难的便是对这种可以捕捉和物化其神话体验，并使之由瞬息变为永恒的语言方式的寻找。"

龚曙光还指出："与神话重建相伴随的，是原型意象在小说语言中的复活。……如《伏羲伏羲》中的伏羲，《小鲍庄》中的洪水，《往前往后》中的太阳堡，《古典爱情》中的闺楼，《鲜血梅花》中的游侠，《冬天与夏天的区别》中的季令等等，它们在小说中都载负着某种人类或民族共同的审美体验和典型的人生情境，唤起了接受主体对某种集体无意识的感知，构成了当代心灵与文化传统的精神共振。……实验小说语言的原型复活，导源于当代与过去某一时代的精神，道德、理想以及内在情调的类似。也就是说，小说语言的原型化，其目的就在于接通两个时代之间精神对话的感性线路。因此，原型意象的复活，使实验小说获得的不仅仅是一种幽古典雅的文体风格，而且是一种将传统引入文本、并与创作主体和接受主体进行精神对话的可能性。……实验小说家的这种语言实验，正是为了使语言结构在时空本质上表现出人物的想象方式和心理状态。……实验小说的这种语言趋势，就本质而言，是五四白话语言文化适应的内在必然，甚至可以说在某种意义上这是白话小说语言即将步入成熟期的一种先兆。"

龚曙光表示："近年来的实验小说，分明已或多或少地获得了这种福克纳式的传统感。他们的语言实验，是为接通当代人与传统对话的感性线路所进行的一种语言努力。他们期望通过对话以激活那些在人类或民族历史中带有永恒意义的精神传统并将它们导入当代文化结构。或许应该说，他们的语言实验，已经在构成与传统的某种对话，某些传统主题正在他们的小说中获得一种当代性价值。"

18日 冰心的《〈穆斯林的葬礼〉外文版序》发表于《文艺报》。冰心表示："看了《穆斯林的葬礼》这本书，就如同走进一个完全新奇的世界。书里每一个细节，我都很'陌生'，只有书中小主人公新月，在北京大学生活的那一段，因为北京大学的校园，就是燕京大学的故址，我对燕大校园的湖光塔影，还是熟悉而且有极其浓厚的感情的。回来再讲这本小说，我觉得它是现代中国百花齐放的文坛上的一朵异卉奇花，挺然独立。它以独特的情节和风格，引起了'轰动的效应'，这'效应'之广之深，大家知道得比我还多，我就不必细说了！……虽然里面有些删节，我对此还是十分欢喜。我愿意全世界的读者都知道在中华人民共和国的五十六个民族之中，有十个民族是穆斯林，而且在中国十亿人民之中，就有一位年轻的回族的女作家，她用汉文写出了一本极富中国性格的、回族人民的生活故事。关于这本小说，在中国的言论和评价，真是'多得不得了，好得不得了'。我们中国有一句古谚，说'百闻不如一见'，亦愿海外的朋友们，都来读一读这本中国回族女作家写的奇书！"

23日　冯骥才的《小小说世界导游》发表于《文学报》。冯骥才指出："中国的诗歌散文出现在前，小小说出现在后，小小说受诗歌散文影响甚大。一是在文字上，崇尚洗练精当；二是在内涵上，追求深藏隽永；三是在构造上，讲究空白和后味。这正适应字数不过一两千的小小说所必需的艺术规律。比起动辄倾洒万言的中短篇，小小说以它惜墨如金和弦外之音而存在。"

25日　居津的《死亡文学——评小说〈圣诞〉》发表于《文艺报》。居津认为："以这样的灰色人生观看待世界、看待人生，戴着这样黑色的艺术眼镜观察生活、反映生活，难怪要写出这样绝望的死亡文学。而这样的文学，正是文学的末路，文学的死亡。"

九月

1日　晓华、汪政的《小说中的背景问题》发表于《现代作家》第9期。晓华、汪政指出："以往的小说美学基本上不谈'背景'，但现在这个概念使用的频率却比较高，无论是小说家还是理论家都在谈。这意味着人们对小说理解的深化。然而由于缺乏传统释义的规范，因而在谈论这一概念时比较混乱，其中最大的问题是把'背景'和'环境'（'典型环境'）相混淆。背景与环境有着一定的交叉的语义关系，但却绝非属于同一概念，甚至两者不是处在同一个理论层面上。背景的矛盾概念是'前景'，所谓前景是进入了人们的感觉领域的眼前耳边的实在，而背景则是隐藏于前景之后的事物，它不进入人们的感觉领域，但可以通过记忆、联想、想象而得到。以小说本文为感知的界限，小说本文中出现的一切（形式和内容）都属于'前景'，背景则在本文之外。在作家没有以本文的形式对'存在'进行加工型选择之前，并无所谓前景与背景的差别，前景和背景无差别地浑然一体地处于共在状态之中。但小说家在创作意图的支配下对存在作了选择，使一部分存在进入了本文，而另一部分仍处在自在的客观存在之中，这才有了前景与背景的差别。前景包括小说本文所呈示的一切，有作品的形式构成，有人物，有驱动人物行动的自然关系和人文关系等等，其中，那些促使人物行动的自然和人文关系就是传统小说美学中的'环境'（'典型环境'）；环境是小说存在构成的一部分，它属于前景而不属于背景。因此，我们可以看出，环境和背景在小说中的美学功能显然是不同的，环境给人物提供行动的根据，我们一般在人物理论中讨论它（'典型环境中的典型性格'），而背景则是给小说前景提供意义（人文的和审美的）的坐标。"

5日 胡宗健的《试论何士光的小说色调》发表于《山花》第9期。胡宗健指出，何士光"醉心于描写日常琐事、饮食起居、内心摩擦和心际隔膜。并在这种日常性生活的还原中着力寻找反向心理的情绪状态和以反讽为特征的审美情绪，以此来构成他创作中的'暗色'母题"。

7日 周政保的《"故事"与模糊的语言倾向》发表于《天津文学》第9期。周政保指出："在中国小说的创作观念中，传统的理解总是把'故事'看作是一种完整的系统，譬如起伏始终、高潮结局、首尾相接、前因后果、时间地点之类。这方面的理解自然有其合理的成份，而且不妨碍它们作为多种'故事'形态中的一部分，但仅仅或只能作出这样的理解，那就有些狭隘或局限了——而这种局限或狭隘，时常成为小说创作趋于公式化或模式化的艺术原因。"

周政保说道："在我看来，现实主义的小说创作是无法抛弃'故事'的（即使是'片断故事'的组合）。……新时期的现实主义小说创作，虽然作品的传达内容，以及包括人物关系与个性刻画目标等描写构成发生了巨大的变化，但'故事'作为小说的基本方面却没有出现根本性的迁移。……不过，只要我们稍作比较，就会发现这些'故事'与以前的现实主义小说中的'故事'的巨大差别。差别之一：即这些'故事'特别强调'价值生活'的重要性，而这'价值生活'中的价值取向的变化，则是十分明白的事。……说到底，小说家们只是在新的文学环境中象表演魔术一样变换着小说的'故事'方式：'故事'之于现实主义小说的创造，具有一种神秘而永久的活力。"

周政保还强调："理智健全的小说家是不会蔑视'故事'的。实际上，关键的问题还不在于小说的描写是否贯穿了一个生动的或曲折的'故事'，而在于'故事'的可能性——作为小说的基本面,'故事'是重要的,但更重要的是'故事'的'情节'所可能提供的思情寓意。……在我看来,寓言性就是小说故事所可能的功能与作用的一种或一个方面。……老实说,这种寓言倾向的产生,在很大程度上是出于对以前的现实主义小说中的'故事'的功能与作用的怀疑,并从怀疑而反拨而变革。……因此可以说,小说的寓言倾向的产生与发展,其内在动机就是那种革新'故事'的企图,或者说,这是为了强化'故事'的作用与提高'故事'在小说创造中的地位——当然从根本上说,那是为了实现小说构造在思情容量方面的最佳效应或最大可能性。"

15日 钟海帆的《从"语言的文学性"到"文学的语言性"——关于中国当代小说语言观的思考》发表于《文论月刊》第9期。钟海帆指出,寻根文学"把小说作为一种'有意味的形式',而不是形式和内容可以互相分离开来的东西。形式即内容,语言即内容。其次,这种创作观强调作家的创作不是为了表现某种观念,而是首先进入某种'状态',用符号学的语言来说,即进入某种'语言结构'。在这里,语言结构和思维模式几乎是同一的概念,选择一种语言就是选择一种思维,而人物、情节、结构等等都是这种思维的派生物。"

钟海帆指出:"在中国,我们不能不承认这么一个事实:当小说朝这个方向越钻越深的时候,它却在失去越来越多的读者。对于这一点先锋派们也许会这么说:文学的过于喧嚣和热闹反而是不正常的。这或许有道理,但让我们还是回到那个老而又老的问题上去吧:我们为什么要读小说?即使能够撇开政治需要,绝大多数人还是遵循着古典原则的阅读习惯,希望从小说中能找到一种对社会、人生的见解、感受,一点温情或一点慰藉、一种悲凉、伤感或是愤恨,而有理性批判能力的人更需要从中了解社会信息。所以现实主义小说是永远都有生命力的。……像《烦恼人生》这样的小说,其语言也受到先锋派小说的影响,加强了语言的感性程度和韵味,但小说的意义不是在'语言的'后面',而是在'语言之中'。"

同日,孟悦的《叙事与历史(上)》发表于《文艺争鸣》第5期。孟悦认为:"叙事可以视为一种超文类、跨文类的文体,然而叙事无法超越的唯一限制是意识形态。叙事总是意识形态性的叙事,它与历史(历史本身)的关联也总是某种意识形态性关联。"

20日 程德培的《小型作家论——汪曾祺 高晓声 矫健 格非 李杭育》发表于《上海文论》第5期。程德培认为,高晓声的"五则短篇被标为'新"世说"',不仅指出了其文体古已有之,而且也明了其叙述语言皆属当代。……其笔姿舒展自由而绝无挤压之感,不象有些小说,号称'微型',但'麻雀虽小五脏俱全',读之则犹如'压缩饼干',时间是省了,吃多了难免肠胃难受得很。就文体论,高晓声是精于大胆砍杀的,首先,打破小说的常规作法,没有起承转合,没有开首结尾,没有天时地利情景的铺展,亦没有什么黏黏糊糊的情感描写;其次,奉白描为其精神,大胆借鉴新闻报道手段,字里行间把形容词基本消灭;再次,把禅机式的意味尊为隐语的上宾。三样东西,破字当头,削尽冗繁乃制胜之道"。程德培认为矫健的小说中,"最能代表他艺术水平的,还数他前年发表在《解放军文艺》上的短篇八题。……短小、精悍、哲理、诗情、画意等平时所列短篇之优点,似乎它都具备了",至于"八题的好处,在我看来,好就好在扎实。通过平易的叙述与事件,小说不仅留有余地,表现出生活的影子和思考的烟尘,而且在不知不觉中闹出些神秘来。山东人的话说,这可是些古怪的好东西"。

方克强的《关于自我的人生笔记——评长篇小说〈正常人〉》发表于同期《上海文论》。方克强认为:"最适合于自我表现的叙事形式莫过于自传体小说了。对于作家来说,它意味着直示个人经历与思想的可能,提供了重塑自我形象的机会。被传记的真实性与小说的虚构性搞糊涂的读者往往会问:小说中事件在多大程度上是生活中发生过的?'我'究竟是不是作家自身的客观还原?这类问题没有确切答案。人们只能凭借感觉与常识去判断作家是足够真诚的抑或善于修饰。唯一可以认定的是,作品中的'我'总是作家自己心目中的那个'我',作品中的事都是作家想要告诉我们、并参与着自我评价的那些事。因此,作家如何评价自我事实上比如何描写自我更为重要。"

周政保的《从创作方法到审美精神的潜移——现实主义与中国当代小说》发表于同期《上海文论》。周政保认为:"中国小说界对于'现代主义文学'的借鉴是充满了节制感的,其中有历史文化背景的制约与自身文学传统的抵消,也有社会阅读市场的接受可能性等各种各样的'自控机制'的存在。从某种意义上说，王蒙是新时期最早进行先锋性实验的小说家之一，他的《春之声》《夜的眼》《蝴蝶》《风筝飘带》就运用了'意识流'的小说技巧，但技巧毕竟是技巧，王蒙的实验动机大约也只在于'调和'现实主义的'描写内容'与现代主义的'表现技巧'之间的严重对立，据他自己说：'我们搞一点"意识流"，不是为了发神经，不是为了世纪末的悲哀，而是为了塑造一种更浑沉、更美丽、更丰富也更文明的灵魂。'（《关于"意识流"的通信》，1980年）所以说，中国现实主义小说的流变，以及这种流变所产生的新的审美特征，主要的原因应该从中国小说发展的内部环节或内部机制的微妙渐变中去寻找。我想，这是最基本的研究方法；否则，我们将很难阐释八十年代中国现实主义小说的复杂变化。"

周政保还说道："其变化的线索……是'从创作方法到审美精神的潜移'……八十年代中期与中期以后，小说创作或现实主义的小说创作也就不再计较'创作方法'是否符合原来的'规范'了。在很多小说家的艺术观念中，更多地意识到的是小说的'叙述方式'（或'小说修辞学'），但这种对于原来的现实主义'创作方法'的冷淡与悄然漠视，并不意味着冷漠或漠视文学的现实主义精神……而在事实上，这些作品富有强烈的现实主义精神（这种精神，我们也可以视作一种与历史的或现实的生活进程息息相通的审美态度或创造品格）。尤其是，对于这些在现实主义审美精神支配下的、并于'创作方法'方面获得了相对自由的作品，以'现实主义的回归'或'更高层次上的回归'来概括或总结，我以为都不甚合适——因为这不是'回归'的问题，而是一种既张扬着现实主义精神又保留与发展着现实主义的某些基本创作特征的'新的现实主义观念'获得体现与实验的问题。"

同日，陆志平的《小说语境研究》发表于《小说评论》第5期。陆志平认为，小说语言"不只是一种再现小说世界的工具，它是构成小说世界的符号，小说世界本身就是语言的世界"，"语言和内容是同时存在的"，因此小说家考虑的主要是"整个语境，考虑语境是否与心中的小说世界与书面的小说世界相协调，产生对位效应"。

邵德怀的《接受者的小说——评田流的两篇小说》发表于同期《小说评论》。邵德怀强调了小说理论中"接受者"的重要性，认为田流的《金兰姐妹》和《高山·流水·虹》有明显的"接受意识",是一种"接受者的小说",这类作品展现了"道德化小说"这一"颇值得关注的创作现象",同时又兼具"创造意识",因此,可以称得上是一种"创造性小说"。

晓华、汪政的《阿成的浪漫诗学》发表于同期《小说评论》。晓华、汪政认为,阿成"不是个太注重现实的人,现实的一切在阿成的眼里远没有小说艺术来得重要",他"总以善良和美好的态度看取历史和人生"。此外,晓华和汪政指出,"阿成说自己回归民族传统,他所谓的民族传统实际是古代汉文化传统,一种相当狭义的古代诗文审美风格",而且,阿成的"叙述方式是古代的散文化传统而非近现代小说规范"。因此,晓华和汪政认为对阿成的评价"不能被他表面的写实风格所迷惑,而要看他的精神气质",即"浪漫型的歌手"气质。

张德祥的《论"新现实主义"小说的美学特征》发表于同期《小说评论》。张德祥认为,"新现实主义"小说作为现实主义的"新形态",有"不胶着于传统固有模式又不超越绝大多数文学接受者的能力的可能性"。他指出"新现实主义"具有以下"审美特征":一是"拓展了的'现实观'","在打破极左政治现实观、回到传统现实主义现实观的同时,面对新的现实融进了自觉的文化批判意识与人类自审意识,使现实观具有了更大的包容可能性与内在空间";二是"新现实主义不再把'典型'形象创造作为唯一最高的原则,而是把'典型化'与'还原化'并重",其中,"还原"带来的思维意义意味着"人类知解能力提高后必然要重视的一种思维与认识方法,体现了一种整体的、联系的、全方位的切入认识对象的思维意义,不先入为主地以判断制约认识"。

25日 郭银星、辛晓征的《告别新小说时代》发表于《当代作家评论》第5期。郭银星、辛晓征认为:"如果说,'文革'时期的文学服从的是政治概念,那么只好说,此时的新小说服从的是语言学概念。两者都是极端脱离现实的。不同的是,前者毁灭了文学,而后者正在制造拯救文学的幻象。文本理论确乎成了新小说的神话,从马原以后,所谓'后新潮'的作家们在这个致命的幻觉中进行着他们日臻完美的文本写作。新小说的真正危机从它走向高峰的脚步声中被酿造出来。"此外,郭银星、辛晓征认为:"对于小说,从来没有(以后也不会有)只属于文学领域的封闭的内部环境。新小说正是忘记了这一点,而一步步走进了追求小说本体封闭价值的死胡同。……新小说时代的结束，也不是文学自身原因问题决定的。文学的问题，永远首先是社会的问题。当社会的基本问题发生了根本性变化以后，顷刻之间，新小说时代所建立的文学意义就变得不那么重要了。告别新小说时代，不是危言耸听，而是正在到来的现实。"

陆晓声的《别把小说太当"小说"——读〈钟山〉"新写实小说大联展"诸作》发表于同期《当代作家评论》。陆晓声认为："以经典传世的小说创作理论衡量'新写实小说大联展'，其扛鼎之作《绝望中诞生》《逍遥颂》都犯了大忌：一以大量自然科学知识入小说，一以大量琐细细节构造长篇。然而另一方面，正是这种在新写实小说中颇具代表性的犯忌暗示出新写实小说的生命活力：实现了由实写到写实的过渡。"陆晓声还指出："新写实小说绝大多数避免了故事的淡化，虽然其构筑故事的方式较之传统现实主义作品以及新潮小说存在着明显的差异。"

於可训的《论作为实践形态的新写实主义——写在"新写实主义"倡导周年》发表于同期《当代作家评论》。於可训认为："现阶段的'新写实主义'文学是通过一种'反拨'的形式，'克服'了'前一时期'的写实主义文学中的某些'过激'（广义的）因素，远者诸如'文革'中同样被冠之以'现实主义'的文学的某些刻板的模式，近者如近十年写实主义文学中某些过于'散漫'（主要是过于'主观化'和过分的'淡化'情节造成的）和过于'生硬'（主要是不加消化地搬用某些现代主义技巧造成的）'非写实主义'倾向。同时，又真正'吸收'了'前一时期'作为写实主义文学的'实质'性的东西，才造成了今天这样的从根本上说是属于写实主义文学的历史链条上的一个环节的'新'的文学运动。"

本季

蔡桂林的《超越具象——周大新近作的象征艺术初析》发表于《文学评论家》第4期。蔡桂林发现，"周大新追求的脚步并未止于作品部件象征意象的营造。而是更执着地在象征艺术天地里向高境界探索，使象征具有超越一般典型形象的特殊审美意义。从而把握到形象的深层意蕴"。

蔡桂林认为:"周大新最近的作品已从部件象征走向了整体象征。他的作品终于克服了较实较满,滞于具象的不足,完成了对具象的超越,把现象世界与意蕴世界有机地统一起来,获得了飞动的灵性和深厚的底蕴。"

高旭东的《论文学的使命感》发表于同期《文学评论家》。高旭东表示:"中国当代的'玩文学'与现代西方的'玩文学'并不相似。现代西方的'玩文学',是出于作家对西方传统的宗教和道德基础的全盘怀疑,在彻底的感伤和颓废之余,以'玩玩'来打发惨淡的时光,迎接迟早要来的死亡。而中国当代的'玩文学'者,却以为中国人活得太'累',要轻轻松松地'玩玩';或以为'玩玩'可以不去正视人生,从而解脱了人生的烦恼;更有甚者,是以为只有放心地去玩,才找到了通向'艺术之宫'的坦途。……因此,当代中国的'玩文学',说到底,是中国道家文学传统的复活,是中国古代以小说为'闲书'传统的复活。"

林为进的《当代小说的几个基本视点——兼谈新时期以来小说创作的题材选择与转换》发表于《文学评论家》第5期。林为进认为:"从新时期以来的小说创作看,基本是沿着四条线——政治、道德、人际关系、文化去认识和表现问题的。"林为进表示:"新时期小说创作艺术视点的变化转移,有文学观念嬗变的作用,更是社会生活发展变化所促使。尤其是同一视点出发的描写层面的递进,更是见出现实生活影响的印痕。……追踪时代的脉搏,表现社会现实人生,一直是新时期小说创作的主旋律。虽然难免存在弱点和不足,但毕竟在逐渐发展和不断丰富。作家们不倦的追寻和探索,力图比较深刻地反映或表现生活,不仅写出'问题的解决',而且努力深入研究问题的本质,不仅依据已知的答案,而且去寻找未知的解释,不仅重视从现实出发去表现现实,而且发挥想象、幻想和思辨,由过去而表现现在并推测未来。这一切都为促进和推动社会历史的发展和进步,为提高人民的精神文化素质,作出了有益的贡献。"

吴秉杰的《历史小说长篇创作的探讨》发表于同期《文学评论家》。吴秉杰指出:"我们当前历史小说的弱点主要表现为观照角度单一,精神内核或艺术隐喻单一,缺乏鲜明的、有差异的主体观点与审美兴趣,或者说,尚没有对历史材料和现实主体之间关联的各种中间环节进行独到精辟的思考和发掘。所以，它们差不多都写成了全景式的面面俱到的艺术画卷；而这种全景式的宏大建构正可能掩盖了个性化的深入和创造的不足。"吴秉杰认为："新的历史（或艺术）对象和新的历史（或艺术）眼光常常是同时产生的。历史小说真正的思想深度和艺术价值并不决定于它所表现的历史人物是否伟大，以及历史事件本身的影响，而决定于它们和普遍生活的联系。从生活的观点看待历史人物与历史事件才能使此类创作获得新的艺术生命和飞跃。"

十月

1日 胡宗健的《故事：时间生活与价值生活》发表于《作家》第10期。胡宗健指出："任何小说，都不能舍弃时间生活。但是好的小说，一定会把价值生活看得更为重要。因此，为了在时间生活中体现价值生活，就不得不对时间形式加以改造，也就是对传统小说基本上是一个计时系统的时间运动形式进行改造。……《野猪和人》就决不是一个计时系统内部的时间运动了，它的多个时空观照可以涵盖从历史到现实以来的众多这样的残酷的故事。"

5日 王鸿儒的《梵净山乡风民情的审美观照——评吴恩泽的小说创作》发表于《山花》第10期。王鸿儒认为："在贵州少数民族作者之中，吴恩泽是把黔东北那苍莽、神秘、朴野又穷困的梵净山区展示于人的第一位，也是至今较有成绩的一位。"

6日 刘俐俐的《新写实小说人物创造透视》发表于《河北文学》第10期。刘俐俐指出："在我看来，近期小说在人物的创造上也体现出注重现实生活原生形态的特点。仅以《钟山》发表的《走出蓝水河》《绝望中诞生》《顾氏传人》《供春变色壶》《造屋运动及其它》等作品为例，便会发现，这些作品一方面娓娓地讲述了一个或几个故事，另一方面也以与以往人物创造的不同方法途径创造了一批小说人物：孟中天，徐一海，秀珍，大小姐，二小姐，顾允吉……而这些人物仿佛是未经作家的刻意选择、提炼，就带着生活的原本色彩和气息出现了，姑且称之为原生态的人物。所谓原生态的人物，是以读者的感觉角度而言的。读者在阅读过程中，感到小说中的人物是生活中最普通、平凡，尚未经过作家加以提炼和概括的人们，就如同他们自己一样琐碎和原始。仿佛作家是将生活的本来面目、场景如实地记录下来形成小说、形成人物的。"

刘俐俐认为:"原生态人物的创造与作者对事件的提炼,以及故事和情节的营造也有密切的关系。在传统的现实主义小说中,理应在对原生形态的生活场景、事件的选择提炼加工的基础上来营构故事情节,因而,在那样的小说中,故事、情节都是较为典型的,本身就具有作家艺术创造后的典型意义。近期小说创作,就读者的阅读视角而言,仿佛原生形态的生活流未经作者的选择、提纯就自然地叙写在小说里,因而经常造成故事没有多少突出的情节而一任自然发展,在生活的自然流动中,人物与故事的关系发生了变化:极难将人物从故事中提取出来,人物的原生形态与生活的原生形态融合为一,除掉人物,故事就完全丧失意义,除掉故事人物完全丧失意义。"

9日 艾斐的《"寻根文学"的误区——兼论"寻根文学"与拉美魔幻现实主义文学的关系》发表于《光明日报》。艾斐认为:"《三国演义》《西游记》《水浒传》《聊斋志异》《红楼梦》等中国古典文学名著,为什么不论以什么艺术形式出现,都会在世界上不胫而走?鲁迅、巴金、老舍、周立波、赵树理、柳青等一批作家的作品为什么不仅在国内拥有广大的读者群,而且也成为真正研究中国文学的外国学者们注目的中心?其原因主要在于这些作品以严格的现实主义精神、优美的传统文学形式、娴熟的民族表现方法、纯正的民族审美情趣、浓烈扑鼻的乡土气息、丰富的历史文化积累和现实生活中的真感情与活材料,阐发了传统文化的精髓,开掘了现实生活的铀质,扬播了社会主义精神,艺术地从某一角度画出了中华民族的血肉与灵魂,真正地体现了传统文化积淀、民族乡土情亲和中国式的现实生活的含蕴与现代文明的进向!这才是真正的中国式的社会主义的'寻根文学'——它把中国文学失落于西方思潮和现代派文艺之中的'根'寻回来了,并以民族的、传统的和社会主义的精神、气质、材料、形式和方法,于现实的创作实践中予以强化、复壮、丰富和发展。"

27日 吕同六的《卡尔维诺小说的神奇世界》发表于《文艺报》。吕同六认为:"从表面上看,十篇小说彼此互不相干,各自独立,没有情节上的连贯、发展关系,也缺少矛盾、冲突的联系机制,但骨子里却环环相扣,步步深入,具有异常严谨的结构形态,蕴含着内在的凝聚力。作者不断向读者提供新的阅读层面，使阅读成为一种不断探寻、不断再创造的过程。同这种时间零的观念和奇特的结构形态相呼应的，是作家用心安排的人物形象。卡尔维诺无意去塑造一个符合常规的形象性格。小说的十篇故事中的人物，象匆匆过客，淡淡地化入化出。作家巧用奇兵，把通常的接受主体（读者）牵进书中。作家与读者间的传统关系被摒弃了。读者不再是消极的旁观者，而是自觉的参与者，成为串连整个小说的主要人物。书中的'读者'不只在全书的结构上发挥了穿针引线的作用，而且又促成一种光合效应，他既是阅读小说的读者的代言人，在某种意义上又是创作小说的作家的化身。读者主体意识和作家主体意识在这儿合二而一。我们由此不难体味小说变幻莫测的结尾即时间零所蕴含的力量，不难领略作者在营造时间零时所表现的匠心，以及对小说艺术模式的开拓价值。"

十一月

5日 冯宪光的《现实与传统幻想与梦境的交织——评阿来的短篇小说》发表于《当代文坛》第6期。冯宪光认为，"阿来的小说创作从根本上说具有现实主义的特色。然而，阿来的作品却不象周克芹的小说那样对现实生活作直接的冷峻的描绘，为历史留下时代生活的逼真画卷，而是从他自己对现实的理解、体验中去发掘现实生活与历史文化、未来前景的联系。立足于现实生活的土壤，去体味历史文化的巨大力量，又从本民族传统的深远影响中，去审视现实的状态；站定在从历史传统衍生出来的现实，去瞻望未来的发展，又从一种不大确定的理想境界，去反思与评价现实和过去，这就是阿来的作品表现出来的直面人生、正视现实的独特观点"，"阿来不象某些'寻根小说''文化小说'的作者那样，他并不把民族文化心理当作抽象、固定不变的恒定形态来解剖，而是将它放在特定历史时期作具体的展现。对民族文化心理的剖析，也就同时是对时代社会生活的反思"。

15日 孟悦的《叙事与历史（下）》发表于《文艺争鸣》第6期。孟悦认为，"小说变革了，但与历史本身的关系却不如新时期前期文学那么清晰了"，其原因在于，"首先，叙事的整体感——新时期文学前五年那整体开始一点点地悄悄地碎裂"，"另一种不太引人注目但不容忽视的现象是，80年代中期，'感觉'在叙事中扮演了前所未有的角色"。孟悦指出:"语言的变化也是新时期小说最引人注目的现象之一,而且与前两种现象可谓手足相联,这里新时期小说的情况与什克洛斯基所说的恰巧相反,不是艺术将熟视无睹的现实陌生化,从而使石头更像石头,而倒是石头本身不像石头,才有了新的陌生化了的艺术。"孟悦还说:"它们从相反方向越出了规范语言走向各自的极端。但根源却是一个,它们都是对我们新的生活方式,新的生活环境、生活节奏的某种重建。"

同日,丁帆的《叙述模态的转换——叶兆言小说解读一种》发表于《钟山》第6期。丁帆指出:"叶兆言小说的故事性仍然是很强烈的,它首先赢得了'可读性',但是,在'可读性'之下所隐藏着作品的巨大'阅读潜能'则是作者有意识构建的'期待视界'。"

於可训的《〈落日〉短评》发表于同期《钟山》。於可训认为,"它(指《落日》——编者注)的'新'意见之于小说的艺术构造就在于它既容纳和熔铸了'通俗文学'的故事成分,但在整体上仍然贯彻了严肃严谨的写实主义作风"。另外,《落日》还"透过这个'公案'故事的表层的善恶是非,去挖掘那些隐藏在更深处的造成这个故事的全部既成事实的社会、历史和文化、心理的诸多方面的复杂因素"。

17日 常丕军的《为什么要写这样的悲剧》发表于《作品与争鸣》第11期。常丕军指出:"作为社会主义作家,决不能忘记自己的神圣职责,……无论选择什么样的题材,都应当考虑它可能产生什么样的社会效益,写出来能不能使读者受到教育。"

20日 王菊延的《豪华落尽见真淳——范小青中短篇小说漫评》发表于《上海文论》第6期。王菊延认为:"范小青虽则确立了摒弃'载道'意识的大方向,却不可能一下子就从'理念'绳索的捆绑中彻底地挣脱出来。……以上几篇作品在选择视角、设计情节、刻划人物、营构氛围、协调节奏、捕捉细节和包容哲理等方面的技巧,已臻圆熟,基本上消除了显山露水的弊病(倘不精细搜寻,便不易将其从原先的隐蔽处一一地离析出来);只不过尚未达到'羚羊挂角,无迹可寻'的理想境界罢了。"

王菊延评价道,《光圈》"展示在我们眼前的只是一幅幅未经刻意剪裁而显得茅茨毕露的'原生态'画图……处在这种平庸委琐环境中的各种人物，……作者既不把他们视为作品主题的'载体'，也不对他们作出任何带有感情色彩的褒贬，便是非常自然的事了"。《顾氏传人》"这部中篇很容易使人回想起王安忆早些年发表的《流逝》，两相比较便会发现：《顾氏传人》显然更少理念的负荷与戏剧的波澜，更具'真哀则无声而悲'的深沉韵致"。关于《真娘亭》，"作者竟抱着'不介入、不置喙'的态度，在观察到全部真相以后便从现场抽身离去。……这一切，没有主观倾向，也没有客观结论，全部留待读者掩卷之后自己去反复地品味"。

王菊延指出："由此不难看出，范小青这批逼近'无技巧'境界的近作，已不再把传统的现实主义奉为万古不变的圭臬，甚至在某种程度上披上了自然主义的外衣——'典型环境'被纷至沓来的社会现象和嘈嘈杂杂的生活场景所取代；未经'典型化'处理的人物以其毛茸茸、无'逻辑'的性格，成功地摆脱了'主题思想'的定向指归；能为作品添姿增色的故事悬念、矛盾冲突和戏剧性巧合，也统统销声匿迹。这样，作者笔下的历史和现实，在卸掉了理念的包袱、洗涤了艺术的脂粉以后，便重新显露出一种赤裸裸的、本质上的真实。……范小青的这批近作，在将异常的冲突化为平常的情境，把封闭自足结构转为由读者参与创造性想象和补充的宽松结构以后，反而更加接近本体象征，使藏匿在作品'生活流'之中的哲学根柢更富审美的内驱力。"

同日，蔡葵的《长篇絮语》发表于《小说评论》第6期。蔡葵认为，"近年长篇创作的主潮还是现实主义的，还是有不少反映时代振奋人民的优秀作品，长篇创作还是有很大成绩的"。蔡葵还提出，长篇小说要具有"人民性"，要"竭力表现自己的战斗精神和光荣历史"。同时，他也认为，"小说，既作为精神文化的一种，就再无所谓'文化小说'之说"，"呼唤文化品格，是以文化心理和文化生态的视角代替创作中单一的经济政治意识，是对以往常见的写人的阶级属性和政治属性的一种扩大和超越"。

陈美兰的《当他们迈向长篇小说领域的时候——从几位年轻小说家的第一部长篇谈起》发表于同期《小说评论》。陈美兰认为，长篇小说创作要有"科学的史识作坚实的支撑"，以及注意"过去我们的创作曾有过仅凭阶级意念、社会意念去片面写人的教训,如果今天我们又自觉或不自觉地凭着对抽象的人性意念去写人,这无疑又是走向另一极端,同样会损害了艺术形象的价值,损害了作品的价值"。

李洁非的《情节为本——小说赖此成为艺术》发表于同期《小说评论》。李洁非指出:"把情节划在形式范围以外是犯了一个绝大的错误。"李洁非认为:"对探索小说艺术的本位而言,批评界已知的一切尝试都还是无助其事的。无疑,那是我们许多人为之共同努力的目标,然而要达到它,首先就需不否认小说形式自备一种特殊的逻辑,不否认这种形式或可以不同于纯语言的诗性;也就是说,当我们尚未搞清小说艺术的本性之前,毋须把某些东西排斥在研究视角以外,正因此,我不忌谈小说之情节性。"

接着,李洁非基于什克洛夫斯基"奇特化"的观点,提出"设法使事件呈现出'奇特化',是小说艺术的全部价值,而语言的'奇特化'在小说里只居次要的辅助性地位","奇特化"是"小说叙事应当明显区别于人们所能经验到的生活形态",即一种"虚构",而"虚构的具体形式正是情节化"。接着,从"故事"与"情节"概念之别来看,"故事(本事)实际上是个'梗概'(类似于出版编辑为一本长篇小说撰写的内容简介),它本身尚不能作为文学文本,只是到了情节层次,文学文本——亦即成为阅读目的的实际作为——才产生出来","我们可以把'叙事'(小说的)这个词拆成单独的两个词,其中'叙'代表情节,'事'代表本事;'叙'这个明确的动作作用于较抽象和静止的'事',促使后者变形,于是形成了独特的作品文本";最后,从情节的本质来看,"情节作为能指系统,赋予故事以特定的显现形式;一切小说的读本,均是在情节所限定的这种形式之中去实现他们了解一个事件的目的,因此,只有情节才是小说中支配一切的力量"。综上所述,李洁非认为,小说应以"情节为本"。

林为进的《从古典向现代过渡——嬗变中的长篇小说》发表于同期《小说评论》。林为进认为,中国的长篇小说呈现"古典向现代过渡"的嬗变。另外,林为进指出,"目前的长篇小说有所不同于过去的长篇小说的观感"有以下三个方面:第一,"作者不愿再当'说书人'";第二,作品"尽量避免戏剧效果","以平和代替了壮烈的审美准则";第三,作者"追求'无技巧的技巧'","一方面可以看出打破'假定性'创作构思模式的追求,另一方面也反映出嬗变中的长篇小说似乎并不以精雕细刻人物形象为己任"。

绿雪的《长篇小说的整体格局和审美变化》发表于同期《小说评论》。绿雪认为:"长篇创作的1979年至1988年,是一个从美学观念到形式因素都追新求异得几近肆无忌惮的发展过程。"接着,绿雪进一步对长篇小说的整体"格局"变化进行了整理,并指出,1979年至1981年的长篇小说"在客观上构筑了一个以承袭和完善'前十七年'长篇小说创作传统为基色的历史起步点";而1983年至1985年则对以上格局有了"明显的改观。'通俗文学'的崛起,派生了一批讲求娱乐效应的长篇小说";1986年至1988年则是"长篇创作追新求异越发肆无忌惮的时期"。绿雪还提出,"主要地铸成长篇创作的审美格局并且很可能转呈下一阶段发展"的因素包含有"历史感与新型史诗的创造""纪实倾向与述史情结""现实的鉴照意义与社会的政教效应""风俗化与地域文化氛围""探索人性的和心灵的奥秘""反省与审丑""通俗化与文学市场观念"七个方面。

徐岱的《小说的形态学研究》发表于同期《小说评论》。徐岱提出,从"中观方位"来对小说创作过程作出审视时,应当"从动态的建构方面来作出把握和从静态的结构方面来加以剖析。前者当然非叙事学莫属,后者则归形态学所据有",形态学"主要研究事物的形态。而所谓'形态',通常指的是事物的具体结构形状。所以简单地加以概括,我们可以说形态学这门学科也就是关于事物之结构的学说,其研究对象的形式化与具体性决定了它只是一种描述性的科学,所以要解决的主要是对象的基础特征问题",而小说形态学与一般小说本体论相区别的,不在于它缺乏对小说特性的审视,而在于它并不把这种审视直接提取出来,浓缩在由几句话所概括的抽象定义之中;而是将这种审视的结果显影于对小说形式的具体描述里,以此来实现其所具有的独特的中介作用"。

21日 陈文忠、丁胜如的《人像展览:短篇小说的第三种结构》发表于《文艺研究》第6期。陈文忠、丁胜如认为:"短篇小说有两种常见的结构方式,一是横切式,一是直缀式。横切式是西方近代以来短篇小说的基本结构方式,也被作为现代短篇小说的标志。郑振铎和茅盾都确认,真正的现代短篇小说,应以表现一个富有典型意义的生活片断为限。'短篇小说者,人生横断面之某一角的表现也',……直缀式可分为以事为主和以人为主两种,前者追求完整的故事情节,后者叙述完整的人物行状。古代的直缀式小说,大多以事为主,我国的'三言二拍'更是有一贯穿始终的矛盾冲突,悲欢离合,有头有尾,故有人称为'短型的长篇小说',也可称为直缀式的古典形态。以人为结构中心的名篇大多是现代作品,……其中无贯串全篇之事,只将人物的身世片断一一写出,灵活跳动,挥洒自由,可称为直缀式的现代形态。"

陈文忠、丁胜如指出:"人像展览式,在小说理论中还未见专门研究;从创作实践看,当属短篇小说的第三种结构类型。……既要展示千姿百态的社会心态和人世百相,又要保持作品的高度集中性和有机统一性,不致有散漫杂乱、勉强凑合之感,这是人像展览式小说艺术构思的关键所在。根据上述作家的艺术探索和艺术经验看,可以把此类作品区分出三种基本的构思形式:定点式、流动式和散点式。……在表现手法上,定点式以人物对话取胜,流动式以心理分析见长,散点式则以生活细节和行动描写为主。"

周天的《关于中国前小说性格描绘的艺术经验》发表于同期《文艺研究》。周天认为:"按照鲁迅先生在《中国小说史略》中的观点,我国自唐传奇开始,才'有意为小说'。……所以,我从小说史的角度,只是把先秦、两汉阶段,称做前小说阶段。……我国的小说性格描绘的历史长河说明,大量小说创作,从来都受到寓言和史传文学的影响。"

周天指出:"象征主义作为一种创作方法,它本身也有其规律性的东西在。咀嚼透现实生活中的人生哲理,再将它化成为形象。……在小说中,古典象征主义的创作方法,一直是源远流长的。单说小说,从先秦的寓言开始,经过唐传奇的《枕中记》《南柯太守传》等寓意作品,最后到《聊斋》而达到了它的成熟点;而长篇小说如《西游记》《镜花缘》中的许多篇章,例如《三打白骨精》《两面国》《君子国》等,也可以明显地看出其象征意味。……它们所使用的创作方法,和现实主义或是浪漫主义,却都是大异其趣的,则是一种客观存在。……因此,中国古典小说的这一良好的传统,必然会对鲁迅先生的创作发生影响。……中国的文学或小说,现实主义一直是主要潮流,而其他创作方法,不管是浪漫主义或是象征主义,都不能不受到史官文化的总潮流的这种务实趋势的规定和影响。……这种务实的趋势，使得中国古典象征主义和西方现代主义相比，较少消极的成分，而较多积极入世的态度。"

25日 郜元宝的《命定视角与反讽基调——论新时期长篇小说的一种艺术选择》发表于《当代作家评论》第6期。郜元宝认为："能否做到结构上的完整统一，往往被视为以艺术形态上判断一部长篇小说成功与否的最起码也是最根本的标准。……从根本上着眼，长篇小说艺术结构的完整统一，来自小说家艺术地把握他身处的社会生活的本质特征视角的彻底一贯。……这里所谓的视角，不是小说家在特殊的叙述语境中运用的切入叙述对象的具体叙述视角，而是指小说家整体上把握生活对象的基本视角。"

郜元宝指出："在经验范围内叙述物质功利性较强的人与人之间的外在社会关系，对于长篇小说来说，是一种明智的视角选择。……本文认为，新时期经得起推敲的长篇小说，大多采取外视角，作为整体在这个视角中呈现出来的，是具有普遍性的人际关系形式和生存活动方式，这主要是指蕴藏着中国人人性秘密的物质功利性较强的非超验的外在生活领域。"

十二月

5日 李运抟的《平民文学与平民意识异同论——对近年一种文学研究现象的澄解》发表于《山花》第12期。在李运抟看来："平民文学与文学的平民意识共同的联系与特征在于：平民文学离不开文学的平民意识，文学的平民意识是平民文学赖以存在的根本，……平民文学与平民意识的差异在于，平民文学固然需要平民意识的支撑，但由于平民意识可以是完全的'非平民化'——如《风波》中'文豪'的'田家乐'式的平民意识，两者之间便拉开了距离，即可以处于完全不等的关系之中，乃至是矛盾的对立关系之中。"

同日，张新颖的《博尔赫斯与中国当代小说》发表于《上海文学》第12期。张新颖认为："博尔赫斯正是通过影响他们（马原、孙甘露、余华等——编者注）的创作，给当代中国文学带来了一种新的质素，启示了某种新的文学可能性。"

7日 张颐武的《超越"情节剧"意识——第三世界表意策略的核心》发表于《天津文学》第12期。张颐武提出："第三世界的本文飘浮在'写实'或

'宣谕意识形态'的夹缝之中，不断地寻求着新的出路。对这一矛盾的最有效和最为便捷的办法是引入'情节剧'意识。'情节剧'意识是经典的第三世界的本文缝合于意识形态的基本策略，是一座便捷的意识形态的'浮桥'。……'情节剧'意识是一种幻觉意识，一种叙事神话的特殊的生产机器。……'情节剧'实际上混淆了意识形态与真实的关系。"

张颐武认为："对'情节剧'意识的超越，并不意味着某些新的统一的第三世界写作的规则的生成。它是由各个不同的第三世界民族与社会的语言生存状态中生成的，具有各个不同语言的特点和表意方式的特点。……因此，第三世界叙事文学是无限多元化的，它不试图吞没和抛弃第一世界的话语，而是从中汲取一切有效的策略。正因为如此，打破'情节剧'意识的控制，正是使多种话语的交响成为可能，使小说获得新的、广阔的话语空间。我们可能获得无穷丰富、光怪陆离、极富创造力和想象力的新的形式。"

本月

鲁原所著《当代小说美学》由广西教育出版社出版。本书以中国当代小说为主要研究对象，探究小说创作的审美过程、小说作品的艺术魅力、小说发展的审美趋势等问题，并兼及当代作家的风格流派。作者鲁原在总论中提出："小说创作需要美学。美学的研究对象是人对现实的审美关系。艺术创作是人类重要的审美活动，小说美学就要研究小说创作的审美过程，使作家们更好地按照美的规律去创造。……小说鉴赏需要美学。……小说要真正成为人民有益的精神食粮，需要提高读者的鉴赏能力和审美情趣。"他还提出："小说美学要研究小说创作的审美过程——作家对生活的审美感受，美感激起的创作冲动，艺术构思、创作中的想象、情感、理解、评价等心理因素的发挥，形诸语言形式的各种技巧的发挥等；小说美学要研究小说作品的审美内涵——作家将自己的审美情感与审美创造外化到作品中而形成的小说的审美张力；小说欣赏的审美效应——读者阅读时的审美感受、情绪体验和知解程度。这三者之间是互相关联、互为作用的。"全书分为总论篇、构思篇、表现篇三个部分。在总论篇中探讨了小说美学的历史和现状，艺术的审美本质和小说艺术的生命；在构思篇中探讨了各种小说的艺术特性和构思特点；在表现篇中剖析了人称、视点、时间、节奏以及各种艺术描写的手段。

徐美的《浅析沈祖连的小小说》发表于《南方文坛》第6期。徐美指出："小小说近年来占据了文坛的一席之地，并且以很快的速度向前发展，在我看来最重要的原因是它和生活关系密切，它以结构紧凑、篇幅短小精悍、语言凝炼等特点，适应了当今社会人们节奏快、跳跃性强的生活。沈祖连选择这种独特的文学形式作为主攻方向，证明他在文学上有自己的见解，可以说是独具慧眼，走在了别人的前面。"

肇涛的《从说清楚到"说不清"——莫之棪小说创作论》发表于同期《南方文坛》。肇涛认为："工业文明和商品经济对于农村生活和农民的冲击，其广度和深度，在我国历史上都是空前的。……新时期以来有些作家，已经关注到和开始把握和描写这一深刻的历史变革了。如路遥的《人生》中的高加林，在经历一番城市生活的追逐、洗礼之后，重新面对过去生养他的土地和土地观念时，带来其心灵的苦恼；浩然的《苍生》中新一代农村青年田保根，在新的时代精神感召下，对于庄稼人几千年来周而复始的人生模式（拴在几亩地上盖房子、娶媳妇、传宗接代等）进行了叛逆等等。由于作家用一种新的时代和历史的眼光，来感受、分析、把握和描写自己的对象，因而这些作品和人物，除了具有强烈的时代感之外，还透露出一种过去乡土题材作品少有的历史厚重感和文化品格。"

本季

张德祥的《新写实小说的叙述态度与方式》发表于《文学评论家》第6期。张德祥认为："'新写实'小说并不是完全取消了判断，只使判断在叙述时暂时中止，……一方面作家将主体情绪冷却到极点，将判断隐匿在底层，使叙述尽量避免主观偏向的干扰以便更接近客观存在，……另一方面，'新写实'小说总是探究历史与人生的本体意义，不是要说明一个政治或政策层次上的主题或完美道德伦理上的评判，而是对现实状态和人们的生存处境作一种本体意义上的勘察窥视，这就使意义有了一种复杂性和深层性，所以不可能通过因果情节得以演绎，不可能通过直接明快的判断实现，而只能通过一种象征、隐喻来暗示可能包含的意义——这种意义不是可以用几句话概括的确定主题，而有着不确定的复杂性和模糊性。"

1991年

一月

1日 吴炫的《非文学·坏文学·好文学》发表于《作家》第1期。吴炫指出："'坏文学'常常是以对形式的轻蔑造成的'玩形式'，和对形式的力不胜任产生的'模仿他人形式'体现出来的。这一点比较突出地表现在1985年以来新潮文学中部分以形式为目的的小说创作里。……'玩形式'不是说不注重形式的某种意味的追求，而是说作家对'支配和把玩'形式的兴趣超过认真从事形式建构的努力。"

4日 陆先高的《文学价值的选择性忽视》发表于《光明日报》。陆先高认为："我们需要一种现代化意义上的具民族性而又具开放性的文学价值体系。传统文化格局上的封闭性的价值体系决计不适应当代文学发展需求，而完全摹仿与追逐西方文学思潮、主义更只能使我们的文学背离现实基础与大众需要而导致价值的失落。新的文学价值体系只能建立在吸收了人类先进文化精华的中国现代化新文化格局上。"

5日 宏达的《"新写实小说"的导向问题》发表于《当代文坛》第1期。宏达认为："我以为'新写实小说'的今后发展方向，还是要对'写实'作适当强调。……如果正视此种小说的兴起是在各种实验小说陷入脱离读者的困境，纯文学处于低谷之时这一事实，那么，就应承认，这种作品在一定程度上是利用了读者的'误读'：不少读者是把它们当做写实之作阅读并投注了较大兴趣的。这种'误读'，是指其具有现代意义的内蕴而言，而对其写实外貌及其表层浮现的意义，又非误读。"

7日 李运抟的《故事的完成与艺术的选择——读青年作家近年部分小说的札记》发表于《天津文学》第1期。李运抟指出："时下纷纷纭纭所论的新写实主义小说,与'旧写实'的不同,关键之一,恐怕就是超越了廉价浪漫主义的古典模式。"李运抟还指出:"小说故事的完成,还不仅仅是善意因果的道德方面的问题,亦不仅牵涉到审美的功利与否和愉悦与否,它确实还有一个尊重生活原在关系和原生状态的尺度衡量。……小说文本结构作为一种艺术选择,与其'写什么'密切相关;而小说故事的完成,决非孤立的结构因素,而是与小说的整体故事进程相联系,且是其一个有机构成。"

王干的《纪实的阅读值》发表于同期《天津文学》。王干指出:"纪实文学已经成为一枝独秀,它借着次大众传播媒介(车站、码头、机场、街头本来就是最容易传播大众信息的场所),扮演着非常活跃的角色。"谈及纪实文学受到市场欢迎的原因,王干认为:"因为纪实文学已经不象新闻那样舍去某些无关紧要但富有人情味的细节,也不象新闻那样只在一个平面上展现事件和人生,它比之新闻有了充分的足够让作者读者想象的弹性空间,但比之文学作品,它又有着文学作品无与伦比的生活实感。"

王干还认为:"这些年来小说读者减少的一个原因可能与此有一点关系,就是小说的认识功能小了,人们在读小说时往往只听到作者的'独白''自言自语',而不能洞见更为广阔的世界、更为广阔的天地。而纪实文学恰恰在这一点上对小说进行了充分的补充,我们在纪实文学中既可以听到作家和人物的心声,也可以看到大千世界的人生百相,各行各业,三教九流,灾害人祸,英雄明星,小丑恶棍,从玄妙无比的'哥德巴赫猜想'到清浊混沌善恶难辨美丑混杂的个体户世界,从计划生育的艰难到走穴的疯狂,从高层决策机构到丐帮,都有着全景式的描绘。"

10日　端木蕻良的《创作杂谈》发表于《北京文学》第1期。端木蕻良认为:"《红楼梦》中所运用的有两种写实主义。一种是一般的写实主义,也就是写真主义。曹雪芹写甄宝玉就是无一字不真,无一事是假;贾宝玉则置这个原则于不顾,如'太虚幻境''海棠予菱''祠堂悲音'种种溶汇到贾宝玉身上,塑造出'人间第一,天下无双'的不肖性格,与前者刚刚反着。我认为这种写法应该说是意象写法才觉恰当。"

吴方的《乡土情思与李佩甫近作》发表于同期《北京文学》。吴方认为:"《早晨》与《黑蜻蜓》的叙述重心往往偏倾于'主体'（叙述的与阅读的）同'乡土'的关系，好像是通过小说讲述的形式诉说一种复杂的'乡情''乡思'。"

12日 刘绍棠的《情节和人物贵在逼真——读长篇小说〈雾霭与阴谋〉》发表于《文艺报》。刘绍棠表示："今后描写地下革命斗争的文艺作品，首先要做到忠于历史原貌，令人信服。恰在此时，魏世仪同志的《雾霭与阴谋》使我耳目一新，情节和人物贵在逼真。"

15日 黄献国的《兵舍寻味的审美境界——评石钟山的短篇小说〈兵舍三味〉》发表于《上海文学》第1期。黄献国认为："石钟山则是以某种审美发现为创作契机与美感，从审美精神意识的生命力以至于对军人性灵的体察中，去选择小说的艺术视角，于是也便有了他不同于此前军旅小说创造的崭新的艺术追求。"

赵毅衡的《论小说的"自然化"》发表于同期《上海文学》。赵毅衡指出："自然化既是作者与读者的精神默契，又是读者甘心情愿上当受骗，认同作者的价值标准，放弃批评距离和审美距离。不论是现代的文学创作实践，还是现代的文学阅读实践，都离这个方向越来越远。"

同日，王光东的《新写实小说的美学特征及其值得注意的问题》发表于《文艺争鸣》第1期。王光东认为，"新写实小说却把人看作是社会生活关系的综合性表现，他们不把人的单向品格作过度的夸张，而是尊重人自身和客观世界的现有形态，承认人的一切活动和行为方式都有进入文本世界的可能，并且拒绝陌生化的原则，他们所表现的内容都是人人都可能经验过的东西"。

同日，木弓的《格非——"物"的叙述者》发表于《钟山》第1期。木弓指出，格非"帮助我们发现除了理性主义小说以外，发展其他类型例如追求叙事本身效果的小说也是可能的，并且不必有不正当的余悸"。

木弓的《张承志——必要的乌托邦》发表于同期《钟山》。木弓认为："张承志结构很古典，但他需要抵挡的却不是现代艺术观念，而是在新时期文学中迅速蔓延的平民文学意识。"

吴炫的《写实与形式——兼谈〈走出蓝水河〉等小说》发表于同期《钟山》。吴炫指出，人为对"写实"和"形式"的划分"事实上并没有给新写实小说和新潮小说在理论上提供多少可资借鉴的经验,而使得创作实践各自将写实与形式强调到不大适当的地步"。吴炫进一步指出:"写实与形式本来不应该存在对立的问题,划分一种小说流派也不应该在此意义上进行。"

17日 海军、鸣歧的《堕入泛性欲的迷惘——中篇小说〈雄性株〉读后》发表于《作品与争鸣》第1期。海军和鸣歧认为:"《雄性株》这篇作品之所以堕入泛性欲的迷惘,症结是偏离了人是'一切社会关系的总和'这个本质,将作品的支点建立在生物学的事实基础之上。如果人类只有饥与爱两大需要相适应的自存和存种两大本能,那么人类和其它动物还有什么区别呢?"

曾镇南的《幻觉中的心灵裸照——读〈习惯死亡〉》发表于同期《作品与争鸣》。曾镇南认为:"这无疑是一部向人们的生存习惯、感知习惯和审美习惯进行尖锐、大胆的挑战的力作。无论对张贤亮本人的创作生涯还是对我国当代文学的发展进程来说,这部惊才绝艳之作,都具有碑碣的意义。"

20日 汪溟的《"游离的言语":闲话——小说言语现象研究》发表于《小说评论》第1期。汪溟以王蒙的小说为例,认为小说中的"'游离的言语'(闲话)"打破了一般小说的"闲言少叙,书归正传"的传统语言规定,形成了"主体与文本(言语)的深情和深意的双重建筑形态"。汪溟指出:"'游离的言语'(闲话)作为一种新的姿态和方式,它的出现给予了整个小说艺术的观念和事实赋注了一种革命性的意义。"

徐亮的《在场——文学真实性新题》发表于同期《小说评论》。徐亮认为,关于文学真实性的关注重心集中在生活实在的真实性上,"生活实在的真实性首先体现为场面的真实性,而场面的真实性实际上是一个在场的问题"。

张德祥的《近年小说叙述方式考察》发表于同期《小说评论》。张德祥提出:"近年小说格式形态的发展变化,根源之一就在于叙述方式的变化。"张德祥认为:"在八十年代的小说创作中,最普遍使用的叙述方式既不是传统的纯粹外在客观形态叙述方式,也不是纯粹内在的心理形态叙述方式,更不是这种叙述主体直接出面对叙述圈套的营构,而是心理描写与情节叙述交叉并行、互为推进的叙述方式。……这种外在与内在互生并举、情节与心理交叉并行的叙述方式可以说是中国十余年来小说叙述方式发展变化的一种较为切实的选择。"

25日 陈晓明的《暴力与游戏：无主体的话语——孙甘露与后现代的话语特征》发表于《当代作家评论》第1期。陈晓明从"语言的暴力：叙事的能指化""多重文本：追寻话语之流""主体的失落：后现代的话语特征"三个方面分析孙甘露的小说，"把重点放在通过对孙甘露的叙事方法的分析上，透视出当代中国的实验小说（先锋小说）在叙事方面所达到的复杂程度，并且通过横向比较揭示后现代主义文化的话语特征和实验小说的困境"。

洪治纲的《美文的绿洲——新时期作家主体动向》发表于同期《当代作家评论》。洪治纲认为，汪曾祺、阿城、何立伟、李锐、阿成等"开始努力排斥小说作为虚构文体所不应负载的其他非文学功能，……他们在构思写什么的同时，开始更多地注重怎么写了。这种审美意识的觉醒，使得他们开始努力寻找小说与诗歌散文的种种契合点，从而在小说创作中追求一种抒情化和散文化"。

朱希祥的《顽童们抛水的圆圈涟——对马原、洪峰、格非三篇小说的演进特征批评》发表于同期《当代作家评论》。朱希祥认为，马原、洪峰、格非"叙述的故事几乎都有这么几个特征"："零碎的同时性""纯粹的自由叙述方式""审美距离的自控"。

本月

李运抟的《情节的完成与功能——当代小说情节艺术今论之一》发表于《芳草》第1期。李运抟指出："可以说，情节是由一系列审美化了的有内在关系的事件所合成。情节的收束，直接就与作品意旨与意境相联。完成得好，作品的意旨就能得以最后的出色昭示而意境能够升华，这实质上是将一系列有意味的事件的意味给了一次汇集性的'曝光'。"李运抟还指出："情节是人物性格的成长史，……脱离了情节的递进与转折，人物形象的性格是出不来的。由此当然可以说，塑造人物毋庸置疑是情节的功能之一。也因此，情节的完成如何，对人物性格的最终揭示是至关重要的。"

二月

1日 许振强的《形而上在写实观念中》发表于《鸭绿江》第2期。许振强指出:"我所以说现在多有的写实作家擅长缓缓地吸收和缓缓地变化,是他们的作品没有从根本上改变中国传统写实的面貌。理由是,当前几年国外的现代主义文艺思潮潮水般涌进时,当诸多写实作家缓缓地在写作中使用了夸张、变形、梦幻、象征、寓言、荒诞等手法时,从而小说笼罩了扑朔迷离的氛围时,细而观之,仍然是顽强地表现着理智,表现着主客观的统一,而不是让艺术经过主体世界就走向了非理性的无可解脱;形而上、某种超验精神意志的出现,一般体现为社会责任的反讽意义,在日常经验的此岸和精神彼岸之间循徊游弋,而不是一味地对神秘、荒诞的玩赏和崇拜,走向扭曲、压抑、忧郁、绝望、颓废的终极。因此,与其说他们面貌改变不如说他们面貌改善,现代主义思潮的某些枝条嫁接在传统写实的主干上。中国大部分写实作家,能够渐而思维形而上,渐而运用现代主义艺术方法,然而他们的哲学传统、道德传统是中国式的。民族血缘、性格、价值观念,使他们改变自己需要相应的文化环境和时间,这一点他们没有具备。"

5日 刘火的《从〈早茶笔记〉谈小小说的一种品格》发表于《山花》第2期。刘火认为:"小小说不仅可以以故事的精采,故事结局的出人意外,小说铺叙暗设包袱中跳出来,而且可以使小小说的创作空间廓大。从《早茶笔记》的形式意义上讲,确实是给小小说的一个冲击,甚至可以说,是对小小说旧的范式的一种挑战:不再依靠传奇,不再依靠结局的出人意外,而是借小说的叙事方式和汉语在排列方式上达到一种别致的品格。由此,又诱发另一种思考,由于这种不完全依靠故事本身的进程和结局,而是凭借形式上的某种变化使汪先生的这组笔记(遗憾我没有全部读完,也不知道汪先生今后还写不写)小说更具现代意义上的小说。……这样一来,小小说的审美取向与价值取向就不再是因果律的和线性的了(抖包袱是典型的线性模式)。"

翟大炳的《荒诞树上开出的荒诞花——关于小说视角艺术的独创与尴尬》发表于同期《山花》。翟大炳指出:"残雪小说的新颖之处并不在于她用的是内视角,而在于她以这个内视角给我们展现了一个鲜为人知的世界:人格障碍者和精神病人,……尽管作者采用了泛化背景的方式,但读者只要将自己在现实生活中所见、所闻的人格障碍者和精神病人的事迹和残雪这类小说进行对照,就不难发现残雪的小说虽表现为荒诞，但确实是有生活依据的，而且是对'文化大革命'所造成严重后果极其深刻的反映。"

15日 胡河清的《孙甘露和他的"信使"》发表于《上海文学》第2期。胡河清认为："孙甘露透露了他的主要的艺术观念：他的小说也是在试图编造一种虚假的现象界，一种第二人工宇宙，一种'仿佛'，正如徐冰制造假汉字一样。如果把纪德的不朽名作《伪币制造者》的书名斗胆改动一个字，那么就可以很确切地说，孙甘露的真实面目是一个'伪信制造者'。"

本月

於可训的《论现阶段小说创作中的新写实主义浪潮》发表于《芳草》第2期。於可训表示，他"倾向于把新写实主义看作是写实主义小说在现阶段的一种新的实践形态。这是因为，无论是作为一种文学精神抑或是作为一种文学思潮和文学流派，写实主义（现实主义）的原则一旦确立，它的本质的规定和基本的内容就是不可移易的，……它并未从根本上改变现实主义小说的原则精神，它的新主要表现在以下两个方面：其一是把近十年现实主义小说创作看作一个整体，相对此前阶段的现实主义小说，是一个新的发展。……极端的艺术因素在八十年代中期以后的创作中，确实都得到了认真的克服和纠正，但是，在这个过程中，现实主义小说的主体介入精神，对于穷究事理的兴趣，对于人类的生存和终极问题的关怀，以及对于现代主义的更为深入的理解和借鉴，却作为一种艺术的共识得以沉淀下来。……其二是把倡导新写实主义前一阶段的创作看作是新写实主义小说发展的前提，新写实主义是对这一阶段的创作实行反拨的新收获。……在众所公认的新写实主义小说中，有一部分显然是作为寻根和文化小说的余绪而浸染了这一派的艺术精神的。……另有一部分被称为新写实主义的作品则在融合现代主义小说的手法技巧方面走出了极为重要的一步"。

於可训指出："如果把近十年现实主义小说的新发展区分为自然的趋势和自觉的追求两个大的段落的话，那么，处于自觉阶段上的新写实主义的追求，是从寻根和文化小说就已经开始了的。现阶段倡导的新写实主义不过是它的更为成熟更为自觉的新收获。"他还指出："在1985年以前一个阶段，现实主义小说创作的发展基本上呈现为一种自然的趋势。……八十年代中期以后,……是近十年现实主义小说创作发展的一种自然趋向的终结,继起的寻根和文化小说就其本义而言,应该说已经开始了对于现实主义小说的新发展的自觉的追求。"

三月

1日 向荣的《消解意义:走向寂灭的语言游戏》发表于《四川文学》第3期。向荣指出:"中国先锋派机械地移置和仿效消解意义的西方后现代主义文学,割断了文学同本土'交流语境'的历史和经验的联系,颠覆并且游离了民族的审美欣赏传统,从而使文学作品异化成一种与世相隔凌虚蹈空的、在客观上拒绝阅读的文本。……消解意义的语言游戏最终倒置过来成了语言游戏的自我消解。"

5日 王愚的《视角的转换与视点的高移——谈近年来长篇小说的衍变》发表于《当代文坛》第2期。王愚指出:"视角的转换,从政治、经济、文化各个角度或者说从一种大文化的角度去选择题材、提炼主题、刻画人物、展开情节,才能使长篇小说包容广阔的生活流程,体现丰富的人生阅历,揭示复杂的性格命运和烘托浓厚的文化意蕴。"王愚还指出:"还有一些长篇小说,并不是以烘托浓重的文化氛围见长,但由于作者不再局限于从单纯的政治经济角度观照社会生活,不再以简单的政治阶级属性来规范人物,而是以民族文化心理结构递变与时代历史发展的纠结为轴心,去展现一代人心态变化的复杂与曲折,使人们体味到的人生微妙和提供给人们思考的内容,就丰富得多,也深沉得多。"

10日 王安忆的《写作小说的理想》发表于《读书》第3期。王安忆指出,写作小说的理想观念有四点:"一,不要特殊环境特殊人物""二,不要材料太多""三,不要语言的风格化""四,不要独特性"。

15日 李洁非的《虚构人物的价值》发表于《上海文学》第3期。李洁非认为,"小说的价值集中体现在虚构人物的艺术价值当中——诚然,这里特指小说独有的价值,……这类人物本身都不重要,他们的实际价值在于代表一种主题及其思考"。

同日，王侃的《叙述：从一个角度看近年的小说创作》发表于《文学评论》第2期。王侃指出："现在我们在小说中常能看到的情况是：作家与叙述者合二为一。"但是，"不是作家向叙述者靠拢而是刚好相反，结果是作家离作品远了；他们并不'投入'到作品中（即便是以第一人称写作，我们仍能发现'我'的非自我化）而通常超然于作品以外。这便造成了所谓的'冷叙述'（即叙述本身）。……有论者称之为'情感的零度写作'。小说尽可能地还对象以原生形态，将原初经验置于客观地位，作家以叙述口吻堆砌一堵话语墙来拒斥主观意绪的渗透"。

王侃进一步指出："小说视角无外乎三种模式：a. 叙述者＞人物；b. 叙述者＝人物；c. 叙述者＜人物。第一种即全知全能的叙事视角，这为惯常的现实主义小说所常用。第二种，叙述者只述说人物所知道的事情，只转述这个人物从外部接受到的信息和可能产生的内心活动。第三种，叙述者比人物知道的少，仅仅向读者叙述人物的言行，而不进入人物的意识。后两种视角显然是受了相对论和不可知论的影响。虽然，不能说近年来小说家已经完全摒弃了第一种视角，但后两种叙事视角无疑越来越占相当的比重。第一种视角显示了理性的无往不在的精神，后两者则相反。换句话说，非理性因素在近年的小说创作中扩展。"

同日，南帆的《主体与符号》发表于《文艺争鸣》第2期。关于"叙述语法"，南帆认为："'叙述语法'的提法显然表明了文学批评对于语言学的崇敬。对于'叙述语法'的概括说明，文学批评不再重视作为叙述主体的作家。一旦'叙述语法'作为故事编织的通则而确立，那么，作家在叙述上的自由创造则被置之不顾。文学批评所强调的毋宁说是诸多作家之间的相似之处，这些相似之处恰好证明作家无一例外地受控于语言结构，主体受控于符号。"至于"小说人物"，南帆认为："如果说小说的人物在符号学的眼中不是死亡了，那么至少也是语词化了。人物不再是一个个稳定的、个性化的实体，他在文本中不过是各种事件所汇集的空间。"

唐跃、谭学纯的《关于语言造型功能的理论阐述》发表于同期《文艺争鸣》。他们提出，第一，"根本不存在仅仅被视觉所感受的造型艺术，只有依赖想像的感受，造型艺术的效应才会实现"。第二，"造型功能的确定不在于物质材料的外观形态，而在于物质材料构造所蕴含的表现性"。第三，"理论家们对于语言造型功能难于启齿的最大障碍是语言的线性排列。……尽管在作家的心理形成平面，现实生活中图像和形体的丰富性依然鲜活，一旦落实到物质实现平面，面状展示和空间展示的意象必然转换为语言的线性排列所表现的语象。……语言的线性排列实在是不够确切的说法，确切地说，线性排列的只是文字，并非语言、或者说线性的文字排列构成语言的外观形态。索绪尔在表述这一问题时显得十分睿智，他认为语言的价值建立在各种关系之上，而以横向的句段关系和纵向的联想关系尤为重要：'句段关系是在现场的（inpraesentia）：它以两个或几个在现实的系列中出现的要素为基础。相反，联想关系却把不在现场（inabsentia）的要素联合成潜在的记忆序列。'……如果说，语言的横向组合关系无所谓造型功能的话，那么，由直观性的横向组合关系和表现性的纵向联想关系构成的平面坐标，就应当刮目相看了"。

同日　黄毓璜的《面对共同的历史——周梅森、叶兆言、苏童比较谈》发表于《钟山》第2期。黄毓璜认为，周梅森"其实就是一个在社会层面上对历史精神作出深度思索和灵动展现的作家"。至于叶兆言的写作，"总是有意无意地卸脱'历史'的重负，或者毋宁说热衷于跳出'历史'之外，从自在的生活层面上，创造其带上'自然化'倾向的故事"。苏童的创作则钟情"意象独特的表现力度，倚重意象的联袂接踵，在生命层面上呈示种种最基本的因而也最具本源性质的历史存在"。

月斧的《余华——在平面与深度之间》发表于同期《钟山》。月斧认为，"余华的小说仍是一种深度模式的延伸，他在叙述时却采用平面化的态度"，而正是"这种平面叙述建构'深度模式'所形成的悖反与反差，便形成余华小说的独特风范和价值取向"。

朱伟的《刘索拉小记》发表于同期《钟山》。朱伟认为："刘索拉的个体生命在我们这块很古老的土地上显示了一种先锋意识，但她在小说创作中的美学追求，用现在的眼光考察，也许压根儿就不是现代主义范畴的。"

20日　陈晓兰的《女性：作为话语的主体——从〈莎菲女士的日记〉与〈紫色〉看女性日记体、书信体小说》发表于《上海文论》第2期。陈晓兰认为："当女性作家，把'谁是叙述人''谁在发话''以谁的名义讲话'这些本属于纯艺术形式或机械性的技巧问题纳入意识形态领域时，形式的选用便具有了一定的内涵，写作也就成为'本文的策略'，因而含有女性主义的'政治'意义。在日记体、书信体小说中，以女性的身份充当讲述人，正是'我要用我真正的声音讲话'，'以妇女的名义讲话'这一'策略'或'观念'的形式化、表面化。它确立了女性作为'客体的个人'与'作为自我指称的主体'的双重性。在实际的讲述中，把'所谈论的作为某物的个人和隐含在言语行为的反思特性中的自我联系起来'，既确立了女性作为'人'的评判权力，也肯定了女性的话语权。"

邹平的《小说：预谋与随机》发表于同期《上海文论》。邹平认为："第二次小说潮的作家们主要进行了随机性写作方式的尝试。当作家们将眼光从文学外转向文学内，重视小说形式的艺术价值和意义参与时，他们的写作指向就必然是写作过程本身。他们不再相信有客观的'真实'，而更倾向于语言中的'真实'，叙述方式中的'真实'。在他们看来，作家在现实生活中积淀起来的人生经验，首先是一种语言经验，一种叙述方式的经验，因此，小说创作过程本身，就不仅仅是用语言去传达有创造价值的人生经验，更重要的是人生经验的语言传达也是一种有创造性价值的人生经验，因为它将改变和深化小说所要传达的人生经验。于是，他们开始从各个不同的方面来颠覆预谋性写作方式。莫言的《红高粱》显示了叙事者和叙事方式的变幻不定如何颠覆了一个本属于预谋性写作方式的故事，而语言的随机组合所产生的'通感'效果则更使小说的众多细节游离于主题之外。王蒙的《来劲》几乎是彻底推翻了预谋性写作方式的一切陈规旧习，不再需要写作前的带有过多理性成份的构思，需要的只是写作过程开始后的情感爆发，直觉体验和随机表达，一切都取决于脑中流泄出来的言语流转化为一个个方块字的瞬间所激发起的写作快感，于是，一切都是随机的。一切都无须如预谋性写作方式那样细致、周密地预置、安排，一切都取决于创作激情的冲动和写作动机的朦胧，一切都取决于开始写作活动后所进入的那个异常活跃的精神状态，一切都取决于脑力和体力并用的写作过程所唤起的艺术瞬间的艺术直觉。这正是实验小说家们逐渐建构、成熟以至发挥到极致的随机性写作方式。随机，不再是过去所理解的片断的即兴发挥，它的深层起因在于写作指向的内转。当作家愈加注意写作过程本身时，对语言自身的艺术可能性的挖掘，对表达陌生化的艺术效果的追求，对小说形式的艺术参与的实验，必然会跃升为第一目标，而随机则是达到这一目标的最佳选择。随机，作为预谋的对立体，也愈益在第二次小说潮的后进作家那里，得到了淋漓尽致的表现。无论是洪峰、余华，还是苏童、格非，都以他们的小说表明了这一写作方式的勃发的生命力。"

同日，陈炳藻的《论西西的短篇小说技巧》发表于《小说评论》第2期。陈炳藻认为，《鱼的雕塑》"这篇小说的结构是很完整紧凑的，一般故事的趣味通俗性在这儿一点儿也占不上分量，对话颇为简短，符合现实生活对话的真相，对话里对于艺术作品的意见，和对话外那种描写海滩的景象一样，属于一种自由基素（freemotif），是静止的，对篇中人物的塑形（mask）提供了一个印象；自由基素往往不是内容上的必需，却在情节的铺排上带来了柔与畅顺的美，是艺术形式上不可缺少的"。

陈炳藻还指出，《像我这样的一个女子》"最大的成功处，是作者在情节的铺排时运用了很具潜力以及有时是出人意表的对比构思，一开始作者就用上了正反方向的句子来推动情节，……可以看得出每句之间作者的心思以及对'句子间的刻意关联'（intenfional sentence correlatives）之重视，在前一个句子造成了一个视野后，跟着在接着的一个句子把那个视野作了一个转注，另开一个不一样的视野，这样的用法，使读者在阅读的时候，很快就参与了一个'预期、面对、回顾'的过程"。

陆志平的《小说情节新论》发表于同期《小说评论》。陆志平认为："所谓没有情节的小说，实际上是用一些小的情节代替总的情节。用没有啥戏剧性的故事，代替戏剧性强的故事罢了。"

谭学纯、唐跃的《叙述和元叙述》发表于同期《小说评论》。他们认为，新时期小说"语言变异的风格特征"有两个"最明显的征象"，分别是"叙述关系的扩大"和"叙述过程的中断"。

25日 方克强的《叙述态势：建构与解构——评李其纲的中篇近作》发表于《当代作家评论》第2期。方克强指出，李其纲近年来的中篇小说具有如下特点：第一，采用"杠杆"的叙事技巧，"'平工村'这一特殊社区与'死亡'这一人生的终结阶段是他思考的两大支点"。第二，小说的叙述者"我"与被叙述者之间呈现"间离"的效果。第三，"叙述者建构故事的努力采取了解构故事的方式"。第四，小说采取"一个探寻解谜式的叙述结构。复原历史的建构冲动与说明历史的解构努力交织在一起"。

马风的《对社会生活的试图参与和最终疏离——近期小说创作的一种选择》发表于同期《当代作家评论》。马风认为："一篇小说中，希图求得'政治'与'艺术'的平衡，即使不能说完全不可能，至少应该说要做很大的努力。……对于社会生活的试图参与和最终疏离，就是这一'策略'的具体化。'试图参与'毕竟也是一种'参与'，或者说也毕竟体现出'政治'。由于只是'试图'，才可能'最终疏离'，而正因为有了这个'最终'，才能催动小说向审美靠拢，从而保证小说具有了应有的美学品格。"

莫言的《清醒的说梦者——关于余华及其小说的杂感》发表于同期《当代作家评论》。莫言指出，余华的小说是一种"仿梦小说"，以《十八岁出门远行》为例，"它真正的高明即在于它用多种可能性瓦解了故事本身的意义，而让人感受到一种由悖谬的逻辑关系与清晰准确的动作构成的统一所产生的梦一样美丽"。莫言还指出："当代小说的突破早已不是形式上的突破，而是哲学上的突破。"

本季

李洁非的《从"无情"到"有情"——略论近之小说衍变》发表于《文学评论家》第1期。李洁非指出："作为一个主要的迹象，近之小说（九十年代伊始及其将至之前）逐渐流露出古典的、尘俗的感情，这即使尚未十分浓郁，却也是易于感受的气息了。……眼下的小说创作显而易见企图找回传统的价值观念，人际、人伦、人情构成了目前小说创作态势的三脚架，我们大致可以认为，九十年代中国小说将首先迎来一个富有保守主义风格的时代。探讨这种保守主义小说的形成，有多种原因，就小说自身的原因论，其中无疑包括实验小说'无情'的形式主义漠视人情世故所埋伏下的引线。从纯粹理论意义上说，以形式主义为宗旨的'小说革命'本身无可非议，也未必因其漠视人情世故就导致保守风格的回归直到反被后者吞没，欧洲的新小说可以为此作证。但中国的实验小说处在极其特殊的现实环境之中，在它之前，普通人文学几乎羽毛未丰，而它以革命姿态崛起后便挟'现代派'之威力，视既往一切为传统、为腐朽，令普通人文学羞愧无颜、折戟沉沙，而不是两者并存共荣；这种'现代'与'传统'之间如是你活即是我死的排它性，亦是八十年代中国文化运动的基本模式，故而我们只能说势使之然也。时至今日，所谓小说保守风格的复萌，依旧是时势的惯性作用；亦即，原先被实验小说以人道主义、现实主义为判词而压抑了的普通人文学，又趁此九十年代降临前后，人心渴望温情之机，报了'一箭之仇'。"李洁非还指出："标新立异之志渐去，骇世惊俗之心渐隐，而朴素平易之情渐浓——这种古典的精神，正从近之小说的各个方面表现出来，如语言技巧上的无为、散淡，故事的还原色彩，理念的搁置，以及作者心情上的去嗔去怒、去褒贬……。不是说中国文化富于人情味吗？这就是中国式的人情味。它同西方人道主义的人性论是迥异的另一精神；人道主义是一种凛然不可犯的原则、信念，中国式的人情味却仅是一种情怀。"

林为进的《并非一无所有——小说现状观察之一》发表于同期《文学评论家》。林为进认为："这两年的小说，可以说是从'寻根文学'中受到启发，并进一步确定自己的艺术追求的。'寻根文学'固然存在缺点和不足，但它回到文学自身，不是直接临摹现实，企图还原现实，而是努力创造出一个相对独立和完整艺术世界的追求，无疑是符合艺术的规律和要求的。也正是在这一点上，为近两年的小说创作打开了一个新的艺术天地。而这两年的小说创作，又避免了'寻根文学'过于冷僻、虚泛的不足，把描写的基本点放到现实人生的表现上来。……取材开放、叙述从容，是近两年小说创作给我们的又一个突出的印象。新时期刚开始的那几年，所有的小说基本上都是'问题小说'。从作者的创作冲动到具体的构思和描写，从读者的接受到评论界的赞扬，都是围绕'问题'去进行，从'伤痕'到'反思'，从呼唤改革到揭露改革中的困难和阻力。社会当时关注什么问题，小说就表现什么问题。'问题'几乎成了小说所唯一关心和追踪的对象。这对于曾经长期不准揭露矛盾，或说'公开性'程度欠缺的社会和文学来说，自然不乏其意义和价值，起码在推动解放思想，促进社会改革方面起到了相当积极的作用。不过，只擅此道，长而久之，慢慢就见出了小说创作题材选择的狭隘和构思的单一。文学自然少不了社会学层面的意蕴，但又决不止限制于社会学的范围，而具有更为丰富的东西。就这一点来说，近两年的小说就显得颇具艺术的自然化了。首先体现于并不去专门的、有意识的寻找什么问题，似乎生活中的一切都能成为小说描写的对象。"

林为进还指出："从个体的视角出发，无疑是近两年的小说摆脱了'问题小说'的局限，使选材和叙述显得比较自由和从容的关键所在。从个体出发，也就是把描写的焦点集中于某一个或几个人物，然后透过这些个体的艺术存在，表现出社会、历史、文化与环境对于各种人生的影响和制约。……正是由于明确了以创造艺术世界为自己的核心任务，近两年的小说创作不仅选材比较开放自由，而且叙述也相当从容。那种开端、发展、高潮、结局四段式的模式，已不大走红，大部分作品都似乎是比较随意就开始了叙述。"

宋曰家的《新时期小说叙述者变化略论》发表于同期《文学评论家》。宋曰家指出："新时期以来，小说叙述者一个突出的重大变化就是远离了作者。"新时期小说"在叙述者形态上出现了超越五六十年代、直追五四并有所突破的景象。这就是大量的小说叙述者更加远离了作者。这种远离作者的叙述者不仅较多地出现在短篇小说中，而且也为不少中篇小说（如《无主题变奏》《蓝天绿海》等）甚至长篇小说（如《习惯死亡》《玩的就是心跳》等）所运用"。

宋曰家进一步谈到叙述者与作者的联系是如何彻底分离的，"第一、作家不再让叙述者代表自己的思想意识，使其缺少以前小说叙述者所具有的那种统一的理性精神，而是更多地让其富有自我特色的感性体验。……第二、作家不再以明确肯定的人物作为叙述者。以前的与作者有所分离又有某些一致性的叙述者，多是为作者明确肯定的人物。从这样的叙述者的叙述情趣和对人物事件的褒贬爱恶里，就易于见出作者的思想。而现在的一些小说叙述者多是心态复杂、为种种交织混杂的社会人生问题所困扰的矛盾体。他们不具有超出常人的识见，而是一些寻常人物，以庸常的心态叙事。更有甚者，一些小说的叙述者是精神受挫者（如残雪的某些小说叙述者），生活中逸出常轨者（如王朔的一些嬉皮士式的小说叙述者)。这些叙述者不是被作者作为体现自己思想的简单的肯定人物出现在文本之中。由他们也很难直接找到作者的思想。因而读者也不会将他们与作者认同。第三、作家不再使叙述者具有评判对象的权威性,传统的与作者未经分化的叙述者,因为是作者的全权代表,就具有对故事人物进行评判的极大权威性。后来出现在作品中、与作者有所分离的叙述者,虽然有所限定,但因在一定程度上可以看作作者的代表或替身,对故事人物的评判,就还有一定的权威性。现在的一些小说叙述者由于多是具庸常识见的寻常人物,其对故事人物评判的权威性就失去了,况且作者还进而限制叙述者,有的连些微的评判也谈不上了。"

宋曰家还指出:"新时期小说叙述者的又一突出变化,是叙述情感的两端化,出现了情感外露型叙述者和情感冷漠型叙述者(也即零度情感叙述者)。""先说情感外露型叙述者。情感外露型叙述者多为主情感宣泄说的作家所采用,以新感觉派作家莫言、洪峰等最为典型。出现在这些作家笔下的叙述者,不管是自叙者还是他叙者,都是自我张扬、情感外溢的。当然他还要讲故事,但故事不再以传统的客观形态出现了,尽管有些段落也是出之于冷静客观的叙述,但象过去那种以浑圆自足的情节为主干的叙述形态不见了,客观物象的描述性转变为内在感知的表现性,瞬间感觉的讲述替代了稳定现实的描述,文本故事的一切都要浸润在叙述主体的强烈情感意绪里,呈现给读者的不再是一个本当如此或理应如此的现实世界,而是着有叙述者自我特色的感觉世界。"而情感冷漠型叙述者"不但不议论抒情,而且连自我情感的投射也没有,一切均求客观,让人物故事以自在的形态呈示出来。这就是说,先前的隐在叙述者虽有约束,但还只是隐形,并不隐理、隐情,叙述者不出现于文本之中却又让人觉得他无处不在;而冷漠型叙述者要最大限度地约束限制自我,不仅隐形,而且还要隐理、隐情,让人感觉不到叙述者的存在。显然地,情感冷漠型叙述者不是向传统隐在叙述者的回归,而是从隐在叙述者向后大大退缩,走向了极端"。

王干的《写实的深化——略论近年小说创作之新变》发表于《文学评论家》第2期。王干指出:"1985年以后,由于'现代派'文艺思潮的冲击,一些作家开始不满于'茅式'话语,但又不想急功近利地模仿塞林格、赫勒、马尔克斯、卡夫卡的语态,而寻求在中西方文化的交汇点上确立新的语言坐标,于是叶兆言、刘恒、刘震云、苏童等几乎不约而同地转向了'白描'。"

尹鸿的《新时期小说中的后现代主义文化特征》发表于同期《文学评论家》。尹鸿指出:"后现代主义文化对中国新时期小说的影响,在范围和程度上不断增加的同时,作家的创造自觉性也不断加强。"这一点,通过三个主要方面表现出来:

第一,"非虚构小说大量出现。非虚构小说是一种以纪实性和纪实风格为基本特征的小说类型,它也是后现代主义文化的组成部分。它用一种通俗的、生活化的语言和叙事方式,排除创作主体的强行介入,解除文学的神秘性和陌生性,尽可能逼近生活,与生活同一,回到现实的表层来,放弃人为的理性化概括和主题性修葺。近几年来,这种非虚构小说以各种报告文学、实录小说、纪实小说、仿纪实小说的形式在中国大量出现。当然,它们中有部分作品仍然是遵循传统的创作模式,而有的作品则采用了某种后现代主义的创作方式和写作技巧,如桑晔、张辛欣的《北京人》系列、陈村的《一天》等作品"。

第二,"中国新时期小说中的后现代主义文化特征也表现在大量的所谓'非主流'小说中。这些作品力图使人生活于一种自由自在——但不是自私自利——的文化真空中。这种倾向,在刘毅然、叶兆言、苏童、格非、余华、方方,特别是王朔、徐星的小说中都有不同程度的表现。这些小说,与一般的现代主义先锋文学不同,大都有鲜明的人物性格、具体的情节细节,甚至相对完整的人物命运和故事,语言通俗、描写生动、节奏流畅、线索明晰,显示出一种大众化的文化特征"。

第三,"中国新时期小说中的后现代主义文化特征还表现于一些'反小说'的实验作品中。所谓反小说,就是对传统小说的整体性、因果性、连续性、规律性等程序和规定的叛逆,使小说不成其为小说。这与现代主义的先锋小说不同,现代主义作为对现实主义的反对,它力图用一种新的小说观念来取代传统的小说观念,而反小说作品则趋向于对小说观念的一种后现代主义的解构,使小说不再有统一的规则、整合的意义,而成为一种本文的游戏。在小说的意指行为中,表层的能指系统并不必然引向一个深层的所指意义"。

刘恪的《〈红帆船〉赘语》发表于《中篇小说选刊》第1期。刘恪指出："湖南师大毕业时，我想考古典文学研究生，为此我奋斗了两年。特别喜欢辞赋与魏晋南北朝文学，于是引发了我以楚辞传统为基础而铸造一种新的小说格局。这样我先在结构与语言上作些探索，每部作品都以三三循环的'九章'布局，语言上采取铺张扬厉的报态化手法，是一种重感觉重体验的主观化语言。作品的基本精神特质是浪漫主义，充分扩大想象空间，在时空处理上尽量阔大复杂一些。这仅仅是我的一种想法，探索是否成功只能留给读者述评。"

四月

1日 李庆信的《小说的象征形态》发表于《四川文学》第4期。李庆信认为："作为叙事文学的小说，内容则离不开叙事（即使带抒情因素、也离不开述事，围绕着叙事），其象征意象的建构也总离不开叙事三要素——故事、人物、环境，因而在处理'意'与'象'、虚与实、情与理等关系上，与诗的意象建构大不相同。有人说：'在一切艺术样式中，戏剧特别适合于象征主义的表现手法，因为它利用了有形的情节。'其实，小说的象征形态，不仅同戏剧一样，可以充分利用'有形的情节'以及人物、环境，而且由于兼有语言艺术的优长，叙事更为自由，表现更为多样。因此，我以为，在各种文学艺术样式中，也许小说的象征形态最为完备，最为丰富多采，从本体象征到富言象征、符号象征等各种象征形态，无不在小说中有充分多样的表现。"

3日 本刊编辑部的《到人民生活海洋中去》发表于《人民文学》第4期。文中写道："我们强调生活是文学创作的唯一源泉，却绝不意味着生活本身会自动转换为文学，文学并不是生活的原生态的一度存在，而是经由作家全身心的投入，在执著甚至痛苦的寻找、开掘和发现之中，与作家个人生命相撞击，交合熔铸而后提炼、升华，进行艺术再创造的生活的二度存在。因此，我们既必须重视作为文学创作源泉的生活问题，又必须重视作为艺术创造主体的作家的主体性的问题。"

5日 王浩洪的《叙述视角的复合效应》发表于《长江文艺》第4期。王浩洪认为："叙事文学创作不仅需要转换叙述视角，以增加叙述变化，同时，还需要对同一时空中的事物进行不同角度的透视,以便拓展叙述空间,增加叙述内容中的信息含量。这种不同角度的透视,在具体叙述中表现为对叙述视点的复合。随着叙事艺术的发展,不单叙述视角转换的手法得到广泛应用,叙述视角复合的技巧也受到作家的重视和运用。"王浩洪进一步指出:"叙述视角的复合,或者叫做多重叙述观点的运用,在一个新的意义上拓展了叙述的表现功能。如果说叙述转换是从纵的方向变换叙述主体,构成叙述层次的变化的话,那么,叙述的复合则是从横的方面改变叙述的结构,扩大叙述的内容和对象的内涵。由于叙述复合是以多重叙述视点共融为前提的,因而能对同一叙述断面上的事物进行多角度的透视和同构,使叙述的平面结构发生变化,使叙述内容和内涵的扩张获得条件。"

王浩洪还说道:"在创作实践中,这种对叙述内涵扩张的叙述复合,可以给作者带来这样一种美学效应:对作者'何以知道'的内容,可以表现为(或理解为)其它叙述视角、叙述主体的叙述,作者便脱出'全知全能'的窠臼而处以超然的境地,保持客观的叙写姿态和与作品内容的距离感了。这一点,对于进行收缩主体情感的'距离叙述',是具有积极的意义和作用的。"

同日,罗强烈、张健健的《〈塬上风〉二人谈》发表于《山花》第4期。罗强烈认为:"在小说的写法方面,艺术创新或者说小说艺术的现代追求与传统、与民间生活原生态的东西之间如何形成一种适当的结构,并将这种结构化在具体的叙述形态当中,这是当代小说一直在摸索的问题。使人感到高兴的是《塬上风》在这方面摸索到了一些写作手法,作者在结构和叙述上处理得比较恰当,整体效果不错。"

6日 刘白羽的《病中答问》发表于《文艺报》。刘白羽认为:"文学是人学,这句话,既是艺术哲学的概括,必定也是创作实践的导向。文学诉诸感情,不能打动人,就不成其为文学。所以,革命历史题材,军事战争文学,同样要着重于刻划人,写人的心灵,写人的命运,写人的悲欢离合。"

瞿世镜的《四世同堂——当代英国小说家群像》发表于同期《文艺报》。瞿世镜认为:"读者们既能看到马丁·艾米斯的社会讽刺小说,又能欣赏巴恩斯的新颖艺术形式。而老作家默道克、中年作家费伊·韦尔登、青年作家拉什迪都曾被评论家认为带有魔幻现实主义倾向，这或许更能说明问题。总之，当代英国小说既非传统的现实主义，又非现代主义，它体现了一种折中主义的文化思潮与兼收并蓄的艺术风格。"

7日 潘天强的《寻根文学中的文化意识》发表于《光明日报》。潘天强认为："'寻根文学'迅速在中国文坛上掀起了一股热潮。文学界的这股文化热是'五四'以来中国文学对民族文化批判继承这个永恒主题讨论的继续。其中最突出的特点就是表现了改革开放新形势下中国社会，尤其是农村社会新旧两种文化形态的无声搏斗。传统生活方式和文化形态拼死抵抗着外来观念的冲击，与当今迅速发展的商品经济和大工业生产方式形成尖锐的矛盾。"

同日，李洁非的《小说角度概论——关于小说艺术的基础研究之一》发表于《天津文学》第4期。李洁非指出："角度问题可以说是个彻头彻尾的实用问题。它无非是指，你打算从哪个侧面开始和展现你的故事。……角度之于小说写作，首先是必然的前提，其次才是技巧。"

李洁非将小说角度总结为"作者的角度""个别人物的角度""神的角度"三种。李洁非说道："所谓作者的角度将赋予该小说叙事上明显的主观态度，不论作者本人是否到故事人物中去充当一个角色。实际上，就这故事的感情内涵而言，他是唯一重要角色，他是整个故事高高在上的仲裁者。作者的喜怒欢愁，既支配着故事、人物的特点，很大程度上也支配着读者的理解。……这种作品里，其主要人物的个性、气质尽管似乎是分明的甚或彼此冲突对立，但仔细分辨后总能显示出他们是同一精神实体的分裂或不同的侧面，他们永远不象其它小说角度中产生出的人物那样各自独立却仿佛是一群天生的骨肉分离的一母同胞，只有合在一起他们的存在才是坚实的，因为他们背后那个精神实体就是作者本人的精神世界。"

"个别人物的角度"，即这样一种小说，"它与作者只具有写作（情节处理、语言操作）上的关系，而无意志、情感上的关系，作者放弃使自己成为主角，让人物充当主角，支配他们的行动，于是，我们就得到了一种截然不同的小说，其性质更接近于戏剧的性质。……在作者的角度中，作者本人成为看不见的小说主角，他引导着故事和读者并以这种方式杜绝了迷失和混乱。作者在其中不光是意义、精神、情感的实体,也是布局和穿线的实体。现在,作者从小说的内容和形式中退隐出去,显然就需要一个代替者,这个代替者应该提供给我们观察小说情节的角度,引出故事开头并表明其结尾,或者他作为自由游动的特殊人物连续出现在好几个故事中,把它们串连起来,这样,就出现了以某个人物充当叙事角度的做法"。

"神的角度。……但偏偏有这样的小说,而且不在少数,它们对所述之事的观察既不依据作者个人的角度也不采取故事中人物的角度,而是超乎这二者之上,从作者和被描写者都达不到的一个高度俯瞰着一切,这种高度实非人间任何个体所能拥有,我们唯有称之为神的角度。……神话的角度正是那种所谓'全知全能'的角度,用作者本人或故事中人物的观点都解释不了这种角度,而只有将它归结于神。我们拒绝从理智上承认神的存在,但我们必须承认在观察事物时存在一种'神的角度'。"

13日 路遥的《生活的大树万古长青》发表于《文艺报》。路遥指出:"在当代各种社会思潮艺术思潮风起云涌的背景下,要完全按自己的审美理想从事一部多卷体长篇小说的写作,对作家是一种极其严峻的考验。你的决心,信心,意志,激情,耐力,都可能被狂风暴雨一卷而去,精神随时都可能垮掉。我当时的困难还在于某些甚至完全对立的艺术观点同时对你提出了责难,不得不在一种夹缝中艰苦地行走。在千百种要战胜的困难中,首先得战胜自己。"

15日 蒋原伦的《小说·历史·意识形态——周梅森、格非小说中的历史》发表于《上海文学》第4期。蒋原伦指出:"迷宫般的结构和出人意料的结局既是格非小说的特征,同时也成为这些作品非意识形态化的一个显著标志,而这一切(譬如同样一个曲折迷人的故事)在周梅森那里就成为其历史观的佐证和意识形态的一个部分。"

20日 霍达的《我为什么而写作》发表于《文艺报》。霍达指出:"如果说我当年的戏剧是为自己的爱好而写,为历史而写,那么,今天的小说和报告文学则是为人民而写,为现实和未来而写了。祖国和民族的命运也就是我的命运,这其实是中国当代大多数知识分子和文学家、艺术家的共识。今天的中国,还是一个发展中国家,比起一些发达国家,我们经济上还很落后,还需要几十、几百年的艰苦奋斗。在这样的现状,文学决不是一项轻松的工作,而是艰巨的使命。早在几十年前,鲁迅先生就在我前面提到的那篇文章中说过,他不赞成把文学看作'闲书',并且认为所谓的'为艺术而艺术'只不过是'消闲'的别称。他老先生是对的,中国的文学家、艺术家还远远没到'消闲'的时候,我们要为祖国和民族而忙碌。恐怕到了遥远的未来,当这个动荡不安的地球上的许多问题都解决了,人类生活得远比今天滋润的时候,文学艺术也不会变为'消闲'的玩艺儿。因为到那时,更新的使命又会摆在文艺家面前。"

孙力、余小惠的《贴近生活 直面人生》发表于同期《文艺报》。孙力、余小惠指出:"都市的变化日新月异。做为作家,我们意识到:这是一个伟大的时代,是中国的命运和历史发展的重要阶段。一种强烈的社会责任感和创作的冲动,促使我们下决心搞一部结构宏大的长篇小说。我们觉得,那种以一家一户,一厂一街的视角去取材,虽然也可写出当代都市的骚动。但那毕竟仅是一种折射。我们决定直面社会,力图全景地,站在历史的高度,去俯视当代都市各个社会层次里人们的命运和心态、在历史的变迁和复杂人际关系的变化中去写现实生活的裂变中人们的观念冲突和困惑,人们对自己命运的抗争和奋斗,写出创造社会生活的人们的勃勃生机。"

五月

1日 雷达的《关于小说创作的若干思考》发表于《作家》第5期。雷达指出:"近几年小说的总趋势,是从'主观化'向'客观化'的过渡,从'观念潮'向'生活流'的过渡,从个体生命意识向群体生存本相的过渡。"雷达还指出,"这类小说(指新写实小说——编者注)确有自然主义倾向,……首先因为,假若追本溯源,作为流派的现实主义在十九世纪中叶成形以后,实际是存在两种倾向的:一种更倾向于理性概括,后来便以突出典型环境中的典型性格来表述,……另一种更倾向于原色的甚至残酷的真实,后来把医学、病理学、遗传学观点都吸收进来,即所谓左拉模式。而近年来一些被冠为新写实的小说,倒确实靠近后一种分支,但走得没那么远"。

雷达进一步指出:"进入1990年后,一些似曾相识的样式陆续出现,'问题小说'的重现就是值得注目的情况。……下个阶段是否问题小说要复兴，要成为中短篇创作中的主要声音？"关于这个问题，雷达认为："这种可能性是存在的。但是必须明确，我所谓的问题小说，……是广义的、深刻的、有极大涵盖面而又具有相对稳定性的问题小说。它当然具备我们一般理解的那种大胆揭示社会矛盾，敏感地突入精神价值的冲突，把干预性、歌颂性和批判性巧妙结合等特点，但又不仅如此，它极有深度地提出问题，由问题切入，却能开掘到社会的、经济的、文化的深层，探究关于时代精神、民族灵魂、历史意识甚至人类前途的重要问题。"

汪政、晓华的《短论四章》发表于同期《作家》。文章由《文人小说或小说的文人性》《赋比兴借说》《读书之风》《'还原'的歧路》四篇短论构成。汪政和晓华指出："我们觉得中国文学尤其是中国当代文学的严重不足就是比兴有余而赋性不足，这个看法的具体展开也许是，中国作家太沉湎于诗的国度的优越之中，这实际上是把自己永久地停留于我们的童年时代；赋性的不足表明中国作家缺乏深刻的洞察力，缺乏对世界的宏观的把握以及清醒的理性建构和在相当长度里完成宏大事件的叙事能力、语言表达力和心理耐力；而这一切均未被中国作家意识到，相反，他们在从事赋性创作时却对比兴思维流连忘返，甚至企图在赋体作品中大量融进比兴，严重者竟以后者去代替前者。如前一时期流行的诗化小说，这场小说新变的功过是非尚无最后评说，但我们提醒一句，这场运动实际上是文学的返祖，由于比兴的入侵，使赋体作品变得朦胧、隐晦，于是小说告别了叙事，告别了理性，再也负担不起对生活的客观把握，而只能抒发自己的心灵情感，一些人生的感喟，这是比兴对赋体的一次严重伤害，它使得中国小说削弱了建构史诗的能力。"

6日 单正平的《论组合小说——对一种新文体的初步探讨》发表于《河北文学》第5期。单正平指出，与传统短篇小说相比较，组合小说具有以下特点，第一，"有故事而无冲突，至少没有戏剧性较强的冲突"。第二，"重叙述轻描写。组合小说重视通篇的整体效果，并不特别着意于人物肖像、环境氛围的描写渲染，也极少对人物作心理刻划，更不作旁观者的分析思考"。第三，"客观的叙事视角。组合小说大都采用第三人称叙述，保持客观冷静，情感态度比较彻底地隐蔽起来，不介入，不抒情，不议论"。

15日 陈平原的《小说的类型研究——兼谈作为一种小说类型的武侠小说》发表于《上海文学》第5期。陈平原指出："武侠小说的根本观念在于'拯救'。'写梦'与'圆梦'只是武侠小说的表面形式，内在精神是祈求他人拯救以获得新生和在拯救他人中超越生命的有限性。"

同日，中国社会科学院文学研究所当代文学研究室整理的《"新写实"小说座谈辑录》发表于《文学评论》第3期。金惠敏认为，"马克思主义的现实主义，尽管在新文学发展中有一个渐进的认识过程，其核心始终包含两方面内容：现实观念和理想主义"，而"在'新写实'小说里，正统现实主义的现实观念和理想主义完全被突破了。……'新写实'小说由于把自己贡献给既无过去又无未来的永恒的生存矛盾，理想主义便不得不从现实中默默遁隐。取而代之的是一种新的存在哲学——活命哲学。……从新时期文学的忧国忧民的现实主义母题，转变为忧人——对人的一般的永恒的存在的关心"。

张韧认为，"新写实"小说与"现实主义、寻根文学、现代主义、纪实文学"有"不同的价值取向"，"新写实"小说"从'小'处落墨，以日常平凡生活为审视对象，淋漓尽致地展示了传统小说那种以小见大、平中见奇的艺术优势"，此外，"从哲学观念看，新时期文学出现了由为人生到为生存的价值取向的演化。……从把握生活的创作方法和技巧方式看，新写实小说自然是脱胎于现实主义的，但它并不是现实主义的回归或新现实主义。……在表现方式上更接近于纪实的文学风格"。

董之林认为："最重要的是文学对外来的模仿，正逐渐与本土的'实'融合在一起。"

张德祥认为，"生存意识的强化是'新写实'小说的一个基本特征"，"新写实"小说"不排拒传统现实主义的典型化原则，但明显的事实是扬弃了那种急功近利地传达政治观念的所谓'典型化'原则"。张德祥还指出，整体来看，"新写实"小说"这一文学现象没有脱离现实主义文学范畴，……这一文学现象实质上是现实主义适应当代社会现实、文化思潮、审美意识而产生的一种形态。……它的真正内涵和使命就应当是完成一个历史性的综合，即站在一个新的历史与美学高度，把中国的历史进程、现实存在、文化形态、民族的生存境况与精神状态整体地纳入文学视野进行观照开掘，把各种新的艺术手段和审美因素融化和统一到文学的现实主义精神上，使中国当代文学走向更深一步切入和反映时代现实的新境界。实际上在'新写实'小说中已经体现出某种综合的努力"。

陈晓明认为，"新写实"小说可以分为"面对现实"和"面向历史"两个群体，并提出："值得提醒的是，时下关于'新写实主义'的讨论，几乎忽略了'先锋派'转向讲述历史故事这一事实，在我看来，这是一个令人遗憾的疏忽。"

曾镇南认为："用现实主义的，尤其是典型化的尺度去衡量'新写实'小说这名目笼罩下的作家作品，我认为是比较切合实际的。如果着眼于他们的作品对传统现实主义的反拨和挑战，一条一条地列举，强调这些小说异于传统现实主义的地方，这是非常勉强的，不能自圆其说的，而且容易分散了作家们进行现实主义的典型化的艺术概括的注意力，使他们把弱点误认为长处，走到自然主义的邪路上去。"

何火任认为："由于其开放意识的拓展而又忽视了对现实主义小说新质的追求，反倒暴露出明显的局限与弱点，那就是对新时代社会生活的认识和把握上的片面与偏激及其表现生活的艺术格调趋向低沉。"

最后，张炯指出："'新写实'小说的'新'就'新'在它着意表现人的生命体验、生命冲动和生存状态、生存困境，然而它的局限也恰恰在这里。它不是在完整的意义上表现生活的'原生态'，'生活的本相'，而是在自己的选择中有意忽略和淡化生活中本来有的重大社会冲突和标志不同社会形态的带有本质性的社会关系（包括阶级关系、党派关系）以及受这种关系所制约的人物性格的社会内涵（包括阶级意识和心理、政治欲求、道德伦理观念、宗教和哲学信仰等等）。"

同日，陈晓明的《历史颓败的寓言——当代小说中的"后历史主义"意向》发表于《钟山》第3期。陈晓明以1986年为界限，认为在此之后"先锋小说群体不约而同热衷于书写那些家族破败的故事"。他指出："中国先锋小说讲述的历史颓败的故事至少包含两层意义：其一，遁入历史领域找到话语'合法化'（legitimation）表述的方式；其二，逃逸到历史颓败的情境中获取补充和替代现实的存在。"

费振钟的《何立伟——回到晚唐》发表于同期《钟山》。费振钟认为："在80年代中期普遍显示个人风格的小说时代，何立伟以精巧和诗意，独自回到晚唐诗歌，回到古典意象的范畴，无疑亦会使人眼前一新。但就依靠意象构成小说，尤其象古典绝句那样使用一个单纯的意象而言，何立伟肯定难以驾驭大的结构，而他在延伸作品的容量时又须注意防止将小说写成短篇寓言，因此，他只在有限的视界内，追寻一种流动的时空物象，例如飞去的鸟、流逝不居的水、消融的雪等等，无论是人生的忧伤惆怅还是美的感喟或者其它，其中都能品味出一种永恒感。"

朱伟的《接近阿城》发表于同期《钟山》。朱伟指出："阿城的《棋王》把'写什么'变成了'怎么写'。……阿城凭他的朴素、机巧和含蓄，有可能结束知青小说的写作，使别人再也无法重复那些浅层次令人腻味的呻吟和痛苦。进而就可能引发中国新时期文学出现新的根本性的转机。"朱伟还指出，"禅宗公案的结构，写意画派的具体笔法和道家的境界"是阿城表现他自身的工具。

17日 张炯的《关于〈伏羲伏羲〉和"新写实"小说的对话——答〈作品与争鸣〉记者》发表于《作品与争鸣》第5期。张炯指出："这些小说（指'新写实'小说——编者注）有许多确乎淡化了人物性格的典型刻画，淡化了社会的阶级关系、阶级心理，也淡化了时代的背景环境。于是乎，在这些作品中我们便很难看到当代历史脉搏的强大跳动，……从中看不到时代的主旋律，也就很难产生出视野开阔的、真正不愧为社会主义伟大时代的镜子的伟大作品来。"此外，张炯还表示，他"希望不要把表现生命体验、生命意识、生存状态与反映一定时代的社会关系、社会矛盾对立起来"。

20日 陈炳藻的《论西西的小说技巧（续）》发表于《小说评论》第3期。陈炳藻指出，《褪色的云》"对主角人物内心的注解或提示，作用与西西在《感冒》篇中多半儿的引句相同；笔者觉得这样的方法是属于'作者的干扰'（author's interference）一类的，在这等场合里，作者用了第二个身份（implied author）进入了小说，有时候用评书人的角度去说话，有时候用读者的角度去说话，有时候用旁观者辩护者的角度为作者或篇中人物说话；或谓作者在作品里是无所不在的，并且是无可奈何地潜身于作品之中，实在很有理，读者可以在作品里发现他，或是他自己用不同的方式现身说法，即使是一段很切合书中人物身份的对话，可这段对话到底也是经过了作者的斟酌和同意后才派上用场的；在泰半的情形下，作者应当潜身勿现，特别在第一人称观点的小说，作者已经有了不现而现的现象，处理就得更加细致和客观了"。

丁永强整理的《新写实作家、评论家谈新写实》发表于同期《小说评论》。多位新写实作家、评论家发表了看法。叶兆言说道："我是用言情小说的笔法来写《艳歌》的，言情小说有两个特点：一是细腻，一是公式化，我的小说也是这样。但在写的时候，又常常在关键时候破坏了言情小说的规范，写言情小说的同时反言情小说。"

刘震云说道："我写的就是生活本身。我特别推崇'自然'二字。崇尚自然是我国的一个文学传统，自然有两层意义，一是指写生活的本来面目，写作者的真情实感，二是指文字运行自然，要如行云流水，写得舒服自然，读者看得也舒服自然。中国的现代派作品就不自然，是文字游戏，没有什么价值。新写实真正体现写实，它不要指导人们干什么，而是给读者以感受。作家代表了时代的自我表达能力，作家就是要写生活中人们说不清的东西，作家的思想反映在对生活的独特的体验上。"

池莉说道："我认为将来中国的史诗性作品将是很现实的。但这并不是想要干预生活，我很怕直露地写出思想，而认为应该含而不露。……我的作品完全是写实的，写客观的现实，拔高了一个，就代表不了人类。作者的作用只是在技巧上的凝炼，使小说不那么单调、枯燥、冗长和无意义，实际上是生活现象的集中、提炼，是生动的细节的组合，《烦恼人生》中细节是非常真实的，时间、地点都是真实的，我不篡改客观现实。所以我做的是拼板工作，而不是剪辑，不动剪刀，不添油加醋。"

苏童说道："我写《妻妾成群》，主要是想变变花样，向传统退一步，关注故事、人物，看看有些什么效果。而过去则是有意对之进行消解。"

周梅森说道："我总把人放在比较特殊的环境中加以表现，人的本能在特殊环境中才能表现出来。我不进行解释，任何高明的解释都只是一种解释，让读者进行各种补充,和读者共同完成小说。"

李洁非的《小说母题刍议》发表于同期《小说评论》。李洁非认为"小说母题"在中国存在研究的空白,并在文中对"小说母题"的概念进行了阐释:"母题理论最初始的思想可概括成如下二点。①母题是情节的最小单位;一篇小说的情节由若干母题组成。②'母题形成'实际上就是故事和人物行动的因果关系的建立。"参考安德·乔利斯的"简单形式"理论,李洁非认为小说母题也像是一种"简单形式","作品的文学形式实际上是把许多这种简单形式结合在一起,并相应地对它们做些修改"。

汤姆·沃尔夫的《新社会小说的文学宣言》(王鸥译,金惠梅校)发表于同期《小说评论》。张韧在正文前撰文说道:"我以为《新社会小说的文学宣言》不是一篇仅仅局限于谈现实主义的论战性文章,它是在两大背景下阐述了作者的文学主张。一是美国社会历史背景,……呼出了一个强烈的声音:美国社会历史需要现实主义。另一大背景是美国近四十年的文学历史,描述了现实主义与'先锋'小说的论战。"张韧同时指出:"有的论点尚可进一步讨论;对于现实主义、非虚构小说与新新闻主义,论者将三者概念似乎完全等同了。"汤姆·沃尔夫在正文中指出:"正是现实主义创造出对小说来说至关重要的'引人入胜'和'为之心醉'特性。"

王治明、李昺的《小说叙述中的主观性与客观性》发表于同期《小说评论》。王治明和李昺认为,"小说的叙述被分为主观的叙述与客观的叙述",但具体到作品,则"没有纯粹的客观叙述和主观叙述",因此,小说叙述中的客观性和主观性呈现"二律背反"的情况。

24日 金水的《试析〈新战争与和平〉结构艺术》发表于《文艺理论与批评》第3期。金水认为:"这部小说的结构艺术既继承了我国古典小说的优良传统,又不拘泥于传统。它还吸收了电影、音乐、绘画乃至书法艺术的某些技巧,创造出一种新型的开放型单元结构。"

25日 李洁非的《小说类型探讨》发表于《当代作家评论》第3期。李洁非指出,第一,"章回小说即由若干篇章组成的长篇小说"。第二,"话本可以说是中国古代短篇小说所生成的一种最主要的文体类型"。第三,笔记小说是"世所罕见的叙事文体",或可命名为"素描式小说","这种小说无主题、无情节变形,但有人、有事;它的描写仅仅触及这人和事的表面,……这也正是中国美学意识的一种流露"。

南帆的《世俗与超越》发表于同期《当代作家评论》。南帆认为,当代文学有一个"奇怪的失衡":"文学所容纳的世俗精神远比超越意向强大。多数作家都对世俗生活倾注了极大的关注,仅有个别作家抽空想到了有关超越的一系列问题。……对于当代文学说来,这种失衡意味了一种思想向度的中止,一种文学风格的缺失。"南帆还指出:"在传统的文学话语——它包括现实主义与现代主义——之外,当代文学尚未出现一种崭新的、强有力的文学话语。"

吴炫的《写实的障碍》发表于同期《当代作家评论》。吴炫认为:"新写实小说如果说还存在什么问题,也正在于作家们过于浓烈的表现乃至宣泄欲望对其写实本身的冲击:还原中的释放性、形式上的夸张以及受观念影响的理想化人物塑造,使新写实小说的面目因为作家主观因素的介入变得含糊起来。"

本月

李运抟的《使命的说客——当代小说情节艺术今论之二》发表于《芳草》第5期。李运抟指出:"当代小说的'使命',众多作品的'作者声音',无论它们是思索、叩问和探寻什么问题,它们都必须也只有依靠情节来展示和传达。小说作为叙事艺术,其根本的骨架就在于情节的结构与铺展。……否则,小说与散文就无所区别了。"李运抟还指出:"情节作为'使命的说客',它虽然应该尽力去体现并完成'使命',但这种体现和完成却不能割断了生活的联系;作者固然应该不拘客观而升华生活地写人状事,但审美主体意识的强化,又绝不能视客体为随意被操纵的傀儡。……唯有把握好主题与情节的和谐、情节与生活的和谐,才能使主题既突出而情节又可信,也才能在浓郁的生活气息中完成艺术的使命。"

梁昭的《小小说的艺术结构——古今小小说浏览余笔》发表于《南方文坛》第2期。梁昭认为:"古小说母本注重编故事。一千多年来,艺术结构的探索创新,始终居于次位。这是我国小小说发展较为缓慢的原因之一。"

于尚富、许廷钧所著《小小说纵横谈》由文化艺术出版社出版。本书对小小说的内部规律和外部关系作了初步探讨，以茅盾对"小小说"的论述为基石，追溯源流，考察中外，又根据二十世纪八十年代我国"小小说"创作再崛起的新形势，进行了较深入的探讨、概括和总结，对"小小说"在小说形态上新体例的形成，从比较中做了系统的论述，分类科学，见解精到；并选有古今中外"小小说"名作45篇作为附录，其中半数以上是八十年代的新作品，供读者阅读时比较研究。

六月

1日 胡宗健的《小说的叙事模式》发表于《作家》第6期。胡宗健认为，"这些作品（指《因为，我是父亲》等——编者注）的叙事方位不仅打破了原来由全知叙述所组织的情节结构形态，依靠叙述者的心灵自由来结构作品，而带有浓重的主观色彩，也使人物性格带有较强纪实色彩的真实感"。

胡宗健还认为："在小说结构倾向上，从外部叙述转到内在意识冲突的叙述，不是按照生活的逻辑来结构生活内容，而是按照意识活动的逻辑来进行结构，这就造成了小说结构的心理化和小说时空的自由化，即我们常说的以人物心理而不是以故事情节为小说结构中心，以人物的'情绪线'而不是以故事的'情节线'来安排叙事时间，这样一来，既打破了曾经固守传统的连贯叙述，又能达到'类似于心灵的裸体'。……在《人到中年》里，结构的心理化和时空的自由化是显而易见的，小说把故事的时空打乱，把一个个片断安排得七颠八倒，小说中所有的行动，即使人物意识到的，也是分散成支离破碎的，具有明显的发散性。……相比较而言，她的《懒得离婚》则多了一层那种现代人所渴望的文化堆积，即在对封闭的家庭生活和婚姻生活所进行的叙述还原方面，使那种混沌未开的生活本相冷峻地端现于我们面前。"

李书磊的《关于许谋清小说的笔记》发表于同期《作家》。李书磊认为："地域色彩只是小说的'热闹'而不是小说的'门道'。小说的对象和背景不是决定因素，决定因素是小说家的理解和表现：角度、结构、语言、情调。我们的批评界对乡土文学（或称文学的乡土性）长期的片面推崇使许多小说家误入歧途，放弃对小说艺术的探索而转向题材的猎奇：这不能不说是一种罪责。"

15日 王鸿生的《追问与应答——李佩甫和他的神话视界》发表于《上海文学》第6期。王鸿生指出："不妨把'道德关怀'设立为李佩甫小说的基本母题，我发现，一旦作此'设立'，他所有零散的、'枪'法不一的叙事尝试便能有所聚合，并从整体上得到说明。"

周政保的《卷入现实与艺术创造的智慧——朱苏进小说论》发表于同期《上海文学》。周政保认为："小说艺术的终极实现，还得取决于小说家的'世界观'，即那种洞观世界的能力，那种感悟与理解人的存在景况的可能性。……人的生存意识或人类的意识，是朱苏进小说观念的脊梁一般的重要构成。这也是朱苏进小说创造及其艺术智慧趋于成熟的标志之一。"

同日，周政保的《现实主义精神与文学使命感——关于中国小说的出路》发表于《文论月刊》第6期。周政保指出："就当今中国的小说现状而言（暂且不论那些肤浅低劣、充满了商业气息的小说），不少被热情地标示为'新潮小说'的作品（绝不是全部），其中所呈示的那种对于异域小说的轻浮拙笨的模仿，那种走过了头但又无法证明其可靠性的'超前意识'，那种盲目的形式追求，那种钻进'象牙之塔'而漠视中国社会现实及文明进程的假贵族主义……已经使它们在严峻的生活面前显得渺小与无足轻重了。"

周政保还指出："小说审美的'现实主义精神'必然导致小说传达方式（或叙述形态）的'无边性'，因为这种'精神'并不象'现实主义创作方法'那样要求小说的描写必须接近生活的原生面貌：它不排斥'重现'或'再现'，但也不以此为唯一的传达方式。它可以充满假定性，可以变形，可以象征，可以寓言，也可以'诗化'或'散文化'，等等。它承认一切可能的艺术途径——'现实主义精神'只要求小说家关注历史进程中的社会生活，并从中发现更高层面的'现实'，即人的现实，或者是人类生存景况的现实。"

17日 雷达、何镇邦、潘凯雄、蒋原伦的《〈一地鸡毛〉四人谈》发表于《作品与争鸣》第6期。雷达在《把生活的原生态还给艺术》一文中写道："新写实小说成功的一大原因，就在于把生活原生态还给艺术。……可是，他是否过于停留在生活的表象层，过于'形而下'了呢？另一方面，他是否又过于排除思想情感的提升，美感的发掘了呢？"雷达还指出："对刘震云来说，重新思考典型化问题又保持独特创作个性，也许是有必要的，当然，我们不应对典型化作狭窄的理解。"

潘凯雄在《发人深思 催人反省》一文中指出，"或许有人会指责震云的这类作品太灰了，缺乏一种昂扬向上的力量"，但是，"完全可以有理由用一句套话来加以回答：生活难道不是这样的吗？因此，我们没有任何理由和资格去指责震云这种冷峻地剖析现实的态度，相反倒是应该从中去进行更深的反省"。

本季

张达的《探索现实主义的本真意义——读池莉的三部中篇小说》发表于《文学评论家》第3期。张达指出，第一，"池莉的中篇创作从一开始就表现出了一种反伪饰的倾向，表现出了一种力求最大可能地逼近现实生活的努力，在我看来，这正是她作品的最根本的特色。因此，与其说她的作品是新现实主义，不如说是本真意义的现实主义"。

第二，"池莉的中篇小说与前些年此类题材作品的不同，还在于人物形象的塑造上，即把视线集中地投向了一门心思'过日子'的世俗人物。……池莉通过自己的小说创作，不是试图展现形形色色、异彩纷呈的生活道路，而是意在追踪一种大致相同的人生轨迹，这就是世俗人生。这样，她对人物形象的刻画，也就更多地呈现为类型化，而不是个性化。概而言之，就是世俗人物类型"。

第三，"池莉的中篇创作在其艺术的方式和方法上也表现出了相应的特点。据我分析，主要有下述两点：第一，不注重故事，而着力于生活过程的叙写。……第二，不注重心理，而着力于外在形态的描绘。……将以上两点综合起来，足以见出池莉中篇创作的叙事风格在于追求平实"。

方克强的《知识分子与原型心态——评孙颙的中篇小说〈雪庐〉》发表于《小说界》第3期。方克强指出："《雪庐》的最大特点，就在于从'史'的角度表现知识分子的现实心态。从表层来说，它以八十年的尺度勾画出四代知识分子连续性的执著和时代性的变异；从深层来说，它则以千年计的尺度揭示了中国知识分子一种源远流长的原型心态。"

七月

1日 吴秉杰的《小说情调的转变——兼谈近年小说创作》发表于《作家》第7期。吴秉杰指出,第一,"1985、1986年的寻根文学首先宣告了某种'激情'和'浪漫气'的终结。它们普遍地有一种压缩的情感和叙述语言;平淡,低调,例如阿城的作品。在极简练的语句中常常把动词或形容词用作宾语,它突出一种亘古不变和静态的气氛。即便是最富现实生活内容的小说(《棋五》《孩子王》)等,其时代特征也不丰富、鲜明和突出。寻根文学多数都采用了中性的背景或模糊的现代背景,无论是立足于当代社会的所谓'文化小说',还是采自僻远疆域、原始生活形态的所谓'寻根'之作,都使人感到熟悉而又遥远。而时代背景的淡化——这一最能激发起读者不同的阅读反应和情感色调,直接地影响读者的感情投入方式与方向的基尺,则变得模糊,也使得这一时期的创作显得奇异的'有味'而又'无情'"。

第二,"随后的先锋派诸才彦们则完全奉行那种以自己'内在感情'为依据的形式法则,并认为这种纯主观的表达决不比那信奉理性概括的寻根文学更为主观。跳跃性、随意性、偶然性,零散化及无深度,它们更多的不是在构建自己的故事,而是在破除另一类的故事,破除那种可以运用故事来概括历史的'幻象'"。

第三,"新写实小说在对于民族文化的重视及对传统的认同上间接地受了寻根文学的影响,只是它更有现实感。寻根文学关于文化的考察似乎是历史的,而结论常常是非历史的(例如某种不变的文化观念乃至宿命观念)。其描写方法、手段是客观的,而表现的内核则又是主观的。这就难免走向自己的反面。同样,新写实小说着重于反映自己感知的人的'生存状态',在感觉性这点上也和先锋小说相通,只是它从不让感情淹没现实"。

5日 邓仪中的《周克芹创作的里程碑——读长篇小说〈秋之惑〉》发表于《当代文坛》第4期。邓仪中指出:"《秋之惑》所着意刻画的华良玉的形象,也许在概括一个历史时代方面、在历史感方面并未达到许茂的水平。可是这是在新的历史条件下,在描写农村新人的艺术探索中的一个新的收获。华良玉是农村历史性变革中涌现的有理想有文化的新人。他既不是缺乏理想光彩的旧式农民，也不是过去那一类头上有光圈、不食人间烟火的理想化的人物。作品正是基于这个人物命运的展示和丰富内心世界的剖析，概括了新时期农村社会生活新旧交替、充满困扰又充满希望的历史特点。"

王利勤的《也谈"写实"——近年写实小说简析》发表于同期《当代文坛》。王利勤指出，近年写实小说的失误主要有两点："其一是感性理性关系的真实性处理有失误。……对写实有兴趣的读者自然产生疑问：真实的命运难道果真仅仅跟着感觉走？真实的生活果真与理性绝对无缘？即使对写实作者的动机不加评论，稍微正视一下经验也会发现，没有理性的生活在今天是不真实的。显然，如此写实观通过拒绝理性已经拒绝了一种真实。写实观的'还原'已不完整。其二，有序与无序关系的真实性处理上也出现失误。写实小说注重个体感性，命运叙述随个体行为而转移，于是单个命运叙述的有序性得以加强，但忽视人的存在的社会普遍制约性，却有陷入更广的不确定性之危险。"

赵智的《诗画结合：小说文本的审美追求》发表于同期《当代文坛》。赵智指出："小说创作和绘画艺术相结合，作为一种审美追求，可以使小说文体收到神奇的艺术效果，这种艺术效果主要表现在四个方面：一、强化表现力。……二、小说创作吸收绘画的长处，可以强化小说文本的主观色彩，更好地表达作者的情感意绪。……三、诗画结合，可以增强小说文本的空间感。……四、诗画结合，可以使小说文本感官化，使形象富有造型性，以增强感染力。……只有充分吸取其他艺术的长处，小说创作才能焕发活力，小说文本也才可能成为真正的'有意味的形式'。"

同日，张奥列的《长篇小说的徘徊》发表于《莽原》第4期。张奥列指出："作家既注重内容的开掘，也注重形式的把握。形式，是对内容转化过程的完成，是内容与表达的显现。不同的形式产生不同的效果。适当的形式可以深化主题。……应该承认，近年的长篇创作，作家的个人风格增加了，作品的表现手法丰富了，艺术意味浓郁了，反映生活也有立体感了。但与此同时，人物形象的塑造减弱了，典型性的效果降低了。这恐怕是近年长篇小说虽有思想深度和艺术创意而仍难以给人留下深刻印象，难以人人传诵的一个重要因由吧。"

13日 宋季华、郑心伶的《文学要给人以精神上的向上感——陈残云访谈录》发表于《文艺报》。陈残云指出："我觉得，文学创作，与自己经历过的东西完全一模一样，那就不成其为小说。但有这样的基础，加以符合情理的虚构，这样的作品，真实性就比较强。写东西，没有生活，光空想，很难想出来。"

15日 汪政的《论文人小说》发表于《上海文学》第7期。汪政指出，在当代文学中，"它（指小说散文化和诗化中的散文和诗歌范畴——编者注）只指古典时期的散文风格和诗歌风格，甚至只局限于其中的某种特殊的气质。……更确切地说，是古典时期限定的一种人文精神。这种人文精神只为特定的角色所欣赏和具备，这个角色就是'文人'"。而文人"毋宁说是一种隐形角色，再抽象一点说，或是一种精神，……现当代几个倡导小说散文化诗化的小说家其实近似'文人'"。在汪政看来，"'文人'对小说的消解首先就是把小说的世俗的叙事的语言更换成'诗文'的语言，转移阅读在小说中的兴奋中心，从而悄悄地在阅读里抹掉小说的'范式'"。汪政认为，"'文人'小说本质上不是小说，而是传统诗文，'文人'就是'文人'，他们本质上并不是小说家，'文人'小说只不过是'文人'向世俗、向商品化反击的一个举动，是他们试图消解世俗文本，在'文人'文化失落之时重建自己理想家园并在语言世界重建自己的权威和形象的策略"。但汪政也指出，"小说的诗化和散文化使这些毛病（指缺乏结撰'史诗'式作品的能力——编者注）越发严重了，它使小说更向浅薄、平淡、弱小的方向发展"。

颜纯钧的《论"世俗小说"》发表于同期《上海文学》。颜纯钧指出："这些世俗小说都抛弃了'寻根'小说对文化问题深思玄想的路数，而在平淡的世俗生活中展示真正的文化之根。"

同日，丁临一的《评长篇小说〈都市风流〉》发表于《文艺争鸣》第4期。丁临一指出："《都市风流》在刻画人物、描写生活时，是充分注意到了生活化与理想化的结合的。换言之，它不仅是注意到了生活的某一侧面的真实，而且注意到了社会生活的多侧面的、全面的真实的。较之近些年来的许多作品来，《都市风流》所体现出的现实主义精神与它所取得的现实主义创作成就，主要表现于此。"

20日 陈大康的《论通俗小说的双重品格》发表于《上海文论》第4期。陈大康指出，通俗小说具有这些特征："首先是语言浅显，即所谓'以俗近语檃括成篇'。……通俗小说的第二要素是描述大众喜闻乐见的故事。……第三要素是适合大众欣赏习惯与审美趣味的形式，如章回体的格式、线条清晰的简明结构、紧凑曲折的情节以及用简炼笔墨勾勒人物形象的白描手法等。综合地说，通俗小说就是以浅显的语言，用符合大众欣赏习惯与审美趣味的形式，描述人们喜闻乐见的故事的小说。"

沈善增的《新写实主义新在哪里？》发表于同期《上海文论》。沈善增指出："就我读到的这两年国内发表的'新写实主义'小说而言，无论在文学观念、结构方式还是叙述技巧等方面，都难以看见'新'因素的闪光。有的评论将写小人物或非英雄人物视为这类小说的'新'的特征，其实现实主义从来就不是非以英雄人物作主人公不可的。……还有的评论将描写日常琐事作为这类小说的'新'的特征，这种观念只要举出《金瓶梅》《红楼梦》来做例子便不攻自破。我还听到过一种说法，说这类小说在性心理性行为的描写上更加开放，因此说它们是'批判现实主义＋性'。这也许是一种揶揄的评论，所以我没见到形诸文字。然而，即使我们严肃地对待这种论点，它也是不能成立的。因为只要承认D·H·劳伦斯是现实主义大师，当代中国作家就无法在'性'描写方面与他争夺创新权。"

同日，徐剑艺的《小说叙事方式的自我指称价值》发表于《小说评论》第4期。徐剑艺认为，小说作为"语言艺术中较写实的一种文体"，它的"形式的自我指称价值就尤为隐蔽"，分别隐藏在小说形式的"语言方式——文体"和"叙事方式——文本的叙述结构"之中，"前者与具体作家的话语方式相联系，而后者则与具体作品的结构方式相联系。因此，在语言方式背后的主体是'作者'，而在叙事方式背后的主体则是'叙述者'"，而"小说叙事方式的自我指称价值就在叙事方式本身及'叙述者形象'这两个形式中呈现出来"。其中，"叙事方式的自我指称价值往往体现在叙述者和故事的关系上，而叙事活动的自我指称价值则体现在叙述者与读者的关系上。……所以前者凸现的是'方式'的自我指称，后者则是叙述者自身的自我指称"，而"叙述者的形式的自我指称价值不是叙述者在故事中的角色指称和对故事的观念性情感性表现价值，而仅仅是在作品一般所指内容以外的一个'纸头上的生命体'自我指称价值"。

21日　马振芳的《论拟实小说的艺术形态》发表于《文艺研究》第4期。马振芳指出："拟实小说大致可分为三种形态：故事型、生活型和心态型。"在这三种拟实小说中，"故事型产生的时间最早，是第一形态。……早在西汉或西汉以前就有《燕丹子》那样规模较大的拟实故事流传于世，刘向的《列女传》《说苑》和《新序》也有许多人物传奇和历史传说。……生活型是拟实小说的第二形态。它的兴起与繁荣远在故事小说之后，而在心态小说之前。笔者所见最早的生活小说是作于七世纪末的我国唐前期作品《游仙窟》。……所谓心态小说，是指那种直接展示人物的内心状态、意识流程并以此构成作品主要内容的小说"。

24日　马风的《孙犁小说论的"生活"观》发表于《文艺理论与批评》第4期。马风指出："孙犁的某篇具体的小说评论而言，或许仅仅触及到了小说理论和小说创作实践的一个局部、一个层面、一个环节。但是，如若把他的小说评论汇聚在一起加以观照，那么，就不难发现孙犁的思维触角所探及到的范围，几乎涵盖了小说理论和小说创作实践的广阔领域，至少说，是涵盖了主要的和重要的领域。"

马风进一步指出："在孙犁的小说论中，'生活'并不是一个空泛的概念性的代称，而是一个包蕴着诸多具体内容的实体性存在。……至少涵括如下几个方面。（1）对于'生活'的基本理解。……（2）'生活'的构成因素。……（3）对'生活'所采取的态度。……（4）'生活'与艺术表现手法。"马风认为："孙犁小说论的'生活'观是对现实主义创作原则所具有的先进性而进行的基本论证。"

25日　林为进的《林断山续江复开——1990年长篇小说述评》发表于《当代作家评论》第4期。林为进指出，1990年"长篇创作追求开拓和超越的内在运动，如突破外在意义的题材限制，由'古典'向'现代'的嬗变，更执著、更深入表现生存本相、生存状态等，于这一年不仅可以见到继续的探索，而且在某些方面平静而又有力地、真正表现出了所谓的突破与超越的实绩"。

27日　斯蒂芬·古德的《重见天光的美国黑人小说》（金惠敏、朱建新译）

发表于《文艺报》。斯蒂芬·古德指出，"黑人作家所取得的最惊人的成就在于，他们把民俗文化、方言土语与最栩栩如生的现实主义有机地融合在一起"。

本月

费振钟的《范小青的"物语"小说》发表于《春风》第7期。费振钟指出："在这里，我相信短篇小说的长处在于创造气氛，而不在于设置情节的说法不无道理。当然关键之点，也许并非单指范小青知道怎样运用'气氛'来发挥短篇小说的优势，重要的是，与现实感相悖逆的神秘性，导致了范小青对现实生活观察角度的转移，她在非现实性的神秘背景下，就不是一般地去看待那些庸常人物的生活方式和精神方式，而是多了一层幽默感，一种从骨子里透视出来的幽默性质。"

聂雄前的《走向长篇与追求大气——试论"湘军"近期创作态势》发表于《芙蓉》第4期。聂雄前认为："走向长篇，既是新时期文学主题、观念不断演化的合乎逻辑的发展，又是中国当代文学趋向成熟的反映。而'湘军'作家在这方面所表现出来的先锋姿态，则再一次印证了鲁迅先生关于楚人蓬勃着特有的'敏感和热情'的说法。"他还指出："长篇特有的较长的时空容量，无疑能使社会批判和文化反思获得纵的联接，而必要的故事情节链和相对较多的人物，为作家的哲学冥思提供了自由选择的载体，也为作家运用多种艺术技巧保证了较为宽阔的天地。文学要摆脱受制于某一观念、某一主题、某一种艺术语言或表现形式的局限，就必得选择长篇——具有恢宏气度、大家气派的长篇。"

八月

1日 田中禾的《短篇小说与门杰海绵》发表于《山西文学》第8期。田中禾说道："当我们认真回顾，重新阅读曾经使整个社会激动一时的一些作品时，我们会看到，小说仍然不过是在沿着诠释社会政治、文化历史的狭窄巷道跑前跑后。正思也罢、反思也罢，都在一维的线性上表现正负值。小说总未逃脱'文以载道'的载体角色，所不同的只是'道'的各不相同罢了。"

15日 康正果的《土原上的蚁民——兼谈杨争光小说的土味》发表于《上

海文学》第 8 期。康正果认为："杨争光与众不同的地方在于，土味并不是他刻意追求的趣味或风格，而是他的小说所呈现的形而下世界给人的一种感觉，或者说'土'就是那个世界本身，是人被自然吞没的境况。在杨争光的小说中，'土'的实质就是生态与心态的双重贫瘠。"

晓华的《一片闲心对落花——储福金近作读札》发表于同期《上海文学》。晓华指出，"储福金几乎一直坚持着第三人称的方法，大概这样可以遏制主体过分地介入到作品当中去。第二个明显的外在特征是储福金叙述语言几乎没有什么感觉化和评价性，不管叙述的对象是什么，他都保持着叙述上的独立性而不被对象所左右，这在情节的高潮部分体现得尤其明显，……叙述人始终冷静地处在冲突的外面，保持着一定的距离。……如果实在不易控制，储福金便干脆采用'省略'的方式，这是储福金小说结构的一个重要特征"。

张新颖的《理解吕新》发表于同期《上海文学》。张新颖认为："《农眼》《哭泣的窗户》《绘在陶罐上的故事》《旧地：茅草一片金黄》以及最近的《葵花》等，却逸出了这个框架（指再现、摹拟论的观念框架——编者注），代表一种新向度上的探求与开发，表现出使吕新与中国当代作家相区别的个人性特征。"张新颖总结道："这类作品姑妄称做'弥漫性文本'。"

同日，刘江滨的《走出虚幻的迷雾——苏童近作艺术转换窥视》发表于《文论月刊》第 8 期。刘江滨指出："苏童以中篇力作《妻妾成群》给当年沉寂的文坛画上了一个漂亮的句号，而实际上却开启了他的小说创作的第二次转换：不仅拓辟了苏童小说又一领域——'妇女生活系列'，而且以往小说中那种扑朔迷离的神秘虚幻之雾开始袅袅飘散。……人物形象逐渐从一种虚幻飘渺的状态中变得清晰而逼真，尽管仍然笼罩着心灵投射的烛光。情节链条互相搅动着形成了故事中人物性格的运动过程中，而且构成了自足性的叙事圈套，故事的演进不再是将具象的碎片重新拼接，将存在主义世界的荒诞无序寓于对应的结构形式中。苏童惯用的时空错位，'记得'或'多少年以后'母语模式的穿插，尽管不失为一种叙述手段间或继续沿用，但基本上是置于总体的物理线性时序框架之内，因而既显得清晰易辨，又耐人回味。"

17 日 张曰凯的《新时期笔记小说的勃兴》发表于《文艺报》。张曰凯指出:"作家们运用这一精短、灵活的文体,多是观照现实生活,拾取改革大潮溅起的朵朵浪花。仅从上述篇目看,大致可分为两类:一类是勾勒人物肖像,展示改革潮涌中的人物精神风貌;一类是截取生活片断,隐喻社会舞台的种种人生体味。"张曰凯还指出,中国民族化短篇小说文体的审美特征概括起来,有以下三点:(一)质朴自然,不尚雕琢。(二)含而不露,意味隽永。(三)散淡不拘,简约、白描。对此,张曰凯认为:"上述三点审美特征,体现在笔记小说作品里又是相辅相成,互为因果,浑然一体。因无拘无羁,信手拈来,便写得从容、裕如,致使作品质朴自然。"

同日,王朝的《荒诞:一种深刻的生存体验——〈新兵三事〉中荒诞的表现及意义》发表于《作品与争鸣》第8期。王朝指出:"荒诞意味的体验,源于作家对民族文化性格和社会文化环境的深刻的理性自觉。正是在《新兵三事》充满荒诞意味的人生图画背后,隐藏着作家一种强烈的怀疑精神和批判意识。"

阎舒的《"叔叔"的困惑——谈〈叔叔的故事〉》发表于同期《作品与争鸣》。阎舒指出:"小说对中国知识分子问题的思考,仍有明显的局限。……它的致命之处,就在于它为叔叔的故事设计的可怕的情节发展,摧毁了许多人对不幸婚姻的痛苦情绪,并为他们维持旧有的生活提供了现实依据。"

本月

谢志强的《小说创作的规模意识》发表于《东海》第8期。谢志强指出:"通常,一篇(部)小说,用'长'或'短'这个量词来衡量其篇幅,确定为短篇、中篇、长篇。这是一个平面的概念。小说,其实是一个立体的概念。因为'故事'须在一定的时间、空间内发展、构成,形成一定的框架。在此,使用'规模'一词似乎更能揭示小说的形态。"此外,"几乎每一个作家,在某一个规模领域总是有所特长。……在小说家的内心,有着一种规模的思维定势,这种规模定势作用着他(她)对待素材和体验时代生活的方式,以及建构小说框架的方式"。

达流的《困惑与期待:近年小说的道德审视》发表于《芳草》第8期。达流指出:"近年小说在道德审视上的显著改变是从早先的泛道德批判状态中收缩回来,集中思考涉及到人自身的道德问题。……如果说早先小说在捣毁封建伦理道德意识和道德价值反思方面取得了可观的成效,那么近年小说在新道德新伦理的推进方面却显得步履蹒跚,迂回曲折。"

九月

1日 晓华、汪政的《小说的文体界限》发表于《四川文学》第9期。晓华和汪政认为:"从起源的意义讲……我们获得了小说的第一个规范,即叙事,人类的欲望是多种多样的,比如相对于情绪的宣泄,人们有了诗和音乐。小说的功能是讲述人类的生活历程和生命历程,所以,叙事乃是小说的文体内在规范之一。因而,有一种通俗的说法,即认为小说就是讲故事,这在一定意义上是有道理的,小说的样式、风格、类别确实很多,但我们把小说史爬梳一下,凡是站得住脚的流传久远的无不是故事讲得漂亮的。可惜,这一小说的最原始最起码的规范有不少人正在忘却,甚至有不少人企图颠覆它,最明显的事实是我们刚才提到的不少小说家提出小说的诗化问题,声称要以诗的方式去写小说,这是什么意思呢?诗和小说的职能并不相同,诗提供情感、意境,小说提供叙事,于是,反情节、反故事、反叙事蔚成风气,认为故事情节或叙事是一种低级的艺术,这样,小说中没有了叙事,有的只是一点印象、意绪、气氛和情感,小说成了散体化的诗!从本质上讲,我们实际上就丧失了用语言寻找自己生命旅程的途径,我们的生活生命又一次变得偶然化和不可复现。"

"坚持小说的虚构原则是不是也有助于中国小说的发展呢?如果把小说等同于记事散文,就取消了小说家的想象力,小说家只要具备把生活的原来存在改换成语言叙述就行了,它本质上是一种记忆力,是复述的能力和'翻译'的能力,这只要文字功夫稍好似乎就可以了。而一个小说家仅仅有此显然是不够的,他首要的条件是非凡的想象力,无中生有的再造能力,他必须在真实之外重新构造一个世界,这就不是任何有文字表达功夫的人都能具备的了。从量上讲,任何人都可以虚构,但对小说,尤其从中国小说的未来讲,虚构必须是大规模的、天衣无缝而又充满奇想的,这种虚构的品质是史诗的,是托尔斯泰式的,是巴尔扎克式的,是马尔克斯、福克纳式的,前几年人们讨论中国的长篇小说为什么质量上不去,虚构能力差恐怕是其中的重要原因。"

5日 吴秉杰的《小说中的文化态度——对于新时期小说创作的一种思考》发表于《当代文坛》第5期。吴秉杰指出:"王安忆、郑义、阿城、张承志等的创作,不同程度地强调了我们生活中与传统文化联系着的生命的纽带,他们有的是取儒家的'仁义',有的是突出禅宗的'顿悟'与道家的'无为而无不为',有的则是放大到了生命的归宿,带有某种改造了的宗教命运的意味。与此相反,韩少功的作品,则可以说是对于传统文化的否定和'国民性'的批判。"

10日 孙达佑的《浩然创作心态》发表于《北京文学》第9期。孙达佑指出:"浩然童年生活的艰苦与少年时代的不幸,对他创作潜意识的形成有着不可漠视的意义,由苦到甜的生活对比,特别是当他由一个孤儿,置身于富于理想魅力氛围的革命队伍中时,他的思维完全被政治化的生活统摄了。……他的作品正如俄国现实主义作家冈察洛夫一样:'我只能写我体验过的东西,我思考和我感觉过的东西,我清楚地看见过和知道的东西,总而言之,我写我自己的生活和与之长在一起的东西。'"

15日 傅修延的《试论叙事作品的题旨标示》发表于《文艺争鸣》第5期。傅修延指出:"标示是文本中出现的起'标志''显示'等作用的叙述手段。……以引导读者按叙述意图把握故事。"

黎湘萍的《当代小说的语言探索——以台湾小说的变革为例》发表于同期《文艺争鸣》。黎湘萍指出:"王文兴、张大春等作家的小说实验虽然都来自西方的启发,却并不跟着其同类小说亦步亦趋,而经过了作者一定程度的中国化整合:王文兴对汉语言文字的探索与小说着力表现的经验世界是协调的,而且他是在对汉字结构和句法进行了认真研究的基础上进行了独特的创作处理。至于张大春、黄凡等人的元小说,则化入了中国禅宗的智慧,使得这一古老的智慧被赋予了艺术的神韵和现代的价值。"

同日,周宪的《说小说家小说中的说》发表于《钟山》第5期。周宪指出:"综观近一时期小说创作的现状,……不少作品的失败其原因就在于作者说得太多了,他们尚未学会平等地对待自己所胚胎的人物,尚未学会倾听人物的述说并与他们侃侃而谈。"在最后,周宪借助巴尔特的断言"作者死了"指明:"在终极的意义上讲,小说中的说既不是作家,也不是人物或叙述人,而是我们须臾不可离的文化。特定时期的特定文化乃是小说中的超级说话人。是文化让小说家在小说中说话,是文化让人物在小说中游离于作家的局限说着自己的话语。"

周政保的《关于〈绝望中诞生〉的杂谈》发表于同期《钟山》。周政保指出:"《绝望中诞生》(以下简称《诞生》)是《钟山》文学杂志推出的'新写实小说大联展'的卷首之作。"它是"作为'新写实小说'的成功实验,不能不引起我们的注目"。在周政保看来,朱苏进在《绝望中诞生》中"革新了小说叙述的形态"。周政保指出:"从八十年代开始,中国的小说创造已经呈现了这样一种变化,那就是从现实主义创作方法向着现实主义审美精神的潜移,而'新写实小说'的倡导,正是这种潜移的产物。"周政保进一步指出:"'写实'与'新'都是小说的艺术传达方式:前者是描写的基本形态,就如《钟山》的《编者的话》中说的:'特别注重现实生活原生形态的还原,真诚直面现实、直面人生'(1989·3),或许可以称之为'现实主义小说的童年方式';而后者则标志着现实主义小说的成熟与创造性发展——所谓'新',那是一个缺乏规范也不应该规范的概念:它所寻觅的是一种更为丰厚更为深刻也更为悠远博大的思情境界。这境界超越了'写实'的具象描写,或不仅仅局限于具象描写的'就事论事'式的表层意义:它与艺术的'形而上'的把握保持着某种默契的内在联系。"

17日 张首映的《"写实"与"写意"的双重变奏——关于〈牛背〉的答问》发表于《作品与争鸣》第9期。张首映指出:"写实无所谓新旧,是小说作为叙事文学本身固有的一种素质,……小说本身就该写实。如果小说的写实因素能成为主潮,那也不是当今的主潮,而是小说的全部历史的主潮了。……写实是小说的一种因素,不是全部因素。写实之外,还有写意之类。写得再实的小说也得写意。'新写实'小说,实际上在写实中写意。……与其把小说仅仅作为写实之作,不如把它视之为写实与写意的双重变奏曲;与其单打一地厘定'新写实'的是非优劣,不如从当今小说的写实与写意双重变奏的总体格局中把它当作一隅视之;从而启动小说内在的各种机制,推动小说的全面发展。"

照光的《独特的"震云风味"——〈官人〉的艺术特色》发表于同期《作品与争鸣》。照光认为:"刘震云的小说创作,就是典型的现实主义,倘若要进一步界定,就是批判现实主义。……刘震云以其创作的事实,拓展了'典型'

的意蕴。'典型'本来就多种多样的，形形色色，只要能反映人生社会某一方面的本质特征的人物形象和特定环境，都能成为文学典型。"

20日 袁进的《世间唯有情难诉——试析"言情小说"的若干特征》发表于《上海文论》第5期。袁进指出，根据创作宗旨，言情小说大体可分为三类："一类重在表现特定的社会环境，在某种意义上可以称为'世情小说'，它离不开特定时代的氛围。一类是重在人性的开掘，表现人性的，在某种意义上我们可以把它称之为'人情小说'，它与社会环境、时代氛围的关系不大，后者先是作为一个模糊的背景存在，将它移动到另一个社会环境、时代氛围之中，也很少影响它作为言情小说的真实性。第三类是着重追求离奇曲折的故事情节，将'奇'放在第一位，可称之为'奇情小说'。"袁进还指出："言情小说的局限主要有两方面，一是时间性较强，二是'公式化'。"

袁进表示："时间性较强是说言情小说的艺术生命力一般都比较短暂，一个浪潮过去之后，往往也就随之被人遗忘。……言情小说的读者一般都能体会到，读几本言情小说颇有味道，接下去读十几本、几十本感觉就差多了，这是由言情小说的'公式化'造成的。……言情小说的结构中心是故事情节，这样，它就必须选择那种奇特的、曲折的爱情故事，这就使作家的选材，受到很大的限制。"

张业松的《拆除藩篱 关于人与世界——由张欣的几篇小说谈起》发表于同期《上海文论》。张业松指出："张欣式的'新写实小说'可以被视为对于文学自身的某种回返。无论从哪一个层面看，这类小说所期许的'可待实现的价值'都远比旧式现实主义和国产现代派小说所期许的同类价值更接近它们的'实际已兑现的价值'。如果一定要给这类小说贴上一个标签的话，我愿意用'经过现代主义洗礼的新型现实主义小说'来规范它们，虽然这一说法可能并不能提供多少新鲜的理论内容。但我想强调的是，不管现代主义给中国文学所做的'洗礼'是多么粗率马虎，它的影响都不容低估。"

同日，范步淹的《一种独特的叙述立场——评陈应松的中篇小说》发表于《小说评论》第5期。范步淹在文中将"叙述立场"解读为"作者在写作时相对他的故事的物理和心理位置""叙述人相对人物和读者的位置""评判者相对于对象的位置"。

陆志平的《小说的时空》发表于同期《小说评论》。陆志平在文中强调了作家"时空"观念对现实主义小说创作的重要性：第一，"被描述的时空对于人物性格行为"具有"决定性影响"。因为，"小说中的每个人物都是特定时空的产物"。第二，时空"对于故事描写，气氛的渲染其作用也是十分明显的"。陆志平总结小说的时空呈现出以下几种类型：第一，"连贯的时空"，"这种时空形态以时间一维性空间的单一性为基本特征"。第二，"并现的时空"，即"同一空间同一时间发生的不同事情，同一时间不同空间发生的事情，同时呈现在读者面前"。第三，"夸张的时空"，即小说中出现"时间的延长与缩短，空间的美化与丑化"。第四，"虚幻的时空"，"这是一种非现实时空，作者对时间、空间的虚构夸张享有无限自由"。第五，"淡化的时空"，即"时空在小说中隐隐约约，搞不清楚故事发生在什么时候、什么地方"。

张惠辛、钟萌的《记忆如何进入文本——浅论近年来小说形式中的记忆因素》发表于同期《小说评论》。张惠辛、钟萌对记忆进入小说形式的现象进行了评析，认为"记忆进入形式的关键在于如何运用时间来隔断过去与现实，使过去在回忆中呈现出来"，而介入的表现有三种，分别是"意绪化结构""间离性结构""情景结构"。

张毅的《当前小说的文体模式》发表于同期《小说评论》。张毅在文中对小说的"文体模式"作出如下阐释："不仅仅指作品文本的一些语言运作与叙事技术等问题，而且还包括创作者风格的美学意义以及作品对文化的阐释方式等。"张毅认为中国当前的小说文体模式通过"情节淡化""感觉经验的描绘""诗歌笔法""隐喻与通感"等技法表现了"神秘感、不真实的飘忽感与宿命意识"。随后，张毅提出，当前文体模式存在"审美起点并不理想""雷同或相似"的弊端。

21日 马识途的《也说现实主义》发表于《文艺报》。马识途指出："现实主义如果能减轻它不应背负的负担，充分发挥自己反映现实的长处和审美特征，是能够产生反映伟大时代的伟大现实主义作品的。而且现实主义也是一个历史发展过程，也在不断地发展和变化，还远没有发展到了它的高峰。在和各种新的创作方法并行发展中，还可以吸取营养以丰富自己，使自己更富于表现当代现实生活。"

25日 陈晓明的《反神话与神话写作——老乔漫评》发表于《当代作家评论》第5期。陈晓明指出:"当代小说在叙事形式方面已经确立了自己的规范式、神话式的写作——即在个人记忆的深处显现人类共同记忆的情境,因而神话、寓言、隐喻、反讽等等都是重建文学乌托邦的必要材料。在这一意义上,老乔稍稍往前走一步就触摸到当代中国文学自我更新的命脉。"

洪治纲的《历史的认同与超越——新时期作家主体动向》发表于同期《当代作家评论》。洪治纲指出:"近期这些历史小说就是尤重理性判断,以作家主体的理解力来推设历史原相,让表现对象摆脱人们的先在观念,折射出作家对人类历史的自我认知,结束了那种实证主义的孤立性特点,表现出一种新型的审美品格。"

谢冕、孟繁华、张颐武、李书磊、张志忠的《"文学走向九十年代"笔谈》发表于同期《当代作家评论》。谢冕在《停止游戏与再度漂流》一文中指出:"一种我们不愿看到的思想将成为主流:文学无疑将重返现实的地面。于是,我们不得不重新面对这样的事实:我们在反对自身。……当文学倾全力关注着现实的积重、负有庄严的使命感的时候,文学往往便呈现出忘我状态,文学于是也忘了家园。"

孟繁华在《平民文学的节日》一文中指出:"九十年代的文学将是平民文学的节日。平实的、充满世俗生活情调的文学将会充斥文学消费市场。……在这套话语中形成的平民文学严格地区别于八十年代的探索文学和至今仍未衰竭的'新写实'小说。"

张颐武在《写作之梦:汉语文学的未来》一文中指出:"'写作'如何表达第三世界人民的语言/生存状况,如何创造出独立的新的'形式',是我们的极其现实的焦虑。……第三世界写作最终在与第一世界的对话中创造出不可替代的、独立的新'形式',在全球性后现代主义文化中呈示来自于本土的创造性,我以为这是当代汉语文学面对二十一世纪的最大挑战,也是以汉语为母语的作家生存的最具魅力的难题。任何作家的责任感,首先就是对母语的责任感。"

李书磊在《"走向世界"之病》一文中指出,"走向世界"有"两种基本含义:一是打进国际市场,二是获得国际声誉。……我们已看到中国作家'走向世界'

的强烈动机是与文学的商品性质连在一起的",但是,"在这个时候中国作家有必要重温人类古典的艺术精神"。

徐亮的《事件与叙述:小说事件的绝对性》发表于同期《当代作家评论》。徐亮指出:"小说是由两个部分组成的:叙述和事件。意识到这一点意味着意识到叙述和事件的分离性。……在一部小说中存在着两种事实:叙述的事实和事件的事实。……小说的基础是事件,而在把事件混同于叙述的大前提下,事件的存在(尤其是其客观性)往往是被忘却了。……小说之所以是小说,首先因为其中有事件,才值得一读。小说作者必须看见事件的存在,才能找到相应的叙述方式。小说首先是一种事件的存在方式,所以才有本文的价值,……我们宁可读一部其叙述策略上有缺失但保存了真实性的小说,而不愿读一部叙述上完美但没有真实的事件的作品。因为前者还是小说,而后者就不是小说。"

本月

李运抟的《传统·变革·选择——当代小说情节艺术今论之三》发表于《芳草》第9期。李运抟指出:"当代中国小说的情节模式或结构无论怎么翻新,情节还是无法消失;小说虽然离不开情节,但它可以有多种形态的创造与探索。……走了传统情节结构的路子。只要暂且排除那些侧重现代新潮情节叙述方式和很显然是'拼贴画'式的集传统与变革于一体的作品,我们能轻易地感受到当代中国大多小说都还是讲求故事性、矛盾冲突的完整、因果分明、人物性格突出以及场景细节的典型化等等,而这些选择无疑都是传统小说情节的基本特点。换句话说,传统情节的艺术特点与长处在当代小说创作中,确实依然体现了不可忽视的价值。"

於可训的《叙事话语的戏剧性和非戏剧性——读小说札记》发表于同期《芳草》。於可训指出:"王安忆《叔叔的故事》,方方《祖父在父亲心中》,池莉《太阳出世》,刘震云《一地鸡毛》这四篇小说,分别代表了两种不同类型的叙事话语,前两篇的叙事话语显然是带有戏剧性的,后两篇非是。非戏剧性的叙事话语,亦即是通常所说的'生活化'的叙事话语。"

於可训认为,池莉的《太阳出世》、刘震云的《一地鸡毛》"这两篇作品用这种客观叙事的方式营造的话语结构与实际生活的形式是同构的。所谓对生活的'原生状态'作艺术的'还原',亦即是通过这种叙事话语的同构状态实现的。说这种叙事话语是非戏剧化的或生活化的,也全是因为如此。……读者能够不假思索地进入池莉和刘震云的作品的话语世界,即实际上是说,作品的世界与读者'不隔'。""与此相对的是,方方和王安忆的作品的叙事话语与生活的形式则处于一种异构状态,说这种叙事话语是戏剧化的或非生活化的,也全是因为这种异构状态事实上已赋予生活一种戏剧的形式。……王安忆和方方的叙事话语在追求一种'间离'效果的时候,那实际上是认可了读者与作品的话语世界之间的'隔'。"

廖振斌的《中国之盒——论〈古海角血祭〉的故事结构》发表于《南方文坛》第4期。廖振斌指出:"这种故事结构,简而言之便是故事套故事的结构:大故事里藏着小故事,小故事里又有大故事,连绵不断,层出不穷。这有如古代中国的盒子,打开一个大盒子,里面有个小盒子,再打开小盒子,里面居然又有更小的盒子,因而外国人把这种故事结构命名为'中国故事盒'。……'中国故事盒'之所以长久为作家喜爱,每个时代都不乏人运用,主要有两个方面的特点和作用。第一个方面的特点和作用:它使作品的故事情节产生巨大的曲折性,能吸引读者。……受到人们的注意,最好出现'轰动效应'。……'中国故事盒'第二个方面的特点和作用是故事叙述上强大的退行性和人物思想性格刻划上的完整性。"

本季

郭济访的《叶兆言小说的传统意味与现代特征》发表于《文学评论家》第4期。郭济访指出:"叶兆言至少采用了两套创作模式,循着两条不同的轨迹进行他的小说实验。他的一类小说表现出传统的意味和浓郁的古典情调,另一类小说又显示出现代派文学的风格特征,并且着意调和二者。"因此,"这是一个悖论:一方面,叶兆言表现出对传统小说的喜爱,表现出对传统小说叙事技巧、艺术风格与情调的继承;另一方面,他又通过叙述角度的转换以完成小说时空的大幅度转换与跳跃,追求情节的无序与因果链的破坏,从而造成传统阅读与审美习惯的障碍。叶兆言小说也因此不仅获得了蕴含新质的故事、复杂的形象和深刻的思想，获得复调小说的审美特征，而且表现为一种既具有传统意味和古典特征，又具有现代派文学色彩的新质小说"。

蒋守谦的《研讨短篇小说文体特征的一条新思路》发表于同期《文学评论家》。蒋守谦认为："首先应当以发展的观点去区分短篇小说在漫长的发展过程中所形成的各种作品类型和模式；进而看它们是否都做到了在尽量短小的篇幅内创造出富有艺术真实感的'小说世界'；再看其中的优秀之作又是否具有活跃读者心智、调动读者想象、激起读者再创造热情的强大艺术魅力。这3个层次联成一体，在第一个层次上是看它的多样性，在第二个层次上是看它的同一性，在第三个层次上是看它的趋向性。把这三个层次有机地统一起来，构成一个动态系统，用之于研讨变化发展中的短篇小说，我们就可能避免或者以偏概全，或者张冠李戴，或者降格以求，或者失诸过苛之类的弊端；它可以帮助我们在把握短篇小说最基本特征的基础上推动它向着更完善的方向发展，长期以来有关短篇小说的各执一端的种种界说，也可望在这里得到协调。"

李洁非的《小说与时间》发表于同期《文学评论家》。李洁非认为："我们将发现，从时间的观点看，'倒叙'这种写法的真正价值无疑是造成话语与故事之间的某种距离，话语表明'此'，故事表明'彼'，它们是对立和独立的，这条界限的划出，其结果是赋予故事以完整性。故事作为业已完成的对象，处在过去时态中，这一点很明确。因此，故事与话语之间不会发生纠缠，而不发生纠缠的真正受益者其实正是话语本身；通过承认、假定故事业已完成，通过赋予故事在时间上的封闭性，话语避开了如果它与故事平行发展所面临的线性时间同多维时间的矛盾。……小说与诗的不同，是它不单单想象着去超越时间，而且真正建构出了自己的时间：借助小说，读者甚至直接处在一种独立的时间世界里。在这一方面，预述尤能显示小说的时间创造。"

李洁非还指出："在小说语言结构的最一般形态上，话语的时间状态选择主要有以下几种：1.时间搁置或休止，表现为叙述时间不与任何故事的时间相对应。……2.还存在一种相当特殊的话语形式，即故事中的时间在叙述时间中没有得到真正确切的反映，这已不仅仅是故事时间被搁置或休止，显而易见，这是对整个一段故事时间的免述或省略。这种话语，在多视角的、意识流的现代小说文本里尤为常见。……3. 较诸叙述所导致的故事时间休止或省略那两种情况而言，第三种情况就比较简单明了一望可知了，即：叙述时间比故事时间更长或更短。每个读者都会遇到，描写二十四小时生活的小说却难以在同样时间内读完它；而几度春秋、数易寒暑的漫长时光可能竟在几秒钟内一晃而过。小说家拥有这样的特权，他听从于虚构的叙述逻辑，而这种逻辑的本质之一就是改变自然的时间过程、时间关系。……4. 读完以上关于叙述时长与故事时长不一致的种种表现之后，也不能忽略、抹煞在小说的某些地方它们二者可以是并驾齐驱的。这种情况严格限于一个特定时刻，即只有在小说出现'直接引语'时才能实现。"

陈村的《想象小说》发表于《小说界》第4期。陈村指出："我关心的是在小说和人的关系中，它能提供什么特殊的美丽。在假设的十全十美的人生中，小说担负一点什么。"文学的想象"不是对自由天国的向往，而是对地狱恐惧的说鬼。……无论以什么道德结构封顶，这种想象都是人的虚弱与焦灼。作为哲学的课题，极有意义，可是，依然虚弱。想将人们从这种状态中解脱出来，是宗教而不是文学的任务。文学不能改造旧有的，它只能提供一个假想的与旧有的互为参照的世界"。

陈思和的《又见陈奂生——致高晓声的一封信》发表于同期《小说界》。陈思和指出："《出国》第一章辛主平（高晓声）和陈奂生的出现，使作家成了小说的人物（这与通常第一人称的'我'是有根本区别的）。辛主平的作品就是陈奂生，陈奂生的读者就是华如梅，现在读者反过来邀请作家与作品中的主人公（原型）访美，作家——作品——读者三者形成一种新的关系，他们成了一个平面上的人物，共同地担负起小说的情节发展。不仅如此，由于小说里直接出现了两个陈奂生，你通过后一个陈奂生之口来议论前一个陈奂生的文本（如探讨《进城》里陈奂生坐沙发的这个细节），借作家辛主平之口来说出前一个陈奂生文本的创作心得，并且对评论界关于陈奂生研究中的疏忽提出批评（如关于《陈奂生转业》中的一段独白的推荐）。作家不但直接参与了小说情节的发展，而且参与了对小说的评论和研究。这就完全打破了传统小说的封闭结构，使一向单线型发展的陈奂生系列出现了多声部的复调结构。陈奂生也不再是一向认为的'中国当代农民的典型'，它等于公开宣布了自己是作家虚构的人物，随生活的变化而同步变化着。"

俞天白的《小说：被甄择的生活》发表于同期《小说界》。俞天白认为："小说世界是一个生活整体感强烈而又独特的世界，它以此诱使读者选择它并沉浸其中。沉浸效果，既来自小说家所甄择的那一份生活本身的素质；也来自于小说家对小说外在建构组合和内在脉理把握上有机结合所产生的效应；是创作主体和接受主体感情上得到最佳交汇的具象。这素质，这效应，这具象，都是建立在人物形象的基础上，依赖于人物的性格、命运以及小说家为此所营造的环境、情节和氛围。沉浸效果，成了小说的本质美。"

李庆西的《小说与自我》发表于《小说界》第5期。李庆西指出："他们（指陀斯妥也夫斯基、卡夫卡、鲁迅、郁达夫、海明威、帕斯捷尔纳克、诺曼·梅勒、米兰·昆德拉等——编者注）之所以成为大作家的理由正是在于：他们对自我进行了最深刻的审视和批评。他们不仅表达了对外部世界所产生的各种复杂的个人情感，甚至还真实地揭橥了自我的冲突、惶惶不安的灵魂状态以及在终极关怀问题上的惘然。可以断言，他们往往是从自己身上找到了人类的某些基本弱点。……依我的看法，中国当代小说家中，真正敢于进行自我探索的人实在不多。有些作家即使总是写着与自己个人履历相去不远的东西，可丝毫不涉及自我的灵魂状态和价值冲突。写自己和写自我实在是两码事。"

陆星儿的《小说——心灵的历程》发表于同期《小说界》。陆星儿指出："我写每一篇小说，好像都在写着一份自白。虽然，都是一些别人的故事，别人的生活，别人的命运，但是，对于每一个'别人'的关注、刻画，都是我直面自己并有所觉悟的一种折射。我从我的小说里看到自己一段段的历程，那是心灵的历程。只要还在生活着，无论是一番怎样的情景，都会取得经验、认识，都会拥有发自心灵的感触需要抒发与表达。由此看来，小说还能写下去，还想写下去，……写小说，就是一个开采自己的过程，而能够给予别人的，也就是一个真实的自己，是自己一层层真实的历程，并渐渐地走向深处。而深处其实应该是更加的明了、简单。那是人生又到了一种境界。"

王蒙的《我不想谈小说》发表于同期《小说界》。王蒙指出:"熟练的小说技巧,得心应手的小说形式,这一切都是值得羡慕的,却又是限制人的,而且是隔开人的。驾轻就熟的职业化其实是自己围住了自己。相对比较起来,我宁可向往那种感受生活、感悟人生的非小说状态。悲、喜、沉思、困惑、光明,这一切来自宇宙、来自人生、来自灵魂的深处而不是来自做小说的习惯。抒情、描写、悬念、解剖,这一切来自由衷的真诚的心愿而不是来自做小说的经验。这是多么好啊!忘记了什么是小说,忘记了自己是在写小说!保持住小说的'原生'状态吧。"

徐中玉的《我爱读怎样的小说》发表于同期《小说界》。徐中玉表示:"要写人,不要造神。特殊材料是结果,不是原因,正如钢是从铁提炼出来的。高尚的品质都在许多日常细事、人际关系中表现出来,鄙俗的东西也一样。所以我不相信'题材决定论'。生活经验当然越丰富越好。关键在能开掘得深。有宏观视野便能高屋建瓴,有历史眼光便不致就事论事局促一隅,但如无具体精细的观察和巧妙的描绘本领,则'宏观'视野和'历史'眼光又会如天马行空,一点都落不到实处,实因眼睛里并未真有宏观,头脑里亦并未真有历史,在以花架子唬人。"

王蒙的《小小的"蜘蛛"》发表于《中篇小说选刊》第4期。王蒙指出:"这几年,通俗小说大为流行,我倒是没怎么看过。回想少年时代,张恨水、刘云若、耿小的言情,郑证因、白羽、还珠楼主的武侠,还是涉猎过的。

"这几年,也片片断断地看过一些长篇电视剧。其中诸如《豪门内外》《流氓大亨》《情义无价》以及外国的《鹰冠庄园》之类,也算一种类型。

"我当然写不来这一类作品,但我认为对这一类作品也不可轻率否定,掉以轻心。其中不但有戏剧性的悬念,有俗套子俗噱头,也确有对社会黑幕的揭露,有世事情理的真实体验,有值得一读之处。我不轻易否定这种较通俗的文艺作品,正像不否定较难接受的曲高和寡之作一样。如果一见自己一时未读'懂'的作品就光火,就必欲除之伐之是一种无知的表现的话,那么一见通俗作品就嗤之以鼻便是另一种无知的傲慢了。反之一见到某种类型的作品就喝采拜倒也是傻事。文学作品不是飞机大炮,不能按型号定取舍定价钱,只能一篇一篇地具体分析。

"1988年我写了《球星奇遇记》，曾戏称过是'通俗小说'。好事的记者报道说王某人写通俗小说了。好事的评者则说这人'善变'，还有的说'他煮了夹生饭'，因为《球星奇遇记》云云并非地道的通俗小说也。

"怎么这么乖，这么呆？幸亏我没说该小说是'体育小说''足球小说'，否则不更要说是'改行'了、是露怯了吗？

"那么这篇《蜘蛛》又算什么呢？干脆算'昆虫小说'吧，行不行呢？你聪明的孩子！

"正是：满纸荒唐言，辛酸本无泪。都云作者'玄'，解闷便安睡。"

张宇的《语码寻找》发表于同期《中篇小说选刊》。张宇指出："写作这么多年，我一直在和语言作对。

"初习作时，很喜欢人家说我的小说语言有风格，后来就害怕人家说我的语言有风格了。现在一听到语言风格，就象听到有人要送我一口棺材一样不吉利。

"我写过流行的口语语言，也写过清淡温柔象女人一样的软语言，也弄过说评书一样的语言，总之，我一直在寻找语言。

"现在终于明白了，这不是一种语言的寻找，而是一种语码的寻找。

"语言是不能够寻找的，也永远不应该找到。找到了自认为属于自己语言风格的那种语言而永远坚持下去，那就等于躺在太平间里去等待火化。

"因为语言仅仅是一种符号，在叙述和表达时太外在，或者说太外观化。那种把语言仅仅做为一种工具来使用的人，是可怕的。在使用的同时也在消灭和隔离着自己。

"应该说是语码。语码不同于语言之处，就在于她具有灵性，直接沟通心灵。这时候，在语码里到处活跃和闪烁的不再是一种符号，而是生命之光。

"《没有孤独》只是我寻找到的一种语码，就是说我自己的心灵放射出的火花。用这种语码来表叙我自己，非常直接和舒服。只要这种语码一启动，就赶起了我思维的疯狗，到处奔跑着咬和叫，没有了束缚和秩序，写作时就变成一种宣泄，不再是一种吐咯的难受。

……

"因为写小说并不是在叙述故事,而是在叙述讲故事的方法。故事可以是大众的,讲故事的方法永远是个人的。

"不过,并不是这种语码就好,我丝毫没有这个意思,我只不过是说这种语码容易表达我自己。

"我觉得写小说在某种程度上就是和语码作战,寻找她战胜她占有她,便产生了作品。如果要让我讲《没有孤独》的写作体会,就是这些了,分外简单。

"可能读者会认为我写得太简单,或者太玄,或者在说些外星人的话。唯其如此,读者应该更懂这篇创作谈的意思。

"应该分析一下作品的创作意图和思想,这有助于作者和读者在理解作品方面的沟通。好在这篇作品容易理解,让读者自己体会吧,真是抱歉之至。"

十月

1 日　李洁非的《关于小说结尾的结构意味》发表于《四川文学》第 10 期。李洁非指出:"如果说,小说的写作和阅读是一个有始有终的时间过程,那末,必须注意的是,这里实际上发生或经历了两种时间过程:一是作品在文字上的过程,一是作品在叙事上的过程。从第一个句子到最后一个句子之间,是文字的起讫过程;而从故事的开头到结尾之间,是叙事的完成过程。这两个过程并非是完全重叠或平行的,换言之,尽管所有小说作品作为一个文字过程都必然有其'结束',但未必都自然形成一个'结尾'。很多结尾写得不好的作品,通常都可以说是有结束而无结尾。

"结尾的形成,是小说这种语言叙事艺术真正获得其结构形式的标志。在人类早期的虚构性作品(如神话传说、民间故事)里,可能并不包含着结尾。这主要是由于,故事的情节结构尚未脱离故事本事较为独立出来,叙事过程与事件实际过程大体上是依附的,情节的再构和变形功能远未被发掘与发挥出来。同样,在现代非小说类叙事文体里,也只有文字上的结束而没有结尾形式;新闻报道或历史记载,都只需按事件原本形态在文字上直接叙述出来,文字的结束也就是叙述的终止,不必去构思一个故事的结尾。

"小说的结尾,不是来自于事件本身,而是来自于小说自己的艺术目的。

我们说，小说是一种情节结构，亦即把故事本事变为情节形态从而达到对事件的陌生化、变形，由此使叙事具有艺术价值。情节对故事本事的偏离，首先是通过把事件分析为若干行为动机而实现的；也就是说，一篇叙述发生过什么事件的作品还不是小说，但一篇叙述因为什么原因而发生了这个事件及其怎样发生的作品就可以称之为小说。故事的原因即行为动机，小说作品通过对它们的有层次的分析，就得到了情节的逻辑基点，然后再把这些若干动机组织起来以说明事件的发展，这样，一篇小说的情节结构便形成了。既然，小说情节是通过探讨事件的原因产生的，那末，情节的完成最终必须是上述原因的解决。这种情节的自我解决即是小说结尾。

"因此，小说结尾的正确概念应当是：故事情节的解决方式。于是，它与一篇作品在文字上结束的不同就一目了然了。有些时候，情节的解决方式（结尾）或许出现在作品的文字结束部分；有时却可能比它提前一些出现。通常，短篇小说的结尾更多地处在结束部分，而长篇小说的结尾则多半比结束部分要早一些。"

5日 王浩洪的《叙述主体与创造主体的关系——文学叙述论之三》发表于《长江文艺》第10期。王浩洪指出："当代文学中创造主体与叙述主体的等同关系，是对古典话本、拟话本文学中创作者与叙述者关系的继承和发展。它合理地继承了话本和拟话本文学中创作者＝叙述者，创作、叙述合而为一的特点，但又从根本上摒弃了模拟讲唱艺人的叙述模式，改变了由讲唱艺人'独家'叙述的状况。在话本拟话本小说中，叙述者总是讲唱艺人，叙述风格单一而无变化，不同作者的作品，在叙述基调上却大同小异，几无差别。而当代文学中，即使叙述主体与创造主体等同，然创作者不必模拟某种叙述模式，没有框框的束缚，不同的作者可用不同的基调进行叙述，可以创造各种不同色彩的叙述风格。这较之古典话本拟话本文学中的创作者与叙述者的关系，无疑有了重大的根本性的进步。"

同日，王家湘的《崛起中的黑人女性——谈美国黑人文学传统与美国黑人女性文学》发表于《文艺报》。王家湘指出："当代黑人女作家……笔下没有了前辈黑人女作家笔下的那种委曲求全，按白人世界的标准自我完善以求得到白人的承认，但总是得不到承认的自哀自怜的黑人女性形象；代之而起的是对白人世界的标准表示怀疑并寻找黑人传统价值观，努力实现自己作为一个人的价值的新女子。"

10日 蔡测海的《一位小说家谈当代小说信息的积累和耗散》发表于《福建文学》第10期。蔡测海指出："对时间的价值处理，正是当代小说所强调的要素之一。再之，我们强调当代小说的意识形态性质。它必须对当代人这一基本事实投入极大的热情和关注，对当代人抱以史诗的、英雄主义的态度。……当代小说处在当代的意义上，它必须建立一种开放的小说价值体系，以增强它的包容性和综合艺术能力，使它能够调整自己，适应当代，引导小说发展。……当代小说必须以一种新的小说手段传递更大的小说信息。在这里，我们把小说信息只作一个比较交待：即它有别于其它学科信息，但它包含了许多非小说信息，它制约和包含了小说阅读的总体效果，强调小说艺术的原则意义和独到的生命体验和超验性。"蔡测海还指出，小说信息的良性传导机制，即"首先将当代小说观念名词转换为当代小说信息库，由禀赋良好，心理健康，有很强的小说工作能力的作家使一部当代意义的小说成型——具有同样水准的编辑处理——具有同样水准，趣味的读者，批评者的阅读，批评处理——正传导完成。每个环节都有如一个乘号，它使正值成更大的正值，使负值成更大的负值"。

17日 张首映的《意识流·生活链及艺术塔的倒掉——也从〈太阳出世〉谈起》发表于《作品与争鸣》第10期。张首映指出，池莉的《太阳出世》是"生活链小说"，并指出"琐事就是生活链，……在于作家以'琐'治'琐'还是以'精'治'琐'"。张首映强调，"生活链小说不同于一般生活小说，写一般生活的小说过多过杂，不能显示出它那'链'的特色。……这类生活链小说划归到现代形态的现实主义行列中"。

十一月

5日 李运抟的《语言的"浮雕"——论当代小说中的一种描写艺术》发表于《长江文艺》第11期。李运抟指出："借用'浮雕'一语来喻说某种语言描写艺术，顾名思义，亦是指这种语言描写能使描写对象栩栩如生而具立体感，使读者阅之，能产生如闻其声、如见其形、如入其境的审美感受。……要构建浮雕式描写，作家的艺术感受必得奇异不俗而语言艺术功力则需深厚独特。在我们当代小说中，那美可称为浮雕式的描写艺术，实质上也正是由奇异不俗的艺术感觉与独特的言语表达所合成。"

同日，陈菱的《〈绿房子〉的时空结构》发表于《当代文坛》第6期。陈菱指出：时间，对于文学，特别是小说而言，至少具有两种含义：第一，小说自身包含的时间，即作品从开始到结尾的时间延续，短至一瞬间的思维聚合，长至一个家族，一个国家的历史。第二，指读者阅读小说需要一定的时间。一般来说，小说作为'时间的艺术'其意义发生过程是以'阅读'为中介的，阅读行为在线性时间中延伸，一字一句读下去。小说内部时间的存在方式是小说结构密不可分的组成部分，它构成事件发生、发展的框架。一切人物活动、故事情节的发生都在一定的时间限度内；同时，时间本身就是人物事件的存在方式。……艺术时空是作品结构的内在因素，它不仅是艺术形象思想、情感的载体，而且是作品结构系统的枢轴。"

程地宇的《符号化人物群体的衰落及其当代文学意义》发表于同期《当代文坛》。程地宇认为："符号化人物则是抽象化的产物。……当现实中的凡人被神化的历史迷误消除之后，却又发生了另一种迷误，即把人的'类'抽象当作崇拜物。人，不是向人的真实世界即社会人复归，而是向人的抽象范畴即符号人演化。"

向荣的《延续与断裂：探索中的小说时间意识——兼论小说时间意识的现代涵义》发表于同期《当代文坛》。向荣指出，第一，苏童的"时间则是以直觉的回忆方式获得延续的。回忆是苏童窥视时间奥秘和进入历史时间的诗意化形式"。第二，"苏童的回忆直接表现为对生命历史的重新体验，是生命存在和延续的一种直觉的本真状态。因为苏童对枫杨树童姓家族历史的回忆与其说是往事的再现不如说是往事的新生，它内含着一种想像性和构造性互为渗透的审美过程"。第三，"时间对于格非笔下的人物来说，永远是一种纯粹当下的存在。……格非小说中表现出来的时间意识是一种拆除时间延续意义，消解存在历史性的审美意识。这种时间意识在后新潮小说中具有一定程度的代表性。

余华的《四月三日事件》、陈村的《回忆》、马原的《错误》等等作品都隐隐约约地传达出相近似的时间感受"。

朱亚辉的《"新写实"作家的集体退隐现象——来自叙述学角度的一种解读》发表于同期《当代文坛》。朱亚辉表示，与昔日"伤痕文学""反思文学""改革文学""寻根文学"相比，新写实小说体现出"创作主体集体大隐遁"，这种"隐遁"的现象，反映出"他们（指新写实小说作家——编者注）都已丧失了靠小说拯救世界的雄心与兴趣。……'新写实'就无从寻觅叙述者的倾向性。……'新写实'小说已不再愿意对历史终极意义、生存目的与价值进行思考，……无所顾忌地使用非个人的、客观的叙述方式，实际上是作家缺乏社会责任感"。

同日，《山花》第11期刊有《卷首漫语》。编者写道："过去我们读到的少数民族作家的作品，大多是状写他们本民族的生存和文化状况，像布依族青年杨打铁这样有一种全新视界的并不多见，这自然和她本人的经历有极大的关系。……用不着搜索枯肠，也用不着去杜撰编造个什么故事，她身边那些人物、事件和场景，经她寓庄于谐地娓娓道来，便都显现出了艺术的光彩，于幽默中见温馨，于调侃中见沉思。"

15日　白烨的《虚怀·虚静——贾平凹近作风度速写》发表于《文艺争鸣》第6期。白烨指出："贾平凹在艺术表现上益发追求'虚静'的风格，这便是以冷峻的态度、简约的方式，力求使叙事达到'尺幅万里''一夕百年'的效果。"

费秉勋的《谈贾平凹的小说新作》发表于同期《文艺争鸣》。费秉勋评价道："这三篇作品（指《龙卷风》《故里》《瘗家沟》——编者注）在中国固有文化浸染下的神秘氛围中，显示了人生的空寂和痛苦，都给人一种禅意的人生感。"

李星的《东方和世界：寻找自己的位置——关于贾平凹艺术思维方式的札记》发表于同期《文艺争鸣》。李星指出："贾平凹最基本的艺术思维方式，我以为可以用感应式的艺术思维来概括。……感应之作为一种艺术思维方式，源于中国的传统文化哲学，以及由这种文化哲学所生成的艺术精神。"李星进一步指出："以儒道禅为其思想文化的根源地的感应式思维，正生长在这样的文化艺术之土壤中，并与当代意识，当代生活，当代的世界艺术潮流相应合。为贾平凹所努力追求的感应式思维中，所强调的人格修养功夫和创作中的主体人格呈现，所强调的主体最大限度地与万有客体的融合，它对现实人生的深切忧患及对人的精神自由和解放的关心，它对人生的热爱和对人的生活的肯定与执着，它所追求的'平淡天真'、率由自然的艺术境界和'至人无己'的人格理想，无不与传统的中国文化艺术精神相通，无不浸染着浓厚的东方精神的神韵。"

同日，李运抟的《立体的故事与角度的综合——简评近年小说的一种叙事意识》发表于《钟山》第6期。李运抟指出："大约自阿城的《棋王》始，当代小说创作中出现了一种新的故事类型——立体故事。所谓立体故事，即不论是表现因素还是再现意识，作家都给了我们一个浑然而自足的艺术世界。"

17日 牛玉秋的《乡村情感与中国文化——评〈乡村情感〉》发表于《作品与争鸣》第11期。牛玉秋指出："在这中间就包含着一个具有深刻文化意义的转换。那就是共产党人'解放全人类'的社会理想，十分自然地转换成了'穷则独善其身'的儒家人生哲学。……乡村情感，在很大的程度上可以看作是中国文化心理的代称。"

20日 施连钧的《超越之路——关于孙甘露的阐释》发表于《上海文论》第6期。关于孙甘露创作的特征，施连钧指出："一、显现与隐匿……孙甘露的作品语言之所以使读者产生一种扑朔迷离、明明暗暗的隐喻感（正是这种被误认的隐喻感引发了人们对作品涵意的无数忖度和迷惑），就是这种显现和隐匿在文中胶融闪躲、互渗互易所产生的效应。二、追思永恒的源始……首先，孙甘露创作的心理指向总是朝着久远的过去和遥远的空间远处倾斜以至于滑落。……另外，孙甘露意念世界的主题显现为对永恒的深情缅怀和追念。……三、轻扬的梦呓……梦游者目光所及，呈现为语言的存在原野中的一切，皆飘逸轻盈，素淡虚幻。语言的'物性'消融在这片空虚无垠的、象梦呓一般飞扬无序的意象画卷之中，凡可能刺激我们感官和知性的因素都不存在，它们无色无味无重无形。……四、象征的超越……孙甘露对生活中的一切（包括自然和社会中的）的感悟方式乃是一种美学意义上的扬弃。这体现在他对经验现实的超越性把握上：他总爱在僵硬的生活视野的每个角落里感悟到一种特定涵义和氛围的笼罩，他总愿从经验现实的此岸跳跃到超越性的彼岸。……所以他的语言虽具'跳板'

功能，但这一跳板又决非象征物。在他的作品里，自在是以本真的形态直接呈示为语言，而不是语言作为一种暗示性的密码意指自在。"

同日，梁旭东的《论小说深层意蕴的构成》发表于《小说评论》第6期。梁旭东指出，小说的深层意蕴由"发生的整合性""形成的隐喻性""体现的多义性"三个阶段构成，而这三个阶段"是一个纵向的系统结构，并且有不同的形态"。梁旭东同时指出："这个系统结构不是封闭的，深层意蕴的构成与存在，始终是以外部世界作为参照系，并在与外部世界（作者、读者）沟通和交流以及参与中获得生命的能量。"

汪淏的《言语的欢悦——小说言语研究导论（上）》发表于同期《小说评论》。汪淏指出，"言语这一本文是一种运动，一种活动，一种创生与转换过程。……言语活动作为一种心理事件过程是受着'快乐原则'支配而自动调节的，……当文本具有一种美的品味时，言语者才会在言语活动中得到慰藉和欢悦。也只有如此作品才具有语言的艺术的真义和本性。……从艺术美的形态上看，小说言语的欢悦有时还呈现为一种语言的游戏"。

24日 李万武的《评"新写实主义"的理论鼓吹》发表于《文艺理论与批评》第6期。李万武指出："'新写实主义'理论家们诱导作家们随意把自己的观念乃至偏见的转换物硬当作'现实'，并要读者也这样相信，这里明显存在着一种危险性：标榜'写实'的东西传播的恰是对现实的种种偏见……文艺以社会生活为源泉，但它根本无法'还原'生活，人类创造文艺也并不是要它'还原'生活。"他认为，"'零度情感''中止判断'，只是这种小说叙述方式上的特点，是一种佯装的冷漠。据此说这种小说'放弃了作品的倾向性'，只是一种谎言"，目的是"掩盖其价值选择"。

25日 李洁非的《"情节"概论——权作补课》发表于《当代作家评论》第6期。正文前附有"内容提要"："在我国小说理论和批评中，'情节'曾是一个被曲解、忽视和误用的概念。导致这一误区的关键原因在于，把'情节'与'本事'（故事）混为一体。本文意在从小说形式研究的角度，对情节问题做出初步系统的论述。本文依据并表达的主要命题包括：1.本事是小说的语义材料，情节却是小说的艺术结构。2.情节形式往往具体地表现为特定的情节模式。

3. 某些重要的、常见的情节因素还生成固定的穿线手法。"

王安忆、斯特凡亚、秦立德的《从现实人生的体验到叙述策略的转型——一份关于王安忆十年小说创作的访谈录》发表于同期《当代作家评论》。王安忆指出："我以前的小说是直接表现画面的。作为叙述者的我，不在作品里面。……现在和将来我都决定走叙述的道路了。其实1984年我写《冷土》就有叙述倾向。1986年写'三恋'，除了《荒山之恋》，都是叙述的路数。……以前是客观叙述，《叔叔的故事》是主观叙述。……主观叙述是叙述者叙述张达玲的主观世界、心理世界，而客观叙述则叙述张达玲的客观世界、现实世界（眼前所见）。"

十二月

1日 陈冲的《信口开河说短篇》、路远的《小说艺术的可言说与不可言说》、杨士忠的《稻花蛙声的世界——李海清小说漫评》以《短篇小说艺术谈》为总题发表于《山西文学》第12期。

陈冲在《信口开河说短篇》中指出："短篇小说当然要讲究语言，但如果仅仅在遣词造句、炼字锤句上着眼，稍稍往前多走几步，便有个陷阱等在那里：雕琢。短篇因其短，易有精品；唯亦因其短，易流于雕琢。……我想，短篇小说是可以创造出一个世界来的。而且，它不是通过'小'来见'大'以至大到一个世界，不，它是直接创造出一个世界来的，当然是一个艺术世界。为此，它先得创造出一个适当的话语系统，一种艺术上自我满足的完整性。诸如结构、语言等等都只是作为一个因素在这个系统、这个完整性上起作用。"

路远在《小说艺术的可言说与不可言说》中指出："艺术技巧诸要素中，最重要的是语言。……在小说的叙述中，语言是呈语流形态而流淌的，语流又产生语境，语境不再是语言本身，它犹如魔术一般变化出千姿百态，产生无穷的意味儿。……而短篇小说语言与中长篇不同的独特之处，更在于它的话中有话，弦外之音，进一步说，是在较短较窄的语流中凝聚了较为丰富的艺术特质，或称为韵味儿，或称为意象，或称为语言的张力——语境所辐射出的审美场。"

同日，胡宗健的《"新写实"小说是什么——兼谈苏童长篇近作〈米〉》发表于《作家》第12期。胡宗健指出："苏童不厌其烦甚至变本加厉的一个念头，就是要写出往昔历史及其世界存在的基本特征,并以一种原生的魄力作出艺术的传达。他的刻划是冷静的,但感情又是激越的。……《米》不仅在表现技巧上,而且在内在精神上都是现实主义的。……不能因为写了丑恶和淫秽,就判定为现代主义的。《米》《红粉》《妻妾成群》所描写的当时社会形态的淫秽生活,作为对旧中国社会病态的揭示和人性的深层切入,也完全可以在审丑中达到应有的美学价值。"

胡宗健还指出:"'新写实'与作为文学创作基本原则的现实主义精神强调的文学的意识形态性——即文学是现实生活的反映,并无二致。而现代主义文学基本上不是按照生活的本来面目去反映,它或则变形(不是典型化式的加工、变形),或则深入探究主体世界,表达人的深层意识,对内心世界和无意识领域进行着力的开掘。而'新写实'小说却用'写实'的力量冲决'意识'的网络,打碎'自我'的牢笼,而回归于现实主义和自然主义的原色。现实主义和自然主义作为十九世纪的新的文学口号,以它们所共有的反对浪漫主义信条的有力准则——真实性、客观性、自然性,同浪漫主义对事物的美化相对立,同浪漫主义的主观性以及对自我和个性的张扬相对立,都取于同一步伐。"

5日 林树明的《大众化:"新写实小说"的价值取向》发表于《山花》第12期。林树明表示:"'新写实小说'之所以获得一定成功,其实质是它的大众化倾向。这种倾向包括:一,注重表现一般大众的平常生活,揭示他们艰难的生存处境和隐抑心态;二,尊重大众的审美鉴赏力,把阅读活动视为读者建构自身的一种动作,也是文学价值的主要来源。"关于第一点,林树明进一步指出:"'新写实小说'与传统现实主义或其他流派的作品比起来,其新颖之处不在于是否对生活进行加工改造的问题,而在于它表现的对象和加工的方式。……这批小说(指'新写实小说'——编者注)对小人物琐琐碎碎、坎坷而'乏味'的日常生活存在一种认同的基调,以冷静而温情、批判而又宽容的视角,表达了大众的潜在要求和欲望。……恰恰是这样一些素质,与大众日常文化形成了一种对等性,满足了大众读者的阅读期待视野。"关于第二点,林树明指出:"除表现对象的大众性外,'新写实小说'之所以具有表达方式上的大众化品性,就在于这些作品在相信读者的审美鉴赏力与不动声色地引导他们作出正确评价之间掌握的分寸比较恰当。在一般读者大众的鉴赏力还有待进一步提高的情况下，要使他们成为'合格的读者'，作品的结构就不能太复杂、太无序、太'原生态'，空白点或未定点就不能过多。……《一地鸡毛》等'新写实小说'，正是强化了大众读者自身的审美能力而完成其教育功能的。这是'新写实小说'大众化的重要品质。"

15日　王浩洪的《叙述情感与叙述客体的组合形式——叙述技巧论之二》发表于《文论月刊》第12期。王浩洪指出："所谓叙述情感，是主体在创作实践中派生的一种情感。这种情感，有时可以是创造主体的真实情感，与主体情感走向相统一，有时只是主体虚拟的一种情感，与主体情感走向相悖或相反。在创作实践中，叙述情感通过语言媒介与作品客体内容可以构成不同的叙述组合。"

王浩洪介绍了叙述情感与叙述客体的三种组合形式："同向叙述。虽然叙述情感和主体情感是两种有差别的情感形态，但是，当主体将其真实情感不予修饰不加改造地贯注到叙述内容中去时，叙述情感实质上也就是主体情感（或主体情感的一部分）。尽管由于表达技巧等原因，两者在强度、量度、深度上可能会有某些差距，但就情感的本质而言，是没有区别的。因为情感本质的相同，所以在与叙述内容的结合上，叙述情感与受主体情感规范着的客体内容（亦即叙述内容）的走向是基本一致的。这种基本一致的叙述组合，即是同向叙述建构的方式。"

"逆向叙述。这是与同向叙述组合相悖逆的另一种组合形式。在这一形式中，主体故意虚拟某种情感进行叙述，让叙述情感与叙述内容产生互逆的相克相生的矛盾运动，通过情感与客体碰撞的反差形成美感效应。人们时常见到，写悲剧内容却用诙谐的情感叙述，把严肃的故事涂上滑稽的油彩，用戏谑和亵渎的情调去描写崇高，用冷峻的态度去表现炽热，用丑陋卑俗的语言描写美的事物，用迂缓的节奏叙写紧张的情节等等，产生的审美感受，迥异于同向叙述的创作。"

"距离叙述。在文学叙述操作中，还有一种主体对叙述内容既不认同也不悖逆的叙述方式。这种叙述方式，表现为主体对叙述内容拒绝渗透情感，始终保持超然物外的客观冷静的态度，保持同叙述内容的距离，叙述情感被收缩到'零度'，它与客体内容处于隔离的无走向状态，因而这是一种无向的叙述，或曰距离叙述。虽然在任何叙述中，主体不向内容渗入情感是难以做到的，但是由于这类文学创作实践中主体有意识的自觉追求（极力封闭情感渗入客体内容的通道），主体的叙述情感却可以被最大限度地压缩到最低的程度。让文体客观地展示生活和事物的存在状态，让人们感觉生活的原汤原汁，生活毛茸茸的质感。叙述主体把自己隐藏起来，在幕后观看生活自主地表演；叙述情感则在自身和生活（客体内容）之间筑起了一道高墙，阻断了它们之间的自由接触、遇合和交融。叙述主体和叙述内容的间离，叙述情感与叙述内容的断裂是距离叙述方式的基本特征。"

本月

柯堤的《当代意识和小说发展的艺术轨迹——当代浙江小说现状研究之二》发表于《东海》第12期。柯堤指出："新时期以来，当代意识的强化和凸现，已成为浙江小说家的一个共同特征。伴随着当代意识的强化和凸现，当代浙江小说在艺术走向上呈现出一条清晰可辨的发展轨迹。……他们开始以一种新的眼光打量现实，努力探求历史转变时期人们的思想方式、道德观念等等的变化，将经济、道德、政治、风俗、礼仪、民族心理等等结合起来进行综合思考。小说的主题意蕴从表层的阐释走向蕴含丰富的显现。可以把李杭育的'葛川江系列小说'看作这一转向的信号。'葛川江系列小说'虽然没有正面展开变革时代的政治与经济改革，却以不同的生活方式为参照，反映了传统文化与当代意识的冲撞，在这一冲撞中展示了对于自由的心灵的追求与向往，其间飘荡着古老而神秘的吴越文化气息。"

李运抟的《色彩斑斓的传奇——当代小说情节艺术今论之四》发表于《芳草》第12期。李运抟指出："可以发现这样一个事实：作为必须是'讲故事'的小说，在宽泛的意义上来说，其故事情节一般都多少带有传奇性抑或传奇因素。"李运抟还指出："若单论传奇小说的情节构成，可以说'故事'的奇特（奇人奇事）、想象的奇异（奇异到可让花妖狐魅、神鬼精灵与人共处）、情感的浪漫（往往带有充分的理想化，多写至纯至洁或至悲至喜等极端性的情感状态）和结构的曲折跌宕等，是其综合性特征。穿透这些特征而概而论之，我们发现传奇体小说的情节，本质上就是意欲提供些不同凡俗、不同寻常的'形式与意味'。"

李洁非的《渴望中的普通小说学》发表于《文艺评论》第6期。李洁非指出："经过思考，普通小说学在我这里应包含以下若干原则：一、普通小说学首先是对一个学科的描述，而非研究者个人的理论主张的描述。……二、与上述原则相关，普通小说学也不认同于一些方法而排斥另一些方法。……三、普通小说学将不接受艺术进化论的原则。……四、普通小说学的层次应该是完整的，范围应该是广大的，它力图包括所有与小说有关的基本知识，提供对小说的理论认识以及鉴赏的原理与方式；同时为了突出它自身的方法论意义，还应当显现、反映、概括从事小说研究的一些主要途径，以及迄今为止人们就小说所形成的几种普通观念。我们把小说学视为一个系统工程，充分考虑到它的丰富性。如果把业已存在的与小说有关的知识归纳起来，至少有六个独立的层次：（1）小说文本结构方向；（2）小说技巧方面；（3）作家的创作方面；（4）读者方面；（5）小说审美观念及批评方式方面；（6）小说史方面。……五、在这个意义上，普通小说学是面向读者大众的。"

孜刚的《为"小中篇"呼》发表于《小说月报》第12期。孜刚指出："在目前情况下，似乎更应强调从'内部规律'上多谈多议，从理论到实践强化人们注重'内在'的意识，而淡化字数的观念，使作家们逐步习惯于，根据作品'内部规律性'的规定，该长则长，该短则短，不唯字数，不凑字数，不为字数所累，使字数还原于不必予以专门考虑的从属地位。"孜刚还认为："近来，在浏览作品中，欣喜地读到一批相当精采的'小中篇'，颇受启发。诸如李锐的《传说之死》、阎连科的《中士还乡》、赖妙宽的《共同的故乡》和詹政伟的《数年一限》，就统统都是三万字以下的篇什。"它们"一经同读者见面，便引起了相当强烈的反响。反响的一个共同音律，就是精短。而精短非但没有损害构成这些作品的'内部规律'，相反，倒是通过对其'内部规律'诸因素，特别是对时空的高度压缩、语言的凝练等'精耕细作'，既使作品呈现出一种空灵、含蓄的审美意蕴，也给人以精致、剔透感"。

本季

贺光鑫的《小说的语言艺术》发表于《百花洲》第 6 期。贺光鑫指出："小说中的对话艺术有着两个层次的要求。第一个层次的要求是人物对话要个性化。……高艺术水平的人物对话还必须包含另一个更高层次的要求——诗意。这里所说的'诗意',并不是指词藻的美丽,而是指对话的含蓄性,内涵的丰富性。"贺光鑫进一步指出,"优秀小说的叙述——描绘的语言除了要将具体可感性与含混性相融合外,还应该是富有独创性和富于变化的。而要达到后一个要求,小说家就必须十分重视描绘语言的语调问题,这又牵涉到叙事角度问题。有时小说家从本人的角度来叙事,所用的语调就必须要有小说家的个人语言风格,有时作家又必须从人物的角度出发来叙事,这时他就必须以人物的个性为依据来转换叙事语调"。

刘克宽的《从"表达"到"创造"——新时期小说语言变革断想》发表于《文学评论家》第 6 期。刘克宽指出:"所谓从'表达'到'创造'的转化,实质上就是把语言从单纯的工具观中解放出来,在其'材料'性意义上挖掘它的结构功能。根据时代的审美特征和接受现状,通过艺术性组合增强语言的自身张力,使之有利于对读者审美欲念的引发,以达到马克思所说调动起读者的'全部感觉',收到更佳的审美效果。……最初,这种变革是伴随着小说整体艺术的革新活动开始的。随着新时期小说反映生活的不断深入,作家们在创作实践中逐渐感觉到,面对空前复杂的社会和人生现象,要完成多层次多角度的艺术观照和反思任务,就必须把艺术创造的目的转向调动读者的审美能动性上来。……所以新时期的作家们在开始小说艺术探索时,就很自然地引起了语言的变革:试图改变传统语言规范的传达工具功能,通过带有自我特点的言语组合艺术使语言由所指的明确性转向审美的创造性,进而打破既定的得意忘言的接受习惯,以陌生的形式引发读者的审美积极性。……到八十年代中期,随着文学审视点的提高,语言变革也进一步由浅层向深层转化。……具体说就是不再停留于社会通行意义上来遣词造句,而开始在审美悟性的基础上探求语言符码作用于人的整体艺术感受的一切可能性,使语言由交际功能随语境的创造而向言语功能延伸，也即把语言艺术由语义学进一步推向语用学领域，通过关联功能、情感功能、诗歌功能等因素的介入为文字符码创设新的能指意蕴，从而使语言建构过程变成艺术魅力的基础。"

高晓声的《我看小说》发表于《小说界》第6期。高晓声指出："我最爱看的仍旧是能够反映社会真实，把人物写得栩栩如生，并且引人入胜，激发我的美感的小说。这些都是老标准，但我还是爱。"

李运抟的《新时期小说情节结构类型透视》发表于《学习与探索》第6期。李运抟指出，新时期小说情节结构可总结为六个类型，第一，"因果分明的转换现实"，"是指存在于虚构性小说（后面还将专论纪实小说）中而采取现实时空形式又特别注重因果关系的类型。显然，这是一种比较传统亦比较典范的情节结构。几乎所有的传统意义上的现实主义作品都在运用这种情节结构"。第二，"天马行空的心理世界"，"'意识流'小说的叙述结构也是情节结构，只是它是一种新的类型罢了"。第三，"形而上的象征画面"，"这种情节结构，最大的特征就是其情节的叙述与展开，都紧紧围绕某个形而上的理念来进行。形而上的从现实中抽象出来的各种意识、观点和感觉，成为情节结构的内在杠杆，是其内在的逻辑主线"。第四，"仿真求实的实录风景"，"从纪实小说的情节结构来说，它与前文所说的'因果分明的转换现实'有共同处。比如讲求'故事'及其因果关系，采以现实时空形式，也希望叙述有代表性的事例和现象等"。第五，"调侃性的人生戏剧"，"以'调侃性的人生戏剧'来概括新时期某些小说作品的情节结构，也正是由于这种情节结构的'立体'来自带有戏弄和嘲弄意味的情思意趣。……调侃性情节结构是以有意的戏剧化来转换生活中的荒唐可笑的存在。由于要达到对可笑人事现象的昭揭"。第六，"'散文化'的故事"，"这种散文化结构，在小说，其实就是采用了散文的叙述方式来结构一个虚构的世界。……小说'散文化'，不是为了消失小说，而应是使小说样式有更宽广的表述天地"。

李存葆、王光明的《篇外小叙》发表于《中篇小说选刊》第6期。李存葆、王光明指出："《沂蒙九章》草成，交友人初读，友人问，篇名为何曰《九章》，我们解释说：屈原除《离骚》外，还有《九章》《九歌》和《天问》等名篇佳什。《九章》包括《惜诵》《涉江》《哀郢》《抽思》《怀沙》《思美人》《惜往日》《橘颂》《悲回风》九篇作品。它不是屈子一时之作,西汉时才有人把它们编在一起,加上《九章》之名。我们的作品虽取名《九章》,但压根儿不敢同屈原之煌煌大著相提并论,只不过想从屈子的风骨与文思中沾一气儿仙气、灵气而已。只要读者有耐心读完拙作,知道写的是沂蒙山的九段故事,我们则于愿足矣!"

李存葆、王光明还说:"读者从行文中可以看出来,作者写历史并不为了缅怀历史,为历史人物树碑立传。借古抒怀,这是古今中外的人都在做的事,愚不可及的四人帮偏把它作为残害知识分子的一种口实。我们抒怀,而且仿《九章》形式而抒怀,说明我们是怀着庄严的、郑重的态度告诉大家:沂蒙人民不是普普通通的人民,沂蒙人民过去在写着我们民族的辉煌历史,今天也在写着辉煌的历史。辉煌是从艰难和拼搏中诞生的,沂蒙人民在中央改革开放的大好政策、大好背景之下,继续饱含热泪和激情,用艰难的拼搏,改变穷困面貌,过上富裕日子,难道读者诸君不会为他们的精神和业绩而动容吗?"

本年

木弓的《从理论角度看通俗性小说》发表于《文学自由谈》第1期。木弓指出,对于通俗性小说,"我们有责任去建立一种更加平民化的理论批评"。他认为,相对于"纯文学"小说,通俗性小说有以下几点特征:第一,其功能"主要在争取一种消费性"。第二,在写实方面,通俗性小说"虚构出一个非真实的现实"。第三,通俗性小说的人物性格"并非批判现实主义小说理论上的'典型性格',而是能够调动起同一文化层次读者欣赏兴趣的性格类型"。第四,通俗性小说"作品更加讲究其技术操作,……非得掌握一套特殊的叙事技巧不可"。

郑宗培的《小小说现象》发表于《文学自由谈》第2期。郑宗培指出:"这种文学样式(小小说——编者注)在我国是古已有之。先秦(公元前770—207年)诸子散文、魏晋(公元前206—公元589年)志怪志人小说、唐人(公元618—907年)的传奇,直至明清(公元1368—1911年)笔记小说,都可以发现这类短小精悍的文章。"

季红真的《朦胧的古典精神》发表于《文学自由谈》第4期。季红真指出:

"这种古典主义倾向，显然是指广义的古典精神。它不仅表现在小说的取材、风格与价值取向诸层次上，很难以一种单纯明确的逻辑语言加以描述。而且，就其意识形态的性质来说，内涵与边界也都是十分模糊的。它既不能限于西方文艺复兴以后兴起的古典人文主义的范畴，如马原对庄子与爱因斯坦的同时并重，王朔借助于古典味的语言；也不能容纳在中国古典哲学或文学的范式中，如王安忆、蔡测海的有关阐释，则明显偏近于西方近代人文主义中个人为本位的世界观。因此，它是朦胧的，只能说是广义的古典精神。"

1992年

一月

1日 汪政、晓华的《小说的调子》发表于《作家》第1期。汪政、晓华指出："调子是个综合的东西，……其中，情调和气氛占主导地位，它决定了小说调子的处理，所以，有的作家认为，情调是基调。小说的调子不应如同风格一样理解为一种大而化之的东西，对每一位作家、每一篇作品而言，有时是相当实在的具体的。比如苏童的《妻妾成群》，追求的就是一种神秘和死亡的气息，故事是老得不能再老，但这种气息是全新的，他用一个老套的故事作一次新的冒险，看看能不能创造出新的效果来，所以他采取一种躲躲闪闪、断断续续的叙述节奏，他着意从环境、心理甚至不惜用象征等手法来渲染一种阴沉的压抑的气氛，……格非的《大年》希望造成的则是一种预感，故事的叙述极具弹性和张力，它总是在意味深长处中断，停留在一个可以无限生发可能性的细节和场面上，背影的描写具有灵性，有如蓍草和甲骨，暗示着不祥的将来，而语调则是低沉的如同巫师的咒语。"

此外，汪政、晓华进一步提出小说中气氛和情调的生成的五种手段："一是作家恰到好处的直接抒情。象郁达夫的小说和丁玲的早期作品，抒情性很浓，它们大都是第一人称，借助于此，直接表达内心的情感，小说在叙述的间隙通过一定的咏叹和内心独白传达出感伤的情绪，造成郁闷孤独的气氛。……二是景物描写、场景描写、风俗描写。景物和场景的描写，不仅仅是给人物的活动提供环境，更重要的是传达一种情调和氛围。如郁达夫的《春风沉醉的晚上》《迟桂花》，鲁迅的《祝福》，景物和场景对气氛的传达就有很大的作用。汪曾祺作品很擅长风俗描写，不少人以为这是为了取得乡土特色，我以为还是为了传达一种温柔的气氛。三是象征。不少小说家在作品中嵌进一些从写实角度无法认读的物象,神神秘秘的,这也能造成气氛。如苏童《飞越我的枫杨树故乡》中的黑色胶鞋、狗和如潮的罂粟花。四是文本材料的征用。小说中征用的文本材料主要是诗或歌词,如当代青年作家张承志、刘西鸿和刘毅然。刘毅然的《摇滚青年》中歌词引用近十次,如泣如诉的歌曲很恰当地传达出作品的氛围。五是语言色彩的选择。语言的本身就可以通过联想构成想象性的色彩,而色彩是具有调子的,冷色、暖色等。这还是就事论事的说法,从泛指和修辞的角度讲,一切语言哪怕是非指称色彩的也具有调子,也有冷暖、软硬、繁简、滑涩、生熟等。"

5日 邓时忠的《理性批判精神的失落——新写实主义与现实主义之比较》发表于《当代文坛》第1期。邓时忠认为:"正是抛弃了'深度'的'神话',新写实主义才与现实主义拉开了距离,而保持着与现代主义的联系;正是排斥了理性批判的精神,新写实主义才与现实主义貌合神离,产生了上述种种变异。正因如此,有人称新写实主义是现代主义对现实主义的'妥协',或者说是二者的'兼容',看来是不无道理的。"

尹鸿的《外来影响与中国新时期荒诞小说》发表于同期《当代文坛》。尹鸿认为,"新时期一部分荒诞小说虽然主要还是借用荒诞手法来批判现实、针砭时弊,但更多的荒诞小说,尤其是受西方现代主义观念影响较深的作品,在主题指向上,更关注的则是较宏观、抽象和形而上的主题,它们淡化了作品的时空具体性,而力图在一种更开阔的视野中来揭示人类处境的荒诞。人的孤独、异化、绝望、隔膜以及人对自己的命运和环境束手无策、孤苦无告,是这些作品共同的主题。不过,与西方荒诞文学不同的是,中国荒诞小说很少表现由于工业发达而导致的物质世界对人的物化,而更关注文化和社会关系对人的束缚和扭曲"。

同日,李运抟的《调侃中的人生透视——当代小说调侃艺术论》发表于《山花》第1期。李运抟认为:"以往,人们谈到这些作品的调侃时,大都主要从语言层面来认识,认为调侃主要是语言运用上的机智、幽默、诙谐、洒脱辛辣和讽刺等。事实上,这种理解不仅是局限的而且是笼统的。调侃艺术固然要用语言来表达,并且有一种特殊的言语风格,但这并不是它的根本所在。……作为一种表现手法和审美方式,调侃艺术的根本所在是它有一种调侃性的'物象结构',即物化了形象形态的组合构成。……并且它必须具有戏弄和嘲笑的功能。"李运抟还指出,调侃艺术"的运用必须与调侃对象具有逻辑关系,即只有当对象具有荒唐、滑稽、丑陋等值得去戏弄、嘲笑和讽刺的成分,调侃艺术才能有用武之地,也唯此才能产生艺术效应"。并且,适当地运用调侃艺术"不但扩张了小说表现手法的天地,而且利于昭示事物的本质特征,具有很强的艺术穿透力。由此,调侃艺术不但能给读者提供别具一格的富有生气亦富有诱惑力的阅读感,而且往往能给读者以深刻的启示和深长的思考。可以说,它是一种能真正体现'寓教于乐'的艺术方式"。

10日 雷达的《小说的活力与当代现实》发表于《中国作家》第1期。雷达强调:"诚然,小说的活力之源在于当代现实生活,但绝非与小说自身的艺术发展历程没有关系。远的不去说,这些年我们热衷过主体意识的强化,文化意识的浓化等等,它们决不会像一阵风掠过毫不留下痕迹,对之应该来一番总结,反思,尤其应该随着文学和现实的发展进行创造性的转化。能否充分吸收文学的优秀传统,包括新时期以来小说创作的经验和精华,不断实现新的熔铸和新的转化,是保持小说活力,提高艺术表现能力的关键。只要注意就会发现,近年来大凡比较丰富深刻精彩动人的小说,都有它艺术传承上的来龙去脉。在好的新乡土小说里,会发现寻根小说的踪迹,在好的改革题材小说里,会发现总结前期改革文学得失的印痕,在好的社会心理小说里,又会发现伤痕文学、反思文学的某些蛛丝马迹,而在运用现代派技法较成功的小说里,则会发现前几年先锋小说的潜在影响。不过,它们已不复先前的形态了。……多年来,追求凝重、扎实、深沉,突出现实主义精神并以现实主义创作为主体,兼顾别样,似已成为《中国作家》公认的风格。不管创作界的环境条件怎样,这一特色倒一直保持着,发展着。不过,文学面临的任务是很艰巨的,怎样适应当代现实生活的更新、变动,满足人民精神生活愈来愈高的需要,已是迫在眉睫的问题。解决的途径不在别处,仍在深入当代现实生活本身,从那里获取诗情、活力和灵感,正所谓:'问渠哪得清如许,为有源头活水来'。"

11日 刘润为的《传统与新变之间的探索——评石英的长篇小说〈密码〉》

发表于《文艺报》。刘润为认为:"在艺术形式上,作品既不是传统小说的因循,也不同于'新潮小说'的矫揉。时空的处理是传统的。空间的设置以主人公的活动为转移,时间的流转依故事进展而次第递进。艺术时空与自然时空在这里基本上不存在差异或抵牾。故事的结构方式则显得很是别致。这里没有贯穿首尾、界限分明的一条或几条情节线,也不见无章可循、不可理喻的细碎和杂乱,而是呈现为一种有纲有目、以纲领目的网状结构。"

15日 李洁非的《普通小说类型论》发表于《上海文学》第1期。李洁非指出:"小说中的素材/题材之分看来一直没有被清楚地识别。习惯上所称的'工业题材''农村题材''知青题材'等,其实应称为'工业素材''农村素材''知青素材'……素材的来源及范围极广,可以由现实生活的任何方面、任何具体事件构成;题材却是在一切素材的基础之上逐渐凝聚而成的最基本的稳定的故事类型。相对于素材,题材具有超越时空的永恒的含义,与'母题'的概念关系密切(而素材显然没有这种关系);因此,题材的数量是有限的,集中在人类感情与行为最重要的几个方面;同时,题材较诸素材的另一很大的不同在于,它在古往今来的创作中形成了自己在小说美学上的一定原则和特性。探讨这一问题,对完善小说的艺术理论有重要意义。"

同日,白烨的《生活流 文化病 平民意识——刘震云论》发表于《文艺争鸣》第1期。白烨认为:"刘震云用一种'生活流'的叙述方法直情径行地显示现实社会中种种习非成是的生活现象,在不动声色、不露痕迹中揭现其丑陋和病态的本相,让人们在不经意中得到惊悸和震动。应当说,刘震云是以'生活流'的方式表现自己对中国文化和生活中特有的'文化病'的发现的,而这其中又流贯和萦回着厚重而沉毅的'平民意识'。"

陈晓明的《漫评刘震云的小说》发表于同期《文艺争鸣》。陈晓明认为,刘震云"最重要的特色"是"反讽",并指出"它更多来自契诃夫和中国笔记小说、杂文一类的古典传统。……刘震云试图运用'反讽'去解开人类本性与制度化的存在结合一体的秘密"。陈晓明还进一步指出:"刘震云的反讽更为重要的是建立在对权力的庸俗文化面及其支配日常生活的存在方式观察基础上,因此才具有意识到的历史深度。"

李洁非的《小说学的演进：历史和方法》发表于同期《文艺争鸣》。李洁非认为："认识到人物的价值，而努力克服行动情节的戏剧模式，这一点是整个古典小说趋向它的成熟的标志。……古典小说通过人物突破了戏剧模式，自立为一种新的叙事方式；而现代小说则又恰恰通过突破人物模式，得以开辟出又一种新的叙事方式，故而，人物的问题在小说史上实有承先启后之意义。"李洁非还指出："小说作为书面语言艺术与戏剧的艺术差异，决定了它的优势不在于展示行动，而在于分析行动的原因，亦即人物的动机、感受、愿望、设想和经验。"

刘震云的《整体的故乡与故乡的具体》发表于同期《文艺争鸣》。关于"故乡"，刘震云表示："从目前来讲，我对故乡的感情是拒绝多于接受。我不理解那些歌颂故乡或把故乡当作温情和情感发源地的文章或歌曲。因为这种重温旧情的本身就是一种贵族式的回首当年和居高临下同情感的表露。"关于和"故乡有关"的小说，他表示："在我的小说中，有大约三分之一与故乡有关。这个有关不是主要说素材的来源或以它为背景等等，而主要是说情感的触发点。……《塔铺》是我早期的作品，里面还有些温情。这不能说明别的，主要说明我对故乡还停留在浅层认识上。……《故乡天下黄花》是写一种东方式的历史变迁和历史更替。我们容易把这种变迁和更替夸大得过于重要。其实放到历史长河中，无非是一种儿戏。……表面看是写城市的，其实在内在情感的潜流上，也与故乡或农村有很大关系。因为从思维习惯和观察生活的方式上，中国的城市人与农村人的差别不是太大。"

潘凯雄的《此系身前身后事　倩谁记去作奇传——刘震云小说漫评》发表于同期《文艺争鸣》。潘凯雄认为，"综观刘震云主要作品中的叙述者，无论其表面形态如何变化，我们还是能够发现刘震云设计和操纵他们的一个共同方式：那就是在叙述者和叙述者所置身的环境之间拉开距离，形成反差。……在设计和操纵叙述者的方式上还力图将形而下的叙事与形而上的探讨融合起来"。

王必胜的《刘震云的意义》发表于同期《文艺争鸣》。王必胜认为："刘震云自《新兵连》始，就把艺术的生发点放在对于人格的精神的剖析之上，或者说，他的这些小说张扬了一种人格主题。"并指出："众多表现当代人生存状态的小说，较多的是描绘促狭的物质环境带来的心理负担，而刘震云则不仅仅于此，他注重人生的心理空间，注重人文环境的优化。"

同日，木弓的《"自我"的消解》发表于《钟山》第1期。木弓指出："'文革'后小说最重要的价值就是在理性道德批判中重新获得丧失已久的知识分子的'自我'意识。……别出心裁的小说家甚至企图颠覆理性主义小说最基本的道德化和悲剧性的结构模式，以便使'自我'那种固有的理想主义'灵光圈'黯然失色。我们读象莫言、马原、格非等人的小说，的确能够发现其叙事上的这种倾向。……新人本思想是现代小说叙事技巧的哲学依据。这意味着，现代小说丝毫不否认人的能动因素，而是把人的能动因素体现在整个小说结构形式中，而不是把人从形式中抽象出来。"

张颐武的《"人民记忆"与文化的命运》发表于同期《钟山》。张颐武指出："对于'人民记忆'的探讨是'第三世界文化'重新寻找自身新话语的关键和枢机，也是第三世界抗拒第一世界的文化权力的唯一的重要的方面。"张颐武认为："'人民记忆'是普遍文化底层中的语言构造，是一个民族语言／生存的核心因素，是历史记忆的无意识的书写活动，是母语生命的最后栖居之所。……'人民记忆'常常被意识形态和文化机器所刻意地压抑和忽略，也就是以一种无意识中的意识形态替换或代表'人民记忆'。"

实际上，"'人民记忆'的概念喻示着任何文学写作活动的意识形态特征，它指明一切叙事最终是对'历史'的虚构，是对无意识的控制、转移、播散的策略"。更重要的是，"'人民记忆'起到了一种'除幻'性的功能，它使第三世界文化的命运得以凸现"。其中，有三个方面值得我们关注，"第一，'人民记忆'的概念改变了我们对第一世界／第三世界二元对立的看法，我们发觉这种对立并不是简单的对立性的关系，并不是单纯的敌／我、传统／现代、中心／边缘的分裂，而是混杂和复合性的文化／语言运作，第一世界的意识形态不仅仅是以公开而直接的方式作用于第三世界，而且是渗入'形式'和'无意识'领域的隐秘的作用，是一种无以把握的、极其复杂的传递过程。……第二，'人民记忆'的概念标明了一种深入到我们母语深处的集体的底层存留，一种无尽的镜象之流，一种种族命运延续的'特性'的表征。……因此，'人民记忆'是第三世界文化最后的依据，也是它存在的唯一具有深刻意义的'区别性特征'。第三，……'人民记忆'是一个将纵向的连续性转向同一平面的'机器'，一个'历时'转向'共时'的'机器'。这也就解放了'第三世界文化'的历史，释放了它的能量"。

"对于第三世界的文学写作来说，对'人民记忆'的探索必须从两个层面上进行。首先，'第三世界文化'中的叙事本文必须对传统的'情节剧'的表意策略保持批判和超越的立场，必须由一种闭锁的叙事秩序中解放第三世界的写作。其次，必须更深入地探索母语的创造性和表现力，在对'母语'的特殊表意方式的开掘中寻找第三世界'人民记忆'的意识。"最后，张颐武进一步强调，"对于九十年代的汉语文学来说，对'人民记忆'的发掘和探索无疑是一个引人注目的课题，也是当代中国作家所面对的最大挑战。……'人民记忆'被阻滞的状况的'消解'，让叙事文学与人民的历史经验相互作用的努力就成为九十年代中国作家的核心使命"。

17日　常羽翰的《善恶恩怨与因果链条》发表于《作品与争鸣》第1期。常羽翰认为："凡事硬套'因果'，只能导致片面性和简单化。在小说创作中，构思情节，考虑因果联系，是完全必要的。这种因果联系是为了让读者感到事情的发生合乎情理，不感到突兀。但不能将这种手段作为构思情节的唯一方法。因为，情节的发展，最终是受小说中人物性格逻辑的牵引。此外，用'因果'来观照人物命运，显然是不宜的。人物的命运，一方面要受社会的影响，受时代的牵制；另一方面也受其自身脾气秉性等性格因素的制约。"

赵凤山的《炎凉世态寓"情理"之中》发表于同期《作品与争鸣》。赵凤山认为："'情理'即性格逻辑和生活逻辑。描摹符合'情理'，作品必然'逼真''怡人'；描摹有悖'情理'，作品就会'失真''变形'。"

20日　刘建军、段建军的《情节与生命》发表于《小说评论》第1期。他们认为："情节是作家发现和创造的一个充满生命情趣的有机统一体。……一则故事或一个情节的职能就是传达一种具有意义的情感历程。"他们还指出"情节构成的第一原则必须是多样统一"，即"把复杂多样的故事统一于一种因果逻辑关系之中"，让"每一故事的结束必然成为下一个故事的开端"。

王力军的《新时期小说创作的非理性主义倾向论评》发表于同期《小说评

论》。王力军提出，文学创作在理性与非理性关系的处理上必须遵循两个基本前提："其一，必须坚持理性对文学创作的主导性意义，一切非理性的力量只有与充分的理性相关联才能使创作沿着正确的轨迹来运行；其二，非理性的探索是有必要的，但对于非理性因素的任何探索都必须以理性力量的指导为根基，否则，非理性的探索必将失去其认识意义和创作价值。"

周艳芬的《传统与现实之间——"新写实"与传统现实主义小说比较论》发表于同期《小说评论》。周艳芬认为，"新写实"继承了传统现实主义文学"再现现实"的基本特征，不过它"轻视经验，更为注重体验"，反而比传统现实主义更加接近"本质真实"。在技法上，"新写实"有"自由多变的叙述角度""开放性小说结构来完成对现实人生的整体观照""人物刻划的反典型化""体验性的小说语言""多样化的艺术风格"几个特点，但是也有"人物典型化不够"和"缺乏宏伟的结构"的弊端。

25日 洪治纲的《故事：小说叙述的意义符号——陈源斌近作拆析》发表于《当代作家评论》第1期。洪治纲指出："如果从结构角度来观照陈源斌近作中的故事，我们会发现绝大多数是采用一种共时态方式进行营构的。……正是这种共时态的复杂结构，使故事本体达到了对社会总体的某些象征，以结构形式的庞杂暗示着叙述对象的深厚。因此，从这个意义上说，共时态叙述，标志着故事在最后的文本形式上走向符号化。"

谭学纯、唐跃的《新时期小说语言变异的运动轨迹》发表于同期《当代作家评论》。谭学纯、唐跃认为："新时期小说语言变异的发生和发展，在总体上呈现为一条上升的斜线。它的起点是从巨大的历史惯性中延伸出来的，而以近年创作界和理论界共同掀起的'语言热'为相对完成。"具体的运动轨迹可分为四个阶段，首先，"1980年之前，无论是小说创作，还是理论与批评。都没能或很难显示语言变异的征兆。然而，我们却不能不充分肯定，正是这艰难的起步，提供了一个转化的契机，为语言变异制造了开放的文化背景"；紧接着，"1980年到1984年，当代小说的语言变异走过了它的第二段路程，进入了语言运用中'个性的发现'阶段"；而后，"1985年，统一的观念、统一的思路、统一的手法的解体，意味着小说家把握世界的方式不再囿于固定的、封闭的模式，表现在作品中，便是文本的语言方式随着小说艺术世界多元格局的建立，出现了规模空前的变异。这是一场真正的无主题变奏"；最后，"配合创作界日新月异的语言实验，1987年以后，理论与批评的热点也开始向语言移位。这不仅表现在1987年以后语言学批评方面的文章在数量上较之前阶段有明显的递增，更值得注意的是：文章的层次开始逐步进入了研究的纵深；并且，前一段理论热情的高涨和实际操作力不从心的脱节现象，也部分地得到了程度不等的纠正，尽管这种纠偏仍然有限"。

因此，"所谓1987年以后崛起的'第三代小说家正在进行一场语言的战争'并不是毫无道理。……理论的积极参与和评论的推波助潮，增加了在叙述方式上比智商的小说家们的自我确证。异域的文本分析、新批评、结构主义批评、叙述学、符号学等的大量译介，被批评界经过短暂的咀嚼，随即用来对实验小说进行实验批评。于是，场内是小说家的语言竞技，场外是阵容庞大的拉拉队的呐喊助威，两股潮流的汇聚，共同托起了语言变异的又一座波峰"。

王长安的《风光只在有无中——陈源斌小说的故事形态》发表于同期《当代作家评论》。王长安认为，陈源斌小说"以白描叙述故事，不是消灭故事，写作'无故事'小说。而是舍形存意，让故事更空灵，更辽阔，从而既有效地避开人们对传统的'膜拜故事'的厌倦，又不涉'无故事'之嫌，积极对应人们对新型小说故事形态的企盼与呼唤"。他还指出："陈源斌的潜故事结构的小说故事形态在某种意义上就是一种'双层结构'模式，它是以'膜拜故事'与'无故事'的失败为参照而产生的。其中一层可临界意蕴深沉的文化疆域；一层又可跻身趣味浓郁的世俗天地。潜故事结构使它可以双重'时空'面对双重读者。"

杨劼的《"对话"愿望的复始——新潮小说式微之后》发表于同期《当代作家评论》。杨劼指出："当前的小说精神乃是一种渴望'对话'（而非'疏隔'）的精神。"

本月

麦芒的《生活在别处——重读〈金牧场〉并略谈张承志小说的抒情风格》

发表于《十月》第1期。麦芒指出，关于《金牧场》，"一方面，所有的叙事线索都被用来阐明关于理想追寻的统一主题，另一方面，又从根本上回避了在各条叙事线索上对理想的主题自身进行更为深刻和具体的价值判断，结果理想的主题变得抽象和笼统，失去了所指的意义。这种看似精心设计的多重叙事结构并不符合巴赫金所论述的有着多重叙述者声音的'复调小说'的美学要求，它在本质上仍属于一种不恰当地膨胀起来的独白叙事结构。《金牧场》从头至尾其实是一个统一的叙述者在讲述，在抒情"。麦芒还指出："如果'叙事即抒情'的原则在张承志那里能够成立的话，我们也将能够理解《金牧场》叙事主题的抽象性和单一性：青春、理想、革命、黄金牧地等等，这些几乎都可以随意在作品中互相替代而不改变所指；同时我们也将能够理解《金牧场》的多重叙事结构为什么实质上仍是一种独白的叙事结构。抒情的原则统治了一切，它过滤掉与终极所指无关的一切——包括现实的丑恶、精神的苦恼和个体的差异，使得小说作为叙事文学跨过了应有的界限，直接浸入了浪漫主义诗歌的传统。"

二月

3日 王汶石的《祭鹏程》发表于《人民文学》第2期。王汶石认为："当代中国文坛还没有一个作家可以赶得上你（指杜鹏程——编者注），你是那么深入，执着，而又那么犀利，敏锐。我以为，这可以称做对待生活的'杜鹏程模式'。评论家都说，在小说中进行炽热而深沉的哲理性抒情，是你对小说艺术的一大贡献，这是十分正确的，而你那些闪光的思想，哲理性抒情，正是来源于你对生活的深层的钻探，历史的思考，和你那热情拥抱生活，而发自内心深处的呼唤，所凝成的散布在你文章中的思想感情和艺术的结晶。"王汶石还指出："'杜鹏程模式'的又一表现是，永无止境地追求作品的思想艺术的完美，这，我也敢说，在当代中国作家中，可以同你相比的人，大概也不会多。"

6日 刘俐俐的《我们向小说要求什么？——近期小说创作印象》发表于《河北文学》第2期。刘俐俐指出："阅读近期小说感到，本来应该属于小说的艺术特征在逐渐消退，非艺术化倾向在发展，换句话说，小说实践与读者对小说的要求还存在相当的距离，因此，'我们向小说要求什么？'这个古老的问题值得重新加以思索。1. 我们向小说要求思情寓意。小说起源于讲说故事，总要向读者'说'点什么成为小说与生俱来的本质特征。'说'的内容是故事，又不仅仅是故事，而且超越于故事，这是小说最起码的条件，也是小说区别于故事，产生艺术魅力的源泉。所谓的思情寓意正是小说的'说'的另一表述，它是作家对生活的独到的、不同于读者但肯定高于读者的理解，它浸透了生活的浓汁，又饱含感情的蕴味，它不是推论性语言可以表达的，而是用'一种较为发达的隐喻或一种非推理性的符号'而表达的'生命的意味'，它仅属于艺术。"

"2. 我们向小说要求丰富的艺术想象。……在小说创作中，人类的想象这种本质力量更应得到充分的实现。小说艺术想象的功能首先表现在叙述上。小说是讲说故事的艺术，无论在'讲说'过程中，还是在小说家的心灵中故事都是一个完整的过程。而小说情节则是连接故事发展脉络的因素，或者说是故事的外在形式。在小说中，情节是显性存在着，故事是隐性存在着，作家因为有自由调节、安排情节的主动权，方能让很长的故事以比较简洁的篇幅来完成，既有能力删掉故事的某些过程，而又使故事完整。在没有情节而故事依旧发展的部分，有作家的丰富艺术想象在隐性存在着，也是小说家给予读者艺术想象的空间和机会。在这样的部分，显示了作家的艺术才华，也使小说具有了丰富的底蕴和张力。"

"3. 我们向小说要求美感。……新时期小说创作中审丑意识是空前自觉的，这种意识是现实主义文学精神的重要表现，也体现了作家们的勇敢和胆识。新写实小说创作中审丑意识更为强烈自觉，……那么，审丑就必然会使小说走出低谷受到读者的喜爱吗？回答也是否定的。读者在现实生活中已经体验过丑恶卑鄙，他们之所以还需要小说，需要阅读艺术地反映再现丑恶的作品，是因为他们寄小说以希望：证实自己对丑恶的鄙视是正义的，寻找抵御丑恶的正义的力量，从而产生积极向上的信心，他们对小说审丑的这种要求，也就是对作家的要求，即要求作家帮助他们获得这一切，我想，这就是黑格尔所强调的艺术要表现出'心灵的最高旨趣'的意思。"

7日 李运抟的《胜利与代价——论当代小说的观念性人物形象》发表于《天津文学》第2期。李运抟认为："观念性人物形象是很多的。它们的观念性体现，一般是与极端性的性格特征相联，或是解释了某种存在现象。……单从已经成为社会产品的即已经完成的艺术形象本身来看，它们的特别能显示观念大体有这样两种情形：①形象的定势化。这是指人物形象的性格结构和心理结构呈单一势态，基本上只有一种性格因素，抑或说一种性格特征就能概括其形象意指。……②形象的主导性格。这是指这种艺术形象相对上述的扁平人物要结构复杂一些。人物的性格与心态有了自身的矛盾和冲突，但趋向复杂的性格与心态又有占据主导性地位的成分。这种占主导地位的性格与心态的构成，常常便利于传达某种观念或抽象了某种社会景观。……中国当代小说无论是何种流派何样风格何等旗号，它们的观念意识都是很强著的。……没有强著的观念意识，可以说也就没有了新时期文学的重要特征。"

15 日 王蒙的《钗黛合一新论——兼论文学人物的评析角度》发表于《上海文学》第 2 期。关于文学人物的评价角度，王蒙提出："不完全把文学人物看成客观的活人，而是清醒地意识到它们是作家心灵的产物，是作家的思想情感的载体，是作家共有、又是每一个个别作家独有，而且能在或多或少的读者中得到或准确或变形的破译与共振的语码。"

17 日 张首映的《系列小说的魅力》发表于《作品与争鸣》第 2 期。张首映认为："高晓声把握了陈奂生，尤其是其心理定势和意识结构及其刻度，所以任凭他如何把奂生推向哪里，奂生仍然是奂生，……由此而论及系列小说，作家如果不把握人物心灵深处的定势和意识结构，很难让性格和情节在'万变不离其宗'中丰富起来。"

29 日 丛郁的《因袭性与现代性》发表于《文艺报》。丛郁指出："契弗在作品中对于这些现代社会现象以及现代人物的描写向我们揭示了他的一贯现代主题——'总体上的失落与孤独感以及充斥所有作品的罪孽与自我放纵的气氛。'"他认为："在战后的几十年间，美国文学（特别是小说）的创作中现实主义与现代主义互相渗透、兼容的现象与日俱增，时至今日已经成为当代美国文学发展的一种大趋势了。文学创作中现实与虚幻、喜剧与悲剧融汇交织在一起，就象当今的美国社会生活那样令人难以捉摸，因此这使得我们很难给当代作家归类。"

三月

5日 张学军的《新时期散文化小说论》发表于《当代文坛》第2期。张学军认为:"散文化小说家们追求的是一种人道主义理想。汪曾祺自称'是一个中国式的抒情的人道主义者',这种人道主义与儒家的仁学思想有着密切的承继关系。汪曾祺说:'我不是从道理上,而是从感情上接受儒家思想的。我认为儒家是讲人情的,是一种富于人情味的思想。'……儒家的美善合一的艺术精神,使作家们写出人世间的仁义和温情,写出人们向善爱美之心,从而把生活中的善升华为艺术中的美,也就满足了作家审美情感的需要。作家们在对风俗民情的描写中,不仅写出了自然的人性、温暖的人情,从而表现出作家的道德理想。而且对在萎靡沉滞的社会积习和封闭保守的生活状态中,所形成的愚昧、卑琐、狭隘的精神弱点也给予了温和的嘲讽,对压抑人性的封建道德伦理观念和传统的习惯势力进行了沉静的批判。这同样表现了作家的人道主义理想。"

同日,洪治纲的《叙述中介论——小说叙述技巧漫谈之一》发表于《山花》第3期。洪治纲认为:"叙述者的职能并不仅仅是完成作品的叙述,更为重要的还是要维护他自身的中介品性。……其次,从叙述视点来看,叙述者的中介品性还表现在确立小说的叙述语调上。什么样的叙述者就要求有相应的符合他自身身份的叙述话语,特别是人物叙述者,语调要求更为严格,所有言语(不是语言)都必须绝对吻合叙述者自身的思想深度、文化素养、生活环境和心理状态,否则,叙述就不具备应有的真实感,很难维持文本表达的和谐性。……从根本上说,一部作品的成功与否,首先就在于作家对叙述者的设置是否恰当和叙述者的中介职能是否能充分发挥上。因为他不但控制和调节着叙述距离,还限定了叙述视角,并在终极意义上规定了小说的话语形式。这是我们每一个作家在创作中首先必须认清的第一个要素。"

6日 黄黎星的《刺激与诱导——小议〈饥饿〉的艺术手法》发表于《台港文学选刊》第3期。黄黎星认为,"作者借鉴了拉美魔幻现实主义的创作手法",在作品中"力求写出引发阅读想象的细节真实。在这种变异程度较小的形态的照应和'保护'下,作品诱导读者的阅读想象逐渐向较强的变异程度发展","张大春被视为台湾魔幻现实主义最出色的实践者,大约正是由于他既有表演'魔幻'的一手,又有娴熟的写实的一手"。

7日 刘彦广的《批评中的文本与历史——从〈理想主义的终结〉一文看"文本主义"批评的极端发展》发表于《文艺报》。刘彦广首先概括了《理想主义的终结》一文的主要观点:"《理》文认为:在当前具有弥漫性与社会性的商品普遍精神的社会背景下,'实验小说'的语言、文本取消了所谓历史的规律性与'因果观',对'五四'以来的中国知识分子的人文追求、伦理秩序提出了挑战,并使其面临终结。它宣布,历史本是不可追踪的,'历史真实'也只是一些无法确定的碎片。以往人们对历史的虚假崇拜,渗入到文学语言中,使文本、语言被当作实在,而实际上,语言、文本具有着独立主观性与不确定本质,它无法肯定什么,'文本'相对每个人都重新成为一个新的语言能指结构。语言、文本消解了历史、伦理,当代人只有在对'欲望'的表达中,在'写作的快感'中,找到自身的存在方式。'后现代性'所包含的绝对欲望主题,它的虚无、冷漠、绝望,乃至无休止的攻击、破坏品质,成为无法驱散的语言、文化、历史状态。"接着,刘彦广进一步指出:"《理》文表现的这种理论倾向,显示了西方'形式主义'的抽象批评观念与现实逃避心态的契合,以批评的名目出现,却取消了包括文学在内的一切客观存在,而陷入悲观、虚无的唯心主义与非理性主义之中。"

10日 王遇桉的《晓白创作跟踪录》发表于《北京文学》第3期。王遇桉指出了晓白创作中的三个特色:"特色之一是将人物摆置在特定的人文环境中,在展示人物的行为,展示他们与环境的冲突、碰撞的过程中,逐渐剥离出人物的性格,显示人物心灵深处的振颤。有意回避呆板的肖像描绘与生硬的性格刻划,在对人物的行为描述中自然而然地凸现人物的精神风貌和精神特征,是作者的惯用手法。……特色之二,是邀请读者参与到自己的创作中来,借助读者的想象力来丰富和深化作品的主题。……特色之三,是注重艺术氛围的营造,追求作品整体象征的韵味。"王遇桉进一步指出,晓白的创作特色"源于作者对现实生活的深入体验、深入思考,它来源于作者对现实生活的整体性与本质性的把握"。

同日,周政保的《〈祭奠星座〉阅读札记》发表于《时代文学》第2期。周政保指出:"对于一部出色的小说来说,除了传达意图的出色之外,起码还有两个环节应该引起格外的重视:一是怎样传达的,二是阅读的接受如何。"周政保认为:"无论是过去还是现在的中国小说界,《祭奠星座》都可以认为是一部独一无二的作品。……这部作品的叙述形态及传达方式拥有某种史无前例的开创性质。"

15日 王彬彬的《李杭育论》发表于《文艺争鸣》第2期。关于"民俗氛围化",王彬彬指出:"作者为民族文化的前途担忧,深切地关心着民族文化向何处去。正是带着这种强烈的现实关怀和为民族招魂的功利目的,作者才热衷于去写'葛川江'流域的民俗。但是,越是这样,便越是难以对民俗进行审美的把握,因而也就越是难以达到将民俗氛围化的美学境界。"因此,王彬彬认为"李杭育是怀着寻找医治民俗文化之药的目的去看取'葛川江文化'的"。

关于"叙事态度",王彬彬认为:"写特定的叙事态度,我以为与作者特定的人生经验、艺术修养、性情气质、创作心态等紧密相关。……追求叙述的随意性,对李杭育来说,恐怕是并不合适的。……叙事是一门艺术而不是一门技术,在《阿环的船》和《流浪的土地》里,作者似乎把叙事完全技术化了。"

关于"幽默",王彬彬认为:"小说中的幽默,似乎可分为两种情况。其一,幽默在小说中表现为一种叙事态度,这时,幽默的主体是小说的叙事者,叙事者以一种幽默的眼光看待叙述对象,使叙事对象显得滑稽可笑;其二,幽默在小说中是被叙述出来的叙述对象的一种人生态度。……《八百年一场风》《老人与八哥》和《男人与狗》这几篇李杭育最晚近的作品,才是真正幽默的,在这几篇小说里,叙事者真正采取了一种幽默的态度。而且,更重要的是,这几篇作品,表现出一种超越了文化意识的眼光。"

汪政、晓华的《李杭育与中国"文人"传统》发表于同期《文艺争鸣》。关于"李杭育小说冲突类型",汪政、晓华谈论道:"李杭育作品不乏冲突,'最后一个'本身就意味着拒绝什么和坚持什么,但其方式却不是西方悲剧类型的,而是中国式的超越与化解。具体地说,它由悲剧式的冲突开其端,然后经由对立双方的交叉作用之后达到了对冲突的超越。这种超越固然以一定程度的牺牲作为代价，然而牺牲换来的是对更高境界的认同，是对主体精神的高扬，因而它能通过补充得到新的平和。……这种由冲突而化解的结构，反映的不正是李杭育的传统文人理想么？它不主张分裂，不主张抗争，相反，它总是善于从不幸中去体会生之欢乐，超越矛盾或回避矛盾去寻找另一个天地，……重要的不是把这有限的生命交付于生命之外的什么，而是将生命从外在的冲突中拉出来去体会自身，……这是东方的生命哲学而非西方的悲剧精神。"

关于"叙事语态"，汪政、晓华指出："表面看，作品（指《流浪的土地》——编者注）依然是客观的第三人称的方式，但语态却主观了，性格化了。这个性格是文人式的、优裕的，幽默甚至有些微揶揄的，它高高在上，拈须微笑，玩味式的漫不经心地打量着这个世界。"

吴声雷的《论讽刺艺术的现代品格——兼论〈围城〉》发表于同期《文艺争鸣》。吴声雷指出："讽刺对象在讽刺者的眼睛里从来都是不和谐（僵硬，不灵活，丑）存在。……不和谐来自主客体双方的差异。对这种差异的感受，对客体低于主体的状态表示的轻蔑，便形成讽刺。'恶'（这个'恶'，当然不是凶恶）的讽刺是主体执著于这种高于客体的优势感中而难以自拔；'善'的讽刺来自于主体提升客体的愿望中。"吴声雷认为："古典讽刺喜剧（姑且这样措词）多半具有好心肠的讽刺灵魂，是与讽刺的有限性、人情味、社会功利性联系紧密的产物，是叙述者的灵魂。而真正赋有'现代'意味的讽刺，在中国是以鲁迅、钱锺书为代表的。"

同日，王干的《叶兆言——尴尬的仿古者》发表于《钟山》第2期。就叶兆言的写作，王干评价道："中国小说虽不是因为《枣树的故事》进入'后现代'，但叶氏却为'后现代'率先提供了一种阅读的可能和接受的铺垫。"

17日 方平的《平庸低俗的次品小说——评〈离婚指南〉》发表于《作品与争鸣》第3期。方平认为："一篇优秀的小说或其他体裁的文学作品，除了要有娱乐性和趣味性，以吸引读者读下去之外，总要努力在思想上给人一些启迪，帮助人们更加积极地对待人生，鼓励人们奋发向上，为创造更加美好的新生活而劳动。"

阎新瑞的《从〈热也好冷也好活着就好〉谈起——关于池莉小说新现实主义手法的思考》发表于同期《作品与争鸣》。阎新瑞认为："从理论上说，以叙事过程取代对某一人物性格精心刻画的小说手法，其关键在作家要善于寻找到那个可截取的生活段落。……当一个作家对现实生活种种困境的思考及其有意截取，在小说中以叙事过程的方式加以生活化的艺术表现时，他的写作手法便具有了新现实主义的色彩。"阎新瑞指出："《热也好冷也好活着就好》虽然在写法上极具代表性，甚至较好地体现了她新现实主义写作手法的基本特点，但在内容含量、具体事件的精心选择，以及对市民生活严酷意义的把握上都应该说是其中较差的一篇。"

19日 腾云的《文学：走出"小写的人"》发表于《人民日报》。腾云认为："和人有'大写的人'与'小写的人'之分一样，生活也有'大写的生活'与'小写的生活'之分。人因为具备历史内涵，承担着对国家、民族、社会、公众的现状及未来的一份责任而显其'大'；人因为固闭于自我生存、自我发展、自我存在而显其'小'。同样，人的生活也因为联结着历史的运行而显其'大'，因为囿于个人的生存运作而显其'小'。人的'大'与'小'不在地位、身份，'大写的人'不就是大人物，'小写的人'也不是小人物的同义词，……同样，'大写的生活'未必就指轰轰烈烈的生活，'小写的生活'也并不就是平平凡凡的生活的代称。真正的文学不弃人物的普通，甚至不弃人物的卑琐，但作者必定秉持着'大写的人'的襟怀，作品必定寓涵着人的理想。真正的文学不避生活的平凡，甚至不避生活的灰色，但作者的感悟必定超越平凡的生活，作品的意蕴必定超越那灰色的人生。"

20日 蒋原伦的《沈乔生小说中的叙事法和语言——谈沈乔生的几篇近作》发表于《上海文论》第2期。蒋原伦指出："说到小说悬念，我以为可分为两种，一是结构性悬念，另一是叙事性悬念。前者是大悬念，作者往往在故事开始时伏下一个疑团：或是一桩命案、或是有一笔财宝等待发现、再或者是一件十分蹊跷的事情需要破译等等。这类小说吸引读者主要是依靠悬念设置的精采和故事进展的出人意料，而语言、人物个性等等是其次的。另一类小说则与此不同，它们的成功并不依靠大悬念，而是仰仗叙事过程中小悬念。这类悬念并非结构性的，也不贯穿于整个故事始终，所以本文在此暂且杜撰为'叙事结'。叙事结存在于具体的叙述口吻中，甚至与叙述的次序相关。在一篇有一定长度的小说中，叙事结并非只有一二个，而是一连串，逐渐递进。如果是有条不紊且平铺直叙的笔法，作者往往是在解开前一个叙事结的同时再设置下一个叙事结，环环相扣以吸引读者。但是有的作者并不如此，他们常常伏下好几个叙事结，交叉着推动故事向前发展。而本文所讨论的沈乔生则更有不同，他在叙述过程中撒下一个又一个叙事结而疏于逐个去解开。读他的小说，读者尚未从前一个悬念获释时，又陷入新的悬念，如此情形连续逢到两三回，就给读者心理增添了一种压力，这种压力牵制着读者的一部分注意力，影响着读者对于整个文本的理解。在其它各方面因素的配合下，这类阅读压力有时会转化为审美上的神秘感，多头绪的、茫茫未测的叙述流向会给读者带来各种心理暗示，这类心理暗示是宗教感、神秘感、宿命感产生的诱因。当然，在另一种情况下，这种阅读压力也会带来疲倦，破坏正常的阅读期待。这时，从审美上，就属于晦涩了。"

同日，《小说评论》第2期刊有《编者的话》。编者提出："那么，我们就没有自己的设想吗？如果说有，那也只是对马克思主义的基本原理'学习、学习、再学习'，力求完整地、准确地把握马克思主义思想，特别是美学观点，用以来分析、研究、评估当代中国小说创作的现状、当代中国小说的作家和作品；用以来建树中国小说的理论；用以吸收域外的小说创作经验。只要在这方面，有些微的进展、小小的收获，就是刊物最大的成绩，愿以此和作者、读者共勉。"

陈墨的《长篇小说叙事艺术的新气象——读展锋长篇新作〈山陨〉》发表于同期《小说评论》。陈墨认为："《山陨》这部小说不仅是一种叙事的艺术，而且还做到了艺术地叙事。小说的语言不仅是用来构成故事，而且还艺术地——生动、机智、幽默、活泼，意味深长地——构成小说文本。"

刘建军、段建军的《情节与生命（续）》发表于同期《小说评论》。刘建军、段建军认为，"情节构成的手法及生命内涵"是"悬念和拖延"（"急事慢写"）和"向平庸开战——追求搜险作为生命本能"。刘建军和段建军指出，"创造情节就是为世界创造秩序"，人类"只能以有限推知无限，以秩序框架混沌，让世界中某些东西以一定的形式突现出来，而让另一些东西退入背景。然后把突现出来的东西加以体认,而把退入背景中的东西加以忽略"。

24日 李万武的《"新写实主义"的意识形态选择》发表于《文艺理论与批评》第2期。李万武认为:"新写实小说与新潮小说都不是非意识形态的文学现象。'回避主义'的新写实所操持和恪守的还是在新潮小说里露过面的那些'主义','淡化意识形态'只不过是一种策略罢了。'新写实主义'与新潮文艺的联系还有这样一点:它们都是从价值选择的根本点上来完成'对当下意识形态的消解'的。……在文艺领域,继新潮小说家之后,向正在进行着群体拼搏,以改变伟大祖国面貌的中国大众,起劲地宣泄以资产阶级个人主义为价值内核的现代主义、后现代主义'矫情'的,似乎就是目前这批'新写实主义'的小说家。"

25日 潘凯雄的《走出轮回了吗?——由几位青年作家的长篇新作所引发的思考》发表于《当代作家评论》第2期。潘凯雄认为,"目前,从总体上看,长篇小说创作并未走出八十年代中期以后出现的那个基本格局,但有了一些喜人的迹象",但仍存在"虎头蛇尾、文气中断"和"容量狭窄、内涵欠厚"的缺点。潘凯雄指出,长篇小说创作面临以下三个"迫切问题":"首先,必须认真地思考一下究竟什么是作为长篇小说这一文学样式所独有的审美特征和文体形态,简而言之,即什么是长篇小说","字数、人物、场景、时空、线索、主题等等"都只是"属于长篇小说最外观的形态","在这种摸索、试验的过程中必须牢记自己是在创作长篇,这是一种特定的文学样式,绝不是中篇的简单放大";"其次,处理好长篇小说这一特定的文体形态与作家创作个性气质的关系","尽管常有长篇小说成败如何是衡量一个时代文学成就的标志的议论,但实际上,从艺术价值论的角度来说,长篇、中篇、短篇是完全等值的","小说各种特定的文体形态和作家的创作个性气质之间或许也存有某种天然的联系";"再次,注重对经典长篇小说的研读"。

张德林的《作家的感情倾向与艺术创造》发表于同期《当代作家评论》。张德林认为:"以罗布-格里耶为代表的法国新小说派提倡的'非人格化'观点,要是作为一种文学的表现方式方法来理解,无疑是有其现实的合理因素的,值得借鉴;要是把这种观点加以无限制的引申,把'无倾向''无思想''无感情'看成是文学创作的本质特征,取消创作主体思想感情对作品和对描写对象的任何渗透,那就近乎荒谬了。"

本季

李洁非的《小说叙事话语的语式与逻辑》发表于《文学评论家》第1期。李洁非认为:"其实,大多数小说尽管故事颇复杂,但逻辑都极单纯,如抓住它叙事话语的基本逻辑,便会发现所有复杂的枝蔓都是同一形式的故事逻辑的不同复演,具体转化而已。而且,就象生活本身都有规律、都有常人常事及其常见的内容和形态一样,小说家编故事的逻辑也有一定的常形、常数——故事的背景、人物身份虽可不断更换以致故事好象千变万化,但组织故事的方法、逻辑却只限于不多的一些类型。把不同的故事拆解开看,你就会得到这些话语逻辑的类型。作为引证,我们这里结合某些小说作品,权且评介四种类型,即:(1)困难——解决式的话语逻辑;(2)幻想——否定式的话语逻辑;(3)谎言——报复式的话语逻辑;(4)契约——背弃式的话语逻辑。"

叶砺华的《新潮的洄流——评苏童的创作转型及其价值意义》发表于同期《文学评论家》。叶砺华认为:"新写实文学从它问世的时候起,就从文学内部机制和大众接受期待两方面向现实主义和现代主义吸取了充足的经验教训,切合着本国本民族经济、文化和政治的当代实际,从而奠定了坚实的当代基础。从这个意义上说,新写实文学在本质上真正代表了当代文学的新潮。而后先锋文学不论从其文学的内在价值分裂还是接受环境的困顿艰阻上看,都注定了它在当代中国的命运只能如昙花般倏然逝去。表面上,苏童的创作转型是一种文学形式的退却,但是实质上,后期苏童较之前期却赢得了整个文学价值观念的真正成熟。同样,新写实文学较之后先锋文学虽然少了那些形式上的时髦外观,却宛如洗尽铅华而换来了文学生命的整体和谐。至于这种先锋潮头的洄流对当代文学的今后走向将会产生何种深远影响,它是否可能渐渐演变为先锋文学阵营的大规模的战略转徙,从而引发当代文学发展的整体性流变,我们将乐观地拭目以待。"

叶砺华还指出:"苏童和他的盟军一样,在其实验作品的意义内涵上汲取了前期先锋遭到读者倦弃的部分教训,一定程度上恢复了旧有文学的故事框架。

那些常见于前期先锋作品文本的模糊丛杂的意象隐喻、繁冗堆叠的心理流程和拥挤成团的感觉描写，基本上均有所弱化与还原；而取代它们的故事框架亦比马原辈的无解文本具有更多拼接整合的解读可能。不过这故事的讲述不是传统式的旨在指向故事本身，而是作为形而上的抽象意义传达的外壳与载体，成为接过文本深在涵义的基本方式。可以说这是后期先锋文学唯一能够略略炫示于人的创作实际。在苏童的诸多实验作品中，作家正是凭借这种表层故事的讲述进入对现实或历史的意义追寻的，尤其在那些以历史追寻为标帜的作品中，我们朦胧领略了典型的苏童式'回忆'的特殊魅力。苏童笔下的'回忆'既是一种经验的事实，又是一种先验的存在，它往往泛化为对众多人物生生死死进行观照的无所不在的见证者，连接起生命递嬗延续的动态过程。于是'死'不再是生命终止的可怕符咒，而是生命果实的沉积形式，它由另一个新的生命接替承传。由此'回忆'超验地进入历史，并沟通起整个悠久生命史而达于冥冥纵深之地。"

姜丰的《叶兆言小说文本意义论》发表于《文学评论家》第2期。姜丰认为："从文化意义上来反观叶兆言，其位置十分微妙。对于传统文化来说，他带着清新飒爽的时代风气，所以他能清新地审视传统，反问传统；对于现代文化来说，他又并不是一心地把文明建立在传统废墟上的激进者。叶兆言温文尔雅，富有书香气，行文操作也追求韵外之致，这使得他的语言很有古文风韵，带着中国传统的美学风范；而且在情感上，叶兆言也以一种审美的眼光欣赏传统文化，甚至有些留恋。这便是作为'过渡人'的叶兆言的文化心态。"

谢风坤的《谈刘震云近期小说创作》发表于同期《文学评论家》。谢风坤认为："刘震云的新写实小说创作主要还是承袭了现实主义文学的一些手法，如波澜起伏的故事情节，那质朴的白描，那模拟生活的惟妙惟肖，把小说的'生活化'推向了一个新的高度。由于刘震云小说重在写生活'现象'，所以他对故事的处理方式也有自己的特点，他的小说虽仍保存了传统故事小说的情节链，但又不是完整的情节，他把一些散在的故事拼合而成一体，用幽默调侃的文笔描画出惨淡的人生。如在《单位》中，围绕着老张、老孙、小林、女老乔们都各有自己的故事，而且是这些散在的故事组合在一起才构成一部完整的人生图卷。"

金健人的《叙事者的叙事功能》发表于《文艺评论》第1期。金健人认为："一般来说，叙述者与人物的'视域比'同叙述者与人物的'距离比'存在某种对应关系：叙述者离人物越远，叙述者的视域便越大，叙述者离人物越近，叙述者的视域便越小，假如叙述者与人物距离消失，合而为一，那么叙述者的视域也便与人物的视域重合。"

金健人表示："现代叙事学发现，在作者与真实的读者之间，已有着或可以有许多中间项。华莱士·马丁在他的《当代叙事学》中作了大致的排列：作者——隐含作者——戏剧化作者——戏剧化叙述者——叙事者——听叙者——模范读者——作者的读者——真实读者。从理论上说，叙事作为一种信息交流，作者（说者）到读者（听者）之间的中间项越多，信息的衰减或变异的可能性便越大。而要使这种可能性成为现实，关键在于从作者到叙事（其实便是叙述对象）的中间各项形成一种什么关系。如果是基本一致的关系，那么，从作者到读者的交流便问题不大；如果是矛盾对立的关系，那么，作品中便会喧嚣着各种各样的声音，特别在作者并不申明自己的观点的情况下，读者便只能得到各自的解释，甚至可以是截然相反的解释。"

阎新华的《新写实：本真的存在与琐碎的方式》发表于同期《文艺评论》。阎新华指出："本真的现实存在与琐碎的叙述方式，构成了'新写实小说'的一种悖立。……作者在关注生活时绕开以整体把握为基础的复杂的关系真实，选择了以平面解剖为基础的直观的形态（或表象）真实，形成了本真与琐碎的悖立。这种悖立，打破了以往小说意义与形式之间的和谐结构。他们超离了所有现成的参照系诸如社会学分类、政治剖解、单一的情感判断与价值判断，创造了小说的无模式写作氛围。"因此，"新写实小说"是一种借鉴了传统现实主义和现代新潮派小说的兼容文体的小说。

赵丽宏的《失踪的古语——关于〈槟榔树纪事〉》发表于《小说界》第1期。赵丽宏认为："小说尽管很有些幽默滑稽的插曲，然而掩遮不住沉重的悲剧色彩和无可奈何的失落情绪。读这篇小说，不难体会作者企图阐述的主题：社会的工业化和由此产生的现代文明，必定会和少数民族古老的传统文化习俗发生冲突，这种冲突的结果，是前者淹没后者，吞噬后者，最后消灭后者。……

值得一提的是，这篇小说具有非常明显的象征意味。整个故事，就是一种象征，象征一种社会的趋势。小说中人物的行为举止，证明了这种社会趋势，几个主要人物，无不具有涵义深长的象征意味。"

胡万春的《小说的"生产"与"消费"》发表于《小说界》第2期。胡万春指出："任何一个作家，他们写小说都会有自己的个人愿望，或者说是理想、追求，这都是合理的，相反没有这种愿望倒是不好的，一个没有抱负、没有追求的作家，是没有出息的作家。但是，有一点却不能忘记，你的愿望、追求、理想必须通过小说让读者阅读以后才能实现。接受美学告诉我们，作家从体验生活到写出小说、并用铅字排出印成书，创作并没有完成，只不过是一堆印着铅字的纸张，没有读者阅读，这只是一堆废纸，不仅你的愿望、理想、追求全部落空，更谈不上社会效益与经济效益。所以西方比较重视接受美学的研究。所以，我们小说家写小说尽管可以花样百出，但务必考虑到读者，他们能不能接受，能不能感动上帝？这很重要。"

李洁非的《神话之后裔》发表于同期《小说界》。李洁非认为："'虚构'，固然有时是对事件内容的想象性歪曲，但它最伟大的力量和本质特征却体现在对于自然时间的歪曲。语言叙述利用它自己的时序、时频、时长，来剪辑、安排、粘接事件的过程，从而使被叙之事不仅仅获得一种因果的联系，而且同时被赋予可理解的意义或情感上的价值。实际上，只有如此，'叙述'对于我们人类才具有一种必要性。非常明显，虽然'叙述'可以用于对所经历的事情进行复述，但倘只限于此，它就几乎近于无聊：'叙述'之所以对我们拥有那样重大的意义，归根结底是由于它给人类提供了这样一种特殊的机会，即，假借'叙述'我们将得以探索事件的各种可能性。譬如说，即使一个事件在客观上已经发生过一次，但我们将能假借'叙述'使之再发生一次，并且是以完全不同的过程、结局和形式。后者满足了人对现实命运的反抗与怀疑，或者使人在现实经历里的单一、片面命运得到其他解释的补偿。"

李洁非还指出："小说艺术，无论就其历史的渊源，或就其内在精神而言，均应被视为神话的嫡亲的骨血、直系的后裔。尽管小说的一些故事符号，例如人物身份、故事环境，已经失去神话的那种特征，但归根结底，小说的目的岂不仍然在于建构一个完整的虚构的故事世界来与真实的自然世界相抗衡？很多人强调小说的真实性，我也同样强调这一点。但小说的'真实'，不是再现的，而是自足的。神话同样具有这种自足的真实性；尽管它的叙事几乎不可能同实际现实相参照、获得后者的印证，但没有任何人在阅读中直接感到神话是虚假的，这是因为，神话按照它自己的话语逻辑建构了一个完整的独立世界，不仅无须由外部世界的逻辑来证明，并且实际上也正是要和这种逻辑分庭抗礼。由于神话合乎它自己的话语逻辑，所以不论它故事内容与现实生活相距多么遥远，人们同样把它视为自圆其说的真实。小说的所谓真实性，也只能是这种体现着虚构逻辑的自我满足的真实性；它必须如此才谈得上有真正的创造，否则，它就只是造物主完美的作品面前一个不必要的可怜的摹仿者。总之，我理想中的小说，应该透露出神话所代表的那种故事创作的古老精神：不接受既定的世界，不承认现实的命运，不屈从自然的法则——用'叙述'缔造一个第二世界。"

梁晓声的《读写在如今》发表于同期《小说界》。梁晓声指出："于观念方面，我尊重'先锋小说'的某些探索。但在实践方面，又一向取慎重的敬而远之的态度。偶尔也抵御不了跃跃欲试的诱惑。并且很刻意地模仿了几篇。有的发了，连自己也觉得不伦不类。不得不承认，自己是注定了'先锋'不起来的。虽不免怏怏之，却只好作罢。还有些篇什，自行销毁了。强做自己不善于的事，是不明智的。"

曾镇南的《他仍然是现实主义的典型形象——读〈陈奂生出国〉》发表于同期《小说界》。曾镇南指出，这部小说的"根本的妙处在于它使读者已经熟悉的陈奂生这个典型人物又一次焕发出了生气灌注、血肉丰盈的生命力"，"这一典型性格，处处带着它所由产生的那个典型环境——当代中国的陈家村——的种种民族的、人文的、社会制度的、历史时代的乃至经济发展水平的、地理的特征。在出了国的陈奂生身上，实际上有一个当代中国的陈家村黏附着，如影之随形，雾之绕山，构成了'隐背景'"。曾镇南认为："应该倾注全力于陈奂生出国故事中含蕴的现实生活逻辑及普遍意义的分析——也就是出国的陈奂生作为艺术典型的社会生活内涵的分析，这才不会被表面现象所迷惑，以为出国的陈奂生已经'由一个农民的典型改造成一种开放型的虚构文本'了，并断言'典型的标准'对他已不适用。"

张士敏的《漩涡中的小说》发表于同期《小说界》。张士敏提出:"我们的小说家能否眼睛向下,择其所长。在创作小说尤其是中长篇时,既着力塑造刻画人物,开掘生活意蕴,赋予诗意和哲理,又为读者着想,注意作品的可读性,力求故事情节生动,引人入胜,使读者想看爱看甚至欲罢不能。这样的小说,读者岂能不欢迎?同时也希望理论家们在你们的理论阵地上给予这样的作品以一席之地,不要一听到'故事情节'就摇头皱眉、等闲视之。"

四月

17日 范国华的《在历史的制高点上》发表于《作品与争鸣》第4期。范国华指出,《我的戏剧》里有两点需要说明:其一,"读者的审美注意常常落在叙事者身上,……徐光耀的这一创造,就使小说作为审美对象在内容上得到了丰富(不只是所叙之事,而且有叙事者);不仅如此,这一创造还为小说的美学结构增添了一种新的构造方式——在叙事中向叙述者倾斜";其二,"是这个叙事者形象所表现的精神内容的美学意义。作家赋予这个叙事者的视点,正是他所把握到的历史提供的制高点,因此,上文指出的作家在精神内容上完成的悲剧向喜剧的转换,在小说中便转移到了这个叙事者的形象中"。

金圣的《关于新写实主义小说的主题与创作倾向》发表于同期《作品与争鸣》。金圣说道:"文学作品的主题,应该是从两个方面体现的:一个是作家在创作时想要通过作品表达出来的,一个是读者在读了作品之后,根据自己的经验和感受得出来的。"金圣指出,"新写实主义小说"有以下几个"主题":"第一,新写实主义小说表现的主题是人的永恒的生存矛盾";"第二,新写实主义小说的主题是写人生的烦恼与苦闷";"第三,新写实主义小说是以表现小人物和下层社会普通人的生活命运为主题";"第四,认为新写实主义小说的主题,反映的是改革开放以来中国现实的动荡和变化,表现的是中国人民在这一时代的心理和情绪"。金圣认为,"新写实主义小说所贡献出的主题,就其文学意义来说,并没有多少新意,而就其社会意义来说,则反映出这类作品在把握时代与社会的本质和主流,在表现和描写当代人物质生活和精神生活方面,都存在着不容忽视的消极成份和偏颇与失当"。

同时，金圣还指出了"新写实主义小说"的几个"创作倾向"："第一、非意识形态化倾向"，"作者在反对对生活进行'过滤'和'提纯'的同时，却也暗暗地遵循了这一原则，将社会的、政治的、时代的，这些对当代人物质生活和精神生活有直接重大影响的成份，悄悄隐遁"；"第二、作品中的非英雄化倾向"；"第三、作品的非典型化倾向"。金圣认为："新写实主义的作品，仅就其可读性而言，恐怕也是属于这种'一次性消费'。……这类作品在追求痛快的同时，也切断了读者的再次阅读欲望，而这种再次阅读欲望，往往是作品艺术品位高低与艺术魅力长短的重要标志。"

本月

史铁生的《谢幕》发表于《小说月报》第4期。史铁生表示："每个人都是生存在与别人的关系之中，世界由这关系构成，意义呢，借此关系显现。但是，有客观的关系，却没有客观的意义。反过来说也成，意义是主观的建造，关系是客观的自在。这样，写作就永远面临一种危险：那些隐藏起来的关系，随时准备摧毁我们建造起来的意义。"此外，史铁生还在文章中提出以下疑问："第一，超越时间能给人本的困境以什么弥补呢？第二，这怎么就能消除掉对死亡的恐惧？"

五月

1日 陈思和的《余华小说与世纪末意识——致友人书》发表于《作家》第5期。陈思和认为："余华关于酷刑和残忍的描写没有丝毫的欣赏意味，只是用一种从容的节奏来正面叙述，没有夸张，没有渲染，更没有挑逗——这是他与莫言在小说中渲染地描写残酷场面根本相区别的地方。余华仿佛窥探到了人的残酷本能，他无可奈何地描写它，似乎是为了真实地传达出先知式的预言：人的末日如何来临。"他还指出："余华是个超验主义者，他的小说是非通俗的，不可能象王朔那样在知识分子与市民之间两头走红，但他的小说充满了先知式的预言和对人生不祥征兆的感悟。"

木弓的《走向务实的小说》发表于同期《作家》。木弓说道:"由于叙事技巧自身的价值被强调,现代小说的写作坦率地使作品不可能成为有如现实的模本和直观的反映。它们有些极端地宣称真实只是作家语言操作的事实,不存在能够超越语言叙述的真实。……这是一种典型的具有现代知识分子意识的小说写作——它关心的是能够与读者直接沟通、交流的过程,而不是能够超越自身功利需要的精神性目的。从这一点看,现代小说其实比理性主义小说更加务实。但是,这种所谓务实性的小说在整体上没有获得太大成功。或者说,中国当代小说的现代派写作运动在目前是失败的。其间的原因当然很多,很值得理论工作者去探讨,去总结教训。与本文论述有关的原因看来是在文化上的准备还很不够。"

5日 洪治纲的《故事与移情——小说叙述技巧漫谈之二》发表于《山花》第5期。洪治纲指出,"任何优秀的小说,其故事都是超语义的,亦即是小说叙述的意义符号,它的能指是确立小说的话语形式,吸引读者的阅读行为,所指则延伸到故事的深层结构之中以及故事之外广泛的象征暗示领域。……也就是说,在这个有限的故事时间里,其价值指向是多元的、丰富的和无限的。优秀的小说家总是通过有限的故事载体注入大量的对文化、生命、哲学等等的思索,让故事充分地负载起作品的多重题旨,同时还让故事走向总体上的象征意味,获得审美情趣的升华"。

洪治纲认为,想要使故事拥有丰富的意指功能涉及编撰和操作,"首先必须保持故事的可信性品格,即维持它的时间性原则和内在的因果链,既可以象传统小说那样致力于对生活真实性的叙述,也可以象现代小说那样更着重于对人类内心潜在意识的刻划,尽管在表现形式上现代小说有时也许会显得荒诞不经,但它的内在事件组构仍然具有可解读的逻辑性。……其次,作家还得成功地在故事中倾出自己的审美情感与理想,让故事负载着更多的作家对社会人生的思考,具有丰富的信息量。……保持故事的可信性只是在形式上促使故事合理存在,它无非是叙述形态问题,而故事负载的内核则是小说是否具有永久性生命力的内在本质。探讨这一本质才是对故事的彻底穿透和解析,也是对小说叙述的终极目的作出剖示。这种解析的关键在于移情,即作家如何将自己的审美理想介入到故事之中，使故事蕴藉着丰厚的内在旨意"。

关于作家的移情，洪治纲认为有三种方式："第一是分享式。即作家在叙述故事时全身心地投入自己的感情力量，与叙述者以及故事中的人物完全溶为一体，达到一种你就是我、我就是你的境界。……第二是投射式。即作家在叙述故事时，有节制地通过叙述者投入作家的主观情感，表明作家自己的价值取向。……第三是潜植式。即作家非直接性地在叙述对象中表露自己的审美情感，而是通过叙述者对故事本身的刻划来冷静地显示出来。"洪治纲强调："由于移情方式的不同，故事的表现形态也就必然随之不同，最终会导致作品风格的变异。……任何小说家都必须通过合适的移情方式选择事件、编撰故事，才能够使作品成为具有某种审美价值的文学。"

15日　邓嗣明的《弥漫着氛围气的抒情美文——论汪曾祺小说的艺术品格》发表于《文学评论》第3期。邓嗣明指出："汪曾祺的小说创作，并不十分注重人物的性格和心理的描画，也不十分留意情节的因果组合，而着力于氛围气的渲染和酿造。……汪曾祺小说'氛围气'的出现，关键在于用气氛酿造人物，构成一种情调。而'情调'的形成又取决于作家审美理想与相应物象撞击所产生的意绪和情思，所以，'氛围气'的创构就在于他对这种'意绪'和'情思'的捕捉和组建。"邓嗣明认为："他的小说在'散文化'的表现中，有三个特点。一是于自然之中表现'真致'。汪曾祺崇尚自然，不事雕琢，十分忌讳主观色彩的渗入，这是他的散文化'小说'与'散文'最大的分野之处。……二是溶奇崛于平淡。散文讲究平淡，绚烂之极归于平淡，乃'淡远'风致的尽境。……三是巧于布白。汪曾祺小说的散文化手段还表现在他追求一种诗画的'无字处皆成妙境'的清趣上，让美的人格升华到一种圣洁、纯美的高度。"

同日，郜元宝的《文体学小说批评》发表于《文艺争鸣》第3期。关于"小说文体的概念"，郜元宝认为："语言的确同时为小说提供内容和形式，但文体是专指小说语言形式的概念。文体不是小说语言的所指构成的小说内容以及这个内容的形式，而是指小说语言的能指本身的特殊组合方式，亦即小说家个性的语言运用方式。……可以把小说文体进一步界定为'特定小说文本中语言运用的个性方式'。"关于"小说文体学的目的"，郜元宝认为："把语言学家关心的语言描述和批评家关心的美学效果联系起来加以研究,这是小说文体学的主要目的。……小说文体学就是侧重以形式方面研究小说语言事实以及相应的美学效果的一门学问。"关于"小说文体的声音",郜元宝认为:"小说文体的声音层面主要一项内容,是小说家为叙述者设计的一种演述语调即叙述语调(Narrative tone)。……通过对叙述语调的体验感受,可以直接混成地把握到创作者主体的心理倾向。……语气系统是对小说文体声音层面的完整描述。"关于"小说文体的遣词造句",郜元宝认为:"特定小说文本在文体的遣词造句方面,大致呈现出主观和客观、繁与简、雅与俗三组相对的风格,请分而述之。"

李以建的《北村小说解读》发表于同期《文艺争鸣》。关于小说的"意义"与"解释",李以建认为,北村的作品"拒绝解释,是一种反解释的文本。……在这种文本中,作为阅读的目的——解释被拒斥于门外,'意义'的消遁更使解释无用武之地。由此,历来被视为过程的阅读本身就显出占据中心的突出位置"。关于小说"摒弃故事",李以建认为北村的作品是"唯一例外",因为,"空间的无序和因果关系的断裂,即彻底摧毁了故事。故事自身的消解,也就意味着它从小说中消失了。不难看到,北村的作品正是朝着这个目标作出的大胆尝试"。关于"时间",李以建认为,北村"更多地使用时间的自由反复和空间的多维迭加,使作品的时空呈现无序的状态"。关于"景象",李以建认为,"在景象的运用上,北村似乎极力在回避一般的小说艺术语言,更多地吸收了电影艺术语言",这种语言的特点是"通过其独特的不同景象的'共时性涌现'来表现人物和事件。……叙述者身份不变,以一种凝视的态度去观察事物,而同时却获得种种各异的景象"。

周绍曾的《解放区小说简论》发表于同期《文艺争鸣》。周绍曾谈论道:"我国古代小说成就卓著,在民间又有说唱文学的悠久传统。解放区作家从中吸纳了一些什么呢?大体上说,一是重视故事性动作性,力求情节连贯完整,生动曲折,以吸引读者。不少作者借鉴说书和章回体之类形式,从中得到启示。二是故事靠讲述出来,通常避免西方某些小说'呈现'的方式,因而描写溶于叙述之中。叙事过程中对景物只能作轻淡的白描,随着情节的自然开展而享有一定空间。三是叙述人语言风格,力求符合劳动群众的感受方式和表达方式,以便同读者在意识深层交流思想感情。语调也要委婉生动，使叙述内容给读者留下真切印象。欧化句法华丽或艰深词藻都不宜用。四是在人物的言语行动中，在人物及其相互关系中塑造艺术形象，以一系列具有特征意义的细节描写，使读者如闻其声，如见其人。一般避免冗长繁琐、孤立抽象的心理剖析，而是通过简洁明快的笔墨，使读者透过人物外在表现可窥见其内心状态。这些艺术形式的变革，技巧手法的取舍和扬弃，都基于一个根本出发点：使读者看得懂，听得明白，产生兴趣并唤起共鸣。"

同日，包忠文的《对新时期文艺思潮的一点思考——毛泽东文艺思想学习札记》发表于《钟山》第3期。包忠文认为："我国的社会主义文艺当然要'走向世界'，走向'现代化'的，但是我们是从'民族化'的途径走向'现代化'的。"

20日 李洁非的《略论小说五大叙述技巧》发表于《小说评论》第3期。本期为本文的上半部分，李洁非介绍了"小说五大叙述技巧"。作为上篇，该篇文章着重谈论了"白描""戏剧化"和"内心独白"三种技巧。李洁非认为，"白描技巧就其本质而言，只能纯由外观描摹事物，比如说，写人物须通过他（她）的神态举止便写出其灵魂或韵味，钻入其内心便不再是白描"，李洁非用"以简胜繁，以朴去夸"概括了"白描"的精髓，并指出，"白描暗示了小说在再现'客观'的完整事件上的基本困难，也就是如何把本来呈立体状的事件搬到平面、线性的语言叙述上来，而白描则代表了人们解决这一难题所用的最早的技巧——牺牲事件的三维状态，而以线条的勾勒去表现事件的经过简化的完整性，是对事件的'神似'，而避开了'形似'"。另外，李洁非认为，"小说叙述戏剧化，实际上意味着因果关系的引入"。而"内心独白实际上是一种叙述视角"，并且有以下特点："用不见作者的第一人称写""不是对读者说话""是即刻间捕获的内心活动""是不作来源说明的直接引语形式"。

陆志平的《小说人物及典型问题》发表于同期《小说评论》。陆志平在文中将"典型人物"阐释为"似曾相识的陌生人"，认为小说中的人物经历了一个"魔化—凡化—变形化"的发展过程，并指出："典型并不只是属于现实主义。……通过各个不同的个别反映人的本质，因而能够揭示出人性的复杂性和深刻性，因而具有立体感和美感，更能引起读者心灵的振动。"此外，陆志平还将典型论与福斯特的圆形人物理论、社会学的角色理论作比较，并指出，圆形人物理论和角色理论"似乎都是从性格组合的平面上考虑问题多一些，从性格美学上看，比典型论低了一个层次，无法取代典型论的意义"。

阎建滨的《深度的探寻与搁浅——论新时期小说对深度价值的追求》发表于同期《小说评论》。阎建滨认为，从总体态势上看，新时期小说深度探寻的轨迹经历了从"小说的深度"到"深度的小说"这两个阶段，但是，新时期小说的深度探寻在取得了显著成绩的同时，也出现了"严重的畸形现象"，有"盲目地标新立异""失去文学性的深度""模仿带来的深度陌生"三个表现。阎建滨指出，造成畸形的原因主要在于"商品经济冲击所带来的整个价值观念的消费化、娱乐化、通俗化"、批评家对深度作品的"重火力批评"、"文学基本的价值尺度的消失"三个方面。最后，阎建滨针对此情况，提出了"要在世界文学视野中更贴近中国现实人生的生存深度"和"在中国文学理论批评的健康促进下，更贴近文学本身独特性的发展"这两个方面的建议。

25日 李洁非的《"主题"新论》发表于《当代作家评论》第3期。正文前有"作者附言"："我们在此所做的是一次使小说主题问题的阐述系统化的尝试。以往的认识，仅限于'主题思想'（即个别作品中的作者主观观念企图）这一层次，没有探讨过主题形成及其与'题材''母题'的关系，没有指出主题在作品情节的构造中担当的职能，亦未曾从分类学角度提出过主题类型。因此，'主题'这个字眼一方面是人们再熟悉不过的，另一方面关于它的知识实际上又几乎为零。希望本文的写作，能够初步改变这种状况。"

李洁非认为，"对于小说来说，围绕某种主题写作，既是必不可少的，也是无法避免的"，在"主题形成"上，"我们虽然不再像过去强调的那样，把主题说成作品的'灵魂'，不过，仍需看到：小说作品如果它的主题比较成熟，陈述连贯，层次丰富，则整个故事的情节结构就会同样体现出凝聚感、深化的层次和力度"；在"主题功能"上，李洁非认为"主题功能既是意义学的，又是结构主义的"，并指出"典型化主题作为一个理论假设是成立的，但它要转化为小说叙事的'主题形式'尚须从技术上继续摸索"。

林为进的《花多果少又一年——1991年长篇小说简论》发表于同期《当代作家评论》。林为进认为:"1991年的长篇小说,切入创作的观点多种多样,有向文学本体靠拢的探索,有适应读者的需要而寻找通俗化的途径,有理性批判精神的继续,亦有对尖锐、激烈与痛苦的回避。"林为进指出:"通俗化,是1991年长篇创作的最大特点之一。……1991年的长篇创作,虽然相当明显地表现出向文学本体靠拢的意向,但由于自身条件的制约,因而,除了《米》等个别作品外,小说韵味比较浓的作品并不多。"

汪政、晓华的《超越小说——史铁生〈中篇1或短篇4〉讨论》发表于同期《当代作家评论》。汪政和晓华认为:"史铁生正在超越小说,他好像逐步在以自己的写作打碎往日塑造出来的'小说家'的自我形象。……史铁生已超越了小说,进入了一种'写作'的境界,写作是一种思想的方式,是史铁生选择的适合于他思想的方式,在这种写作中,思想占主导地位,在思想面前,人类的所有语言表达——当然重要的是语种和文体——都失去了差别,……史铁生是当代小说家中难得的自觉地为全人类写作和思想的作家,他的写作也不是一般意义的文学创作,说起来很朴素,他只想表达自己的思考,至于以什么方式和文体,那确实是自然而然的。因而也可以说是不重要的。所以,他的作品只能是一个读物,非文学意义的读物。"

钟本康的《两极交流的叙述形式——苏童〈米〉的"中间小说"特性》发表于同期《当代作家评论》。钟本康认为:"《米》的叙述形式事实上已经突破了传统小说或现代小说,实现了两者交流的'中间'模式。……而《米》所发生的事件有较大的偶然性,很难用直线的逻辑联系去解释它们,……但《米》里的事件偶然性和心理复杂性的表现方式,又不趋同于现代主义小说,因为它们都建立在生活、时代、历史氛围的必然性和准确性的基础上。"钟本康还指出:"尽管苏童的近作采用传统的写实形式,但与刘震云、方方、池莉等以写生存状态为标志的'新写实'有着许多'质'的差异。首先,在苏童的作品中,显然有着经中国民族化过滤的后现代主义精神的影响;其次,他的作品并不在描述大量'物质'的细节中求真实,而是从想象的整体氛围中去体现他所意识到的逼似的真实;最后,他也并非平面地展开、平静地描述人物和故事,而是比较重视'强度',使人物和故事受一种内在强力所推动而跳跃性地趋向极致,因而主人公几乎都以死亡而告终。"

六月

15日 《上海文学》第6期刊有《编者的话》。编者指出:"有些评论家向作家们发出了'超越世俗生活'的呼吁。其实,所谓'超越',归根结蒂恐怕是希望作家们更多地关心一个社会的精神导向,它具体地躁动在每一个个体人的内心生活、内心经验与人生信仰之中。我们不希望作家同普通公民一起发同一个水平的牢骚与感慨,作家应该从精神上给读者以点拨,让人们的心智变得明亮起来。"

毛时安的《美丽的忧伤——关于蒋韵近作的一种解读》发表于同期《上海文学》。毛时安指出:"蒋韵近作另一半的真正价值乃至她区别于其他女作家的独特性,乃在于她对于死亡独具的生存意义的近乎执着的关注和顽强的表现。当大多数女作家透过情爱和性爱去理解肯定女人和人的生存价值的时候,她孤独地穿过'死亡'的沼泽地,走向那片生命的霞光里。"

17日 王光东的《悖论:在人生与现实之间——〈最后一个生产队〉阅读札记》发表于《作品与争鸣》第6期。王光东认为,"目前的小说潮流中有一种倾向,即:温情主义重返小说",并认为"如果把'温情'放置于历史和现实的连接点上",存在以下悖论:"悖论之一:人生是需要温情的,然而在历史和现实之间我们难以达到一种圆满";"悖论之二:在历史进程中,人不可能达到完美,可我们偏偏追求完美"。

本季

王毅的《论"系列小说"创作现象》发表于《文学评论家》第3期。王毅认为:"文学创作在很大程度上依赖非常独特的个人化经验。作家的个人经历、思想文化修养、审美意识以至气质个性,无不体现在他的作品中。在'系列小说'的创作中,作家们更是有意无意地强化和凸现自己的艺术个性并以此来架构自己的艺术建筑群。这就使'系列小说'明显地打上了作家个人的印记,并且使各自的'系列'具有地域风情的同一性、观照意识的一致性、题材的统一性、人物的类型性和艺术手法的规定性等等特征。"

"1. 地域风情的同一性。这是'寻根派'作家们的系列小说所体现的一个最明显的特征,贾平凹的'商州系列'具有秦汉文化的余韵,李杭育的'葛川江系列'饶具吴越文化的色调,郑万隆的'异乡异闻系列'富于大兴安岭少数民族的风采,韩少功的'湘西系列'显现楚文化的浪漫奇想……各个小说系列其地域的同一性一目了然,都近于福克纳式的'邮票般大小'的作者故乡(或第二故乡)。"

"2. 观照意识的一致性。在众多的系列小说中,我们可以发现作者借以营造它们的是一种全新的观念,即在这种新观念的观照之下,获得了一种新的主题,在这种主题的统摄之下完成某个小说系列的创作。基于共同的哲学意识——章永璘(知识分子)对于马樱花(《绿化树》中的女主人公)和黄香久(《男人的一半是女人》中的女主人公)这类普通劳动者,在物质上的依赖和谦卑,在精神上的背叛和优越感——也即物质和精神的对立统一这一辩证关系——构成了张贤亮的'唯物论者的启示录'系列小说。基于一种共同的生存意识——尽可能地避免脱离人们现实生计的浪漫幻想和高谈阔论,力求逼近人们生存境遇和生存方式的原生本相和复杂态势,以此来观照当代普通人的真实处境,弄清我们究竟处在怎样的历史阶段和文明形态——构成了池莉的《烦恼人生》《不谈爱情》《太阳出世》这一都市生活系列小说。"

"3. 人物的类型性。以同类人物作为描写对象,这恐怕是构成系列小说的最常见的手段了。陆文夫给他的小说直接冠以'小巷人物志',周梅森给他的小说直接冠以'抗日军人系列',可谓名副其实,作为系列小说中的系列人物几乎具有共同的社会地位、文化背景和生活环境,而且几乎有着共同的性格特征和共同的命运。这类系列小说并不注重'典型环境'中的'典型人物'塑造,但由于这类人物的反复出现,留给读者的却是完全'典型化'的艺术形象,这是单篇小说无法具有的艺术效应。"

"4. 题材的统一性。这一特征似乎无需多加说明。同一题材领域的探索往往自成体系,构成小说系列。例如,梁晓声的《这是一片神奇的土地》《今夜有暴风雪》《雪城》等小说，写的都是知青题材，构成了他的'知青系列小说'。王安忆的《荒山之恋》《小城之恋》《锦绣谷之恋》，虽然没有公开标明什么'系列'，但是，这一共同的题材，使它们具备了系列小说的特征，我们不妨称它们为'性爱系列小说'，恐怕也不会有失偏颇。"

"5. 艺术手法的规定性。在文学回归的浪潮中，艺术表现手法已经不是作为单纯的技巧、作为工具出现，而是作为一种目的存在，并被作家们有意识地追求。正是在这种意义上，艺术手法也成为构成系列小说的要素之一。例如，苏童在他的'枫杨树故乡系列'中，十分钟情于意象创造这一艺术手法。当读者进入枫杨树系列之中的时候，也就面对着林林总总的意象系列。……作者并非局部性地设置单个意象，谋求隐喻、象征荒诞、幻化的局部效应，对实在的生活形象进行点缀，而是从艺术构件的整体上对意象进行系列编队，实施意象对小说情境的全局占领。作者也正是以意象为艺术手法进行他的系列小说创作的。莫言则以一种全新的感觉来构思他的小说，他的'红高粱系列'整个就是一个情绪饱绽的感觉世界。另外，一些勇于艺术探索的小说家们，也都大胆地尝试着用他们偏爱的意识流、心理分析、结构现实主义、魔幻现实主义等艺术手法来构建自己的系列小说。"

王毅还指出："今日的'系列小说'创作，至少有以下三个方面的成就不容忽视：1. 系列小说的创作推动和造成了文学多元化的格局。诚如单调划一的建筑物只会使一座城市显得死气沉沉一样，建筑设计师们总是殚精竭虑地要以不同风格的建筑使城市显得多姿多彩，充满活力。众多的作者创造的众多的系列小说，正是在这一意义上改变了小说创作中'一人成功，群起效之'，单调划一的不正常现象，造成了文学创作的繁荣。在既提倡'主旋律'又提倡'多样化'的今天，系列小说的创作应当大力提倡，大声喝采。2. 系列小说的创作有利于作家艺术个性的张扬，促进作家艺术风格的形成。作者出于同一的艺术追求而创建的系列小说，往往集中地体现了他的艺术个性。在'系列'构建的过程中，也会精益求精使自己的艺术风格表现得更加充分更臻完美，这正是一代作家成熟的标志，也是一个民族文学成熟的标志。……3. '系列小说'具有零星单篇小说所无法具有的群体优势（长篇小说除外），容易造成影响，引起人们的注意。'单丝不成线，独木不成林'，巍峨蜿蜒的万里长城，叹为观止的敦煌石窟，阵容强大的秦俑，无不都以艺术解体的形象出现。在某种意义上，我们也可以这样断言：每一个作家的艺术世界，每一个民族的艺术宝库，都需要系列式的艺术群象来构成。'商州系列'小说就具有这样的品格。"

阎延文的《小说时空结构的嬗变与更新》发表于同期《文学评论家》。阎延文指出："和古典时代文学的理想化相对应，现实主义时空的最大特点是它的真实自在性。在科学和理性的感召下，人们不再囿于主观心灵的局限，将笔端尽可能地伸向社会生活的浩瀚之海，饱蘸现实的杂彩尽情挥洒。在这种情况下，现实主义小说的时空不再象古典时代文学中的时空那样，是一个披着梦幻色彩的'理想国'，而是经过浓缩、提炼、映射，成了现实时空的一种全息式照片。它遵循现实时空的逻辑和排列顺序，又在这种序列中注入了艺术情感和审美品质，因而形成了一种来源于现实生活而又高于现实生活的真实自在的时空体系。……如果说'文学的最高技巧就是无技巧'的话，现实主义的确把这种'无技巧'发展到了极致。它使读者在进入这样的艺术时空几乎感觉不到任何阻力，极容易产生理性和情感的共鸣；而另一方面，由于读者兴奋点的转移，也部分削弱了时空结构的审美特性，形成了欣赏主体的思维定式，以至于当现代主义悄悄降临，重新强调了艺术时空的特殊性的时候，人们一开始便感到难以适从了。"

阎延文还认为："现代主义时空从一开始就以一个叛逆者的姿态站到了旧的时空体系的对立面，用错乱、断裂、象征、隐喻，彻底轰毁了它的合理构架，并进而重新建立了一种新的适应现当代生存形态的时空结构。因而，相对于现实主义，现代主义小说时空结构的特点也是显而易见的。首先，时间的错乱性。如乔伊斯的《尤里西斯》和普鲁斯特的《追忆逝水年华》，在长达几百页的作品中，人物出场、情节设置、对话顺序完全被打乱，无论把前面移到后面，还是把中间放在开端，都不会影响读者的理解。因为时间已失去明确的规定性，变成了人物情绪的外化。其次，空间的符号化。如《百年孤独》中的马贡多，《第二十二条军规》中的皮亚诺扎岛，都没有明确的原形，而是一种哲学层次的社会和国家的缩影。第三，时空的主体化。前文已提到工业化社会对人类精神的戕害，人变成了机器和科学的奴隶，丧失了完美人格。上帝已经死了，如果人再失去自我，精神世界还能用什么来支撑呢？于是，在文学中重新发现人、复苏人性便成了现代主义文学的主要价值指向。"

沈乔生的《幼稚的想法》发表于《小说界》第3期。沈乔生说道："我想，我写小说，目前主要是写城市。前些年，朋友们倡导过寻根，他们深入蛮荒地区，逆行至历史的断层，寻找没被正统文化规范过的民间文化，以迷离诡谲的影子来折射当代人的精神，很是动人。可是他们并没有流连忘返，留下踪迹后又悄悄寻回来了。寻根是重返现实的前奏，不过是另一种意义上的现实。我想，文化的根不仅在幽渺的历史中，更在社会生活的一切场合，在人类生存的一切地方，尤其在当代人的生活中间，不论繁华的都市，还是偏僻的乡村。它好像是植物的根，即便在崖壁的缝隙里，不过那个地方斜插出来的是苍松。又好像血液一样，它从心脏涌出，回流一遍，到达枝叶末节，又要重新向心脏流去。取任何一滴血，都能验出血液的所有指标。文化弥散在我们当代生活中。"

张放的《小说乃小民之说》发表于同期《小说界》。张放认为："我以为小说不是'少说'，……甚至我还有个偏见，小说也不是'演义'，演义仅是史，是史的一种生动演述。……真正的小说是满载小民身世之慨、喻己与人的细密深藏文字。"张放指出："感叹一番便是诗，议论一番便是散文，而切身描写出来呢，便成了小说。所以凡是小说表现高论、机智、满足与陶醉，就都不真成功。"

七月

1日 木弓的《小说的第一人称叙述——重读新小说派几篇论文札记》发表于《作家》第7期。木弓指出："叙述人称的转换，也出自拒绝悲剧或悲剧性的目的。我们所说的'人道性''深度''神话'等都是在悲剧结构里实现的。拒绝了悲剧或悲剧性的结构，就是拒绝了理性主义小说的主题。要这样做当然很有难度，但不等于做不到。……在新小说派的观念中，第一人称的叙述不仅在拒绝悲剧或悲剧性的结构，更重要的是在寻求新的组合结构的方式，也就是新的叙述关系。"

6日 杨品的《探索小说的历史价值与现实评价》发表于《河北文学》第7期。杨品认为："纵观探索小说的创新，主要是叙述方式的变换，延续了多年的起承转合结构方法，被心理感觉、时空交错、象征隐喻等取代，单线条发展故事变为多线条或辐射形展开故事，平面切入题材变为立体透视题材，等等。这些叙述方式对于深入挖掘人物的潜意识，多角度地揭示社会生活的复杂性，无疑是有益的。这种叙述方式的基本走向，将是当前和今后一段时间里小说叙述方式的一个主要趋势。然而，这种叙述方式的缺憾也相当明显，一些小说的作者，采用过分跳跃式的思维方法，毫无节制地宣泄潜意识、枯燥乏味的哲理化说教和令人摸不着头绪的线条，都平添了许多阅读上的障碍。"

10日 周迎春的《新时期诗歌精神导向与小说创作的嬗变》发表于《福建文学》第7期。周迎春指出："小说的写作无法拒绝这种神性的大限，诗歌精神导引着这种写作过程的最后走向。在走向真实的人的过程中，他们从回复叙述操作的角度进行与文本无拘无束的交往。马原是第一个回家的人，他引起小说叙述时代的发端，但是他叙述的是'他'而不是'我'，……文体不彻底的变革使他沉浸在'虚构'的泥潭里，具有实在意义的死成了他叙述的终极：《虚构》中的人物不止一次地重复死亡。他的叙述逐渐形成僵死的'马原模式'，他迷恋虚构的技术。"

周迎春表示："相对于马原，叶兆言、苏童、北村等的叙述更有生气。他们的成功之处在于拓展叙述过程时间，时间不仅是纵向的且具有横向的效果，瞬时的感觉取得了一贯性，《一九三四年的逃亡》中'我'对家族逃亡的逃亡使'我'刻骨铭心；者说系列中，北村开拓了叙述内层空间，视点变换空间交错，时间因叙述而绵延或收缩，格非和孙甘露无疑是叙述的好手，格非的叙述是：我在叙述我自己没有叙述，《迷舟》是一次符码的生成与消解的过程；孙甘露将一次叙述写成一封信使之函，所有关于人的内容包容在这封信函之中，它远远地走向你并从你身边滑过，因为你在信函之中，你被送出。

"在所有多样的叙述中，叙述成为人的统一归化的过程，意义作为深度被拒绝。我的叙述和我在故事中的体验在现在、现在之前或之后的时间上绵延。我成为可感的、被时间拉长后零散化的人。"

15日　《上海文学》第7期刊有《编者的话》。编者写道："在我国新时期文坛上，知青作家一直是一股最富生气、最具实绩的创作力量。近十余年间，引起海内外瞩目的大陆文学主题：'伤痕'主题、'反思'主题、'理想主义'主题、'文化寻根'主题，大多首先发轫于他们的笔端。他们的作品，体现了在'文革'中发育起来的一代青年知识分子对社会、对人生、对渗透在周围环境中的我国传统文化观念的思考。在他们的作品中，'知识者'主体往往是审视者，而不是被审视者。他们审视周围生活的缺陷、愚昧、僵化，很少触及知识者自身的人格残缺。随着时间的推移，往日的知青作家今天已入中年。近年来在'知识圈'中的艰苦劳作也好、虚与委蛇也好，又为当年的知青作家们增添了一笔新的创作积累，他们开始对'知识者'自身进行不留情面的审视。"

薛毅的《主体的位置与话语——当代小说中的后现代问题》发表于同期《上海文学》。薛毅认为："我以为这是当代小说后现代性中最有价值的地方。作家使后现代的主体置身于世，在破除个体化幻觉的前提下，不再将主体与世界作等级化排列，而写出被排斥和操纵的主体与世界的关系。"

同日，姚雪垠的《从历史研究到历史小说创作——从〈李自成〉第五卷的序曲谈起》发表于《文学评论》第4期。姚雪垠认为："'历史现实主义'创作原理，强调历史资料的确实性与历史文学创作之间的辩证关系。创作就是虚构。没有虚构就没有创作，也就没有小说艺术。史学著作必须写曾经确实出现过的事，必须写古人确实说过的话。历史小说则不然。它既可以写历史上确实曾经出现的事，古人确实说过的话，也可以写历史上可能出现的事，古人可能说过的话。写史学著作必须重视历史的确实性，而历史小说所重视的则是历史的可能性。"

"历史小说的创作目的是通过虚构表现历史运动（事变）的真实情况，即历史演变的规律，各种复杂的因果关系，经验教训以及有用的历史知识等等。同时由于它是艺术，也必须给读者提供美学享受。丰富的历史的学问修养是创作历史小说的基础历史。科学的思想深度产生历史小说的思想性，而合情合理的历史虚构显示作家的学问基础、创作功力和艺术才华。"

"我从现实主义的创作方法出发，进行《李自成》的写作，经过长时间创作实践，概括了自己的理论认识，提出了'历史现实主义创作方法'这一名词。

从根本上说，生活是创作的源泉，写现实题材的作品是如此，写历史题材的作品也是如此。"

"关于历史小说创作原则的一个最根本的问题，也就是历史小说的性质问题。我总结出一个认识，即我不断流露在给朋友的书信中、在关于历史小说的演讲和论文中反复而言之的一句话：

'历史小说是历史科学与小说艺术的有机结合，作家所努力追求的不是历史著作，而是艺术成果，即历史小说。'"

"历史小说家在写小说时，对其所处理的重大而复杂的历史题材必有宏观认识，在进行创作时才能够从全局着眼，考虑小说故事的结构布局，事变进程中的各种主要因果关系，并由各种因果关系而表现的历史规律。借重对历史事变的宏观认识，不仅产生小说故事的结构布局，也决定如何处理小说中主要人物和许多大大小小的次要人物的不同关系。大体说来，小说家对历史的宏观认识引导着小说故事的主要进程，也决定一部长篇小说的思想性的高低。"

同日，马相武的《当代汉语文学的语言背景观察》发表于《文艺争鸣》第4期。马相武指出："从语码选择／转换的角度观察当代汉语文学,新写实小说（新现实主义）值得重视。它是现实主义与现代主义、后现代主义,传统的现实主义同西方现代现实主义,'生活流'与'意识流',人道主义精神与非理性哲学观念,在从世界观／心理模式到语码／语汇不同层面上的自然而充分的融合。这种新现实主义／新写实小说……以成功的语码选择／转换指向充分的现代意识。集中体现了这个以刘恒、刘震云、方方、池莉、叶兆言为代表的汉语文学新创作群体充分的人道主义和主体意识，他们对普通人的精神追求和个体价值的尊重和张扬，对普通人在更高层次上获得自由和解放的深切关注。在语言上，它们具体化为以隐蔽而充分的主体性实现对现实的超越，以经验超越的自由意识来评判现实，没有承袭传统汉语小说的塑造典型环境中的典型性格的模式，在客观化、写实化的叙事框架中，采用意识流、心理时间、人物变形、非情节化，人物性格淡化和开放多样的结构，从而表现生活情绪的自然流动。"

以建的《双声话语：文言与白话》发表于同期《文艺争鸣》。以建认为："《狂人日记》里白话话语与文言话语矛盾地共处于同一体内，可以说是一种隐喻式的对双声话语存在的描述。在这则富有寓言意味的本文里，鲁迅还十分巧妙而又极为隐蔽地表达了他对双声话语存在的历史思考，提出令人深思的问题。对于这个问题，鲁迅从不直陈纸面来回答，而是以他的具体文学实践不露声色地传达出自己的看法。"

以建指出："要拆解乃至摧毁封建意识形态，就必须保持白话话语的中心位置，将文言话语作为被排斥的对立项，唯有保持这种差异和区别，整体历史文化的话语系统才能够有效地运行，确保历史文化结构的相对稳定。由于白话话语与文言话语是双声话语的存在，因此，文言话语并不是纯然外在于白话话语的'他者'，可以随意被摒弃或任意截然割裂的，因为文言话语曾在长时间内担负着中国历史文化传统的继承任务，事实上，它又常作为白话话语所不是的形象却又是某种事物的标志而内在于白话话语的。当然，这并不意味着允许文言话语与白话话语共同分享支配话语权，或是将文言话语视为难以企及的理想化象征，而是应当将其贬黜到一个保险的异域，也就是说，让文言话语归返自己原有的领地，成为从属的无声的话语。"

郑敏的《汉字与解构阅读》发表于同期《文艺争鸣》。郑敏认为："解构阅读主要是解构能指与所指之间单一的僵死的结构，及主题对解读的支配关系。……汉字主要是视觉（形）的符号，听觉（声）居于次要位置，因此在阅读时对字形的反应是丰富而敏锐的，对字的各组成部分所独立具有的踪迹，也是敏感的。……这都是文本间的踪迹，在拼音文字体系中是很难寻找到的，而在象形的汉字中则是仰俯皆是，也就更有利于扩大阅读欣赏视野，达到立体、多频道的接收效果。解构阅读为了打破拼音文字的狭窄、固定的、低信息的阅读效果，创立了开发信息的文学理论：如歧异、踪迹、心灵书写等，而汉语在信息的多元、丰富、立体方面，具有先天的优势。"

郑敏表示："今天西方文学理论的趋势是寻找文学作品的各种潜信息，开拓阅读欣赏的高精密度，在某种意义上，这是一种追求全息的欣赏的倾向，至少是最大限度的信息的阅读。在这方面，一旦我们觉悟到象形汉字的优越性，我们就发现我们的文学欣赏大有开拓的余地。努力的方向是开发对潜信息的敏感，将很多被主题压制的文本间信息解放出来。虽然这并非任意阐释，也非否定主题,肢解文本,只是不要过分重视主题解释,而滤去丰富的潜信息,及文本间的踪迹。"

17日 宋强的《道德判断的偏失——评周渺的中篇小说〈起步〉》发表于《作品与争鸣》第7期。宋强认为:"贴近和深入生活是为了创作上更高地俯瞰和超越生活。现实主义'真实'的生命力即在于此。"

20日 李洁非的《略论小说五大叙述技巧(续)》发表于《小说评论》第4期。李洁非接着《略论小说五大叙述技巧》的讨论介绍了"时空交错"和"非虚构"两个叙述技巧。关于"时空交错",李洁非指出:"小说的价值恰恰就在于通过艺术地'歪曲'故事素材来谋取艺术上的利益,所以,小说必须把实际事件变成情节结构,要达到这一目的,小说的根本手段只有两条:使故事置于一定视角之下,以及改变故事的发生过程亦即使之按照小说的时间方式'重新'发生一遍。"关于"非虚构",李洁非认为,像现实主义这样的"必然因果律"是一种"虚构逻辑给小说造成的主要束缚"。李洁非以特鲁曼·卡波特的《冷血》为例,提出"非虚构性小说"的可能性,并指出"非虚构性小说"的价值不在于"真实性",而在于"改变了读者阅读作品时的心理"。

牛宏宝的《个人命运的模式转化——故事/情节的创造》发表于同期《小说评论》。牛宏宝认为,"故事/情节是小说的核心结构形式",而小说文体中要建构故事与情节,需要具备"催化动因"和"变异"两个基本因素,并把它们"抽象出来,作为结构因素",以此来构建故事和情节。而这种对故事和情节的建构也是"对个人完整生命模式的建构",从而达到"对个人命运的把握和表现"。因此,牛宏宝在最后提出:"故事/情节的本质,其作为小说形式的'意味',就是对个人命运的模式转化。"此外,牛宏宝还指出,故事和情节之间的区别在于:"在故事中,形成故事的催化动因侧重的是偶然性动因和非性格性动因;在变异方面侧重的是历史性变异(时间顺序)和非性格性变异。在情节中,形成情节的催化动因侧重的是非偶然性动因和性格动因,变异则侧重的是因果性变异和性格变异。"

张韧的《一九九一年小说四大现象》发表于同期《小说评论》。张韧认为,1991年的小说有"由单一转型为多角度多义性"、知青文学"步入第四里程"、历史小说"从'本质'走向'本色'"、审视聚焦移向"人性弱点和心理误区"四大现象。

25日 李晓峰的《龃龉与回归——关于新写实批评与创作走向的思考》发表于《当代作家评论》第4期。李晓峰认为:"值得特别说明的是,新写实小说近两年中有了明显的转向,在题旨方面逐渐由当代人的生存境况的写实转向历史、人生、人性的深层,在这种转向中,作家们的观念更加明朗地昭示出来。"李晓峰还指出:"新写实小说的创作与关于新写实小说的基本界定发生了明显的龃龉。越来越多的新写实小说不仅做不到无观念介入,也难做到对生活的真正'还原',相反,注重思想意蕴与对生活有意义的部分的截取成为新写实小说共有的特征。而且,在众多的评述中,我们发现,对新写实小说的圈定出现一种宽泛化的倾向,许多原本不是新写实的小说亦被划入新写实的阵营,诸如《活动变人形》《瀚海》《玫瑰房间》《大捷》《岗上的世纪》等等。这种界线的混乱至少暗示着人们急于为自己的观点找到某种佐证,这同样是一种浮躁之气。其结果不是更加趋近新写实小说的本质而是更加远离新写实小说的本质。"

杨劼的《角色扮演者——当代的小说家们》发表于同期《当代作家评论》。杨劼认为:"当代小说家们并不是真正靠自身从事写作,而只是一些'角色'扮演者。……今日小说创作之关键所在,已不再是'补课',已不再是描红训练,而是能否跳出'角色',塑造作家的艺术'自我'。……令人稍感慰藉的是,至少已有一个作家显示这种跃变大有可能——我指的是王安忆及其最近发表的新作《叔叔的故事》。"

八月

10日 李洁非的《普通小说类型论》发表于《北京文学》第8期。李洁非指出:"小说'题材'归结为六大类,即:1.讽刺和荒诞小说;2.家世小说;3.政治小说;4.战争小说;5.性爱小说;6.罪案小说。"在李洁非看来,"战争,作为人类几乎摆脱不了的一种社会行为,显示出它在历史中的重要性以及同人们生活息息相关的联系。这一点,赋予了它作为小说的永恒和基本的题材的价值",而"较为深刻的战争小说,着眼点却不是英雄式的个人崇拜,而是力图究诘战争的含义以及战争中的人性。这种作品意识到,战争现象寄寓着人类生活中某些最基本的矛盾——毁灭与生存、强权与自卫、自由与压迫;它可能是伟大的、崇高的、激动人心的,也可能是卑劣的、丑陋的、令人厌恶的,这一切主要取决于我们对战争的理解"。李洁非认为,"在炽热的搏杀、奇峰突起的转折以及令人肃然的结局等等战争题材的表面故事效果背后,埋藏着各种引人深思而又捉摸不定的抽象因素:它们通过战争体现出来"。

吴方的《阅读四题》发表于同期《北京文学》。吴方指出,八十年的小说"曾很活跃并引人瞩目,也可以说是在十年间上了几个台阶。尽管在若干实践和探索中,有不成熟和失误之处,却仍可套用一句老话:成绩巨大。其间不仅有思想解放的意义,而且有创造性的历史文化容量",而且,其"尤为具有创意的特点,即以其实践和探索,在意识、题材、方法、风格上敞开了诸多可能性,因此总体上成为开放性的文化文本。也就是说,在小说与生活的联系上确立了不少饶有意义的目标以及去把握这种联系的方式,小说的视界和视度都扩大和加深了,因此而引发了不少的阅读兴趣和撞击出来的思考"。吴方认为:"九十年代中国小说寻找自我的努力将是艰难的。"

此外,吴方还指出:"有一种小说的深度,倒不一定都来自其中寄托的人生哲理意味,在叙述和阅读中产生的理性(生活的可解释)与非理性(神秘以及不可解释)的对立、互渗,以及二者矛盾的不能解决,往往造成传统定见所难以规范的难以测度感,而它的依据又在于生活有它混沌的特点,《团圆》是写实的,但在叙述结构上有无序和零散的特点,关于姥姥的变态行为和心理,恐怕也很难解释——小说非不力求解释,它只是借此转喻着一种人生困境,并给'团圆'这一主题带来了一些新的咀嚼和回味,或者还能有些启示。"

11日 张韧的《环境文学随想》发表于《光明日报》。张韧认为:"环境文学的创建,窃以为不仅仅是小说题材和文学审视对象的拓展,而且是一次深刻的思维方式的变革。它首先要打破将环境文学仅仅视为一种题材的狭隘观念,它审视的对象不仅仅是江河污染、森林火灾、厂矿排污、地质沙化之类的具体问题,而且涉及到世界性的问题和全球性的行动,因此环境文学面对的是全世界,拥抱的是全人类,地球有多大,环境文学的容量就有多大。环境文学思维结构的核心乃是人类意识和'地球村'意识;环境文学的视野,它所沉思的热点和描述的对象,乃是任何题材性(如都市文学、农村文学、特区文学、体育文学、明星文学等)的文学品种都不能媲美的,它是没有疆界的广袤无际的文学。其次,文学思维的热点不能仅仅表现人与人之间(阶级、民族、先进与保守相斗争)的关系,环境文学对人与大自然的关系将投入更多更大的热情。"

张韧指出:"环境文学在拓展与发展过程中亟需开放性的思维方式,它不仅在艺术殿堂中徜徉,还要与自然科学(大气、地貌、水质、林业、噪声学等)、社会科学(经济、文化、法律等)建立多边的、广泛的联盟,以文学方式感染和激发人们树立全新的环境道德意识和行为规范。一个环境文学家比别人需要更为渊博的现代科学知识与多种学科知识。即使写一个微小具体的生态环境问题,也要从多种视角去透视去认识。环境文学家需要保护自然环境的崇高的责任感和像'绿色和平组织'那样的道德勇气,勇于揭露那些危害环境的反道德现象,以自然美与人格美相交融的艺术画面,净化人们的灵魂。另外,环境文学思维的变革还表现在破除那些画地为牢的种种禁忌,敢于'拿来'先行者的西方环境文学经验,文学品种、样式、风格、流派,拓展多元多样的途径。在品位上,环境文学当然应有上乘'精品',甚至可作小、中、大学教材,从经典名篇欣赏中使青少年获得环境意识的教育。但环境文学也需要大众化的'俗品',运用小说、杂文随笔、朗诵诗、活报剧、曲艺小品等多种形式,以强化宣传效果。"

15日 王干的《叶兆言苏童异同论》发表于《上海文学》第8期。王干指出:"童年在叶兆言的小说里是一片空白,而苏童却因为选择童年视角而释放出美丽而迷茫的光晕。……如果说1987年以后的小说发生了某种重心的转移的话,那就是从观念的革命走向技术的革命,而1989年以后则从技术的革命走向了技术的完善。"

同日,李德恩的《拉美新小说:"现实的另一面"》发表于《文艺报》。李德恩认为:"随着小说观念的更新,拉丁美洲40年代就出现了新小说。拉美新小说展示的是'现实的另一面':'想象的世界'。新小说与传统小说虽有不同之处,但从某种意义上说,它是传统小说的延伸和发展。是'用现代小说的创作技巧来阐述现实'。"

李德恩指出:"新小说的结构已不是线性的、井然有序的、合乎逻辑的,而是在人物精神变化的基础上反映现实多样化的实验结构;新小说的空间是想象的空间,不再是传统小说那种现实的舞台;新小说的时间观是无序的,打破了编年式的时间次序;新小说的叙述者是多人物的或模糊的,而不是无所不能的第三者;新小说还大量运用了象征因素。"

20日 阿成、汤吉夫的《关于小说创作的通信》发表于《文学报》。汤吉夫写道:"你的小说有一个重要的支撑点,就是民族的魂灵、民族的生活、民族的文化;你是在这样的基点上建构了自己的审美系统。读你的小说,常常会想起中国的野史、中国古代的小说和中国特有的诗词歌赋,你把它们点化进了自己的小说中。所以你的小说就闪烁着民族气质、民族情趣和民族的审美方式的光彩。"

九月

5日 何镇邦的《人性的开掘与文体意识的觉醒:曾英小说创作初论》发表于《当代文坛》第5期。何镇邦认为:"她的文体意识的觉醒是近一两年的事。从《裸血的太阳》《家在五楼》和即将面世的短篇小说《轮》以及中篇小说《礼拜八的滋味》等近作中,我们可以看到一种比较自觉的文体意识和文体创造的努力。《裸血的太阳》采用的是一种客观冷峻的叙事态度,多用短句,更增强它的悲剧气氛,这种叙事态度使它在文体上接近于成为当今文坛热点之一的新写实小说。《家在五楼》则采取一种迥异于《裸血的太阳》的叙事态度,作者的感情充分投入,具有浓厚的抒情色彩。至于《轮》《礼拜八的滋味》等作品,作者则在探索用一种新的手法表现现代主义的主题,运用了不少象征、变形以至怪诞的表现手法,语言也有夸张的跳跃性,但是又不能完全从传统现实主义的写法中跳出去,不少地方自然写得比较实,于是造成现代主义主题与现实主义手法之间的不大协调以及新旧手法杂陈的不协调。这可能是她在艺术转型中难以避免的缺陷。……从语言表达的角度来考察《裸血的太阳》的文体特征,除了以上指出的叙述态度的客观冷静和描写的凝重、富于哲理性、色彩感外,我们还可以发现作者喜欢用重叠形容词这一语言特色。"

何镇邦还认为:"作者热心于重叠形容词的运用,可以使语调变得更加舒缓,也可以加强这些语句的表现力,产生一种诱人的韵味。这种语言特色,在《裸血的太阳》中表现得尤为突出,而在曾英别的作品中也时有表现,无疑是曾英小说文体的一个重要的特征。此外,《裸血的太阳》结构上的特点也值得注意,这篇仅万把字的短篇,采用的是双线结构。边与影的悲剧遭遇当然是小说的主线,而那位四川来到戈壁滩的会计的女人的悲剧命运,虽然写得不够充分,却成为映衬边与影悲剧命运的不可或缺的副线。这种双线结构的运用,使作品在表现生活时显得更有立体感,当然,也增强了作品的悲剧色彩,当然是值得赞许的。"

黄昌林的《小说叙事:规定性与随机性》发表于同期《当代文坛》。黄昌林指出:"叙事的线性本质,决定了叙事的规定性,要求叙事符合线性运动规律,叙述内容是一个完整的线性序列。传统小说在叙事规定性的制约下,致力于研究情节和事件,着重点是时间,讲究事件或时间段在叙述话语中的排列顺序和这些事件和时间段在故事中的接续顺序。"

黄昌林认为:"小说叙事的随机性,缘于创作主体意识的张扬。作为从事文艺创作实践的文艺家,是有血肉有生命的物质实体,他的主体性在创作实践中表现出极大的自主性、能动性和创造性。在创作实践中,作家主体意识在一个想象的虚构世界里自由活动,这种作家全心灵投入的自由活动使得主体意识具有主动性。……它必然要求小说叙事突破规约,打破以往的稳态结构,趋向于变幻、流动,随时改变型式与模态。"

同日,宗树洁的《意义的空白与空白的意义——新写实小说的接受学对话》发表于《莽原》第5期。宗树洁认为:"'新写实'大大消解了以往小说阅读中的认知倾向和情感成份。"其读者理想的阅读体验,"用概括的语言形容就是'亲切'。即读者对作品内容产生亲切感"。

宗树洁指出:"亲切从理性的角度讲不可缺少理解的意味,但它不像理解那么旁观;从情感的角度看,它又具有同情的成份,但又不如同情那么沉浸和投入。可以说,亲切感是情与理在心灵中的一种融合的体现。……它表明阅读不仅需要动力来启动、支撑,同时也需要一定的制约来引导、规范。……以往各种小说创作，对阅读起着制约的最基本方式是'意义空白'的设定。正是靠意义空白的引导，读者才最终走向作者所期待的阅读效果。……不过，'新写实'的阅读制约却不是这个'意义空白'，而是作者平淡、旁观的叙述态度。这种叙述态度引导读者总是在一定的距离之外来看待作品中的人物、事件、生活环境，以此使读者对作品叙述的自己熟悉甚至亲身经历的生活不做过多的情绪投入，由此避免你所说的那种读者感情深陷难以自拔的局面出现。"

宗树洁还指出："'新写实'的确缺乏一般接受理论所说的那种'意义空白'，但它并非就算不上艺术，而是不大同于以往的艺术。……而'新写实'这里，叙述生活本身就是目的，此外不再赋予它别的意义。'新写实'所遵循的是只叙述生活现象，不提供生活的评判，意义的世界被悬置。但是，它既然是叙述生活现象，它就仍有大量的'意义空白'，只是这种空白不再是由作者有意设定。"

同日，洪治纲的《视角的转换与语调——小说叙述技巧漫谈之五》发表于《山花》第9期。洪治纲认为："一部作品中叙述视角的转换，不仅意味着叙述者身份的易位，还同时表明代表新型叙述者身份的话语出现，以及对故事情节、事件的思考方式和行动方式的改变，迫使文本结构向新的形态转移，使叙述语调呈现出多种审美趋向。"洪治纲指出："（大量现代小说——编者注）是以多种视角的有机转换来完成文本的，这不仅在表现技法上给人以多角度、多侧面展示人物故事的立体感，还从根本上促成了现今小说叙述行为的异常复杂化状况。"

15日 林斤澜的《写在世纪末的新年代》发表于《文艺争鸣》第5期。林斤澜表示："我本有个老想法，写作的本钱，其实只是真情实感。但写作中间，排除理性的路，怕走不通。不必说'提炼'了，就是'升华'吧，那也不能完全没有理性。"

南帆的《新写实主义：叙事的幻觉》发表于同期《文艺争鸣》。南帆认为："只要叙事语言存在，语言的权势则不可被祛除。新写实主义完全有权利强调某种特殊的叙事方式，但批评家却转身向舆论许诺某种不可能的绝对真实——这暗示了新写实主义理论阐释所可能面临的歧途。"

关于"反抗平庸"，南帆指出："强调新写实主义与现实主义之间处理人物的不同方式更为有效。现实主义小说习惯于通过一个完整的情节呈现小人物之为小人物的独特个性；相反，新写实主义出现了一批身份上的小人物，但作家却有意地消解了他们的独特个性，他们成为面目模糊的芸芸众生，一旦汇入人群将立即消失。"南帆认为："作家已经有意无意地察觉到一个重要现象：丧失个性。"南帆还表示："新写实主义"应当"体会到艺术形式——真正的艺术形式——所内蕴的超越功能与净化功能，让人们在强烈的审美经验中深深感到日常经验所包含的平庸与难以忍受"。关于"叙事"，南帆认为许多新写实主义作家似乎主动放弃了"通过叙事改造世界"的"特权"，导致"丧失深度"。

王安忆的《近日创作谈》发表于同期《文艺争鸣》。关于《叔叔的故事》，王安忆表示："《叔叔的故事》是重新开张后的第一篇，如果要以一句话来概括，这一句话就是：对一个时代的总结与检讨的企图。我以叙述的方式写了两代知识人，叙述的方式是我这一阶段写作的一个主要方式，我以为叙述方式是小说真正的本质的方式。在这方式中，我将人物的对话也作为叙述的部分，以叙述来处理。任何景物的描写我都将其演化成叙述的存在，画面由叙述来传递，而不是直接展现，时间与空间的秩序也以叙述的条件为原则。"关于《妙妙》，王安忆表示："《妙妙》的叙述方式是我旧有的，所谓白描的手法，叙述与事情本来面目完全贴近，没有自成一体"。

关于《歌星日本来》，王安忆表示，"我在此篇中的逻辑关系存在于叙述之中，事件表面并没有明显的因果关系，因果关系在叙述的方式里。在这里，我还使用纪实性的材料，但整体却是虚构的，这种方式在下一篇中还将使用得更加彻底和极端"。

关于《乌托邦诗篇》，王安忆表示，"又是一个检讨的努力，我检讨的是'热情丧失'。……这是一个虚构的故事，所以我称它为诗篇，但它几乎所有细节都是真实的。也许我将来要用所有虚构的细节来讲一个纪实的故事。……同时我大概还想尝试写一种现实的童话"。

最后，王安忆指出："写这四篇小说，我有一个共同的冲动，那就是总结、概括、反省与检讨。"

17日　《文学报》记者周导的《一部九十年代的"儒林外史"——访〈风

过耳〉作者刘心武》发表于《文学报》。文章写道："《钟鼓楼》是充满了温馨，生活走向有序，社会走向理性，对人性的开掘大量是从善的方面。而《风过耳》则体现了作者在原来基础上新的认识，写了生活中的诡谲莫测，挖掘了人性恶的一面，大量地描写了知识分子中的卑鄙、卑劣、卑琐、卑微、卑怯，意在呼唤读者的良知。"

同日，陈东捷的《小说与现实：寻找新的视点——评中篇小说〈祭奠星座〉》发表于《作品与争鸣》第9期。陈东捷认为："在通俗文学、先锋小说陆续走过当代文坛之后，我认为这篇小说冷静地进行了新的综合。在某种程度上，它或许对当代小说今后的发展有着预示的意味。"并指出："深刻的片面本无可厚非，但我们绝不能自觉地停留于片面、情节，这位小说家族中最古老的成员，它激活小说的能力是不可怀疑的。今天，在严肃小说沉闷而无所适从的情势下，《祭奠星座》对情节的选择无疑又具有了新的意义。"

晓工的《干瘪的现代寓言——评中篇小说〈祭奠星座〉》发表于同期《作品与争鸣》。晓工认为："从整部作品的叙述基调及其结构安排的角度来看，《祭奠星座》是想通过科幻小说的形式，并兼顾着荒诞小说的笔法，来展示关于人类生存深层问题的思考，作者是想奉献给读者一部能在人们内心引起震动效应的现代寓言。但是，由于中篇小说这一艺术形式的限制、由于作者的思想深度与力度的限制、由于作者艺术驾驭能力的限制，使这部作品空洞稀疏、矛盾百出，成了干瘪的现代寓言。"

19日 王世德的《现实主义与"新写实"小说》发表于《文艺报》。王世德说道："事实上，很多'新写实'小说也不是什么生活原样都照录。它们着重描写的往往是：世俗的自然生活，芸芸众生的生老病死，自然情欲，烦恼和苦闷，徒然的挣扎，甚至挣扎也没有，只是无可奈何的沉沦，悲观绝望地走向末日，有的则是病态的、畸形的乱伦与婚外恋，看不见前途、出路、希望与理想，只是一片阴暗、低沉、惨淡、凄凉、灰色的人生长路。……'新写实'小说，宣称'叙述而不评价'，'照录而不取舍'实际上还是有取舍，表明了自己评价生活的倾向态度：要重视人的生存状态的命运，这是脱离社会历史时代内容的生物性的生存状态。而这种脱离社会历史的抽象的纯生物性的人性，在社会历史里是不存在的,因而是不真实的。"

王世德认为,"现实主义也是不断变化发展的。最早是要求写出现实生活中人的命运,进而要求写出自然环境、社会背景和时代条件,进而要求写出人在社会中的类型特性,再进而要求写出人在各种社会关系的制约和影响下形成的个性,再进而要求写出个性和代表性完美结合和交融的典型,再进而要求集中到一地一时一家中反映社会典型,再进而要求把典型放在广泛复杂的社会关系中去写,放到宏大的革命运动中去写,放到广阔错综的世界发展潮流中去写,再进而要求深入到人们内心错综的意识流、潜意识、无意识与理性、显意识的交织中去写"。

20日 陈旭光、翁志鸿的《视角、语体、模式与作家心态——刘震云小说文本叙事批评》发表于《小说评论》第5期。陈旭光、翁志鸿认为,评论界对刘震云小说存在"极大'误读'","刘震云是个主观理性很强的作家,他根本没有象一般评论者所说的那样退隐到小说背后。相反,他过于迷恋和自矜于自己的感性经验和理性思考,过于迷信作者在作品中之'万能如上帝'的地位,急于把自己的理性思考表达出来,硬塞给读者。在作者预设的理性尺码和主观有色镜的过滤之后,表现于作品中的生活、人物、事件都完全是变形、漫画化和主观化了的。……其小说世界之所表现决非评论家津津乐道的所谓'生活原生态。……叙事模式也渐渐给人以重复僵化感"。

李运抟的《根植于现世的奇景异观——试论新时期"现代传奇小说"》发表于同期《小说评论》。李运抟认为:"小说通常具有的宽泛意义上的传奇性,并不等同传奇小说的传奇性,差别在于:传奇小说的传奇性,更具有传奇的系统特征。换言之,它是在传奇模式的'叙述体系'中产生,亦即传奇小说有它的体式规范和体系结构。而一般小说的传奇实现,并没有这种体式、体系的整合性规范,常常表现为局部传奇因素的融入。……而具有民族性的中国古代传奇小说的'叙述体系',我以为它不但影响了新时期现代传奇小说的创作——尤其是那些表现了风俗民情的传奇创作,而且业已成为一种有效的判断传奇与否的历史参照和权威尺度。"李运抟强调:"既入世又出世,既传凡尘之奇又抒浪漫之情,是传奇体创作意识上的二元结构。可以说,没有浪漫与抒情,缺乏性灵与诗意，也就没有了传奇体小说。"

李运抟在文中总结道，现代传奇小说"它们大体上都体现了传奇小说'叙述体系'的可以抽象的综合性基本特征，并且又共性地形成了新时期现代传奇小说的自身形象和奇景异观"。并指出："这些可以被视为新时期现代传奇小说的作品，尽管在取材、意旨、表现手法和氛围渲染等具体显示上有各自的个性特点，但又同时能够符合传奇的要求。并且，这种对传奇要求的遵循，既继承了中国古代传奇小说叙述体系的传统特征，又'文律运周，日新其业'地形成了新时代传奇小说的历时性特征。"

中伏的《读张宇的新话本小说》发表于同期《小说评论》。中伏指出："张宇的新话本小说，不仅更注意了人情、人性的丰富，而且也没有教化的色彩。作者只是讲故事，至于意思，由听者、观者自己去感悟，去认识，这可能就是主题的开放性。所以新话本小说同新写实一样，是传统形式和现代意识的结合。"

25日 陈晓明的《空缺与重复：格非的叙事策略》发表于《当代作家评论》第5期。陈晓明认为："格非小说中的'空缺'不仅表示了先锋小说对传统小说的巧妙而有力的损毁，而且从中可以透视到当代小说对生活现实的隐喻式的理解。很显然，用形式主义策略来抵御精神危机，来表达那些无法形成明确主题的历史无意识内容，这是当代中国先锋小说所具有的特殊的后现代主义形式。"

胡河清的《论格非、苏童、余华与术数文化》发表于同期《当代作家评论》。胡河清认为："'蛇在我的背上咬了一口'，可说是格非小说的基本意念。格非的蛇会咬人，而且极其狡诈。这说明他感兴趣的是术数文化中的诡秘学成份，并得委曲屈伸的权术之道的精蕴。在他的小说中，'蛇咬人'的意念外化为各种令人毛骨悚然的阴谋暗杀事件。"而"在中国术数文化的传统中，'龟'也是一极重要的象征。与'蛇'相较，龟的隐喻似乎更多地承担了'先知利害，察于祸福'的象征义，而在'术'的运用上则较为逊色。其实这也就是苏童与格非的微妙区别所在。格非的小说不仅意境诡奇，且透出一种成了精似的灵慧心计；苏童对权术与计谋的熟谙程度远逊于格非，但他却常流露出一种'神以知来，智以藏往'的神光，而这一种先知的异秉，又是格非所无的。这也就是我之称他为'灵龟'的缘由了"。

胡河清强调："余华的本心中藏着一股试图反抗命运的'猴气',但同时又对冥冥之中可能存在的决定论力量感到无限恐惧。这种灵魂的分裂状态导致了他的癔症。余华的反抗只能体现自由意志的相当有限的胜利的根本原因在于,他对于东方决定论的世界观无法提出建筑在科学意义上的理性批判。在他的《世事如烟》中,他虽然对术数文化的伦理功用提出批判,但对这种文化本身可能产生的超验神迹则似乎抱着无可奈何的态度处处予以默认。因此他对术数文化的批判远不是彻底的。"

胡河清的《中国当代文学与文化传统》发表于同期《当代作家评论》。胡河清认为："与中国文化传统产生一种深层的认同,很快就会发生创作生命全面萎缩的现象。大凡伟大作家的生命历程,都是一个自我克服与自我消失的过程。当他们的'我执'彻底消解之时,民族文化的精蕴便会神灵附体。"并指出："作家的个性表现与对传统文化的深层认同是二十世纪世界文学范围内共有的'互补'现象。"

蒋守谦的《民间传说的种子 现代小说的花——徐铎创作印象》发表于同期《当代作家评论》。蒋守谦认为："徐铎小说已经开始呈现出自己的特色。概括地说,这特色主要就表现在他所追求的当代小说的时代性、思想性与北方海滨民间文学的传奇性的结合。"另外,"徐铎小说创作虽然从民间传说中汲取了许多营养,但在价值判断和思维方式方面却都有明显的超越。他作品的意象构成,一般都不是建立在传统或世俗观念中的善与恶、是与非、忠与奸、美与丑的对立和斗争之上,而是借助一些新的思想观念去探寻种种当代人所关注的人生奥秘,揭示其中更加复杂的矛盾"。

徐剑艺的《论新都市小说》发表于同期《当代作家评论》。徐剑艺认为："新时期前期的中国城市文学在小说方面主要是'市井小说'和'改革小说'两大类型。而这两大类城市小说的文化和审美模式始终没有超越'城乡冲突'这一传统格局。……当刘索拉、徐星、王朔、方方、刘西鸿、池莉等一大批青年小说家描写新一代都市人的作品出现以后,这种新的城市文学格局——即当代中国的'新都市小说'就开始形成了。"徐剑艺还指出,"与小说中的具有现代都市意识的精神内涵相一致的是这些新都市小说所采用的有着现代主义艺术倾向的小说叙述态度和文本形式",即"反讽叙述和俚语文体"。

於可训的《池莉论》发表于同期《当代作家评论》。於可训指出,池莉的《烦恼人生》实现了"由两性情感向生存的意义转换"。於可训认为,这部作品在"让生活本身显示生存的意义"上,"通过两性情感体验生存的意义","把一些抽象的生活命题还原成现实生活的本来形象"。因此,"我们在肯定池莉着意让生活本身显示生存的意义的同时,又肯定她对她的作品的主人公的人生体验的升华所作的描写"。

26日 王火的《〈战争和人〉创作手记》发表于《文艺报》。王火指出,"中国人民对世界反法西斯战争,作出了巨大的牺牲和不可磨灭的贡献",因此,"写一本文学作品来反映那个时代就完全是必要的了！我愿能为此提起我的笔,写一部有史诗性和独特艺术追求的长篇小说"。王火认为:"我写的应当是一部熔历史、政治、军事、社会、家庭于一炉的丰富而厚实的长篇。着重写人,加强文学性,作品才有生命力。我应当从生活出发塑造人物,不遵循任何模式。……作品中写到的每一个人物,哪怕是次要的下笔不多的人物,也要努力尽量做到使他（或她）栩栩如生。"

王火还表示:"我想写的是战争和人,写战争与和平,写美与丑、善与恶、生与死、爱与恨、肯定与否定、是与非的选择。当时的人物、生活、氛围……如果再往下写,将写出一个时代的结束和一个时代的开始。"王火指出,小说"的生命力依赖于生活的真实和艺术的真实","从某种意义上说,一切历史都同现代生活应当有关。写历史题材,如果只是为写历史而写历史就意义不太大了。旧事,我希望有新的思索"。

本季

李晓峰的《观念的写实——对新写实小说的一种理解》发表于《文学评论家》第4期。李晓峰指出:"我们在探讨新写实小说与旧现实主义和新潮小说的区别时,往往容易忽略新写实小说与二者的关联。其实,旧现实主义和新潮小说的缺陷正是使新写实小说没能够将写实作为一种新的艺术观念,而是将之视为一种完成目的的策略的重要原因之一。……很显然,新写实小说是在洞悉了旧现实主义和新潮小说的弊端后出现的。一方面,它不能重蹈旧现实主义的复辙,表现和追求意义的影响力,另一方面,它又重视了新潮小说强烈的淹没了一切的自我表现欲。这两方面的合力促使它选择了写实,选择了夹缝中生存的方式,选择了戴着镣铐跳舞的形式。但是,它对旧现实主义和新潮小说的反叛并不彻底,或者说只是一种修正。从深层的思想意蕴说,新写实小说同样重视观念的作用,因此,它倾向于新潮小说对传统文化和价值观念的叛逆精神,赞同新潮小说在现代意识层次上对生活的穿透和对人生、人性的深层审视。只是,它反对那种直接高扬自己的观念和把表现作为最终目的作法。同时,他们也赞赏旧现实主义的再现,肯定了现实主义精神这种民族共同心理,但它否定和反对再现中过分追求典型意义而导致的故事情节的戏剧化等简单模式,尤其反对观念的直露。但是人不能没有观念,无论对生活还是对历史,任何艺术品都是在一定的思想观念的催化下产生的这一普遍性艺术规律同样规范着新写实小说的作家,使他们站在旧现实主义和新潮小说对观念及其意义的认识的同一地平线,将目光对准了如何表达观念并使这种观念畅达地传达给读者的方式选择上。从某种意义上说,新写实小说对写实这种方式的选择只是为了避免观念传达时的直露和太主观化,而未能深思写实的形式意义,从而走向了观念的写实。"

钱中文的《小说与民族文化精神》发表于同期《文学评论家》。钱中文认为,在《青天在上》中,"高晓声以短小生动的旧有的艺术形式,插入人物对话,揭示了农民的幽默感,深化了反讽,增强了作品的艺术表现力。再次,这些传说、故事的叙述,无疑给作品带来了一定的神秘气氛,但这自然有别于迷信,某些神秘气氛的传达,形成并深化了艺术意境,增加了回味的力量。当然最后,作家所引用的故事、传说,以及作家赋予主人公的文化视角与目光,都体现了民族文化精神的特性。高晓声从现代意识的高度,使旧有的故事、传说获得了新意"。

李洁非的《既是社会的,也是文本的——小说艺术发展的辩证观》发表于《文学评论家》第5期。李洁非指出:"从小说发生、发展史以上轮廓看,这种艺术的社会性非常突出。它的表现对象亦即'故事',本身就是人际关系的事实,而非单个人的内心事实;正因此,人际关系越紧密、越活跃,小说的生长就越旺盛,反之,人际关系比较松散、静态的时代里,小说则似乎只能处在沉眠蛰伏的状态。人类社会结构的变迁，对小说发展是至关重要的。尽管其它艺术的发展，也受到社会史的影响，但这种影响从不象对小说那样，给它的崛起带去决定性的影响。"

李洁非还提出："建立某种独立于社会学解释之外的小说史，并非不可能。这样的小说史的思路，可以从以下三个主要方面得到体现、铺展和证明：（一）关于小说的发生。……社会史的单一解释显然不是小说发生的全部解释。（二）'文本内的文本'。……这种关系，与其说应由社会史来解释，毋宁说纯粹是小说内部文体自身的因袭、转化。可见，小说史的动力必须依着社会作用、文本模式作用而一分为二；它们的互补，才能给予小说史的运动方式以完整的描述。……（三）与诗艺术的横向关系。……小说艺术发展至今，其手法技术确实比其早期更精密、更细致了。而这种艺术上的变化，如果说有什么外因的话，显然不能归于社会原因，而正是由于其它艺术对小说施加渗透的结果。这些影响，分别来自戏剧、音乐、美术乃至新闻文体。……这种艺术与艺术间的互相影响，同社会历史的足迹并不相干；它反映的是艺术规律，而非社会规律。"

最后，李洁非指出："总的来说，我们认为小说史的完整模型应是一个双曲线模型，即：一方面可以清晰地看到社会史线索的震荡作用，另一方面也明显地循着小说自身的艺术轨迹而运动；这两条曲线有时可能相交，有些时候则彼此分离地独立发展，它的具体图象应结合具体的小说史予以描绘。目前的小说史研究，由于只呈现社会史的单一曲线，弊端极多：我们既无法知道小说史的社会轨迹同艺术轨迹曾在何处相交，亦无法知道它们在哪些地方保持着距离——因此，便无法去探讨、揭示这背后的原因。这种小说史研究，理论价值微不足道。"

李运转的《既大亦小的天地——从当代小说看叙事方式与叙事效应的制约关系》发表于同期《文学评论家》。李运转认为："叙事方式的选择运用，必须使产生的叙事状态便于传情达意而又不露或尽量减少'人为性'痕迹。……而小说的叙事，最忌讳的就是明显地显露出人为的操纵。……一种良性的或出色的叙事状态的构成，如果说它需要既能便于传情达意（所谓传情达意，只是概而说之，它们实质为相当丰富的存在，随具体作品而有千变万化的'情意'）

又不露'人为性'的双重条件,那么能达到这点的叙事方式和叙述手段也是很多的,并非只有人们所熟悉的惯见的几种。……总之,读者的接受反应,不能不是作家们选择叙事方式和结构叙事状态时必须考虑的问题。……但我想,最重要的问题是作家在选择叙事方式的时候,要尊重和相信读者的理解能力,要首先去掉哗众取宠、故弄玄虚的心理。真诚的选择也许并不一定高明,但首先还是要真诚。"

戴厚英的《小说小说》发表于《小说界》第4期。戴厚英指出:"'说'字前面冠以'小',就规定了它的性质,茶余饭后的消遣而已。要有出息只能靠'大说'(那是什么,我不知道,反正有小说就得有大说)。小说有过的轰轰烈烈,是特殊历史条件下的特殊误会造成的。现在那些条件正在消失或演变,小说也就只能是'小'说了。"

方克强的《小说:危机感与生命力》发表于同期《小说界》。方克强认为:"在迅速占领世界的电视浪潮冲击下,敏感的小说家已经感受到巨大的威胁与挑战,……现在的问题是,小说如何在艺术系统的重构中作出自我调整,如何坚守自己的特性而求发展。……小说的特点则是阅读性和私人性。小说的生命力,即在于它艺术特性和传播特性的综合之中,在于它满足着某种根本性的人类需要。"

方克强强调:"小说是书面语言的艺术。它并不直接提供可视可听的直观形象,而是提供形象的中介物书面语言。……读者在潜移默化中掌握了丰富的词汇和叙述、描写的技巧,学会了用语言再现外部事物和表达内心世界的方法。这一点至关重要。"

方克强表示:"阅读小说所需的想象力远胜于观看电视剧。因为小说呈示的是间接性的语言形象,它要通过阅读者的再现性想象力才能完成语言向直观形象的转化,形象'浮现'在想象之中;而且,语言形象的可塑性极大,因各人的想象而异。……因此,小说阅读性的功能是直观性的电视剧有所不及和不可替代的。……在电视文学的挑战面前,小说应该坚守和强化自己书面语言造型艺术的特性。"

方克强还强调:"小说接受方式的另一特点是私人性。小说的阅读与书写(创作)一样,基本上是私人化的精神活动。……小说的传播接受方式也是它的存在价值和生命力的一种因素。对于现代小说来说,突出叙述者和叙述语言的个性,使作品成为作者与读者之间更为贴近、亲切的私人性情感交流;或者扩大人物内心世界的容量及展示其精细、微妙的过程,以此与读者阅读时的个人性精神活动特征相互制动;就成为与电视剧传媒特点相抗争的现实课题。"

谢冕的《有用或无用的小说》发表于同期《小说界》。谢冕指出:"我对小说的'特大功能'有些怀疑,但我依然坚定地认为小说有用。尽管它不能是急功近利的。好的小说却能够影响人们的情操。从长远看,它对世道人心有用。也许对一个社会的盛衰隆替起决定作用的并不是小说,而是经济、政治等等。但作为文学的小说是社会的润滑剂和营养品却不应怀疑。当匡时济世的幻梦消失之后,这是最后的一点坚持。这就是传统的文学观对我们这一代知识分子的持久深刻的影响:文章合为世而作,文章必为世所用。"

张颐武的《小说闲话》发表于同期《小说界》。张颐武指出:"我们在向小说致敬的同时重写了'它'。只有在我们的重写中,小说才是一种存在,一种想象的空间,一种生存方式。我们在发现自己的同时,也拯救了小说本身。小说正是一种重写的'游戏',一种意义的迷宫,一个无始无终的飘浮的梦。"张颐武认为:"写小说也是这种抗拒死亡的努力。生命有限,本文无限,它通过字与字、词与词、句子与句子、本文与本文的交错、沟通、互补不断地'再生'。它是凤凰,在我们的重写中一次次再生。小说是我们自己的梦。……我们不必拘泥于小说,而是将它打上引号。我们就可以写出无穷尽的新的'小说'了。当它被打上许多'引号'的时候,更多的新小说就被写出来了。"

程树榛的《关于"小说"的一点想法——从读小说、写小说到编小说》发表于《小说界》第5期。程树榛认为,《大学时代》"这部作品虽然幼稚粗浅,但却历经坎坷,饱受磨难,……有心的读者可以从这部作品中看到我创作的基调:追求真善美、鞭挞假丑恶,催人向上,发人深省,为创造美好的前程,实现美好的理想而努力奋斗!以后,我的创作一直就是沿着这条路子走下去的。不管是撰写数十万字的长篇,还是不满千字的小文,始终贯穿这种精神。说得直一点,就是我认为小说基本特性、美学情愫、社会功能,应该是这个样子。这是指思想内涵而言,至于说小说的风格、形式,那就另当别论了"。

张志忠的《小说的南拳北腿》发表于同期《小说界》。张志忠指出:"北方作家的作品,气魄大,格局大,却容易流于空泛和粗疏,缺少耐读性;南方作家的作品,工巧,精致,尤长于心理描述,却又有小家碧玉之促迫感;北方作家的政治意识强烈,社会使命感强,使文学的社会功能发展向极致,同时却又容易疏漏政治文化漩涡之外丰富的人情世态,也使文学的兴奋点过于偏狭和敏感,自己束缚了自己的手脚,失去回旋自如的余地,成为文学中不能承受之重;相反地,南方的文学,则会因其对政治文化的疏离,而在文学的审美功能上得到新的发展和创造,对世态人心的风俗画描写和对历史的唯美主义情趣,为其主要趋向。"

张志忠认为:"第三世界国家的社会特征之一,便是政治活动在其中是居于支配地位的,这便决定了第三世界的文学的特性,它无法回避某些政治文化命题,并以此而与发达国家的文学相抗衡。但作家的批判意识过强,又会损害文学自身的独立自足和丰富多彩,显得过于单调和贫乏。"在这一方面,张志忠建议向昆德拉学习,并评价道,昆德拉的"作品,不回避政治与历史,但一方面,他是以文学独有的手段去接近它,不是为政治而文学,而是从政治文化中择取文学的特选材料,择取历史学家不会去写的历史的小插曲,……另一方面,昆德拉的作品,又不把社会、政治和文化批判作为小的归宿,而是以此为跳板,轻轻一弹,便跃向人类性的生存困境之领域,对人类命运作诗意的沉思"。

十月

5日 《山花》第10期刊有《卷首漫语》。编者写道:"在国内创作界,文学作品的娱乐功能一直是一个有争论的命题。看来是中西方不同的文学观引起的差异。中国文学比较看重'文以载道'的传统,而西方人一直将文学的趣味性作为衡量作品的主要标准。近年来国内的小说难以吸引更多读者的原因之一,恐怕就是趣味性的丧失。"

洪治纲的《"空白"的价值——小说叙述技巧漫谈之六》发表于同期《山花》。洪治纲指出:"空白并非真正的无,它是以叙述的中断性借一些省略和缺失来激发读者的想象。离开了上下文的绝对的'无'无法成为叙述的'空白',小说叙述的空白虽在形式上表现为一定程度的叙述中断,但在语义系统上与上下文仍有着若隐若现的联系。这种空白的设置,在审美价值上大致有以下几种作用。(1)给语言带来诗意的含蓄与凝炼。……(2)给情节带来某种神秘效应。……(3)给故事带来陌生化效果。……无可否认,从终极目的上说,空白的设置就是加强对读者阅读行为的引诱,使读者积极地投入到文本之中进行能动的再创造,没有读者的再创造,上述这些审美价值便不可能实现。"但在设置空白时,需要注意:"第一要把握好概述","第二要巧妙设置有限知觉的人物叙述者","第三要合理地运用时空跳跃"。"总之,'空白'就是打破叙述本身的关联性,将选择标准和视点的各部分集合为一个未完成的、反事实的、对比鲜明的或者迭进的序列,以颠覆'成功的延续'的期待。读者不得不竭力填补缺失环节,将各图式结合为统一的格式塔。空白越多,读者构筑的不同意象就越多,审美的蕴意也就越丰繁。因此,空白设置也是小说叙述中一个不可忽视的技法。"

8日 刘金的《中国历史小说的优秀传统》发表于《人民日报》。刘金认为,穆陶在小说中努力"使自己的作品既具古典历史小说语言典雅、情节曲折,引人入胜的韵致,又在摹情状物上力求含蓄蕴藉,兼有现代小说的优点。尤其致力于人物内心世界的挖掘和描绘"。

15日 张业松的《魅力之源:飞翔与失落——重读苏童》发表于《上海文学》第10期。张业松认为:"将迄今(至长篇《我的帝王生涯》)为止的苏童小说的总体风格定义为一种'抒情风格',……它致力于追求的,是将话语对象自身的情感驱力尽可能充分地呈现出来,同时使其成为含蕴作家本人的主观情志的载体。……由'飞翔'与'失落'所构筑的情感空间,正是苏童小说最为显在的魅力之源。"

17日 李淑芹的《对立化了的生活现实——读中篇小说〈锻炼〉》发表于《作品与争鸣》第10期。李淑芹认为:"文学创作要善于结扣子,善于捕捉生活中的矛盾;但更重要的是要善于把握这种矛盾的形成和发展。将生活中的矛盾简单化,作品便会失去应有的深度和力度,从而失去艺术感染力;但若将生活中的矛盾在复杂环境中一味地对立化,使现实生活存在于谁也无可奈何的矛盾对立中，那么，作品也会始于敏锐，终于偏颇，其对读者的思想影响会产生某些负作用，也就是它会影响读者对社会生活现实做出不够正确、全面的判断与理解。……《锻炼》成之于矛盾关系的再现，而失之于将矛盾关系的对立化。"

王影的《关汝松的审美走向》发表于同期《作品与争鸣》。王影认为，"这两篇作品（指《苍凉之地》和《原始记忆》——编者注）不仅标志着关汝松艺术风格、审美理想的转变，也显示出了作家在现实主义道路上的新发展"，并认为，《苍凉之地》和《原始记忆》"借鉴了新写实主义的方法，追求事件的客观性和人物的本真状态"，运用了"'焦点叙述'的方法"和"'反讽'的技巧"，"这是这个笔记体小说成功的地方"。

24日　《文艺报》第2版刊有"书讯"。"书讯"指出："陆天明的长篇小说《泥日》已由北京十月文艺出版社推出单行本。作品构思宏伟、风格独特，以苍凉悲壮的笔触，勾勒了西部荒原的自然景观与人文特色，展示了作者对人生对历史对民族文化心态的特定思考，并且成功地塑造了一批个性鲜明的人物形象。"

31日　黄献国的《心灵还乡：阎连科小说人格探视》发表于《文艺报》。黄献国认为："他区别于不同作家的文学灵魂在于：他绝不把爱留给昨天，而是用文学的精神运载给未来。从这个意义上说，阎连科的小说虽然多是写现实生活的，却有了一种超越现实的历史感。"

十一月

1日　邵建的《作为新写实的生态小说》发表于《作家》第11期。邵建认为："生态小说的特点也正是它自身的缺陷，由于它过多注重负性状态的人类生存，事实上构成了环境对人的压抑，人似乎只象甲虫一样顺应其环境，因此它的基调是沉重的、色泽是灰颓的。这种'灰色文学'缺乏积极的阅读效应，难以给人一种激心励肠的感奋的力量。所以从它问世起，也就在这一点上不断遭到相应的批评。应该说批评本身是合理的，但一过分也就成为苛责，因为生态小说毕竟本真地揭示了我们眼前的生存状态，它不曾以作者的主观意志进行矫饰和虚夸。"

邵建强调："关于生态小说的发生,似乎必须与寻根文学联系起来考察,寻根虽然很关注文化尤其是传统文化,但从最广义的角度来讲,它也是一种生态文学,而且是一种地域性很强的生态文学。……所以在这层意义上,寻根小说又叫'文化小说',而这里的生态小说又可叫'世俗小说'。前者从生态出发向文化靠拢,从而给人以哲学和历史上的思考;后者坐化于生态之中贴近最琐碎的日常生活,因而给人以深沉的现世体验。两者的审美趋赴是大相径庭的,但它们之间的潜在呼应及其发展脉络却是不应忽视的。当寻根文学'来何汹涌须挥剑,去尚缠绕可付箫'之时,是生态小说继其余烈,振长策而御文坛,不声不响地把大量读者吸附到自己周围,恰巧又因为时势等各种因素,使当初与之并峙的实验小说被迫中途退场,因此生态小说遂成为寻根之后新时期文学发展的一个令人瞩目的景观。"

15日 陈晓明的《抒情的时代》发表于《上海文学》第11期。陈晓明强调:"在八十年代后期那些琐碎的日子里,先锋小说的叙事何以具有如此浓重的抒情意味,这一直是件令人奇怪的事,在那些似是而非的抒情背后,可能隐藏着颇为复杂的历史意蕴。那些看上去自以为是的过分乃至过剩的语言表达,似乎掩盖着某种严重的匮乏。特别是在讲述生活陷入无法挽救的破败境地的故事时,那些优美的抒情总是应运而生,这使得'抒情'不再单纯是一种修辞手段或语言的风格特征,它表明了处理生活的一种态度和方式,因此,这种抒情风格仿造古典主义而远离古典精神,作为抵御生活危机的手段,它更切近后现代主义。"

同日,白烨的《"后新时期小说"走向刍议》发表于《文艺争鸣》第6期。白烨认为,在看取世相上,"'后新时期'小说既直面现象、又认同现实,把'理解'生活放在第一位,置身于有局限、有缺憾的生活之中反映生活,更具清醒而严谨的现实主义之神韵";在主体意向上,"'后新时期'小说则普遍注意藏主体于客体、隐理性于感性,有意使主体与客体保持距离甚至避免主观外露和主体介入";在表现形式上,"并不刻意追求艺术形式上的新异与怪谲,相反普遍回到故事,回到人物,并随着读者大众的审美趣味相应地调整自己,力求使作品得到更多的读者的理解与认同";在艺术功能上,"审美性上升为第一性的东西,作家们的使命意识和干预意识或更见含蓄或明显淡化,作品更注重寓乐于美，寓教于乐，……小说创作更多地带入了个人的生活经验和个体的生命体验"。

陈旭光、何薇的《面向生存的退却——池莉小说创作别解一种》发表于同期《文艺争鸣》。陈旭光、何薇认为："池莉在《烦恼人生》结尾处用现实主义的理想光辉进行文本意义的修补，以及由此开始的在创作中'光明'与'理想'的精神预设及理念先行的越来越明显，都已经或必将使'新写实'称呼不伦不类，不尴不尬。"并指出："池莉面对生存的退却和向大众趣味的妥协苟安，已经明显地赢得了许多评论家正中下怀的高声喝采，……然而，她却不能不由此丧失自己，迷失自己，并将最终使自己逸出'新写实小说'的阵营。"

池莉的《说说写小说》发表于同期《文艺争鸣》。池莉就小说创作表示："第一，写小说要进入状态。自由的，放松的，灵气漫涌的状态"；"第二，小说语言应该幽默"，"幽默的态度是平静的，超然的，决不是咆哮着的尖刻恶毒"；"第三，写小说切忌卖弄书本知识。小说本是个形象的艺术"；"第四，写小说要卫生。什么叫卫生？就是写任何事物都要有个分寸感"。

李洁非的《风俗画和文人画——简说阿成小说》发表于同期《文艺争鸣》。李洁非认为："在《棋王》的作者阿城和《良娼》的作者阿成之间，我们看见一种最大的差别是，前者让他的语言连同他的故事、人物，都进入到士大夫哲学和美学的状态里，而后者却是在语言上文人化、在故事上世俗化。"此外，李洁非还认为："当代的小说，从以画喻文的角度看，既有十足的文人画式的小说……也有十足的风俗画式的小说（这类作品不胜枚举）。阿成是夹在两者中间——其语言是鲜明的文人画风格，其故事却又保持着风俗画的本色。"

李洁非强调："阿成小说语言的来源和追求，亦即，古典化、诗化；他的句子的结构、节奏、用语以及口气，不独与今之口语相去甚远，即便同普通的书面语相比也有很大差别。由于在故事和语言两个方面流露出截然相反的去向，阿成的小说便出现了某种不和谐的现象：在所有叙述性的地方，他使用着十分优雅的纯度很高的书面语；在所有人物对话的地方，他又不得不使用地道的方言口语。因此，我们说他的小说既是世俗的，又是文人的。"

王晓玉的《创作答问》发表于同期《文艺争鸣》。关于"真实"，王晓玉表示，自己"很重视文学的真实"，认为"并不是所有人都能达到让发自内心的真实取得相应的外部形式这样的高度的。任何一种文学形式、文学手段，不管有多么先进多么玄妙，若是游离于作家切身的真实的感受之外，便不能成为内容的良好载体"，"一个能够惊天地、泣鬼神的传说，本身就隐含着某种形式"。关于"形式"，她认为："刻意追求的形式不是好的形式，好的形式是自然的形式。但这并不是说，有意识地作一些形式上的变异是无谓的。"关于"伪文学"，王晓玉认为"未得文学之真谛而假作'文学'状，即'伪文学'"。

吴秉杰的《池莉小说面面观》发表于同期《文艺争鸣》。关于"视角"，吴秉杰认为，"基本的人生需求贯串在池莉的小说之中，这使她的创作由认识对象的角度转到了实践人生的角度，即由社会客体方面转到了重点与主体关联的一面"。关于"过程性"，吴秉杰认为，"池莉的小说突出人生的过程，故事便也按照时间的顺序而发展。它强调过程本身的含义和意义，回避理性概括的阴影，避免各种习惯的'深度模式'，因此，她的创作便被称为'新写实'小说。它不有意告诉我们什么，而让我们自己'观看'"。关于"风格"，吴秉杰认为，"《烦恼人生》中面对着每天的、日常的、无时无刻袭来的生活压力，作品的叙述语言与此相适应，这是一篇对话少、停顿少，单调、急促，充满着人生紧张感的作品"。关于"现实主义"，吴秉杰认为，"'新写实'的真正涵义在于它提供了一种新的'现实'，一种新的观照角度，也就是说新的现实观。……池莉的新写实小说突出的是我们与现实的文化血缘关系"。

曾煜的《关于述平小说的问答》发表于同期《文艺争鸣》。关于"形式"，曾煜认为："在他的中篇小说《饮马河上的野鸭》中，作者显示出他对'形式'的偏爱和'操作'小说的能力。……两个各不相干毫无必然联系的故事却以野鸭事件为交点相碰，并在相碰中合二而一地共同显示出'意义'。在数学中，两条平行线可以无限延伸永不会相交，但在述平的这篇小说中，两条平行线却有一个显示意义的交点。"关于"意义"，曾煜认为，述平作品中，"故事只是表层的，故事是一个个载体，通过这个载体和桥梁，传达和导向'意义'的彼岸。而这些'意义'，往往是隐喻性的，无法确指的。这样，他的小说的功能和意义便被扩大、深化、复杂化了，不再象传统写实小说那样为故事而故事、故事与意义完全同构"。

同日，张颐武的《我的困惑》发表于《钟山》第6期。张颐武认为，《西府山中》《碎瓦》和《往事隐现》以及《在纯净的气流中蜕化》透露出"我们的文学似乎还在'新时期'表意策略的影响之下，作者们的坚韧的努力似乎还只是隐约地透露出文化转型的若干'踪迹'"。张颐武指出，这四篇小说在"重复"五四以来中国文学的经典性的"大题"，而"我们可以自己不断地'重写'那些'重复'性的小说，使之变成不断重现的小说，一种新的小说"。

20日 金梅的《新颖文体的创造：神话现实主义小说——姜天民、吴若增、邓九刚三家作品阅读记》发表于《小说评论》第6期。金梅认为，神话现实主义小说"其整体故事或部分情节的框架，虽是非现实的，其底蕴却是完全现实的；便是那些非现实的神话式情节，也仅以担承衬托和强化现实内容的职责而存在，这在以往中国小说文体中似乎还没有见到过"。作为一种小说文体，在艺术表现功能上，它"最突出"的特点与优点是"将浪漫主义手法，转化成了现实主义的艺术功能，从而强化和深化了后者对现实生活的表现力"，并且，其"表现方式的又一优长"在于，"它不单为现实主义创作带来了理想色彩与浪漫主义精神，也为理想色彩与浪漫主义精神赋予了现实的品格"。

钟本康的《关于新笔记小说》发表于同期《小说评论》。钟本康认为，新笔记小说"一方面，它表现为对旧文体、旧形式的寻觅和利用，但并不意味着'旧瓶装新酒'，说'借尸还魂'也不完全恰当；因为，它另一方面所写的是当今的现实生活或今人眼中的故人往事，体现着新的时代精神和美学趣味，还包含着新的文体实验的意向，实际上是当今文学新潮的产物。因此，有人称新笔记小说既是寻根派又是新潮派，是有道理的"，并用"随意、散淡、白描、简约、韵味、传神"来"概括新笔记小说的特点"。钟本康还认为："新笔记小说的勃兴，至少提出了两个很有启示性的命题：一是中国传统美学精神仍然具有强大的生命力，二是文学的发展必须立足于本民族的文化母体。"

21日 陈晓明的《常规与变异——当前小说的形势与流向》发表于《文艺研究》第6期。陈晓明认为："事实上，也许'原生态'一直就未必是'新写实'小说的根本的或主要的特征，那种日常琐碎的生活表象，其实掩盖更远为深厚的历史无意识内容。"陈晓明指出:"池莉明显更注重发掘历史背景,刻划贫困生活周围的政治运动。当然小说的显著特色依然是对日常生活的直面刻划,只不过这里的'日常生活'置放到历史过程,置放在经典话语讲述的历史神话谱系中才能全部被理解,它是一种'反神话'的故事,这就是'新写实'真正具有历史意识的地方。"

  25日 陈骏涛的《后新时期,纯文学的命运及其它》发表于《当代作家评论》第6期。陈骏涛认为:"我们也不能不看到纯文学发展中的一种变化,这种变化是纯文学与通俗文学、纯文学与新闻交媾后所产生的,前者交媾的结果产生了以王朔为代表的兼具纯文学和通俗文学特征的小说,后者交媾的结果产生了以权延赤为代表的兼具文学性和新闻性的纪实文学。姑称之为'第三种文学'。"

  盛子潮的《论小说语言的基本"词汇—意义"单位》发表于同期《当代作家评论》。盛子潮认为:"小说语言实际上是一种'双层'语言体系。一方面,小说必须以自然语言为媒介,另一方面,小说语言又是有隐匿在这一语言体系之中的另一个深层的语言结构,即小说的叙事语言结构,它的基本'词汇—意义'单位是情节段,它依附于表层的语言结构又独立于它,和它形成一个富有张力的小说语义空间。"盛子潮指出,"小说情节段"分为"概述性情节段""叙事性情节段""插入性情节段"和"修辞性情节段"。

  王蒙的《中国的先锋小说与新写实主义》发表于同期《当代作家评论》。王蒙认为:"写实主义在中国本不足为奇。现在的问题出在这个'新'字上。新在哪里呢?主要是:一、他们的作品倾向于平静的叙述,而不作出对于自己的人物与事件的评价。二、他们摒弃正面人物、反面人物的两分法,他们取消作者对于自己的人物的道德审判功能。三、他们讨厌感情的流露,讨厌煽情,讨厌小说家的诗人气质。四、他们还语言以自己的本色,讨厌转文、雕琢与装腔作势。他们消解褒义词与贬义词的区别。五、他们回避神圣与崇高,用调侃的态度对待一切,消解崇高与卑微的区别。六、他们大体上避免写大人物(VIP),而多写没有地位也没有使命的小人物。七、他们反对执著,有的干脆说自己无法做到像民族英雄、革命先烈那样英勇不屈。"

  谢冕的《世纪之交的文学转型》发表于同期《当代作家评论》。谢冕认为:

"当前我们企图把九十年代开始的文学形态作一种新的概括,被叫做后新时期的这个概念至少包含了两个意思:一是作为开放中国的开放文学,它们同属于文学的新时期;一是作为在八十年代走过了完整阶段的中国文学,这概念确认了文学自身延展、变革的实质,即对它由前一个形态进入后一个形态的转型的一种归纳。"

张德明的《调整交叉:周梅森小说的叙述形式——长篇小说〈此夜漫长〉札记》发表于同期《当代作家评论》。张德明认为,《此夜漫长》体现了"中国传统的小说思维向来讲究'文以意为主''意在笔先'的主体意识。这是理性化思维认知结构在艺术创造中的显著表现形态。它将参与社会生活、强化思想倾向性作为社会功利的审美体现置放在小说思维活动的主导地位,由此形成一种相对稳定的形象思维方式。周梅森小说中并不仅限于此,而是融汇了对现实、历史的超越的审美意识在对现实状态进行观照的时候将二者有机统一。这就绝不是创作题材、审美视角的一般转移,而是随着作家现代意识的不断强化和文化观念的变化而出现的文学观念的变化。作家在作品中将切入点投射在对故事的'现代性'的关注上并将其同传统小说结构糅为一体而又有所区别"。

本月

陆卓宁的《"没有拿来的,文艺不能自成为新文艺"——读白先勇小说之后》发表于《南方文坛》第5期。陆卓宁认为:"收入《台北人》的十四篇作品,通过或是'英雄末路',或是'美人迟暮'这一曲曲伤感精致的挽歌,深刻地表现出作者对于生命强烈关注,对于文化历史的深层探幽,由此而造就了作者小说深刻的思想内容和重大的社会价值。同时艺术上的传统精神与现代色彩交融,也决定了作者文学成就的独特价值和历史地位。最能说明这一点的自然莫过于其中的《游园惊梦》。……这篇小说正是蕴含了这种令人感慨万端的历史兴衰感和人世沧桑感。也许,这并非一种积极向上的情感状态。但是,如此深切地表现出对生活流的永恒性和无常性的慨叹,如此深刻地表现出对理想和现实的自然法则和相悖性的遗憾情绪,着实使人感受到最为痛苦的心灵颤悚,最为深刻的人生体验。作品也因此具有了社会历史以及文化上的深刻意义。现代技巧与传统特色的高度融汇，交相辉映使作品获得了非同寻常的审美价值。《游园惊梦》表现出对象征手法的灵活运用，意识流的变通以及意象的成功选择等这些方面的从容自如。……除此之外，作者对篇中人物身份、性格特征，相互关系以及环境场所都赋予了象征意义而透露出作品的深刻意蕴。中国古典小说往往以情节曲折动人取胜，钱夫人命运的沉浮当是一个哀婉动人的故事。但读过小说并不只是得到对世事沧桑的感触，同时也对主人公有一个立体的印象。"

十二月

7日　李洁非的《短篇小说、长篇小说以及中篇小说的内在逻辑分析》发表于《天津文学》第12期。李洁非认为："我们认为，小说型式与小说的情节结构的关系，比之于字数、篇幅问题，更值得考虑。"

"短篇小说，就是单一动机、直接解决的情节结构。凡是符合上述定义的小说作品，不论篇幅长短，都是短篇小说。""如果说，短篇小说情节运动方式是环绕单一动机的圆形结构，那么，近代长篇小说明显地表现为多重动机积累性的三角形结构（在没有形成这一结构之前，长篇小说只是把短篇小说的圆形结构当成一粒粒珠子串接而成）。"

而长篇小说的动机，是"在冲突中被解决的"。"总括起来，长篇小说这一型式绝非短篇小说的扩大化，不是情节动机、人物在数量上的增加；本质上，长篇小说是旨在再现一个既有相当的长度，又有统一的情节逻辑，复杂和多层次动机的完整行动的小说型式。"

"在我们看来，中篇小说的本质特征在于：情节动机的过程化、细节化，而不是情节动机的解决化、结论化。不以情节解决为目的，乃是这一新的小说型式在短、长篇小说格局里独辟一方天地的唯一途径。情节的解决方式，已由短、长篇小说各执一端，捷足先登了：单一动机的直接解决，即为短篇小说；多重动机的冲突积累解决，即为长篇小说。但是，如果削弱情节的动机——解决关系，就明显能够创造一种新的叙述方式；因此，使动机的目的性变得朦胧、遥远，或者说，使动机在情节叙述过程中不急于指向其结论，投入更多的细节描写以拉开大动机与结构之间的距离，这就是中篇小说情节结构的方法论基础。"

其特色是:"高细节、低强度;过程绵延,而结构弱化。"

17日 蔡葵的《选择史诗——读王火的〈战争和人〉》发表于《作品与争鸣》第 12 期。蔡葵认为:"一部史诗型的作品不仅应该有广阔的生活场景、重大的历史事件和众多的人物形象,而且应该充分体现民族的文化心理和精神性格。"

张炯的《史诗性的努力——评〈战争和人〉》发表于同期《作品与争鸣》。张炯认为:"长篇小说虽非都必须写成史诗,但由于它篇幅宏大,生活含量丰富,是最有条件作出史诗性努力的。……大凡史诗,总应具备以下几个特征:第一,它展开的时空跨度,总见出广阔丰富的历史场景;第二,透过上述历史场景还支撑有一定时代重要的历史事件与人物;第三,所写的众多人物所揭示的人际关系能在相当程度上反映出特定历史时期的典型环境;第四,主要的人物形象应具有典型意义,他们的思想与情感来自历史本身的深处,与一定的时代精神相联系。"

本季

陈思和的《还原民间——关于〈九月寓言〉的叙事与意蕴》发表于《文学评论家》第 6 期。陈思和指出:"《古船》与《九月寓言》的根本差别是在历史与寓言的差异上。故事是由时间构成的,而时间又具体体现在历史事件的排列中,所以一部'史诗'性的长篇作品,不能不将故事发展印证历史事件,在印证中获得自身的存在。在这一点上,《古船》是典范之作。……《九月寓言》则表明了作家不但在创作中不存在一个清晰的时间意识,(即现在、过去、未来之间的明确关系),而且在叙事过程中,有意地抹煞时间的差异。……因而只能说这部小说叙事上采用了寓言的某些特征;不是时间倒错,而是走向无时性。"

南帆的《历史与神话——评张炜的长篇小说〈九月寓言〉》发表于同期《文学评论家》。南帆认为:"《九月寓言》所以能够自如地往返于历史与神话之间,这很大程度上取决于小说叙述所依循的代码。作家时常不露痕迹地交替使用两种代码:现实主义的代码与神话的代码。这使小说中的神话逻辑不时悄悄地续接了现实逻辑,种种异人异事毫不困难地交织在小村庄的日常现实中,充实了人们的经验。在神话逻辑的引导之下,时间变得可逆了,生者与死者,主体与客体、实物与符号、人与大自然之间出现了奇妙的沟通。于是,小村庄的历史叙述失去了正经、严谨、确凿可信的风格,神奇、魔幻、怪异乃至怪诞的气氛开始洋溢在故事的每一个角落,为小村庄的历史添上奇幻的一面。"

南帆还指出:"《九月寓言》具有某种相当独特的姿态——我指的是小说的叙述语言。可以注意到,《九月寓言》的叙述缺少流行于许多现代小说的嘲弄、反讽、揶揄、挖苦尖刻;人们甚至无法从小说之中发现幽默——即使是那种源于民间传说、轶闻之中的夸张与诙谐。相反,人们更多地在《九月寓言》的叙述语言之中察觉到一种朴素的抒情意味,一种温柔之心,这仿佛是对人物和景象进行一种隐含着爱意的语词抚摸。"南帆强调,"《九月寓言》的叙述风格并非偶然。这种叙述风格同时向人们介绍了叙述人的性格。《九月寓言》的叙述语言显露出张炜对于田园景象的某种不可抑制的好感乃至迷恋"。

唐跃、谭学纯的《语言格调——小说文本分析的第四个视角》发表于同期《文学评论家》。关于"几种常见调式在语言材料上的转换组合情况,以及在语言表现上的优势",唐跃、谭学纯作了以下说明:"A:高平调","经过句长方面的平调的节制,高调的炽热温度稍稍得以抑制;雄放的胸怀在'放'的一面相对收缩。'雄'的一面相对伸展,从而成就了刚毅遒劲的调性特征。'放'是需要一定的句子长度予以配合的,而长度一旦有所限制,'放'的程度随之受到限制。另一方面,要在不算太长的句式中达到高调,必须有较快的句高上升速度,直线上升的速度又会转化为刚毅遒劲的力度。不错,《沉沦的土地》中的语句也不算短,但和张承志、邓刚的一些小说文本相比,其句高上升速度还是很快的,语言表现力的坚硬程度也有过之而无不及。高平调充分利用语言材料的纵向空间来表现情感的剧烈动荡,往往能够爆发震撼人心的力量"。

"B:低平调","句长方面的适度延伸,为低调的沉静平添了几分动感,呈现为静中有动,动而不失节制的沉稳做法;同样是因为句长方面的适度延伸,低调的逼人冷气有所缓解,冷峻的语感为清淡替代。有意思的是,要为低平调寻找小说范本,最具吸引力的要数两位'小荷才露尖尖角'的年轻女性的文本,即池莉的《烦恼人生》和江灏的《纸床》"。

"C：长平调"，"由于句高方面的平调的调节作用，保证了句子长度在延伸过程中没有太大的语调起伏，进而把长调的'畅'在不同调式组合中的特殊性区别开来：在长平调的调式组合中体现为'流畅'，在后文即将论及的高长调调式组合中体现为'酣畅'。同时，在较长的句式延伸中始终维持不变的语调高度也不可能，轻微的句高起伏渗透于舒缓的句长延伸，则为长平调增添了几分委婉。这种流畅委婉的情调，便是长平调的调性特征。大凡《葫芦街头唱晚》的读者，都不难从一篇小说的体味而推及开去。长平调拥有充足的横向语言空间来富有柔性地描摹表现对象，表现力很细腻，很充分，这是长平调的优势，结伴而来的劣势则是表现得太满和比较外在，留给读者的回味余地不多"。

"D：短平调"，"短平调的语言材料转换结果是，虽然维持着简明的性质，却压抑了'简'的一面，突出了'明'的一面。这是因为，句高方面的平调介入，使狭窄的横向语言空间获得适当的纵向展开，横向空间的'简'因此在纵向空间中稍稍得以补偿，明朗色彩的清晰度更为加强。另外，句高的轻度起伏不会太多地迟缓短调的速度，轻快的进行曲节拍为短平调所继承。归纳起来，明朗轻快将是短平调的调性特征"。

"E：高长调"，"和前面几种调式组合属于调节型组合不同，高调和长调的组合是相互促进的组合：在舒缓中炽热，在畅达中雄放，语言材料的转换汇聚成为恢宏强健的气势和力度。高调和长调的组合使力度在充分积累中轰然释放，从而有别于高平调的雄有余而放不足和长平调的畅有余而酣不足"。

"F：低短调"，"低调和短调的组合也是相互促进的组合，尤其是沉静和简约相融合，最能造就文雅的风度和淡泊的神韵"。

李运抟的《走向自然状态的"故事"——论当代小说叙事意识的一种转变》发表于《文艺评论》第6期。李运抟认为："八五年以前相当的作品，由于想急切地表达种种社会愿望与价值观念，就小说来说，在叙事艺术的选择上又跌入了另一种性质的'主题先行''概念先行'。……它们更多的是为着从观念概念上揭示'问题'与摆出'价值'。结果以牺牲了特殊和具体来企达一般与抽象。问题是触及了，价值观念也显示了，但生活的丰富复杂却被单向单一甚至肤浅地肢解了。"李运抟还说："这些新写实小说，其'新'并不在于给世界现实主义小说创作史提供了多少以往没有的崭新素质，而在于它们以神似与形似的'忠于生活'，集团军似地改变了当代中国小说几十年来的实践状况。"

李运抟表示，阿城的《棋王》"在观念上与叙事方式上都忠于了生活——前者大体表现为不回避原态生活的尴尬……后者主要表现为艺术形式的写实。……这样一批呈现了'原态化故事'小说，既改变了以往回避矛盾或将矛盾按指令作简单处理而终归是并不忠于生活的现象，又调整了新时期以来一段时间'直奔主题'的表现生活或只顾亮出价值观念的急率，它们当然就容易引人注目而有新鲜感了"。

张景超的《新小说可读性的秘密——叙事美学研究之一》发表于同期《文艺评论》。张景超认为："青年作家并不拒绝叙说共识的现象，也不轻视事物的普遍性品格，但他们作品中出现的这种情况与其说刻意为之，毋宁说是不期而遇的结果。……新小说一方面紧紧追踪那些容易被我们日常理性所忽略的离奇事物，另一方面爱用反常化的方式来描摹和突现人们所熟知的东西，以造成一种对客体的特殊感知，一种陌生化的幻象。"

张景超指出："新小说叙述的动态感首先表现为对故事的尊重。它们不随意破坏故事，而是让其得到正常的展开和流动，在流动中实现小说作为小说的美。……传统的现实主义小说笃信反映说，喜欢对故事发生的有关因素作整体细致的扫描。"新现实主义小说"主要是向读者呈示一种现时的生存状态，他们的叙述文字很少指涉历史，因为要着重显现人的精神世界和感觉世界，他们不大盘桓留恋于人或事的外在形貌"。张景超进一步指出："新小说在努力使自己的讲述更贴近故事的同时，还注意讲述本身的动作性。……新小说抑制了全知视角的全知性，但又不相信隐匿作者的新教条，它们的叙述人经常以意想不到的方式跳出来和读者展开对话，或告诉你他对事情怎么想，或向你通报他准备按什么方式讲故事，颇接近评论小说或超小说的某些特点，也可以说是对评论小说或超小说的成功借鉴。"此外，"新小说叙述的动态感还体现在叙述语言中。……它们或排比，或对偶，在较为精炼语句组成了一个整齐、富有节奏感的陈述序列"。

公刘的《安于末流好》发表于《小说界》第6期。公刘认为："小说，在一定意义上,实在接近于自传。或者截取某一场面,选择某一事件,记录某一经历,重温某一感触,回味某一梦境,复制某一时期……无不与作者的人生沉浮息息相关。……从表现说的角度考察,文学,就是宣泄。不能否认这有一定的道理。小说家在写作中,享受着宣泄感情的快乐。读者阅读这篇小说,又享受着宣泄感情的快乐。读者的宣泄和作者的宣泄可以大体一致,也可以仅仅基本近似。读者的快感是作家的快感之延续与发展。不过,这一切有个前提,即:二者感情必须顺从一条轨迹前进。"

1993年

一月

2日 本报编辑部的《〈中国作家〉'92中原——奇安特杯中篇小说评奖揭晓》发表于《文艺报》。本文写道:"为鼓励中篇小说创作,繁荣社会主义文学,《中国作家》举办'92中原——奇安特杯中篇小说评奖。最近,《丑末寅初》(林希)、《放马天山》(王观胜)、《县城意识》(刘玉堂)、《步入辉煌》(辛实)、《蝙蝠之恋》(赵德发)、《苇子林》(周绍义)、《模特女王》(简嘉、蒋蜀陵)、《撒忧的龙船河》(叶梅)八篇作品获优秀奖。"

10日 王蒙的《躲避崇高》发表于《读书》第1期。王蒙指出:"他(指王朔——编者注)拼命躲避庄严、神圣、伟大,也躲避他认为的酸溜溜的爱呀伤感呀什么的。……在王朔的初期的一些作品中,确实流露着一种玩世不恭的态度。"而且,"他和他的伙伴们的'玩文学',恰恰是对横眉立目、高踞人上的救世文学的一种反动。……他的思想感情相当平民化"。王蒙进一步指出:"王朔的创作并没有停留在出发点上。"王朔"自称'哄''玩'是一回事,玩着玩着就流露出一些玩不动的沉重的东西,这也完全可能"。王蒙对王朔小说及王朔现象总结道:"这已经是文学,是前所未有的文学选择,是前所未有的文学现象与作家类属,谁也无法视而不见。不知道这是不是与西方的什么'派'什么'一代'有关,但我宁愿意认为这是非常中国非常当代的现象。"

15日 《上海文学》第1期刊有《编者的话》。编者指出:"我们将张炜的近作《融入野地》列为头条,因为这篇作品不仅仅是张炜的内心独白,而且可以看成是张炜那一代'知青作家'的一个'精神总结'。当那一代作家刚刚从事文学创作的时候,艺术的道路或许也是他们的一种'选择';但随着对于艺术的投入、痴迷与理解，他们越来越感到'一个健康成长的人对于艺术无法选择'，因为'人迷于艺术，是因为他迷于人本身、迷于这个世界昭示他的一切'。……张炜在这篇近作中为我们刻划了一个既充满理想情怀，又脚踏大地，坚持其精神劳作的我国新一代知识分子的人格形象。我们可以将这篇文字看作小说，也可以看成是散文，是议论，是诗，是一种超越文体界限的文体。"

顾城、高利克的《"浮士德"·"红楼梦"·女儿性》发表于同期《上海文学》。高利克指出："这两个作品，特别是《红楼梦》中的女子性是最重要、最漂亮、最有价值的，因为在世界文学中可能以前还没有对女子的关系写这样的小说，它是理想的，也是现实的。"

同日，季红真的《男性心灵的隐秘激情——读贾平凹的〈五魁〉》发表于《文艺争鸣》第1期。季红真指出："小说的叙述方式，总是和叙事者（在现代是作者）的心智模式相适应，这就必然地要牵扯到作者的文化背景所制约的观物方式。贾平凹是崇高传统的美学风范的。汉唐文化恢宏的精神，激发了他无穷的艺术灵感。"

王朔的《王朔自白——摘自一篇未发表的王朔访谈录》发表于同期《文艺争鸣》。王朔指出："语言有两个源头，一个是民间语言，一个是文人语言。……口语是最生动的，最能表达时代特点，特别是表达当代人的情绪最准确。"王朔还指出："书面语用好了可以消解词汇原有的意义，造成距离感。"

王一川的《现代中国的"英雄"梦——世纪初小说的三个人物与20世纪中国小说之源》发表于同期《文艺争鸣》。王一川指出，"黄克强（梁启超《新中国未来记》，1903年），老残（刘鹗《老残游记》，1903年），和狄必攘（陈天华《狮子吼》，1905年）"这三个人物"分别与中国古典小说中的三种人物原型相关：圣贤、游侠和豪杰"。王一川还指出："与古代小说不同，20世纪小说出现了一种新型现代主人公，他们在20世纪文化语境的渴求中与压力下应运而生，被赋予文化拯救与文化重建的'大任'；但同时，他们又原初地是幼稚与弱小的，必须依赖于神圣'帮手'的导引与扶持，才能如期望的那样成长并承担重任。这种主人公——帮手关系模式自狄必攘——文明种始，以不同形态复现于整个20世纪小说中，构成中国现代小说人物描写的一大特征。……在

20世纪中国小说这一整体中，狄必攘等三位理想型人物扮演了开端性雏形的角色。他们通过与现代'新文化'方案的联系而体现出文化特征，以及他们所赖以存在的主人公——帮手模式及相应的'符号矩阵'都具有20世纪中国小说的开端性意义，因而必然在'五四'以来成熟的现代小说及其发展中，获得创造性回应与演变。"

张德祥的《视点下移之后——王朔的文学观念透视》发表于同期《文艺争鸣》。张德祥指出，"一部作品是否现实主义，还须从价值观上来理解。现实主义作为一种艺术精神和价值追求，自古以来就体现为关切社会现实和人类命运、促动历史进步与人性完善的价值追求"，现实主义"要求将作家自己的主体精神与评判态度融化在客观现实的真实再现之中"。

同日，邵建、潘新宁的《再现·表现·显现——新时期小说叙述的三种形态》发表于《艺术广角》第1期。邵建、潘新宁指出："这些形态如本题所示，大略有三种：所谓表现似可看作叙述者在文本中进行话语行为的演示，它往往不是以角色的身份，而主要是以讲述者'我'在文本中登堂入室、抛头露面，话语是'我'的一种表达，文本则是显露'我'的到场，这种叙述形态具有较强的主观性，它的特征是经常地在文本中留下了'我'的显在之迹。隐晦一点的就是再现，再现不是话语行为的演示，而是一种暗示，它是叙述者在幕后对话语行为的暗中操纵，虽然可能看不见叙述者的影子，但文本中无处不有它的踪迹，……在文本中叙述者不是显在，而是潜在，这种叙述形态是客观性和主观性互为表里的有机合一。至于显现在表象上似与再现无甚区别，其差异则在于叙述者使了金蝉脱壳之计，它不是暗中操纵文本，而是从叙述中假象性地悄然而遁，其话语行为不是演示、不是暗示，而是对象本身的呈示。这种呈示使叙述话语成为视觉影象的转换形态，即将之转化为文字画面，它所追求的乃是客体在文本中的自在澄明。这种叙述具有较强的客观性，但为了尽量排除主观人为的干扰，它以作者退场作为付出的代价，因此叙述者在文本中不是显在、不是潜在，而是一种虚幻性的'非在'。"

他们还认为："考之以新时期以来小说创作的发展，上述三种叙述形态与其说是共时的，毋宁说是历时的，它的发展线序大略是再现→表现→显现，至今则是三现并举而互相感应，这是一个多元化的小说叙述格局。"

谢有顺的《寓言话语与先锋小说深度空间的阐释》发表于同期《艺术广角》。谢有顺指出："几乎所有的先锋作家都不约而同地启用了寓言话语这种隐藏的指涉方式，向我们言说了有关人类生存的各种消息。实际上，这是对早期探索小说的一次有力的超越。在韩少功、莫言甚至洪峰的小说中，都有一种过于强烈的文化演绎的力量，表征着一个块垒般坚固的理性世界。但是，一旦小说的理性深度秩序过于强烈和刺眼，读者的阅读想象力势必遭到禁锢，从而陷入解码的泥淖，丧失解读的本真面目。先锋作家追寻一种寓言话语的基本特征——整体呈示，使小说本体或小说部件与精神意旨之间，建立起弥漫式的对应关系，这样，文本所显示的深度便是一种消融与提升之后的深度。"

同日，王宁、盛宁、孙津、王斌、蒋原伦、张颐武、陈晓明的《"后现代"笔谈》发表于《钟山》第1期。张颐武在《后现代与汉语文化》中指出，"后现代主义""是第一世界/第三世界文化间的现实关系运作的结果"。

陈晓明在《后现代主义：文化未亡人的挽歌》中指出，"'后现代主义'乃是文化（尤其是文学）衰亡的表征"，"当代中国的'后现代主义'更主要的是'政治/经济/文化'多边关系相互作用的结果"。

20日 陈忠实的《悼路遥》发表于《小说评论》第1期。陈忠实指出："路遥的精神世界是由普通劳动者构建的'平凡的世界'。他在中国当代作家中最能深刻地理解这个平凡世界里的人们对中国意味着什么。……路遥在创造那些普通人生存形态的平凡世界里，不仅不能容忍任何对这个世界的过去和现在、历史和现实的解释的随意性，甚至连一句一词的描绘中的矫情和娇气也绝不容忍。"

木弓的《浅谈小说虚构及叙事观念》发表于同期《小说评论》。木弓认为现代小说理论"有一个基本观念是共识的，即更加强调小说自身的虚构性，更加执着要追求小说的本性"，并提出："现代小说理论观念在方法论上给人一个鲜明的印象是小说叙事者对自身的技巧操作持保守而谨慎的态度，承认叙事本身无法达到所谓的'真实'目的，而是在构造一种供阅读的语言事实。"

25日 胡河清的《汪曾祺论》发表于《当代作家评论》第1期。胡河清指出："汪曾祺可谓是一个典型的汉文化中心地域中产生出来的中国传统知识分子。他对中国的历史文化,有着相当深刻的认同感。而他的小说中反映的一系列生存策略,折射出了文化传统对于中国知识分子强大的心理规范力量。"胡河清还指出:"汪曾祺小说的中心意念,还是在于对封建主义迫害的恐惧情结。这就使他的文化守成主义有了相当的分寸感。"

贾平凹、韩鲁华的《关于小说创作的答问》发表于同期《当代作家评论》。就自身小说创作的多角度叙述,贾平凹指出:"最近写的长篇我就从佛的角度、从道的角度、从兽的角度、从神鬼的角度等等来看现实生活。……一句话,从各个角度来审视同一对象。为啥会这样?我为啥后来的作品爱写这些神神秘秘的东西?叫作品产生一种神秘感?这有时还不是故意的,那是无形中就扯到这上面来。我之所以有佛道鬼神兽树木等,说象征也是象征,也是各个角度。不要光局限于人的视角,要从各个角度看问题。……尽量多选几个角度叙述,不要叫文章死板,要活泛一点,读者读时才有味。"

对于小说语言,贾平凹认为,"能够准确传达此时此刻、或者此人此物那一阵的情绪,就是好语言",贾平凹"反对把语言弄得花里胡哨"。至于"怎样传达",贾平凹表示:"一方面,你写东西时,在于搭配虚、助词,还有标点符号。中国的那些字,就靠虚、助词在那搭配,它能调节情绪、表达情绪。这也就有了节奏。再一个就是语言要有一种质感。状词、副词、形容词用得特别多,不一定是好语言",要"应用好动词"。

就小说文体,贾平凹说道:"中国历史上,现代、当代的小说家,或叫文学家,基本上可以分成两类。一类作家是政治倾向性强烈的,一类是艺术性强烈的。……这一类(指艺术性强烈的——编者注)作家都能成为文体家。……这一类作家都是抒情主义的。……将一切东西变成生命审美的东西。而且,他们的作品都是自我享受的。只有这一类作家才能成为文体家。……闲笔闲情最容易产生风格。风格鲜明的都可以是文体家。"

李洁非的《十年烟云过眼——小说潮流亲历录》发表于同期《当代作家评论》。李洁非指出,"1989年后,当代小说的艺术发展在总体上实际陷于停滞",此外,"从新潮、后新潮到'新写实主义',小说的变化至少可以归纳于下述几点：1.叙述方式重新被故事本身主宰；2.从熟悉的而非陌生的角度感知生活；3.表现公众的而非个人的生命意志；4.温情主义回潮，投合公众的思想、欲望，试图重新充当他们的代言人；5.讨好读者，承认他们的小说趣味和审美惰性，而非冲击之；6.和当今世界小说艺术进程的联系从接近转向疏远"。

晓华、汪政的《传统与现代之间——〈老岸〉谈片》发表于同期《当代作家评论》。晓华与汪政指出："尤其是进入所谓新写实阶段以来，范小青中短篇写作中在最大可能上弱化了小说的故事性，把戏剧性、自足性、内聚性很强的'情节'让位于一些片断式的场景的叙述，与之相应的是作品无主线的散状结构，支撑着小说叙事的是一些预设的时间（某一时间区段）、空间（某一地域或社会构成单位如行政机构、家庭等）或气氛、印象、感觉等。……这样的写法是支撑不起一个长篇的叙述的，长篇的叙述是一个比中短篇来得长得多的时间维度，它需要有力的坚固的贯穿始终的框架和线索，因此我们说，新写实不能称为成熟的文学思潮，因为任何成熟的文学思潮都要以长篇来体现和说明。"

张炜的《关于〈九月寓言〉答记者问》发表于同期《当代作家评论》。对于小说中事件的"真实性"，张炜指出："过去我们的文学中写了过多的经过过滤的东西，只要是违背了一种普及了的'哲学'，就一概不能写，如实记录也不行。这样做的结果就是把读者弄简单了，他们都开始自觉不自觉地从书本出发评论生活，转而又依据书本评论书本。这多可怕。"

就"散点式结构"，张炜表示："我第一次这样结构作品。每一章实际上是一部中篇，由它们合而为一，一部从结构上、气质上看也很完整的长篇。……过去，一个作者在谋篇布局时，自觉不自觉地受了文学模式的影响，特别是中国文学话本的影响，就是情节化、因果化地理解和处理现实生活，将思维材料找出纵的联系。……但是，实际生活除了纵的特性之外，也还有横的特性。生活本身也具有自己的单元性、重复性，……还有一个写作的技术性原因。写长篇都有个体会，就是一口气写到底要有很长的'文'气贯下来；……可以酝酿出一个个好气势，去分别处理这些'单元'，这样它们可以气韵饱满。"

二月

5日 《山花》第2期刊有《卷首漫语》。编者指出："杨斌的《秋水无痕》，则属于'新武侠小说'一种，读来也别有一番情趣。可见传统并不等于陈旧，就看作者翻新创意的手段了。"

洪治纲的《自由直接引语与自由间接引语——小说叙述技巧漫谈之七》发表于同期《山花》。洪治纲认为：自由直接引语和自由间接引语是"在现代小说中才出现的新模式，它表明小说话语生成的一种新可能，即叙述话语可以在不经意中自由地转换叙述对象，而又不会形成明显的中断或脱节，整体叙述行为仍可保持一致性。作为一种话语行为，这两种引语在某种程度上甚至可以让人认识到小说是如何发生的，谁在怎样发话，以及这种发话方式如何制约着小说形态等。因此，作为一种新型的小说叙述技巧，它们尤其值得人们关注"。

关于自由直接引语，洪治纲认为："现代小说中两个最触目的叙述技巧——内心独白和意识流，就是通过自由直接引语而生发出来的。内心独白并非独白，也不等于自言自语。独白是舞台术语，指人物在空无一人的舞台上对观众讲话，自言自语虽然没有观众，但也是人物自己说出来的话。而内心独白是人物本身不说出来的，不能用直接引语叙述的，作家须借用叙述者身份将之剖示或呈现出来。这里的叙述者必须变成某种'仪器'式的幽灵真正准确地探入人物心灵内部，完整地把握人物内心此时此刻应该如何活动以及应该怎样活动，并将这一过程记录下来。"

洪治纲还说："因此，从总体上看，有人就认为自由直接引语、内心独白、意识流是三个互相关联的概念。自由直接引语的叙述是其基本语式，用这个语式来表现人物内心没有说出来的思想过程，就成为内心独白，而意识流是某种特殊的内心独白，即用自由直接引语写出人物内心的无特定目标、无逻辑控制的绝对自由联想。在叙述的终极作用上，无疑为揭示人物生命内在的丰富景象、立体性格，深化小说的内容深度提供了重要手段。小说作为作家生命律动的一种折射，在本质上就是要反映人类生命活动的内在形态。传统小说之所以出现人物的高度类同化、呆板化，就是因为未充分利用这些引语手段逼近人物内心层面,反映人类内在精神的丰富含量。"

关于自由间接引语,洪治纲指出,自由间接引语"是同一个叙述者在叙述进程中对人物内心作出的一种臆测性表达,因而要更严格地受到上下文语境的控制。叙述者在叙述'他'的内心状态时,所用的语汇、措辞、口气在很大程度上往往体现为人物和叙述者两种话语的加工和混合(自由直接引语要求叙述的语汇、指辞、口气等应绝对符合该人物的身份)。它是两种声音的一种巧妙合作,不同于自由直接引语那种自然主义式的再现。……就文本的叙述功能而言,自由间接引语的假说能够帮助读者重新构造隐含的作者对于有关人物的态度,并让人们可以注意到一种双关效果。……同时,由于这种自由间接引语是通过双重说话者(人物与叙述者)的各自态度途径加工而充实文本、获得多声部效果的,尤其是当不同片断最终不能归于可识别的说话者时更是如此,因此在这种说话者的身份含混不清的情况下,它也可以戏剧化地表现任何一段话语与其来源之间的这种不明确关系,从而产生一种'交替结构模式'(佩利语),以提高文本的语义浓度"。

洪治纲总结道:"总之,无论是自由直接引语还是自由间接引语,其表达的内容均是人物内心中无法说出的一些想法和活动状态,是人的精神状态里非常细微与复杂的那么一部分。因此,就终极目标而言,它们都是为了准确地呈现这些丰富细而微又难以表述的东西,加深人物塑造的厚度与力度,多侧面地显示人类生命内层中生机勃勃的情状,有力地促成了文学向生命本体回归的这种现代努力。"

7日 王力平的《语言的线性与语言的艺术》发表于《天津文学》第2期。王力平指出:"语言的线性性质,决定了文学作品的叙述和描写只能在时间的一维向度上展开,换句话说,就是文章要一字一字地写,故事要一句一句地讲。……由于语言的线性性质从时间维度的侧面,反映了事物历时性的存在方式,因而文学创作长于表达事物发展、运动的过程。"王力平还指出:"语言的线性性质对于文学的影响和制约,并不仅仅表现在运用媒介材料创造艺术形象的过程中,同时也表现在艺术家审美地感受世界的过程中,……对语言线性性质的理解,就使得作家在审美地感受世界的过程中,对于事物的发展和运动过程有着特殊的敏感。换言之,'媒介的特殊能力'吸引他把审美注意更多地集中于事物的发展、运动过程。"

10日 陈雷的《重视生活的质量——评〈问天〉〈乡景〉》发表于《北京文学》第2期。陈雷指出:"在九十年代的小说创作中作家们都不约而同地回避着某种东西——真实。在某些论者称为'后新时期'的现阶段文学创作中,虽然刚刚起始,但却表现出了一个明显的主题——麻木。"陈雷认为:"这两篇作品(指《问天》《乡景》——编者注)在九二年的小说创作中是具备较高品格的。"

18日 未央的《面对市场经济,作家怎么办?首都十位知名作家各抒己见》发表于《文学报》。

梁晓声认为:"文学在商业大潮的冲击下,原本的位置就应该是一种夹缝式的位置,认清了这一点,倒也就泰然了……"

肖复兴认为:"一部分作家歇笔下海了,一部分读者弃读去经商了,这二者迅速的离去,必然给文学带来空前的萧条与寂寞。但从长远看,这种冲击又是一种宝贵的财富,为下一步的繁荣打下了坚实的基础。"

王蒙认为:"我从来没说过要简单地把作家推向社会和市场。要解决好专业作家的体制改革问题是要有许多前提的。"总体来说,第一,作家要吃饭,要有读者,必须面对市场;第二,文学与艺术的价值度不完全体现在市场效益上,所以严肃的作家、艺术家即使面对市场,也不会完全为市场所左右,他们还有更崇高的理想——这也是一种奉献精神。

20日 雍文华的《"新历史小说"的历史观念》发表于《文艺报》。雍文华指出:"一种新的历史观念凸现了出来:那就是从阶级的立足点扩大到民族的、甚至是人类的立足点,表现人,表现人的活动和人物命运,有的作品还着意表现人的解放。……这样一种观念上的转变,反映了客观存在的人们观察历史的多种视角,有助于填补传统的历史小说反映历史真实时所留下的某些空白。……'新历史小说'对人、对历史的表现也是文学触摸历史真实、反映人的本质、历史的本质的一种途径。"

三月

5日 王仲生的《东方文化和贾平凹的意象世界——评贾平凹的小说近作》发表于《当代文坛》第2期。王仲生指出:"老庄、道、禅被认为是一种柔静形态呈现的哲学,阴柔的外壳裹着的是活泼的生命力的内核。因此,在传统文化的某些方面,并非如过去习惯地认为那样歧视妇女,恰恰相反,是相当尊重女性的。在老庄、道家那里,女性曾经一直被认为是美的化身、生命的象征。这种文化心态积淀了远古母系社会的深沉记忆,作为一种集体无意识,渗透在我们的历史文化中。屈原之所以把自己幻化为香草、美女,李商隐往往以女性角色出现在他的诗篇,文化心理契机正在这里。如果我们承认老庄、道、禅的美学相当重视人与生命,总是通过对人的透视去妙解生命的奥秘,宇宙的奥秘,美的奥秘,那么我们就不难理解,从女性与生命的天然联系中,老庄、道、禅的美学何以会偏重于阴柔和谐之美。贾平凹倾其全部美好感情去捕捉与展示女性精神世界的美,如同他的前辈作家沈从文、孙犁那样,在深层动机上正是要表白他对老庄、道、禅美学的迷恋。不同于沈从文、孙犁的是,贾平凹更多地是以一种'非常态'的描绘,对文学传统中的'有意省略'进行了填补与反拨。"

7日 毛志成的《"中国式"探源——〈文艺卡拉OK〉之一》发表于《天津文学》第3期。毛志成指出:"说到中国文学的文格本身,同样具有鲜明的'重实际'色彩。作品所展示的社会知识量、生活知识量、文化知识量,必须是实实在在而又高于读者若干筹的。也就是说,密度要大、幅度要广。……中国文学的'实笔'功夫,不仅有宏观属性,更有微观属性,即:落实到作品的最小单位,形成句采、词采、字采,非此便不算通文。……抓住'实笔'二字,就抓住了'中国式'的总纲!"

10日 谢泳的《要么王朔 要么张承志——文化消费与作家的选择》发表于《北京文学》第3期。谢泳指出:"王朔的有些小说是相当严肃的,但他对写作的态度又是未必很严肃的,这就是新一代作家的标志,王朔一挥手,可以把莫言,苏童等新一代作家的精英都招致麾下,也见出他们对大众文化消费的趋向和认可,至于在小说创作中会不会迁就大众那就是另一回事了。"

赵大年的《小侃"中间文学"》发表于同期《北京文学》。赵大年表示："'中间文学'很可能是'商品大潮'冲击下的新产品，是作者的一条出路，至少也是一种思考和探索。"

15日　《上海文学》第3期刊有《编者的话》。编者指出："岳恒寿的短篇小说《共处》，触及到在我国新时期小说中很少涉足的一个题材领域：人与大自然如何友好共处。作品充满对自然界的依恋与怀想，同时对人自身的行为敲响了警钟。小说写得很成功。"

黄孟文的《主持人的话》发表于同期《上海文学》。黄孟文指出："孙爱玲的小说写得很细腻、组织完美、写法严谨、人物生动、故事吸引人，充满异地情调和富有本地色彩。对文物与古董有偏好。处理手法虽然传统，但是时时焕发新意。"

南帆的《语言现实主义》发表于同期《上海文学》。南帆指出："对于文学而言，语言的运作乃是真实的基本结构。……现实主义小说所浮现的真实乃是语言所修剪过的事实。"

同日，邵建的《最后的小说——叶兆言及其〈关于厕所〉》发表于《文艺争鸣》第2期。邵建指出："叶兆言的确擅于讲故事，但这篇小说（指《关于厕所》——编者注）分明是在反故事，他之反故事的方式又十分奇特，……它的言说的文字不仅与叙事文字在数量上对开，且言说部分更兼容彼此反差很大的文体因素，它们在不同向度上围绕厕所而展开，几欲形成一个'厕所大全'，这种特殊的组装制式，使小说成为一种缭乱的文体。它不斥叙事，又不泥叙事，因其不斥，故仍然可以称之为小说，又因其不泥，则它实际上又超越了原来纯粹叙事意义上的小说，合而谓之，我不妨将其称为'超小说'。"

张颐武的《论"后乌托邦"话语——九十年代中国文学的一种趋向》发表于同期《文艺争鸣》。张颐武指出："'后乌托邦'的话语作为潜文本出现于'后新时期文学'中，是一种相当广泛的现象。……这种潜文本的游移、滑动乃是通过两种形态表现出来的。一是走向信仰，走向一种神圣化的宗教感情，一种虔信乃是希望通过'虔信'达到超越。因此，'虔信'变成了许多文本的重要的部分。一是走向语言，试图在我们的母语中发现新的生命的可能，在母语中获得生命拯救。"

同日，张振忠的《小说效应的眩惑与凝定》发表于《艺术广角》第2期。张振忠指出："在阅读过程中，读者每接受一个新的结果、信息，就产生一个更高的要求、期待。因此，对于阅读来说，效应是以整体运算的。所谓凝定，就是读者按着自己的审美理解对作品艺术创造的最后完成，它随着阅读的进程而累积、深化、凝聚、显明。"

同日，盛子潮的《小说的人称与性别——评〈第一人称〉和〈冬至〉》发表于《钟山》第2期。盛子潮指出："《第一人称》是在一种虚的氛围中设立种种语言的玄机和禅趣，玄机与禅趣便成为叙述价值最直接的体现。迷恋于小说文体实验和叙述革新的作家如果失去对玄机和禅趣的敏锐和顿悟，将是一个无望的多余的殉葬品。"关于《冬至》，盛子潮指出，"这种对男权中心强烈的批判意识是作者的主旨所在，与《第一人称》的'顺其自然'一样，是作品结穴点。所不同的是《第一人称》里'我'的价值体现叙述语流程序之中，而《冬至》里虽没有'我'出现，但作家的自我时时具现，非但流露在叙事人的态度上，还被分别投射到冰琦、婷如、小米这些人物行为、心理上。性别在这部小说里有特殊的意义，显然是只有出自女性作家之手，才会有如此的颠倒性行为。不过，《冬至》的锋芒在于是一把双刃剑，作者的剑锋在刺向男性中心的同时，也刺向了女性自身"。

17日 本刊评论员的《要重视世界华文文学创作》发表于《作品与争鸣》第3期。文章写道："华文文学的价值更重要的还在于它表现了华人文化，弘扬了中华民族优秀的传统精神，同时也反映了一代代华人在世界范围内为人类进步所作的艰难斗争和所夺取的胜利。"

董方的《小说也可以这样写！——读刘以鬯的〈链〉和〈动乱〉》发表于同期《作品与争鸣》。董方指出："小说正是可以有多种多样的写法的。……这两篇小说虽无引人入胜的故事情节，但并非没有人物。连环套的结构也罢，探照灯式的多灯盏聚光结构也罢，这其中正包含着作者创新的苦苦用心！刘以鬯的小说探索告诉人们，应该从传统小说的窠臼中解放出来，因体裁衣，因事设言，根据需要，人们更可以创造出各种各样的小说！"

梁凤仪的《〈花魁劫〉自序》发表于同期《作品与争鸣》。梁凤仪指出："写《花魁劫》时,我额外用心,因为我很喜欢写出故事主人翁容璧怡(小三)所承受的时代冲击。现今的中年女人上承五十至六十年代的思想教育,却又要面对及相处八十与九十年代的社会与人群,精神上的压力和体力上的劳累,非局中人不能领会。"

王淑秧的《现实主义走向开放——从〈链〉和〈动乱〉看刘以鬯小说的创造性》发表于同期《作品与争鸣》。王淑秧指出,刘以鬯"用现代主义的技巧、写法,从一些新的角度描写香港社会的人的心态,反映香港社会所存在的某些问题,其基本笔法还是现实主义的,有着环境与细节描写的真实。但由于吸取了新小说派的某些特点,又与传统的现实主义小说确有明显的差异"。

西龙的《生活·情感·理智——谈中篇小说〈热在三伏〉》发表于同期《作品与争鸣》。西龙表示:"新写实主义作品曾给人以对生活作自然主义反映的错觉,似乎生活中有什么,作品就应当毫无保留和取舍地写什么,其实,这是一种误解。"

郑白的《也谈刘以鬯的小说创新——评〈链〉与〈动乱〉》发表于同期《作品与争鸣》。郑白指出:"不管作者如何创新多变,小说的三大要素是不可或缺的,这就是人物、情节和叙述。小说不可以不写人,不可以没有人物形象,也不可以没有故事情节,更不能没有叙述的技巧。"

18日 本报编辑部的《蒋子龙谈文学精神的崩溃》发表于《文学报》。文中指出:"商品文化君临一切。一切都是市场商品,写作跟做买卖差不多。文学失去了强有力的道德,正在变成一种枯燥乏味的低劣便宜的购货券。……'金钱万能'不可怕。最可怕的是文学精神的崩溃,再也无法保持与社会生活那种独立的有价值的联系。它的商品属性正扼杀文学不能缺少的创造的想象与灵光。文学不再需要用灵魂感悟灵魂,只需要跟金钱对话就可以了,不必再与宇宙跟生命之谜直接对话。"

20日 张炜的《抵抗的习惯》发表于《文汇报》。张炜指出:"现在好的小说越来越少,是因为纯粹的诗人越来越少。这只能是诗人的光荣。……他们用'没有读者'来吓唬你,其实只是一个骗局。看来像是讥讽一个诗人,实际上在嘲弄一个民族。"

同日，陈昭明的《乡土文学：一个独具审美特质的文种》发表于《小说评论》第2期。陈昭明对"乡土文学"的概念作出如下定义："真切地展现作者故乡（农村或小乡镇）的风土、人情、民俗，寄托表现作者的乡思、乡情、乡愁，深刻反映农民的历史和现实命运的作品。"

21日　丁帆、徐兆淮的《新写实主义小说对西方美学观念和方法的借鉴》发表于《文艺研究》第2期。丁帆、徐兆淮指出，"中国的'新写实主义'小说的倡导者和实践者们"对"现实主义的超越就在于不再是机械的、平面的、片面的沿袭现实主义的传统美学观念和方法，而是对老巴尔扎克以来的所有现实主义美学观念加以改造和修正"。丁帆、徐兆淮还指出，中国"新写实主义""对现实主义的悲剧美学观念的颠覆。……像'寻根'和'新潮'小说那样一味取用萨特的哲学观而创作的'荒诞悲剧'作品，在中国'新写实主义'小说这里并没有得到充分的张扬，……虽然'新写实主义'小说亦表现现实中的丑恶和荒诞，但其超越的并非是生活现实本身，而是尽情地在和现实生活痛苦的嬉戏之中来完成悲剧精神的超越。回到现实生活的苦难过程之中，成为'新写实主义'小说悲剧创作的宗旨之一"。

汪政、晓华的《新写实与小说的民族化》发表于同期《文艺研究》。汪政、晓华指出，"新写实的还原等同于西方现象学的还原是不妥当的，……中国历史方式的还原体现出一种东方的人文精神和格物认识方式，它着重此岸世界，看重感性，看重实践，注重经验的积累，珍爱人和人所创造的一切，在主客体的认知活动中，它注意二者的平衡，尊重客观世界的本来面目，……新写实作家身上体现出的正是与之相似的精神风貌，他们与前面的中国先锋小说形成鲜明的对照，后者的体认方式和叙事风格是西方的，重精神，重幻想，舍弃客观而注重内心，通过'纯虚构'保持与现实的绝对差异。同时，新写实也有别于在西方小说模式滋养下中国现当代的'现实主义'文学，因为后者的支撑点之一是对生活的改造，理想主义是其内在的精神，……与之一比，新写实之新也许就出来了，它确实努力使自己回到现实本身，并力求如'历史'一般去直书"。

25日　胡河清的《杨绛论》发表于《当代作家评论》第2期。胡河清指出：

"在当代中国文学中，文章家能兼具对于芸芸众生感情领域测度之深细与对于东方佛道境界体认之高深者，实在是少有能逾杨绛先生的。"

李洁非的《回到寓言——论莫言及其近作》发表于同期《当代作家评论》。李洁非指出："寓言的特点是把不正确的东西推向极端，致使它明显成为荒谬的、不合情理的，以此反证出正确的东西。……在本质上，寓言手法就是讽刺手法……从艺术特性上反推，最初始的小说类型应当是寓言，而其它的都是从这里派生出来的。……现代小说的清醒，正表现在它的寓言特征上。"

李震的《转型与救渡：九十年代的汉语文学》发表于同期《当代作家评论》。李震指出："从马原开始及至余华、北村、格非、洪峰、苏童、叶兆言等的小说中，语言变革的趋势日渐突出，一种崭新的叙述方式正在冲撞着通向终极的话语之门。"

林为进的《新写实小说，平民艺术的追求》发表于同期《当代作家评论》。林为进指出："'新写实小说'注意描述和表现的是生存本相的人，而不是典型。……跟革命现实主义'创作的最大不同之处，就在于'新写实小说'自觉地摆脱了文学之外的多余负担，努力舍弃从概念出发去演绎概念，以'理想'去掩饰或回避现实中某种不合理之存在的营构模式，比较专注于文学自身的任务。"

刘洪涛的《陈村小说的叙述问题》发表于同期《当代作家评论》。刘洪涛指出："评论界把包括马原、格非等在内的这类作家的作品，放在后现代主义思潮背景中加以考察，故事的反叛首先被看成一个哲学命题，我以为，从目前看，这类作品的意义主要还在技术层面上。它们在打破传统小说叙述定式，探索多样叙述的可能性，增加小说'库容量'方面作了有益尝试。"

莫言的《我的故乡与我的小说》发表于同期《当代作家评论》。莫言表示，在刚开始创作时，"我没有明确地意识到我的小说必须从对故乡的记忆里不断地汲取营养。在以后的几年里，我一直采取着回避故乡的态度，我写海浪、写山峦、写兵营，但实际上，我在一步步地、不自觉地走回故乡。……故乡对我来说是一个久远的梦境，是一种伤感的情绪，是一种精神的寄托，也是一个逃避现实生活的巢穴"。

彭基博的《价值·立场·策略——苏童文本论》发表于同期《当代作家评论》。彭基博指出，"苏童从1985年至1991年的文本"可分为"假定性文本""陌生化文本""形而上文本"三种类型,"叙述人是苏童文本的第一人物,他是文本的灵魂、枢纽、眼与心,甚至可以说是文本的一切。……悖论和错位成为苏童在无法排除主观性的时候的必要的策略"。

周英雄的《酒国的虚实——试看莫言叙述的策略》发表于同期《当代作家评论》。周英雄指出:"他(指莫言——编者注)的手法既非写实又非寓言,他描述的对象既非纯属个人,也非全写国家民族。……莫言所处心积虑经营的正是这种虚实互补的写作模式。"周英雄还指出,莫言"将两种笔法加以二极化","实则极实","虚则极虚"。

27日 杨莉的《小圈子中的长篇小说》发表于《文艺报》。就长篇小说从古典向现代的发展,杨莉指出:"长篇小说曾是早期大众文化的主要传播媒介之一,它的产生和发展,是文化普及与传播的自然需求和自然结果。也就是说没有大众文化的需要,就不可能产生长篇小说。在相当长的一个历史时期,阅读并讨论长篇小说,是西方文化发达国家中知识分子的主要文化生活。经过浩如烟海的创作和漫长的文化积累,西方国家由此形成了一整套小说的美学思想和批评体系,长篇小说一步步地由古典走向现代,顺理成章地完成了历史性的过渡。"

杨莉指出,中外长篇小说传统的差异,主要体现为"现当代的长篇小说从一开始就没有真正融入到大众文化的神髓中去,总是或多或少地以洋腔洋调游离在民族性的审美情趣之外,自以为是地凌驾在大众文化的头顶上,并沾沾自喜。这是长篇小说由来已久的先天不足。长篇小说的异化多年来一直未能受到应有的重视,积累到现在,异化便显得尤为突出。欧式的语言,外国长篇小说的表现手法和外国作家的理性思维逻辑,在目前的长篇小说创作中,常常并没有化开。不仅存在着使用与理解上的生硬剪贴,而且还存在着许多明显的把握不定"。

杨莉还指出:"造成中国古典长篇小说的优秀传统不能被很好继承的另一个原因,就是对古典长篇小说的研究,也是套用了西方文艺理论。却没有注意到中国古典长篇小说的创作与西方文艺理论之间有着性质上的分歧。西方人注重理性思考,西方人的文艺评论标准也大多是建立在理性思考基础上的。强调博大的思想,深奥的哲学,或者其它科学内涵。西方人能够接受也喜欢玩味这些。而中国古典长篇创作,历来注重故事编排,语言感觉,意境营造、节奏变化等文体本身的意义。"

针对中外优秀的长篇小说区别，杨莉指出："当然，优秀的长篇小说需要具有一定的思想性，这也是鉴别一部长篇小说是否优秀的基本标准之一。区别在于，西方的长篇创作能够使作家的理性思考完全外化，进行大段陈述，毫不掩饰地用长长的文字把深奥的哲理写在小说间。如托尔斯泰，如卡夫卡，如米兰·昆德拉。而在中国则不同。无论是《红楼梦》还是《水浒传》，都不大肯直接写哲理。"

28日 雷达的《1992小说纪事》发表于《中华文学选刊》第1期。雷达指出，张贤亮的《烦恼就是智慧》"原文极简短，类似流水帐式的实录，用语谨慎，而作为小说的展开部分，则是对每条日记的'注释'。这些注释，是作者用今天的眼光唤起昨天的回忆，补充、还原、具象化了当时的生活情景，并加入大量的情感体验和思辨成分。……也许因为这部作品采取了不同于虚构形态的纪实形态，也许因为作者不再借助章永璘，自己走了出来，其真实性和震撼力更为突出"。

本季

本刊特派记者、王蒙的《王蒙访谈录》发表于《小说界》第1期。王蒙指出："我在小说的创作和理论方面，有一些新的试验和开拓，特别是在小说的结构上，并不仅限于所谓因果关系的'现行结构'，我自己也试验了许多种小说的可能性，包括写得非常短的小说，专写心理的小说，抒情的或荒诞的小说。经过一段时间的实验，人们对小说的整个看法显得宽泛多了。"

冯牧的《小说的魅力》发表于同期《小说界》。冯牧指出，"作为煌煌大观的文学现象中重要形式之一的小说，在文学史上的历程和走向，都不外乎是'讲故事'"。他还认为："'故事'不是被简单地表现为一系列有趣的巧妙的情节组合，而是被作为对于生活在繁复社会生活之中的人的命运和遭际、人的生存状态和心理状态的生动而丰富的艺术表现手段而出现的。有各种各样的小说，就有各种各样讲故事的方式；……故事的中心和立意都是人和人的命运，都是人性和人的心灵的探求和展示，都是人的性格和思想感情发展的历史。这些故事的艺术魅力，主要的就是由于它们让我们认识和理解了许多有血有肉、有人性有灵魂的人，并且通过对他们的生活和心灵的真实描写拨动了我们的心弦，使我们对于生活在这个世界上的人们及其命运有了更多和更深的了解，从而使我们听到了社会变革和历史前进的脚步声。因此，我认为，没有人物形象的小说是不可想象的，正如没有故事（情节）的小说也是不可想象的一样。"

张抗抗的《不看小说》发表于同期《小说界》。张抗抗指出："小说作为一种语言艺术，它的魅力将和人类语言一起存亡。困难的只是作家自身，究竟还剩下多少来自内心本源痛苦的非功利的冲动？"张抗抗认为："如今人们不看小说的原因也许同样简单：一种情况是小说作为揭露社会黑暗现象的功能被强权所剥夺所禁止，……另一种众所周知的情况，便是进入工业化社会以后，影视业的兴起、生活节奏的加快、娱乐的多种需求等等诸如此类的行为分割，使现代人无法继续在小说阅读这种相对个人化和古典式的生活方式上支付时间。"

赵丽宏的《不要浮躁》发表于同期《小说界》。赵丽宏认为："文学创作其实也可以算作是一种回忆的产物（当然不是一般意义上的回忆录），不管你是用现在时或者是未来时叙述故事，实际上全都是过去时，过去的历史，过去的生活，过去的悲欢，过去的思索和梦幻。小说当然也是如此。作品的深刻与否、生动与否、生命力久远与否，全取决于作家对过去认识的程度，以及表述的方式。"

邓友梅的《看小说　写小说》发表于《小说界》第2期。邓友梅指出："文艺界同人则更应加强自己的社会责任感。小说是消闲、娱乐的工具，同时也是思想道德精神文明的载体。要有趣也有益。有益可以多方面多层次，至少不能有害。我们不能自我膨胀，以老百姓的'良师'自居，但要力争作人民的益友。小说在有利于人民消闲娱悦的同时，也还要有益于世道人心。"

邵燕祥的《我看小说》发表于同期《小说界》。邵燕祥指出："不是先有小说的定义后有小说，而是先有小说或不叫小说的什么，小说的胚胎或萌芽，然后逐渐形成小说的概念。小说的概念也不是一成不变的。即使只是被文学史家称为小说的胚胎或萌芽状态的，如各种类型的笔记，以及寓言、变文、传奇，在今天已登大雅之堂的成型的小说成为主流以后，难道不也还不妨作为一种独立的文体而存在吗？"

四月

3日 杨书案的《对历史小说的一点想法》发表于《文艺报》。杨书案指出:"历史题材小说和现实题材小说,同为小说,只是载体不同,都要有审美功能和认识功能。既然是写给当代人看的,历史小说也须有当代的美学趣味,当代意识,深刻的当代的人生体验,否则,读者便难以接受。"

10日 张颐武的《"后新时期"文化的表征——一九九二年〈北京文学〉透视》发表于《北京文学》第4期。张颐武指出:"九十年代以来,中国大陆的文化进程发生了深刻的转型。我们把这一转型称之为'后新时期'时代的到来。……所谓'后新时期'指的是九十年代以来中国文化发展的新现象。它既是一个时间上分期的概念,又是一个对文化的新的特征的归纳与概括。'后新时期'标志着一种话语的转型,标志着我们视为'新时期'文化的那些基本特征已告消逝。"张颐武认为:"'后新时期'文化的主要特征是其带有明显世俗性的、中间性的话语取代了'新时期'我们所面对的几乎是永不停息的文化变革。而商品化与大众传媒的支配作用在这里也已经更为明显了,它已经完全消解了它与权威性的规范话语在'新时期'文化中无法缝合的冲突。它变成了温和而驯良的消费性话语,它悄然地决定着人们的趣味、选择和需求。"在张颐武看来:"'新写实'小说似乎是'后新时期'唯一引人注目的文学潮流。……而'新写实'小说则也发生了极大的转变。原来刘恒、刘震云小说中对日常生活的激进性的批判与诘问,一种对市民文化的反抗性的描述突然消失。'新写实'小说成了温和而驯良的认同与屈从,一种从琐碎而平庸的日常生活中发掘趣味的市民感伤小说。"

15日 《上海文学》第4期刊有《编者的话》。编者认为:"在《暮时课诵》中,……他(指刘醒龙——编者注)写'改革'如何世俗化,最妙的是改革在'仙界'的世俗化。他的幽默与机智常常隐藏在人生画面的背后。王蒙的近作《棋乡轶闻》以调侃见常,我们从中能领略到的是作者对现实人生的感叹。人的心理、人的行为的多解、多义、多果常常使人有眼花缭乱之感,如果再加上社会机制的作用,更难免产生'人生无常'之叹。"

25 日　张新颖的《言不及义：关于〈故乡相处流传〉》发表于《文汇报》。张新颖认为："讲话的方式和讲话的内容是紧密联系的，小说（指刘震云的《故乡相处流传》——编者注）的意义也正在这一点上有所突出，以一种嘻嘻哈哈的方式来讲述，历史和政治也就变得嘻嘻哈哈，非常好玩起来。小说对于'历史化'和'政治化'的拒绝是双重的，不仅拒绝了它的'内涵'，而且拒绝了它所要求对待它的方式。"

本月

苏童、叶兆言、王干、闻树国四人的对话《文学的自信与可能——开始在南京的对话》发表于《小说家》第2期。王干认为："这就是说作家的类型不一样：一个是想象型的，一个是体验型的。有的作家就是有生活就能写作，没有生活就不能写。"

苏童认为："或者说表现和再现；或者说体验和表现。我们就属于表现型的，也就是想象型的。写作的能动性是多方面的，当然不排斥生活和经验。假如把一个人从小就关在一间黑屋子里，你说他能不能写出小说来？他还是有自己的生活的，也许他的想象力更丰富。什么叫有什么生活就写什么生活呢？我表示怀疑。似乎不能用同样一种标准来要求所有的作家。如果真那样的话，可想而知，我的一半作品是没法写出来的。"

王干继续说道："我觉得作家的创作不仅仅是体验生活的问题，更重要的是不断认识不断发现生活的过程，还有就是不断创造一种生活。我们就生活在生活中，何谓体验？我们每天都在体验。与其说体验，不如说作家有目的地去增加某些生活知识和经验。那其实是为自己建造了一个误区，在误区的基础上再去体验。"

五月

1 日　汪政、晓华的《观念与方式——关于叶兆言》发表于《作家》第5期。汪政、晓华指出："传统的犯罪（侦探）小说大抵有自己的模式，悬念的设置、案犯的追踪逃跑，一直到真相大白等等，构成一条完整的叙述线索，这种叙述方法和情节模式被叶兆言不当回事地放弃了，由于舍弃了道德评判和对犯罪动机的理性探究，犯罪活动和所谓的罪犯便淡化了其应有的色彩，被淹没到日常生活之中。叶兆言当然给自己提出了远比传统模式更高的叙述难度，传统模式是简化，而叶兆言则是还原，还原到生活的原生状态，不少作品从构思上讲，都是犯罪（侦探）作品，但在叙述时被有意偏离了。叶兆言对犯罪（侦探）以外的兴趣显然大大地超过了它本身。"

汪政、晓华还说："叶兆言作品由于浸透着这种宿命的观念，使他的叙述很少——也许在他看来根本用不着——在情节的转折点作详细的说明，既然命运如此，那就根本不用说什么，信与不信都不重要，重要的是一切都已发生，或将会发生，代替这些说明的是叙事人或作品人物的一些感慨，它包含了面对命运时个体的那种被捉弄被摆布的不明不白而无可奈何的复杂情怀。"

5日 洪治纲的《叙述模式论——小说叙述技巧漫谈之八》发表于《山花》第5期。洪治纲认为："它（指叙述模式——编者注）是指人们通常理解的隐匿于现象组织后面的一种格局，一种框架，或者一种普遍遵从的结构规范，包括人物的安排，事件进展的叙述顺序，叙述单位间的相互关系，视角的运用等，是小说艺术形式的各种成份间相互关系的总和。"

洪治纲将常见的小说叙述模式归纳为以下四种："第一、线性情节模式。这是早期小说所惯用的一种叙述模式，以情节统摄作品的叙述。故事以情节的方式线性演进，在这种模式中，人物与事件是它的核心。""第二，蛛网复调模式。……如果说情节模式在于注重纵向的人物命运，那么蛛网复调模式就是将视野超出几个人物冲突的活动范围，力图在一个更高的意义上横向地摊开诸多具有内在沟通的形象系列。……这种模式以'自我'为中心，让这个'自我'的各种思绪、感觉、梦幻、联想从心灵中辐射出来，形成复调式蛛网状结构。""第三，画面拼缀模式。……他们崇尚对物做纯客观描写，取消故事的功利性，对人物只作静态记录，排除传统小说中画面内所蕴含的情绪和思想，而只是因文学将景物转化为绘画一样的视觉形象。……在文本范式上以颠覆传统和互文性为其特征，以拆除文本的深层理性安排，使形象以随意拼缀的方式构成作品……""第四，象征模式，小说是一种象征的存在。……象征模式是指叙述以其文本自身的整体结构形态来寄寓着创作主体的某些深远意图,使作品旨意具备多重性,同时它又不同于简单的寓言,寓言的隐喻意义只有一种,具有所指的特定性,而象征模式是促使作品内蕴的多样化,随着读者经历和感受的不同而产生广泛的合乎逻辑的联想,最为明显的莫过于张承志的《金牧场》。"

15日 南帆的《再叙事:先锋小说的境地》发表于《文学评论》第3期。南帆认为:"马原叙事的另一个重要意义体现为,小说范畴之内的'无叙事'消亡了。……对于马原来说,元叙事已经丧失了意义。他并不想竭力摆脱故事,相反,他时时表现出对于故事的爱好;另一方面,他已经常肆意地破坏故事的基本法则,使之面目全非。事实上,马原的叙事已将故事从传统小说的模式下降为叙事之中一个因素,一种成份。无论肯定与否,马原都未曾将故事的意义看得多么严重。"

王火的《〈战争和人〉三部曲创作手记》发表于同期《文学评论》。王火表示:"这(指《战争和人》三部曲——编者注)应当是一部中国人写给中国人读的小说。有当代意蕴却能散发着中国古典的美学风韵。应当有阳春白雪般的高品位,却绝不排斥一般读者的阅读。"就小说主题,王火强调:"写作时的立意十分重要。想表达的东西很多,主要的必须明确。"

同日,王干的《寻找叙事的缝隙——陈染小说谈片》发表于《文艺争鸣》第3期。王干指出:"陈染的《无处告别》则是新时期转型的产物,……这些章节的设置消解了中心事件、中心情节乃至中心情绪这些在新时期话语中必不缺少的小说因子,这些相互并列平行而又相互消解的语言片断形成的叙事的巨大缝隙,……陈染在这自我撕裂的缝隙之中游刃有余,不会承载'角色累赘'。作为《无处告别》姐妹篇的《嘴唇里的阳光》则在语意层次上对新时期话语结构进行了令人惊讶的颠覆,……陈染对'阳光'进行了至少二度颠覆,第一次颠覆以性/政治的方式将'阳光'亵渎了,阳光与嘴唇联系在一起但丧失了原先的意识形态隐含价值,而回归到生命本体意义上,……陈染便是成功地利用了语言自身的缝隙,在不断颠覆的过程中举行了'告别'的仪式。"

张颐武的《话语的辩证中的"后浪漫"——陈染的小说》发表于同期《文艺争鸣》。张颐武认为,"陈染最近的小说的一个最重要的特征是一种独特的感伤的话语的编码。在她的本文中，一种温和的回忆和对隐秘的私生活领域的悠缓的叙述已成写作的中心"，这种话语是"一种与感伤和嘲讽相关的'后浪漫'的话语"。

赵毅衡的《读陈染，兼论先锋小说第二波》发表于同期《文艺争鸣》。赵毅衡指出："陈染的近作则有意安排乐曲式的构造（明显得益于她少年期艰苦而严谨的音乐训练），叙述分流的应用尤其成功。……精心安排的叙述者与视角方位转移，给叙述语流添增了对话性张力，而整篇作品则获得如巴赫或勃拉姆斯的赋格曲一般富于质感的形式美。"

同日，南帆的《第一人称：叙述者与角色》发表于《钟山》第3期。南帆指出："人称是叙事话语运行过程的一个不可或缺的齿轮。……第一人称离析出叙述者与角色双重涵义之后，文本中的'我'实际上将同时产生叙事学功能、心理学功能与社会学功能。……为小说叙事话语的出处重新安排一个可见的主人公，同时赋予这个主人公一个目击者甚至亲历者的身份，这是恢复读者信任的一个有效策略。"

张未民的《小的是美好的》发表于同期《钟山》。张未民指出："小说之小，意味着它的芜杂、它的边缘、它的非主流，这与其说是古代文化制度对小说的歧视和压抑，毋宁说就成为小说的文化功能和美学特性。事实上，小说本就是闲暇的产物，它远离宫廷、远离圣贤和雅士，合'残丛小语'，记'道听途说'，非为圣训雅言，更不作正统历史之态。小说之小，是边缘性对文化轴心的迂回、反应和挑战，是美学对社会政治、道学、优雅的疏离、调节乃至批判。小说之小，就其主要功能和境界而言，是非崇高的，或更多倾向于反讽，或更多倾向于用悠闲美学和宽容态度去叙述历史。"张未民认为："在我看来，近十余年来当代小说的种种流向中，确有一股由'大'向'小'认同的潜流，小说不再全然被当作'经国之大业'，不再全然是直接作用于现实变革的大主题、大题材，而可以更多地采用种种'小'的观照态度和话语方式，采用既妥协而又疏离于传统政治、道德视角的叙述话语去表现人生。"

17日 宋强的《故事，向何处寻找？——评中篇小说〈寻找故事〉》发表于《作品与争鸣》第5期。宋强认为，"夏雨也许会是新时期（现在有一种说法，叫'后新时期')中国文学探讨知识分子在时代转型期生态和心态的崭新标本"。

20日 吴秉杰的《主题的跃进——近期小说谈片》发表于《人民日报》。吴秉杰指出："首先，是形成了一种新的文化态度，冷静，全面，从不同文化圈层的相互参照中反映历史进步和所要付出的代价。……主题的跃进还表现为对传统道德、传统的人情和人际关系已不再取一种片面否决的态度，它努力地要在现代化进程的当代生活中确立其新的坐标点。……新的文化态度在历史生活的领域，表现为一种对实践人生的探询。"

同日，陈忠实的《关于〈白鹿原〉的答问》发表于《小说评论》第3期。陈忠实在问答中表示，《白鹿原》是"第一次长篇小说创作尝试。此前我没有过任何长篇的构思"。陈忠实还表示自己写了9部中篇后写长篇的原因是"一个重大的命题由开始产生到日趋激烈日趋深入，就是关于我们这个民族命运的思考。这是中篇小说《兰袍先生》的酝酿和写作过程中所触发起来的。以往，某一个短篇或中篇完成了，关于某种思考也就随之终结。《兰袍先生》的创作却出现了反常现象，小说写完了，那种思考非但没有中止反而继续引申，关键是把我的某些从未触动过的生活库存触发了、点燃了，那情景回想起来简直是一种连续性爆炸，无法扑灭也无法中止"。

方守金的《群像小说论》发表于同期《小说评论》。方守金指出，群像小说具有"在短小的篇幅和有限的时空中，同时并呈或依次推出各类人物，多样心态，以及展示种种生活世相""众多人物不分主次高下""根据不同题材，灵活运用多种统摄方式，以在千姿百态的人物心理和社会世相的展览中，保持作品的高度集中和有机统一""每个人的灵魂里都展现出一片人生；剪影般传神的人物群像，概括浩瀚深邃的社会世相"四个重要特征。其中，群像小说的统摄方式有"定点式""流动式""散点式"三种。

金健人的《"新写实"的美学品格》发表于同期《小说评论》。金健人在文中写道："一部作品或一批作品能否在文学史的长河中作为一种'类型'得到确立，首先取决于有无特异的美学品格。而美学品格的独立，则取决于三个方面：一、独特的对象世界；二、独到的审美意识；三、独擅的表现方式。"金健人还表示："人们之所以对'新写实'与现实主义之间的关系颇多误解，主要来源于两方面：一、人们对现实主义的历史歪曲；二、'新写实'本身所具有的传统现实主义难以包容的新质。"

余下的《关于笔记小说》发表于同期《小说评论》。余下指出，"中国小说考其源流大致有两支：一是笔记小说，一是话本（拟话本）小说"，其中，"从话本小说那一脉承衍下来的后代小说愈来愈成为独立的比较成熟的文学样式，特别是近、现代以来，随着国人对小说地位的重视及西洋小说的影响，这一支小说发生了新变，以至最后形成侧重人物性格刻划、重视环境描写、讲究结构安排和情节完整的现代小说模式"，而"笔记小说的新兴，一方面固然是接续上了已经断流的中国小说的另一支流（当然，现在的笔记小说已是白话，文体形式也渐趋丰富），另一方面也反映出东方人特有的审美思维方式和趣味"。

21日 昂智慧的《拟故事：当代西方小说的新形态》发表于《文艺研究》第3期。昂智慧指出："从18世纪后期开始，西方小说的本文结构形态产生了较深刻的嬗变，概括地说经历了故事、情节、片断和新近出现的'拟故事'这样一个明显的变化过程。许多小说家开始通过种种途径，进行形式上的探索，力图摆脱讲故事的公式化、程式化的老生常谈，以求更加逼真。从此，时间的顺延性置换为因果关系，单线条演绎成复调式，叙述视角也具备了结构功能，即情节取代故事成为小说的主要结构形态。"

关于拟故事的出现和"叙述成规"，昂智慧指出："80年代以来的美国、法国和苏联小说，都不同程度地重返现实。人们重新意识到小说是一种道德教训，一种生活方式。小说作为一个不及物动词的时代结束了。小说主旨的复归导致了小说结构的恢复。而结构的恢复又并非简单意义上的重复和模仿，而是更高形式上的模拟，由此逐渐形成了一种与小说童年时代的结构形态——故事既相联系又相排斥，同情节、片断等结构形态也不无瓜葛的新的结构形态——拟故事。"昂智慧还指出："拟故事的叙述成规大致有如下三个方面：首先，叙述语言具有反后现代主义趋向，叙述时序基本上恢复正常时态。……其次，拟故事又不是古典意义上的真正的故事，而是一种反讽式的戏拟。……最后，拟故事普遍体现为一种通俗与高雅、古典与现代的结合。"

24日 傅迪的《论"躲避崇高"不可行》发表于《文艺理论与批评》第3期。

傅迪认为："当历史进到了新的人民的时代，毫无疑问，理想主义和英雄主义应当成为社会主义文艺的重要特征。……'躲避崇高'，实际上就是非理想化、非英雄化。王朔的许多作品是'通过流氓无赖的眼睛看世界'的，正确的理想、信念、人生观、价值观，所有我们社会中视为崇高、神圣的东西，无一不被调侃、嘲弄、亵渎。"最后，傅迪表示："我们的时代呼唤崇高，'躲避崇高'不仅是要缓行，而且是压根儿就不可行。"

25日 贾平凹的《孙犁论》发表于《当代作家评论》第3期。贾平凹表示："他（指孙犁——编者注）是什么都能写得，写出来的又都是文学。……评论界素有'荷花淀派'之说，其实哪里有派而流？孙犁只是一个孙犁，……孙犁不是个写史诗的人（文坛上常常把史诗作家看得过重，那怎么还有史学家呢？），但他的作品直逼心灵。"

刘建的《当代小说的挑战者》发表于同期《当代作家评论》。刘建指出："新闻对于小说的挑战，是一种量的优势，从潮水般的印刷物到低知识结构的读者群。而在单项的社会责任感、洞察力、价值判断力、叙事技巧、风格流派，以及对社会的深层冲击力上，当代小说并未处于下风。"

王连生的《论反讽在中国近年小说中的呈现》发表于同期《当代作家评论》。王连生指出："语言反讽的重要特点，便是小说的叙述语言与故事的实际情状严重对立，处于强烈反差的状态之中。……情态反讽区别于语言反讽，从形式上看，前者是整体的，后者则多限于局部；表现方法上前者注重文本整体结构立意的反讽内涵，而后者则着意于语词表层或阶段的反讽意味。"王连生还表示："新写实小说"中具有"对传统现实主义创作方法的强烈反讽意识"。

27日 胥亚军整理的《记住人民，表现人民——路遥答文学爱好者问》发表于《文学报》。路遥表示："我认为作家最需要到生活中去，应该积极投身于、勇敢地献身于生活。社会生活复杂，时代的断层是作家的黄金时代。"

28日 白烨的《"域外题材"研讨·文人下海现象》发表于《中华文学选刊》第2期。白烨认为："关于'旅外文学'在创作上的得失与特点，大家普遍认为，其'得'在于生活体验与心理感受的丰盈、真切，其'失'在于艺术描写上的粗糙、简朴；因此，常常经不起文学上的推敲。"白烨还表示："这些作品（指《北京人在纽约》《曼哈顿的中国女人》——编者注）一般只写个人的经历与感受，不囿于阶级的观念甚至民族的观念，表现了一种非常个体也非常具体的价值观。"

陇生的《小说创作信息》发表于同期《中华文学选刊》。陇生指出，刘震云的《温故一九四二》"很难说是严格意义上的中篇小说，而是杂回忆录、史料集锦、小说片断、国内外记者的珍闻于一体的一种文学记述，贯串的线索则是作者对这些素材的评价和生发。什么是小说，是不是符合小说的规范，在作者看来并不重要，重要的是如何更有力，更大限度地表现历史生活的真实和作者的主体评价。为此，他不惜打破形式的樊篱"。

本月

张承志的《以笔为旗》发表于《十月》第3期。张承志表示："我没有兴趣为解释文学的字典加词条。用不着论来论去关于文学的多样性、通俗性、先锋性、善性及恶性、哲理性和裤裆性。我只是一个富饶文化的儿子，我不愿无视文化的低潮和堕落。我只是一个流行时代的异端，我不爱随波逐流。哪怕他们炮制一亿种文学，我也只相信这种文学的意味。这种文学并不叫什么纯文学或严肃文学或精英现代派，也不叫阳春白雪。它具有的不是消遣性、玩性、审美性或艺术性——它具有的，是信仰。"

六月

5日 蔡先保的《浅谈音乐与小说的联姻》发表于《外国文学研究》第4期。蔡先保认为，"音乐对小说创作的启示是多方面的"，主要有以下几点：

"一、主导意象。主导意象一词是由德国音乐评论家乌尔索根所创用的音乐术语'主导动机'脱胎而来，原指大型音乐作品中为了表现某一特定的人物、事件、境界、观念的特征而采用的一种反复出现的旋律。……这种主导意象在小说作品中的表现形式是多种多样的，有时是一个固定不变的词语或词组，有时则由一系列意思相近的词汇所组成。前者如王蒙小说《布礼》中的'布礼'，《风筝飘带》中的'风筝'，它们贯穿于小说的始终，在人物跳跃闪现的自由联想中，对作品的进程、人物的关系与命运起着引导和控制的作用。"

"二、复调音乐。……在我国当代小说中，茹志鹃的《剪辑错了的故事》、王蒙的《杂色》《听海》《夜的眼》、周立武的《巨兽》、马原的《冈底斯的诱惑》等作品也都程度不同地吸收了奏鸣曲、赋格曲以及复调音乐的结构特点和方法，使小说的结构布局突破了我国传统小说中那种一维线性封闭结构模式，而达到一种新的艺术境界。"

"三、音乐性格与音乐环境。文学描写的主要对象是以人为中心的社会生活，所以，文学形象主要指人物形象，同时也包括人物活动的社会环境。音乐性极强的小说，总是调动各种音乐手段来表现人物的音乐性格，描绘音乐环境的。"

"四、语言节奏。节奏是音乐的骨架，是乐曲结构的基本因素。对于不同形态的节奏组合，人们通过自己的感觉、知觉、联想获得不同的表情意义。宽广的节奏辽阔壮丽，密集的节奏活跃紧张，规整的节奏庄重平稳，自由的节奏舒展悠长。作家借鉴音乐节奏的这种表意特征，使文学语言具有鲜明强烈的节奏感。"

9日 蔡毅的《小说不能没有故事》发表于《光明日报》。蔡毅表示："故事之于小说决非可有可无的东西，因为它制造着悬念，勾起读者的好奇；它紧系情节细节，反映生活，体现着时代；它连接着人物，包含着情意，影响着结构，改变着人们的情感与心态。因此，选好故事写好故事就不是件分外的事，而是小说家的天职与使命。任何时候都不必把故事看得太低俗，它其实包蕴广大，变化无穷，可以容纳一切的人和事、情与理；也别把写好故事看得那么简单，它往往使高明的艺术家也殚精竭虑绞尽脑汁苦累不堪。"

15日 《上海文学》第6期刊有《编者的话》。编者指出："我们并不要求作家直接回答中国社会转型过程中重大的政治经济问题。但是，文学工作者们应该关注在世纪之交的历史时刻，正发生在十多亿中国人心灵中的'重大情节'。今天的情节，已经不是80年代初期'改革小说'的情节模式所能概括的。最先分享到改革成果的农民，今天或者正被来自东南沿海的薰风吹得心神不宁，或者正被看不见的市场之手牵向新的竞技场。最初的喜悦已经转换成更大的期待与烦恼，他们的人生已经有了新的幸与不幸。"

王晓明、张宏、徐麟、张柠、崔宜明的《旷野上的废墟——文学和人文精神的危机》发表于同期《上海文学》。

王晓明表示："即使在文学最有'轰动效应'的那些时候,公众真正关注的也并非文学,而是裹在文学外衣里面的那些非文学的东西。"他还强调:"一九八七年以来,小说创作中一直有一种倾向,就是把写作的重心从'内容'移向'形式',从故事、主题和意义移向叙述、结构和技巧,产生出一大批被称为'先锋'或'前卫'的作品。这个现象的产生,除了小说观念的革新、创作者主观感受的变化之外,是不是也暗合了知识界从追究生存价值的理想主义目标后撤的思想潮流呢?"在他看来:"先锋小说的困境,可以说较为集中地体现了整个社会人文精神的困境。能否从这种困境中突出来,大概正是中国文学,同时也是中国文化生死存亡的关键所在吧。"

张宏表示："早期先锋小说最突出的贡献在于:它将语言如何传达生存感受的问题凸现出来了,也从某种程度上为感受提供了某些可能的方式。"

崔宜明表示："当代文学中乌托邦精神的消解,展示出新的文学精神诞生的可能性。……新的生活实践也必然要求新的人文精神的诞生。……从文学上讲,人们需要它展现自己生存于其中的跃动的现实生活和喧哗的心灵世界,并以此呈现当代人投向生活的独特视角和视野,进而揭示当代人内在的生存意向。"

30日 周鉴铭的《当代小说——合力的产物》发表于《中国文学研究》第2期。周鉴铭指出："现代文学中那些强劲的文学血脉,源源不断地注入了当代作家的血管。我们看到,它常常是通过如下形式实现的:1、延伸。这是同一种族的文学在新的土壤中的发展壮大。……2、承传。从形式上看,承传颇类似延伸,实际上却貌似而神离。承传不是同一种族生命的延伸,它是两种生命的某一种精神的贯通。一种新生命从旧有生命中找到营养从而更茁壮地生长。……3、超越。这是当代文学和现代文学的第三种血缘关系。"

周鉴铭认为:"2000多年丰富、浩瀚的中国古代文学,是当代文学的先祖。我们发现,当代文学在构建自己的大厦时,它一方面从其'近祖'(现代文学)中寻找营养和依托,另外,也从其'远祖'(古代文学)中去寻找依托。这,我们把它视为一种文学的'返祖'现象。"

周鉴铭还说:"中国当代文学,是两种运动的综合——纵向运动和横向运动,它一方面是在纵向运动——对中国前代文学的伸延、承传、超越、'返祖'中发展的;另一方面,它又是在和世界文学的交融、互补、渗透中发展的。由于有了这两种运动,中国文学才出现了近来的繁荣昌盛景象。对中西文学关系的研究,是中国当代文学研究的重要课题之一。当代文学对世界文学的吸收,始于50年代,到80年代达于极盛。这个发展过程,是由单向选择到多向选择的发展过程。"

本季

李子云的《我看小说》发表于《小说界》第3期。李子云说道:"作者无论采取什么叙事方法,他的目的总是为了能够更恰当地叙'事'。作者无论采取什么视角展开描述,他的目的仍不外乎为了选取一个最恰当的角度切入那件'事'。这'事'毕竟是作者所要告诉读者的内容。"

王安忆的《我们所说的小说是什么?》发表于同期《小说界》。王安忆说道:"我所说的小说,究竟能为今天人们的日常精神提供什么呢?它似乎从两方面都违背了人们的现实需要。一方面,它绝不是纪实的,它是虚构的,它刺激不起人们的好奇心,它使人感到是无中生有,随心所欲;另一方面,它又不是虚拟的,它所描述的是比生活中的现实更为现实的带有真理性的东西,它无法使人做梦,无法使人假戏真做。因此,它被人们所抛弃与冷漠在所必然,它是这个物质世界中不属于物质的非实用性的那部分东西,我们千万不要将它混淆。我们只有不将它混淆,才可坚持我们真正的、纯粹的、带有起源性质也带有归终性质的小说的立场。"

七月

1日 邵建的《复调:小说创作新的流向》发表于《作家》第7期。邵建指出:"《中篇1或短篇4》的复调结构比较简单,复调体类也不甚复杂,虽然整个小说皆以叙笔做完,但实际上牵涉了两种叙事体类:小说叙事和神话叙事。……《关于厕所》比较典型地体现了昆德拉所谓的'复调的对照',这是'小说对位式的新艺术',小说一、三、四节以叙事为主,二、五、六节以言说为主,它们交替展开，彼此互文，从而形成'叙述言说'二元对位的总体格局。这种对位法也依然体现在言说声部中，如前述，叶兆言通过'引用'的方式把众多不同的文体拥进小说，一边照本过录，一边不厌其烦地对其进行解释、发挥和补充。……至于《猫事荟萃》，一开头就规避叙述，在故事的边缘和你兜圈子，当然圈子的圆心还是猫，只不过伸展开来的幅面不是猫事而是猫论，论过瘾之后，才开讲猫的传奇，又不肯一气讲到底，故事经常中途退场，就这样讲讲停停，停停讲讲。吊人胃口。它既不像史铁生小说的单线串联，亦不似叶兆言小说的双线并联，而是不规则地把线剪断、接上、再剪断、再接上。小说的总体效果不是猫事而是猫论，作者荟萃的猫事仿佛是给猫论提供种种根据，而且作者也常常把猫的主题放到故事以外独自发展。"

最后，邵建总结道："综上，复调小说作为一种'超小说'，尽管可以超越叙述、超越故事，但却无法超越小说时代性范畴，它或者走向现实主义，或者接近于现代主义，甚或选择后现代主义，这正是复调小说的不同类型的体现，同时也说明它具有广阔的发展市场。至于它眼下是否能够成为小说走势，本文不负责预测，但需要提醒的是，随着后工业和高科技时代的到来，小说虽然取代古代史诗的叙事地位而成为一尊，但现在它已受到影视叙事的强有力的挑战，后者叙事的视觉性和直接性是小说远所不及的，面对挑战，它应该做出相应的变动，当叙事已经不是自己的绝对优势，它可以打开自身的文体大门，接纳进描写的、议论的、抒情的各种异质成份，从而使自己成为别具一格的小说文体大构成。这既不是什么'枯竭的文学'，亦非'补充的文学'，在我看来，它是一种面对新时代挑战的'适应的文学'。"

张新颖的《世纪末的尴尬——一个关于知识分子的话题》发表于同期《作家》。张新颖指出："知识分子的世纪末尴尬，即是精神价值的世纪末尴尬。文学是知识分子精神活动的重要方式之一，是某种精神价值的存在方式和体现方式，文学的世纪末尴尬或许可以从中找到因由。所以，这个话题虽然没有直接谈论文学的存在、变异和危机，却是从事文学的人最敏感的话题。……社会结构变化的重大处，不仅是知识分子中心地位的丧失，而且是社会中心位置本身的丧失。真正的多元化也只有在这个时候才能够达成，而在中心、边缘二元对立的大结构之下，在一个大语法统摄下，多元化只能是一种虚设。"

针对知识分子如何应对，张新颖表示："知识分子要做好应该去做的事，担当文化的承传、改造和创新的使命，这也是知识分子的本份。在一个多元文化的社会结构中，知识分子毕竟要与那些只关心自己的人不同，它特有的人文精神传统使之能够超越自身和当下的环境，积极地投入到涉及全体人的环境中去。……做了，就绝对不等于没做。"

3日 编者的《探索与创造》发表于《人民文学》第7期。编者指出："本期的小说（指杨争光《爆炸事件》、余华《命中注定》、储福金《结婚生活》、莫言《二姑随后就到》——编者注）大都好看，……他们正以别一种方式回归或确立新的传统，以作品的多样性探索人生冲突的形形色色，在不同程度上体现了繁复且驳杂的社会现实。"

5日 田心禾的《化腐朽为神奇——评魏继新的新笔记小说》发表于《当代文坛》第4期。田心禾认为："魏继新的新笔记小说，又绝不是简单意义上的'文体复活'，其精髓还在于继承的基础上的运用与发展。……其关键在于'化腐朽为神奇'，使笔记小说'新'起来，使之适应于今天的社会与阅读、审美趣味，既体现为一种新的时代精神和美学趣味，又包含着新的'文体实验'的意向。所以说，新笔记小说，是当今文学新潮的产物。从当中大量的风俗人情、典故、掌故、传说与其'志异'性来看，它是传统的，有某种"寻根"意向；而从其文体的质朴、简约与营造的意境、氛围来看，它又是'新潮'的，其虽然承续了旧笔记小说中纪实、实录这个特点，但着眼点却是'虚'，使其所记指向心理，或使外物心灵化，力图增强其心理内容。"田心禾还指出："魏继新的笔记小说，长则不过千言，短则数百字，但其语言沉静，描绘逼真，基本为'白描'。作者自身退得很开，貌似平朴从容，实则动魄惊心，从这一点看，似乎又与传统笔记小说之'残丛小语'有所区别。而从作者较多的人生感悟和古文功力上来看，似乎又在状景描物中既注重了文字的凝练、精确和意蕴上的追求，又逐渐扬弃'文言夹白'，注入了当代语言的若干特色与民间俚语。从这两点上看，作者对'文体实验'的追求已初见端倪，而且，其发展似乎也未可限量。"

10日　刘醒龙的《首要的是生活》（本文是《暮时课诵》创作谈——编者注）发表于《中篇小说选刊》第 4 期。刘醒龙认为："改革搞了十几年，文学从一开始就极大地关注着它。可'改革'很残酷，常常不用三下两下，只一下就将宠爱它的文学甩到旧书店里，三毛钱一本，也无人问津。问题在于'改革'首先是一种生活，而并不仅仅只是改革，所以，文学应当超越改革，回到生活的视野，看着这十几年到底发生了什么，看碌碌的灰色的人群到底在干什么？或许会有一种新鲜的滋味。"

15日　陈思和、邵元宝、严锋、王宏图、张新颖的《当代知识分子的价值规范》发表于《上海文学》第 7 期。"主持人的话"中写道："四年前我和几位朋友在《上海文学》'批评家俱乐部'里客串过一次，讨论的话题是关于'世纪末'的文化，那时我们几人面对正在泛起的文化颓废倾向抱着极为复杂的心情。也许是出于一种保护精英文化的本能，我们对颓废的文化倾向不得不有所警惕，但另一方面也清楚地认识到，文化上的'颓废'意味着社会进一步民主化，因为在一个自由与宽松的环境下，不颓废的选择同样也是自由的。'颓废'时代毕竟要比禁欲时代进步得多。记得顾刚在对话结尾时还说了一段危言耸听的话，他说他似乎闻到了'那种对道德必要性的夸张隐含着下一个时代的可疑信息'。不久以后，这个世界上真的发生了许多事，顾刚并非杞人忧天。"

张业松的《新写实：回到文学自身》发表于同期《上海文学》。张业松表示："我们从新写实小说中见出的是一种'朦胧的古典精神'（季红真语），即一种不很强烈、不至于演变为一种新的文学独断论和文学决定论的古典精神：适度的人本主义信念加人道主义理想。"

同日，郜元宝的《张炜论》发表于《文艺争鸣》第 4 期。郜元宝指出，"新时期苦难文学"中，"'讽刺'渊于儒家的'救世'，'残酷'渊于佛家的'启世'"，"'德性'则渊源于道的宽容、超越和明澈、和平。'讽刺''启世''德性'，代表了苦难人生的三种艺术解救的传统方式"。基于此，郜元宝认为："在晚近作品中，张炜甚至有意要从自己的文字中滤去'讽刺'和'残酷'的因素了。不同于'残酷'作家，张炜对苦难一直有揪心之痛。但也不同于'讽刺'作家，张炜在他才华的发展过程中，越来越表现出某种内倾型的受虐心态。"郜元宝还指出:"在目前中国的苦难文学中,于'讽刺''残酷'之外另开'道德'一脉而功勋卓著者,当首推张炜。张炜小说的美,首先是一种德性之美。"

张业松的《张炜论:硬汉及其遭遇》发表于同期《文艺争鸣》。张业松指出:"《古船》之前对在现实生活中有所作为的硬汉的过度热衷,已使他遭逢了写作严肃小说的大忌和特定思路下理性的困顿。前者体现在这些小说的二元对立结构模式之上,后者则根源于一种二元对立的深度模式。就结构而言,好坏对峙、善恶冲突成为故事延展的决定性动力,使得小说在故事框架下所说的那些作家真正愿意说的内容完全处于次要地位,得不到充分的彰显。……就二元对立的深度模式而言,这些小说差不多无一例外地为一种简化的辩证法和一种关于社会进步的本质论所败坏。"

同日,陈晓明的《欲望如水:性别的神话——林白小说论略》发表于《钟山》第4期。陈晓明认为:"林白把女性的经验推到极端,从来没有人(至少是很少有人)把女性的隐秘世界揭示得如此彻底,如此复杂微妙,如此不可思议。……随意跳跃的反中心的主观化视点和奇怪的女性文化意识,促使林白的小说向着'后现代'区域靠拢。……林白的写作对男性正统写作构成一次卓有成效的惩戒与挑战,在历史转型时期,它所表征的文化意义也是显而易见的。但是,它既不可能指向一个文化解放的时代——因为我们的文化已经一败涂地;也不可能标示着女性写作的广阔前景。"

20日 陶东风的《结构转化与文体演变》发表于《河北学刊》第4期。陶东风指出:"作为一种文本的结构方式或文学的话语体式,文体演变的基本存在方式表现为结构与结构之间以及结构内部的转化、兴替、交叉、变易等等(这里的'结构'仅指文本结构,而不兼指心理结构或社会文化结构)。也就是说,表现为建构与解构的双向动态活动。'双向'意谓建构与解构是互为前提、不可分割的。任何建构都要以对先前结构的解构(程度不等)为条件,而任何解构都指向新的建构。孤立的建构(不以解构为基础)与纯粹的解构(不指向新的建构)都是不存在的。……在文学史中,我们所能面对的只能是一个个静态的文本结构,历史只是凝聚在这些结构之中,它本身已不再流动。而为了把握结构,我们必须先从共时的角度将之模式化,然后再在结构中'寻找'历史。……

历史性就存在于结构间的转化或继承中，历史就存在于前后事物的相似性中。我们之所以说文体是有历史的，原因即在于：不同时代的文体之间存在着明显的可理解的关系。……新文体的产生如同新结构的建构，是对之前文体（结构）的创造性转化。……旧结构在被转化的过程中并不是彻底消失了，而是融入了新的结构之中。"

同日，《小说评论》第4期刊有《编者的话》。编者指出："本期所载评说《白鹿原》的文章，大多得之于中共陕西省委宣传部和陕西省作家协会联合召开的一次研讨会，出自陕西的一些文学教授、专家、评论家之手。具体的背景是，《白鹿原》在《当代》连载以后，首先在陕西的文学和社会各界引起一场名副其实的轰动，《当代》杂志和人民文学出版社在更广泛的读者层面上，收到许多行家里手的热烈反映，于是就引起有关部门的重视，遂决定在陕西范围内召开一次规模不大的研讨会。始料不及的是，闻讯赶来的'不速之客'，竟使会议规模扩大了一倍，就像没有商品狂潮的冲击，就像没有文人生存条件的尴尬，两天的会议上，人们一腔热情谈文学，一门心思说艺术，把个《白鹿原》炒得火爆热烈。于是就有了这一篇篇或仓促或从容或热情或冷静的文章。尤其难得的是，省委宣传部的领导，也以一个普通读者的身份，自始至终参与了讨论，并送来了自己简缩了的发言。人们从这篇短文中看到的不只是他们对这篇作品热情的评价，还有一个文艺领导者的参与意识和眼光。"

独木的《苦难命运的诗性隐喻——读〈九月寓言〉兼论张炜小说的艺术转向》发表于同期《小说评论》。独木认为："《古船》以前（包括《古船》）的全部作品在艺术创作方法上都是符合现实主义创作规范的。……《九月寓言》不再是一部纯粹的现实主义作品，从艺术品位与创作方法上判断，它乃是一部极富象征意味的具有浓烈抽象倾向的表现展示鲢鲅人悲剧命运的寓言化作品。"

李建军的《一部令人震撼的民族秘史》发表于同期《小说评论》。李建军指出，《白鹿原》有以下几点"新变和伸拓"："第一，作者力求站在一个超越的立场，以'通古今而观'的'诗人之眼'，审视从清末民初到本世纪中叶这段云谲波诡的历史，努力在更真实的层面上，展现历史生活的本来面貌，叙述人物的悲欢离合生死沉浮，揭示中国历史的具有恒久性的本质，使这部小说成为我们民族的'秘史'。……其次，陈忠实这部长篇小说的新变和伸拓还体现在，它不象以往的史诗性作品那样单一地展示和叙述人的理性行为，而是着意展露和揭示人的非理性的神秘行为，注意研究这些潜层次的心理和行为对人的性格和命运的深刻影响和强大支配力。……第三，以敦厚之心谛视民族苦难，以反思的精神正视悲剧性的民族历史，在悲悯与反思中将传统情感与现代情感结合起来，借以彰示中国历史的本质，寻求民族救赎的途径，这是《白鹿原》这部卓越小说的另一个新异之处。"李建军还指出："我认为，陈忠实这部小说在写作方法上是整合性的，是以写实主义方法为主，而杂取了象征主义和魔幻现实主义的一些长处。"

李小巴的《〈白鹿原〉和它的叙述形式》发表于同期《小说评论》。李小巴指出："严格说来，《白鹿原》的叙述形式并没有超出传统的方法，依然是全知型的，没有严格的人物视角。它的叙述形式的特点，突出地表现在整体叙述序列的组合构成方面。……具有新的艺术特质的叙述序列，实际上构成了整个小说的情节流：叙述包孕着情节、细节（或者反过来说，把情节、细节及场面展开之描写部分嵌扣在叙述系统之中），其具体艺术处理时，就是把情节（人物外部及内心活动及其场景）依据艺术上的需要分成轻重主次，重要的必需的，则用艺术描写手段，将情节及场面予以展开描绘刻划；次要的可以概述的，则掺揉到叙述系统之中，使其成为叙述与情节细节之混合艺术成分。"

王仲生的《〈白鹿原〉：民族秘史的叩询和构筑》发表于同期《小说评论》。王仲生指出："陈忠实是在写出我们民族的总体性存在和心灵变迁史的宏大预设中构筑他的这部长篇小说的。他不只是着眼农村，而是立足农村叩询我们民族生存的历史。陈忠实成功地实现了他的构想。他写出了一部我们'民族的秘史'。"

卫晓辉的《一句定音》发表于同期《小说评论》。卫晓辉认为，小说的开头有以下结构功能和叙述功能："一是对全篇的故事、人物甚至关键情节的提挈和统摄；二是对主题、情节发展及人物命运结局的某种暗示；三是定准全部叙述的方法，包括角度、叙述人和语体风格。"

22日 本报编辑部的《张贤亮出访新加坡、马来西亚时说——从商——丰富生活的手段 写作——是我终身的追求》发表于《文学报》。张贤亮表示："文人纷纷'下海'不见得会造成中国文化的迷失，……虽然有些中国文人因为经济因素投入市场，不过，也有许多人是为了参与感而'下海'。'下海'后并不一定就只写出商业化的东西。每一位作家都有一个积累素材的过程，他不是去体验这样的生活就是去体验那样的生活。在书房里沉思是文人的生活方式，在动荡不安的商界中活动未必不是作家另一种活跃的生活方式。如果两者能够交替进行，那么这个作家的一生就更为丰富了。"

25日 白烨的《史志意蕴·史诗风格——评陈忠实的长篇小说〈白鹿原〉》发表于《当代作家评论》第4期。白烨表示："在一部作品（指《白鹿原》——编者注）中复式地寄寓了家族和民族的诸多历史内蕴，颇具丰赡而厚重的史诗品位，在当代长篇小说创作中当属少有。"

畅广元、屈雅军、李凌泽的《负重的民族秘史——〈白鹿原〉对话》发表于同期《当代作家评论》。屈雅军认为："从它的整个框架结构来看，即从清末至民国结束这半个世纪的风云幻化，是作为动态背景而出现的，在汹涌的历史激流中，一个沉甸甸、凝固的、浑厚的、恒定不变的文化实体以静态的方式凸现出来。这个实体就是所谓的'白鹿精魂'。"屈雅军还指出："'白鹿精魂'在本质上应该是一种由小农经济与儒家经典共同铸就的，以宗法色彩为其显著标志的农业文明。"

李凌泽认为："族长这一形象在现当代文学中通常作为保守、封闭、僵化、抵制文明甚至是罪恶的形象出现的，而白嘉轩却是一个肯定的、正义力量的化身。这与当代文学中的众多正面形象，形成了相当强烈的反差，我想这也是这部小说能一下子引起读者关注的原因之一。"不过，《白鹿原》的作者"很少深入到性活动的深层实质和充分个性化的细节中去，总之缺乏细密的体验，太表层化了"。

畅广元表示，《白鹿原》"首先是作者以'当代朱先生'的眼光来看历史"；"其次是民族利益的历史尺度，陈忠实的立足点是民族的立足点，较之传统阶级立场显得视野广阔"；"再次是秉笔直书的史家心态。自司马迁始，杰出的史家都是不为尊者讳，秉笔直书的"。

陈忠实的《〈白鹿原〉创作漫谈》发表于同期《当代作家评论》。陈忠实表示，创作《白鹿原》"原因是一个重大的命题由开始产生到日趋激烈日趋深入，就是关于我们这个民族命运的思考。……直到80年代中期，首先是我对此前的创作甚为不满意，这种自我否定的前提是我已经开始重新思索这块土地的昨天和今天，这种思索越深入，我便对以往的创作否定得愈彻底，而这种思索的结果便是一种强烈的实现新的创造理想和创造目的的形成。当然，这个由思索引起的自我否定和新的创造理想的产生过程，其根本动因是那种独特的生命体验的深化"。

关于"现实主义"，陈忠实表示："《白鹿原》是现实主义的创作。在我来说，不可能一夜之间从现实主义一步跷到现代主义的宇航器上。但我对自己原先所遵循的现实主义原则，起码可以说已经不再完全忠诚。我觉得现实主义原有的模式或范本不应该框死后来的作家，现实主义必须发展，以一种新的叙事形式来展示作家所能意识到的历史内容和现实内容，或者说独特的生命体验。"

洪水的《第三种真实》发表于同期《当代作家评论》。洪水指出："以《白鹿原》为界，我们的作家大致持有三种历史真实观。……第一种真实，作者站在阶级、政党的立场上，热情讴歌一个成功的阶级和政党所取得的划时代的胜利。……第二种真实，在新时期文学创作走向成熟之际，产生了一类从更广阔的政治、文化背景上拨乱反正的文学。……第三种真实，作者除了站在政党和人民的立场之外，还站在人类共同的立场上，从全人类文明史的高度，或回顾或鸟瞰中国现当代的历史。"

王绯的《魔幻与荒诞：攥在扎西达娃手心儿里的西藏》发表于同期《当代作家评论》。王绯指出："生与死，人同鬼魂和神灵限界的突破；时间与空间逻辑联系的粉碎，主观时序的恣意扩张所形成的现实、梦境、潜意识的混淆；神话传说与宗教信仰融合之下的原型复现；现存秩序与预感、预兆、预言及宿命意识对立、并列的揭示；象征或隐喻的抽象还原设计……一系列相反或矛盾的价值并列，使我们从扎西达娃的小说里看到了西藏的魔幻，也领悟到西藏的荒诞。……这种设计，改变了读者传统的接受观念，突出了艺术感知过程本身的价值，也为思想——意义的生成创造了极大的空间。"

王绯还认为："《地脂》《泛音》《夏天酸溜溜的日子》使人觉得扎西达

娃对以往执著于纯粹虚幻形式探索的淡漠。这时，攥在扎西达娃手心儿里的西藏，失去了宗教氤氲笼罩下的神秘与沉静，为现代社会的喧嚣与骚动所震撼，使我们通过魔幻形态下的众生相展览，触摸到当代西藏的脉动，听到它的现代呼吸。"

王岳川的《后现代文化艺术话语转型与写作定位》发表于同期《当代作家评论》。王岳川指出，"反体裁已成为这个时代主导的模式，……反体裁实质上是对膨胀加以紧缩的一种手段。当小说什么都想说却什么也不想说清，当小说不再讲述一个故事而想表达一种意图，却又一再使其含混而导致一种'非自愿的意义过剩'时，小说就变成了关注读者和在读者与作者之间客体的关系中发现小说新层面的样式。……后现代写作追求的是一种巴尔特式的'零度写作'。小说已经自我消解了叙事而成为非小说，……后现代文学话语从欧美向第三世界'播撒'写作观念的同时，也播撒着'后殖民主义'观念。也就是说，当第一世界的'现代性'和'后现代性'主题成为第三世界向往和追求的目标时，它们在第三世界的播撒就重新制造了一个西方中心的神话，并设定了西方后现代话语的中心权威地位"。

汪政、晓华的《古典境界——鲁羊的写作姿态》发表于同期《当代作家评论》。汪政、晓华指出："如果韩东写作的指向是现代主义的精神分析，那么鲁羊则是通过现代文本的写作重返古典境界。……鲁羊的小说大都是虚构性的回忆，采取回忆的结果，是使作品取了虚空、绵长、古久和伤感的氛围，这样的氛围很适于鲁羊用以营造一个带有浓厚的古典色彩的文人境界。"汪政、晓华还表示："对他来说，存在另一个更令他心醉的古典境界，这就是汉语之美以及作为活动感受的汉语运作的愉悦，令他苦恼的是纯粹的汉语之美和纯粹的超越所指的汉语运作始终是可望而不可即的，不写作无由体会这一切，而一旦写作又会遇到意义、事件等事物的纠缠，这是鲁羊不可摆脱的写作悖论，……鲁羊的启示就在于，他除了对古文字的明标的征用外，几乎是纯正的现代汉语语汇系统和语法体系，但其雅致，富于玄机和书卷气则是文人的一贯风格。"

28 日 白烨的《此"故"当"温"——读刘震云的〈温故一九四二〉》发表于《中华文学选刊》第 3 期。白烨表示："从写法上看，《温故一九四二》不仅与规范意义的小说相去甚远，而且与刘震云以往的小说作品也迥不相同。

它由采访笔录、资料引述和作者联想所交叉缀连的结构,使它更像一篇采访手记或历史报告。……《温故一九四二》的出现,把人们关于小说的已有观念进而扩宽了。"

八月

5日 贾平凹、王新民的《〈废都〉创作问答》发表于《文学报》。贾平凹认为:"打腹稿起于前年,创作欲的涌动则更早。真正决定可以动笔了,其具体构思是在去年年初。取名《废都》,基于在这之前我曾写过一个中篇也叫《废都》,但那个《废都》,并未能表现我对一个特定的故都的认识和思考。所以此《废都》不是彼《废都》。我是陕西本土人,进城前在乡下生活了十九年,入城已有二十一年了,从事创作以来,一直写乡下的生活,没有一部小说写到城市。写写城市生活,是我梦寐以求的,我之所以迟迟没有写出,是我找不着一种感觉,即进入一种境界的角度,一种语感。在四十岁的一九九二年,我终于有了觉悟,创作欲极强烈,我几乎越来越能看清了我所写的一切,我就精神抖擞地动笔了。'废都'二字最早起源于我对西安的认识。西安是历史名城,是文化古都,但已在很早很早的时代里这里就不再成为国都了,作为西安人,虽所处的城市早已败落,但潜意识里其曾是十二个王朝之都的自豪得意并未消尽,甚至更强烈,随着时代的前进,别的城市突飞猛进,西安在政治、军事、经济诸方面已无什么优势,这对西安人是一个悲哀,由此滋生一种自卑性的自尊,一种无奈性的放达和一种尴尬性的焦虑。西安的这种古都——故都——废都文化心态是极典型的,我对此产生兴趣。但当我构思时,我并不认为我仅是来写写西安,觉得扩而大之,西安在中国来说是废都,中国在地球上来说是废都,地球在宇宙来说是废都。从某种意义上讲,西安人的心态也恰是中国人的心态。这样,我才在写作中定这个废都为西京城,旨在突破某一限制而大而化之,来写中国人,来写一个世纪末的人。"

15日 《上海文学》第8期刊有《编者的话》。编者写道:"她(指王安忆——编者注)对生活中的许多事件,常常抱有自己的讲述观点,这构成了她在创作中'讲故事'时独特的'世界观'。她对故事与人物的讲述是'自说自话'的,却又是充满自信，因为这是一种具有感召力与共鸣度的'自说自话'，它常常能敲到人的理性深处的那个'核'，唤起人对自身的那个价值面具与情感面具的反思。"

17日 李万武的《二爷：消解善恶对立的符号》发表于《作品与争鸣》第8期。李万武表示："包括《石门夜话》作者在内的一些认同于西方后现代主义价值取向的中国小说家们，还是犯了高估了后现代主义精神价值的辐射力，和低估了它在今日中国民众中的接受障碍这样的严重错误。"

启森的《背离生活真实的虚幻梦境》发表于同期《作品与争鸣》。启森指出："在这篇小说（指《与其同在》——编者注）里，心理活动成为故事情节发展的主要动力，成为人物刻画的主要手段，因此或可称作是心理探索小说吧。一般说，心理活动是主体对社会生活的一种能动反映。所以，心理活动虽可作为人物行动的依据，但不是最终的依据；作为这种依据的依据，还是社会生活，因而写心理活动总要内涵着一定的社会生活内容。"

九月

10日 王蒙的《长篇小说与短篇小说》发表于《读书》第9期。王蒙指出："长篇靠生活，短篇靠技巧（手艺）。"在王蒙看来，"短篇小说的轻灵体例与轻易驾驭使它成为各种文学手法的试验田。聪明、敏感、想象力、语言的熔铸、游戏性的自由，都在短篇小说中得到充分的体现。而历史的纪录，人生的经验，比较认真的回顾与反思，则更多地表现在长篇小说中"。此外，他还指出："我们还可以看到另一个现象。短篇小说相对反映生活要迅捷得多，有相当多的应时炒卖，生猛游水，有时比长篇还容易叫座。而长篇小说则较多地与最新的现实拉开了距离，是经过时间、经过沉淀与消化的产物。在我们这个往往是急功近利的时代，短篇小说往往会更热。"

同日，赵毅衡的《先锋派在中国的必要性》发表于《花城》第5期。赵毅衡认为："先锋文学的第一特征是形式上高度实验性，因此在很多国家，先锋派与实验主义二词同义；……中国的先锋派，与西方的先锋派还有一个根本的不同，就是中国的先锋派与民族文化传统的结合。"

赵毅衡还指出:"先锋派的出现,不仅不是违反中国文化传统,相反,它是中国文化传统最重要的结构要素即文类分层之继承。中国富厚无比的文化遗产,并不妨碍先锋派,而完全可以成为其本土文化动因。西方有的学者认为把先锋主义与本土文化遗产结合(如拉丁美洲艺术家所做的那样),不能算先锋派,因为先锋派必须'否定一切',这恐怕太教条了。……这里的区别只是第三世界的先锋派,对吸取本国文化的滋养更为重视,因为本土文化显然可以被调动以对抗现代商业社会的压力。"

此外,赵毅衡还认为,中国先锋派的批判精神,"是建筑在前文化的富厚积累之上,它不可能逃脱中国文化的大框架,而进入'主体的绝对缺席'。虽然它拒绝实用功利性,但这态度基本上是五四文学'只诊病不开药方'的延续,它用否定的姿态推出新的文化发展之可能。读一下先锋小说的典型作品,例如余华的《现实一种》、格非的《大年》、叶兆言的《五月的黄昏》等,我们都可以发现在貌似解脱的否定之后有着一种沉重的意义渴求"。

同日,胡德培的《纪实文学与小说艺术》发表于《理论与创作》第5期。胡德培指出:"纪实文学作家与小说艺术家对世界的掌握,是有显明不同的。纪实作家,首先的第一的原则,就是要相当客观而准确地掌握具体实事。……小说作家的思维特征,也是首先尊重客观,依据客观所提供的实际生活状况,去认识世界,掌握世界。但是,这里所指的实际生活和客观状况,决不是拘泥于生活里具体的一人一事,一言一行,而是:写工人,便概括了生活里许许多多工人的特征;写农民,便集中了生活里许许多多农民的特征。同时,在客观生活的基础之上,驰骋想象和纵横虚构则是小说作家艺术思维的一种主要特点。"

15日 施修华、苏浩峰的《时代呼唤新世纪文学——浅析王朔作品的伦理价值与道德缺憾》发表于《光明日报》。施修华、苏浩峰认为:"王朔创作的创新意义表现在:大胆地突破中国文学的远近传统(近传统系指新时期文学的传统),以平淡的创作心境观照剧变的社会,以近乎幽默的调侃式笔调抒写平实的人生,淡化政治,凸现世俗化的平民意识和畸变了的民族心态,及时而真实地反映了在中西文化碰撞中喷发而出的工业社会伦理精神和道德价值观。"

同日,《上海文学》第9期刊有《编者的话》。编者写道:"出现在何顿笔下的青年男女，有的从监狱里出来，有的复员回来，有的离开学校初涉社会，个人血质稍有差异，但基本上属于韩少功所概括的'生存经验自产自销'的一代人。"编者还写道："'我不想事'——当我们的某些知识者正义正辞严地主张社会的'非意识形态化'的同时，他们也一样讨厌自己想事的大脑，他们凭经验、凭感觉、凭自己肠胃与生殖器的欲望行事。他们是政治文化的弃儿，他们是道德文化的逆子，他们在社会转型期内组成了一个小小的'民间社会'。维系这个特殊的'民间社会'的，其实也是一种文化。正如韩少功所说，这种文化虽然没有列于文化谱系，也未经培植，但天然品质正是它的活力所在。于是，我们看到了一种奇特的社会现象，江湖气、帮会气、市侩气在初期市场经济的舞台上也获得了某种激进的潜力。何顿的作品是一面反映社会转型期内特殊的文化现象的镜子。"

同日，张法的《〈废都〉：多滋味的成败》发表于《文艺争鸣》第5期。张法表示："在中国当代作家中，贾平凹是承传古典小说风神最多的人，在《废都》里，似乎他想展示一下盛大的家底。无论是整体结构、细节描写、语言风格还是精神氛围，都让人感到很多似曾相识的古典风格。"

同日，周忠陵的《关于小说》发表于《钟山》第5期。周忠陵表示："故事和情节只是手段和工具，只是在需要时借来用用而已。……那种时间上的顺序在我的小说创作中干脆就不起什么承上接下的作用。……只有当我们摒弃时间的束缚，义无反顾地返回到空间，返回到一个个的状态中，从这个角度看看你与世界的构成，再从那个角度看看你与世界的构成，如此反反复复，种种形式上的樊篱就会悄然地解除武装，就会以另一番陌生的新面目给你的内心注入进更大的自由，无疑只有这种自由才会给你的创作带来新的机遇和新的福份。"

20日 钟本康的《新历史题材小说的先锋性及其走向》发表于《小说评论》第5期。钟本康表示："具有先锋意识小说的小说家，率先打破了'历史真实'的硬壳。承认历史的不可确认性，从而为自己介入历史开了方便之门。……从关注阶级的民族的命运到关注个人的家族的命运是新历史题材先锋小说在内容上的一个转折，一个起点。……这些小说感兴趣的主要是死亡的过程和方式，而不是死亡的结果及其意义。"

周政保的《"新写实小说"的审美品格》发表于同期《小说评论》。周政保指出:"'新写实小说'的发生及获得承认,是小说界逐步认识小说的结果,也是作家们尊重'阅读国情'、并试图得到更多的读者的默契与配合的成功实验。……'新写实小说'属于'第三世界',一个雅俗共赏的新审美世界。"

21日 潘新宁的《叙事·摹物·造境——"术—道"小说三品》发表于《文艺研究》第5期。潘新宁指出,"术—道"小说"在摹物和造境中,又打破了小说'细节必须真实'的创作传统,对小说中的人物肖像、动作行为、生活实物乃至环境氛围等等都采取了某些假定性手法。这种写意性的假定性手法,一方面渊源于中国传统诗画艺术,另一方面也吸收了西方现代派艺术的某些表现方法(如'陌生化''间离效果'等等)。这种集创造性纵向继承与横向吸收为一体,融叙事、摹物、造境于一身的创新趋向,无疑拓展和丰富了小说的表现手段。它一方面使'术—道'小说达到了较高的艺术品位,另一方面也为我们今后的小说创作,提供了十分丰厚的值得我们借鉴的艺术经验"。

25日 陈思和、王安忆、郜元宝、张新颖、严锋的《当前文学创作中的"轻"与"重"——文学对话录》发表于《当代作家评论》第5期。王安忆说道:"所谓写小说,就是一定要把小说语言和日常生活语言区别开来。小说是小说家自己讲的话,既然这样,在小说中戏剧性地模仿人物语言以至于达到类似日常生活中的那种真实性,就越来越值得怀疑了。……归根结底,小说语言是一种叙述语言,也可以说是语言的语言或抽象性的语言。小说家寻找一种生活中没有的语言去描绘生活中到处都可以碰到的一些经验现象包括语言现象,这是问题的关键。"王安忆表示:"我想长篇的目的显然不只是为了人物,甚至也不是为了讲故事。我敢肯定,一部长篇必须是一部哲学。长篇以总体上讲应该是理性的,不能靠感性去完成一部长篇小说。"王安忆还强调:"我的目的是做一种工作,培养出我们中国人以前不大有的一种思维习惯。"

丁亚平的《文学虚构与历史本文——谈长篇小说〈女巫〉》发表于同期《当代作家评论》。丁亚平说道:"文学可以在几种意义上被指认为历史的。文学批评家们一谈起某个作品的语境与背景的真实、具体时,就会称道本文中的这种社会存在是历史的。小说家借助文学虚构等审美的形式转换,将个体命运演示置放在过去的时段当中,表现出一种显而易见的普遍的艺术文化力量,去打开读者的历史理解新视野。不消说,这样的作品,无需做狭隘的资料阅读,就会呈示出毋庸置疑的历史性。……她让叙述在必要时对故事重新编码,但却于不经意间使历史情境浮出叙述地表;她有意无意地反抗既定叙事的感觉与结构方式,努力打破小说艺术发展的纵向格局,显露纵横交错的繁复迹向,但却不使叙述外在于故事,而于现实与想象、幻想之间,构建一个有多重线索、片断和多个意识中心与叙述场面的历史故事。于是,文学虚构与表达成为生命基本表现,具有了普遍意义,历史在叙述中成为现实而获致永恒,小说艺术世界与精神一起,成为具有相关性、互通性的统一体与关联域。"

董之林的《回到本文:刘震云小说的"双声话语"及其它》发表于同期《当代作家评论》。董之林认为:"本文(指《一地鸡毛》——编者注)表现深层结构所采用的语言是颇具喜剧性的,这就增加了作品的复杂多向的蕴意,而并非仅是悲剧的内含所能囊括。"董之林还认为,"本文中滑稽的对比"造成了"反差","没有顺从小林的苦恼,将读者直接带入悲剧性的情境,而是展示了小林内心独白本身具有的一种幽默。与此同时,我们看到构成喜剧性的'个人见解'与'情境本身'的那个聪明的呼唤者——本文,它使叙述与蕴意的'双声话语'效应成为可能。……只有文本与其叙述者并非视角合一,才会出现这种喜剧性的叙事效果"。

洪峰的《开始——写小说的刁斗和刁斗写的小说》发表于同期《当代作家评论》。洪峰表示:"刁斗的小说很注意内部张力,这种张力迫使作者本身稳入想象的紧迫。……他的想象一旦和现实对位就出现停滞。"洪峰还表示:"刁斗经常在自己的叙述中间加入很机智的评价和格言式的发挥,而恰恰是这些评价和发挥破坏了小说的智慧。我的小说观中,小说家的聪明和机智在作品中毫发毕现是一种愚蠢的流露,小说家需要通过他的故事本身显示小说的智慧。"

胡河清的《阿成的"怪味豆"》发表于同期《当代作家评论》。胡河清说道:"阿成的语言很怪,常常在不该画标点的地方人为地点断,仿佛京剧里青衣说话那样,娇滴滴的欲言又止。……阿成对于传统文化趣味是彻底认同的,也因此获得了一种价值观和审美观上的舒服感,这就是他的小说老是掺着蜜糖般的甜味儿的缘故吧。"

李洁非的《王安忆的新神话——一个理论探讨》发表于同期《当代作家评论》。李洁非指出:"我们也许可以对10余年来的王安忆的足迹给出一个总的分析:笼统地讲,她在艺术上先后迈出了两大步,其一是从诗化至小说化,其二是从经验论者到技术论者。……前者(指《叔叔的故事》——编者注)虽然首先为她找到一种新工具或新模式,但未及发挥,似乎只是试着拿它做了一道习题,而真正利用这种新工具或新模式去论证、创立某个独立命题,却是自今日始,自《纪实和虚构》《伤心太平洋》始。"而这个"新命题"就是"小说叙事能否摆脱一切参照系而将某种独立的'真实'陈述出来",达到"对小说本质的觉悟的时刻"。李洁非还指出,当今存在"叙事话语原始功能遗忘症","叙事也从最初的'设想'某事变成了'证明'某事",但"神话的本质,实际上乃是对于自然、现实、先验的逻辑的反叛"。

王安忆的《可惜不是弄潮人》发表于同期《当代作家评论》。王安忆认为:"我们这一代作家,是在个性解放,确立个人的新时期文学中走上舞台。我们一出场就站在个人的立场,这是我们的发源地。"

28日 雷达的《近期值得注意的几部长篇小说》发表于《中华文学选刊》第4期。雷达写道:"《白鹿原》的思想意蕴用最简括的话说,就是正面观照中华文化精神和这种文化培育的人格,进而探究民族的历史命运和文化命运。"此外,对于高建群的《最后一个匈奴》,雷达还认为:"这部长篇,很难用完整的故事讲述,它具有叙事诗的特色,理性分析的特色,评论性和诗歌的跳跃性相组合的特色。"

本季

王彬彬的《重提小说的认识价值——米兰·昆德拉对中国当代小说的启示》发表于《文艺评论》第5期。王彬彬指出:"小说必须有所发现,小说必须具有认识功能,小说必须具有认识价值,这便是昆德拉对小说的理解。……昆德拉所说的认识,与那种社会学和庸俗社会学性质的认识,根本不是一回事。……昆德拉心目中的小说,其所应该发现和认识的对象,不是社会学意义上的种种社会现象，而是指人的存在。……昆德拉是在存在论的意义上谈论小说的发现的，是在存在论的意义上强调小说的认识价值的。这与在社会学和庸俗社会学意义上谈论小说的发现和认识相去甚远。"

王彬彬还说："昆德拉所谓的存在，直接来源于海德格尔。海德格尔的《存在与时间》一书，详细谈论了人的存在，但却认为对存在这一概念无法定义，因为人的存在是一个巨大的谜。也正因为如此，所以需要小说去对人的存在进行发现和认识，去对人的存在进行勘探。……昆德拉接受了海德格尔的这种存在观。人的存在之所以需要去发现、去认识、去勘探，就因为人的日常生活具有虚假性和欺骗性，人对自身的境遇有一种不真实的感受，人处于被蒙蔽状态而不自知，而小说家的使命，便是充当人的存在的'解蔽'者，他应该去认识人的存在的真相并把这种真相指给人看。这，便是昆德拉所说的小说的认识价值之所在。"

吴亮的《对九个问题的简单回答》发表于《小说界》第4期。吴亮指出："新写实已成为一个'语言事实'。这是个相当庞大的写作阵营，与市民趣味相妥协，回避精神，把一切归结为物质性的烦恼，粗陋的唯物论和记叙文体是新写实的两大特色。而'情感零度'和'还原自然'不过是两个虚构，既不可能有完全的情感零度，也不可能有完全的还原自然。这两个术语的词根分别来自巴特和左拉，我怎么也不明白这两个词怎么会拼凑在一起。或许，这正是'后现代主义'的一个特点？拼贴、杂拌、游戏模仿、随意性？就让他们玩去吧，只要他们觉得愉快。但在理论上，却根本无法让我信服。"

十月

15日 林宋瑜的《文本的语言构成与语境》发表于《上海文学》第10期。林宋瑜认为："几千年的汉语话语演变形成它独特的语言系统，属于表意系统的汉字凝固了异常丰富复杂的文化形态与文化信息，同时灿烂辉煌地展示着中国古代文人的特殊语言态度和面对自然、社会的审美方式。它创造了温文尔雅、如诗如画的颖慧的艺术语言风格，利用文言特有的若即若离以及汉字的表情达意，巧妙地含蓄地创造了中国文学中尤其诗歌中特有的'韵外之致''言外之音'

以及'虚实相间',从而显示中国文人的重感性、悟性的思维习惯及语言功力。"

25日 林高的《新华小说的渊源与发展——兼论中新微型小说的特色》发表于《学术研究》第5期。林高认为:"1965年新加坡独立,我们不再沿用马华文学之名而自起炉灶,称新华文学。新华小说进入70年代,有两个特点。其一,……短篇小说是新华小说的主流,……其二,……女作家的作品占了六成,题材则以家庭和爱情为主,占全年作品的70%。缺乏时代感是新华小说的一个缺憾。……80年代以后,微型小说如雨后春笋,纷纷出现。……理论建设方面,中国大陆做得最积极,也有系统。……他们多从小说美学探讨微型小说的艺术。举凡微型小说的情节特点、人物塑造、叙述模式、结构形态、语言、结局,以及各种创作技巧,都深入地研究,确定微型小说是种生命力旺盛的文体,前景光明。"

本月

边心华的《小说的创新与接受——从情节与性格谈起》发表于《作品》第10期。边心华表示:"文学创作中无论是其人物的外部的具象化的行为,还是人物内心图景的展示,它们都是人的性格运动的体系。小说一味朝内转,难免抹煞或淡化人与社会环境、人与时代的联系,因而使人与外部的表现变得狭窄了;小说中的人物的精神世界描述得过于膨胀,结果变成了主观世界孤立的回音壁,此刻的小说严格地说,写得不是完整意义上的人;如此小说创新,缩小了对人生、对社会的表现视野,其艺术涵盖率也就必然地减小了,对读者来讲其感染力也就大大地降低了。"

十一月

1日 吴野的《微型小说的美学特质》发表于《青年作家》第6期。吴野认为:"它(指微型小说——编者注)是在现实人生的不停旋转中,抓住、抒写主体(创作主体或角色主体)在某一刹那间的感觉与体验;描绘某种性格在特定时空条件下某种独特的存在形态与反应方式;抒写主体与客体、个体与他人、性格与性格,在摩擦、碰撞中忽然聚汇成的一种场面、一种情境、一种氛围……"

同日，蔡翔的《小说与日常世界》发表于《作家》第 11 期。蔡翔指出："小说和日常世界之间，存在着一种不可分割的虚构和摹拟的悖论关系。在语言上，也就因此而呈现出词和物之间的种种联系。在所有关于小说的定义中，'小说是虚构的'或者'小说是叙事的'，最为迅即地进入了当代中国文学的文化语境，并被分解为两个相互对立的命题。前者鼓励了小说话语行为主体权力，并导致出先锋派的抒情风格；后者则为小说的写实倾向提供了（也许是歪曲了）更为新颖的理论依据。而在虚构和摹拟之间，依然横亘着一个陈旧的哲学命题——真实，或者说，小说究竟是对存在之物的言及，还是对不存在之物的言及。诸如此类的问题，常常纠缠在小说和日常世界的关系上，或者说纠缠在词和物的种种联系之中，并且同时构成了小说话语行为的悖论语境。"

5 日 王鸿儒的《历史文学：科研与创作的对接——写在〈盛唐遗恨〉出版之后》发表于《山花》第 11 期。王鸿儒认为："中国历史小说的格局，历来是历史故事化的格局，各种历史演义便是此中的范式，大抵以历史事件为主线，以历史人物为中心，演绎历史记载和传说。当代历史小说则以性格小说为主流，并以故事化走向了生活化和心灵化。从明代的《三国演义》到当代的《李自成》《金瓯缺》《少年天子》等等，我们似可找到这样一条演化的轨迹。"

6 日 盛子潮的《浅谈吴越风情小说》发表于《文艺报》。盛子潮认为，吴越风情小说的文体特征有以下几点：（一）营造一个由传说、民俗、风土人情、自然—文化景观所构筑而成的吴越文化氛围；（二）作家以一个感知者的身份去体验笔下人物的文化心态，细腻地品味小说所表现的传说轶事、风情民俗、自然—文化景观，呈现一种情致化的抒情氛围；（三）更多地关注人与自然的和谐，作家们有意无意地淡化那种错综复杂的人际纠葛，力求使之简化、诗意化。

10 日 蔡翔的《日常生活的诗性消解》发表于《花城》第 6 期。蔡翔指出："八十年代后期，相对而言，一种（精英）文化失败主义情绪在中国知识分子中间悄悄蔓延，在文学界，则形成了一股后来被称之为'新写实'的创作趋向。"蔡翔还指出："在中国知识分子对日常生活的肯定或拒绝中，事实上潜伏着一个共同的人文主题，这就是承认诗意人生的可能，承认乌托邦的可能，承认浪漫主义的可能，承认此岸与彼岸的对立存在，它意味着中国知识分子的某种主体定位和'角色'自觉。……然而对于八十年代后期的中国知识分子来说，这种传统的人文目的不仅显得非常飘渺，而且已经多少变成一种类似奢侈的精神装饰。"

15日 文立祥的《论文学形象塑造的自律性》发表于《北方论丛》第6期。文立祥认为："艺术形象有其自身发展的逻辑，即形象的自律性。"文立祥认为这种自律性的科学依据由"生活逻辑规律""性格逻辑的自动调节""艺术直觉的能动作用"等三种因素构成。

文立祥指出："生活逻辑是最具有雄辩的力量的，作家必须按照生活逻辑来合成形象，生活逻辑决定了形象的自律性。……在形象的创造中出现了自身的逻辑，人物是按照他'自己运动'的方式过着一种他自己的有机生活。人物的这种自觉性使人物自己来调节形象运动的内容——不是作家驾驭人物，而是人物带着作家向前走。这决不是形象创造中的个别或偶然现象，而是为人物的性格逻辑所决定的，是形象自律性的一种规律性反映。……只有艺术直觉——一种特殊的艺术思维能力，才使形象自律性的实现成为可能。形象的自律性不但制约着作品中的人物，同时也制约着作家的心理活动。作家只有在形象自律性的规范下，用艺术直觉和描写对象互相撞击，才能创造出许多意想不到的人物、情节、细节和场景，才能创造出像生活本身那样的第二现实。艺术直觉具有巨大的创造力。"

同日，《上海文学》第11期刊有《编者的话》。编者写道："市场经济体制的确立，无疑促成艺术生产力大解放，但凭借心智力量进行的艺术的竞争又不能等同于被物欲驱使的商品化的竞争，于是文学艺术又感受到了新的来自'物化时代'的挤压：往日的轰动性效应以及随之而来的荣光在文坛消退却在商海频掀高潮，庞大的读者群被今日充满物欲的人流冲散。于是，失落、寂寞、清贫成了今日多数文人的'三部曲'。在这样一个时刻，我们不必亦不能'怀旧'，我们不必亦不能将文学活动完全变成物化的商业活动。我们应该迎接这个时代同时又对它作出负责的判断。……女作家张欣的中篇小说《首席》，可以说是新一代作家对于当前'物化现实'的一种反应。"

同日，秦立德的《叙述的转型——对"后新潮小说"一种写作动机的考察》发表于《文学评论》第6期。秦立德认为："马原的《拉萨河女神》开启了我所认为的叙述变革的先河。……马原就是用其小说的形式因素和作为艺术概念的'游戏'意味来瓦解这种必然性的。马原这篇小说的智慧性至少表现在：第一，叙述者假想有一个倾听他叙述的对象与他同戏。这是'游戏'的基本前提。第二，讲述故事。这是'游戏'的基本形式。第三，起用逻辑学的假定性原则，实际上并不遵守。这是'游戏'的基本手段。第四，打破传统小说讲述故事的方法，不拘泥于故事内容的起承转合，可以用偶然性的事件去任意切断必然性的因果链条。这是'游戏'的基本策略。第五，小说是而且仅仅是小说本身，不去承担政治、伦理和道德的功能。这是'游戏'的基本规定。……马原这样写小说的态度，显然是大大超前于时代的，只是当时的文学界根本就没有注意到马原以叙述游戏来写作小说的现象。"

唐浩明的《〈曾国藩〉创作琐谈》发表于同期《文学评论》。唐浩明表示："我动手写小说之初，就有一个明确的认识：我写这部小说，不是敷陈上个世纪中叶中国所发生的几件大事，而是要浓墨重彩，甚至可以说是要用千钧之力塑造出一个文学人物来。这个文学人物的名字既然用的是'曾国藩'三个字，他的大致历程就不能与历史上那个曾文正公相左。否则，读者决不会接受。但是我要塑造的是一个文学人物，而不是写传记，我必须要用文学的手法来写曾国藩，要把他写得形神兼备、血肉丰满、生动鲜活、呼之欲出。否则，读者又决不会喜欢。"此外，就《曾国藩》的虚构和真实，唐浩明认为："历史小说的虚构不能随心所欲，不能毫无根据地凭空臆造。虚构的事，虽不曾在历史上发生过，但却是有可能发生的，也就是说，将虚构的成分置于整个小说的历史氛围中是浑然一体的，令人可信的。"

同日，储福金的《智者之作》发表于《文艺争鸣》第6期。储福金指出："好小说就是独特的、创造性的，反映了作家个性的。好小说就不是模仿的、雷同的。相反地我认为合潮的小说却总给人一种模仿感，一种雷同感，连语言都是一个味的。艺术就是创造！并不在形式虚一点，玄一点，也并不在写什么时代，写什么感觉。"

王彬彬的《醉与笑》发表于同期《文艺争鸣》。王彬彬指出："朱苏进的叙事风格具有一种阳刚美。他的小说，结构谨严，一字一句都充满着力度，有一种刀砍斧削般的效果，呈现出一种雕塑美。"王彬彬认为："可以将朱苏进小说比作军人的方队。他小说的构成方式与军人方队的构成方式颇相似。"

张颐武的《〈白鹿原〉：断裂的挣扎》发表于同期《文艺争鸣》。张颐武认为，《白鹿原》"似乎可以说是对新时期文化进行总结的文本，是'新时期文学'的追求和探索的集大成式的作品"。张颐武认为："全书都强调了农耕、季节、民俗的力量。……它提供了与西方文学完全不同的'他性'，提供了一种'奇观'。小说依赖这些奇观的展示将中国文化置于一个超出'现代性'的范围的特异的空间之中，使我们的文化和语言变为一种'非我'的存在，变为在一种他人的目光之中被疏离和囚禁的诡异之物。从这个角度看，这是一个被'后殖民'话语所书写的文本。它创造了一种既反抗和拒绝，又顺从和依附的处境。……这是当代中国文化自'寻根'以来力图以'现代性'话语编码和建构'民族特性'的努力的一部分。"张颐武还指出："作者充分调用了80年代以来有关人物的'深度'表述的策略，力图赋予每个人物以复杂性。……在以神秘的民俗和文化代码将中国放逐之后，又以'人性'为桥梁将我们召回了历史之中，变成了一种'普遍人性'遭压抑的焦虑的表征，一种认同与屈从于西方话语的表征。……从这个角度上看，《白鹿原》总结了80年代，是力图重构整体性的卓绝努力。"

朱伟的《〈白鹿原〉：史诗的空洞》发表于同期《文艺争鸣》。朱伟认为："他（指陈忠实——编者注）从一开始构架，就忽略了：作为一个艺术家，其艺术创造，应该是他的艺术表达。……以这样的状态，在创作之前已经形成了史诗的姿态，创作就变成了对史诗的填空，而不是对史诗的创造。……所不同的只是它变成了多重多种过去已有文本中故事的重新组合与综合。"

同日，毕飞宇的《关于小说的姑妄言之》发表于《钟山》第6期。毕飞宇在谈及小说写作时指出："母语精神是任何作家无法规避原始点，母语的叙述永远必须借助民族最基础、最始因的文化呼吸。"毕飞宇认为："小说的叙述是无方向、非矢量、无对象的。说得绝对一点，小说便是写展开，如同杯子破裂后水从裂口外溢，让伟大的不期而然留给我们面对。"

陈晓明、张颐武、戴锦华、朱伟的对话《精神颓败者的狂舞》发表于同期《钟山》。

张颐武认为："《白鹿原》是新时期文学死亡的象征，而《废都》是后新时期文学开始的象征。"

戴锦华则将《废都》视为"流行的商业文化的象征"。

陈晓明表示："从 1987 年以后,当代文学所追求的历史主体、文化主体的那种乌托邦冲突,变成个人化的写作以及对个人存在的焦虑,它经常变成叙述人对性的阉割的一种焦虑。"

关于中国当代小说的具体写作,朱伟认为,"新潮小说和新写实,其实构成的是 1986 年以后文学态势的两个面"。

李洁非的《传统小说和传统风格》发表于同期《钟山》。李洁非表示,对传统小说的"批判""是一个时期(主要是 1958 年)以来中国小说界事实上的普遍立场"。这一"溯到普鲁斯特和乔伊斯那里"反传统的现代小说革命"旨在从技巧和结构上背离传统小说","而这场革命对我们这代人的小说理想和实践的支配,直至如今"。李洁非肯定这场革命的意义,"现代小说确以其形式文体的探索、试验及其叙述学的理论建设,反衬出传统小说固有的若干缺陷"。

25 日 洪治纲的《追踪神秘——近期小说审美动向》发表于《当代作家评论》第 6 期。洪治纲认为,"近期小说""从形式或内容上着意营构着种种神秘主义的审美品性,潜示着先锋作家的一种审美追求",主要有"死亡""宗教""缺失""偶然"四个方面。

胡河清的《贾平凹论》发表于同期《当代作家评论》。胡河清指出："贾平凹早期的小说,主要描述关陕地区的地域文化和人文文化。按照中国传统文化的精义,构成民族总体文化必须有天、地、人三层次,其中'天'是最高级的本体论层次,体现了东方宇宙本体文化模式的终极关怀。早期贾平凹恰恰停留在地利、人和的层次上,为感性化的现象界所迷惑,还没有达到言'天'的境界。……贾平凹的创作美学,表现了一种把西方现代主义文学的精神深度模式和东方神秘主义传统参炼成一体的尝试。"胡河清还指出："现代主义的精神实质还是局限在西方文化传统的总体格局之内,没有与东方神秘主义的宇宙本质论接通。因此现代主义所描绘的精神文化景观,还远远不能达到《周易》文化系统那种精微知几的实验现量效果。由于现代主义文学的世界图景的虚构性,就逻辑地导致了后现代主义的大幅度'消解'操作。从文化本质上说,后现代主义大体上等于佛家的'扫相'。但'扫相'以后,并不是彻底的虚无,而是佛性的自明。当文学真正达到东方神秘主义的同步操作时,就会显示一种'青青翠竹,皆是佛性,郁郁黄花,无非般若'的神圣境界。这,也许就是贾平凹的当代文化意义所在吧。"

李洁非的《〈废都〉的失败》发表于同期《当代作家评论》。李洁非认为,《废都》"小题大作""溺于自我","贾平凹对城市这一社会机体尚未形成他自己的一个完整的看法,因而他也不知道该如何将他在城市的那些零零碎碎的见闻组织成强有力的情节结构"。李洁非还认为:"作为伟大的虚构叙事艺术,小说拥有极丰富的手段,通过变形、陌生化、隐喻、整合、戏剧化等等艺术方式,把自身提升到表现和直观的生活现象的对立面,从而以其思想和形式的双重独立性来抗议、反叛现实世界,使其成为永恒正义、人性的代言者。……但就贾平凹对城市生活的描写而言,我们并没有看到他作为艺术家的多少特性。"

李锐的《关于〈旧址〉的问答——笔答梁丽芳教授》发表于同期《当代作家评论》。李锐表示:"小说毕竟是小说,它不是作者本人经历的简单模仿,也不是对社会和历史的写真。……小说之所以被格外的要求'真实',除了它自身的写实的历史而外,这还与小说是使用语言和文字构成的有着深刻的关系——这也是小说当年曾经得以广泛的传播,如今又被深深地束缚的最重要的原因。被最多人最广泛使用的语言文字,也就有着最多最普遍的戒律。戒律有些是可以打破的,有些则不能。因为那些呈现出来的戒律并非只是一种戒律,而是人类这种生命形式的局限。尽管认识了这一点叫人悲从中来,但我们却永远无法摆脱它,这是人的宿命。"李锐认为:"形式绝不是一种外在的技术的操作,形式应当是艺术家内心世界自然而真诚的流淌,在此,任何一点做作和生硬都是对作品和作者本人的埋葬。"此外,他还表示:"不相信文学可以还给我们一个'真实'的历史。……我放弃了那个'真实'的历史,所以我便一意孤行地走进情感的历史,走进内心的历史。"

张清华的《莫言文体多重结构中传统美学因素的再审视》发表于同期《当代作家评论》。张清华认为:"莫言则更为我们展示出一种特有的现代的和民族的魅力。"因为,莫言"以现代哲学与文化意识作为参照,从艺术哲学和文本构成的多重层面上掘取古典艺术精神中的丰富营养，从整体上再现了传统艺术精神的典型特征和迷人魅力"。张清华指出，莫言"向古典传统的学习和汲取"的"借鉴关系"各个因素有："A.大自然审美主题与叙事空间关系的疏离所造成的自然空间背景：以自然生命和那些与自然界相临的行为人格为主要的审美对象，是我们民族文学的核心传统之一。"而莫言的"大自然审美主题""正是上述古典审美主题的延伸"，"具有特殊意义的地理代码由于其艺术的虚拟和与叙述者关系的疏离（他是通过'爷爷'和'父亲'的转述来切入这一空间的），而使其在实际上脱离了其狭小的地理空间，成为一个与现实的叙事者'我'所处社会空间相对应的广大的自然空间"。"B.过去时序跨度与'追忆性'视角"，"其主要特征，一是有意的模糊性，小说中曾反复说明'无朝代年纪可考'；二是时间是'平面'的，可以逐回阅读，也可以任意翻开，仿佛所有的事件都发生在一个遥远的平面上；三是时间的倒置和切换，先叙述终结，然后再从开端起始（这与马尔克斯的《百年孤独》中时空的切换、重叠和跨越是有异曲同工之妙的）"。"C.非写实态度与感觉变形"，这"得益于我们的古典审美传统"，"常常看到的是他那种荒诞不经的描述和不合逻辑的跳跃，他笔下的形象往往是通过感觉而变形或夸张了的"。"D.叙述体验中主客关系的融合：这是近似于古典美学传统中'神与物游、物我合一'的一种境界"，"把主体感受从经验中分离出来并投射到所有客体事物中，或者把客体事物进行超验的肢解与再造，呈现出一个完全新异的陌生化的感觉（超验）世界，叙述的过程也因此得到延长并成为一个再创造的过程"。"E.神秘氛围的营造"，"莫言正是深刻地认识到了神秘主义心理体验对于构成民间文化中审美功能的重要作用，因此他在自己的作品中自觉承续和发扬光大了这种审美传统"。最后，张清华强调："莫言对于祖先文化与审美方式的感悟除了作为一种自觉的意向之外，更重要的是一种天然的文化血缘关系（其中民间文化是这一关系的最直接的脐带），莫言无疑已经以他天才的感悟能力深入到一个作为系统的遗产世界里去了，在这个系统当中，莫言的一切汲取行为，都是十分自然的、自由的。"

十二月

1日 陈炳熙的《短篇小说的拍案惊奇效果》发表于《海燕》第12期。陈炳熙表示:"在现代小说中具有拍案惊奇效果的作品,更多的不是靠内容的'奇',而是靠手法。……写日常生活小事而巧妙地使用细节,也可以促成拍案惊奇的效果。……造成拍案惊奇的效果,有时还离不开氛围,所以氛围的营造常为高明的小说家所看重。"

15日 《上海文学》第12期刊有《编者的话》。编者写道:"曾以《小学老师》等小说引起文坛注目的青年作家李森祥又以新作《抒情年代》奉献读者。这是一篇富有个性特色的'成长小说'……在李森祥的小说中,作为叙述者的'我',常常是观察者与被塑造者,缺乏足够的精神空间;但他笔下的父辈形象,其灵魂的痛苦与挣扎,却往往以极富生活实感的细节传达给读者。"

季红真的《短论二题——重读〈冈底斯的诱惑〉和〈爸爸爸〉》发表于同期《上海文学》。季红真认为:"这篇小说(指《冈底斯的诱惑》——编者注),可以分成三个叙事层面,即诱惑(老作家的故事、猎人穷布的故事)——探险(看天葬和寻找野人的经历)——叙事(关于顿珠顿月兄弟的故事)。这三个层面正好构成了拟真实(诱惑)——拆解(探险)——虚构(叙事)的过程。而这三个功能因素又彼此渗透,以不同的叙事方式穿插起来,拟真实中有拆解(比如关于姚亮即马原的提示),拆解中有诱惑(如探险没有结果,却引发了叙事的冲动),虚构中也有拟真实的拆解(比如第十五节揭示叙事中的部分谜底,以阐明叙事的技巧)。而且,这三个层面形成连环套式的结构,每一个层面都有另一个层面的伏笔,如迷宫一样首尾相顾层层递进,由复杂到单纯,归结到抒情的诗体结尾,最终完成了对叙事行为的消解。"季红真认为:"叙事的虚构性,正是在世界的神秘诱惑中,人们创造神话(包括传奇)的本能性表现。叙事行为替代了人们探险的本能,而这种本能使世界布满了神话。而所有的神话都产生于诱惑——拆解——叙事,这一结构方式的无穷反复之中。《冈底斯的诱惑》,正是表现了这一结构的功能运作过程。"

本季

何西来的《小说不过是小说》发表于《小说界》第6期。何西来强调："小说家向人性的纵深，向历史文化的纵深拓展小说的视野，在技法上冲破单一的伪现实主义的模式，就成了小说获得新机的必然趋势了。另外，相当多的读者在接受心理上的变化，也不可忽视。他们早已厌倦了极左政治的宣传与喧嚣，厌倦了作品之中喋喋不休的说教，……小说创作中娱乐性的增强，调侃因素的行时，消遣性很强的言情小说、武侠小说的走俏，正是在这样的接受心理背景之下出现的。把小说的地位抬得太高，要它去完成它本来无法完成的任务，是小说的异化。小说家的灾厄，常与这种异化有关。因此，还是把小说当小说看好。视小说为闲书，也许过于低看了它，但它决不是政治。只要是小说，无论如何总会带有娱乐、消闲、消愁解闷的性质。有了对小说的这种性质的自觉，小说家写小说，就会有闲情、闲笔、闲趣；评论家评小说，笔墨也会潇洒优游，从容不迫；读者看小说，也会少受些罪，多几分欢娱。当然，如有的小说家仍有深沉的政治情绪，仍愿写政治小说，那也很好，只要有人看。但不必强求大家都往这一条道上挤。因为小说毕竟不过是小说。"

蒋濮的《写了再说》发表于同期《小说界》。蒋濮认为："幻想小说电影，我想，这实际上表现了一些发达国家由于经济高度发展，社会福利、服务设施等高度完善，因此人和社会的矛盾，相对于过去不发达贫困时期的对抗性的激烈来说已相当程度地缓和下来，相反，长期以来被相对掩盖的人和自然的对抗和矛盾，继原始社会之后，又一次在人类生活中重新开始显现出其主角地位的存在及尖锐性来，我觉得这就是这一类以人和自然的矛盾对抗为主题的幻想性小说影视大量出现的社会背景。"

刘心武、修晓林的《刘心武访谈录》发表于同期《小说界》。刘心武认为："我所写的小说，基本上也就是我所处的这个社会发展阶段的生活的反映。我的作品角色的个人命运、生命发展史，与我个人的生命发展，基本上是在一个时空里。我觉得，这种作品现在有生命力，以后还会有生命力。当然，现在还出现了另外一种作品，比如讲苏童、叶兆言、刘恒，还有莫言，他们写他们个体生命产生以前的时代的故事（如他们并没有经历过抗日战争却写'打鬼子'；他们现在所生活的社会没有了一夫多妻，他们却写一夫多妻）。他们的创作方法，不一定是非现实主义，但是他们的创作内容，却不一定是现实主义的。他们并不注重通过文字反映现实，更多的则是通过作品寄托了他们本人的文学追求。这些作品是很好的。但是，它们不可能完全取代我现在所写的作品。"

关于"文学创作似乎无'中心'可言"，刘心武指出："'后新时期文学'的作品使我们看到，突出个体生命体验和在本文符码选择的个性化方面，显得更自觉。文学在各种困境中，也因此逐步走向成熟。所以说，文学的发展前景，我以为是值得乐观的。"此外，刘心武还指出："可以用'此时此地，此身此意'来概括王朔作品的本文内涵，就是说在大转型中个体生命难以把握自己，因此干脆也就不必把握自己，不问前程，不思以往，看重'现在'，'现在'快活就好。王朔的作品透露出一种对人生终极追求的鄙夷。"然而，"刘恒、刘震云、叶兆言等人的作品中，则寄托了他们自己很多的追求，寄托了年轻一代对中国传统文化的开掘和沉痛的反思，只是他们把内心的那些煎熬着灵魂的东西，用一种极平静的、不动声色的，有时甚至是琐屑的笔触，不慌不忙地写出来；他们似乎什么意思都不想有，但他们的本文中却又隐含着太多的意思，也许，王朔的作品标志着对该转换的旧社会机制的彻底解构已成必然之势，而刘恒、刘震云他们的作品却隐含着对该转换应该呈现怎样一个新的良知体系的谨慎架构，他们的冷静和王朔的调侃，相映成趣，构成八十年代末和九十年代初中国小说发展中的重要现象"。

吴若增的《小说是梦》发表于同期《小说界》。吴若增指出："小说的创作与欣赏为人的上意识愿望与下意识愿望一起之达成。因此，小说是一种白日梦。即通过有意识的形象化虚构，使创作者与阅读者的上意识和下意识一起达成。……因此，小说创作与欣赏这种文学的艺术的心理的活动过程，就是人的幻想之达成的一种过程。这就是小说的本质——我以为。"吴若增认为："任何一位从事现实主义小说创作的作家都明白，所谓表现客观只不过是一种形式，只不过是煞有介事，只不过是作状而已。而任何一部（或一篇）现实主义小说的创作都绝然不会没有作者自己的社会判断与人格判断，都绝然不会不表现作者自己的社会理想与人格理想，不管他把那判断与理想隐藏得多么巧妙。因为毫无疑义，推出这种判断与理想才是他进行创作的真义，或真正目的。而他表现了自己的判断与理想，就是他愿望或幻想的一次达成。对于读者来说，阅读了，欣赏了，消遣了，接受了，批判了，就也是愿望或幻想的一次达成。"

严力的《关于小说》发表于同期《小说界》。严力指出："中国现代小说不得不对历史进程进行快速记录，而身居时代快速演进的世界潮流之中的广大民众并没有太多的耐心去读长篇巨幅的小说，我的意思是长篇小说的生产量会因为时代因素而相对地减少一些，中短篇小说的数量则剧增。我自己于1988年开始在纽约写短篇小说已有五年，我用自己的小说处理方式来记录华人在纽约的一些生活和精神与心理上的活动，得出的结论是：小说作为一种文学载体很接近我们天生的人体，所以，它肯定是坚实和永恒的，并具有强烈繁殖功能的。"

张德林的《虚实渗透》发表于同期《小说界》。张德林指出："小说的写法，要求虚实结合。小说有两个层面，一个是物质层面，也就是外部世界的构建，艺术描绘应该求实，求详；另一个是精神层面，也就是心灵世界的构建，艺术描绘应该有意蕴，有情致。前一个层面是实，后一个层面是虚。两个层面的关系是，外部世界是实体，心灵世界是灵魂。实体没有灵魂的渗透则缺乏生命力；灵魂没有实体的支撑则空疏、轻飘。对外部世界的刻画随时要注意到对心灵世界的揭示，这样才有深度、力度；对心灵世界的刻画随时要注意到落在实处，这样才有重量、厚度。我们提倡两个层面的相互渗透，相互结合，也就是前面所说的虚实结合。当前的小说创作往往有两个通病：一是材料很动人，可惜写得不动人，弊在求实而不务虚，缺少灵魂的熔铸，心灵的揭示，感情的投入；另一是内心独白、自由联想、时空交叉、哲理抽象，一大片又一大片，真正要说的东西就那么一点点，务虚而不求实，空中楼阁，基础不踏实。两脱离的结果，必然损害小说的艺术美。"

本年

刘敏的《当代小说的戏剧效应》发表于《南方文坛》第1期。刘敏指出："当代新小说的特征之一，就是十分重视小说的内涵，讲究所写作品的意味和象征，自己去营造氛围。这种小说将传统的外部行为的具象描写，转向了对人内心世界的开掘，对人的灵魂奥秘的深刻探求以及对人的潜意识的揭示方面。如王蒙的《夜的眼》《春之声》，张承志的《北方的河》，宗璞的《我是谁》等等。"

周鉴铭的《"返祖"——当代小说的螺旋运动》发表于《南方文坛》第3期。周鉴铭指出："'返祖'现象，从形式看，是过去了的文学的旧内容、旧形式的复活，好象是倒退，但从其实质看，却是前进。倒退的是形，前进的是其神。'返祖'文学的内涵，不是'祖'的内涵的简单重复，而是它的发展，是它的'当代化'。……以笔记体小说为例。新笔记小说，并不是它的远祖形态的简单重复。它实际上一方面借助了古代笔记小说那种散文化和简约化的形式；一方面又渗透着现代小说注重环境、性格以及细节的精神，它是两者的结晶，或者说，它是具有现代小说精神的笔记体小说。因而，它既保持了古代笔记小说那种可读性，那种简朴的文笔，但又具有现代小说的丰富的审美特性。显然，这是一种历史的进步。"

阮忆的《未来小说的一种推想》发表于《文学自由谈》第3期。谈及"二十一世纪的小说将以何种方式继续生存"，阮忆表示："最有可能的是小说将成为影视艺术的初级化文本。所谓初级化文本意味着小说不再有传统的独立自足的品性，但亦非沦为影视剧本的一种具有边缘性文本。简单说，这种文本已浸透了影视艺术的思维特征和观众形态。进一步是剧本，退一步是小说；既具案头可读性，又具可视听的潜质。或称为影视化小说也未尝不可。"

孙绍振的《探索小说形式的潜在可能性》发表于同期《文学自由谈》。关于吴励生的小说《声音世界的盲点》，孙绍振指出："吴励生在这里进行的是一种不折不扣的灵魂的探险，也许还不仅仅是探险，几乎可以说是一种冒险。当他那么轻松地把故事的连续性切断，把空间和时间的自然衔接关系打乱，完全不用任何承接或过渡的词语，把不同时间、不同空间的人物、事件自由地组合起来，可以想象得出：他不指望讨好所有的读者，而突如其来的空间转移，则可能得罪一些把小说当作纯粹消遣的读者；……也许这正是作者故意回避情节常规形态的缘由。因为情节本身是一种因果的链锁结构，而作者所要表现的恰恰是非理性的、非逻辑的荒谬。"

1994年

一月

5日 吴义勤的《穿行于写实和虚构之间——潘军长篇小说〈风〉解读》发表于《当代文坛》第1期。吴义勤认为："作为典型的新潮小说文本，《风》的艺术时空具有扑朔迷离的迷宫色彩，其故事形态不仅迥异于传统小说，即使在新潮实验小说中也是卓尔不群的。……小说其实正是由平行的两重故事世界组构而成的。……如果说'从前'的故事属于虚构的话，那么'现在'的故事则具有很浓的写实倾向，虚构和写实不仅是《风》着重展示两种小说可能性，而且两者的交织也是历时态的人生故事能够共时态呈现的主要艺术方式，整部小说的艺术风格事实上也正由此而奠定。"

同日，李裴、杨明健的《小说开头的含蕴略论》发表于《山花》第1期。李裴、杨明健指出："作品之始（小说开头的句、段等）也就获得了一种非同寻常的含蕴：不仅仅是一件事时间上的起始，也不仅仅是线性理解中一个单纯、游离的'头'；它实际上更象是形成生命体的一个细胞，小小的核体内，已经包含了今后生长成形的所有可能性的信息密码。"

7日 张彦哲的《小说叙述节奏》发表于《天津文学》第1期。张彦哲认为："叙述节奏就是叙述的抑扬顿挫、跌宕起伏而又错落有致。它是叙述运动变化的美学原则，内涵着长度、差异、关系和比例。叙述节奏研究的是一个叙述性结构内部若干个叙述长度之间或一个叙述长度内各要素的配置、转换之适度匀称关系。……小说是时间艺术，小说的叙述是时间的连续与展开。一个叙述性结构仿佛是经历着产生、成长、繁盛和衰落的有机体，它有自身的起承转合，是一个可以划开的连续过程。……各叙述节奏单位之间的转化不是随意的，而是有内在联系的,是作家按照对布局的最初设想和节奏的规律精心配置和安排的。叙述过程中的铺垫、对比、转折、主次、虚实、插入、开合、抑扬、强弱、张弛等等的安排都紧紧围绕小说叙述的中心线索展开,与小说的中心意旨内在联系着(中心线可能是情节线、可能是某人物、可能是某象征物,因小说种类的不同而有差异)。"

10日 本刊编辑部的《卷首语》发表于《北京文学》第1期。编者写道:"新年伊始,……此次联合一批著名作家,共同发起深入喧嚣与骚动的社会生活,躬行实践,为读者奉上一批'新体验小说'的举措。"

《本刊实验推出"新体验小说"》(文讯——编者注)发表于同期《北京文学》。文讯指出:"与会作家决定与我刊联合发起'新体验小说'创作大联展。作家们表示将率先深入社会的各个层面,躬行实践,通过自己的观察和深切体验,以'新体验小说'的创作形式,迅速逼真地反映新时期社会生活的变幻,表现当代人的生存状态和思想情感。……1993年11月9日,我刊邀请在京的10位青年作家举行组稿会。与会青年作家对我刊将推出的'新体验小说'的创作形式与内容进行了深一层的探讨,强调了'新体验小说'创作的现实性和作家在创作中的主观体验,并对我刊的工作提出了热情诚恳的建议和意见。"

15日 雷达、白烨、吴秉杰、王必胜、潘凯雄的《九十年代的小说潮流》发表于《上海文学》第1期。文前刊有"主持人的话","主持人的话"中写道:"进入九十年代的中国文学,正在出现大转型式的调整。这种调整是悄悄地,又是不可抗拒地进行着,不知不觉间,已变得面目全非。今天的文学,无论在文学的生态环境,文学的观念、功能,时代的审美趣味,以及创作的主体意识,作者队伍的兴替,各类文体的盛衰上,都发生了与八十年代大为不同的变异。"

雷达在本文中指出:"到90年代初情况就不同了,阶段性主潮不见了,写实的、先锋的、闲适的、调侃的、痛苦而执着的,多样并存,消遣性、娱乐性增强了,或只是抒写生存状态的无奈,与对象保持距离。"雷达强调:"目前小说创作的实践早已胀破了原先的格局,一个可称为朴素现实主义的更宽广的审美潮流出现了。……比起'新写实',朴素现实主义有两个最重要的特点。一是从生存相到生活化的转移,即从相对稳定的生活观念,到体味生活自身的流动变化。一是追求原生态与典型化的整合,即诉诸形象直观,生活直观,但内涵蕴藏得更深。"

潘凯雄就"新写实"提出了几个观点:"第一,所谓'新写实'不是一个严格的理论术语。如果把它视作一个严格的理论术语,将不难发现其种种破绽,它的内涵和外延如何界定迄今仍不明确,也无从准确描述这类文学现象。……第二,必须将'新写实'的理论和其具体的创作分开。尽管'新写实'的理论试图涵盖创作现象,但这种努力最多只是局部的通用。事实上,具体的创作现象远比'新写实'理论所概括出的那几条要丰富复杂得多。第三,被'新写实'理论聚集在一起的作家的创作其实也很复杂,至少不那么一样。"

白烨指出:"'新写实'出现与存在的意义,不只在于给当代文坛提供了一个新的小说流派,它还在于由一种成功的艺术实践拓宽或打破了人们关于'现实主义'的种种旧有观念,同时在整体上给当代文坛带来一种潜移默化的影响,使人们看到了在艺术直面现实的态度与方式上所具有的多种可能性。"

同日,王家湘的《黑人民间文化的继承者——谈托妮·莫里森的小说艺术》发表于《文艺报》。王家湘指出:"瑞典文学院的授奖决定中称赞莫里森'在她的以具有丰富想像力和充满诗意为特征的小说中生动地再现了美国现实的一个极为重要的方面',我认为这'极为重要的方面'指的是美国黑人的生存境遇,以及在逆境中生存而仍不屈不挠地维护自己文化传统的尊严和独立存在的自我。这也正是莫里森要反映的政治意义。她所创作的六部小说反映了黑人在美国社会中,在他们各自生活的环境及集体中,在被种族歧视扭曲了的价值的影响下,对自己生存价值及意义的探索,莫里森通过人物的命运表明,黑人只有保持自己的文化传统和价值观念,才能有真正属于自己的生活。"

周长才的《托妮·莫里森——1993年诺贝尔文学奖得主》发表于同期《文艺报》。周长才指出:"在黑人民族传统和文化哺育下成长起来的莫里森,她的创作除了从黑人文学中吸收营养之外,还进一步发展了妇女文学的传统,她不仅写出了美国对黑人实行的种族歧视,更深入描写了黑人女性在种族和性别双重歧视下人格的扭曲。用美国文学史家李察·卢仑的话说,她的作品呈现的是'我们社会当代生活中最复杂的问题'。"

同日，刘心武的《穿越八十年代》发表于《文艺争鸣》第1期。刘心武认为："文学固然可以在特定的历史时期起到'启蒙'和'救亡'的作用，在太平盛世亦可承担一些'教化'之职，但这都只是文学的外部功能，文学的'内性'，却是以作家的个性眼光，透视世道人心，特别是探索人的灵魂，直到人性的深处。"

张颐武的《刘心武：面对未来的抉择——当代中国文化转型的例证》发表于同期《文艺争鸣》。张颐武认为："'后新时期'的刘心武对'寓言'式写作的扬弃和'后寓言'寻求的出现，无疑昭示了昔日宏大的知识分子'主体'的话语的终结，昔日浪漫激情的终结。知识分子已不是寓言方式的民族的：'启蒙者'和'代言者'。"张颐武还认为，刘心武的写作"没有给我们提供对历史的权威的解释和系统的、完整的叙事。他留下是稗史，是边缘性的历史，是昔日的'伟大叙事'的碎片式的展示"。

同日，陈晓明、戴锦华、张颐武、朱伟的对话录《东方主义与后殖民文化》发表于《钟山》第1期。陈晓明指出，对文化霸权的认同"经常是在下意识地强调'民族性'，强调'东方特征'时表露出来；而且在那些反抗、对峙、冲突的场合完成'后殖民文化'的自我指认"。

戴锦华认为，"我们在谈东方主义，谈后殖民主义，用的是西方左翼进步学者的理论和术语。好像我们在理论立场上，与他们不得不有重叠、认同、追随之处"。

17日　刘恒志的《后现代主义的沉入与实验》发表于《作品与争鸣》第1期。刘恒志认为："《二姑》明显地不再耽恋于从巴思、海勒、梅勒、冯尼戈特、罗伯-格利耶、福克纳、乔伊斯、博尔赫斯等后现代主义作家那里承继单一的创造模式与语言技巧，转而注重把后现代主义作为一种眼光，一种世界观和方法论，以'民族——世界'的精神文化历史为尺度，开展他（或许是）第二个创作高峰期来潮时的杜鹃啼血式的鸣叫。"

20日　陈旭光的《"新写实小说"的终结——兼及"后现代主义"在中国文学中的命运》发表于《小说评论》第1期。陈旭光认为，"新写实小说"已经"名存实亡，终结于现实主义宽宏大量的怀抱"。陈旭光还指出："事实上，文学在'后现代主义文化'阶段本身将面向两个新的极致而各自发展，一极是朝着更为精致、复杂、对传统文学和现代经典更为激烈的反叛；另一极则面对整个商品化了的社会，趋向于通俗化和大众化。因此，从这个角度说'先锋小说'与'新写实小说'正象同一个司芬克司塑像的两面，分别体现出'后现代主义文学'的两个不同趋向。当然，这一问题尚有待进一步的深入研究。"

黄建国的《短篇小说结构的凝聚点》发表于同期《小说评论》。黄建国认为，"短篇小说结构中的凝聚点"有以下几个方面："以情节本身为结构的凝聚点""以具体环境为结构的凝聚点""以逆转的结局为结构的凝聚点""以特定物或事为结构的凝聚点""以某一句叙述语为结构的凝聚点""以人物最终命运为结构的凝聚点"。

吴文薇的《当代小说中的反讽》发表于同期《小说评论》。吴文薇认为："当代小说中的反讽有两种基本类型，一种是言语反讽，一种是情境反讽，它们分别存在于小说的叙事体式（语调、态度）和叙事结构之中。"吴文薇指出："反讽在当代小说中的广泛出现，与审美主体对现实采取的一种观赏者的超然态度有关。"

25日 郜元宝的《一次未必讨好的妥协——简评〈呼吸〉中的词物分离现象》发表于《当代作家评论》第1期。郜元宝认为，"《呼吸》实在是语言向叙事所作的一次未必讨好的妥协。……只有词与物真正融合在一起，小说才能有效地击中时代的真实"。

雷达的《一九九三年的"长篇现象"》发表于同期《当代作家评论》。雷达认为："近年来文学创作的一个显著变化是，小说家重新诉说历史的欲望和兴致大为增强，而很多写历史的小说又与传统意义上注重客观性、历史规律性的路子大异其趣，它们以主体化的多重视角，或者把历史作为一种寓言、假定、布景，或者只是作为叙述游戏的一个由头，极大地改变了这个领域的原有面貌。人们对此无以名之，只好暂时叫做'新历史小说'。"雷达还指出，1993年的长篇小说"在审视、评价生活的眼光和阐发主题的意义上，众多作品不约而同地趋向文化视角，着眼于文化意味的评价，且有用'文化'来广涵、浸润、粘合政治关系、经济关系和道德冲突的倾向。……在创作方法上，'整合'已成为新的趋势"。

潘凯雄的《1993年长篇小说过眼录》发表于同期《当代作家评论》。潘凯雄认为："长篇小说作为一种特定文体的意识正在成为这批作家的自觉行为；……值得思考的一个核心问题就在于其先锋性究竟应该体现在哪里？我以为更应该从总体的文化精神的角度来理解先锋而绝不仅仅是局限在文体上。"潘凯雄表示："但凡优秀的长篇总是要聚集起一定的文化能量。再通俗点说，一部优秀的长篇除去尊重长篇小说这种特定文体的基本规律外，还应该有作家自己独特的精神语法和文体追求，两者糅合得越自然、越富于个性，其作品所聚集起的文化能量也就越大。"

王必胜的《1993：长篇丰年的喜忧》发表于同期《当代作家评论》。王必胜认为，1993年的长篇小说在艺术表现手法上，"先锋系列小说构成了长篇新作的前卫性和探索性，构成了文学的永不停歇的活力"。而具有现实主义精神的一部分写实作品"的出现构成了长篇小说总体风貌的厚实和凝重"。但同样也存在"盲目的'长篇情结'"，这主要体现在"对长篇的轻率态度，轻视长篇的艺术规律，以为长篇的好坏与否取决于生活素材的多寡，'生活决定论'；与此相反，是轻视生活内容的厚实，……鸡毛加蒜皮，敷衍成篇，小而无物与大而无当同样也归于一种虚幻，一种浅薄的虚幻"。王必胜指出："长篇创作的轻装上阵是提高作品质量的重要之处，不要动不动提史诗、杰作。这并不是实事求是的态度。固然，精品的生成需要热情地呵护，不过现在要做的是让作家们从一种情结里解脱出来，可能对创作会更有利一些。"

28日 白烨的《"陕军东征"现象引起的反响与争论·诺贝尔文学奖最新得主莫里森和她作品的三个中译本》发表于《中华文学选刊》第1期。白烨认为："莫里森的创作，常以白人文明下的黑人的不幸与抗争为题材，弘扬黑人民族古朴的天性和纯真的品德，并把黑人的传统、黑人的意象、黑人的讽喻融入作品，使作品充满了黑人民族充沛的人生激情和独特的艺术造诣，因而被认为是具有黑人民族特色的文学道路的新的开拓者。……她把'语言从种族桎梏中解放出来'，'用诗歌一样璀璨的语言来写作'，'在小说中以丰富的想象力和富有诗意的表达方式使美国现实的一个极其重要的方面充满活力'。"

林为进的《1993年长篇小说述评》发表于同期《中华文学选刊》。林为进指出，

《白鹿原》"是一部历史内蕴丰实,文化色彩浓郁,真正表现出了民族气质和特色的大作品"。

29日 刘鸿渝的《文学价值的失落》发表于《文艺报》。刘鸿渝认为:"经济大潮的冲击,对文学的严肃创作是不利的,而有的作家又缺乏艺术自身的深化,缺乏对社会和文字的理论建树,也缺乏现代的开拓视界和深层次的理解,因而,在文学圈内出现了风起云涌、但又是昙花一现的自己制造的恶作剧。不少作者创作的目标不稳定,方向不准确,成果很虚假,而文学命运的女神总是在嘲弄我们的愿望与代价不相称,颠覆了神圣的文学事业,更痛惜的是牺牲了和正在牺牲不少有才华的年轻作家。"

本月

张承志的《清洁的精神》发表于《十月》第1期。张承志认为:"关于汉字里的'洁',人们早已司空见惯、不假思索、不以为然,甚至清洁可耻、肮脏光荣的准则正在风靡时髦。洁,今天,好像只有在公共场所,比如在垃圾站或厕所等地方,才能看得见这个字了。……由于今天泛滥的不义、庸俗和无耻,我终于迟迟地靠近了一个结论:所谓古代,就是洁与耻尚没有沦灭的时代。……断定它(指洁——编者注)是过分的传说不予置信,而渐渐忘记了它是一个重要的、古中国关于人怎样活着的观点。"张承志强调:"对于正义的态度,对于世界的看法,人会因品质和血性的不同,导致笔下的分歧。更重要的是,人的精神不能这么简单地烂光丢净。管别人呢,我要用我的篇章反复地为烈士传统招魂,为美的精神制造哪怕是微弱的回声。"最后,张承志指出:"中国给予我教育的时候,从来都是突兀的。几次突然燃起的熊熊烈火,极大地纠正了我的悲观。是的,我们谁也没有权利对中国妄自菲薄。应当坚信:在大陆上孕育了中国的同时,最高洁的洁意识便同时生根。那是四十个世纪以前播下的高贵种子,它百十年一发,只要显形问世,就一定以骇俗的美久久引起震撼。它并非我们常见的风情事物。我们应该等待这种高洁的勃发。"

楚人的《港台女作家"围攻"大陆》发表于《艺术家》第1期。楚人指出:"不管我们是否愿意接受,港台女作家确已形成围攻大陆图书市场之势,且'前仆后继',络绎不绝……"首先要提到的当属"琼瑶,港台女作家群中第一个闯入大陆,即掀起几度琼瑶旋风,迷倒无数少男少女"。而"这财经小说乃是香港女作家梁凤仪的'独家作品'",梁凤仪"独标'财经小说'旗帜,以香岛商场、政界的巨浪滔天、厮杀搏战为小说骨骼,以现代大商埠内的人情、世情复杂多变为主线,绘出一幅幅使人震惊又感慨的都市形象"。此外,"严沁小说无一例外都是编织精美的爱情故事,而且文笔清新优雅,对众生相刻画入微。她反感将她的作品归入'言情'一路,喜欢被称为'文艺小说'"。

二月

1日 郜元宝的《戏弄和谋杀:追忆乌托邦的一种语言策略——诡论王蒙》发表于《作家》第2期。郜元宝指出:"在我看来,对一心想做抒情诗人的王蒙来说,最具讽刺意味的不是他终究未能做成一位理想中的诗人,而在于当他放弃做诗的奢望专心致志写他的讽刺作品时,竟然无可回避地陷入另一种虚拟化的抒情语境。……但是,这种虚拟化的抒情语言,又恰恰是王蒙小说讽刺艺术的精髓。王蒙讽刺的乃是一种抒情性的现实。要深刻暴露这个现实的秘密,用以揭示的手段最好也是抒情式的。王蒙的写作,正是通过压抑作家本己的抒情欲望,用一种完全变了味的异己的虚拟化抒情语言模仿被讽刺的对象。"

郜元宝还指出:"王蒙模仿乌托邦语言的才能,主要表现为他始终能够让这种语言处于它固有的加速度运转状态和逐步升温以至燃烧沸腾的热度之中。……快速说话是一种别有所图的反写实和反叙事。对于王蒙来说,削弱乃至瓦解叙述语言的写实叙事功能,恰恰是为了通过这种自我指涉性的语言游戏更有效地击中语言一元化的现实,恰恰是为了更好地完成对乌托邦语言和语言乌托邦的戏剧性模仿。……在我看来,王蒙追忆乌托邦的写作,主要在于戏耍、逗弄和谋杀乌托邦的语言。这种写作不是为了建构某个新的语言王国,相反,它的目的仅仅是轰毁一座曾经崇光泛彩的语言乌托邦。我们在这种写作中主要不是等待一种语言的新生,而是目击一种语言的衰亡。"

王晓明、陈金海、罗岗、李念、毛尖、倪伟的《精神废墟的标记——漫谈"〈废都〉现象"》发表于同期《作家》。

就"文化工业"对《废都》的包装,王晓明指出,"'废都'这两个字,并不仅仅意味着某位作家写出了一部小说,它更意味着作家、读者、出版和销售机构,大众传媒乃至某些国家机器'合力'制造了一个文化现象"。他还认为:"倘说诉诸金钱和感官刺激的诱惑力,正是一般'文化工业'的常用手段,这种不断给《废都》涂上'禁书'色彩的做法,则将这一套促销策略的'中国特色',清楚地凸现出来了。"

陈金海强调,《废都》中"所指的'喧哗',的确是'《废都》现象'的一个独特之处,它让我们第一次看清了中国式的'文化工业'的一整套促销策略"。他认为:"《废都》的包装则是属于'土财主派头'的自给自足型包装,这显然与小说在各方面都尽量模仿明清白话小说,把读者对文学的质感体验一下子拉回到白话语音的原初状态有关。在这个意义上,文学作品自身的可包装性对整个'文化工业'的作用,不可低估。"

李念认为:"从他(指贾平凹——编者注)放弃写自己所擅长的商州人事而去模仿明清笔记小说和志怪小说,直至写出这样一部《废都》,这一系列有意识的文体转变却无疑是受了整个文艺界媚俗倾向的影响的。这种媚俗有两种主要的方式,一是用所谓'先锋性'的文学技巧来制造通俗文学作品,更为露骨地迎合读者的低级趣味,为大众制造廉价的一次性的消费刺激;二是以'中'媚洋,依照西方的价值标准和欣赏趣味虚构和'暴露'所谓的民族劣根性。"

针对"删节"行动的意义,倪伟指出:"《废都》采用的便是露迹的删节方式,这在当代文学作品中似乎是绝无仅有的……"而"一旦作者有意识地采用了露迹的删节方式,删节本身就演变成了一种文本策略,它不再仅仅是一种诱人的促销手段,在客观上还构成了反讽的效果"。

罗岗强调:"它(指露迹的删节——编者注)既是作者对权力话语独占言说权利的曲折抗议,又是权力话语对作者自由言说权利的妥协让步。至少它使本来'私下了断'的行为公之于众,让读者洞察在流畅言说背后权力运作的秘密。"罗岗以为:"作者在删节活动中都身不由己,……往深里说,这就是所谓'主体性'神话的存灭。"

关于性描写及其背后的历史和价值观念,陈金海指出:"在《废都》中,'性'

完全摆脱了它在以往文学中的那种隐秘性的精神性，而且是以那样一套温饱型市民粗俗、肉感的话语，正好适应了当代大众因为精神贫困而加剧的动物性的性宣泄要求。"毛尖认为："贾平凹潜意识中的男权性中心立场，在他对唐宛儿等人的描写态度中，表现得最充分。"倪伟指出："在《废都》里，作者对唐宛儿、柳月等人的性欲的渲染也显得不够节制，让人感到有一种意淫的意味。对女性性欲的过分渲染在骨子里是对女性的歧视，其潜台词便是：女人是性欲的奴隶。"

从小说人物与作者的复杂的同构关系角度入手，倪伟表示："《废都》与贾平凹以前的小说之间并不存在巨大的断裂，相反，它们有着一种极为明显的延续性。……而这种延续性越是分明，就越难以夸大《废都》中可能包含的那种自嘲或反讽的成份。"

陈金海强调，描写的"'游戏性'与作者投入的'真'情的混合，使我们难以辨识作者对这些人物的真实看法。如果这些人物描写当中的'游戏性'是作者在文本中整个反讽手法的一个暗示，那么我们就应该考虑他对庄之蝶和整个西京生活的讽喻企图"。

罗岗指出："他（指贾平凹——编者注）在《废都》的写作上重蹈庄之蝶的覆辙，就不仅仅是一场写作的悲剧，而更是一场精神的悲剧。他和庄之蝶的精神上的同构性，也正在这里显出了它的深度。"

最后，王晓明总结道："'《废都》现象'确实以相当的深度，证实了我们这个社会的人文精神的危机，在某种意义上，它正构成了精神废墟的一枚触目的标记。"

10日 陈建功的《少说为佳》发表于《北京文学》第2期。陈建功表示："所谓'新体验小说'，首先是叙事者无论是选材还是叙事，都把亲历性放在最重要的地位。亲历性将是这类作品的魅力所在。因此和新体验小说共同进行的，是叙事者走出'沙龙'的'亲历'，当然，到了小说里，这'亲历'就成为了小说的主要动作线索。也就是说，叙事者将和被描述者一起成为作品的主人公，叙事者的亲历线索、动作线索将是小说的重要线索之一。"在陈建功看来："'新体验小说'的前景将是亲历中的客观与主观的有机结合，有因有果有因无果无因有果无因无果百态层出却妙趣横生的故事和非故事。"

许谋清的《我的"新体验小说"构想》发表于同期《北京文学》。许谋清认为，新体验小说就是"让作家去食人间烟火，恢复肉眼凡胎，承认自己身上也有一般人所具有的弱点，具有一般人的喜怒哀乐"。许谋清强调："我的新体验小说，重点写我，面对客体把我立体化，也就是解剖面对客体的我，把我的体验毫不掩饰地告诉给读者。一反解剖别人揭示世界，而解剖自己以透视世界。"

赵大年的《几点想法》发表于同期《北京文学》。赵大年指出："新体验小说是作家全身心地投入，把自己的喜怒哀乐也写进去，区别于那种冷漠的、纯客观的、不动声色的描写。"赵大年强调："这种作品的魅力在于作家的亲历性。小说的内容是作家的亲身经历和体验，或者是亲眼所见，亲耳所闻。它属于纪实文学。不是虚构的故事。……为了实现亲历性，作家必须亲身参与。"

15日 《上海文学》第2期刊有《编者的话》。编者写道："本刊又接着发表他（指刘继明——编者注）的新作《海底村庄》，我们希望当代文坛与广大读者能够因此而注意刘继明的文学创作。我们是否可以把刘继明的小说称为'文化关怀小说'？这是同80年代一批知青作家所写的'文化寻根'小说呈现不同面貌的作品。……'文化关怀'小说的创作背景，则是对中国大陆经济起飞、加速现代化进程这一历史阶段的文化反思。一批更为年青的、仍在生活基层感受着社会机制调变的作家敏感到：当我们从崇尚行政的力量转向崇拜经济的力量之后，我们的生活世界可能会出现另一种失衡——那些渗透在社会深层结构中起着凝聚作用的'无用之用'（关于意义、人伦准则、文化的认同与归属等精神文化之用），可能由于一时无法在市场效益上体现其实用性而往往被疏忽；一个社会的整合、团结、改造与提升，既不能独仗封闭时代的权力来生产，亦不能仅凭市场开放时代的货币就能购买到，它是政治、经济、文化三者良性互动的结果。'文化关怀'小说正是在这样一个社会背景及心理背景上出现，它带有鲜明的有别于其它时段小说的'90年代性'。"

编者评价道："刘继明的《前往黄村》，在一个成功的经营者的故事中，生发出在意义层次上的人生迷失。主人公既希望回归最终又埋葬自我的矛盾，是一种失落文化关怀后的内心痛苦。《海底村庄》则表现一种近乎痴迷的人文精神，那种不怕被狂潮吞没，决心让历史进入当代人的精神生活的学术气概。刘继明的'文化关怀'小说，将浪漫主义的精神与先锋小说的叙述优长融合在一起，创造出调侃中见悲凉、见悲壮的艺术风格。"

张新颖的《大地守夜人——张炜论》发表于同期《上海文学》。张新颖认为："张炜由着心性写，心性变创作也变，从少年感觉写到成人有悲悯与苦辨，写到浑然天成的大境界，变化不可谓不大，但心性在则变化必有根有源，而心性之作在当前文学中的缺乏更反衬出张炜之变的内在性和相对稳定性，对比于外在的随机应变，内在的自然变化毋宁说更像是一种'不变'。"在张炜的作品中，从《古船》到《九月寓言》，"在某种意义上，张炜慢慢'接受'了苦难"。

在张新颖看来："张炜想表达人对于自我的根源的寻求，而自我的根源也就是万物的根源，即大地之母。张炜竭力想要人明白的是：大地不只是农业文明的范畴，它是一元概念，超越对立的文化模式，而且有最普遍的意义。"针对张炜的小说，张新颖指出："张炜小说里的事件一般都很简单，甚至简单到每每让人以为不足以构成小说的程度，却又常常产生厚重和使人沉醉或欢乐、使人悲悯或苦思的效果，想来是大地的隐秘和本质源源不断的辐射透过张炜的叙述被我们真切地感受到了。"张新颖认为："大地的隐秘和本质、人类生存的永恒根基通过张炜的叙述被感受，这是既让人欣慰、又让人悲哀的事。"

17日 李岩、孙海伟编译的《读者最有发言权——托尼·莫里森采访录》发表于《文学报》。托尼·莫里森在文章中说道："我曾试图借用爵士乐的乐理来写小说：直线条的结构，修饰充分的同时，意外情节层出不穷。困难是把一切头绪都联系得天衣无缝。爵士乐的另一个特性，是能调动听众的反应。人们听'福音赞美诗'和'唱诗班'的乐曲时，就会有说话的欲望、或有其它的反应：如用脚打拍子，小声合唱，感慨长叹等等。这就是听众的参与反应。我力图让我的书产生同样效果。我致力于创造出一些空间以使读者和叙述者能达到某种默契，能感到一种特殊的体会，让读者不局限于一个旁观者，让他读起来丝毫不费劲。"

19日 洪治纲的《地域风情与小说意蕴的深化》发表于《文艺报》。洪治纲指出："地域风情作为一种环境，既含纳了山川风光等自然景观，又包并了世俗民情等文化习传,并以其潜在的方式向人们灌输着某种地区性的文化生存形态,在不自觉中规囿着人们的生活和思维程式。当它成为作家笔下意欲表现的审美对象时,它决不仅仅只是为作家传达自身审美理想提供某个相对稔熟和稳定的时空系统,而是在文本的深层结构中直接影响着小说内蕴的深化与拓展。"洪治纲认为:"地域风情作为小说中的一种审美实体,便不仅仅是一个时空框架,而是在演绎作家的情感历程和审美追求的过程中,又呈现出作家自身丰富的艺术个性,并折射出作家对某种本土文化洞悉和思考的深度。"此外,洪治纲还强调,"当然,真正现代意义上的地域风情,是把小说意蕴延伸到对一种家园感的渴望与重建上。……必须明确的是,对这种地域风情的追忆与重构,必须以当代意识来观照它,以灵性去激活它。若用复古式的、僵化的笔调去表现,无疑只是为了展览一些风俗学意义上的世俗民情罢了"。

涂普生的《我的艺术情结是乡下和乡下人给的——关于刘醒龙的札记》发表于同期《文艺报》。涂普生在文中写道:"'每位作家都有他的艺术情结,我的艺术情结是乡下和乡下人给的,它只能属于乡下和乡下人。'不管自己对乡下的贫穷是何等的怨,对乡下的落后是何等的忧,对乡下的愚昧是何等的恨,更有那许多百感交集、五味俱全的往事。'乡下的孩子写乡下和乡下人',这便是自己的创作道路和创作特色所在,自己的成功所在!"

三月

2日 梁晓声的《关于〈俘城〉的补白》发表于《光明日报》。梁晓声表示:"我确信,现实主义,至少在今后十年里,仍将继续它的复归实践,而不是在伤痕累累中彻底倒下。我所言现实主义,不唯是一种'创作方法',更是一种文学宗旨——对现实社会予以极大关注,而非故作仪态地逃避的宗旨。"

10日 毕淑敏的《炼蜜为丸》发表于《北京文学》第3期。毕淑敏指出:"个人的情感只有同人类共同的精神相通时,我以为它才有资格进入创作视野,否则只不过是隐私。"毕淑敏表示:"我这篇小说(指《预约死亡》——编者注)就是这么写的,在付出了和一个报告文学家不敢说超过起码可以说相仿的劳动之后,我用它们做了一篇小说。"毕淑敏认为:"新体验小说光有情感体验我以为是不够的,或者说这体验里不仅包括了感觉的真谛,更需涵盖了思想的真谛。真正的小说家应该也必须是思想家,只不过他们的思想是用优美的故事、栩栩如生的人物、跌宕起伏的情节、缜密的神经颤动、精彩的语言包装过的,犹如一发发糖衣炮弹。"

同日,张汝伦、王晓明、朱学勤、陈思和的《人文精神寻思录之一——人文精神:是否可能和如何可能》发表于《读书》第3期。张汝伦认为:"人文学术的危机还有其内部因素往往被人忽视,这就是人文学术内在生命力正在枯竭。……人文精神是一切人文学术的内在基础和根据。正是由于人文精神意识的逐渐淡薄乃至消失,使得智慧与真理的追求失去了内在的支撑和动力,使得终极关怀远不如现金关怀那么激动人心。"就人文精神的实践,张汝伦强调:"人之所以为人就在于他能自觉具体地实践某种超个人的普遍原则,并以此作为自己人性完善和升华的途径,而我们所谓的人文精神,不正在于人类这样一种持久的实践和努力中?"

王晓明认为:"人文学术也好,整个社会的精神生活也好,真正的危机都在于知识分子遭受种种摧残之后的精神侏儒化和动物化,而人文精神的枯萎,终极关怀的泯灭,则是这侏儒化和动物化的最深刻的表现。"另外,王晓明肯定朱学勤关于"人文精神的实践性"的看法,并指出:"如果把终极关怀理解为对终极价值的内心需要,以及由此去把握终极价值的不懈的努力,那么我们讲的人文精神,就正是由这关怀所体现,和实践不可分割,甚至可以说,它就是指这种实践的自觉性。"

朱学勤指出:"对人文精神普遍原则的理解,应该是形式主义的,而不是实体主义的。……痞子思潮则抓住人文精神在大陆一度冻结为意识形态这一理由,一边消解意识形态,一边消解人文精神,随着意识形态的淡出,痞子思潮对人文精神的消解作用将更为严重。"此外,朱学勤还强调:"一个人文学者,不仅要把人文学科内的课题做好、做扎实,还要关注现实,关注今天的人文环境。"

陈思和在文中说道:"人文精神的失落恐怕不是一个局部的学科现象,我怀疑的是作为整体的知识分子在当代还有没有人文精神。"陈思和还强调:"五四传统留给我们的是使命感和正义感,但这只是构成知识分子的行为准则,我们还应该有知识分子自己的东西,包括知识传统和人文传统。如果这些东西没有搞清楚,光有使命感和正义感也是无力的。勇气不等于知识,也不等于力量。"

同日,张承志的《岁末的总结》发表于《中国作家》第2期。张承志指出:"这部散文集(指《清洁的精神》)为我重视,有一个原因也是因为它比其它作品更贴近一种思想的总结。……在我至今印出的约二十本书中,只有散文集《绿风土》《荒芜英雄路》和这本《清洁的精神》,加上《心灵史》与诗体的《神示的诗篇》,还能令我自己喜爱。小说除了个别的篇目以外,都写得没有什么像样的价值。"

张承志还谈论道:"其实我已经把该干完的都干完了。我能认识到的文学的意义,和我自己崇敬的文学形式已经被我多少地实践和见识——我特别想洗手不干。……本来自《心灵史》完成以后,我已经考虑不再执笔并结束自己的文学创作——但是我无法做到旁观。……我虽然屡屡以反叛中国式的文化为荣;但在列强及它们的帮凶要不义地消灭中国时,我独自为中国应战。"张承志认为:"《黑骏马》引发的思考,并没有指向那一方土地的严峻生活。……我只是怀着过分单纯的善意决定了写它,我又使用了过分软嫩的语言写出了它——它与永远在我眼前栩栩如生的蒙古真实之间,存在着一种巨大的不同。"关于《金牧场》,张承志认为:"《金牧场》写得吃力而施展不得,整个设计全错了。我这个相当讨厌摹仿外国文学的人,那次深深受了结构主义文学的骗,莫名其妙地追求了一个失败的结构,在框架(即陷阱)的诱导下,思路和文学两方面都别歪了劲儿。"他还强调:"《心灵史》不是小说但最大限度地利用了文学的力量和掩护,它也不是历史学但比一切考据更扎实。"

张承志表示:"其实包括这本散文集在内,除了《心灵史》一个例外,我没有任何一点骄傲和自我肯定的根据。"最后,他还强调:"中国文化迎来的危机,以及知识分子们在商业化潮流中可能的选择,会使我的思想依然激烈。但是,我要警惕偏激。对于中文的一种感激和守卫的意识,会使我今后更加注重文学语言。但是,我要防止矫饰和过份。……我要守住一种源于清洁的精神。"

15日 陈晓明、张颐武、刘康、王一川、孙津的《后现代:文化的扩张与错位》发表于《上海文学》第3期。王一川认为,中国的后现代"分三个层次:

一个是后现代主义叙事方式，……第二个是后现代主义思维方式，……第三是张颐武强调的大众传媒、通俗艺术，大众艺术的兴起"。陈晓明指出，"恰恰是现代性在中国的夭折表明了后现代话语提供的语境是空间性的"。张颐武同样表示："空间性是后现代一个非常大的指标。"

格非的《故事的内核和走向》发表于同期《上海文学》。格非指出："小说的成功与否取决于作家在多大程度上对创作初衷构成了违背。……现代小说的发展（尤其是福楼拜以来的一系列叙事革命），为故事的叙述结构提供了一个开放的空间，作家在讲述故事时，不再依赖时间上的延续和因果承接关系，它所依据的完全是一种心理逻辑。……作家初始的意象的出现往往极为重要，它作为一个意味深长的信号，不仅关系到故事的发展和走向，而且对于小说的最终成败都构成了影响，我们不妨将这种最早出现于作家意识中的'初始画面'称为'故事的内核'。"

同日，陈思和的《关于乌托邦语言的一点随想——致郜元宝，谈王蒙的小说特色》发表于《文艺争鸣》第2期。陈思和认为："方方面面的要素只有在最根本的制约——模拟乌托邦语言的总体调动下，才按其独特的规律活跃起来，展示出王蒙小说的鲜明特色。……王蒙不是一个站在广场上用知识分子的语言对社会施行批判使命的精英式作家，他是以低调的姿态侧身于庙堂，通过对乌托邦语言的模拟达到对时代的反讽。"陈思和指出："王蒙有办法使社会上的各种观点转化为各种语言，在他的作品中同时播出。大多数艺术家的作品是艺术家自己的叙事和独白，而王蒙则将叙事与独白混同为一，没有作家的叙事，只有人物地独白，每个人物都在作品里滔滔不绝的独白，谁也压不倒谁的声音。"

陈晓明的《"后东方"视点：穿越表象与错觉》发表于同期《文艺争鸣》。陈晓明认为："当今中国在文化上进入一个非常特殊的时期——不妨把它称之为'后东方'时期。这里的'后东方'至少有二层含义：其一，对'东方性'（或民族性）的强调总是导致对它的消解和疏离；其二，这种文化陷入严重的表象危机之中，在名/实，动机/目的，行为/效果，形式/内容，合法/非法……之间，都发生错位。"

王干的《话本的兴起与先锋话语的转型》发表于同期《文艺争鸣》。关于"先锋的转型",王干认为:"种种迹象表明,先锋们在暗暗转换话语,从抗拒型转向温和型,从抽象型转向具象型,从国外思潮转向中国古代。"而"'新话本'小说的出现"是"对整个新时期文学一种策略的调整","'新话本'标明先锋话语在自恋自怜的泥沼跋涉出来,寻求与整个世界的对话",但"很可能与我们这个时代日益泛滥的市民文化情趣合谋扼杀原先先锋们赖以自豪的精英意识和知识分子精神,这将会导致小说的死亡、文学的毁灭"。此外,王干还指出,"王朔的小说是新话本的重要类型。王朔的小说特点在于'侃','侃'实在是话本的本质所在"。

王干的《寓言之瓮与状态之流——王蒙近作走向谈片》发表于同期《文艺争鸣》。关于"寓言"和"新状态小说",王干认为:"'状态流'有点类似围棋中的"自然流"(有人把武宫正树的棋称为'宇宙流',武宫坚持自称'自然流'),它是按照棋(文)的自然流向来行棋(行文),并不拘泥于常规和俗法,'行于所当行,常止于不可不止'。而'寓言流'则有些类似围棋的'中国流',中国流的特点在于事先预设好一个圈套,用请君入瓮的方式引诱对方进入,通过捕捉'攻击目标'来确立优势。……'意识流'和'新写实'都可视作'状态流'的一种表现形式,但'意识流'是引进的产物,更是一种哲学观念的文学化,而'新写实'在展示生存状态时往往过多地阻扼人的情感状态的表现,只能成为'新时期'到'新状态'的一种过渡。"

张法、张颐武、王一川的《从"现代性"到"中华性"——新知识型的探寻》发表于同期《文艺争鸣》。文章认为:"在中国语境中,它(指"现代性"——编者注)则有了新的独特含义:主要指丧失中心后被迫以西方现代性为参照系以便重建中心的启蒙与救亡工程。这一中心重建工程的构想及其进展是同如下情形相伴随的:中国承认了西方描绘的以等级制和线型历史为特征的世界图景。……中国的'他者化'竟成为中国的现代性的基本特色所在,也就是说,中国现代变革的过程往往同时又显现为一种'他者化'的过程。"文章还指出,"新的话语框架"的"核心"是"中华性","中华性并不试图放弃和否定现代性中有价值的目标和追求。相反,中华性既是对古典性和现代性的双重继承,同时又是对古典性和现代性的双重超越"。

17日 话津的《像新闻,不像小说》发表于《作品与争鸣》第3期。话津认为,刘震云的《新闻》存在"轻度荒诞的重度弥漫"和"白描手法的过于'素'"的问题,并指出,"大起大落、一波三折的传奇经历极富戏剧性,颇有'小说'感,但细看过来,却似乎很不'小说'。作品中的诸多'事件',……仍属'真相''曝光'一类"。话津表示:"《新闻》具有相当高的社会认知价值,从这个意义上讲,《新闻》更像是一则前所未有的大新闻。"

晓田的《刘震云小说的情感索隐》发表于同期《作品与争鸣》。晓田认为:"以'新写实'冷漠的面孔出现的刘震云,一直在把自己的情感指向埋藏于机智的叙述中,用'反讽'的手法伪装自己。"

20日 陈辽的《'93中短篇小说的格局和走向》发表于《小说评论》第2期。陈辽认为,在"本世纪结束前",我国中短篇小说的走向将会是:"一、在反映生活的时空上,写当今改革开放的现实生活和社会主义市场经济的,数量上将占百分之五十,在艺术质量上将精益求精。二、在创作方法上,现实主义仍将占主导地位,但创作方法多元化将长期存在。三、小说家们将越来越明确,适应社会主义市场经济并为社会主义经济基础服务是在社会主义下小说创作不依人的意志为转移的客观规律。四、小说的民族化、群众化、现代化应是小说家的奋斗目标,将成为小说家的自觉行动。"

李洁非的《长篇小说热的艺术评析》发表于同期《小说评论》。李洁非认为:"近年来的中国文学是以长篇小说热为其特征的,而且从种种方面来看,这一势态还仅只是刚刚开始。……但在我国,长篇小说的文体变革来得太迟,直到几年前,我们在长篇小说上仍然遵循着'巴尔扎克模式',因此我们在理论上对这个问题缺乏敏感也就不足为怪的了。"李洁非指出,首先,"有关长篇小说作品产量的庞大数字下,掩盖着另一个事实,这就是,相当多的作品并不是纯文学类的",其次,"可以预计到的趋势是,为艺术而艺术的作家将越来越少,而不是越来越多,由此我们不禁遗憾地感到长篇小说的复兴在时间上来得太晚了一些,以致这种复兴究竟能够保持多么长久的势头或多么强劲的速度,看起来完全难以卜算",最后,"从目前长篇小说的艺术进程看,一方面气象颇新,另一方面又无疑处在混乱和迷茫之中。求变的姿态与对长篇小说的某种可能是不变的艺术结构特征缺乏了解，形成难解的矛盾"。

25日 潘军的《想象与形式——关于〈风〉的一些话》发表于《当代作家评论》第2期。潘军表示："这部小说所暗示的一切差不多都是'闪烁其词'。这似乎是历史的形态，然而也是小说的形态。这形态正对我的胃口。……我越来越切实地感觉到，作小说有一个意识问题。短篇有短篇意识，长篇有长篇意识。"潘军指出："现代小说的创作从某种意义上而言是形式的发现与确定。可以肯定地说，我是先找到了属于《风》的形式然后再去写《风》的。……《风》是'历史回忆'+'作家想象'+'作家手记'，三者合成。回忆是断简残编，想象是主观缝缀，手记是弦外之音。正是这种形式在诱惑着我，让我冲动，欲罢不能。"

28日 雷达的《喧嚣中的沉思者们——读93年部分中短篇小说》发表于《中华文学选刊》第2期。雷达指出："如果说1993年的中短篇有何特点的话，回到人物、回到性格创造的审美追求在一些作品中变得突出起来了。当然不是复旧，而是在更加逼近生活真实的层面上提高人在作品中的位置。"

31日 储福金的《心语》发表于《文学报》。储福金指出："写成了以后我发现，这篇笔记体古小说（指《心之门》——编者注）的故事，已化成了我小说的结构，一种环扣式的结构。这种环扣结构脱胎而出，却显得前无古本了。"

本季

董丽敏的《走出意义与走向意义——新时代小说的基本线索》发表于《文艺评论》第1期。董丽敏认为，关于秩序和意义，"残雪含蓄的暗示：意义与秩序之间其实并不如我们想象的那样亲近。毋须赘言，秩序之形式源自我们对意义的追求"，而"余华的作品毋宁是在宣布尽管有原初意义为基础，但秩序的现实针对性却能毫不费力地撕裂它，从而有可能使它的自调行为一步步地迈向无序……余华对于有序演变为无序的思考显然是带有冷静的悲剧色彩的。相形之下，王朔轻松多了。在他瞩目的世界里，无序显示了比有序更为旺盛的活力。……然而残雪、余华和王朔毕竟进行了对最根本的伦理关系的瓦解，……一切意义追问最终总是要回归到人自身的"。

董丽敏指出，"如果只从意义范畴着眼，我们可以说，马原似乎已经意识到意义是人所赋予的,可以通过对非我的一切秩序非秩序重新有序化的形式显示出来",但是,"马原恰恰忽视了意义之于秩序的预置地位。……那令人眼花缭乱的形式构造便成了小说家对意义追问的逃避与掩盖",而洪峰"对生命秩序的拘泥早已命定了起点与归宿,那么意义的追问也就是丧失了其作为生命超值的特质"。关于马原和洪峰,董丽敏总结说:"当马原的把玩秩序与洪峰受制于生命秩序同时成为可能的时候,我们发现了对立中的奇妙统一:马、洪实际上互为注释。"

董丽敏还指出,在马原、洪峰之后,王安忆等作家开始"在'城市'与'外来户'之间发掘着缺口","在王安忆的小说里,小说家一直追踪到城市历史的纵深处,同时也是外来户的发源地,为我们揭示出意义之后的废墟。余华呢,更关注外来户在撤去了意义之后的生存真实"。可以说,"余华与王安忆的还原行为已经走到了城市的边缘"。

最后,董丽敏总结道:"从方方他们注目于寻找意义到余华、王安忆更关注意义生成,我们说,小说家们的观念发生了嬗变。我们至少从中看到了他们企图创造我们自己的意义的努力。日渐复苏的自觉创造意识也许正预示着:我们在走出虚假的意义,也在走向真正的意义。"

李子云、陈思和、陈村、孙颙、谷梁、吴俊的《须兰小说六人谈》发表于《小说界》第1期。谷梁说:"须兰在对待历史处理上,比苏童更显主动性、随意性,她能大胆而勇敢假设和编排历史,面对被人视为模糊朦胧而有几分神秘的过去,她可以淋漓尽致展开自己的想象,无所顾忌,毫无遮盖地抒发自己的情感。这种面对过去的勇敢,是一种面对传统勇敢的表现。如果说苏童创作的虚拟历史作品中,还处处用传统所说的细节照顾故事与人物尽可能的真实性。而在须兰的作品中这份顾虑统统没有了。这种完全以我为主处理历史人物故事的创作方法,它既反映了历史题材小说中创作者想象力的解放,同时也使历史与文学,或者说历史题材的小说离历史越来越远了。"

四月

1日 陈思和、李振声、郜元宝、张新颖的《余华:中国小说的先锋性究竟能走多远？——关于世纪末小说多种可能性对话之一》发表于《作家》第4期。陈思和指出："余华小说有一个从先锋转向世俗的变化，这变化对当代被称为'先锋小说'的创作思潮具有象征意义。我曾经把余华小说称作是当代中国最生动地体现了'世纪末'精神的作品，这是指从《十八岁出门远行》到《现实一种》所表现出的创作特点。"陈思和认为，"余华与其他先锋小说家不一样的地方就在于他在乎自己对这个世界的看法"。关于写"本恶"，余华"不认为这是他的一种策略而是一种童年痛苦经验的放大"。陈思和评价道："先锋小说依恃的仅仅是语言和游戏观念，这些东西只是精神的载体，如果精神不存在，它们本身并没有很大的力量。"

李振声认为："像《四月三日事件》《现实一种》《河边的错误》《世事如烟》《难逃劫数》等，它们都集中发表在八七和八八年。我想，这组作品恐怕是余华最能表明他的写作立场和小说个性的作品了，如果说余华能够为当代小说提供点什么，我想大概是靠这些，而不是他此前或此后的作品。"针对先锋文学，李振声指出："先锋是一种姿态，一种立场，或者说一种理想，而不是一种要求持久、成为正统的权力话语，一种权威文本。"

郜元宝指出："他（指余华——编者注）擅长写小孩子的世界被大人忽略或践踏后形成的某种精神亏缺，在这方面，余华比莫言有新的开掘。他这个主题也一直贯穿在《星星》以后的小说中，我觉得这有可能是余华小说的一个精神内核。"郜元宝认为："余华小说的最高精神取向也许正是在于传达某种消失于细雨中的呼声。"郜元宝还认为："《呼喊与细雨》中的'欢悦'是无法抑制的，是生命本身赠与他的。这种'欢悦'与'恶'的东西都是天然的，都是自然的。……余华的写作过程是一个不断克服自我的过程，他所看到的是一种很浑成的东西，并非绝对性的东西，这种浑成是不可以简单用'残酷''冷漠'表示的，而他的中篇正表露出一种危机，即用一种东方的世俗智慧去表达残酷。"此外，郜元宝还谈论道："在当代中国作家中，张炜、莫言和余华对生命的苦难接触得较多一些。这三个作家都有一种潜在救世之道。在张炜和莫言作品中也有那种孩子在不为大人知晓的地方感受自然的欢乐的描述，所以我觉得余华后来有点回到莫言那里去了。"

张新颖认为,"先锋作家的不自由是很明显的,他们一定要反叛什么,这个反叛的对象对他们的制约就太大了,使他不管写什么都要走极端,把很多东西都排斥掉了。所以可以说,先锋文学是对象性的文学,是牺牲的文学,是为了争取自由而永远不得自由的文学。先锋文学的命运注定是悲剧性的"。在张新颖看来,"每一代作家、每一个作家的先锋性都是有限的,但是中国小说的先锋性应该是连续的,如果我们关注中国的先锋文学,特别是现在,我们就不能把自己眼光限定在已经被认可的先锋作家身上,我们还需要更多地关注那些默默无闻的先锋"。

5日 吴秀明的《关于当前历史文学发展的二点思考》发表于《山花》第4期。吴秀明认为:"当前历史文学要想回到八十年代初以前的那种显赫一时的鼎盛局面是困难的。因为前些年历史文学突发性勃兴,追根溯源,多与它们的作者以往经历的不公平的政治际遇紧密相关,可以说是有着特定的历史原因的。"

10日 桂青山的《大内容自在"信史"中——读〈活泉〉随感》发表于《北京文学》第4期。桂青山认为,《活泉》的"可贵之处就在于:在它平实无饰、自然老成的笔墨中,再现了个人历史(同时也潜孕着某一层面的家族历史、民族历史及农民革命斗争史)的'本来面目'。又正因其面目的'本来'、正因其'本来'中的真实可信、无雕无琢,也就具有了令人认真体悟、反思的普遍性大意义与历史的实价值。……它完全是作者一己的心灵流露,完全是不受羁系的人生艺术述描,完全可以称为暗示后人的真正的'信史'"。

母国政的《回避"深刻"》发表于同期《北京文学》。母国政指出:"小说就是小说,神圣不到哪儿去!……能把作品写得深刻,除了苦苦追寻,还要机缘,而机缘是难得的。那么在我舞文弄墨时,只好另觅出路——回避'深刻'。……对我说来,能写出我们这个时代一些普通人的生活形态,我就心满意足。"

同日,高瑞泉、袁进、张汝伦、李天纲的《人文精神寻思录之二——人文精神寻踪》发表于《读书》第4期。高瑞泉认为:"人文学术中人文精神的低迷,恐怕有一个更深刻的背景,就是近代以来浸淫日深的价值失范。……纵观历史,凡是这两者（指价值观念和价值承当——编者注）持久背离时，一定会出现价值失范、信仰丧失，中国人恰恰就是在这种价值状况中进入二十世纪的。"

袁进指出："我理解的'人文精神'，是对'人'的'存在'的思考；是对'人'的价值，'人'的生存意义的关注；是对人类命运，人类的痛苦与解脱的思考与探索。人文精神更多的是形而上的，属于人的终极关怀，显示了人的终极价值。它是道德价值的基础与出发点，而不是道德价值本身。"袁进还指出："在意义丧失的深远背景下，我们已经因民族复兴富国强民的追求去挤压终极关怀，工具理性膨胀得丢弃价值理性；再来一个消费主义、享乐主义的冲击，对当代人文精神不啻是雪上加霜。"

张汝伦认为："人文精神不光是一种态度，一种心境，更是一种生命的承诺，否则它必然归于消灭。……在这意义（指牺牲一己利益——编者注）上，人文精神的要求也具有康德讲的那种'绝对命令'的性质。它不仅要有高度的道德操守，也要有一种殉道精神。"

李天纲指出："拒斥宗教心，或许是近代中国人心失落的表征之一。"在他看来，"现代人性迷惘、委琐的重要原因"是"理性精神原是人文主义的支柱，但现在也已严重异化"。李天纲认为："知识分子不必太在意'商品大潮'。不论眼下的情景如何，我相信，人文精神其实就像灯塔，总是一闪一闪的。作为一批人，一种思想，一个理想，就像光一样总是存在的。"

15日 《上海文学》第4期刊有《编者的话》。编者说道："刘醒龙《菩提醉了》以它的悲悯、大气、俯视人间的胸怀震撼我们。"关于刘玉堂。编者说："《人走形势》是山东作家刘玉堂的新作。小说原题《汉奸》，我们征得作者同意后觉得改为《人走形势》较贴。……民间风格是刘玉堂小说的最本质的特征。……刘玉堂主要表现国家意识形态话语如何在民间日常生活中流走，民间日常生活如何吸收与消化这些话语，这些话语在日常生活中就变成了可操作的、可咏可叹的程序。像这样一种观照生活的角度，可以说是刘玉堂所独创的。"

钱谷融的《性情之作——〈南京姑娘〉序》发表于同期《上海文学》。钱谷融认为："一部作品之有没有吸引力，以及其吸引力之大小强弱，不但取决于作者的表现能力，更重要的取决于作者的人品、作者的性格力量，还要看作者是怎样一个人,他在这个作品中究竟把自己摆进去了多少。"

16日 余中先的《〈被叛卖的遗嘱〉——米兰·昆德拉的小说观》发表于《文艺报》。米兰·昆德拉认为:"小说的价值则在于某种存在着但被掩盖着的可能性的揭示上;……写真人真事的小说到了读者手中就可能会引他们入歧途,他们在小说中寻找的不是'人的生存'的未知面貌,而是'作者的生存'的未知面貌,小说艺术的意义就将被取消。"

17日 何玉麟的《方兴未艾的"电脑变通小说"》发表于《羊城晚报》。何玉麟认为:"正是电脑的软件及其顺序可贮存、可打乱的特点,启动了一种全新的文字形式和创作方法,美国人称之为'电脑变通小说'。这种'电脑变通小说'的作者大都不是小说家,而是一些地道的电脑专家。他们曾在'海湾战争'结束后,把欧美各国大小报刊上有关这一战争的各种报道、资料、图片收集起来,分门别类地输入电脑,仅仅留出一些'提示'或'纲要'交给电脑操纵者(即读者)去任意处理。……'电脑变通小说'的萌芽或许在以下诸多方面引出连锁反应:其一,作者与读者角色移位。作者仅仅是资料库设计者,或是把'剪报'变成电脑软件的输送人员,真正的书的作者反倒是每一位读者,不同读者阅后,有不同版本出现,这种'小说'如大量出版、发行,作者是谁?会是一个严肃的版权法律问题。"

同日,刘祯的《金苹果之梦》发表于《作品与争鸣》第4期。刘祯认为:"毕淑敏的小说擅写小人物,不过,她笔下的小人物,与新写实'原生态'的人物不同,有理想有追求,并为实现自我价值而去奋斗努力。"

周玉宁的《文学参与意识的复归》发表于同期《作品与争鸣》。周玉宁认为,"一个时期以来,我们在追求小说的表现手段与技巧的丰富圆熟时,在深入地挖掘人生况味与意境时,也忽略或者说回避了小说对社会现实的参与,反映社会现实的作品越来越少"。

五月

1日 方克强的《通向历史诗学的小说》发表于《文汇报》。方克强指出:"小说中的历史叙事和历史话语,就涉及到一个根深蒂固的问题,即小说与历史的关系。人们通常理解的'历史'是已经产生过的真实，而小说的本质则是虚构。然而，当小说公然申言或积极暗示出历史也是一种虚构时，它就意味着通向一种与艺术摹仿论不同的新的历史观和历史诗学。王安忆的长篇小说《纪实与虚构》可发掘的新意就在于此。"

同日，雷体沛的《在解构中回望——东西小说文本策略中的纠结》发表于《作家》第5期。雷体沛指出："东西的文本完全颠覆了这种固有的美学范型，中心已完全移位到外在的感性层面。占据他文本的内容，除了叙事的话语操作以外，我们得不到任何文本之外的追问。而语言所操作的，是能指本身，即在能指之外设有中心所指。叙事本身变为了目的。这与把能指作为手段（后现代以前的全部艺术皆属这一类）的现实主义及现代主义的作品大相径庭。首先，打破传统小说的故事整一性，将有秩序的感性叙事通道割断，造成故事断裂，阻止了读者从感性叙事层面向意象层探索的企图。"

"其次，是零散化的叙事组接方式，完全打破了围绕一个故事的整体结构模式，将读者从旧有的阅读习惯中拉了回来，去应付零散化的生活现实。比如《迈出时间的门槛》（载《花城》1993年第4期）虽然有着明显的寓言性，枪、笔和男性生殖器这人类历史和人类生存的全部奥秘——它们作为权力（暴力）、人的本能欲望及人类文明的象征是如何在人的现实生活中支配人的行为及其命运，还有'多年之后'人类文化（笔）的悲观。但小说的三个组成部分的最后一个部分，却自成格局，与前两部分毫无联系。"

"第三，有意中止故事的延续性，在读者中造成间离效果。这似乎是东西所把玩的叙事游戏。……这种剥离的结果，是阻止故事本身意义的显现，将叙事从故事中抽出，即对叙事本身的注重，将叙事作为直接目的。当一个故事呈现出它的完整性并且按照故事自身的结构发展时，故事在完美地呈现了自己的同时也昭示了自己所包蕴意义。东西的这种语言的把玩，有效地摧毁了故事在完整意义上的内在结构，使故事仅仅变成为语言平面游动的直接兴趣的附着物，即故事仅仅提供了语言运作的机会而已。"

3日 编者的《现实的呼唤》发表于《人民文学》第5期。编者写道："叶楠是剧作家，也是小说家。他写历史，也写现实。这一篇《无声的告别》，是把现实和历史交织在一起来写的。其立足点与着眼点，终究还在现实。而若跟严格的现实题材之作相比，则又带有浓厚的传奇色彩。加以小说兼用电影手法，就更好看了。"

5日　吴文薇的《论当代小说的反讽叙述》发表于《当代文坛》第3期。吴文薇认为："改革开放、工业化进程、城市商品文化的兴起，多种意识形态的杂陈，在一定程度上裂解了社会权威历史话语的中心地位，造成了整个社会文化泛文本的离散状态，使当代中国文化涵容着巨大的复杂性和悖论性。反讽叙述就是对置身于'文化失范'的文明情境中的人的心理失重状态和喜剧式处境的揭示。"

同日，洪治纲的《论小说中的地域风情》发表于《山花》第5期。洪治纲认为："作家们在揭示人类生命的丰富形态、体验生命的生存境遇时，往往无法撇开地域风情的多重熔铸。……正是这种有意味的生命形式，决定了地域风情在任何优秀的小说中，都不仅仅是一个时空框架，还是某种文化本质因素的物在化和具象化，它不但显示了人类生命本体内在精神的当代性，积淀了历史纵源的文化原汁，还负载着作家个人的多元审美信息。……真正现代意义上的地域风情还是把小说意蕴延伸到对一种家园感的渴望与重建的现代哲学本质上。"

王干的《主持人语》发表于同期《山花》。王干认为："叶兆言在先锋作家中国学功底最为深厚，但他的小说却时时在消解传统的观念和传统的技法。这篇《结局或开始》写的是一个类似日本影片《生死恋》那样的爱情故事，但小说几乎每一笔都在警惕和削除那种震颤人心的悲剧性力量，甚至颇有些喜剧和闹剧的荒诞色彩。"

同日，郜元宝、孙甘露、张新颖的《"先锋"的潮涨潮落》发表于《文学报》。郜元宝认为："今天，先锋似乎已经成为一个背景，尽管它原初的精神指向仍然不屈地潜伏在我们许多人也许还注意不到的某些现在进行时的写作中。重评先锋此时此刻不仅可能而且必要，因为无论作为背景还是未来的指向，先锋都足称当代中国某种文学精神的极端化表达。"

孙甘露认为："在某种程度上，先锋已经成为一个约定俗成充满歧义的概念。它甚至涵盖了大量想当然的胡说八道。当然，有一点是显而易见的，那些充满反叛性的实验写作已经在种种堂皇的旗帜下逐渐返回到常规写作中去。我认为这并不是对什么东西的认同和妥协。就我个人的观点,它是基于某种内涵力,称其为变化不如称其为暴露,而若干实质性的禀赋早就在那里闪烁,只不过许多人视而不见,或者当初根本无力指认它们。"

张新颖认为:"先锋的今昔变迁证明创造独立的话语空间是一种妄想,它没有为我们解决如何表达自己的难题。我们曾经以为在先锋文学的话语空间可以安置自己的灵魂,现在我们恍悟自己仍然是居无定所。"

王安忆的《小说到底是什么?(上)》发表于同期《文学报》。王安忆谈论道:"我认为:小说是一个心灵的世界,它是独立的、个人的精神世界,正因为它是一个人自己的心灵景象,所以它一定带有片面性,它是不完全的,甚至带有偏执的一面;同时,它的存在,是反自然的,反现实的,却是合理的,这就是我对'心灵世界'的描绘。那么,小说的形态是什么样的呢?我觉得,首先,它是以讲故事为形态的,它不是散文,也不是诗,它要有现实可能的逻辑来构成情节;其次,它是用语言做材料的,这语言也是我们现实世界所使用。小说的形态是现实的,而小说所要构成的心灵世界的本质却是反自然反现实的。因此在这里,形态和本质之间便构成了巨大矛盾:既是写实的,具有着人间常态和人间面目的,又是精神的、片面的、反现实的。这时我们不禁要问:心灵世界和现实世界有无关系,它们的关系是什么?我觉得它们是材料和建筑的关系。"

10日 许纪霖、陈思和、蔡翔、郜元宝的《人文精神寻思录之三——道统学统与政统》(刘轶整理)发表于《读书》第5期。许纪霖认为:"过去人们为政治激情驱使而写作,如今为商业激情(名利欲望)驱使而生产文字,这岂不是一种更严重的人文精神失落!"

蔡翔认为:"新时期的一个显著特点,在于精神的先锋作用。"

郜元宝认为:"其实小说也是一个时代人文精神的重要表达渠道,但目前来看,小说家还处于对以往意识形态化的精神体系作反抗的水平,还达不到正面描写知识者的处境及其自我超越的可能。"

同日,陈晓明、徐小斌的《当代神话:生命之轻如何托起生命之重——关于〈敦煌遗梦〉的对谈》发表于《中国作家》第3期。陈晓明表示，把恐惧主题和世俗阴谋对接起来是很有趣的处理。陈晓明认为："阴谋应当是小说叙事中一个很重要的方面，要使小说中有不断再生能力的矛盾，就需要阴谋在其中起穿插作用。"陈晓明还评价道，《敦煌遗梦》"把宗教的神秘和贩卖文物的阴谋对接起来。宗教的神秘提供了一个恐怖的氛围，是对于人性，对人的历史感到震撼的恐怖；阴谋也制造了恐怖，这是人的日常性、'此在'的一种恐怖"。

关于个人小说创作，徐小斌指出："从开始写小说的时候我就充满矛盾。一开始我想追求一种所谓雅俗共赏，但后来发现雅俗共赏几乎是不存在的。好像必须走向极致。"而"我的创作倾向基本上是内省式的、心理型的。而且个人化倾向越来越强"，"就越来越走向极致，完全没有考虑读者"。此外，"对于这个时代我大概只能有两种态度：要么继续固守内心世界，以不变应万变，要么寻找一种新的游戏方法"。

15日　《上海文学》第5期刊有《编者的话》。编者写道："自从本刊二月号推出'文化关怀'小说以来，上海《新民晚报》《劳动报》相继作了报道，引起了众多读者的关心。为此，本刊执行副主编周介人就这个问题进一步回答某些读者的提问。"

周介人指出："'文化关怀'并不仅仅指关怀文化事业、关怀文化人，而是指小说应该关怀社会的精神环境、关怀人的灵魂、关怀人的价值追求。在一个重经济的时代，文学应该为这个时代拾遗补缺，关怀一些经济来不及顾及、或者不可能顾及到、然而又是人的生命的延续与发展绝对不可缺少的东西。所以从根本上说，'文化关怀'就是九十年代的'人间关怀'精神。"

周介人还认为："人们既然在市场竞争与生态法则中感受到'无情'，就需要'回家'去寻找温暖，文学正是人类的精神家园。我们今年的小说突出了两个主题：对弱者，关怀他的生存；对强者，关怀他的灵魂。要使历史进程中的强者与弱者都在文学家园中感受到被理解、被抚慰、被宣泄、被呼喊的关爱。"

南帆、王光明、俞兆平、华孚、朱水涌、北村、谢有顺的《人文环境与知识分子》发表于同期《上海文学》。王光明指出："在商品经济大潮的冲击下，精神和灵魂的问题，终极关怀的问题，更迫切地出现在我们面前。"王光明认为："公众社会的个人觉醒与知识分子的角色到位是现代社会的关键问题。"南帆强调："知识分子在精神上出现了很大的恐慌和混乱，……这显示出知识阶层缺少一种内在的支撑。"朱水涌则认为，"知识分子'应该是每一时代的批判性良知'"。

同日，王干、张颐武、张未民的《"新状态文学"三人谈》发表于《文艺争鸣》第3期。王干表示，"首先我觉得这种新状态不是一种创作手法，也不是一种主义，它是社会文化的转型给创作带来的一种转折机制，这种机制使作家们得以回到了我们以前千呼万唤的文学本体，回到了自己的从容状态上"，而"状态"一词"说明了90年代作家的创作新特点正是对当下生活状态的动态呈现。这是一种生活流、生活状态之流的文学表现"，并且"它的表现是瞬间性和长时段的结合，总的状态氛围是一种瞬间状态，在这种当下状态之内，又伸长出长时段的过往岁月"。王干还指出，"新状态就是作家无需扮演，他本身就是社会的自然角色，这个角色不是他者化的，是他真实的自己"，"叙事者具有了作家的身份"。

张未民认为："新写实的生存相（生活状态）是相对稳定的观照，而90年代的生活化，则是流动的和不断变形的。"张未民指出："共时性，使你无法严格区分新与旧，无法象以前那样总是力图用所谓的'新'去反叛或推倒'旧'。这就是一种'新状态'。这'新状态'之'新'是打引号的。它并不表明一种新文学与旧文学的对立，而只表明这是当下时代的当代文学。当代文坛正在从有序状态回归到一种无序驳杂的自然状态。"张未民还指出，"新状态文学""是汉语写作意义上的自由写作状态，而对西方式的文体意识保持了清醒。有点类似古典小说的搜奇，把一些有趣的东西随意地放到一起，把我体验和看到的放到一起就行了"。

张颐武认为："新状态作品则无意于结构的经营，以松散流动叙述取胜，是一种超越寓言性模式的状态流、自然流，并不是为了完成一个寓言性的象征而展开叙述。"

王干的《优美地告别——"新状态"文学漫论之一》发表于同期《文艺争鸣》。关于"何谓'新状态'"，王干认为："'新状态'不可简单拆析为'新的状态'，更不可确立一个莫须有的'旧状态'去与之对立，'新状态'本身是不可拆解的一个词,……'新状态'是文学的一次'倒计时',……'新状态'的'倒计时'表现为对过去时代的一次悲剧性的告别,……'新状态'注重复现生存状态的同时更注意表现作家的精神状态,通过作家自身存在的反复多侧面的边缘性的游动性的展示,在神话与都市的废墟上去洞开存在的虚无之光。"

张颐武的《论"新状态"文学——90年代文学新取向》发表于同期《文艺争鸣》。张颐武认为:"这种文学新取向的核心标志,乃是作家对当下状态的直接的表述。这种表述既不将当下状态编码为一种'他性'的存在,也不将它变为能指的无限的滑动,而是试图将作者对'状态'的体验与感知与具体环境的表征相拼合,构成对目前文化景观的投射与书写。……'新状态'小说与此前的小说间的最为明晰的'区别性特征'是'作者'的位置的转换。"

同日,王钟鸣的《文学:迎接"新状态"》发表于《中国文化报》。王钟鸣认为:"新状态文学是走出80年代的文学,它经过80年代末90年代初的'新写实小说'和'实验文学'的过渡,完成了对80年代文学的某种超越。新状态文学是'写状态'的文学。但它所呈现的写作状态不单是'新写实'的那种'零度情感'式的纯客观的生存本真状态的呈现,而将融入作家对自我生存的体验和状态的描述。因为90年代的作家已不再是那种启蒙者式的全知全能叙述者了,他们自己的精神体验和生存状态已和普通公民的生活状态融成一片,他们或许只能通过自我体验的过程来呈现现实的生存状态。"此外,王钟鸣指出:"它表现为一种自然流动的状态,仿佛拙于设计和结构,突破了主题表现的寓言模式。它还具有一种无视创新的创新意向,超越'实验文学'的探索神话,走出形式模仿的困境,融合作家对现实状态的感悟,开拓出新的可能性。……新状态文学是回到文学自身的文学,……是非'赶潮'的,在一个开放的、多极化的信息世界里,它已无'潮'可赶,它只能在历史传统、外来文化和现实生存的全方位开放的状态下努力去挖掘和发挥母语的文学表现力,以汉语及汉语文学走向辉煌状态为最大心愿。"

同日,郜元宝的《告别丑陋的父亲们——从一种不可能性看小说的可能性》发表于《钟山》第3期。郜元宝表示:"中国当代一些有影响的小说,尽管作者的身份、年龄、性别、个性和所属流派不同,殊途同归,几乎全是站在儿子的立场谈论和审问父亲的。审父和弑父一直是当代中国小说一个隐蔽的主题。"郜元宝认为:"审父和弑父,实际上乃是以一种非常切己的方式深化着对抽象的人和一般的人的审问或否定性的超越,是对人本身历史的回顾又是批判性的前瞻。站在儿子的立场审父,就是从根本上审问人的自我,审问父子嬗递而成的人类存在无尽的循环史。"

19日 王安忆的《小说到底是什么?(下)》发表于《文学报》。王安忆认为:"我们的世界越来越有序了,这对以制造有序为目的的小说家来说是一种悲哀。因为越是规则的世界提供给小说家的东西越少;而我们知道的越多,想象力就越小。"

20日 李知的《李知专栏:外国小说艺术漫评——论〈阿斯彭文稿〉的艺术空间》发表于《小说评论》第3期。李知指出:"一切文学作品都具有一定的空间性。而我认为,《阿斯彭文稿》又突出地显示着它的特别:它的空间是综合了多方面的艺术要素(更多的是情感因素)构筑的。它属于艺术空间,并非仅止于纯粹语言形式上的。……具有这种艺术空间的小说作品大都有如下两种艺术特质:以描绘和揭示人物丰富的情感与内心世界为主旨;有诗胜,即作品有完美的诗境和饱满内蕴的诗意,有诗的精神。"

孙绍振的《孙绍振专栏:小说内外——小说与现实》发表于同期《小说评论》。孙绍振认为:"真正有热情关注当代现实的是'新写实'作家,遗憾的是,他们对现实的理解落实在庸常的日常生活经验上,缺乏对现实的超越性探索。……日常生活不是现实的全部,不是文学所要表达的。……在新写实作家的笔下,我们没有获得对现实的真正洞察,因为在他们眼中的现实是僵死的、实在的,而不是有深度的当代现实。"

赵琳的《小说"定音法"一种》发表于同期《小说评论》。赵琳认为:"张贤亮的《习惯死亡》是一部引起很大争议的长篇小说,在内容上也确实存在粗鄙、肤浅的问题,但这部小说在艺术上却是很成功的,作者在丰富灵动的想象中,完成了对悠远广阔的时空的艺术构织,并经营了一个非常精采的开头,一个带有《百年孤独》影子,但有烙有张氏印章的开头。至于霍达的长篇《未穿的红嫁衣》对《百年孤独》的套用,就显得有些既阻且隔、既直且白了……开头实在缺乏对既有叙述的创新和变构。"

25日 格非的《写作的恩惠》发表于《当代作家评论》第3期。格非表示："写作使我加深了对世界或存在本身的了解，只有在写作中，世界的混乱不堪的图景才会暂时变得清晰起来，我开始为我所看到，感知到或记忆中的事物命名，并安排好它们的程序，它确实有些类似于游戏。"

王光东的《小说转型期的美学特征与问题——论近几年的小说创作》发表于同期《当代作家评论》。王光东认为："近几年的小说创作越来越关注普通人的生活命运，追求一种平民化的生活景观。"而且，存在"激情的淡化""批判精神和对人类终极命运思考的淡化"的问题，而产生这些问题的"根本原因"是"部分作家失去了'理性的自信'"。

尤凤伟、王光东的《关于一种创作倾向的对话》发表于同期《当代作家评论》。尤凤伟认为："'匪'是带有某种掠夺性又带有某种反封建色彩的复杂人物，从这些人身上透视整个的人文状态、生存状态是一个很好的切入点，如果能抓住这些人内在的、深层的东西，就能写出比较厚重的东西。"

28日 雷达的《人与上帝的对抗——读毕淑敏〈生生不已〉及其它》发表于《中华文学选刊》第3期。雷达如此评论毕淑敏，"在表现方法上、她确是恪守着现实主义，我甚至想戏称之为新古典主义，……尽管她写人的心理活动很贴切，很微妙，但基本保持在理性的局面；她注意细节提炼，注意人物性格刻画，擅长精确的写实；她的布局和结构，脉络清晰，跌宕起伏"。

六月

1日 周祥的《文坛现状的断想》发表于《海燕》第6期。周祥指出："纵观中国现代和当代文学，下一步中国文学的发展，从宏观上分析，似乎应根植于中国的土壤，还要积极吸收于世界文学宝库的营养才是出路。"

同日，陈思和、李振声、郜元宝、张新颖的《张炜：民间的天地给当代小说带来了什么？——世纪末小说的多种可能性对话之二》发表于《作家》第6期。陈思和认为："大地是什么？它是一种象。在张炜的小说里既是指人与土地呼吸与共的一种生命连接关系，同样又是一种与政治意识形态和现代科学技术相对应的文明概念。如前一种解释,把大地当做文明的根来理解,或在张炜看来,人只是大地上万物之一类,与树、与狼相同。而自从人不幸与畜类和土地分离,在根上发生了异化,不但苦难与生俱来,而且还昏聩到残害大地万物。因此,恢复人对大地万物的依恋感情,也就是恢复人与自身生命的协调和和谐。虽然张炜在这里写的是他自己意识深处的一种感情和对生命的理解,也虽然由于他出色的艺术创造激起了读者潜隐在心灵深处的同样感情和理解,但当他要用文学的方式把它表现出来时,这种人和大地之间的关系只能被描写成一种哲学,或者说是一种新的文明形式。"

3日 编者的《关于〈先锋〉》发表于《人民文学》第6期。编者写道:"《先锋》(其作者为徐坤——编者注)是欢乐的,如果说以艰涩的陌生化表现世界并考验读者曾是一种小说时尚,《先锋》对世界、对读者却摆出了亲昵无间的姿态。它强烈的叙述趣味源于和读者一起开怀笑闹的自由自在。"

5日 刘心武的《关于小说的若干想法》发表于《山花》第6期。刘心武指出:"我认为单纯搞文字符码的变化、变异、颠覆的小说。不可能是好的小说,……小说家刻意以新奇的语码展现与探究灵魂,当然可能构成创新之作。但,请注意我的前提——小说家要有内容上的目的,……小说可以有社会性,也可以没有;小说写得好不好,与其内容具否社会性无必然关系。小说可以不触及人性吗?我以为不可以,当然触及的手段很多,不是说一定要露出那只去触人性的'手'来。……小说对人性奥秘的探究,不是为了结论,而是为了穿越那过程的苦楚、酸辛与甜蜜、欣悦。"

邵建的《小说叙述的新空间——"现象学叙述"说略》发表于同期《山花》。邵建指出:"意义,与其说是作者的揭示,毋宁说是作者的赋予。作为深层意蕴,它已先在地潜伏在未来出现的生活画面之下。读这类小说我们有概括主题之说,通过什么什么题材,表现或揭示了什么什么主题。可见这种叙述是一种层次性的叙述,题材为其表,主题为其里。现象学叙述消解了上述层次性的结构模式,它没有深层也没有表层,有的只是对象本身。在它看来,对象就那样存在着,并没有什么意义可言。"谈及范小青的《光圈》,邵建认为:"范小青也无意做这方面的开掘,她只是象摄影记者一样,用言语的胶带摄录了一幅幅不失原真的生活图象,并不额外附加意义之类,就这样把它本色地推到了我们眼前,这是一种照相写实。当然,事件的非意义化并非指它没有产生意义的可能,而是指作者自己不去做意义的埋伏。这样,现象学叙述的小说文本就给人一种平面感和无深度感,以往小说中所惯有的'深度模式'就这样被消解了。"邵建强调:"综其上,所谓现象学叙述,从'非人化视角'到'无人称叙述',从'人物的非人格化'到'事件的非意义化',归总一点,无不是为了取消主观而尽可能地达于对象本身。……因此,如果对现象学叙述给出一个合适的表述的话,那么,它即是消解主体从而客观地使对象本身自在显现的一种叙述方式。"

王干的《作者死了 读者也死了》发表于同期《山花》。王干认为:"中国作家已感受到'读者'的存在,他在写作时开始注意到面对谁在写作了,而不象过去那样只是充当代言人,示谕者,传播器,以一种请君入瓮的方式将读者强行纳入叙述的通道,而是'期待接受者的出现'(伊瑟尔语)。"

10日 《北京文学》第6期刊有文讯《"新体验小说"研讨会纪要》。阎延文强调:"'新体验小说'具有'纪实'的真实与亲历性,'散文'的体验与情绪化,语言的感染力,同时符合'小说'的创作模式;有人物,有情节;另外它在一定程度上还具有与现实贴近,直接反映社会矛盾的特性。"

张颐武认为:"'新体验小说'不是报告文学,它是知识分子、文化人与当下文化对话而产生的心灵投射的结果。它新就新在它是一种照相式的写实与抽象式的表现的结合,一种瞬间性与长时段的思考的结合,是对'实验小说'与'新写实小说'的一种超越。"另外,"从中国当代文学史来看,'新体验小说'的意义,就在于我们过去写小说都是'寓言式'的写法,把小说写成一种文化、一个民族的寓言,有着强烈的'诺贝尔情结'"。而"'新体验小说'则较好地解决了这个问题,它是多角度的,是散点的,它的包容量是很大的,大家都可以从这个角度切入这个时代,重新找到知识分子、作家与时代对话、与时代沟通的'孔道',这为面对21世纪的中国文化提供了一个新的可能性"。

桂青山认为:"'新体验小说'必须有'新'的体验,手法的新还不够,还需要观念的新。……'新体验小说'现在局限于'采访'或'外在介入'式的写法,类似纪实小说、报告文学的形式。……'亲历性''体验性''纪实性''新闻性'几点统一在一起当然很好，但在写作过程中的具体处理上，则应该是千差万别的。我们应该不拘一格，在手法上使它与报告文学、纪实小说彻底分别开来。"

陈晓明认为："找到一个切入时代的点是非常困难的，'新体验小说'给我们找到了；而'新体验小说'的这个'个人体验'的点并不是狭窄的、非常没有意思的。恰恰相反，它的这种'个人体验'是在创造这个时代的一种文化起点。我不赞同'新体验小说'去写一些日常的琐事，而是应该从它的主观化的视角出发，去创造一种文化的起点。既然切入了这个时代就应该担负起这个责任。"

同日，吴炫、王干、费振钟、王彬彬的《人文精神寻思录之四——我们需要怎样的人文精神》（潘青松、朱洁整理）发表于《读书》第6期。

王干指出："人文精神在当代，主要体现为知识分子的一种生存和思维状态。人文精神的危机说到底还是知识分子的生存危机。具体地说，多年来我们人文工作者始终是以"参照"作为生存依据的。……简单地说发扬中国传统人文精神，或者对西方已有的人文精神认同，恐怕都不能解决我们的困境。'寻找新状态'才是九十年代中国人文科学工作者走向二十一世纪的一个很迫切、很重要的话题。"

王干认为："人文精神在今天何以成为可能，主要表现为知识分子叙事的可能和必要。'人'，主要体现在知识分子的精神上；'文'，主要体现为知识分子叙事的可能性上。作为人，他的再生与我们整个社会知识分子力量的存在有很大关系。人文精神主要就体现为知识分子独立叙事的程度、独立叙事的力度，看它能否和物欲横流的社会划开界限。"王干还强调："知识分子作为一种叙事人预设人文价值有一个重要特点：即它是否定性的、批判性的。人文精神不是指导性的，它是无实施性的。如果把人文精神变成一种可以实施的蓝图或章程，那么人文精神就贬值了。"

费振钟认为："人文精神只有与世俗的社会功利需求相对抗，才能得到彰显和阐扬。要在这个意义上，强调知识分子对于承担人文精神的责任；也要在这个意义上强调知识分子的生存选择和价值立场。"费振钟指出，"人文精神在今天的'可能性',不仅仅是学理上的'可能性',更主要是指'实践'的'可能性'。我这里指的实践性主要是指话语操作上的"。

王彬彬强调,"各个文化和民族虽然有自己的人文阐释,但似乎也应该有一种'家族相似性'",而且,"全盘西化式的人文精神在中国又行不通,最后可能我们还是必须从传统中寻找人文精神的原素"。

23日　徐春萍的《成功:在抱朴守静之中——记长篇小说一等奖获得者张炜》发表于《文学报》。徐春萍在文中写道:"张炜认为,一个艺术家失去了对具体事物的热情,他的艺术就会失去生气。关注我们的生活、我们自己和我们周围的人,让勇敢和正义变得具体,对于一个作家非常重要。同时要允许作家有自己的艺术选择,有他表现上的独特性——因为不独特就不深刻,不深刻就很难谈得上直面人生。直面人生的关键尺度是看作家对灵魂的揭示是否锐利,是否让人战栗。张炜说,喧闹的时代最需要的是知识分子的立场。作家的立场是个最基本也是不可回避的问题。写作应该尽忠于自己的灵魂,为自己的生命负责。"

25日　赵怡生的《从"新写实"到"新状态"——中篇小说〈开发部的故事〉解读》发表于《文艺报》。赵怡生认为:"王石楔入的'实在性',是以实力和智慧反叛由传统沿革的现实,再铸造新的现实,通过自身在突然而根本性转折的社会生活中的抛头露面,牵引和左右社会经济的发展。"

26日　汪曾祺的《却顾所来径　苍苍横翠微》发表于《光明日报》。汪曾祺表示:"我以为思想是小说首要的东西。但必须是作者自己的思想,不是别人的思想。一个小说家对于生活要有自己的感受,自己的思索,自己的独特的感悟。对于生活的思索是非常重要的,要不断的思索,一次比一次更深入的思索。一个作家与常人的不同,就是对生活思索得更多一些,看得更深一些。"

30日　雷达的《〈家道〉与朴素现实主义》发表于《北京晚报》。雷达认为:"到《北京文学》五月号刘庆邦的中篇《家道》发表,人们才似乎真正读出了'新体验小说'的滋味,对于'新体验'这个提法,也不能不刮目相看了。"雷达强调:"从一部分'新体验小说'和对它们的阐释来看,强调作者的亲知性、亲历性,强调采访和第一手材料的重要,本没有错。可是,强调得过了头,顾此失彼,就无形中与报告文学难解难分,使小说的优势有所抑制。关键是,这'新体验'是谁的体验,谁来体验?这当然既可以是作者的也可以是人物的,但不管是谁的,都必须通过作者的心灵映现出来。"雷达还指出:"'新体验'与'新状态'各有侧重点,且有歧异,但在我看来,它们都在挣脱一度统治审美时尚的新写实潮流,向着一个更宽广的可称为朴素现实主义的潮流发展。这个潮流的要义是,从生存相到生活化的转移,原生态与典型化的整合。它的灵魂,则可用'平民精神'四字概括之。"

本季

柯灵的《小说行中最少年——微型小说漫想》发表于《小说界》第3期。柯灵指出:"微型小说虽小,也别指望小本经营,巧取俾胜。……有不少意见,似乎把微型小说当作拾级而登的台阶,由此可以步入大型小说的艺术殿堂,不但贬低了微型小说的独立地位,恐怕也未必合乎实际。"

七月

5日 王干的《主持人语》发表于《山花》第7期。王干指出:"朱文太年轻了,年轻得让文坛上所有的青年作家都显得衰老。朱文的小说自然也很年轻,但充满了锐气和灵气,这是一种年轻的文体,可归纳到我所鼓吹的'新状态'之中。'新状态'是继'新时期'话语之后的又一种文学运动,它是一批更年轻的'晚生代'作家和一批经典化的作家(如王蒙、王安忆)为了区别'先锋派'和'新写实'所采取的新的策略,它的出现意味新的诗性在新的文化状态下再度生长的可能。"

7日 叶辛的《长篇小说之我见》发表于《文学报》。叶辛认为:"在我看来,长篇小说始终都在讲述一个追求美好未来的故事,或者说是追求幸福欢乐的故事,它很深奥也很浅显,很玄妙也很平常,……在俄罗斯和前苏联,长篇小说甚至本身就被称为散文。而在我们中国,散文和小说特别是长篇小说的概念完全是分开的,散文常常为了更耐读和可以咀嚼,在行文中不时地需要雕琢,而雕琢时不知不觉地就会留下斧凿的痕迹。在我看来,这一斧凿的痕迹,对长篇小说来讲,无疑是故意编造一个细节那样的败笔。"

15日　《上海文学》第7期刊有《编者的话》。编者写道："本刊则从今年起大力倡导'文化关怀'作品，以文学为精神家园，关怀历史进程中的强者与弱者，让'文革'后的中国当代文学焕发出新的人文精神。我们认为，以上不同刊物提出的不同说法，实际上反映的是同一个文化态势：文学作为文化的一个重要部门，必须进行深层次的变革。如果说，我们在70年代—80年代进行的文学变革是属于观念与思潮、方法、文体方面的变革，那么在90年代中期文学面临的变革则是生存方式、生存能力、生存气象方面的变革。变则兴，不变则衰；变则存，不变则亡，这尤其是今天许多搞文学编辑工作同行们的共识。"

同日，陈晓明的《走向新状态：当代都市小说的演进》发表于《文艺争鸣》第4期。陈晓明认为："都市景观应该成为小说叙事的天然成分；在其叙事动机上，应有比较明确的'都市意识'，对城市的感觉，对城市生活状态的把握，以及某种城市的节奏和情调应该有明显的表现。这些因素使'都市小说'不仅仅只有题材的外壳，更重要的是具有了文化上的和美学上的特定涵义。"陈晓明评价道："从总体上来说，中国都市小说依然方兴未艾，就其处理的生活及其叙事方式而言，还未完全摆脱市井气；就其表达的观念而言，还沾染着现代派的流风余韵；仅在对城市的反讽性描写和对更粗鄙的生活状态的表现方面，才展示了新的都市景观。"因此，陈晓明强调，"意识到当代中国文化的历史境遇，它所独有的后殖民化特征，强化一种'后东方视点'则显得尤为必要"，要"以个人化叙事强行进入这个多元混杂的都市空间，以'反寓言'战略对多国化资本主义渗透的民族境遇进行解构。从这个视角切入，并且在小说叙事方面汲取一些当今高科技手段，制造某些多媒体的空间效果"。

季红真的《短评两篇》发表于同期《文艺争鸣》。季红真认为，扎西达娃的《系在皮带扣上的魂》"经过虚构与拟真实的转换，完成了末世中创世神话的建构与拆解。……叙事的层面经过两次文本的转换，则使故事具有了转喻的功能。……经过这种功能的转换，使拟真实与虚构的文本之间形成互喻的结构，模糊掉神话与现实的界限，也隐喻出叙事者'我'内心的混乱，意识、潜意识与集体无意识彼此冲突，精神的历史与精神的现实彼此分离，又纠缠在一起难解难分。这种错位的感觉，最体现魔幻思维的形式特征"。

同日，黄毓璜的《新状态小说呼唤什么》发表于《钟山》第4期。黄毓璜认为："新状态小说的呼唤或许就正是从这里开始：正视真实的存在、正视存在的状态，包括世界的存在和自我的存在，包括两者自身和两者之间的诸多离析和融通、颉颃和协同的存在状态。"

王干的《诗性的复活——论"新状态"》发表于同期《钟山》。王干认为："新状态的意义并不在于宣布作家的符号性死亡，而在于宣告小说家的新生。……在新状态小说里，小说家放弃的并不是深度，而是一种高度，……努力表现的是个人性的精神深度和凹度，从而取代象征模式的高度脚手架。"王干指出："实验文学的终结，意味着中国作家在进行创作时第一推动力的改变。小说家书写的激情不再是缘于对外国前卫性艺术的追逐，个人的体验、个人的'隐痛'、个人的智识，个人的欲念的无目的的'飞行'成为小说创作的第一推动力。"

吴炫的《"新状态"的否定含义》发表于同期《钟山》。吴炫以为："'新状态'的提出，至少意味着作家对自己的重新定位，意味着作家们将重新思考自己的精神方位、生存方位和创作方位，在一定意义上，它是在追问'中国作家何以成为可能'这一过去被遮没的问题。"吴炫表示："'新状态'的倡导性是明确的，因为符合这一状态的作家现在还凤毛麟角。我们除了从王安忆、史铁生、鲁羊、韩东等作品中可以看到这种倾向，体验到作家诞生自我的痛苦渴望外，更多的作家似乎还在以已然的自我面目唠叨着一些并不新鲜的话语。"

20日 蒋慰慧的《欧美小说中的心理现实主义及技巧》发表于《小说评论》第4期。蒋慰慧在西方"心理现实主义"概念阐释的基础上，对"心理现实主义"作出如下定义："所谓心理现实主义，其内涵由'心理'与'现实'两方面构成。心理化的客观现实与对象化的主观心理两个方面构成彼此不可分割的心理现实主义的有机整体。"

另外，蒋慰慧认为"心理现实主义"有两种型态：第一种是"由内向外型，亦即直接型，指运用各种方法的技巧，描绘人物心灵变迁的图画，直接展示具有现实感的心理内容和心理过程"。这种型态有以下几种表现手段："内心独白""心灵辩证法""意识流""联想与回忆"以及"内心分析"。另外一种型态是"由外向内型，亦即间接型。这种心理描写的方式不是直接再现心理内容，而通过对现实世界的冷峻描摹，潜在地收纳丰裕的心理内容，这类作品往往以具体的形象刻画见长，在形象的背后本身蕴藏着深邃的心理内涵"。关于此种型态，蒋慰慧提出了"福楼拜式""契诃夫式"和"海明威式"这三种带有作家个性特色的心理描写方式。

孙绍振的《孙绍振专栏："小说内外"之二——小说与非小说》发表于同期《小说评论》。孙绍振认为："考察新写实作家的艺术姿态，我们会发现，他们小说的艺术层面不仅没一点'新'东西，而且还引进了非常多陈旧的、原始的小说技法。……正是因为新写实主义作家普遍放弃了小说的基本规范，才导致平庸琐碎的日常生活经验大规模地涌进他们的作品里。"孙绍振还指出，"这两类作家（池莉、范小青与孙甘露、吕新）的创作可以看出，他们的注意力正下降到小说的物质部分——日常性与语言——之中。小说的物质部分必须依附在小说的精神经验上，它一旦从精神经验中独立出来，它们就无法构成小说。所以，我把这类小说定义为：非小说"。

25日 张颐武的《"反寓言"写作与价值重估——成一的〈游戏〉与〈真迹〉读解》发表于《当代作家评论》第4期。张颐武指出："具有'拟寓言'性的《游戏》和《真迹》也包含着强烈的'反寓言'特征。这种'反寓言'小说乃是借寓言之力，将其表达策略和形式加以全面的袭用，却又以滑稽模仿的方式对'民族寓言'写作加以解构运作的策略。……这种'反寓言'的写作乃是对按西方话语编码的'民族寓言'写作的深刻质疑。它是对'现代性'将'中国'编码为一个时间上滞后，空间上特异的社会和民族的一种反思性的写作。它力图超越'寓言'将中国'他者化'的规范性的表述，而是拒绝以西方为惟一的参照来表达我们自身。"

本月

王安忆、郜元宝的《我们的时代和我们的小说》发表于《萌芽》第7期。郜元宝认为："我读这部中篇（指王安忆的《香港的情与爱》——编者注）时，最大的印象，是觉得这部小说讲了一个虚情真义的故事。……'义'也许是情爱中升华出来的另一种更高的境界，是情爱深处的人性。我们中国文化中，情和义是有分别的。在那些非主流的文献中，比如在稗史、小说、戏曲中，或许大量记载了中国人感情的宣泄。但是在那些主流的文化典籍中，义一直比情更高。所以我读这部中篇时，很自然地想到了某种'传统'。"

八月

1日 汪淏的《灵魂的宣言》发表于《海燕》第8期。汪淏认为："在某种时候，艺术不仅是有关于情感、审美、技巧的，甚至它可以成为一种坚守不悔的信仰，一种铁骨铮铮的宣言，一种鲜血披沥的灵魂。尤其是在一个匮乏或丧失了这一切的时代征候里。"

同日，陈思和、李振声、郜元宝、张新颖的《张承志：作为教徒和作为小说家的内在冲突——世纪末中国小说的多种可能性对话之三》（刘轶、山河整理）发表于《作家》第8期。陈思和指出："张承志的民间化特征就在于他不仅拒绝了官方意识形态为文学安排的道路，而且他毫不犹豫地拒绝了知识分子的传统道路，他是整个身心投入了民间中最庄严最神圣的领地——宗教。"陈思和认为，张承志"对信仰和文学的真诚都是无可怀疑的，但是宗教的表达方式与文学的表达方式毕竟两样。张承志既然以一个教徒的身份来写《心灵史》，那就决定了这部作品不是一部纯粹的文学作品，而是宗教的文学，或是用文学方式来写的宗教文献"。

郜元宝指出："同样融入民间，张承志和张炜、刘玉堂以及大批'新写实'作家都有所不同，张承志的民间主要是一个渗透着浓郁的宗教情绪的民间，或者说是一个彻底宗教化了的民间。"

李振声认为，《心灵史》"用直接议论和抽象感慨来挟带甚至取代叙事，构成了这部作品的主要篇幅，从而与小说所属的基本叙事语调很不谐调"。

张新颖认为："《心灵史》标不标属于小说这样一个类型可能不是特别重要，重要的是这种写作和写作的结果本身怎么样。"张新颖还认为："我想《心灵史》有超越体裁的意义。我们有意识地把讨论的立足点定在文学上，这一个系列的讨论都围绕'小说'的多种可能性，谈到张承志的时候，就感到特别的局限，但好像也只能如此。"

最后，郜元宝总结道："在世纪末的中国小说中，张承志探索的可能性道路，归根结蒂，在于他把文学引入宗教信仰。必须提出，这条道路，带有张承志个人生命体验的鲜明印记。"

7日 以《人文精神与文人操守》为总题，张承志、张炜、徐中玉、韩春旭、王晓明、张汝伦的《诗人，你为什么不愤怒?!》发表于《文汇报》。张承志表示："我之所以拼了命写《心灵史》，是因为我发现在中国这样一片苟且偷生、得过且过、好死不如赖活着的国土上，居然有这样一群哪怕是死光了也要追求心灵信仰的人，这对中国文化的意义实在太大了。中国人现在最可怕的就是缺乏信仰，我不是要求每个人都信仰宗教，但人总要信一点什么，哪怕搞甲骨文的信仰甲骨文，搞语言实验信仰语言，都要纯一点，不能什么都是假的，什么都像旧衣服一样随时可以扔掉。现在的知识分子太脏了，甚至以清洁为可耻，以肮脏为光荣，以庸俗为时髦，'洁'这个字只有在公共厕所、垃圾站才能见到，然而在古代中国，它却是关于一个人该怎样活着的重要观念。"

张炜认为："文学已经进入了普遍的操作和制作状态，一会儿筐满仓盈，就是不包含一滴血泪心汁。完全地专业化了，匠人成了榜样，连血气方刚的少年也有滋有味地咀嚼起酸腐。在这种状态下精神必然枯萎，它的制品——垃圾——包装得再好也仍然只是垃圾。……诗人为什么不愤怒！你还要忍受多久！快放开喉咙，快领受原本属于你的那一份光荣！你害怕了吗？你既然不怕牺牲，又怎么怕殉道?!我不单是痴迷于你的吟哦，我还要与你同行！"

韩春旭表示："真正的作家……他们笔下奔泻的是一札札关于正义的苦恼和沉思，一札札应该使人类起着根本变化的人文思想……和人们一道，走向真、善、美，为人们指南，唤醒人类。"

10日 《北京文学》第8期刊有《编者的话》。编者认为："本期发表的吕晓明的《天利市场》和王愈奇的《豆汁儿般的日子》，不仅洋溢着浓郁的当代京城气息，人物形象鲜活灵动，而且京味十足，庶几京味小说后继有人矣。"

15日 《上海文学》第8期刊有《编者的话》。编者写道："作家王安忆在同编者的一次交谈中曾说，她读了刘醒龙的主要作品最喜欢的还是《凤凰琴》，因为其中弥漫着'浪漫'的气息。何谓'浪漫'当然可以各人各见，但编者认为那是一种从作者主体世界中发射出来的提升人性的信念与力量。像《凤凰琴》中升国旗那样的生活场景,在粗鄙化的山区生活中突现出来,毫无伪饰之感,不能不说是一种浪漫的魅力。"

张颐武的《走向"后寓言"时代》发表于同期《上海文学》。张颐武指出:"'民族寓言'式的写作是'现代性'话语中第三世界文化的宿命般的表意方式。……这个'民族寓言'的写作将本土的文化书写为既被放逐于世界历史之外的特异的文明空间,又被'现代性'话语纳入世界历史进程之中的时间上滞后的社会。通过这种对空间的特异性和时间上滞后性的双重交叉定位,'民族寓言'提供了对民族历史和命运的观照方式。"此外,张颐武还认为:"'民族寓言'式的写作,既是一种文学表意的策略,又是一种'知识'话语的建构。……这种表意方式明显地支配着二十世纪中国文学的发展。仅就'新时期'文化而言,这种'民族寓言'的追求也是文学发展的基本趋势。"

17日 文翊的《意向的疏失与表现的缺憾》发表于《作品与争鸣》第8期。文翊写道:"《无雨之城》大量采用的是近些年来西方文学常见的'隐蔽的'心理描写,……如此直观性的艺术呈现,固然有效地强化了叙述本身的可靠性和真实性,同时亦有益于调动读者在接受过程中的再造想象。但是却有意无意地拉开了作家和人物心理的距离。"

27日 浩然的《有关〈金光大道〉的几句话》发表于《文艺报》。浩然强调:"我以自己的所见所闻所感,如实地记录下了那个时期农村的面貌、农民的心态和我自己当时对生活现实的认识,这就决定了这部小说的真实性和它的存在价值。用笔反映真实历史的人不应该受到责怪;真实地反映生活的艺术作品就应该有活下去的权利。"浩然还认为:"由于《金光大道》是在特定的时期创作的,不可避免地打上了那个期间的烙印,留下难以弥补的遗憾。我没有修改它,让它保留其原汁原味原来的面貌。因为它是'过去'那个年代的产物,它本身就已经成为历史。这样对读者认识过去的历史和过去的文学,以及认识那个时期的作者更会有益处。"

九月

5日 蒋小波的《余华：作为成规的破坏者——余华小说的一种读解》发表于《当代文坛》第5期。蒋小波指出："由于叙述者总是站在自我的空间观察并以自我的时间来叙述事件（比如说同一段历史可以用公元来写也可以用某一朝代纪元来写，世界史中的中国历史与中国国别史亦不相同），所以特定的叙述总带有主观性，叙事为了追求客观可以不断重写，但纯客观的叙事殊不可求。照此，叙事中建立在特定时空之上的因果关系本身就是不确定的，其真实性必然可容置疑。这种怀疑主义的时空观只能导向对因果叙述的拒绝。"

李益荪的《"新体验小说"之我见》发表于同期《当代文坛》。李益荪在文中质疑："既然'新体验小说'就是纪实文学，或者就可以是对'原生态的生活'的纪录，可以与新闻差不多，那么它还有什么独立存在的理由和价值呢？"

张应中的《世纪末的回眸——论苏童》发表于同期《当代文坛》。张应中认为："先锋小说家苏童、余华、格非等纷纷采取了迂回战术，假借历史故事，表现现实的人生态度和思想感情，力求达到更高层次的、本质的真实。……他们决意破坏传统历史小说的思维模式和运作程序，以与历史'对话'的方式'戏拟'历史，再造历史生活和历史故事，写出了一大批各具特色的'新历史小说'。"

同日，韦兴儒的《文学，祖宗救助我们》发表于《山花》第9期。韦兴儒认为："各民族的祖先以及民族文化发展的特殊'营构'，为后人留下了文学创作可资研究的神话思维，留下了创作可资借鉴的现存的神话思维形象和情景。"

10日 王蒙、夏冠洲的《生活·创作·艺术观——王蒙访谈录》发表于《北京文学》第9期。编者写道："访问中，王蒙纵谈了他的经历、思想、艺术观和创作情况，对理解王蒙及其作品很有启发意义。现根据录音整理出来，并经王蒙本人审阅，摘要发表于后。"在《生活·创作·艺术观——王蒙访谈录》中，王蒙指出："我看了（《废都》——编者注）以后觉得非常惊人，什么地方惊人？——这种'惊人'不带褒义，也不带贬义。贾平凹通过小说把社会政治意识形态给你洗个干干净净，这是惊人的。我即使想这么做也做不出来。我写的每一个人，每一个人的命运，都和社会、政治关系密切。"

同日，谷启珍的《关于TV小说的断想》发表于《小说林》第5期。谷启珍指出："文学与电视联姻是一种崭新的文化现象。呈现给广大读者的这批TV小说，是在商品大潮中文化冲击的背景下'出笼'的。"谷启珍认为，以《富人也哭泣》为代表的"长篇电影小说"具有如下特点："首先，没有纯小说或弥漫性的描写，叙事简洁明快，场景转换灵动迅速，没有抽象化议论的余地；其次，运用蒙太奇（MONTAGE）美学思维意识，强化小说结构上的立体感，在不停的大小动作（外部动作和心理动作）中揭示人物之间的亲情、友情、爱情、敌情……交织如网的关系，从而多侧面地刻画人物性格特征；第三，对话精练、中肯、幽默、风趣，且与人物心理性格密切相关。"

谷启珍表示："纵观《小说林》推出的十二篇TV小说，确有如《富人也哭泣》的几大特点和优势，读之能有一新耳目之感，总的印象是，几乎每部作品都注意到了TV的可视性、观赏性和小说底蕴的某种深刻性，换句话说，即是：TV上好看和小说上看好。"

旻乐的《跨越文类边界："TV小说"参证》发表于同期《小说林》。旻乐指出："如何回应'视幻文化'的冲击与挑战，已成为当代写作必须严肃正视的问题。"旻乐认为，音像文化"可以改变写作的样态，可以将写作投入尴尬与晦暗，却不可能灭绝写作。这是当代写作的厄运，但这一境遇也同时预示了写作拓展的潜在空间"。

关于"当代写作形态的变异"，旻乐引述了"美国学者伊哈布·哈桑在分析美国的后现代文学时，曾反复阐释了一个重要概念：'副文学（Paraliterature）'，这个概念对当代写作形态的变异具有很强的描述力量。所谓'副文学'，是指尚在流变和运动之中的形态模糊的写作，它的基本形态特征就是文类的融合。这个概念显示了打破和跨越文类边界的当代写作的文体态势"。旻乐指出："这种跨门类的艺术融接，虽然未必产生一个新的艺术门类，甚至也未必能产生一个新的文类，但它却为小说文体增添了新的样式。"

最后，旻乐说道："'TV小说'的构想与实践，透露了一种思考、一种探索、一种将小说与TV作跨艺术门类的结合的尝试。……这种尝试的意义在于，它将带来对小说本身的艺术本性的一系列相关思考，和对小说文体的一系列变化与调整：文字、声音、画面、选材、谋篇、叙述、藻饰、体态甚至版式，等等。仅在这个意义上，我觉得'TV小说'的助推意义已是巨大的，而它所可能带来的小说文体的通体更新，则更具有无穷的诱惑力。"

15日 《上海文学》第9期刊有《绿的缠绕——编者的话》。编者写道："关于'文化关怀小说'的涵义，我们已在今年5月号的卷首语中作了解释。所谓'新市民小说'，这是一个正具有非常强劲的创作势头，并拥有很大读者群的小说潮流。在本期上我们刊发了与广东《佛山文艺》合作征稿评奖的启事，其中对'新市民小说'概念作了初步的阐述。""一个作家首先应该为满足主体心智的需要而写作，而不是主要为市场的供求而写作。"

《"新市民小说联展"征文暨评奖启事》发表于同期《上海文学》。启事写道："'新市民小说'应着重描述我们所处的时代，探索和表现今天的城市、市民以及生长着的各种价值观念的内蕴。'新市民'是我们时代的新现实，而'新市民小说'的创作及其在《上海文学》和《佛山文艺》的联展，将同样成为我们时代引人瞩目的新的人文景观。"

同日，《新状态：文学如何去言说时代——编后话》发表于《文艺争鸣》第5期。该文认为："'新状态文学'是一个新说法，这个说法所依据的言说基础则是一个客观事实：文学出现了新状态。一个不同于80年代文学景观的新的整体性的文学发展趋势，……它首先要说出文学的新状态种种，诸如文化背景的转变、人文精神的新生、作家角色的变迁、生产机制的更新，以及主题内容的变迁、文体形式的新特征等等，并以此指称中国文化在90年代、在世纪末所达致的新状态以及中国人当下生存的新状态。"文章还指出："新状态文学并不是一种风格流派性质的概念，这一点它与'新写实''新体验'等不同，它是一种对时代文学潮流和动向的总体把握、总体言说。"

白烨的《"新状态文学"随谈》发表于同期《文艺争鸣》。白烨认为："就以面对当下状态和注重内心体验为基准，把'新状态文学'看作是一种群体的创作气象乃至运作趋势，而不是看成是一个为者寥寥的创作流派，可能更切实也更适当。"

蒋原伦的《诗化理论——对"新状态"的一种质询》发表于同期《文艺争鸣》。

蒋原伦认为:"我们能窥出的所谓的'新状态'还是指'新的状态',这些'新',或者是指作家的心态有了前所未有的变化,或者是作家写作时的参照系,价值观有了转变,再或者是指汉语言文学的叙事功能在一部分作家的努力下有了新的拓展等等。"

雷达的《论世纪眼光与新状态文学》发表于同期《文艺争鸣》。雷达认为:"新状态文学的审美秘密在于'状态'二字,它是以深刻地揭示状态的方式来展开其艺术世界的。'状态'是'块',是'面',是整体,更接近生活的自在状态,更接近生存的本体。正因为如此,新状态文学是拒绝以下三种传统文学思维方法的,那就是:线性思维;两极化;众星拱月式的人为突出法。"

刘心武的《求而不迫》发表于同期《文艺争鸣》。刘心武表示:"我是一贯主张为读者写作的,但我自知,我不仅不可能成为所有文学读者的宠儿,甚至也不可能拥有非常庞大的读者群,都说文学和作家近些年越来越边缘化了,我也作如是观,但我心平气和,……我自己偶尔也弄弄文学批评,那也挺有乐子,可我写小说的时候,基本上忘记了批评家。"

张炯的《从解构到重构——也谈九十年代文学的"新状态"》发表于同期《文艺争鸣》。张炯认为,"90年代文学""在发展态势上也许最明显的差异就是从解构走向重构"。关于"文学新状态",张炯认为:"90年代文学新状态的最显明的特征恐怕就在于从不断选择中去整合、去重构符合时代变迁所需要的真正具有当代中国的民族生活内容与特色的文学。"

张旻的《为什么写作》发表于同期《文艺争鸣》。张旻表示:"我想到我是怎么阅读自己作品的?有一位朋友说过,真正的作品在心里,写出来的都是垃圾。对这部作品而言,写作是否是一种虔诚而又勉强的阅读?我也许无法读懂这部心灵天书,不过我的写作证明了阅读的勤奋和专心,我的写作使我处于一种状态,这实际上是关于阅读的状态。"

同日,李小山的《致"新状态"提倡者的一封信》发表于《钟山》第5期。关于"'新状态'应该是什么样子",李小山提出几点建议:"首先,作家必须确立当之无愧的精神上的优越感。……其二,'新状态'并不是刻意在'新'上做功夫。……最后,我想说的是'新状态'的提出,首先是一种理论的需要,而理论是需要明确的甚至极端的方式,否则便不能掌握或吸引众多读者。"

王彬彬的《当代文学:在逆境中成熟——论一种文学新状态的可能》发表于同期《钟山》。王彬彬指出:"这种文学新状态,不过是一种旧状态的回归,当然是在特定历史条件下的回归。"在王彬彬看来,首先,"新状态文学,将不是躲避崇高的文学,它珍视心灵的价值,理想的价值,信仰的价值"。再者,"新状态文学,当然也是不躲避文学自身的崇高的文学。它肯定文学艺术的神圣性"。王彬彬认为:"新状态文学的出现,将意味着当代文学的雅与俗的明确分化。"

张颐武的《"新状态"的崛起——中国小说的新的可能性》发表于同期《钟山》。就"新状态"小说的概念,张颐武表示:"所谓'新状态'小说是'实验小说'与'新写实小说'这两个八十年代后期以来一直处于文学话语中心的潮流趋于衰落之后,在五四以来中国文学的'寓言化'写作的总取向终结之后,在小说及其它文类中兴起的对当下状态的直接的书写的新的文学潮流。……它既是创作中许多作家所表现出的相近的追求,又是批评理论进行概括和归纳的成果。……'新状态'小说已集聚了目前纯文学领域中最活跃、最具创造力的一批作家,并构成了'后新时期'文学的最重要的组成部分。"

此外,张颐武还指出"新状态"小说的特性涉及以下三个方面:"首先,'新状态小说'意味着'实验小说'与'新写实小说'有关'作者'的话语建构的终结。……第二、'新状态'小说展现了一种全新的时空定向。它脱离了'寓言化'写作对时间/空间的凝固与定型化,不将中国的语言/生存'他者化',因而产生了抗拒将'中国'化为一个时间上滞后,空间上特异的西方'主体'的'他者'的新的可能性。……第三、与'作者'的话语建构的转变及时空观的转变相适应,'新状态'小说的表意策略也采取了与'实验小说'及'新写实小说'不同的方式,它开始寻找一种与目前时代的文化风格相适应的独特风格。"

17日 黎晨的《悲剧命运的道德观照》发表于《作品与争鸣》第9期。黎晨认为:"一部文学作品再现生活所能达到的思想深度,不仅在于它所涉及的题材领域,而且在于作家营造意象的道德观照,以及引导读者感悟人生的历史视角。"

熊元义的《为进步保存美》发表于同期《作品与争鸣》。熊元义认为:"为了人类的进步,积极地肯定美,肯定一切有价值的、有生命力的东西。这就是毕淑敏小说独特的审美特质。"他指出:"毕淑敏就是通过肯定现实生活中的有价值的东西来为解决现存冲突而斗争的。……毕淑敏的小说创作在当前文学创作中表现出新的独特的审美趋向。"

章心的《"新体验小说"之佼佼者》发表于同期《作品与争鸣》。章心认为,毕淑敏的《预约死亡》是"'新体验小说'截至目前为止最好的一篇","毕淑敏使'新体验小说'从表层的体验,升华为一种主观理智的认知"。

20日 陈晓明的《守望与越位——一九九三年长篇小说概述》发表于《小说评论》第5期。陈晓明认为,"1993年可以看成'纯文学'复活的年份,也可以看成'纯文学'与精英主义彻底诀别的一年"。

邵建的《小说进行时:从叙事到文体》发表于同期《小说评论》。邵建提出:"这里的超越叙事,其实就是指文体对叙事的超越,它不仅显示了小说进行中从叙事到文体的形态性变化,同时也构成了另一种类型的后现代小说的文本景观。"邵建表示:"从叙事走向文体,符合小说自身发展的逻辑。"

石月的《石月专栏:文坛风景之五——"形式"能走多远?》发表于同期《小说评论》。石月认为:"'形式'实验,之所以是有意义的,就在于它以极端的'形式'操作,颠覆了固有的叙述规范,刺激了作家对艺术可能性的自觉认识,对'形式'潜力的自觉发掘。它的另一层意义也在于,以极端的'形式'操作,以叙述策略的刻意翻新所经营的无聊游戏,向人们昭示了'形式主义'是一条行之不远的死胡同——此路不通。"

孙绍振的《孙绍振专栏:"小说内外"之三——小说与传统》发表于同期《小说评论》。孙绍振认为:"文学发展后,传统范畴里的作品并不会因此而降低价值,……这并不是说,文学的传统比当下的文学更伟大、更重要,它只是表明精神产品作为一个时代的真实记录有着永远的价值。即令我们时代出现了最为伟大的小说家,也不能说数千年的文学传统已经过时。"孙绍振批评道:"一些人弃绝传统为完成对既定规范的突围,这种艺术姿态是好的,但他们对传统的全盘否认显得过于武断。"并指出:"作家之所以轻易就离弃了文学传统,是因为他们过于注重文学的独创性了。仿佛传统的插入,有躲在别人阴影下写作之嫌——其实这是对传统的生硬理解。"

就中国的小说，孙绍振表示："中国的小说一直比较浮躁、比较缺乏有质量的本土感受，这一方面跟中国的传统文化精神的虚无性、实用性所企及的限度有关，但另一方面也是因为中国作家的写作没有背景，只注重单一的创新。"孙绍振强调："一个作家的写作，首先必须对作家自己是真实的、其次才能对公众产生真实感，从而信任作家，因为他代表了人类体验生存的方式之一。所以，我们要求作家寻求传统并不是屈从于强加给他们的固定的传统，而是说，作家对现存秩序的怀疑，必须从自身的经验出发，从一个基本的体验出发；以此来选择自己的艺术革命态度，进而加强写作的合理性。"

吴非的《莫言小说与"印象派之后"的色彩美学》发表于同期《小说评论》。"《爆炸》属于最感觉化的小说。感觉化，不是指感觉描写在量上占有优势的比重，而是指小说结构中如果抽去感觉的部分，其余部分的意义将会极少。……《爆炸》有意运用红、绿色的并置……经过配置的红绿色的强硬对比，唤起对两种心理能量之间盲目碰撞、相互破坏的感受，神秘出没于视觉中的火红色狐狸，隐喻着下意识对理性的干扰和诱惑。这正是对这篇题为'爆炸'的小说所绘出的特定情绪最精确的把握和最鲜活的形态表现。"

闫延文的《新体验小说初探》发表于同期《小说评论》。闫延文在文中说道："'新体验小说'在切入现实这一点上就成功地满足了读者和社会的需要，为纯文学寻找自我，再度辉煌提供了一个机遇。"

闫延文认为："新体验小说虽是中国文学特有的产物，但在文化精神的某些观念上却与后现代主义思潮不谋而合，在国际文化思潮的总体格局中占有先锋性地位。其次，从创作实践来看，新体验小说的创作模式也与当代文学创作的最新发展相一致。"闫延文还表示："新体验小说既要有纪实文学的真实性、亲历性，又要有散文的体验性、情绪性和优美的语言；既要符合小说的创作模式，有突出的情节、人物，充满可读性；又可适当吸取通俗文学贴近现实、捕捉热点的特色，增强社会轰动效应。"

24日 冯宪光的《新潮小说的发端》发表于《文艺理论与批评》第5期。冯宪光认为："把历史人本化的哲理反思小说构筑了新潮小说艺术本体的主题内容，而初步形成小说观念的形式、文体的新潮转化的，则是集中运用西方现代派意识流手法的所谓'意识流小说'，它们一起宣告了新潮小说的开端。"冯宪光还指出："对文学的人学主题的艺术剖析，新时期文学的真正主潮与新潮文学是并不相同的。新潮文学把人道主义作为一种历史观，作为新潮精神的旗帜，与新时期现实的历史进程是不相吻合的。"

25日 陈晓明的《过渡性状态：后当代叙事倾向》发表于《当代作家评论》第5期。陈晓明指出："或许它（指90年代文学——编者注）根本就没有内在性，传统的和经典的话语无法给定它的确切含义。它总是处在某种状态中，或者说从一种状态过渡到另一种状态。在这样一个过渡时期，这样一个印象主义时期，文学实际处在多元化的和多方位的过渡性状态：A、就叙述主体的存在方式而言——主体漂移状态；B、就叙事方式的基本法则而言——表象拼贴状态；C、就叙事的主导美学效果而言——超感官状态；D、就叙事隐含的价值标向而言——后道德状态；E、就文学生产传播的机制而言——欲望分享状态……"陈晓明认为："在这种多元化的过渡性状态中，人们的叙事远为轻松而自如。对那些严重历史时期的嘲弄性描写普遍构成年轻一代作家的特点。"

此外，陈晓明还指出，情欲的描写"对当代中国的小说叙事而言，它在很大程度上不得不填补成人读物的空缺。对这个空缺的关注，构成了这个过渡时期小说的主要叙事母题和重要的叙事策略"。此外，陈晓明还强调："当代小说以欲望化的叙事法则当然有可能抓住这个过渡时期的生活特质，对现实进行强有力的穿透与创造一种生活奇景，在过渡性状态里达到奇妙的重合。过渡性状态还应该有更宽阔的视野，在过渡中试图超渡。"

韩毓海的《〈和平年代〉——走向一种"新历史主义"？》发表于同期《当代作家评论》。韩毓海认为："《和平年代》是从90年代的'意识形态'的角度来书写历史的，它本身则是这一意识形态的表述、象征甚至寓言。"韩毓海指出，"《和平年代》向我们提出的一个重要的问题"是"站在'今天'立场上的对于'过去'的释义，而不是将'过去'（历史）还原到'过去的语境'中去——这种努力不是使历史本文化了（即成为受到现在/过去双重视角涵盖的双重本文），而是使写作零散化了，甚至成为一堆没有意义、无法连缀的碎片"。

李咏吟的《文学的"民间方式"重估》发表于同期《当代作家评论》。李咏吟认为:"民间方式的消极性与经典方式的反动性都同样破坏了文学的审美趣味。民间方式的消极因素在于将普通人生活中一些琐碎无聊虚假的东西放入一种三角恋爱模式中,让我们在文学阅读中接受那些堕落了的灵魂所表达的世俗生活观念。"

本季

李咏吟的《长篇小说的深度模式》发表于《文艺评论》第4期。李咏吟指出:"显然陀思妥耶夫斯基的复调小说不只是形式,而实质上还涉及多重思想之间的相互冲突和激烈交锋。……这种内在心灵的揭示和情感的呼告离不开那种灵魂的独白。自言自语,自我反省,孤独者的散步和内心的对话在本我与超我之间的挣扎,必然是这种深度模式所不习见的表达方式。这就对中国传统叙事无疑构成极大冲击。惯于写行动和对话,却不习惯内心分析和自言自语的中国作家在探讨小说的深度模式的时候必然会产生障碍。私密化唯有借助意识流、内心分析和内心的对话,才能真正表达心灵的深度。陀思妥耶夫斯基所习用的情感与思想的长篇推论方式正是内心流动的最佳方式,因而它也就自觉地开掘心灵的思想复杂性。"

十月

1日 吴非的《莫言小说与后期印象派色彩美学》发表于《作家》第10期。吴非认为:"《透明的红萝卜》《红高粱》《红蝗》《白狗秋千架》《白棉花》这些作品的制作者,在艺术语言上向现代绘画色彩美学的亲切认同。正如这些作品标题的语序所制造的感觉印象那样,色彩感觉在小说的情感——形式结构中常被作为第一性、覆盖性或渗透性、凝聚性的神秘因素,或者从它自身直观'意义',或者由它启示着某一精神内涵。我们不妨称之为绘画性对文学的占有。"

吴非还认为:"从对人的内部世界展示的方式上看,可以清晰地认识到莫言对以往思维范式的逆动。他挖掘着人的感性,但并不依循成规以心理世界的发露去证实外部行为的内在合理性(相反却常常注目于内外世界的矛盾冲突性),

而是试图以感性世界自身去发掘和建立意义。这一美学上的异动，或者不一定是对传统小说美学的有意矫枉——毋宁更多地信赖作者对自己独特情感感受方式的忠实，不过客观上正由于这种异动，使莫言的小说语言趋近了现代绘画。……莫言对'感觉'的本质的理解接近苏珊·朗格，即把感觉视为生命力、生命体验的最高形式，因而也当然是人类艺术表现的最终对象。那些难以用逻辑语言描述的、纯粹原生态的感觉直观在小说里的冲撞弥漫，正是这种美学见解在高声呐喊。以感觉的语言宣泄的生命自我感受，这是莫言的第一主题。"

5日 毕淑敏的《文学存在的基本价值就是真》发表于《山花》第10期。毕淑敏指出："前后生活的强烈反差，使我对死亡有了更深层次的感悟和理解，所以我的一些作品中都涉及到死亡——这一永恒的主题。"毕淑敏认为："文学是一种个性化的东西，你要表达对这世界的看法，这属于你自己。……你用自己的方式讲述一种真实，便具备了基本的存在价值。"

林斤澜的《"20个字"的境界》发表于同期《山花》。林斤澜认为："一个人写作一生，如果能够有20个字传世，或者说有20个字能够融化在民族的文化里，我看就可以了。为什么单单定为20个字呢？因为中国古代文学作品中篇幅最短的五言绝句恰好是20个字，我若有20个字能选进像《唐诗三百首》那样的集子流传下来，就很好了。凭心讲我现在还没有，我还在找。20个字，这是我的希望。"林斤澜还表示："'空白'这种艺术手段只有中华民族才发挥得淋漓尽致。如中国画被西方称作'未完成的杰作'，它最有韵味的地方恰好在于它的空白。"

苏童的《用历史的碎片还原历史》发表于同期《山花》。苏童指出："历史是一堆碎片，我按个人的兴趣用以重新还原历史，并为此感到心满意足。这是我小说创作的一种美学习惯。"

王干的《文学的新状态》发表于同期《山花》。王干认为："《如是我闻》文体上的边缘化——既可当文学性的小说、散文读，也可以当关于生命科学的理论专著来读，为我们的新状态文学提供了一个重要的文本，在叙述方式上开辟了一片崭新的天地。"

张颐武的《后新时期：选择的困惑》发表于同期《山花》。张颐武指出："在我们置身其中的'后新时期'文化中,令人最为困惑难解的问题乃是知识分子与当下文化的关系问题。知识分子/文化之间所突然出现的断裂和冲突业已构成了我们时代的最为有趣的文化景观,成为目前迷乱而灿烂的文化万花筒中的不可或缺的图案。而这一关系本身恰恰也构成了切入和理解'后新时期'文化的机枢与关键。"

赵玫的《写作是自我的事》发表于同期《山花》。赵玫认为:"对于文学创作来说,形式是非常重要的。……女性作家更注重向内心深处发展。这种带有强烈自我意识的感觉方式在与西方长于表现个性的文学传统接轨时较少束缚,容易达到一种新状态。女性作家长于靠感觉写东西,但若局限于此,也难进入较高的境界。"赵玫指出:"作家都要不同程度地与市场经济机制接轨,这是无法回避的现实。"

8日 李洁非的《"新闻小说"与文学的社会功能》发表于《文艺报》。李洁非认为:"'新闻小说'仍然是小说,……如果说它与旧有的小说概念有何区别,那么,也仅仅在于它撇开了'虚构'手法——必须意识到,'虚构'只是小说用以构成情节的方式之一,反过来说,情节也完全可以用别的方式构成。当我们选择一个真实的生活事件或人物,并再现它本身的情节过程时,我们就可以完成一部非虚构的小说。"

吴秉杰的《"新闻小说"的艺术追求》发表于同期《文艺报》。吴秉杰认为:"新闻性(当前的与曾经有的)虽是其基础,而它的真正的价值追求则在于文学性的审美意义。新闻小说发挥它固有的优势(这优势部分也是新闻传媒已提供的),真人真事可产生虚构小说所不可及的更直接与紧密、更强烈的交流和共鸣;而人生的与命运的视角,文学家的选择及心灵发掘,又能超越新闻的特殊性和局限性,从而与读者形成一种更具有普遍性的审美联系。"

朱晶的《非虚构性与小说魅力》发表于同期《文艺报》。朱晶认为:"'新闻小说'不同于一般的纪实文学。'新闻'与'纪实'虽然都立足于真人真事,但前者的事实显然应当具备即时性和新闻价值。……这种文体的要求却一丝不苟:他不可缺乏记者的敏感又不能失去小说家的直觉,他必须对现实极其关注,并且应当有足够的良心、热情和形象力。"

15日 《上海文学》第10期刊有《编者的话》。编者写道："在九十年代的中国女作家中，最早关注社会转型带给人们以文化心理震荡的是来自广东的张欣。……张欣是九十年代新市民小说的开拓者之一。在她笔下，城市不再无故事，城市不再无色彩。"

奚愉康对张欣的《爱又如何》的《本刊点评》发表于同期《上海文学》。奚愉康指出："中国市民小说的现代意义的产生，还不超过十年，这与确立现代城市意识形态参照的是同一价值标准。"

薛毅、金定海、姜孝瑾、詹丹的《虚无主义或者理想主义》发表于同期《上海文学》。薛毅认为："张承志找到了真正的理想主义得以产生的土壤：底层劳苦大众，在此，他又一次获得了人民代言人的角色，他发现了革命的源头。"而刘小枫把灾难"归罪于虚无主义和伪理想主义，而一旦直接解释灾难原因时，刘小枫总是用人的罪、有限性、邪恶本性含糊其辞地把它打发了。这是基督教的千年陈词，没有任何理论创造力和想象力，而且有宿命的意味"。薛毅表示："世纪末出现这种游戏（指全民游戏化——编者注）的根本原因，仍是世纪初鲁迅所说的：缺少诚和爱。"薛毅还指出："然而诚和爱仍不是万能药，当代虚无主义走向末路并不意味着虚无主义自身的末路。"

金定海认为："在文学作品中，刘索拉小说的出现是一个象征性事件，它表明反文化运动在文坛上被人们承认了，并认为这是对传统的挑战。反文化小说发展到极致是王朔小说被大规模地印刷出版和被青年人所接受。"并指出："灾难更多是与理想主义有关。"

姜孝瑾指出："虚无主义是理想幻灭后的必然产物，也有其价值。"并强调："真的勇士要有终极关怀也要直面人生。虽说贫困的时代需要意义，但也不能为了意义而制造意义，为了希望而不敢正视绝望。"可以说，"刘小枫对终极关怀的强调对于中国当代是非常及时的。他实际上非常敏感地发现了中国当代虚无主义的发展是朝着告别神性、爱的方向进行的。无论如何，这有一种警示作用"。

詹丹强调："中国当代虚无主义的问题并不在于失去了基督教的终极关怀，这我们本来就没有，而是丧失了普遍意义上的终极关怀。"并认为："虚无主义和理想主义都有其困境，应该对它们作双重质疑。"

17日 王绯的《小说的概念游戏》发表于《作品与争鸣》第10期。王绯认为："我们曾有过用小说图解政治概念的过去。如今，虽难再见到那种直白浅陋的为政治服务的操作，但是图解诸如哲学、心理学概念的小说并不使人陌生。文学贯穿哲学意识和心理学内容是一回事；脱离生活实际、背弃生活逻辑且一味沉溺于杜撰情节演绎某种概念的小说操作是另一回事。小说一旦堕入概念的游戏，成为新工具，便给人一种旧戏重演、噩梦重现的复辟感觉。最近读到《生命的咒语》就生出这样的感觉。"

本月

王蒙的《人文精神问题偶感》发表于《东方》第5期。王蒙表示："人文精神似乎并不具备单一的与排他的价值标准，正如人性并不必须符合某种特定的与独尊的取向。把人文精神神圣化与绝对化，正与把任何抽象概念与教条绝对化一样，只能是作茧自缚。……应该承认人文精神的多元性与多层、多面性。"王蒙认为："一、不要企图人为地为人文精神奠定唯一的衡量标尺。二、不要企图在人文精神与非人文精神中间划出明确无疑的界限，非黑即白，非此即彼。三、不要以假定的或者引进的人文精神作为取舍的唯一依据。就是说不要搞精神价值的定于一与排他性。"王蒙还强调："我不认为人文精神、对于人的关注就是把人的位置提高再提高以至'雄心壮志冲云天'。……寻找或建立一种中国式的人文精神的前提是对于人的承认。"并指出："批评痞子文学的人又有几个读懂了王朔？判断文学作品的依据只能是作品而不是作家的宣言。"

十一月

3日 编者的《妙在抽屉深处》发表于《人民文学》第11期。编者写道："抽屉深处，里面常有出人意料之物；那些物件，又往往以其真的品格和史的价值而让人感到原在意中。所以，艺术之巧妙与美妙，都在抽屉深处；作家职责之一，也在把那抽屉深处的奥秘掏出来展示给读者。李国文就是这么做的。当此短篇创作不甚景气之际，其《抽屉深处》独具中国特色的契诃夫、欧·亨利意趣，颇堪品味。"

5日 胡宗健的《在劫难逃的"后文化"——文坛现状随想》发表于《山花》第11期。胡宗健指出:"从精神内核上,王朔的作品表现了我们民族心态的一种现代畸变,是现代国人企图摆脱困境的诸多'活法'之一种的艺术再现。"

王干的《主持人语》发表于同期《山花》。王干指出:"鲁羊的写作以一种残酷的认真方式进行,他希望将所有的叙述乃至所有的语感都磨得玲珑剔透之后才将小说交出。《青花小匙》可以称之为一种'元小说','元小说'是'新状态'相当重要的方式,有人将它简称为'作者与文本的对话',实际上是作家在叙述时放弃固定价值视角的一种游走方式,作家随时随地都在反审自己,反审小说。一元论的叙述观被瓦解为意义的碎片和语言的碎片。"

晓华、汪政的《古典情怀》发表于同期《山花》。晓华、汪政指出:"如今,情形已越来越显豁,这个家园便是古典的境界,几乎让人难以置信,先锋小说家人人都有一份深藏着的古典情怀。……当先锋回归古典之后,会给古典和先锋带来新的机遇,古典可能因先锋的回归而获得生机,出现文学史上常见的传统的创化,而更重要的是先锋因古典而获得滋养,这实际上已不是预想而是事实。"

10日 胡郁香、吴明哲、李友唐的《我读"新体验小说"(三篇)》发表于《北京文学》第11期。胡郁香在《新体验小说的体验》一文中认为:"新体验小说与众不同的就是作者心理人格的首先建构,然后内引外联,描绘世态人生。……新体验小说的'重体验'为小说的叙述方式提供了种种尝试的可能。"

吴明哲在《文学创作与生活创造紧密结合的积极效应》一文中指出:"首先,它(指新体验小说——编者注)是生活真实和艺术真实的结合,所以在读者心里会有更强的可信性。……其次,'新体验小说'是一种发现的艺术和开掘的艺术,如果选择得好、挖掘得深,能够产生超乎寻常的艺术震撼力。……第三,'新体验小说'不是仅仅向读者叙述故事,而是把描写生活、参与生活、评判生活融为一体,将叙述、描绘和巧妙的议论熔于一炉。"

李建盛的《体验本体的作家转向和意义时空的再度找寻——论体验、新体验和新体验小说》发表于同期《北京文学》。李建盛指出:"新体验小说的'新体验'的根本意义在于超越以往文学体验的他在性本体,实现体验之文学意义的他在本体存在向作家我在本体存在的移位和转换,从而达到一种新的意义时空的营构,从另一个角度的视界使生命和存在呈现和亮相。……新体验小说的最显著的特征之一就是消解叙事者的神圣性,叙事者在小说文本中不再是隐含的作为话语权力至上者存在,作品体验的本体存在的所有情绪就是作家我在体验本体的符号表现。"

石丛的《从"死亡"中预约什么》发表于同期《北京文学》。石丛认为:"'新体验小说'就是对现实主义的一种认同和回归。……首先,这是对近些年来文坛上颇为盛行的'文学要走向内心世界'诸多主张、诸多流派的一种反拨,它要重新确认社会生活对文学创作的重要意义,它再次提请我们的作家认真考虑对待社会生活的态度。……其次,'亲历性'为深入生活注入了新的内容。'亲历性'主张深入生活,但不主张作家以作家的特殊身份居高临下地深入生活('走马观花'或'下马看花'),而是有意隐瞒自己的身份,以普通人的面目投身于生活之中,亲身感受、体验乃至描述真实的人物和故事,表现普通人的喜怒哀乐。……'新体验小说'第三个鲜明的个性表现在审美取向上。……它既不回避美,也不回避丑,对美对丑都有明确的价值判断。它肯定美、鞭笞丑。"

15日 孟繁华的《文化溃败时代的幻灭叙事——三部长篇小说中的文化失败性》发表于《上海文学》第11期。孟繁华指出:"对终极价值的关切与提倡,仿佛已经成了历史的遗产。代之而起的是'幻觉文化'的批量生产,……大众传媒中的娱乐性作品以播散的方式弥漫四方,它甚至构成了今日中国都市文化的核心潮流。另一方面,本来处于边缘的'精英文学'也以'陌生化'的状态骤然异军突起,产生了意想不到的'轰动效应'。……这些作品(指精英文学——编者注)均以颓丧的文化失败性而给人以震惊,文本的内在焦虑是显而易见的。"

孟繁华指出:"在体现'失败情绪'的作品中,影响广泛并具有代表性的作品是:《苍河白日梦》《废都》和《英儿》。……三部长篇小说文化失败和绝望感喻示了启蒙和虚无理想主义的破灭,……以人生的绝望和失败去鸣唱魂灵之死。……他们意识到了以往坚持的虚妄。承认这一现实是痛苦的,但作家毕竟有勇气承担了这一失败,并以失败性铸成了作品的轰动性,以道德的沦丧为代价换取了社会的阅读和接受，这大概是八十年代以来最为令人震动的文学事实。"

孟繁华还强调："无论是纯粹形式的审美主义、'幻觉文化'还是失败性与绝望情绪，无不体现了溃败的文化处境中的精神危机。一代知识分子曾虔诚地确信又从不同的方面走上了怀疑，这是社会中心价值解体之后必然承担的代价。……它是又一次觉醒的痛苦呻吟，预示了文化重建的必要和可能，对终极关怀和价值目标的追问并没有成为过去，因为只有这一追问的过程才是知识分子真正的自我救赎之路，必要的乌托邦于知识分子说来，就是不能缺少的。"

王干、鲁羊、朱文、韩东的《小说问题》发表于同期《上海文学》。就"小说观念和形态本身的变化"，王干认为："今天，特别是八九年以后，由于对西方的失望以及对小说停顿状态的思索，迫使一些小说家重新对小说进行了认识。认识的结果是形成了一种新的小说观念和小说形态，我把它叫做新状态。"鲁羊指出："现代汉语小说到了今天应该是自觉的，是个人使之成为作品形态的东西带来了观念。……通常是你做出一个作品形态来，这个作品形态本身可能带来不同的问题，甚至是不同的新的观念，……很多观念建立在一种形态里面。"韩东强调："总之，应该有一个真实的背景。……有话要说这一点我以为是特别重要的，它至少是一个作者在写作过程中面临的基本真实之一种。我们不能走到另一个极端，把文学作为一种毫无背景的东西，这是一种新的危险。"

关于"小说的依附性"，王干指出："汉语小说的困境是面对大众文化的大墙或屏障，是一个被接受的问题。今天的写作是面对一堵空墙的写作。"朱文认为："对一个小说家而言最紧要的不是这些问题，包括被接受的渠道。最难的是面对自己，这是永恒的。"鲁羊则表示："恐怕现在又到了独语时代，自己把自己的话说掉，自己干点私活，流一身臭汗。人家愿不愿意来看是另外一回事。"

针对知识分子及其讨论，王干认为："今天作家所做的事情无论怎样费解也都是知识分子作为他存在一个表征，就是说写作就是把自身和其它行当的人区别开来的一种方式，这是他努力的最低限，最低目标。"王干还认为："我以为知识分子不是一个明星，也不是一盏明灯，更不是一种权威，它最后不过是我们精神上的庇护所。"韩东则表示:"我觉得说得太多,也不是那么回事。在谈论神圣的时候我们谈得太多,这样反而取消了某些感觉——当然我不是指知识分子,知识分子没什么神圣可言。在神圣之地,我们应该空出来,或者要让它呈现出来的时候语词方式不是那样的。"韩东还认为:"如果你拼命地强调自己在这方面的发言权,甚至你写作的价值因此而变得与众不同,你有这方面的专利,我觉得那就大可不必了。"

同日,刘斯奋的《〈白门柳〉的追述及其他》发表于《文学评论》第6期。关于创作历史小说的见解,刘斯奋说道:"一、希望写得更'真实'一点——'历史小说',这四个字中'历史'与'小说'各占一半。光有'历史'而无'小说',固然不成;光有'小说'而无'历史',同样令人遗憾。……至于对历史事件和历史人物的处理,就更加应当谨慎,如果认为艺术允许虚构,就可以随心所欲地把正面人物写成反面人物,或者把千秋罪恶美化为不世奇功。这对于古人固然是一种罪过,对于今人也是一种不负责任的态度。"

"二、希望站得'高'一些——在现代题材的小说创作中,对于人和事的强烈道德褒贬,往往是寄寓作者的创作激情,进而唤起读者深切共鸣的有效手段。但对于历史小说来说,由于时空距离所形成的古今道德观念的差异,却使作者在进行褒贬时,往往陷于进退失据的困境——既不能以今天的道德标准去要求古人,又不能牺牲今人的道德立场去迁就古代的标准。而道德激情的这种犹疑和失落,则直接导致了作品的平庸。……为着摆脱这种困境,作者不妨让自己的激情来一个超越和转移,从以道德价值为附体,转向以认识价值和审美价值为附体,更自觉地从历史中看到人类前行的艰苦而壮丽的历程,更自觉地从历史中发现文化之美。"

"三、希望展示得更加'丰富'一点——历史小说并不等同于历史教科书。这一点恐怕不会有什么争议。但对于二者的区别,如果仅仅理解为小说应该更加形象、生动和允许虚构想像,恐怕还是远远不够的。我以为,二者的区别还在于教科书以交待事件为目的,而小说则应该致力于再现当时的生活。对于历史小说来说,一定的事件无疑是必不可少的,但更加需要的是教科书所没有提供的那些部分,也即是能够使当时的生活变得具体起来、丰富起来、鲜活起来的种种细枝末节。"

同日，朱晶的《回归与融合：文学的新状态》发表于《文艺争鸣》第6期。朱晶表示："'新状态文学'与'文学新状态'的提法，我倾向于后者。……'新状态'就不妨理解成为一种关于文学格局的综合态势的概念。"朱晶认为："应当注意继续开放态势下的传统回归倾向。"并指出："现实主义与现代主义的融合具备现实可能性和理论依据。上述的传统回归，表现在创作思潮、创作精神或创作方法上，就是现实主义与现代主义的融合。"

同日，陈染的《超性别意识与我的创作》发表于《钟山》第6期。陈染表示："作为女性作家，我还是从女性心理角度出发。……我小说中的爱情，大多是不完美的，痛苦的，人格分裂的，甚至是卑劣绝望的。……情爱远远高于性爱，它包含了心灵、思想以及肉体。这才是人类情感中最令人心动不已的东西，是真正能使一个现代女性全身心激动的东西。超乎肉体之上（不排除肉体）——我一生都在追求这种高贵而致命的爱。从某一侧面来说，它是我创作的动力，是我生命的帝王，是我活下去的一部分理由。"陈染还说道："真正的爱超于性别之上，就像纯粹的文学艺术超于政治而独立。……人类有权利按自身的心理倾向和构造来选择自己的爱情。这才是真正的人道主义！这才是真正符合人性的东西！……回到艺术，回到写作上来……作为一个作家观察世界的方式。我努力在作品中贯穿超性别意识。"

郜元宝的《"新状态"：命名的意义》发表于同期《钟山》。郜元宝认为："'新状态'不同于'新历史''新写实''新民间''新体验'，它不是指陈某种具体的创作走向，而是从作家作品及时代环境共同显示的整体性存在状态着眼，抽刀断水，截断众流，超越细节，一网打尽，给难以条分缕析的复杂景观一个统一的名称。"

17日 刘甫田的《前景灿烂的文学倾向》发表于《作品与争鸣》第11期。刘甫田认为，何申的《穷县》"体现了一种'能够满足时代迫切需要的文学倾向'。因此，无疑也是具有灿烂发展前景的文学倾向"。

20日 雷达的《雷达专栏：小说见闻录之三——夜读三题》发表于《小说评论》第6期。雷达表示："我认为刘（指刘醒龙——编者注）的才能主要在于，在把生活转化为艺术时不着痕迹、浑然无成,还在于最本色、最平易的白描背后,隐伏着对应于形式的底蕴和意味,淡朴与浓醇的统一。他善于找角度,抓个别,但思维是整体性的。"

25日 诺埃尔·迪特莱的《冷峻客观的小说:阿城小说的写作技巧》(刘阳编译)发表于《当代作家评论》第6期。阿城在文中的信件里写道:"我认为,中国并不存在任何为西方术语接受的小说。我想,这是因为,中国文学传统基于诗,而散文,文学传统则基于《史记》,……所以,目前,小说(甚至长篇小说)的写作是可能的,但不是'长'小说。然而,笔记这一文类消失了。这是我想写笔记小说的理由之一。……这种文类(指笔记小说——编者注)大概同时具有诗、散文、随笔和小说的特征。可以通过它把我们的许多遗产传之后世,同时可以在描写中超前进行各种各样的实验,例如句子的节奏、句调、结构、视角等等。"

吴戈的《新历史主义的崛起与承诺》发表于同期《当代作家评论》。吴戈认为:"在这些作家作品(指文中的"'新历史主义'作品"——编者注)中所触摸到的历史,再不是正统的历史教科书的图解,而是被重新赋予了一种新的历史观。这种历史观是个人性质的,每个人都有自己独特的理解,……新历史主义作家追寻历史也是为了消灭固定成见的历史。……在消解的背后,新历史主义文学更注目于人性、人情的开掘。"并指出:"新历史主义思潮,应该说是民间情绪的表现与作者文本虚构的统一。……新历史主义并不是传统历史的改写,而是现代情绪的具体化。"

同日,薄子涛的《当代小说的调和倾向》发表于《黄河》第6期。薄子涛指出:"但有些局限,如对人和世界尚存在着不可知性,如做为文学理论基础的哲学思想尚须完整和发展,如生活要受共性的和个性的、历史的和现实的等因素的影响,生活的具体事件的发展趋向往往不只具有一种可能性,而是有多种可能性。表现在作品的创作上,情节和人物的发展变化就会有多种趋向,这是其一。其二是人物的思想性格在发展历程上存在着的多元动态的、灵与肉的网络系统的组合,能以人物的多重性格之间既有向'一元'的化合趋势,也有向'多元'的扩散走向,每个人的内心都包含着自己的意志、信仰、需求、爱好、动机及潜意识等，而且随历史、时代、地域、境遇等条件而变化。人物性格之所以是复杂与单纯的统一，在于客观情境常常迫使人物做出行动上和情感上的选择。人不能脱离具体的时空而存在，具有规定质的时空构成'情境'。而情境不是固有的和静止不动的，它是矛盾对立、斗争、分裂的结果，所以它具有了一种'中间阶段'和'兼有前后两端的性格'，从而使情境带有了很大的随机性和可此可彼性。而人物置身于这样的境遇中，必然加剧其内心的矛盾和斗争。……鉴于上述两种情况，情节和人物就不得不徘徊在多种可能的歧路上。"

十二月

1日 陈晓明的《彻底的倾诉：在生活的尽头——评林白〈一个人的战争〉及〈青苔与火车的叙事〉》发表于《作家》第12期。陈晓明指出，《一个人的战争》"是一个绝对的女性故事。它如此偏执地去发掘反常规的女性经验，那些被贬抑、被排斥的女性意识，从女性生活的尽头，从文明的死角脱颖而出，令人惊奇而惶惑不安。林白的小说在当今文坛给人以兴奋，又颇有非议，大约与她独辟蹊径去揭示那些怪异的女性经验不无关系"。

陈晓明还认为："残雪曾经表现过女性封闭的世界，在残雪那里，女性以她极端自虐的方式表示对男性的断然拒绝，那是一个绝对封闭的女性世界，以至于残雪的小说里只有一些关于女性的片断感觉，一些始终在能指层面上滑动的话语碎片。显然，林白的叙事重新开启了女性封存已久的那些心理角落，它以女性自慰的方式敞开女性的多元性。没有人像林白那样关注女性的自我认同，女性相互之间的吸引、欣赏，女性的那种绝对的、遗世孤立的美感。"

蒋原伦的《暗示·体验·创作》发表于同期《作家》。蒋原伦认为："作者在作品中经常是第一人称和第三人称混用，内心独白和心理描写掺杂，这种疏忽或不经意表明作者对小说的规则的关注远不及对自身体验的把握和表达。并且作者不是一次性完成其体验和表达，而是多次地在不同的作品或同一作品的不同段落中就某些事件重复地体验和表达，形成很凝重的氛围，在这种氛围中，作者尖细的笔触总是落在令人难堪的、或教人扫兴的事情上。例如，在《青苔与火车的叙事》（载《作家》1994年第4期）中，作者写了三个'死去的人'，这三个人的生与死并不能引起读者的兴趣,因此在阅读中预备的那份同情就没有着落。然而,就作者而言,不是死去的人使她难忘,而是她不愿让心中的某些情感、某些回忆随着时光的流逝而淡忘,当然回忆不仅是对往事的回忆,也是对曾有的体验的回忆,因为,作者总是将自己的经历和体验混在一块,统统作为往事储存在记忆之中。所以,在对死者的追述中,读者首先不是见到他们的音容笑貌,而是首先感受到叙述者的情怀和略显灰暗的心情。于死者没有悲痛,于生者没有欢喜。"

张颐武的《林白的"新状态"》发表于同期《作家》。张颐武指出:"林白是一个充满着过多的'回忆'的写作者,她急于倾诉这些指涉着个人的隐秘的'历史'的回忆,这些'回忆'已经成了无法摆脱的梦魇,它们对她是纠缠如厉鬼如毒蛇的恐惧,又是诗意与灵感的唯一的源泉。只有在写作之中,林白才会释放'回忆'的能量,才会获得某种片刻的安宁。她的每一个故事里都充满着无处不在的'过去',但这些'过去'已不再是'过去'的真实的表述,因为这种'真实'无法不被我们所无法控制的语言的力量所不断地淹没。"

张颐武认为:"林白以一种'身体的语言'击穿了旧的二元对立,把主体/他者的分离化为了无穷的'回忆'之碎片。……她有一种来自于身体的'状态'性的书写,她将'身体语言化',也将'语言身体化'了。……这种对'身体'的表述,正是林白构成小说的基本方式。"在张颐武看来,"林白的写作无疑属于九十年代以来崛起的'新状态'文学的潮流,她也集中地表现了这一潮流的若干走向。……林白乃是这个'后新时期'文化的重要的表征"。而"她的独特的女性的'身体的语言'超出了旧的表意规范,也最终构成了对'新时期'的'伟大的叙事'的超越。这种超越既表现在她的本文的'超道德'的特征中,也表现在她对灵/肉界限的超越之中"。张颐武还指出:"林白的写作正是在一个后殖民及后现代的时代的第三世界社会中女性文化的新的抉择。"

5日 王干的《主持人语》发表于《山花》第12期。王干指出:"北村的过渡或许是最富有历史意义,在所有的被称为先锋派作家当中几乎都在坚持原有的叙事态度和叙事立场,北村却能幡然变更。这应该是让人感到兴奋的。在《破伤风》这个短篇里,北村很本能地遗留着实验小说的痕迹,那种单线条的空间和人物在语言关系中寻找容量,虽然叙述时放松了节奏,可结构之形依然消失。北村在来信中称这篇小说是写'来世',我则怀疑是'末世'笔误,因为通篇散布的都是垂死和死亡的气息,而且'来世'是佛教用语,与北村心中的'主'完全是两个不同的信仰系统。"

8日 王安忆的《心灵世界的生存及其意义(六)》(赫利琼整理)发表于《文学报》。王安忆认为:"古典小说人物可以在自己的轨道上活动起来,行动和心理具有人间面目。现代小说则经过规划,即'主题先行'。人物事件经过根据与归纳,都承担着作家的意图,是理性的,它就象一幅装饰画,对称感强,装饰痕迹明显,有含义但没有现实气氛。"

张韧的《告别与呼唤——'94文坛一瞥》发表于同期《文学报》。张韧认为:"亲历或新闻的纪实性,作品与作家的当下状态性,新市民新都市题材的鲜活新颖性,这都是突围中颇有价值的文学追求。但这是艺术呈现方式的一个层面。还有一个更深的层次,即时代哲学眼光的制高点,民族灵魂的重新审视,人文精神的灌注,否则必然出现不少平面化的、容量浅狭的、平淡平庸的作品。"

10日 王海燕的《论小说写实化建构中的寓言介入》发表于《江淮论坛》第6期。王海燕指出:"寓言介入写实化作品,使这类小说出现了如下的矛盾:一方面,以反抗虚构去求'真'——讲述历史或现实故事;另一方面,又借虚构的力量去演示很容易让人看破或许还是有意让人看破的'非真'——寓言。……寓言介入写实化建构的小说,一类是寓言的局部介入,寓言成为'还原''再现'基调中的'假语村言',寓言破坏了小说建构方式的和谐,成为小说中触目的'点'。另一类是寓言精神贯注写实化小说,不破坏原有的小说'再现'法则和整体结构。欣赏图景和追求图景意义听君自便,就象登楼既可看楼内设施装璜,又可观楼外楼,楼外天地风光。"

王海燕认为,当代小说家们"以写实为基本建构方式的作品在追求'实'的过程中为何借助寓言替'虚拟'留下一片空间?究其原因,恐怕是多方面的:其一,当代小说家们希冀把小说操作成更为开放的文体。……其二,看重寓言自身品质,借助寓言的包装。……其三,诱惑审美主体参与虚构和想象。……其四,作家劝喻讽刺教化的心态难泯。"

17日　斯云的《有懈可击的文本实验》发表于《作品与争鸣》第12期。斯云认为："在叙事结构上，《情幻》采取了一种'大叙述'中套进'小叙述'，亦即在作家叙述中引入拟想作家回忆和创作的鲜见手法。此种结构方法的最大优点，无疑在于能够营造一种扑朔迷离、奇异含蓄的整体艺术境界，以此诱发读者接受过程中的自主性启悟和再造性想象，进而使作品产生言有尽而意无穷的审美效果。但是，它也面临着一个自设的艺术陷阱，这就是在求新求异的语言运作中，一旦失去了分寸感，便往往会导致作品境界的朦胧晦涩，不易理解，甚至有可能彻底中断读者思维同艺术形象之间的交流。"

田耒的《亦真亦幻的叙述迷宫》发表于同期《作品与争鸣》。田耒认为："在《情幻》中，首先让人感到新颖奇特的，便是它那种'大叙述'中融入'小叙述'，亦即将小说中转述的小说情节和该小说拟想作者的'素材'回忆组合在一起，构成自身浑一的艺术文本的结构方法。……《情幻》选择了融小说叙述套链和拟想作家回忆于一体的特殊结构方式，这使得作品中的人物形象和人物行为，随之具备了转述中的真实和忆想中的真实两种性质、两种可能。……同亦'真'亦'幻'的情节结构、人物设置相呼应，《情幻》在具体场面的描写上，还富有创造性地运用了一种生活真实与心理真实相嫁接，既成行为和可能行为相组合的新颖表现手法。"

22日　周熠的《先锋意识与人文精神的融会——田中禾谈小说创作》发表于《文学报》。田中禾认为："文学从社会思索转入个体生命体验，这是90年代文学观念的一个重要转变。20世纪最后几年，中国文学可能出现空档、机会。先锋派完成一次冲击后，发生分化，在语言形式、叙述艺术上形成一股新的时尚，落于套路，必然丧失先锋性。21世纪中国文学的大气，只能寄希望于先锋意识与人文精神的融会，吸收借鉴尽可能丰富的艺术表现方法，创造属于当代中国人的现代艺术，使中国文学永远具有强大的精神力量。"

本年

卯书的《关于凡一平、东西中篇小说的一般论述》发表于《南方文坛》第1期。关于凡一平，卯书指出："凡一平注重表现人格，在他的许多短篇小说中表现了红水河畔民族一般的生活方式、道德观念、人格观念等。"关于东西，卯书认为："东西作品在氛围上总给人以叙述的深沉、忧郁，整个作品笼罩着阴森森的气氛，他的目光始终盯着那些蕴含着人类悲剧、灾难的题材，注重表现人类对无形的命运的抗争，大多以失败告终。"

秦立德的《心灵历程的必然结局？——关于张承志的〈心灵史〉》发表于《南方文坛》第2期。秦立德认为："如果从长篇小说的艺术要求来看，《心灵史》就太过于激情外露了，简直就是一本哲合忍耶的教义宣言。但是，从作者自己的介绍中，我们得知'哲合忍耶原本是打算永远拒绝阅读的'（见P14）、'哲合忍耶的唯一任务就是隐藏，依赖的是本教的精神气息'（见P39）；可是，张承志却'决心以教徒的方式描写宗教，我的愿望是让我的书成为哲合忍耶神圣信仰的吼声'（见P128）。这种大声疾呼会不会有悖于哲含忍耶的自身信念？"

陈焕新的《略论本世纪中国小说家的乡土情结》发表于《南方文坛》第5期。陈焕新认为，"贾平凹、路遥、郑义等一代'知青'作家曾二度往返于农村和城市之间，他们面对新的改革大潮，试图以一种新的眼光来重新审视传统的乡土精神凝结的板块结构，在描写现实变革的矛盾和斗争时，把聚光点投射在弥漫于整个时代和社会变革时期所特具的复杂情绪和心态上，对复杂的民族文化传统、文化心理以及人的深层文化性格进行高层次的审美观照"。